KB243753

셜록 홈즈 전집
7

셜록 홈즈 전집 **7**
Sherlock Holmes

셜록 홈즈의 귀환
The Return of Sherlock Holmes

아서 코난 도일

백영미 옮김

황금가지

차례

셜록 홈즈 전집의 한국어판은 미국의 Bantam Books에서 출간된 『Sherlock Holmes: The Complete Novels and Stories』를 저본으로 삼았습니다.

셜록 홈즈의 귀환

The Return of Sherlock Holmes

빈집의 모험

로널드 아데어 도령이 기이하고 이해할 수 없는 방식으로 살해당하여 런던 전역을 들쑤셔놓고 사교계를 충격의 도가니로 몰아넣은 것은 1894년 봄철의 일이었다. 일반 사람들은 이미 경찰 조사 과정에서 흘러나온 사건 경위에 대해 알고 있지만, 그 당시에는 기실 많은 사실이 누락되었다. 유죄 증거가 너무도 뚜렷해서 모든 사실을 다 들춰낼 필요가 없었기 때문이다. 나는 거의 10년 세월이 흐른 지금에 와서야 그 기막힌 사건의 연쇄에서 빠진 고리를 드러낼 수 있게 되었다. 물론 사건 자체도 흥미로웠지만, 그것과 맞물려 일어난, 나의 모험에 가득 찬 생에서 비할 바 없는 충격과 놀라움을 안겨주었던 믿을 수 없는 사건에 비하면 그것은 아무것도 아니다. 그토록 오랜 세월이 흘렀건만 아직도 그 생각을 할 때면 온몸에 전율이 일고, 그때 가슴속에 흘러넘치던 환희와 경이와 의혹의 감정이 생생히 되살아난다. 나의 허술한 기록을 통해 한 비범한 인간의 사고와 행동에 관심을 갖게 된 이들은 아무쪼록 내가 진작 그 얘기를 하지 않은 것에 대해 너무 나무라지 마시기 바란다. 그가 사실을 공개하는 것을 엄금하지만 않았어도, 나는 진실을 밝히는 것을 제일의 의무로 삼았을 것이기 때문이다. 그가 사실을 밝히도록 허락해 준 것은 겨우 지난달 3일의 일이었다.

나는 셜록 홈즈와 가깝게 지내는 동안 범죄에 깊은 관심을 갖게 되었고, 그래서 그가 실종된 뒤에도 자연스럽게 신문 지상에 실리는 다양한 사건 기사를 유심히 읽곤 했다. 그리고 순전히 재미 삼아 그의 방법을 이용해서 문제를 풀어보려고 한 적도 두어 번 있었지만 결과는 신통치 않았다. 하지만 내게 이 로널드 아데어 살인 사건만큼 흥미로운 사건은 없었다. 나는 법정에 제출된 증거에 대한 기사를 읽으면서(그 증거로 불특정 개인 및 다수를 노린 고의적 살인이라는 유죄 평결이 내려졌다.), 셜록 홈즈의 죽음이 우리 사회에 얼마나 큰 손실이었는지 뼈아프게 느끼지 않을 수 없었다. 홈즈가 살아 있다면 이 이상한 사건에 깊은 관심을 보였을 테고, 또한 그 유럽 최고의 탐정은 특유의 관찰력과 기민한 정신으로 경찰 수사를 보완했거나 아니면 십중팔구 그것을 앞질렀을 것이다. 나는 마차를 타고 왕진을 다니는 동안, 온종일 그 사건에 대해 골똘히 생각해 보았으나 그럴듯한 설명을 찾아내지는 못했다. 다들 아는 얘기를 되풀이하는 셈인지도 모르겠지만 나는 우선 심리를 통해 공개된 사실을 여기에 간단히 적으려고 한다.

로널드 아데어 도령은 당시 오스트레일리아의 어느 식민지 총독, 메이누스 백작의 차남이었다. 아데어의 어머니는 백내장 수술을 받기 위해 아들 로널드와 딸 힐다를 데리고 오스트레일리아에서 귀국하여 파크 레인 427번지에 주거를 정했다. 청년은 최상류층의 사교계에 드나들었는데, 알려진 바에 따르면 남에게 원한을 산 일도, 특별히 나쁜 버릇 같은 것도 없었다. 카스테어스의 에디스 우들리 양과 약혼했다가 몇 달 전 상호 합의로 파혼했지만 그 일 때문에 깊이 상심한 흔적은 없었다. 교제 범위는 넓지 않았는데, 그것은 일상생활이 단조로울 뿐 아니라 감정에 휩쓸리지 않는 성격을 지녔기 때문이다. 그런데 1894년 3월 30일 밤 열시에서 열한시 20분 사이에, 이렇듯 태평스러운 젊은 귀족에게 너무도 기이하고 갑작스럽게 죽음이 찾아온 것이다.

로널드 아데어는 카드를 좋아했다. 자주 카드를 쳤지만 결코 위험할 정도로 큰 도박을 하는 일은 없었다. 청년은 볼드윈, 캐번디시, 바가텔 카드 클럽의 회원이었다. 사망 당일에는 저녁 식사 뒤에 바가텔 카드 클럽에서 두 사람씩 쌍을 이루어 하는 휘스트 3판 승부 게임을 했다. 오후에도 그곳에서 카드를 쳤는데, 함께 카드 게임을 한 이들인 머레이 씨, 존 하디 준남작, 모런 대령의 증언에 따르면 역시 그때도 휘스트를 했고 비겼다. 아데어는 그날 돈을 잃었지만 5파운드 이상은 아니었다. 재산이 상당했던 그가 그만한 손해에 끔쩍했을 리는 없었다. 그는 거의 매일 클럽에 나가 카드 게임을 했지만 조심스러운 성격 덕분에 대개는 돈을 따는 편이었다. 몇 주일 전에는 모런 대령과 한 팀이 되어 갓프리 밀너와 발모럴 경 짝으로부터 앉은자리에서 420파운드를 땄다는 증언도 나왔다. 심리 중에 아데어의 최근 생활에 대해 나온 얘기는 이 정도였다.

사건 당일 저녁, 아데어는 열시 정각에 클럽에서 돌아왔다. 어머니와 누이는 그때 친척과 함께 저녁 시간을 보내고 있었다. 하녀는 도련님이 자기 방으로 쓰는 2층 거실로 들어가는 소리를 들었다고 증언했다. 또 그 방에 불을 지피다가 연기가 나는 바람에 창문을 열어두었다고 했다. 그다음에는 아무 소리도 들리지 않았다. 열한시 20분에 메이누스 백작 부인은 아들에게 잘 자라는 인사를 하려고 딸과 함께 그 방으로 갔다. 그런데 방문은 안에서 잠겨 있었고 아무리 문을 두드리며 소리 질러도 대답이 없었다. 사람들이 달려와서 억지로 문을 열었다. 불운한 젊은이는 탁자 옆에 쓰러져 있었다. 리볼버용 팽창 탄환(이 총알은 앞부분에 연금속이 노출되어 있어, 목표물에 맞으면 피갑이 씌워져 있는 부분으로 연금속이 밀려 들어가면서 총알의 모양을 변형시키기 때문에 상처가 커진다―옮긴이)에 맞아 머리가 끔찍하게 으스러져 있었지만, 방 안에선 어떤 무기도 발견되지 않았다. 탁자 위엔 10파운드짜리 은행권 두 장과 은화 및 금화로 17파운드 10실링이 여러 개의 작은 무더기로 나뉘어 있었다. 또한 숫자가 적혀 있는 종이가 있었는데, 그 옆에 나란히 클럽 친구들의 이름이 쓰여 있어서, 청년이 죽기 전에 카드 게임에서 잃은 돈과 딴 돈을 계산해 보고 있었다는 추측을 불러일으켰다.

자세한 현장 조사는 사건을 더욱 복잡하게 만들었을 뿐이다. 첫째, 청년이 왜 문을 걸어 잠가야 했는지 도통 이유를 알 수 없었다. 살인자가 방문을 잠그고 나중에 창문을 통해 도망쳤다고 생각할 수도 있었다. 하지만 창문에서 지면과의 거리는 최소한 6미터는 됐고 바로 밑은 만개한 크로커스 꽃밭이었다. 그런데 꽃밭에는 누가 밟은 흔적이 전혀 없었고, 집과 도로의 경계를 이루는 좁은 풀밭에도 아무런 자취가 없었다. 그러니 방문을 잠근 사람은 아데어 자신이었음에 틀림없었다. 그렇다면 그는 대체 어떻게 죽은 걸까? 외부에서 전혀 흔적을 남기지 않고 창문으로 기어올라 가는 것은 불가능했다. 누군가 창문을 통해 총을 쐈다고 생각할 수도 있었지만, 창밖에서 권총으로 그런 치명상을 입혔다면 진짜 명사수였을 것이다. 게다가 집 앞의 도로는 통행량이 많은 길이고, 집에서 100미터쯤 떨어진 곳에는 합승마차 승차장도 있다. 총성을 들은 사람은 없었다. 하지만 사람이 죽었고 팽창 탄환답게 납작해진, 치명상을 입힌 리볼버 탄환이 발견됐다. 파크 레인 사건의 제반 정황은 이와 같았지만 변변한 동기를 찾아낼 수 없었기 때문에 사건은 더욱 복잡해졌다. 앞서 말했던 것처럼 아데어 청년은 남에게 원한을 산 적이 없었고, 누가 방에 있는 돈이나 귀중품에 손댄 흔적도 없었다.

나는 온종일 이러한 사실을 곱씹어보면서 그 모든 것을 설명할 수 있는 가설을 세우려고 부심했다. 나의 가엾은 친구가 모든 수사의 출발점이라고 천명했던 '최소의 저항선'을 찾아보고 싶었던 것이다. 솔직히 말하면 이렇다 할 결과는 없었다. 저녁때 나는 한가로운 걸음으로 하이드 파크를 지나 여섯시쯤에 옥스퍼드가 쪽 파

크 레인에 도착했다. 어느 집 앞의 도로에 어중이떠중이들이 몰려서 있었는데 모두들 2층의 어느 창문을 올려다보고 있는 것으로 보아 그곳이 내가 찾던 집이 분명했다. 키가 크고 색안경을 쓴, 사복형사로 짐작되는 말라깽이 사내가 자신이 세운 가설을 피력하고 있었고, 사람들이 주위에 몰려서서 그의 말에 귀 기울이고 있었다. 나는 사람들을 헤치고 다가가 들어보았으나 터무니없는 얘기를 하는 것 같아 염증을 느끼며 도로 물러섰다. 그런데 그러는 와중에 뒤에 서 있던 허리가 굽은 노인과 부딪쳐 노인이 들고 있던 책 몇 권이 바닥에 떨어졌다. 그때 나는 책을 주우면서, 그중 한 권의 제목이 『나무 숭배의 기원』인 것을 보고, 노인이 직업인지 취미인지는 모르겠지만 이해하기 어려운 책들을 수집하는 가엾은 애서가임에 틀림없다는 생각을 했던 기억이 난다. 나는 실수를 사과하려고 했지만, 내가 잘못해서 떨어뜨린 책들이 주인의 눈에는 대단한 보물이었던지 노인은 화를 벌컥 내며 돌아섰다. 나는 하릴없이 허연 구레나룻을 길게 기른 구부정한 노인이 인파 속으로 사라지는 모습을 지켜보았다.

파크 레인 427번지를 둘러보았지만 내가 흥미를 가진 문제를 해결하는 데는 별 도움이 안 됐다. 집과 도로 사이엔 가로장을 댄 낮은 담이 서 있었는데 높이는 1미터 50센티미터를 넘지 않았다. 그래서 정원으로 들어가기는 쉽겠지만 2층 창문으로 올라가는 것은 어려울 것 같았다. 왜냐하면 아무리 날랜 사람이라도 짚고 올라갈 만한 것이 필요했는데, 그곳에는 배수관 같은 것도 없었기 때문이다. 나는 더욱 혼란스러워져서 켄싱턴으로 돌아왔다. 그런데 서재로 들어온 지 5분도 안 됐는데 하녀가 들어와서 찾아온 사람이 있다고 전했다. 놀랍게도 손님은 다름 아닌 방금 전의 그 괴이한 고서 수집가였다. 노인은 강파른 주름투성이 얼굴을 허연 머리털과 구레나룻으로 가린 채, 못해도 열댓 권은 될 귀중한 서책을 오른쪽 겨드랑이에 끼고 있었다.

"놀라셨나 보오."

노인은 잔뜩 쉬어버린 이상한 목소리로 말했다.

나는 그렇다는 걸 인정했다.

"에, 나도 양심이라는 게 있는 늙은이요. 절룩거리면서 선생 뒤를 쫓아가다가 선생이 이 집으로 들어가는 걸 보고, 잠깐 들어가서 저 친절한 신사분을 뵙고 아까 내가 무례하게 굴었던 건 무슨 나쁜 뜻이 있어서가 아니었다는 말씀이나 드리자고 생각했소. 또 책을 주워주셔서 정말 감사하다는 말씀도 드릴 겸해서."

"노인장, 뭐 별것도 아닌 걸 가지고 그러시오. 나를 어떻게 알게 됐는지 물어봐도 되겠소?"

"에, 외람된 말씀이오나 이 늙은이는 선생의 이웃이외다. 내가 처치가 모퉁이에서 작은 책방을 꾸려가고 있으니 말이오. 이렇게 만나게 돼서 얼마나 좋은지 모르겠소. 선생도 책을 좀 모으시는 게 어떻소? 여기 『영국의 조류』하고 『카툴루스』, 『성전』이 있는데 헐한 값에 몽땅 드리겠소. 다섯 권만 있으면 저 두 번째 서가의 빈자리를 채울 수 있을 것 같소만. 빈 곳이 흉해 보이지 않소? 어떻소, 선생?"

나는 고개를 돌리고 등 뒤의 책장을 바라보았다. 그런데 다시 고개를 돌렸을 때 셜록 홈즈가 내 앞에서 싱글벙글 웃고 있는 게 아닌가. 나는 벼락 맞은 사람처럼 벌떡 일어나서 그를 멍하니 쳐다보았다. 그리고 내 평생 처음이자 마지막으로 기절했던 것 같다. 회색 안개 같은 것이 눈앞에서 빙글빙글 돌았고 정신을 차렸을 때는, 목덜미는 풀어 헤쳐져 있고 입속에선 브랜디의 알싸한 맛이 느껴졌다. 홈즈는 잔을 든 채 의자에 앉은 나를 내려다보고 있었다. 그리고 친

숙한 목소리가 들렸다.

"왓슨, 정말 미안하이. 자네가 이 정도로 놀랄 줄은 꿈에도 몰랐네."

나는 그의 두 팔을 움켜잡고 부르짖었다.

"홈즈! 정말 자넨가? 자네가 살아 있다니 이게 어찌 된 노릇인가? 대체 어떻게 그 끔찍한 심연에서 기어 나왔나?"

"잠깐만, 자네 정말 얘기할 기운이 있나? 내가 쓸데없이 극적으로 출현하는 바람에 자네한테 큰 충격을 주고 말았구먼."

"난 괜찮아. 하지만 홈즈, 내 눈을 믿을 수가 없군. 이럴 수가! 자네가, 바로 자네가 내 서재에 서 있다니."

나는 다시 한번 그의 팔을 움켜잡았다. 옷소매 밑으로 힘줄이 불거진 여윈 팔이 느껴졌다.

"그래, 어쨌든 유령은 아니군. 이 사람아, 자넬 다시 보니 얼마나 좋은지 모르겠군. 어서 앉게, 그리고 그 끔찍한 절벽에서 어떻게 살아 나왔는지 말해 주게."

홈즈는 맞은편에 앉아서 예전과 다름없는 무관심한 태도로 담배에 불을 붙였다. 그는 아직도 서적상의 허름한 프록코트 차림이었지만, 변장에 사용한 흰 수염 한 무더기와 책 더미는 책상 위에 올려놓고 있었다. 그는 예전보다 훨씬 마르고 날카로워 보였는데, 독수리 같은 얼굴에 파리한 빛이 번져 있는 것을 보니 별로 건강이 좋지 않은 듯했다.

"왓슨, 이렇게 몸을 펼 수 있으니 정말 좋군. 키 큰 남자가 몇 시간 동안 신장을 30센티미터나 줄이고 있는 건 여간 힘든 일이 아니거든. 그런데 여보게, 그 얘기에 대해서라면 말일세, 오늘 밤 자네 협조를 구하려고 하네만, 우리 앞에 힘들고 위험한 일이 한 건 놓여 있어. 그러니 자초지종을 설명하는 건 그 일이 끝난 다음에 하는 게 나을 것 같군."

"하지만 나는 궁금해서 죽을 지경일세. 지금 당장 듣고 싶네."

"자네 오늘 밤에 나랑 같이 나갈 거지?"

"자네가 원하는 시간에, 자네가 원하는 곳으로."

"정말 옛날로 다시 돌아간 기분이군. 나가기 전에 요기를 할 시간은 있겠지. 좋아, 그럼 그 절벽 얘기를 해볼까. 사실 거기서 빠져나오는 건 식은 죽 먹기였네. 왜냐하면 나는 밑으로 떨어지지 않았으니까."

"밑으로 떨어지지 않았다고?"

"그래, 왓슨, 그런 적 없네. 물론 자네에게 쓴 편지는 거짓 없는 사실이었네. 나는 고(故) 모리어티 교수가 흉악한 얼굴을 하고 하나뿐인 협소한 탈출로를 막아선 걸 보고 내 인생은 끝났다고 생각했지. 그의 회색 눈에는 냉혹한 결의가 빛나고 있었네. 나는 교수와 몇 마디 얘기를 주고받은 다음, 그의 배려로 나중에 자네가 받아본 그 짧은 편지를 썼네. 나는 그걸 담뱃갑이랑 지팡이와 함께 놓아두고 앞으로 걸어갔고 모리어티는 내 뒤를 따라왔네. 길이 끊어진 곳이 나오자 더 이상 갈 곳이 없었지. 모리어티는 무기를 빼 들지는 않았지만, 나한테 덤벼들더니 긴 팔로 나를 끌어안았네. 그는 게임이 끝났다는 걸 알고 오로지 복수하겠다는 일념밖에 없었어. 우리는 절벽 가장자리에서 함께 비틀거렸네. 하지만 나는 일본식 레슬링이라고 할 수 있는 바리츠(baritsu, 홈즈가 말한 이것이 유도를 가리키는지, 아니면 스모를 가리키는지에 대해서는 논란이 분분하다 — 옮긴이)를 약간 익혀두었는데, 전에도 그 기술을 두어 번 유용하게 써먹은 적이 있지. 나는 그의 팔을 뿌리쳤고 교수는 몇 초 동안 끔찍한 비명 소리와 함께 미친 듯이 두 팔을 휘저으며 기우뚱거렸네. 하지만 결국 균형을 잃어버리고 절벽 너머로 추락하고 말았지. 그가 까마득한 아래로 떨어져 내리는 게 내려다보였네. 그는 먼저 바위에 부딪혔다가 물속으로 첨벙 떨어졌어."

홈즈는 담배를 뻐끔거리며 설명해 주었는데, 나는 그의 이야기를 들으면서 놀라움을 금치 못했다.

"하지만 발자국은! 나는 두 사람의 발자국이 앞으로 나아가기만 하고 돌아오지 않은 것을 두 눈으로 똑똑히 봤네."

"그건 이렇게 된 걸세. 교수가 추락한 순간, 나는 정말 구사일생으로 목숨을 건졌다는 걸 깨달았어. 나는 내 목숨을 노리는 자가 모리어티뿐만이 아니라는 사실을 알고 있었지. 나한테 복수하겠다고 벼르는 자들이 적어도 셋은 됐는데 그들이 우두머리의 죽음을 알게 되면 복수심을 더욱 활활 태울 것이 분명했지. 셋 다 지극히 위험천만한 자들이었네. 그중 하나만 있어도 나는 앞날을 기약하기가 힘들었어. 그런데 온 세상 사람들이 내가 죽은 줄 알면 그들은 곧 마음 놓고 자신을 노출시킬 터이고, 그러면 나는 그들을 쉽사리 일망타진할 수 있지 않겠나? 아직 살아 있노라고 외치는 건 그다음에 해도 되는 일이었지. 모리어티 교수가 떨어져 내리는 그 짧은 순간에 수많은 생각이 머릿속을 스쳤고, 나는 그가 라이헨바흐 폭포의 밑바닥에 가라앉기도 전에 결론을 내렸을 걸세.

나는 거기 서서 등 뒤의 벼랑을 살펴보았네. 수개월 뒤에 자네의 생생한 기록을 아주 흥미롭게 읽어보았는데, 자네는 그게 깎아지른 듯한 낭떠러지였다고 써놓았더군. 하지만 꼭 그렇지만은 않았어. 작은 발판이 몇 개 돌출해 있었고 중간에 암반이 하나 튀어나와 있었지. 낭떠러지는 너무 높아서 맨 위까지 올라가는 게 불가능해 보였지만, 축축이 젖어 있는 길을 발자국을 남기지 않고 지나가는 것도 가능하지 않았네. 물론 비슷한 상황에서 이미 해봤던 것처럼 신발을 거꾸로 신고 갈 수도 있었지만, 세 사람의 발자국이 한 방향으로만 나 있는 것은 의심을 사기에 꼭 알맞았지. 그렇다면 위험하더라도 위로 올라가는 게 최선이었어. 왓슨, 그건 유쾌한 일은 아니었네. 발밑에선 귀를 먹먹하게 하는 물소리가 울리고 있었지. 난 결코 공상가는 아니지만 심연 속에서 모리어티의 비명 소리가 올라오는 것 같았어. 발을 한번 잘못 디디는 날엔 그것으로 끝장이었네. 나는 풀 포기를 놓치기도 하고 젖은 바위틈에서 두어 번 발이 미끄러진 적도 있었는데 그때마다 죽는 줄 알았지. 하지만 기를 쓰고 기어오른 끝에 부드러운 녹색 이끼로 덮인 이삼 미터 폭의 암반 위로 올라가서 아주 편안하게 누울 수 있었네. 물론 아래쪽에서는 나를 볼 수 없었지. 여보게, 자네하고 자네가 데리고 온 사람들이 사건 현장을 형편없이 비효율적인 방식으로 조사하는 동안, 나는 거기서 팔다리를 쭉 펴고 누워 있었다네.

자네들은 역시 완전히 틀린 결론을 내리더니 마침내 호텔을 향해 떠났고 나는 혼자 남았어. 나는 모험은 끝났다고 생각했지만 뜻밖의 일이 벌어지는 바람에 아직도 놀라운 일이 끝나지 않았다는 걸 알았네. 머리 위에서 커다란 바윗돌이 떨어져 내렸어. 그것은 쌩하고 옆을 스쳐 가더니 길 위로 떨어졌다가 다시 절벽 아래로 튕겨 나갔네. 처음에 나는 그게 사고인 줄 알았지만, 잠시 후 눈을 들어보니 어두워가는 하늘을 배경으로 한 사내가 고개를 내밀고 있는 게 보였네. 그러더니 다시 내가 누워 있는 바로 그 암반에 돌이 떨어졌지. 돌은 내 머리에서 30센티미터 떨어진 곳에 맞았네. 물론, 그 의미는 명확했어. 모리어티는 혼자 온 게 아니었던 거야. 모리어티가 나를 공격하는 동안, 언뜻 보기에도 위험천만해 보이는 한패가 망을 봐주고 있었던 거지. 그자는 멀리 보이지 않는 곳에 숨어서 우두머리가 죽고 내가 피신하는 광경을 지켜보았네. 그자는 절벽 꼭대기로 올라가서 기다리다가 우두머리가 못 한 일을 이루려고 했네.

왓슨, 나는 그런 사실을 금세 간파했네. 그 흉악한 얼굴이 다시 아래쪽을 내려다보는 게 보였고, 나는 그게 또 다른 돌덩이를 예고한다는 사실을 깨달았지. 나는 밑으로 내려가기 시작했네. 지금 생각하면 무슨 정신으로 그렇게 할 수 있었는지 모르겠어. 내려가는 건 올라가는 것보다 백 배는 더 어려웠다네. 하지만 돌출한 암반 끝에 매달려 있는데 돌덩이가 다시 옆을 스쳐 가는 상황에서, 위험하다는 생각을 할 겨를이 없었지. 절반쯤 내려와서 발이 미끄러졌지만, 다행히 신의 가호로, 찢어진 살에서 피를 뚝뚝 떨어뜨리면서도 길 위에 내려설 수는 있었지. 나는 어둠 속에서 산을 넘어 15킬로미터를 도망쳤고 일주일 뒤에는 플로렌스에 도착했네. 나는 세상에서 나의 행방을 아는 사람은 아무도 없을 거라고 확신했어.

진실을 아는 사람은 마이크로프트 형뿐이었지. 여보게, 자네한테는 정말 입이 열 개라도 할 말이 없네. 하지만 사람들한테 내가 죽었다는 확신을 심어주는 게 중요했는데, 자네부터가 그게 사실이라고 생각하지 않았다면 나의 불행한 종말에 대해 그렇게 설득력 있는 보고서를 쓰진 않았을 거야. 지난 3년간 나는 자네에게 편지를 쓰려고 몇 번이나 펜을 들었는데, 나에 대한 지나친 우정 때문에 자네가 경솔하게 비밀을 드러낼지도 모른다는 노파심 때문에 항상 그만두고 말았다네. 오늘 저녁에 자네가 내 책을 떨어뜨렸을 때 매몰차게 돌아선 것도 바로 그 때문이었어. 나는 그때 위험한 상황에 처해 있었는데, 자네가 조금이라도 놀라거나 감정적으로 동요하는 빛을 보였다면 적의 시선을 끌었을 테고, 그랬다면 필경 돌이킬 수 없는 통탄스러운 결과가 빚어졌을 걸세. 마이크로프트 형에게는 필요한 경비를 조달하기 위해 사실을 고백할 수밖에 없었지. 런던의 일 처리는 내가 희망한 대로 되지는 않았네. 왜냐하면 모리어티 일당의 재판에서 가장 위험한 조직원이자 나한테 강한 복수심을 품은 적수가 둘이나 풀려났으니까 말일세. 그래서 나는 2년간 티베트를 떠돌았다네. 티베트의 수도 라사를 찾아서 기분 전환도 하고 법왕과 며칠간 같이 지내기도 했지. 혹시 시게르손이라는 노르웨이인의 진기한 탐험 이야기를 읽어보았는지 모르겠네만, 그게 바로 자네 친구의 근황이라는 것은 꿈에도 몰랐겠지? 나는 그다음에 페르시아를 지나 메카에 잠시 들렀다가, 수단의 수도 하르툼의 할리파를 방문했네. 그 짧지만 흥미로운 방문의 결과는 외무부로 통보해 주었지. 그다음에 프랑스로 건너갔고, 프랑스 남부 몽펠리에의 어느 연구소에서 몇 달간, 콜타르의 유도체에 관한 연구를 했어. 그 연구에서 만족스러운 결과를 얻고 나서 이제 런던에 남아 있는 적은 하나뿐이라는 사실을 알고 돌아갈 생각을 하던 차에, 기이하기 짝이 없는 파크 레인 사건에 관한 뉴스를 듣고 귀국 날짜를 앞당겼다네. 사건 자체에 마음이 끌리기도 했지만 나한테는 이것이 개인적으로 다시없는 기회가 될 것 같았지. 나는 당장 런던으로 돌아와서 베이커 가에 들렀는데 허드슨 부인은 깜짝 놀라 발작을 일으키다시피 하더군. 마이크로프트는 내 방과 서류를 그대로 보존해 놓았네. 여보게, 오늘 오후 두시경에 옛날 그 방에서 낡은 안락의자에 앉아 있노라니 옛 친구 왓슨이 전처럼 내 앞에 앉아 있다면 얼마나 좋을까 하는 생각이 정말 간절하더군."

그 4월의 저녁때 나는 이렇듯 놀라운 이야기를 들었다. 다시는 보지 못하리라고 생각했던, 훤칠한 키에 깡마른 몸, 그리고 날카로우면서도 열정에 넘치는 얼굴을 직접 대면하지 않았다면 도저히 믿지 못했을 이야기였다. 어디서 들었는지 그는 내가 마음 아프게 상처(喪妻)했다는 사실도 알고 있었는데, 그는 말보다는 태도로 절절히 연민을 표현했다.

"여보게, 슬픔에 대해 제일 좋은 치료약은 일이라네. 오늘 밤에 우리 둘이 해야 할 일이 하나 있는데, 그 일을 성공적으로 완수한다면 한 인간이 지상에서 정당한 삶을 누릴 수 있게 될 걸세."

나는 무슨 일인지 자세히 말해 달라고 졸랐으나 소용없었다.

"오늘 밤 안으로 실컷 보고 듣게 될 걸세."

홈즈는 대꾸했다.

"우린 지난 3년간 살아온 얘기를 아직 못 했네. 아홉시 반까지 그 얘기를 하다가 빈집의 모험에 나서기로 하세."

정말 옛날로 되돌아간 기분이었다. 그가 말한 시각에 우리는 이륜마차에 나란히 앉아 있었는데, 내 주머니에는 리볼버가 들어 있었고 가슴속에는 짜릿한 긴장감이 넘쳐흘렀다. 홈즈는 냉정하고 단호하고 말이 없었다. 가로등 불빛이 금욕적인 얼굴을 비추자, 얇은 입술을 꼭 다물고 눈살을 찌푸린 채 생각에 잠겨 있는 모습이 보였다. 런던이라는 범죄자들의 어두운 정글에서 우리가 어떤 짐승을 쫓고 있는지는 몰랐지만, 이 노련한 사냥꾼의 태도를 보면 오늘 밤의 모험이 예사롭지 않으리라는 것은 분명했다. 금욕적이고 침울한 얼굴에 간간이 떠오르는 싸늘한 비웃음은 오늘 밤의 사냥감에게 별로 좋은 징조는 아니었다.

베이커가로 가는 줄 알았는데, 홈즈는 캐번디시 광장 모퉁이에서 마차를 세웠다. 그리고 마차에서 내리면서 혹시라도 미행당하지 않았는지 확인하기 위해 날카로운 눈으로 좌우를 살피고 거리 구석구석을 샅샅이 훑어보았다. 그는 이상한 곳으로만 골라서 갔다. 런던의 뒷골목을 환히 꿰고 있는 그는, 나 같은 사람은 그런 곳이 있는 줄도 몰랐던 아파트와 마구간 사이의 미로를 잰걸음으로 앞장서서 갔다. 우리는 마침내 음침한 고옥들이 줄지어 있는 작은 도로로 나섰는데, 이 도로는 맨체스터가를 지나 블랜퍼드가로 이어지는 길이었다. 여기서 그는 잽싸게 어느 비좁은 골목으로 들어서더니 웬 집의 나무 대문을 밀치고 버려진 마당으로 들어서서, 열쇠로 그 집 뒷문을 열었다. 집 안으로 들어선 다음 그는 문을 닫았다.

집 안은 칠흑같이 어두웠는데 빈집임에 틀림없었다. 아무것도 깔지 않은 마룻바닥은 발밑에서 삐걱거렸고, 손을 내밀자 벽지가 너덜거리는 벽이 만져졌다. 홈즈는 차갑고 여윈 손으로 내 손목을 움켜쥐고 긴 홀로 나를 이끌었다. 홀에 이르자 현관문 위로 뿌연 부채꼴 채광창이 나 있는 게 보였다. 여기서 그는 오른쪽으로 방향을 틀었고, 우리는 커다란 빈방 안으로 들어섰다. 방구석은 깜깜했지만 중간쯤은 거리에서 흘러들어 온 불빛 덕분에 아주 어둡지는 않았다. 하지만 가로등은 멀찍이 떨어져 있었고, 창문은 먼지가 두껍게 내려앉아서 서로의 모습을 간신히 구별할 수 있을 정도였다. 친구는 내 어깨에 손을 올려놓고 귓전에서 소곤거렸다.

"여기가 어딘지 알겠나?"

"베이커가가 분명한데."

나는 흐린 창밖을 주시하며 대답했다.

"맞아. 우린 지금 옛날 하숙집 맞은편의 캠덴 저택에 와 있네."

"그런데 여긴 뭣하러 온 거지?"

"여기서는 저 그림 같은 풍경이 아주 잘 보이거든. 여보게, 수고스럽더라도 밖에서 자네 모습이 보이지 않게 조심하면서 창가로 다가가 우리가 쓰던 방을 좀 살펴보게. 자네의 그 숱한 이야기가 바로 저 방에서 시작되지 않았나? 어디, 3년이라는 세월이 흐르는 동안 자네를 놀래주는 내 능력이 아주 사라졌는지 보기로 할까?"

나는 살며시 창가로 다가가 길 건너편의 낯익은 창문을 건너다보았다. 순간, 나는 깜짝 놀라 "악!" 하고 소리를 질렀다. 창문에는 커튼이 내려져 있고 방에는 불이 환했다. 그리고 의자에 앉아 있는 남자가 환한 창문 위에 검고 뚜렷한 그림자를 드리우고 있었다. 고개

의 각도, 각진 어깨, 날카로운 이목구비로 보아 그가 누구인지는 명약관화했다. 그는 옆모습을 보이고 앉아 있었으므로, 창문에 비친 그림자는 우리의 조부모 때 사람들이 그토록 좋아했던 검은 그림자 초상(18, 19세기에 널리 유행한 오리거나 그려서 만든 측면(側面) 초상—옮긴이)과 비슷해 보였다. 홈즈임에 틀림없었다. 나는 너무 놀라서 그가 정말 여기 있는지 확인하려고 등 뒤를 더듬었다. 홈즈는 소리 없이 몸을 떨며 웃고 있었다.

"어떤가?"

"맙소사! 정말 믿어지지 않는 일이군."

나는 소리쳤다.

"나의 샘솟는 아이디어는 세월에 녹스는 법도, 관습에 젖어 진부해지는 법도 없다네."

홈즈는 이렇게 말했는데, 그의 목소리에는 자신의 작품을 앞에 둔 예술가의 기쁨과 긍지가 고스란히 드러나 있었다.

"어때, 정말 비슷하지 않은가?"

"진짜 똑같아."

"작품 제작자는 프랑스 그르노블의 오스카 뫼니에 씨인데, 며칠이나 걸려서 틀을 만들었지. 나의 밀랍 흉상이라네. 저걸 설치해 놓는 일은 오늘 오후에 베이커가에 간 김에 해놓았지."

"그런데 왜 저런 일을?"

"여보게, 그것은 어떤 사람들에게 내가 저곳에 있다는 믿음을 주어야 할 분명한 이유가 있기 때문일세."

"자네는 저 방이 감시당하고 있다고 생각하나?"

"난 그들이 감시하고 있다는 걸 알았네."

"누가?"

"나의 옛 적수가. 우두머리를 라이헨바흐 폭포의 바닥에 묻은 재미있는 집단이지. 자네도 기억하겠지만 그들은 내가 아직 살아 있다는 사실을 알고 있네. 물론 그들이 알고 있는 건 그뿐이지만, 조만간 내가 집에 돌아오리라고 예상하고 있었지. 그들은 내 방을 꾸준히 감시하다가 오늘 아침에 내가 도착하는 장면을 목격했네."

"그걸 어떻게 알았나?"

"창밖을 언뜻 내다보다가 그들이 세워놓은 파수꾼의 얼굴을 알아봤지. 파커라고, 대단한 자는 아니야. 직업은 살인강도, 구금(口琴, 입에 물고 손가락으로 퉁겨 소리 내는 쇠틀 악기 —옮긴이)의 명수일세. 난 그자는 별로 개의치 않았네. 하지만 그 배후에 있는 훨씬 악랄한 인물에 대해서는 크게 신경이 쓰였지. 그자는 모리어티의 심복인데, 절벽 위에서 나한테 바윗돌을 집어던진 바로 그자라네. 런던에서 가장 교활하고 위험한 범죄자일세. 왓슨, 그는 오늘 밤에 나를 쫓고 있지만, 정작 자신이 우리에게 쫓기고 있다는 사실은 까맣게 모르고 있네."

내 친구의 계획이 점점 뚜렷이 이해되기 시작했다. 우리는 이 편리한 은신처에서 감시자들을 감시하고, 미행자들을 미행하는 것이다. 저쪽 창문에 비친 수척한 그림자는 미끼였고 우리는 사냥꾼이었다. 우리는 어둠 속에 서서 행인들이 부산하게 거리를 오가는 모습을 말없이 지켜보았다. 홈즈는 미동도 하지 않고 서'있었다. 하지만 나는 그가 신경을 잔뜩 곤두세우고 오가는 사람들을 유심히 바라보고 있다는 걸 알 수 있었다. 을씨년스럽고 어수선한 밤이었다. 휑한 거리로 바람이 휘몰아쳤다. 숱한 사람들이 오갔는데 대부분 스카프를 목에 두른 채 옷깃을 꼭꼭 여미고 있었다. 한두 번 아는 사람이 지나간 것 같기도 했지만, 거리 위쪽으로 좀 떨어진 곳의 어느 집 현관에서 바람을 피하고 있는 듯한 두 사내가 유난히 눈에 띄었다. 나는 그 사람들 쪽으로 친구의 시선을 끌려고 했지만 홈즈는 초조하게 작은 외마디 소리를 지르고 거리에서 눈을 떼지 않았다. 그는 두어 번 발을 동동거리고 손가락으로 벽을 톡톡 치기도 했다. 점점 불안해하는 걸 보니 계획대로 일이 잘 풀리지 않는 게 분명했다. 마침내 자정이 되어 거리에 인적이 드물어지자 그는 초조한 기색을 숨기지 못하고 방 안을 오락가락했다. 나는 그에게 무슨 말인가를 건네려고 하다가 건너편의 불 켜진 창문에 시선이 닿았을 때 아까 못지않게 깜짝 놀랐다. 나는 홈즈의 팔을 잡고 그쪽을 손가락질했다.

"그림자가 움직였어!"

나는 외쳤다.

그림자는 더 이상 사람의 옆모습이 아니라 이쪽으로 등을 돌린 뒷모습이었다.

3년이란 세월이 흘렀지만 그의 날카로운 기질은 그대로였고, 자신보다 활력이 덜한 지성의 소유자에게 참을성이 없는 것도 예전과 별반 다르지 않았다.

"물론 저건 움직이지. 왓슨, 내가 인형 하나만 달랑 갖다 놓고 유럽에서 가장 날카로운 자들이 속아 넘어가기를 바라는 바보 천치인 줄 알았나? 우리가 두 시간 동안 이 방에 있는 동안, 허드슨 부인은 여덟 차례, 말하자면 15분에 한 번씩 저 흉상의 위치를 바꿔놓았네. 부인은 자기 그림자가 비치지 않도록 조심하면서, 앞에서 흉상을 움직이고 있지. 허!"

홈즈는 흥분해서 짧게 숨을 들이켰다. 그가 고개를 앞으로 내민 채 온몸을 팽팽히 긴장시키고 가만히 귀 기울이고 있는 모습이 희미한 불빛 속에 드러났다. 바깥의 거리엔 사람 그림자 하나 없었다. 아까 그 두 사내는 아직도 어느 집 현관에서 웅크리고 있는지도 모르지만 이제는 보이지 않았다. 맞은편의 눈부시게 노란 창문 한가운데 검은 그림자가 드리워져 있을 뿐 사방은 쥐 죽은 듯 고요하고 어두웠다. 삼라만상이 숨을 죽이고 있는 가운데, 홈즈가 흥분을 이기지 못하고 이를 악문 채 숨을 들이쉬는 소리가 가느다랗게 들렸다. 다음 순간, 그는 나를 잡아끌고 제일 어두운 방구석으로 가더니 조용히 하라는 뜻으로 내 입술에 손을 가져다 댔다. 내 팔을 붙든 그의 손가락이 가볍게 떨렸다. 친구가 이렇게 동요하는 모습은 처음이었지만 어두운 거리에는 여전히 쥐새끼 한 마리 없었다.

하지만 나는 불현듯 그가 날카로운 감각으로 벌써 알아챈 소리를 의식하게 되었다. 나지막한 발소리였는데, 그것은 베이커가 쪽이 아니라 우리가 잠복해 있는 이 집 뒤편에서 들려왔다. 문 여닫는 소리,

뒤이어 조심스럽게 복도를 내려오는 발소리. 침입자는 소리를 안 내려고 무진장 조심하는 듯했으나 발소리는 빈집에서 텅텅 울렸다. 홈즈는 벽에 바짝 붙어 섰고, 나도 리볼버 손잡이를 움켜쥔 채 친구를 따라 벽에 붙어 섰다. 어둠 속을 노려보고 있노라니 한 남자의 희미한 윤곽이 눈에 들어왔다. 그것은 열려 있는 문의 어둠보다 더욱 짙은 그림자였다. 그는 멈칫하더니 몸을 웅크린 채 살금살금 금방이라도 달려들 것처럼 방 안으로 들어왔다. 이 불길한 그림자는 우리가 서 있는 곳에서 3미터 거리까지 왔고, 나는 그가 덤벼들면 맞서 싸울 태세를 갖췄지만, 이내 그는 우리가 여기 있는 것을 전혀 모른다는 사실을 깨달았다. 그는 우리가 서 있는 곳 바로 앞을 지나 살그머니 창가로 다가가더니 조심조심 소리 안 나게 창문을 15센티미터가량 들어 올렸다. 사내가 열어놓은 창문 틈에 얼굴을 가져다 댔을 때, 더 이상 먼지 낀 창문을 통하지 않은 거리의 불빛이 그의 얼굴을 직접 비췄다. 사내는 흥분해서 제정신이 아닌 듯했다. 두 눈은 별처럼 번쩍거렸고 얼굴은 경련을 일으키고 있었다. 나이는 지긋해 보였는데, 살집이 없는 코는 툭 튀어나왔고 머리는 벗어지고 반백이 된 콧수염을 길게 기르고 있었다. 오페라해트(접을 수 있는 실크해트 — 옮긴이)는 뒤로 젖혀 썼는데, 단추를 풀어 헤친 외투 속으로 예복 셔츠의 앞자락이 어슴푸레 빛났다. 거무튀튀한 깡마른 얼굴에는 굵은 주름이 잡혀 있었다. 손에는 막대기 같은 걸 들고 있었는데, 그것을 바닥에 내려놓자 절그럭하는 금속성의 소리가 났다. 사내는 그다음에 외투 주머니에서 부피가 큰 물건을 꺼냈는데, 부

지런히 손을 놀리자 용수철이나 볼트가 제자리로 들어갈 때와 같은 철컥 소리가 날카롭게 울렸다. 그는 여전히 바닥에 무릎을 꿇은 채 고개를 숙이고 안간힘을 다해 무슨 레버 같은 걸 잡아당겼는데, 그러자 공기가 소용돌이치는 듯, 뭔가를 가는 듯한 소리가 한참 들리더니 마지막으로 철컥 소리가 다시 한번 크게 울렸다. 그다음에 그는 몸을 일으켰다. 사내가 들고 있는 것은 이상하게 흉측한 개머리가 달린 총이었다. 그는 총미(銃尾)를 열고 그 속에 뭔가를 집어넣더니 잠금장치를 닫았다. 그다음에는 바닥에 쪼그리고 앉아서 열어놓은 창문 선반에 총신을 올려놓았다. 사내의 긴 콧수염은 개머리판에 닿았고 번쩍거리는 눈은 가늠쇠를 노려보고 있었다. 사내는 개머리를 어깨에 올려놓고 가늠쇠 끝에 선명하게 들어오는 굉장한 목표물, 즉 노란 바탕에 떨어져 있는 검은 그림자를 바라보며 흡족한 듯 한숨을 토해 냈다. 일순 그는 숨을 죽이고 꼼짝도 하지 않고 있다가 마침내 방아쇠를 당겼다. 총알은 유난히 크고 이상한 소리를 내며 날아갔는데, 뒤이어 유리창 깨지는 소리가 와장창하고 선명하게 들렸다. 바로 그 순간, 저격수의 등 뒤에 서 있던 홈즈가 비호같이 그에게 달려들었다. 사내는 바닥에 깔렸지만 다시 벌떡 일어나서 사력을 다해 홈즈의 목덜미를 움켜잡았다. 하지만 내가 휘두른 리볼버의 개머리에 머리를 맞고 다시 그 자리에 쓰러졌다. 나는 사내를 타고 눌렀고 그사이에 동지는 날카롭게 호각을 불었다. 여럿이 거리를 달려오는 소리가 나더니 정복 경관 둘과 사복형사 하나가 현관문을 밀치고 방으로 뛰어들었다.

"레스트레이드, 당신이오?"

홈즈가 말했다.

"그렇소, 홈즈 선생. 내가 직접 나섰소이다. 런던에서 다시 만나게 돼서 정말 반갑소."

"당신한테는 비공식적인 도움이 좀 필요한 것 같더군요. 경찰 모르게 저질러진 살인 사건이 1년에 세 건이라니 그래선 안 되지요. 하지만 레스트레이드, 몰레시 사건은 평소하고 영 다르게 처리하셨더군. 내 말은 그 사건은 꽤 잘 처리했다는 거요."

우리는 모두 일어나 있었고, 건장한 경관 둘이 양쪽에서 거친 숨을 몰아쉬는 포로의 팔을 끼고 있었다. 거리에는 벌써 할 일 없는 사람들 서넛이 모여들고 있었다. 홈즈는 창가로 다가가 창문을 닫고 커튼을 내렸다. 레스트레이드 경감은 촛불 두 개에 불을 붙였고 경관들은 등잔 덮개를 벗겼다. 나는 이제야 포로의 얼굴을 자세히 볼 수 있었다.

정말 사내답기 그지없게 생겼지만 악의가 깃든 얼굴이 불빛에 드러났다. 철학자의 이마에 호색한의 턱을 가진 그는 선과 악, 그 어느 쪽으로든 뛰어난 소질이 있어 보였다. 하지만 게슴츠레하게 냉소적으로 내리덮인 눈꺼풀과 그 밑의 잔인한 푸른 눈, 흉포하고 사나운 코, 굵은 이랑이 팬 험상궂은 이마를 본 사람들은 자연이 그의 얼굴에 뚜렷이 새겨놓은 위험 신호를 읽어낼 수 있었다. 그는 다른 사람에게는 전혀 관심이 없었고, 증오와 경악이 반씩 섞인 표정으로 홈즈의 얼굴만을 뚫어지게 바라보았다.

"악귀 같은 놈!"

그는 쉬지 않고 중얼거렸다.

"이 간교한, 간교한 악귀 같은 놈!"

"아, 대령!"

홈즈는 구겨진 셔츠 깃을 바로잡으며 말했다.

"옛말에 '여행은 연인들의 상봉으로 끝난다.'라는 말도 있잖은가. 지난번에 내가 라이헨바흐 폭포의 암반 위에 올라가 있을 때 나한테 각별한 관심을 보내주었는데, 안타깝게도 그다음에는 한 번도 못 만났지, 아마?"

대령은 망연자실한 얼굴로 한결같이 내 친구만 응시하고 있었다.

"이 교활한, 교활한 악귀 같은 놈!"

그가 할 수 있는 말은 이것이 전부였다.

"아직 소개를 안 드렸군."

홈즈는 말했다.

"여기, 이 신사는 세바스천 모런 대령입니다. 과거 여왕 폐하의 인도 육군에서 복무한 적이 있는데 동양의 식민지가 배출한 최고의 맹수 사냥꾼이지요. 대령, 호랑이 사냥에서는 아직도 당신이 세운 기록을 깨뜨린 사람이 없을걸?"

흉포해 보이는 초로의 사내는 입을 굳게 다물고 이글거리는 눈으로 내 친구를 노려보기만 했다. 그는 포악한 눈과 뻣뻣이 곤두선 콧수염 때문에 놀랄 만큼 호랑이와 비슷해 보였다.

"당신처럼 노련한 사냥꾼이 이렇게 단순한 전술에 어떻게 넘어갔

는지 정말 신기하군."

홈즈는 말했다.

"그런 전술은 당신도 잘 알고 있을 텐데. 당신, 호랑이를 유인하려고 나무 밑에 새끼 양 한 마리를 묶어놓고, 소총을 들고 나무 위로 올라가서 기다려본 적이 있지? 내게는 이 빈집이 나무이고 당신이 호랑이였어. 그런데 당신도 호랑이가 여러 마리 나타나거나, 아니면 그럴 리는 없겠지만 당신이 쏜 총알이 빗나갈 경우에 대비해서 총을 더 준비해 놨을 것 같은데, 이번에는 그렇게 안 했나 보지?
자, 보라고."

그는 경찰들을 가리켰다.

"나는 여기 이렇게 준비해 놨거든. 당신도 나처럼 했어야지."

모런 대령은 포효하며 덤벼들었으나 두 경관이 그를 잡아끌었다.
그의 얼굴에서 이글거리는 분노는 차마 보기에도 끔찍할 정도였다.
홈즈가 말했다.

"솔직히 말해서 당신한테 놀란 점이 하나 있다. 난 당신이 이 빈
집과 편리한 창문을 이용할 줄은 몰랐어. 당신이 거리에서 작업을
할 줄 알고 밖에 내 친구 레스트레이드와 그 부하들을 대기시켜 놨
지. 그것 하나만 빼면 모든 게 다 내 예상대로였어."

모런 대령은 레스트레이드 경감을 향해 돌아섰다.

"내가 체포되어야 할 정당한 사유가 있는지는 모르겠소. 하지만
적어도 내가 저 인간의 조롱을 견뎌야 할 이유는 없소. 당신들이 법
의 집행자라면, 모든 걸 법대로 처리하시오."

"좋소이다, 그건 수긍할 만한 얘기요."

레스트레이드는 말했다.

"홈즈 선생, 우리가 가기 전에 더 하실 말씀은?"

홈즈는 바닥에서 성능 좋은 공기총을 집어 들고 구조를 꼼꼼히
살펴보았다.

"대단히 놀랍고 독창적인 무기입니다. 이건 소음이 없을 뿐 아니
라 파괴력도 엄청나지요. 나는 독일의 맹인 기술자 폰 헤르더가 고

모리어티 교수의 주문으로 이 총을 제작했다는 걸 알고 있었습니다. 수년 동안 이 무기의 존재에 대해 알고 있었지만 만져볼 기회는 없었지요. 레스트레이드, 이 총과 여기에 맞는 총알을 같이, 특별히 당신한테 맡기겠습니다.”

“홈즈 선생, 이건 우리가 잘 보관할 테니 걱정 마시오.”

레스트레이드는 일행을 데리고 문을 향해 나가면서 말했다.

“더 하실 말씀은?”

“저자를 어떤 죄목으로 기소할 작정입니까?”

“기소 말이오? 그거야 물론, 셜록 홈즈 선생에 대한 살인 미수 혐의요.”

“레스트레이드, 그렇지 않습니다. 그 문제에서는 나를 아주 빼주기 바랍니다. 이렇게 기막히게 범인을 체포한 공로는 당신, 오로지 당신에게 있습니다. 레스트레이드, 정말 축하합니다! 이번에도 당신은 교묘하고 대담한 작전으로 범인을 검거하는 데 성공했군요.”

“범인을 검거했다고! 홈즈 선생, 대체 무슨 말이오?”

“지난달 30일, 파크 레인 427번지, 2층 거실의 창문을 통해 공기총으로 팽창 탄환을 발사해서 로널드 아데어 도령을 저격한 범인 말입니다. 지금 경찰에선 전력을 다해 범인을 찾고 있지만 별 소득이 없지요. 레스트레이드, 이자의 혐의는 바로 그겁니다. 자, 왓슨, 깨진 창문으로 들어오는 외풍을 견딜 수 있겠거들랑 내 서재에 가서 30분가량 담배라도 피우는 게 어떨까. 그것도 꽤 재미있을 걸세.”

우리가 예전에 쓰던 방은 마이크로프트 홈즈의 감독과 허드슨 부인의 정성으로 모든 게 그대로였다. 방에 들어섰을 때, 방 안이 유난히 깨끗해 보이긴 했지만 옛날에 쓰던 물건은 모두 제자리에 있었다. 구석에는 화학 실험 기구들이 놓여 있었고 산(酸)에 변색된 전나무 탁자도 그대로였다. 선반에는 적지 않은 수의 런던 시민들이 없애버리고 싶어 안달할 무시무시한 스크랩북과 참고 서적 들이 나란히 꽂혀 있었다. 방 안을 쓱 둘러보자 도표와 바이올린 케이스, 파이프 걸이, 심지어는 담배를 숨겨놓은 페르시아 슬리퍼까지 모든 게 다 눈에 들어왔다. 방에는 사람이 이미 둘이나 있었는데, 그중 한 사람인 허드슨 부인은 우리가 들어서는 걸 보고 활짝 웃었다. 다른 한 사람은 오늘 저녁의 모험에서 대단히 중요한 역할을 한 야릇한 인형이었다. 그것은 밀랍으로 만든 내 친구의 흉상이었는데, 대단히 정교하게 만들어져 실물과 똑같았다. 작은 받침대 위에 놓인 흉상은 홈즈의 낡은 실내복을 두르고 있어서 거리의 사람들을 완벽하게 속여 넘길 수 있었다.

"허드슨 부인, 내가 일러드린 대로 단단히 주의하셨겠지요?"

홈즈가 말했다.

"난 선생 말대로 인형 앞까지 무릎걸음으로 갔다오."

"좋습니다. 일을 아주 잘 해내셨더군요. 총알이 어디 박혔는지 보셨습니까?"

"그럼요. 그놈의 총알이 머리를 뚫고 나가 벽에 맞고 떨어졌는데, 그래서 저 멋진 인형이 망가진 것 같구려. 내가 총알을 카펫에서 주워놨는데, 예 있우!"

홈즈는 총알을 내게 건네주었다.

"왓슨, 보다시피 무른 리볼버용 총알일세. 정말 천재적인 수법이지. 누가 이런 총알이 공기총에서 발사됐으리라고 생각하겠나? 좋습니다, 허드슨 부인. 도와주셔서 정말 감사합니다. 자 그럼, 왓슨, 오랜만에 그 의자에 한번 앉아보게. 자네한테 말해 주고 싶은 게 몇 가지 있으니까 말일세."

그는 허름한 프록코트를 벗어 던지고 자신의 흉상에서 벗겨낸 쥐색 실내복을 걸쳤다. 그는 이제 예전의 홈즈로 완전히 되돌아갔다.

"늙은 사냥꾼이라고 해도 신경은 아직 튼튼하고 눈은 여전히 날카롭군그래."

그는 흉상의 깨진 이마를 들여다보며 껄껄 웃었다.

"총알이 뒤통수에 명중해서 뇌를 관통했네. 모런 대령은 인도에서 특등 사수였는데 지금 런던에서도 그를 능가할 사람은 없을 걸세. 그에 대해 들어본 적 있나?"

"아니, 없는데."

"그래그래, 명성이란 게 다 그런 거지! 하지만 내 기억이 정확하다면, 자넨 한 세기를 풍미한 비상한 두뇌의 소유자, 제임스 모리어티 교수에 대해서도 못 들어봤다고 했던 것 같은데. 선반에서 그 인명 색인 좀 내려주게."

홈즈는 의자에 몸을 파묻고 시가 연기를 구름처럼 내뿜으며 게으르게 책장을 넘겼다.

"'M' 항목은 휘황찬란하지. 모리어티 하나만 해도 눈부시니까. 이건 독살자 모건, 그다음에는 지독한 추억을 남긴 메리듀, 그리고 채링 크로스의 대합실에서 내 왼쪽 송곳니를 부러뜨린 매튜, 그리고 마지막으로 아까 그 친구가 여기 있군."

나는 그가 건네준 인명부를 낭독했다.

세바스천 모런, 대령, 무직. 인도의 뱅갈로 제1공병대에서 복무했음. 1840년, 런던 출생. 주페르시아 공사를 역임한 오거스터스 모런 남작의 아들. 이튼 학교와 옥스퍼드에서 수학. 조와키전(戰), 아프카니스탄 전, 챠라시아브(특파), 셰르푸르, 카불에서 복무. 『서부 히말라야의 맹수』(1881), 『정글에서의 세 달』(1884)의 저자. 주소: 컨듀잇가. 소속 클럽: 앵글로 인디언, 탱커빌, 바가텔 카드 클럽.

가장자리에는 홈즈의 꼼꼼한 글씨체로 이렇게 쓰여 있었다.

런던에서 두 번째로 위험한 인물.

"놀랍군그래. 이만하면 역전의 용사가 아닌가."
나는 인명부를 돌려주며 말했다.
"옳은 말이야."
홈즈는 대꾸했다.
"그는 어느 선까지는 엇나가지 않고 잘했지. 무쇠 같은 신경을 타

고났는데, 인도에서는 아직도 대령이 부상당한 식인 호랑이를 쫓아서 배수로를 기어간 얘기가 회자되고 있다네. 여보게, 그런데 세상에는 일정한 높이까지는 잘 자라다가 그다음부터 갑자기 이상하게 흉측한 모양으로 변하는 나무들이 있거든. 사람들 중에서도 그런 이들이 심심찮게 있지. 내가 보기에 개인은 윗세대의 모든 특징을 자신의 발달 과정에서 드러내게 되는 것 같아. 과거에 가계(家系)로 침투해 들어온 어떤 강한 영향력이 선이나 악에 대한 갑작스러

운 충동으로 나타나는 거지. 그래서 한 개인은 자신의 가족사의 축도(縮圖)가 되는 것일세."

"그건 다분히 공상적인 얘기로군."

"글쎄, 내 의견을 고집할 생각은 없네. 하지만 이유야 어쨌든 모런 대령은 악의 길로 들어섰지. 그리고 무슨 스캔들이 있었던 것도 아닌데 인도에서 더 이상 배겨나지 못하게 됐어. 그래서 제대하고 런던으로 돌아와 다시 악명을 떨쳤네. 모리어티 교수에게 발탁된 것이 이 무렵이었는데, 대령은 상당 기간 모리어티의 오른팔 노릇을 했어. 모리어티는 그에게 아낌없이 돈을 썼지만, 다른 부하에게는 역부족이었던 지극히 까다로운 일을 한두 건 처리하는 데 그를 동원했을 뿐이라네. 자네 1887년 로더의 스튜어트 부인 변사 사건을 기억하고 있겠지? 모른다고? 음, 난 스튜어트 부인을 살해한 것이 모런이라고 확신하지만 그걸 증명할 방법이 없었네. 대령은 아주 교묘하게 사건을 은폐했기 때문에, 모리어티 일당이 검거됐을 때도 경찰은 그자의 혐의를 입증하는 데에는 실패했어. 자네도 그 무렵에 내가 자네 집에 찾아가서 공기총이 걱정된다고 덧문을 닫았던 일 기억하지? 틀림없이 자네는 내가 상상력이 지나치다고 생각했을 거야. 하지만 내가 그런 행동을 한 데에는 지극히 현실적인 이유가 있었네. 나는 그 놀라운 총의 존재를 알고 있었고, 또 그 뒤에 세계 최고의 명사수가 있으리라는 것도 알고 있었다네. 우리가 스위스에 갔을 때 대령은 모리어티와 함께 우릴 따라왔는데, 라이헨바흐 절벽에서 내게 공포의 5분을 선사한 것은 바로 그자였어.

당연히 나는 프랑스에 체류하는 동안 그자를 감옥에 처넣을 기회를 찾을 생각으로, 신문을 꼼꼼히 읽었네. 그자가 런던에서 자유롭게 활보하는 한 내 목숨은 바람 앞의 등불과 같은 것이었지. 내게는 밤낮으로 미행이 붙어 다녔을 테고, 그는 금방 기회를 잡았을 걸세. 어떻게 할까? 난 그자를 보자마자 쏠 수는 없었네. 그랬다가는 도리어 내가 피고석에 서게 될 테니까. 하급 법원에 호소해 봤자 소용없는 짓이었지. 내 얘기는 지나친 의심 때문에 나온 말로 들렸을 테고 법원에서 그런 얘기를 근거로 개입할 수는 없었을 걸세. 그래서 나는 가만히 있었네. 하지만 조만간 기회가 오리라고 생각하고 사건 소식을 주시했지. 그런데 로널드 아데어가 살해당했다는 소식이 날아온 걸세. 마침내 기회가 온 거야. 내가 아는 게 있는데, 그게 당연히 모런 대령 짓임을 몰랐겠나? 대령은 청년과 같이 카드를 치고 클럽에서 그의 집까지 뒤를 밟았을 거야. 그리고 열린 창문을 통해 아데어를 쐈겠지. 그것은 틀림없었네. 그렇다면 총알만으로도 그자를 교수대로 보내기에 충분한 증거가 될 수 있었네. 나는 당장 귀국했어. 그런데 이 앞을 지키던 녀석한테 들켰고, 녀석은 당장 대령에게 내가 나타났다고 보고했겠지. 대령은 내가 갑자기 귀국한 것이 자신이 저지른 범죄와 상관이 있을 거라고 보고 잔뜩 신경을 곤두세웠을 걸세. 나는 대령이 당장 나를 제거하려고 나설 것이고 보나 마나 문제의 살인 무기를 이용할 거라고 생각했네. 그래서 나는 창가에 멋진 표적을 세워놓고 경찰에 지원 요청을 했지. 가만, 그런데 자네는 경찰이 현관에 잠복하고 있는 걸 놀랍도록 정확하게 알아채더군. 사실 나는 관찰하기에 가장 좋을 듯한 자리를 골라잡았지만, 그 자가 바로 그곳을 공격 지점으로 택할 줄은 꿈에도 몰랐지. 여보게, 더 알고 싶은 게 있나?”

“응, 자네는 모런 대령이 로널드 아데어 도령을 살해한 동기를 밝혀내지는 못한 건가?”

“아! 왓슨, 그 부분은 가장 논리적인 정신도 실수를 범할 수 있는 추측의 영역에 속한다네. 누구라도 현재의 증거를 토대로 가설을 세울 수 있고, 또 자네 생각도 내 생각 못지않게 정확할 수 있지.”

“그럼 자넨 가설을 세운 건가?”

“사실을 설명하는 건 어렵지 않다고 보네. 모런 대령과 아데어 청년이 그동안 상당한 금액의 돈을 땄다는 증언이 나왔네. 그런데 모런은 보나 마나 속임수를 썼을 거야. 나는 그것에 대해서는 오래전부터 알고 있었지. 아마 아데어는 바로 그날, 모런이 속임수를 쓴다는 사실을 눈치챘을 거야. 그러자 모런을 따로 불러내서 그 얘기를 했을 테지. 대령에게 자진해서 클럽을 탈퇴하고 앞으로 카드를 하지 않기로 약속하지 않으면 사실을 밝히겠다고 했겠지. 아데어같이 새파랗게 젊은 청년이 자기보다 연배가 훨씬 높은 명사의 비리를 당장 폭로해서 사회적으로 큰 물의를 일으키려고 하진 않았을 걸세. 십중팔구 내가 말한 대로 행동했을 거야. 하지만 부정한 방법으로 딴 돈으로 생활하는 모런에게 클럽을 탈퇴한다는 건 파멸을 의미했을 걸세. 그래서 아데어를 살해한 거지. 그때 청년은 같은 편의 부정행위로 이득을 챙길 수 없었기 때문에, 상대편에게 돈을 얼마나 돌려줘야 하는지 계산하고 있었네. 그런데 숙녀들이 불쑥 들어왔다가 이름 옆에 동전을 쌓아놓은 걸 보면 그게 뭔지 물어볼까 봐 방문을 잠갔겠지. 어때, 그럴듯한가?"

"틀림없이 자네가 말한 그대로일 걸세."

"내 말이 옳은지 그른지는 법정에서 증명되겠지. 그런데 어찌 됐든, 모런 대령은 더 이상 우릴 괴롭힐 수 없게 됐어. 폰 헤르더의 유명한 공기총은 런던 경찰국의 박물관을 장식하게 될 테고, 셜록 홈즈 선생은 다시 한번 런던의 복잡한 삶이 무제한으로 공급해 주는 흥미로운 사건들을 마음 놓고 조사할 수 있게 되었네."

노우드의 건축업자

"범죄 전문가의 입장에서 볼 때, 애석하게도 모리어티 교수가 사망한 뒤에 런던은 유난히 지루한 도시가 되어가고 있네."

셜록 홈즈가 말했다.

"분별 있는 시민들 중에서 자네 말에 동조할 사람은 별로 없을 것 같구먼."

나는 이렇게 대꾸했다.

"그래그래, 그건 좀 이기적인 생각이지."

홈즈는 아침 식탁에서 의자를 뒤로 물리며 씩 웃었다.

"사회적으로는 분명히 잘된 일이고 일거리가 없어진 가엾은 전문가를 빼면 손해 볼 사람은 아무도 없으니까 말일세. 그자가 런던을 주름잡고 있을 때 조간신문에는 그야말로 예측 불허의 기사가 실리곤 했지. 사실 나는 가장 사소한 흔적, 가장 희미한 자취만 보고도 배후에 숨어 있는 지독하게 사악한 두뇌를 간파해 낸 적이 많았네. 거미줄 가장자리가 보일 듯 말 듯하게 떨리는 것만 봐도 가운데 엎드려 있는 흉측한 거미의 존재를 알 수 있는 것처럼 말일세. 좀도둑질, 이유 없는 폭력, 무익한 불법 행위……, 단서를 쥐고 있는 사람은 이 모든 것을 전체와의 관련 속에서 파악할 수 있지. 지능적인 범죄의 세계를 공부하는 과학도에게 유럽의 수도 중에서 런던만 한 장점을 갖춘 도시는 없었네. 그런데 지금은……."

홈즈는 자신이 범죄 조직을 일망타진하는 데 결정적으로 기여해 놓고도 정작 그 결과는 마음에 안 든다는 듯 우스꽝스러운 표정으로 어깨를 들썩했다.

그것은 홈즈가 귀환한 지 몇 달 뒤의 일이었는데, 나는 그의 요청에 따라 의원을 팔고 베이커가의 옛 하숙집으로 돌아와 있었다. 켄싱턴에 있는 나의 작은 의원을 인수한 사람은 버너라는 젊은 의사였는데, 놀랍게도 그는 내가 처음에 한껏 높여 부른 금액에서 한 푼도 깎으려 하지 않았다. 몇 년 뒤에 나는 버너가 홈즈의 먼 친척이고, 의원의 인수 자금을 댄 사람은 다름 아닌 내 친구라는 사실을 알고 비로소 그때 일을 납득할 수 있었다.

우리가 함께 지낸 몇 달이, 사실 그가 말했던 것처럼 그렇게 평온무사한 것은 아니었다. 공책을 들여다보니 이 시기에 무릴로 전 회장의 서류 사건, 그리고 우리 둘 다 죽을 뻔했던, 네덜란드 기선 프리즐란드호의 충격적인 사건도 있었다. 홈즈는 냉정하고 자만심이 강했지만 대중의 갈채라는 것을 극단적으로 싫어했는데, 바로 그런 이유 때문에 자신에 대해서나 자신의 방법 또는 성공 사례에 대해 더 이상 말하지 말 것을 내게 엄중하게 요구했다. 이 함구령이 철회된 것은 앞서 말한 대로 최근 들어서의 일이다.

셜록 홈즈는 이렇게 별난 불평을 늘어놓은 다음 의자에 몸을 파묻고 한가롭게 조간신문을 펼쳐 들었다. 바로 그때 마구 초인종이 울려대더니, 뒤이어 누군가 주먹으로 현관문을 쾅쾅 두드리는 듯 둔탁한 소리가 들려왔다. 문이 열리자 손님은 소란스럽게 안으로 밀고 들어와 후닥닥 계단을 뛰어올랐다. 곧이어 미친 사람 같은 눈에 창백한 얼굴, 매무새가 흐트러진 젊은이가 숨을 몰아쉬며 다급하게 방 안으로 뛰어들었다. 그는 우리 두 사람을 번갈아 쳐다보다

가 의아한 시선을 느끼고, 이렇듯 무례한 침입에 대해 뭔가 사과가 필요하다는 것을 의식한 듯했다.

"죄송합니다, 홈즈 선생님."

청년은 부르짖었다.

"저를 나무라지 마십시오. 저는 미치기 직전입니다. 홈즈 선생님, 제가 바로 그 불운한 사나이 존 헥터 맥팔란입니다."

청년은 자신의 이름 하나만으로, 여길 찾아온 이유나 그 이상한 태도가 설명되는 것처럼 목청껏 소리 질렀다. 하지만 나는 내 친구의 무표정한 얼굴을 보고, 그도 나와 마찬가지로 그 이름에 대해 아는 게 별로 없다는 걸 알 수 있었다.

"맥팔란 씨, 담배 한 대 태우시지요."

홈즈는 담뱃갑을 밀어놓으며 말했다.

"그런 증상에 대해서라면 내 친구 왓슨 박사가 진정제를 처방해 줄 겁니다. 요즘 며칠은 날씨가 아주 따뜻하더군요. 자, 좀 진정이 됐거들랑 그쪽 의자에 앉아서 당신이 어떤 사람이고 원하는 게 대체 무엇인지에 대해 아주 천천히, 그리고 침착하게 말해 주기 바랍니다. 당신은 방금, 내가 당신을 알아봐야 마땅한 것처럼 이름을 댔지만, 내가 확실하게 말할 수 있는 건 당신이 미혼이고 사무변호사(법정에서 변론을 담당하는 일을 제외한 일체의 법률 사무를 수행하는 변호사 — 옮긴이)이며, 프리메이슨에 천식 환자라는 것뿐입니다. 그 밖에 당신에 대해 아는 것은 전혀 없습니다."

나는 내 친구의 방법에 익숙했으므로 흐트러진 매무새, 법률 서류 다발, 시곗줄 장식, 그리고 가쁜 호흡을 보고 그의 추리를 따라갈 수 있었다. 하지만 손님은 화들짝 놀라 홈즈를 응시했다.

"예, 전부 옳으신 말씀입니다, 홈즈 선생님. 그 밖에 덧붙이자면 제가 지금 런던에서 제일 불쌍한 사람이라는 거죠. 제발, 제발 저를 버리지 마십시오, 홈즈 선생님! 제가 이야기를 끝내기 전에 저를 체포하러 오면, 그 사람들한테 제가 사실을 다 말할 수 있도록 시간을 좀 주라고 하세요. 만일 선생님이 밖에서 저를 위해 뛰고 계신다는 걸 알면 저는 기쁜 마음으로 감옥에 갈 수 있을 것 같습니다."

"당신을 체포한다고! 허, 그것참 마음에 드……, 아니, 참 흥미로운 사건이군요. 그래, 무슨 혐의로 당신을 체포한답디까?"

"로워 노우드의 조너스 올더커 씨 살해 혐의로."

표정이 풍부한 내 친구의 얼굴에 동정의 빛이 떠올랐지만 그 속에 만족감이 전혀 없다고 할 수는 없었다.

"저런, 나는 방금 전에 아침 식사를 하면서 내 친구 왓슨 박사한테 요즘 신문에선 대형 사건이 아예 자취를 감췄다고 했습니다."

손님은 떨리는 손을 뻗어 아직도 홈즈의 무릎 위에 놓여 있는《데일리 텔레그래프》를 집어 들었다.

"만약 이 신문을 보셨다면 제가 오늘 아침에 찾아온 이유가 뭔지 당장 아셨을 겁니다. 저는 모든 사람들이 다, 저와 제가 당한 불운을 알고 있는 것만 같습니다."

청년은 신문을 넘기더니 가운데 쪽을 펼쳤다.

"여기 있습니다. 괜찮으시다면 제가 읽어보지요. 들어보십시오.

제목은 '로워 노우드의 괴사건. 저명한 건축업자 실종. 살인 및 방화로 추정. 범인에 대한 단서 포착.' 홈즈 선생님, 경찰에선 벌써 단서를 쫓고 있다는데 저는 그 단서가 필연적으로 저를 가리키게 된다는 걸 잘 알고 있습니다. 런던교 역에서부터 누가 뒤를 따라오던데 경찰은 저에 대한 체포 영장이 떨어지기만을 기다리는 게 분명합니다. 저희 어머니가 아시면 억장이 무너지실 겁니다. 억장이 무너지실 거예요!"

청년은 불안이 북받치는 듯 두 손을 쥐어짜며 의자에 앉은 채로 몸을 앞뒤로 흔들었다.

나는 중죄를 저지른 혐의를 받고 있는 청년을 흥미롭게 지켜보았다. 금발의 청년은 용모는 준수했지만 낯빛이 몹시 파리했으며 푸른 눈에는 겁이 잔뜩 실려 있었다. 얼굴은 깨끗이 면도했고 입매는 나약하고 예민해 보였다. 나이는 스물일곱 살 정도일 것 같았고 옷차림과 태도는 신사다웠다. 가벼운 여름용 외투 주머니에서 삐죽이 삐져나온 배서한 서류 다발이 직업을 짐작할 수 있게 해주었다.

"우리는 시간을 아껴야 하네. 왓슨, 미안하지만 문제의 기사를 읽어주지 않겠나?"

나는 의뢰인이 읽은 자극적인 제목 밑의 의미심장한 기사를 낭독했다.

지난밤 늦게나 오늘 새벽, 로워 노우드에서 중대한 범죄 행위로 추정되는 사건이 발생했다. 조너스 올더커 씨는 노우드 지역의 유지로서 오랫동안 건축업에 종사해 왔다. 52세의 독신 남성인 올더커 씨는 딥딘로의 시든햄 쪽 끝에 있는 딥딘 저택에서 살고 있다. 그는 평소 남과 어울리지 않는 폐쇄적인 생활 방식과 기벽으로 유명했다. 일선에서 물러난 지는 벌써 여러 해 되었지만 그간 상당한 재산을 모은 것으로 알려져 있다. 그의 집 뒤에는 아직도 작은 목재 야적장이 있는데, 지난밤 열두시경에 그곳의 목재 더미에서 불길이 치솟았다. 소방대가 즉각 현장에 출동했으나 바싹 마른 나무는 맹렬한 기세로 타올랐고, 결국 목재 더미가 전소될 때까지 화재를 진압하는 것은 불가능했다. 이때까지만 해도 이 사건은 흔한 사고로 보였지만 중대한 범죄를 암시하는 새로운 증거가 속속 드러났다. 화재 현장에 집주인이 나타나지 않은 걸 보고 사람들이 웅성거리자 조사가 이어졌는데, 올더커 씨는 집 안에 없음이 확인되었다. 그의 방을 살펴보니, 침대에는 사람이 들어가 잔 흔적이 없었고 방 안에 있던 금고 문은 활짝 열려 있었으며 중요한 서류들이 여기저기 흩어져 있었다. 또한 유혈극이 벌어진 흔적이 있었는데, 방 안에는 약간의 핏자국이 있었고 손잡이에 혈흔이 남아 있는 참나무 단장이 발견되었다. 조너스 올더커 씨는 지난밤 늦게 침실에서 손님을 맞았다고 하는데, 문제의 단장은 존 헥터 맥팔란이라는 런던의 젊은 사무변호사의 소유라는 것이 확인되었다. 맥팔란은 이스트 센트럴 구, 그레샴 빌딩 426호의 '그레샴 앤 맥팔란' 법률 사무소의 부소장이다. 경찰에서는 범행 동기를 확실히 드러내는 증거를 확보했다고 하니, 사건은 조만간 새로운 국면으로 발전될 것이 확실하다.

속보 — 기사 마감 직전에 존 헥터 맥팔란 씨가 조너스 올더커 씨의 살해 혐의로 체포되었다는 소식이 전해졌다. 최소한 체포 영장이 발부된 것은 확실하다. 노우드의 조사 과정에서 심상찮은 조사 결과가 쏟아져 나온 것이다. 불운한 건축업자의 방에선 격투의 흔적 외에도 침실(1층에 있음.) 창문이 열려 있었고, 무거운 물체를 목재 더미 쪽으로 끌고 간 흔적 등이 발견되었다. 그리고 마지막으로 야적장의 잿더미에서 타다 남은 새까만 유골이 나왔다고 한다. 경찰에선 엽기적인 범죄가 저질러진 것으로 추정하고 있다. 즉 범인은 올더커 씨의 침실에서 주인을 단장으로 때려 살해한 뒤, 서류를 훔치고 사체를 목재 더미로 끌고 가서 유기한 다음, 범행 흔적을 완전히 은폐하기 위해 방화했다는 것이다. 범죄 수사의 책임자는 경험이 풍부한 런던 경찰국의 레스트레이드 경감이다. 경감은 현재 평소의 열정과 기민함을 발휘하여 단서를 쫓고 있다.

셜록 홈즈는 두 눈을 지그시 감고 양손 끝을 모은 채 이 놀라운 이야기에 귀 기울였다.

"이 사건에는 정말 흥미로운 요소들이 있구먼."

그는 나른한 태도로 말했다.

"맥팔란 씨, 먼저 한 가지 묻겠습니다. 당신을 체포할 사유는 충분한 것 같은데 어째서 아직까지 영장이 집행되지 않은 거지요?"

"홈즈 선생님, 저는 양친과 함께 블랙히스의 토링턴 저택에 살고 있습니다만, 간밤에는 조너스 올더커 씨와 늦게까지 일 처리를 해야 했습니다. 그래서 노우드의 어느 호텔에서 자고 출근했지요. 저는 이 사건에 대해 아무것도 모르고 있다가 기차 칸에서 방금 박사님께서 낭독한 기사를 읽게 되었습니다. 저는 당장 끔찍한 처지로 떨어질 게 뻔했기 때문에 선생님에게 사건을 의뢰하기 위해 이리로 곧장 달려왔지요. 사무실이나 집에 있었으면 저는 분명히 체포됐을 겁니다. 런던교 역에서부터 한 사내가 줄곧 뒤를 따라왔는데 그는 틀림없이……, 어이쿠! 저게 무슨 소리지?”

초인종 소리가 들리더니 뒤이어 무거운 발소리가 계단을 올라왔다. 잠시 후 오랜 친구 레스트레이드가 문 앞에 나타났다. 그의 어깨 너머로 정복 경찰관 두엇이 보였다.

“존 헥터 맥팔란 씨?”

레스트레이드가 말했다.

불운한 의뢰인은 파랗게 질린 얼굴로 벌떡 일어섰다.

“로워 노우드의 조너스 올더커 씨를 계획적으로 살해한 혐의로 당신을 체포하겠소.”

맥팔란은 우릴 쳐다보며 절망적인 몸짓을 하더니 힘이 쭉 빠져나간 사람처럼 도로 털썩 주저앉았다.

“레스트레이드, 잠깐만.”

홈즈는 말했다.

“30분 정도 늦는다고 해서 크게 문제 될 건 없겠지요? 이 신사는 마침 대단히 흥미로운 이번 사건에 대해 설명해 주던 참이었습니다. 우리가 사건을 해결하는 데 도움이 될 수 있게 말이오.”

"내 생각에 사건 해결에는 전혀 어려움이 없을 것 같소."

레스트레이드는 험악한 얼굴로 말했다.

"그래도, 허락해 주신다면 나는 이 신사분의 설명을 들어보고 싶구려."

"좋소이다, 홈즈 선생. 선생이 무슨 부탁을 하더라도 나로서는 뿌리치기 어렵소. 선생은 과거에 한두 차례 경찰에 도움을 준 적이 있으니, 우리 런던 경찰국에서 선생한테 빚을 갚는 건 당연하오. 하지만 나는 피의자 곁을 떠날 수 없소이다. 그리고 맥팔란 씨, 미리 경고하는데 이제부터 당신이 하는 말은 당신에게 불리한 증거로 사용될 수 있소."

"감사합니다."

의뢰인은 말했다.

"여러분 앞에서 진실을 말할 수 있다면 저는 그것으로 족합니다."

레스트레이드는 시계를 들여다보고 말했다.

"앞으로 30분 주겠소."

"가장 먼저 설명해 드려야 할 것은, 저는 조너스 올더커 씨를 전혀 몰랐다는 것입니다. 그분의 이름은 알고 있었지요. 왜냐하면 오래전에 양친께서 그분과 아는 사이였으니까요. 하지만 양친께서도 그분과 만나지 않은 지는 오래됐습니다. 그래서 저는 어제 오후 세 시경에 그분이 사무실로 들어오시는 걸 보고 깜짝 놀랐습니다. 하지만 그분이 용건을 말씀하셨을 때는 더욱 놀랐지요. 그분은 뭔가를 빽빽이 휘갈겨 쓴 종이 몇 장을 들고 와서 제 책상 위에 올려놓았습니다. 바로 이겁니다.

'이건 내 유서일세.' 올더커 씨는 말씀하셨지요. '맥팔란 군, 이걸 적법한 문서로 작성해 주게. 그동안 나는 여기 앉아서 기다리겠네.'

저는 그걸 베끼기 시작했습니다. 그런데 그 유서는 어떤 단서 조항을 달아서 제게 전 재산을 남겨주겠다는 내용이었고, 짐작하시겠지만 저는 까무러칠 듯이 놀랐습니다. 그분은 허옇게 센 눈썹에 얼굴이 꼭 족제비처럼 생긴 이상한 분이었는데, 고개를 들어보니 날카로운 회색 눈에 재미있다는 표정을 띠고 저를 바라보고 계시더군요. 저는 그 유서를 읽으면서 반신반의했는데, 그분은 당신이 독신이고 살아 있는 친척이 거의 없다고 설명해 주시더군요. 그러면서 제가 어렸을 때 우리 부모님과 알고 지냈는데, 제가 썩 괜찮은 아이라는 얘기를 귀에 못이 박히도록 들었다며 저한테는 분명히 당신의 돈을 받을 만한 자격이 있다고 말씀하셨습니다. 물론, 저는 더듬거리며 감사의 말을 했지요. 저는 유언장을 절차에 맞게 작성했고 서명을 받았습니다. 증인을 선 사람은 우리 사무실의 점원이었지요. 이쪽의 푸른 서류가 바로 그 유언장이고, 이쪽의 종이는 제가 아까 설명해 드린 유언장 초안입니다. 조너스 올더커 씨는 그 밖에도 건물 임대차 서류와 부동산 권리 증서, 저당권, 가증권(假證券) 같은 서류가 많아서 제가 집에 와서 봐주면 좋겠다고 했습니다. 그분은 일이 완전히 정리될 때까지는 마음이 편치 않을 것 같다며 당장 오늘 밤에 유언장을 지참하고 노우드에 있는 당신 집으로 와서 일을 정리해 달라고 부탁했습니다. '여보게, 모든 일이 다 정리될 때까지는 이 일에 대해서 부모님께 아무 소리 하지 말게. 우리 둘이서 나중에 그분들을 놀래드리자고.' 그분은 이 점을 여러 번 강조하셨고 저한테 반드시 약속을 지키겠다는 다짐을 받아내셨습니다.

홈즈 선생님, 당연히 저는 그분이 어떤 요청을 하든 거절할 수 있는 입장이 아니었습니다. 그분은 제게 은인이었고, 저는 그분의 바람을 다 들어드리고 싶은 마음밖엔 없었지요. 그래서 저는 중요한 일이 남아서 들어가기 힘들 거라는 내용으로 집에 전보를 쳤습니다. 올더커 씨는 아홉시에 당신 집에서 저녁 식사를 같이하자며 그 전에는 집에 없을 거라고 했습니다. 하지만 그분의 집을 찾는 데 시간이 걸리는 바람에 저는 거의 아홉시 반이 돼서야 거기 도착했지요. 가보니 집에 계시……."

"잠깐만!"

홈즈가 말했다.

"누가 문을 열어주었습니까?"

"중년 여자였는데, 가정부 같더군요."

"그런데 그 여자가 먼저 당신 이름을 말했지요?"

"그랬습니다."

맥팔란은 말했다.

"어서 계속하시오."

맥팔란은 땀에 젖은 이마를 훔치고 이야기를 이어나갔다.

"그 여자는 저를 거실로 안내했는데 식탁에는 검소한 저녁 식사가 차려져 있더군요. 식사가 끝난 뒤 조너스 올더커 씨는 저를 침실로 데리고 들어갔습니다. 안에는 묵직한 금고가 있더군요. 그분은 금고를 열고 서류 뭉치를 꺼냈고 우리는 같이 서류를 검토했습니다. 일을 끝낸 것은 열한시에서 열두시 사이였지요. 그분은 가정부를 깨워서는 안 된다며 계속 열어두었던 창문으로 저를 데리고 나갔습니다."

"커튼은 내려져 있었습니까?"

홈즈가 물었다.

"확실히는 모르겠지만 반쯤은 내려져 있었던 것 같습니다. 맞아요, 올더커 씨가 창문을 열기 위해 커튼을 들어 올리던 모습이 생각납니다. 제가 단장이 어디 있는지 안 보인다고 하자 그분은 이렇게 말했습니다. '젊은이, 걱정 말게. 앞으로 만날 일이 많을 테니 내가 잘 간수해 놓겠네. 다음에 와서 가져가게.' 그 방을 나올 때, 금고 문은 열려 있었고 서류는 책상 위에 무더기로 쌓여 있었습니다. 시간이 너무 늦어 블랙히스의 집으로 돌아갈 수 없었기 때문에 저는 애너리 암스 호텔에서 묵었습니다. 아침에 이 끔찍한 사건에 대한 기사를 읽을 때까지는 아무것도 모르고 있었지요."

"홈즈 선생, 더 묻고 싶은 것이라도?"

레스트레이드가 말했다. 그는 이 놀라운 설명을 듣는 동안 한두 번 눈썹을 치켜세웠다.

"먼저 블랙히스에 가봐야 할 것 같군요."

"노우드겠지."

레스트레이드가 말했다.

"아, 그렇습니다. 내가 말하려고 했던 게 바로 그겁니다."

홈즈는 불가사의한 미소를 띠며 말했다. 레스트레이드는 별로 인정하고 싶지 않겠지만, 홈즈의 면도날 같은 두뇌는 자신에게 역부족인 문제를 꿰뚫어 볼 수 있다는 것을 숱한 경험을 통해 알고 있었다. 경감은 호기심 가득한 눈으로 나의 벗을 쳐다보았다.

"셜록 홈즈 선생, 나는 지금 선생하고 이야기를 좀 나누고 싶소. 자, 맥팔란, 경관 둘이 문밖에서 기다리고 있고 사륜마차가 대기하고 있다."

가련한 청년은 일어서서 애원하는 듯한 눈길로 우릴 쳐다보고 문으로 향했다. 두 경관은 청년을 데리고 마차로 갔지만 레스트레이드는 남았다.

홈즈는 유서의 초안을 집어 들고 바짝 흥미가 동한 얼굴로 들여다보았다.

"레스트레이드, 여기 유난히 눈에 띄는 점이 몇 가지 있군요. 안 그렇습니까?"

홈즈는 그것을 밀어놓으며 말했다.

형사는 당황한 얼굴로 유서 초안을 들여다보았다.

"앞의 몇 줄하고 둘째 쪽의 중간 부분, 그리고 맨 끝의 한두 줄은 읽을 수 있소. 여기는 인쇄를 한 것처럼 또박또박 썼으니까 말이오. 하지만 그 사이의 글씨는 형편없구려. 세 군데는 무슨 말인지 전혀 읽을 수도 없소."

"그것에 대해 어떻게 생각하십니까?"

"에, 선생은 어떻게 생각하시오?"

"이 유서는 기차 안에서 쓴 겁니다. 또박또박 쓴 글씨는 역에서 기차가 멈췄을 때, 삐뚤삐뚤한 글씨는 기차가 달릴 때, 그리고 도저히 읽을 수 없는 글씨는 기차가 전철기(轉轍機, 기차가 다른 방향으로 갈 수 있도록 철도가 갈라지는 곳에 장치해서 가야 할 방향으로 철도를 이어주는 고동 ― 옮긴이) 위를 지날 때 쓴 거지요. 과학적으로 사고하는 전문가라면 이 유서가 교외선을 타고 쓴 것임을 확신할 겁니다. 대도시 근교가 아니라면 전철기가 연속해서 그렇게 자주 나오는 곳은 없을 테니까 말입니다. 기차 안에서 내내 유서를 썼다고 가정하면, 그 기차는 노우드와 런던교 사이에서 한 번만 정차하는 급행열차였던 것이 분명합니다."

레스트레이드는 웃음을 터뜨렸다.

"홈즈 선생, 선생이 이론을 펼쳐놓기 시작하면 나는 영 이해하기가 힘들단 말이오. 그게 이 사건과 무슨 상관이 있다는 거요?"

"아, 그건 청년의 말이 옳다는 걸 증명해 주는 겁니다. 말하자면 조너스 올더커가 유서를 작성한 것은 어제 기차 안에서라는 것이지요. 그런데 중요한 문서를 그렇게 아무렇게나 작성했다는 게 이상하지 않습니까? 안 그래요? 그것은 올더커가 유서에 전혀 의미를 부여하지 않았다는 걸 나타내는 거지요. 실제로 써먹을 일이 없을 거라고 생각하면서 유서를 쓴다면, 그렇게 할 수도 있을 겁니다."

"흥, 올더커는 결국 자기를 죽이라는 살인 지령을 쓴 거요."

레스트레이드는 말했다.

"허, 그렇게 생각하십니까?"

"안 그렇소?"

"글쎄, 그럴 수도 있겠지요. 하지만 내가 보기엔 아직 분명하지 않은 부분이 있군요."

"분명하지 않다고? 아니, 이 사건이 분명하지 않다면 대관절 분명한 것이 뭐란 말이오? 어떤 청년이, 한 중년의 사내가 죽으면 자신이 재산을 물려받게 될 거라는 사실을 갑자기 알게 되었소. 그는 어떻게 할까? 청년은 아무한테도 말하지 않고 그날 밤에 그 사내를 만나야 할 구실을 만들어서 그의 집으로 찾아가오. 그리고 하나뿐인 가정부가 잠자리에 들기를 기다렸다가 단둘이 남았을 때 그를 살해하고 시신을 목재 더미에 끌어다 놓고 불을 지른 뒤에 유유히 근처의 호텔로 떠나는 거요. 방 안과 지팡이에는 피가 아주 조금 묻어 있었소. 그는 아마 자신의 범죄 행위가 피 한 방울 흘리지 않고 이루어졌다고 생각하고, 시신이 전소되면, 그게 뭔지는 몰라도 자신이 범인임을 드러내는 증거가 연기 속에서 사라질 거라고 생각했을 거요. 어때, 아주 뻔하지 않소?"

"레스트레이드, 그건 좀 지나치게 뻔한 것 같다는 생각이 드는군요. 당신은 다른 자질은 뛰어나지만 상상력 한 가지가 부족해요. 잠시라도 그 청년의 입장이 돼서 생각해 보시오. 당신이라면 유서를 작성한 바로 그날 밤을 택해서 범행을 저지르겠습니까? 유서와 살인 사건 사이에 그렇게 밀접한 관련을 만드는 것이 위험해 보이지 않았을까요? 또 가정부가 문을 열어줬기 때문에, 자신이 찾아왔다는 걸 제삼자가 알고 있는데도 무턱대고 범행을 저지를까요? 그리고 마지막으로 증거를 인멸하기 위해 갖은 애를 써서 시신을 목재 더미 속에 감추고도 자신이 범인이라는 걸 증명해 줄 단장을 남겨 놓고 갈까요? 레스트레이드, 어서 자백하시구려. 이 모든 게 말이 안 된다고 말입니다."

"단장에 관해서라면, 홈즈 선생, 선생도 범죄자가 당황한 나머지 제정신으로는 하지 않을 행동을 하는 경우가 많다는 걸 나만큼이나 잘 알고 있소. 사실과 부합되는 가설이 있으면 하나 더 얘기해

보시오."

"그런 것은 당장 대여섯 가지라도 말해 줄 수 있어요. 아주 가능성이 높은 가설을 하나 예를 들어보지요. 이건 당신에게 주는 선물입니다. 올더커 씨는 대단히 중요한 서류를 꺼내놓고 있었지요. 그런데 지나가던 부랑자가 창문을 통해 그 광경을 목격합니다. 그때 커튼은 반쯤만 쳐놓았으니까 말입니다. 사무변호사가 떠나자 부랑자가 들어오지요! 그는 근처에 놓여 있던 단장을 집어 들어 올더커를 죽이고 시신에 불을 지른 다음에 유유히 떠납니다."

"부랑자가 무엇 때문에 시신에 불을 지른단 말이오?"

"그 문제에 대해서라면, 맥팔란은 무엇 때문에 그런 짓을 하겠습니까?"

"증거를 감추기 위해서."

"부랑자는 살인이 저질러졌다는 사실 자체를 은폐하고 싶었나 보지요."

"그런데 그자는 왜 아무것도 가져가지 않았소?"

"왜냐하면 그 서류는 돈으로 바꿀 수 있는 어음이 아니었으니까."

레스트레이드는 고개를 절레절레 흔들었지만, 내가 보기에는 아까만큼 자신에 넘치는 것 같지는 않았다.

"좋소, 셜록 홈즈 선생, 당신은 부랑자를 찾아보시오. 그동안에 우린 맥팔란을 계속 족칠 테니까. 어느 쪽이 옳은지는 곧 판가름이 날 거요. 홈즈 선생, 이 점을 명심하시오. 우리가 아는 한 서류 중에서 없어진 것은 없소. 그런데 그걸 없앨 이유가 없는 사람은 오직 맥팔란뿐이오. 자기가 법정 상속인이니 나중에 다 필요하게 될 테니까."

내 친구는 그 말을 듣고 한발 물러서는 태도를 보였다.

"그 사실이 당신의 가설을 강하게 뒷받침해 준다는 걸 부정하고
싶은 생각은 없습니다. 내가 지적하고 싶은 건 가능한 가설들이 그
것 말고도 더 있다는 거지요. 당신 말처럼 곧 판가름이 날 겁니다.
안녕히 가십시오! 오늘 중에 노우드에 들러서 수사가 어떻게 진행
되고 있는지 한번 보기로 하겠습니다."

형사가 나가자 내 친구는 벌떡 일어서서 자신의 기질에 꼭 맞는

일을 하는 사람 특유의 기민한 동작으로 하루 일을 시작할 채비를
했다.

홈즈는 프록코트에 팔을 꿰며 말했다.

"왓슨, 내가 맨 먼저 가야 할 곳은 아까 말했던 것처럼 블랙히스
라네."

"노우드가 아니고?"

"왜냐하면 이번에는 특이한 사건들이 연속해서 일어났거든. 그런
데 경찰에서는 그중 두 번째 사건에만 주목하는 실수를 범하고 있
지. 그게 실제로 범죄가 일어난 사건처럼 보이니까. 하지만 내가 보
기에는 논리적으로 이 사건에 접근하려면, 첫 번째 사건, 즉 그렇게
느닷없이 의외의 인물을 상속자로 정한 이상한 유서에 대한 조사부
터 시작해야 하네. 그렇게 하면 그다음 일은 좀 더 쉬워질 걸세. 아
닐세, 자네 도움이 필요할 것 같지는 않아. 위험한 일은 전혀 없어
보이니까. 그렇지 않다면 나 혼자 나갈 생각은 하지 않았을 거야. 저
녁때 집에 돌아와 자네를 볼 때쯤엔 나한테 보호를 요청해 온 그 불
운한 애송이를 위해 뭔가를 했다는 보고를 할 수 있을 걸세."

친구는 늦게서야 돌아왔는데, 해쓱하고 불안한 얼굴을 보니 아침
에 토로했던 높은 기대가 실현되지 않았다는 걸 알 수 있었다. 그는
한 시간가량, 엉망이 된 기분을 달래려고 바이올린을 켰다. 그러다
문득 악기를 던져버리고 불운으로 점철된 하루에 대해 자세히 설명
하기 시작했다.

"왓슨, 어느 것 하나 잘 풀린 일이 없었네. 한마디로 최악이었어. 나는 레스트레이드 앞에서는 자신 있는 얼굴을 했지만 이번에는 분명히 그 친구의 가설이 옳고 내가 틀렸을 거야. 그런데 나의 직관은 한사코 사실과는 전혀 다른 방향만을 가리키고 있거든. 난 영국의 배심원단이 레스트레이드의 사실보다는 나의 가설이 우월하다는 평결을 내려서 진실을 그르치지나 않을까 두렵네."

"자네 블랙히스에 갔었나?"

"응. 거기 갔다가 피살된 올더커가 무뢰배였다는 사실을 곧 알아냈지. 청년의 아버지는 아들을 찾아가고 없었네. 집에는 어머니만 있더군. 푸른 눈에 자그마한 체구의 부드러운 여성이었는데 두려움과 분노 때문에 온몸을 부들부들 떨고 있었네. 물론, 어머니는 아들이 그런 짓을 할 수 있다는 가능성 자체를 인정하지 않으려고 했어. 하지만 죽은 올더커에 대해서 놀라움이나 애도의 감정 따윈 전혀 없더군. 오히려 그에 대해 아주 가혹한 말을 퍼부어서 무의식적으로 경찰의 주장을 뒷받침해 주었네. 물론 어머니가 평소에 올더커에 대해 그런 식으로 말하는 걸 아들이 들었다면, 그에게 증오와 적개심을 품지 않을 수 없었을 거야. 부인은 이렇게 말했네. '그는 인간이라기보다는 사악하고 교활한 원숭이에 가까웠답니다. 젊은 시절부터 항상 그랬지요.'

'예전부터 그분을 알고 계셨습니까?' 나는 물었네.

'예, 잘 알았어요. 사실은 예전에 나한테 구혼한 적도 있었답니다. 다행히도 나는 그를 버리고, 그 사람보다 좀 가난할지는 몰라도 훨

씬 나은 남자와 결혼할 정도의 분별은 있었지요. 홈즈 선생님, 그가 새장에 고양이를 집어넣었다는 소름 끼치는 소문을 들었을 때 나는 그와 약혼한 상태였습니다. 하지만 그 야만적이고 잔인한 행동에 질려서 그와는 더 이상 아무 관계도 갖고 싶지 않았지요.' 부인은 서랍을 뒤지더니 칼로 고약하게 난도질해 놓은 여자의 사진을 꺼냈네. '이게 바로 내 사진이랍니다. 결혼식 날 아침에 그가 저주의 말과 함께 사진을 이런 모양으로 만들어서 보냈더군요.'

'흠, 고인은 이제야 부인을 용서한 모양이군요. 전 재산을 아드님에게 남겼으니 말입니다.'

'우리 모자는 조너스 올더커의 것이라면 아무것도 원하지 않아요! 죽든 살든 말입니다!' 부인은 펄펄 뛰며 소리쳤네. '홈즈 선생님, 하늘나라에는 하느님이 계십니다. 그 악한 인간을 벌하신 하느님은, 때가 되면 내 아들이 그 인간의 죽음에 아무 책임이 없다는 걸 드러내실 거예요.'

나는 한두 가지 단서를 더 알아보려고 했지만, 우리가 세운 가설을 뒷받침할 만한 내용은 전혀 없었고, 오히려 그것에 반대되는 얘기만 몇 가지 나왔지. 나는 결국 포기하고 노우드로 떠났네.

딥딘 저택은 요란한 색깔의 벽돌로 건축한 크고 현대적인 교외 주택이고 집 앞의 마당은 만병초 관목이 자라는 잔디밭일세. 집 오른쪽으로 도로에서 좀 떨어진 이곳이, 이번에 불이 난 목재 야적장이지. 내가 수첩에 대략 도면을 그려 왔네. 왼쪽의 창문이 올더커의 침실로 통하는 창문일세. 보다시피 도로에서 이곳을 통해 방 안을 들여다볼 수 있네. 오늘 내가 유일하게 위로를 느낀 게 바로 이 부분이었지. 레스트레이드는 거기 없었는데, 경관 하나가 대신 수사를 지휘하고 있었네. 가보니 대단한 보물을 발굴해 냈더구먼. 경찰은 아침내 잿더미로 변한 목재 야적장을 샅샅이 뒤졌는데, 숯덩이가 된 유골 말고도 변색된 동그란 금속 조각 몇 개를 더 찾아냈어. 나는 그것들을 조심스럽게 살펴보았는데 바지 단추가 분명했네. 그중에는 올더커의 단골 의상실 '하이암스'라는 이름이 흐릿하게 남아 있는 단추도 있더군. 나는 작은 흔적이라도 찾아내려고 잔디밭을 아주 철저하게 조사했네. 하지만 요즘 들어 가뭄이 심했던 탓에 땅바닥이 무쇠처럼 단단하게 굳어 있었지. 시신이나 어떤 큼직한 물체를 끌고 목재 더미 앞의 나지막한 쥐똥나무 울타리를 지나간 흔적을 빼면 남아 있는 게 아무것도 없었네. 물론, 모든 게 다 경찰의 가설과 부합하네. 나는 이글거리는 8월의 태양이 등짝을 뜨끈뜨끈하게 달구는 것을 꾹 참고 잔디밭을 기어 다녔네. 하지만 한 시간이 지난 뒤에 아무 소득도 없이 빈손으로 일어서고 말았지.

이런 대실패를 겪은 뒤에 나는 침실을 조사하러 갔네. 핏자국은 단순한 얼룩이나 변색으로 생각될 만큼 아주 약간 남아 있었지만 생긴 지 얼마 안 된 것이 분명했어. 단장은 경찰에서 가져갔지만 거기에도 핏자국은 조금뿐이라고 했지. 그리고 그 단장이 우리 의뢰인의 소유물이라는 데에는 의심의 여지가 없네. 그 친구도 자기 입으로 그걸 인정했으니까. 침실 카펫에는 두 남자의 발자국이 남아 있었지만 제삼자의 것은 없었는데, 이것 역시 경찰의 가설을 뒷받

침하는 증거라네. 경찰은 계속 점수를 올리고 있는데 우리의 조사
는 답보 상태에 빠져 있지.

단 한 번 희망의 빛이 스쳐 갔지만, 아직 이렇다 할 결과는 없다
네. 나는 금고 속의 내용물을 조사했는데, 대부분 밖에 나와서 탁자
위에 놓여 있었네. 서류는 원래 여러 개의 봉투로 나뉘어 봉인이 되
어 있었는데 그중 한두 개는 경찰에서 이미 열어봤더군. 내 판단으
로는 큰 가치가 있는 서류는 없는 것 같았고, 또 은행 통장을 살펴
보니 올더커 씨가 그렇게 부유한 편도 아닌 것 같았어. 하지만 내가
보기엔 없어진 서류가 있는 것 같았네. 대단히 가치 있는 것으로 추
정되는 어떤 증서에 대한 언급이 있었는데, 거기서 그걸 찾아내지
못했거든. 물론 그것은 우리가 명확한 증거를 확보할 수만 있다면,
레스트레이드의 주장을 무효로 만들어버릴 수 있는 중요한 사실이
지. 자신이 곧 상속받을 물건을 훔쳐낼 사람이 어디 있겠는가?

나는 모든 걸 샅샅이 조사해 보았지만 아무 단서도 얻지 못했네.
그래서 마지막으로 가정부를 상대로 운을 시험해 보기로 했지. 가
정부 렉싱턴 부인은 키가 작고 가무잡잡하고 말이 없는 데다가 의
심스러운 듯 곁눈질을 하는 습관이 있는 여자라네. 그 여자는 마음
만 먹으면 뭔가를 말해 줄 수도 있었어. 그건 분명해. 하지만 마치
밀랍으로 봉해 놓은 것처럼 입을 굳게 다물고 있더군. 그래, 가정부
는 아홉시 반에 맥팔란 씨에게 문을 열어주었다고 했어. 자기 말로
는 그때 문을 열어준 일이 그저 한스럽기만 하다더군. 가정부가 잠
자리에 든 건 열시 반이었네. 가정부 침실은 집의 반대쪽 끝에 있기

72

때문에 아무 소리도 못 들었지. 맥팔란 씨는 모자하고, 또 확실하진 않지만 단장도 홀에 놔둔 것 같다고 했네. 그 여자는 '불이야.' 하는 소리를 듣고 잠이 깼지. 가엾은 주인 양반은 살해당한 것이 분명하다고 하더군. 주인에게 원한을 품은 사람은? 글쎄, 세상에 적이 없는 사람은 없겠지만, 올더커 씨는 남들과 어울리는 일이 거의 없었고 사업상 아는 사람들만 만났다네. 경찰이 찾아낸 단추를 보았는데, 그날 주인이 입고 있던 바지 단추임에 틀림없다고 하더군. 근 한 달간 비가 내리지 않았기 때문에 목재 더미는 바싹 마른 상태였네. 나무는 맹렬한 기세로 타올랐고 가정부가 불이 난 곳으로 달려갔을 때 야적장은 완전히 화염에 휩싸여 있었지. 거기 있던 사람들 모두가 불 속에서 고기 타는 냄새를 맡았다고 하더군. 가정부는 서류나 올더커 씨의 사생활에 대해서는 아는 게 없다고 했네.

여보게, 이상이 나의 실패에 관한 보고일세. 하지만, 하지만……."

홈즈는 확신에 가득 찬 얼굴로 여윈 손을 부르쥐었다.

"나는 모든 게 다 사실과 다르다는 걸 알고 있네. 그걸 마음속 깊이 느끼고 있어. 뭔가 은폐된 사실이 있고 가정부는 그걸 알고 있네. 그 여자의 눈에는 음침한 반항심 같은 게 어려 있었는데, 그건 떳떳지 못한 사실을 알고 있는 사람의 표정이거든. 하지만 그건 아무리 얘기해 봤자 소용없는 일이네. 여보게, 어떤 행운이 없다면 노우드 실종 사건은 조만간 인내심 강한 독자들을 찾아가게 될 우리의 성공 사례집에 기록되지 못할 걸세."

"어딜 봐서 그 청년이 범죄자처럼 보인단 말인가?"

"왓슨, 그건 위험천만한 주장일세. 1887년에 우릴 찾아와서 자신의 혐의를 벗겨달라고 부탁했던, 끔찍한 살인범 버트 스티븐스를 기억하겠지? 그보다 더 온순한 태도에, 주일 학교 학생처럼 모범적으로 보이는 청년을 또 본 적이 있나?"

"그건 자네 말이 맞아."

"우리가 다른 가설을 증명하지 못하면 그 친구는 끝장일세. 지금 그를 범인으로 모는 이론에는 흠잡을 데가 없고, 조사를 하면 할수록 그의 혐의는 더욱 짙어지고 있어. 그런데 나는 그곳에 있는 서류에서 뭔가 흥미로운 점을 발견했는데, 그게 우리한테 하나의 단서가 되어줄지도 모르겠어. 통장을 조사하다 보니 현재 잔고가 적은 게 작년에 코넬리우스 씨에게 거액의 수표를 발행했기 때문이라는 것을 알겠더군. 솔직히 말해서, 나는 은퇴한 건축업자와 그렇게 큰 거래를 한 코넬리우스라는 사람의 정체가 몹시 궁금하네. 그는 이 사건과 무슨 관련이 있는 걸까? 물론 코넬리우스는 중개상일 수도 있지만, 이런 거액의 지출에 해당하는 영수증 같은 게 없었네. 이제 다른 조사가 벽에 부닥친 상황에서 나는 은행을 통해 그 수표를 현금으로 바꿔 간 신사가 누군지 알아내는 쪽으로 수사 방향을 틀어야 하네. 하지만 여보게, 난 이번 사건이 레스트레이드가 우리 의뢰인을 교수대로 보내는 것으로 끝나게 될 것 같아 걱정일세. 한마디로 런던 경찰국이 승리하는 거지."

셜록 홈즈가 그날 밤에 얼마나 잤는지는 모르지만, 아침 식사를 하러 거실에 나가보니 그의 얼굴은 해쓱했고 그늘 속에서 두 눈만 유난스레 빛났다. 그가 앉아 있는 의자 주위에는 담배꽁초가 수북이 쌓여 있었고 조간신문 초판이 나뒹굴고 있었다. 탁자 위에는 봉투를 뜯은 전보가 한 장 놓여 있었다.

"왓슨, 자네 생각은 어떤가?"

그는 전보를 던져주며 물었다.

전보는 노우드에서 왔는데, 다음과 같이 쓰여 있었다.

중요한 증거 확보. 맥팔란의 유죄가 확증되었음. 이번 사건은 포기하는 게 좋을 것.

— 레스트레이드

"심상치 않은 얘기 같은데."

"레스트레이드가 승리의 팡파르를 울렸네."

홈즈는 쓴웃음을 지으며 대꾸했다.

"하지만 사건 조사를 포기하기엔 아직 이른지도 몰라. 결국 중요한 증거라는 것은 양날의 칼 같아서, 레스트레이드가 상상하는 것과 전혀 다른 쪽을 벨 수도 있으니까. 왓슨, 어서 조반을 들게. 같이 나가서 우리가 할 수 있는 일이 뭔지 알아보자고. 오늘은 자네가 동행하면서 나한테 힘을 북돋워줄 필요가 있을 것 같군그래."

내 친구는 식사를 하지 않았는데, 긴장된 상황에 그는 음식을 섭취하지 않는 기벽이 있었다. 나는 그가 영양실조로 쓰러지는 순간까지 무쇠 같은 체력으로 버틴다는 사실을 알고 있었다.

"지금은 음식을 소화시키는 데 기력을 분산시킬 때가 아닐세."

의사로서 내가 충고하면 그는 이렇게 대꾸하곤 했다. 그래서 오늘 아침에 그가 음식에 손도 대지 않고 노우드로 나서는 걸 보고도 전혀 놀라지 않았다. 딥딘 저택은 내가 상상했던 것과 별반 다르지 않은 교외 주택이었는데, 집 주위에는 아직도 우중충한 구경꾼들이 몰려서 있었다. 레스트레이드는 대문 안에서 우릴 맞이했는데 얼굴은 승리감으로 달아올라 있었고 태도는 눈에 띄게 기세등등했다.

"흠, 홈즈 선생, 우리가 틀렸다는 걸 증명하셨는가? 부랑자는 찾아내셨고?"

그는 소리쳤다.

"나는 아직 어떤 결론도 내리지 않았습니다."

내 친구가 대답했다.

"하지만 우리는 어제 결론을 내렸는데, 오늘 그게 옳다는 게 증명됐소. 홈즈 선생, 이번에는 우리가 선생을 앞질렀다는 걸 인정해야 할 거요."

"분위기를 보니 뭔가 예사롭지 않은 일이 있었나 보군요."

레스트레이드는 요란하게 웃어댔다.

"선생도 누구만큼이나 지는 건 싫어하시는구려. 하지만 모든 일이 항상 뜻대로 될 수만은 없는 거요. 안 그렇소, 왓슨 박사? 신사 여러분, 이쪽으로들 오시오. 범인이 존 맥팔란이라는 사실을 마지막으로 확실하게 보여주리다."

레스트레이드는 우릴 끌고 복도를 지나 그 너머의 어두컴컴한 홀로 들어섰다.

"맥팔란 청년은 범행을 저지른 뒤에 모자를 가지러 분명히 여기로 나왔을 거요. 자, 이걸 보시오."

레스트레이드는 연극적인 동작으로 성냥을 탁 그었고, 불빛에 흰 벽의 핏자국이 드러났다. 성냥불을 가까이 가져다 대자 그것은 단순한 핏자국이 아니라는 게 드러났다. 그것은 또렷이 찍힌 엄지손가락 지문이었다.

"홈즈 선생, 확대경으로 들여다보시오."

"아, 그러고 있습니다."

"손가락의 지문은 사람마다 다르다는 걸 알고 계시겠지?"

"그런 비슷한 얘길 들은 적이 있지요."

"좋소, 그러면 그 지문을 오늘 아침에 내가 밀랍에 떠 온 맥팔란 청년의 오른손 엄지손가락 지문하고 비교해 보시겠소?"

레스트레이드가 밀랍에 떠 온 지문을 핏자국 옆에 나란히 놓자 확대경을 쓰지 않아도 그 두 개의 지문이 같은 사람의 것이라는 것은 분명해 보였다. 내가 보기에 불행한 의뢰인의 운명은 정해진 거나 마찬가지였다.

"이건 결정적인 거요."

레스트레이드가 말했다.

"그렇군요, 결정적인 겁니다."

나도 모르게 이렇게 중얼거렸다.

"결정적인 거로군요."

홈즈는 말했다. 그러나 그의 말투에 뭔가 색다른 점이 있는 걸 느끼고 나는 그를 돌아보았다. 그의 얼굴은 완전히 달라져 있었다. 마음속의 기쁨으로 얼굴이 푸들푸들 떨리는 듯했다. 두 눈은 별처럼 초롱초롱 빛났다. 내가 보기에는 웃음보가 터지는 걸 참느라고 몸부림치고 있는 듯했다.

"이럴 수가! 이럴 수가!"

홈즈는 마침내 입을 열었다.

"참, 누가 이럴 줄 알았겠습니까? 그러고 보면 외모라는 것은 정말 믿을 수 없는 겁니다. 그렇게나 잘생긴 청년이! 그건 자신의 판단을 섣불리 믿지 말라는 교훈입니다. 안 그렇습니까, 레스트레이드?"

"그렇소, 홈즈 선생. 이 중에는 지나치게 독선적인 사람도 있지."

레스트레이드는 말했다. 이 사내의 오만한 태도는 눈 뜨고 못 봐줄 지경이었지만 그렇다고 화를 낼 수는 없었다.

"그 청년이 벽에 걸린 모자를 떼어 가면서 오른손 엄지손가락을 벽에 눌렀다니 정말 신의 섭리라 아니할 수 없군요! 그런데 생각해 보면 그건 정말 자연스러운 행동이지요."

홈즈는 겉으로는 침착했으나 말하는 동안 흥분을 억누르느라 온몸을 뒤틀고 있었다.

"그런데 레스트레이드, 이렇게 놀라운 발견을 한 사람이 누구였지요?"

"가정부 렉싱턴 부인이었소. 지난밤에 우리 경관한테 와서 귀띔해 주었다더군."

"간밤에 경관은 어디 있었습니까?"

"그 친구는 범죄 현장을 보존하기 위해 침실을 지키고 있었소."

"그런데 경찰은 왜 어제 이걸 보지 못했을까요?"

"글쎄, 우리가 홀을 자세히 조사해야 할 이유는 없었소이다. 게다가 보다시피 여기는 눈에 그리 잘 띄는 곳이 아니오."

"그렇지요, 물론 그렇습니다. 그런데 이건 어제도 여기 있었던 것이 분명하겠지요?"

레스트레이드는 홈즈가 제정신인지 의심스럽다는 얼굴로 그를 쳐다보았다. 솔직히 말해서 나는 홈즈의 유쾌한 태도와 얼토당토않은 말에 놀라고 있었다.

"선생은 맥팔란이 물증을 더 남겨놓기 위해 한밤중에 감옥에서 빠져나왔다고 생각하는 거요? 이게 그 청년의 지문이 아닌지 여부에 대한 판단은 다른 전문가한테 맡기겠소."

레스트레이드는 말했다.

"이건 맥팔란의 지문임에 틀림없습니다."

"그럼 된 거요. 홈즈 선생, 나는 실제적인 인간이라서 증거를 확보하면 곧장 결론을 내린다오. 나한테 할 말이 더 있거들랑 거실로 찾아오시오. 이제부터 거기서 보고서를 쓸 참이니까."

홈즈는 침착성을 되찾았지만 표정에는 아직도 즐거운 빛이 가시지 않은 듯했다.

"이건 정말 슬픈 일일세. 안 그런가, 왓슨? 하지만 우리 의뢰인에게 희망을 주는 기이한 요소가 있네."

"그 말을 들으니 정말 기쁘군. 나는 이제는 끝장인가 보다 하고 생각했지."

나는 진심으로 말했다.

"여보게, 아직은 그렇게까지 확실한 것은 아니야. 하지만 우리들의 친구가 대단한 중요성을 부여한 이 증거에는 심각한 결함이 한 가지 있거든."

"정말인가, 홈즈? 그게 뭐지?"

"그건 말이지, 어제 내가 홀을 조사할 때는 지문이 저곳에 없었다는 것일세. 자, 왓슨, 이제 햇볕 속으로 나가 슬슬 산보나 하자고."

나는 뭐가 뭔지 몰랐지만 희망이 되돌아와 따뜻해진 가슴을 안고 내 친구를 따라서 정원을 한 바퀴 돌았다. 홈즈는 그다음에 집 주위를 돌면서 주변을 자세히 살폈다. 그리고 집 안으로 들어가 지하실에서 다락방까지 집 안 전체를 샅샅이 조사했다. 대부분의 방에는 가구가 없었지만 그래도 그는 방방을 빠짐없이 돌아다니며 꼼꼼하게 살펴보았다. 마지막으로 사용하지 않는 침실 세 개와 이어진 위층 복도로 올라갔을 때 그는 다시 벙실거리기 시작했다.

"왓슨, 이 사건에는 정말 대단히 독특한 요소들이 있네. 이제 레스트레이드에게 사실을 털어놓을 때가 된 것 같군. 그는 아까 우릴 조롱하면서 재미있어했지만 내가 이 문제를 제대로 꿰뚫고 있다면 이번에는 그가 당할 차례일세. 옳거니, 이 문제를 풀 수 있는 방법이 생각났네."

홈즈가 거실에 들어갔을 때 런던 경찰국의 경감은 아직 보고서를 작성하는 중이었다.

"이 사건에 대한 보고서를 쓰신다고요?"

홈즈가 말했다.

"그렇소."

"약간 이르다고 생각하지 않으십니까? 내가 보기엔 증거가 불충분한 것 같은데 말입니다."

레스트레이드는 내 친구를 너무나 잘 알고 있는지라 그의 말을 무시해 버릴 수가 없었다. 경감은 펜을 놓고 호기심 어린 눈으로 홈즈를 쳐다보았다.

"홈즈 선생, 그게 무슨 말이오?"

"당신이 보지 못한 중요한 증인이 있다는 얘깁니다."

"그 사람을 데려올 수 있소?"

"그럴 수 있을 겁니다."

"그럼 데려오시오."

"최선을 다해 보지요. 여기 경관이 몇이나 와 있습니까?"

"이 근처에 셋이 있소."

"아주 잘됐군요! 그런데 모두 체격이 좋고 목소리가 큰 친구들인지 물어봐도 되겠습니까?"

"그건 틀림없을 거요. 그런데 그 친구들 목소리가 무슨 상관인지 모르겠구려."

"이유는 곧 알려드리지요. 미안하지만 그 친구들을 좀 불러주십시오. 그럼 증인을 불러내겠습니다."

5분 뒤 세 명의 경관이 홀에 집합했다.

"창고에 가면 짚단이 많이 쌓여 있을 걸세."

홈즈는 말했다.

"가서 두 단만 가져오도록. 필요한 증인을 부르는 데 큰 도움이 될 것 같으니까. 대단히 고맙네. 왓슨, 자네 주머니에 성냥 있지? 자, 레스트레이드, 다 같이 위층 층계참으로 올라갑시다."

앞서 말한 것처럼 위층엔 세 개의 빈 침실과 이어진 넓은 복도가 있었다. 셜록 홈즈는 우리 모두를 복도 끝에 세워놓았다. 경관들은 실실 웃음을 흘렸고 레스트레이드는 놀람과 기대, 그리고 비웃음이 교차하는 얼굴로 홈즈를 쳐다보았다. 홈즈는 무대에 선 마술사 같은 태도로 앞에 서 있었다.

"미안하지만 누가 가서 양동이 두 개에 물 좀 떠 오지 않겠나? 짚단은 이쪽 바닥에 놓게. 벽에 붙지 않도록 조심하고. 자, 이제 준비가 다 끝난 것 같군요."

레스트레이드는 화가 나는지 얼굴이 벌겋게 달아오르기 시작했다.

"셜록 홈즈 선생, 지금 우리하고 장난하자는 거요, 뭐요. 뭔가를 알고 있다면 이런 광대 짓은 집어치우고 속 시원히 말해 보시오."

"레스트레이드, 분명히 말해 두지만 내가 이렇게 할 수밖에 없는 이유가 있습니다. 당신도 아마 몇 시간 전에 당신 쪽이 유리한 것 같았을 때 나를 조롱한 일을 기억하고 있을 겁니다. 그러니 내가 지금 일부러 일을 좀 꾸민다고 해서 나를 원망해서는 안 되지요. 왓슨, 저 창문을 열고 짚단에 불을 좀 붙여주겠나?"

홈즈가 시킨 대로 하자 마른 짚단이 탁탁 소리를 내며 타올랐고 창밖에서 바람이 불어와 회색 연기를 복도에 자욱이 퍼뜨렸다.

"자, 이제 그 증인을 불러낼 수 있는지 봅시다. 모두들 '불이야!' 하고 외쳐볼까요? 그럼 자, 하나, 둘, 세엣⋯⋯."

"불이야!"

모두들 소리쳤다.

"감사합니다. 수고스럽더라도 한 번 더 합시다."

"불이야!"

"신사 여러분, 한 번만 더, 그리고 다 함께."

"불이야!"

이 소리는 노우드 전역을 뒤흔들었을 것이다.

고함 소리가 잦아들기도 전에 기절초풍할 일이 생겼다. 복도 맨 끝의 완전히 벽처럼 보이는 곳이 갑자기 벌컥 열리더니, 키 작은 주름투성이 사내가 굴 속에서 뛰쳐나오는 토끼처럼 밖으로 뛰어나왔다.

"좋아!"

홈즈는 침착하게 말했다.

"왓슨, 짚단에 물을 붓게. 됐네! 레스트레이드, 실종됐던 중요한 증인 조너스 올더커 씨가 바로 이 사람입니다."

형사는 새로 등장한 인물을 아연히 응시했다. 사내는 복도의 밝은 불빛 속에서 눈을 깜빡거리며 우릴 쳐다보다가 연기가 모락모락 피어오르는 짚단으로 시선을 옮겼다. 그것은 불쾌한 얼굴이었다. 교

S. PAGET

활한 회색 눈에 허연 눈썹, 얼굴은 간사스럽고 심술궂고 악의가 가
득했다.

"그런데 이게 뭐야?"

레스트레이드가 마침내 입을 열었다.

"당신 그동안 뭘 하고 있었나, 엉?"

화가 잔뜩 나서 얼굴이 시뻘겋게 달아오른 형사 앞에서 올더커는
몸을 움츠리며 어색하게 웃었다.

"누구한테 피해를 준 일은 없습니다."

"피해를 준 일이 없어? 당신은 무고한 청년을 교수대로 보내려고
발버둥 쳤어. 여기 계신 이 신사분이 아니었으면 당신 계략이 성공
했을지도 모른다고."

가련한 인간이 우는소리를 했다.

"형사님, 저는 그저 장난으로 그랬습니다요."

"허! 장난이었다고? 내 분명히 말해 두지만 당신이 한 짓을 보고
웃는 사람은 없을걸. 이자를 데려가라. 내가 갈 때까지 거실에서 대
기시키도록."

경관들이 내려가자 레스트레이드는 말을 이었다.

"홈즈 선생, 경관들 앞에서는 좀 곤란했지만 왓슨 박사 앞에서는
개의치 않고 말할 수 있소. 선생은 그 어느 때보다 놀라운 일을 해
내셨소. 물론 어떻게 그렇게 할 수 있었는지는 잘 모르겠지만 말이
오. 하지만 선생은 무고한 청년의 목숨을 구하셨을 뿐 아니라 경찰
에서 내 체면을 완전히 구겨놓을 중대한 스캔들이 터지는 걸 막아

주셨소."

홈즈는 빙그레 웃으며 레스트레이드의 등을 두들겨주었다.

"체면을 구기는 대신에 엄청나게 명성이 높아질 겁니다. 지금 쓰

고 있는 보고서를 약간만 수정하세요. 레스트레이드 경감의 눈을 속이는 게 얼마나 어려운 일인지 사람들에게 이해시키라는 겁니다."

"그럼 선생 이름은 넣지 않아도 된다는 거요?"

"그렇습니다. 내게 유일한 보상은 일입니다. 언젠가 세월이 한참 흐른 뒤에 나 또한 영예를 얻게 될 테지요. 나의 열정적인 역사가가 다시 한번 펜을 잡게 되는 그날에 말입니다. 안 그런가, 왓슨? 자, 그럼 쥐새끼가 숨어 있던 곳을 보기로 할까?"

복도 끝에서 180센티미터가량 되는 곳이 회칠한 칸막이벽으로 막혀 있었고, 문은 벽 속에 교묘하게 감춰져 있었다. 처마 밑의 작은 틈을 통해 햇빛이 흘러들었다. 안에는 가구 몇 점과 음식, 물, 그리고 여러 권의 책과 서류가 있었다.

"건축업자라서 한결 유리했을 겁니다."

밖으로 나오면서 홈즈가 말했다.

"남의 도움을 받지 않고 제힘으로 은신처를 만들 수 있었으니까요. 물론, 저 대단한 가정부가 있었지요. 레스트레이드, 때를 놓치지 말고 그 여자를 검거해야 할 겁니다."

"선생의 조언을 따르겠소. 그런데 홈즈 선생, 대체 이곳은 어떻게 알아내셨소?"

"난 올더커가 틀림없이 집 안에 은신하고 있을 거라고 생각했습니다. 복도 길이를 보폭으로 측정해 보니, 위층 복도가 아래층에 비해 180센티미터 더 짧더군요. 그자는 위층에 있는 것이 분명했습니다. 나는 올더커가 불났다는 소릴 듣고도 조용히 엎드려 있을 만큼 대담한 위인은 못 된다고 생각했지요. 물론, 우리가 직접 그자를 끌어낼 수도 있었지만 제 발로 걸어 나오게 만드는 쪽이 더 재미있었지요. 게다가 레스트레이드 당신이 아침나절에 나를 조롱했기 때문에 나는 약간의 비밀주의로 갚아주고 싶었습니다."

"허, 그럼 이제 우리는 피장파장이 되었구려. 하지만 선생은 그자가 집 안에 은신하고 있다는 걸 대체 어찌 아셨소?"

"레스트레이드, 그건 엄지손가락 지문 때문이었습니다. 당신은 그게 결정적인 증거라고 했지요. 그런데 그건 전혀 다른 의미에서 사실이었습니다. 그 피 묻은 지문은 어제는 그곳에 없었으니까요. 아시는지 모르겠지만, 나는 원래 사소한 것에 유난히 신경 쓰는 사람이고, 그래서 어제 홀을 조사하면서 벽이 깨끗하다는 사실을 확인했습니다. 그렇다면 피 묻은 지문은 밤사이에 찍힌 것임에 틀림없었지요."

"하지만 어떻게?"

"그건 아주 간단합니다. 서류를 봉할 때, 맥팔란은 봉투에 부드러운 밀랍을 붙이고 엄지손가락으로 눌렀습니다. 그런데 그 과정이 대단히 신속하고 자연스러웠기 때문에 청년은 그랬던 걸 기억도 못할 겁니다. 올더커 역시 그걸 써먹으려는 생각은 못 했지요. 그런데 저 소굴에서 이번 사건에 대해 곰곰이 생각하다가 그 엄지손가락 지문을 이용하면 맥팔란을 옭아 넣을 수 있는 결정적인 증거를 만들 수 있다는 데 생각이 미친 거지요. 봉투에서 지문이 찍힌 밀랍을 떼어내고 핀으로 손가락을 찔러 피를 최대한 짜내 거기 묻힌 다음

밤을 도와 벽에 그걸 찍는 것만큼 쉬운 일은 없었지요. 그 일은, 그 자가 직접 했을 수도 있고 가정부의 손을 빌렸을 수도 있습니다. 올더커가 은신처로 가지고 들어간 서류를 조사해 보면 틀림없이 청년의 지문이 찍혀 있는 봉랍(封蠟)을 찾을 수 있을 겁니다.”

“훌륭하오!”

레스트레이드는 말했다.

“훌륭하오! 정말 알기 쉽게 설명해 주시는구려. 그런데 홈즈 선생, 대체 그자가 이런 간교한 음모를 꾸민 이유가 무엇이오?”

안하무인으로 굴던 형사가 갑자기 태도를 싹 바꿔서 선생님에게 질문하는 아이처럼 구는 걸 보니 우습기 짝이 없었다.

“흠, 그걸 설명하는 건 그다지 어려운 일이 아닙니다. 지금 아래층에서 우릴 기다리고 있는 신사는 대단히 음흉하고 악랄하고 복수심이 깊은 인간이지요. 그가 과거에 맥팔란의 어머니에게 차인 적이 있다는 걸 알고 계신가요? 모르신다고! 내가 분명히 블랙히스에 먼저 갔다가 그다음에 노우드로 가라고 했을 텐데요? 올더커는 사악하고 음흉한 머릿속에 자신이 상처라고 생각하는 것을 고이 담아두고 평생 동안 복수의 칼날을 갈아왔지만 기회를 잡지 못했습니다. 그런데 지난 일이 년 사이에 일이 잘 안 풀리는 바람에 갑자기 어려운 처지가 되었지요. 내 생각엔 비밀리에 투기를 한 것 같아요. 그는 채권자들을 속이기로 결심하고 코넬리우스 씨에게 거액의 수표를 지불했습니다. 코넬리우스는 십중팔구 그의 다른 이름일 겁니다. 나는 아직 문제의 수표를 추적하지 않았지만 올더커가 이중생활을 하면서 이따금씩 들르는 어느 지방 도시에 다른 이름으로 예치해 놓았을 게 분명해요. 그는 이름을 완전히 바꾸고 돈을 빼낸 다음 어딘가 다른 곳으로 가서 새 인생을 시작하려고 했을 겁니다."

"음, 정말 그럴듯하오."

"그런데 종적을 감출 때 옛 약혼녀의 외아들에게 살해당한 것으로 꾸미면 누가 뒤를 추적할 염려도 없어질 뿐 아니라 여자에게 속 시원한 분풀이가 될 거라는 생각이 떠올랐지요. 그것은 금수만도 못한 짓이었는데 그자는 대가다운 솜씨로 일을 처리했습니다. 유서를 써서 범죄의 동기를 조작한 것, 청년이 부모에게 알리지 않고 집에 찾아오게 만든 것, 단장을 남겨두고 가게 한 것, 핏자국, 목재 더미 속의 동물의 사체와 단추 등, 모든 게 놀랍기 짝이 없습니다. 몇 시간 전까지만 해도 이 모든 것은 도저히 빠져나갈 수 없는 그물처럼 보였지요. 하지만 그자는 예술가의 천품이 없었던 까닭에 언제 멈춰야 하는지를 몰랐습니다. 올더커는 더 이상 손볼 데가 없을 만큼 완벽한 작품을 더 멋지게 다듬으려고 했지요. 불운한 희생자의 목에 걸려 있는 밧줄을 더 바짝 죄려고 했던 겁니다. 그러다 신세를 완전히 망쳤지요. 자, 내려갑시다. 그자에게 한두 가지 물어볼 게 있으니까요."

악랄한 그 인간은 양쪽에 경관을 끼고 자신의 집 응접실에 앉아 있었다.

"형사님, 그건 그냥 장난이었습니다. 장난으로 그런 겁니다요."

사내는 쉬지 않고 우는소리를 했다.

“정말입니다. 그동안 숨어 있었던 건 제가 없어지면 어떻게 되는지 보려고 그랬던 겁니다. 물론 형사님께서는, 제가 가엾은 맥팔란 군한테 무슨 해를 끼치려고 했다고 생각하실 수도 있겠지만 말입니다.”

“그건 배심원단이 판단할 문제다. 어쨌든, 우린 당신을 살인 미수 아니면 불법 공모 혐의로 기소할 것이다.”

레스트레이드는 말했다.

“그리고 채권자들은 코넬리우스 씨의 은행 계좌를 압수할 거고.”

홈즈가 말했다.

작은 사내는 흠칫 놀라더니 악의에 찬 눈으로 내 친구를 흘겨보았다.

“당신한테는 감사해야 할 게 한두 가지가 아니로군. 언젠가는 이 빚을 다 갚아주지.”

홈즈는 너그럽게 웃었다.

“내가 보기에 당신은 앞으로 몇 년간 전혀 시간을 못 낼 것 같은데. 그런데 당신이 입던 헌 바지 말고 목재 더미에 집어넣은 게 뭐였나? 죽은 개? 토끼 두어 마리? 그게 아니면 뭐지? 말하기 싫다고? 이런, 참 고약한 양반이로군! 좋아좋아, 핏자국하고 숯이 된 유골을 보면 토끼라도 두어 마리 잡았나 보군. 왓슨, 자네가 앞으로 이 사건에 관해 쓸 때는 그냥 토끼로 해주게.”

춤추는 사람

홈즈는 몇 시간 동안 말없이 앉아서, 길고 여윈 등을 구부린 채 냄새가 유난히 지독한 화합물이 끓고 있는 실험 용기를 들여다보고 있었다. 머리를 잔뜩 수그린 까닭에 이쪽에서 보면 우중충한 회색 깃털에 검은 볏을 단, 말라빠진 이상한 새처럼 보였다. 그런데 홈즈가 불쑥 말을 건넸다.

"그래서, 자네는 남아프리카 채권에 투자할 생각은 없는 거로군."

나는 깜짝 놀랐다. 나는 홈즈의 기묘한 능력은 익히 알고 있었지만, 이렇게 느닷없이 나의 내밀한 생각을 들춰내자 그저 어리둥절할 뿐이었다.

"대체 그건 어떻게 알았나?"

홈즈는 김이 오르는 시험관을 손에 든 채 동그란 의자를 빙글 돌렸다. 움푹 팬 두 눈에 웃음기가 스쳤다.

"자, 왓슨, 자네 정말 깜짝 놀랐다는 걸 인정하게."

"인정하이."

"그럼 그런 내용으로 각서를 쓰고 자네 서명이라도 받아놔야겠군."

"왜?"

"왜냐하면 5분 뒤에 자네는 모든 게 우스울 만큼 간단하다고 할 테니까."

"그런 말은 절대로 하지 않겠네."

"여보게, 왓슨."

홈즈는 시험관을 제자리에 세워놓고 학생들 앞에서 강의하는 교수처럼 일장연설을 시작했다.

"사실 추론을 한다는 건 그다지 어려운 일이 아니라네. 추론의 연쇄에서, 뒤의 것은 앞의 것과 관련되어 있고 추론의 고리 하나하나는 단순한 사실로 이루어져 있지. 그런데 추론을 끝낸 뒤에 중간 과정을 빼고 사람들에게 출발점과 결론만 제시하면, 다소 유치하긴 해도 그야말로 놀라운 효과를 거둘 수 있거든. 지금도, 자네 왼쪽 손의 엄지와 검지 사이에 홈이 팬 걸 보고, 나는 자네가 얼마 안 되는 재산을 금광에 투자하지 않기로 했다는 걸 확실히 알았네."

"그 두 가지 사실이 어떤 관계가 있는지 잘 모르겠군."

"그럴 테지. 하지만 내가 그 둘 사이의 밀접한 관련을 보여주지. 중간의 빠진 고리들은 다음과 같은 아주 단순한 사실들일세. 첫째, 자네가 간밤에 클럽에서 돌아왔을 때 왼손 엄지와 검지에 분필 가루가 묻어 있었네. 둘째, 자넨 당구를 칠 때 큐가 미끄러지지 않도록 손가락에 분필 가루를 묻히는 습관이 있네. 셋째, 자넨 꼭 서스턴하고만 당구를 치네. 넷째, 자넨 4주일 전에 나에게 서스턴이 남아프리카 자산에 대한 선택 매매권을 갖고 있는데 이것이 유효 기간 한 달짜리라면서 자네에게 공동 투자를 권했다는 얘기를 했네. 다섯째, 자네 수표장은 내 서랍에 보관되어 있는데 열쇠를 달라는 말을 하지 않았네. 여섯째, 자넨 그런 식으로 돈을 투자하지 않기로 결심한 거지.”

“정말 우스울 만큼 간단하군!”

나는 소리쳤다.

“내가 뭐랬나!”

홈즈는 뾰로퉁해져서 말했다.

“무슨 문제든지 일단 설명이 끝나면 자네한테는 다 유치한 게 되고 마는군. 왓슨, 이건 아직 설명이 안 된 문제인데 자네가 한번 설명해 보게.”

그는 종이를 한 장 탁자 위에 던져놓고 다시 화학 분석으로 돌아갔다.

나는 눈이 휘둥그레져서 종이에 그려진 우스꽝스러운 상형문자를 쳐다보았다.

“아니, 홈즈, 이건 애들 그림 아닌가.”

나는 소리쳤다.

“오, 자넨 그렇게 생각하는구먼!”

“그게 아니면 대체 뭐란 말인가?”

"노퍽 주, 라이딩 소프 영주관의 힐턴 큐빗 씨가 무척 궁금해하는 게 바로 그 점일세. 그 수수께끼의 그림은 일찌감치 우편으로 배달됐는데, 큐빗 씨는 다음 기차 편으로 올라온다고 했네. 허, 초인종이 울리는군. 그 양반이 왔나 보네."

무거운 발소리가 계단을 올라오더니 잠시 후 키가 크고 혈색 좋은 얼굴을 깨끗이 면도한 신사가 방에 들어섰다. 그의 맑은 눈과 붉은 뺨을 보자 베이커가의 안개와는 거리가 먼 곳의 삶을 충분히 짐작할 수 있었다. 신사는 강렬하고 신선하고 상쾌한 동부 해안의 공기를 몰고 온 듯했다. 그는 우리와 차례로 악수를 나누고 의자에 앉으려다가, 내가 방금 전에 살펴보고 탁자 위에 놓아둔 이상한 기호가 쓰여 있는 종이에 시선을 보냈다.

"허허, 홈즈 선생, 이것에 대해서 어떻게 생각하십니까?"

그는 소리쳤다.

"선생께서는 기묘한 수수께끼를 좋아하신다던데 이보다 더 이상한 것은 보지 못하셨을 겁니다. 난 선생에게 미리 연구할 시간을 드리기 위해서 이 그림을 먼저 보내드렸지요."

"꽤 재미있는 작품 같군요. 언뜻 보면 애들 장난처럼 보이기도 하지만 말입니다. 우스꽝스럽게 생긴 꼬마 인간들이 여럿이 모여 춤추는 그림이지요. 그런데 이렇게 괴상한 그림에 의미를 부여하는 이유가 뭡니까?"

"홈즈 선생, 내가 이 그림에 무슨 의미가 있다고 생각하는 건 아닙니다. 하지만 아내는 다릅니다. 아내는 이걸 죽도록 무서워하고

있습니다. 말은 안 하지만 눈을 보면 얼마나 겁에 질려 있는지 알
수 있지요. 내가 이 문제를 철저히 파헤치려고 하는 이유가 바로 그
겁니다."

홈즈는 종이를 들고 햇빛에 비춰보았다. 그것은 공책에서 찢어낸
종이였다. 그림은 연필로 그렸는데 다음과 같았다.

홈즈는 그림을 한참 들여다보다가 조심스럽게 접어서 지갑 속에 간수했다.

"이건 대단히 흥미롭고도 드문 사건이 될 것 같습니다. 힐턴 큐빗 씨, 자세한 얘기를 이미 편지에 쓰시긴 했지만 내 친구 왓슨 박사를 위해 다시 한번 말씀해 주시면 감사하겠습니다."

"난 이야기를 조리 있게 잘 하는 사람은 아닙니다."

손님은 큼직하고 투박한 손을 불안하게 잡았다 놓았다 하며 말했다.

"뭐든지 이해가 잘 안 가는 점이 있으면 서슴지 말고 물어봐주십시오. 먼저 작년에 결혼한 일부터 얘기해야 하겠지만 그 전에 밝혀두고 싶은 것이 있습니다. 나는 큰 부자는 아니지만, 우리 집안은 5세기 동안이나 라이딩 소프에서 살았고 노픽 주에서 우리 집보다 더 유명한 가문은 없습니다. 작년에 나는 여왕 즉위 60년제에 참석하려고 런던에 올라왔다가 러셀 광장의 어느 하숙집에 머물렀습니다. 그것은 우리 교구의 파커 목사가 그 집에 숙소를 정했기 때문이었지요. 그 집에는 엘시 패트릭이라는 젊은 미국인 숙녀가 와 있었습니다. 우린 어찌어찌해서 친구가 되었고, 한 달 만에 나는 그녀를 열렬히 사랑하게 되었습니다. 우린 등기소에서 조용히 결혼식을 올리고 부부가 되어 노픽으로 돌아갔지요. 홈즈 선생, 선생은 유서 깊은 가문의 자제가 여자의 과거나 집안 내력에 대해서 아무것도 모른 채 그런 식으로 결혼한 것을 미친 짓이라고 생각할 겁니다. 하지만 내 아내를 만나보면 이해하실 겁니다.

엘시는 그 점에 대해 아주 솔직했습니다. 또 아내가 그런 결혼에 대해 재고할 기회를 주지 않은 것도 아니었지요. 그녀는 이렇게 말했습니다. '나는 아주 불쾌한 사람들을 알고 있어요. 그 사람들을 다 잊고 싶답니다. 과거는 생각할수록 고통스럽기 때문에 입에 올리고 싶지도 않아요. 힐턴, 당신이 나를 데려간다면, 당신은 부끄러울 것 하나 없는 여자를 데려가는 거예요. 하지만 내 말을 믿고, 내가 당신의 여자가 되기 전까지 있었던 일에 대해서는 아무것도 묻지 말아야 해요. 만약 이 조건을 받아들이기 힘들다면 그냥 노퍽으로 돌아가세요. 나는 당신을 만나기 전처럼 혼자서 외롭게 살아가겠어요.' 결혼식 바로 전날, 엘시는 내게 이런 말을 했습니다. 나는 엘시에게 기꺼이 그런 조건으로 당신을 데려가겠노라고 했지요. 그리고 내 입으로 한 약속을 충실히 지켰습니다.

우린 지금 결혼한 지 1년 됐는데 그동안 아주 행복했습니다. 하지만 한 달 전인 6월 말에 최초의 이상 징후가 나타났지요. 어느 날, 아내 앞으로 미국에서 편지 한 통이 배달돼 왔습니다. 겉봉에 미국 소인이 찍혀 있는 걸 내 눈으로 똑똑히 봤지요. 아내는 죽은 사람처럼 창백한 얼굴로 편지를 읽더니 불 속에 그냥 던져버리더군요. 아내는 그 편지에 대해 일언반구도 하지 않았고 나도 가만히 있었습니다. 약속은 약속이니까요. 하지만 그 순간부터 아내는 한시도 마음의 평화를 누리지 못했습니다. 아내의 얼굴에는 두려움이 가시지 않았지요. 항상 뭔가를 기다리고 있는 듯한, 그런 얼굴을 하고 있었습니다. 아내가 나를 믿어주면 얼마나 좋겠습니까. 그러면 나만 한 친구가 없다는 걸 알게 될 겁니다. 하지만 아내가 말을 꺼내기 전까지는 아무 말도 먼저 할 수가 없습니다. 홈즈 선생, 내 아내가 진실한 여자라는 사실을 알아주십시오. 과거에 어떤 일이 있었든 그것은 절대로 아내의 잘못이 아닙니다. 나는 그저 노퍽의 일개 지주일 뿐이지만, 이 나라에서 가문의 영예를 나보다 더 소중히 여기는 사람은 없을 겁니다. 아내는 나와 결혼하기 전부터 그 사실을 잘 알고 있었지요. 아내는 절대로 우리 가문에 오점을 남길 사람이 아닙니다. 그건 분명합니다.

에, 이제부터 아주 이상한 얘기가 나옵니다. 일주일 전이었습니다. 지난주 화요일이었지요. 나는 누가 어느 창틀에다 여기 이것과 같은, 우습게 생긴 춤추는 사람 그림을 그려놓은 걸 발견했습니다. 분필로 아무렇게나 그린 그림이었지요. 필시 마구간 아이 녀석의 소행일 거라고 생각했지만, 녀석은 자긴 전혀 모르는 일이라고 잡아떼더군요. 어쨌든 그림이 그려진 것은 밤사이의 일이었습니다. 나는 그걸 물로 씻어내라고 이르고 아내한테는 나중에 그런 일이 있었다는 얘기만 해줬지요. 그런데 의외로 아내는 아주 심각해지더니 앞으로 그런 게 있으면 자기한테 꼭 보여달라고 부탁하더군요. 일주일 동안은 아무 일도 없었습니다. 그런데 어제 아침에 정원의 해시계 위에서 이 그림이 또 발견되었지요. 이걸 엘시에게 보여주자 아내는 기절했습니다. 그다음부터 아내는 꿈을 꾸는 것 같기도 했고 반쯤 정신이 나간 것 같기도 했는데 두 눈에선 잠시도 공포의 빛이 가시지 않았습니다. 홈즈 선생, 그래서 내가 편지를 써서 이 그림과 같이 여기로 부친 겁니다. 이건 경찰에 신고할 만한 일이 아니었지요. 경찰은 필시 코웃음을 쳤을 겁니다. 하지만 선생께선 내가 어떻게 해야 하는지 가르쳐주실 테지요. 난 부자는 아니지만 가엾은 내 여자가 위험에 처해 있는 게 사실이라면, 마지막 한 푼이라도 털어서 아내를 지켜줄 작정입니다."

잉글랜드 동부의 오래된 땅에서 온 사내는 썩 괜찮은 사람이었다. 성실해 보이는 커다란 푸른 눈에 달덩이같이 훤한 얼굴, 태도는 단순하고 솔직하고 부드러웠으며, 얼굴은 아내에 대한 사랑과 신뢰로 빛났다. 홈즈는 최대한 집중해서 신사의 이야기를 경청하더니 말없이 생각에 잠겼다.

그가 마침내 입을 열었다.

"큐빗 씨, 가장 좋은 건 부인한테 간곡히 말해서 사정이 어떻게 된 건지 들어보는 게 아닐까요?"

힐턴 큐빗은 무겁게 고개를 저었다.

"홈즈 선생, 약속은 약속입니다. 엘시가 나한테 말하고 싶으면 얘기할 겁니다. 내가 비밀을 말해 달라고 먼저 조르진 않겠습니다. 하지만 남편으로서 할 일을 하는 것은 정당합니다. 나는 그렇게 하겠습니다."

"그러면 저도 전력을 다해 돕겠습니다. 먼저, 주변에서 낯선 사람이 나타났다는 얘기를 들은 적이 있으십니까?"

"아니요."

"거긴 대단히 조용한 고장일 것 같은데 낯선 얼굴이 보이면 당연히 소문이 나겠지요?"

"그 근처라면 그럴 겁니다. 하지만 거기서 별로 멀지 않은 곳에 작은 해수욕장이 몇 군데 있습니다. 그곳 농부들은 숙박객을 받지요."

"이 상형문자에는 분명히 어떤 뜻이 있습니다. 만약 그것이 전적으로 임의적인 거라면, 이걸 해독하는 것은 불가능할 겁니다. 하지만 반대로, 이것에 어떤 체계가 있다면 틀림없이 그 의미를 알아낼 수 있을 겁니다. 그러나 이 그림은 너무 짧아서 이것만 가지고는 아무것도 할 수 없고, 또 큐빗 씨가 들려준 얘기도 너무 막연해서 조사의 근거로는 부족합니다. 이제 노퍽으로 돌아가면 경계를 늦추지 마시고 춤추는 사람 그림이 다시 나타나면 정확하게 베껴놓으시기 바랍니다. 지난번에 창틀에 그려졌다는 사람 그림을 그냥 씻어버린 건 정말 안타깝군요. 그리고 근처에 낯선 사람들이 나타나지 않았는지 잘 알아보시고 새로운 증거가 모이면 다시 와주십시오. 힐턴 큐빗 씨, 내가 할 수 있는 조언은 이것뿐입니다. 만일 어떤 급박한 사태가 발생하면 당장 노퍽으로 달려가도록 하겠습니다."

이 만남이 있고 난 뒤 셜록 홈즈는 골똘히 생각에 잠기는 일이 많아졌다. 다음 며칠 동안, 그는 가끔씩 수첩에서 종이를 꺼내 들고 기이한 사람 그림을 한참 동안 뚫어지게 쳐다보곤 했다. 하지만 그 사건에 대해 일절 언급하지는 않았다. 그로부터 2주일쯤 지난 다음 오후에 막 외출을 하려는데 홈즈가 나를 불러 세웠다.

"왓슨, 자네 그냥 집에 있는 게 낫겠네."

"왜?"

"오늘 아침에 힐턴 큐빗한테서 전보가 왔거든. 춤추는 사람 그림의 힐턴 큐빗 기억하지? 한시 20분에 리버풀가에 도착할 예정이라고 했네. 금방 여기 올 걸세. 전보를 보니 그사이에 중요한 사건들이 있었나 보이."

우린 오래 기다릴 필요가 없었다. 노픽의 지주는 역에서 나오자마자 이륜마차를 잡아타고 전속력으로 달려왔다. 수심이 가득한 얼굴, 피로에 젖은 눈, 이마에는 주름살까지 잡혀 있었다.

"홈즈 선생, 이 일 때문에 피가 마를 지경입니다."

큐빗 씨는 지친 듯 안락의자에 털썩 주저앉았다.

"나를 상대로 음모를 꾸미고 있는 보이지도 않고 알지도 못하는 인간들에게 둘러싸인 기분이라니, 정말 고약하기 짝이 없군요. 게다가 아내는 그것 때문에 조금씩 죽어가고 있는데, 이제는 피와 살을 가진 인간이 견딜 수 있는 한계에 다다랐습니다. 아내는 내 눈앞에서 시들시들 말라가고 있어요."

"부인은 여태껏 아무 말도 없으십니까?"

"예, 아직은. 그 가여운 여자가 말하려고 한 적도 있었지만, 과감하게 말문을 열지는 못하더군요. 나는 아내가 털어놓고 말할 수 있게 도와주려고 했지만 방법이 서툴렀던 것 같습니다. 오히려 움츠러들게 만들었을 뿐이니까요. 아내는 우리 집안의 오랜 역사와 이 지역에서 누리고 있는 명성, 그리고 그동안 티끌 한 점 없이 지켜온 명예에 대한 얘기를 꺼내곤 했습니다. 그러면서 그 얘기를 할 듯 말 듯하다가 결국은 하지 못하고 딴 얘기로 방향을 바꾸곤 했지요."

"그래도 뭔가 알아낸 게 있지요?"

"그렇습니다. 나는 선생의 조사에 도움이 될 수 있도록 춤추는 사람 그림을 몇 가지 더 모아 왔습니다. 그런데 그보다 중요한 건 그 자를 봤다는 겁니다."

"뭐라고요? 그림을 그린 자를?"

"그렇습니다. 그자가 그림 그리는 현장을 목격했습니다. 하지만 모든 일을 순서대로 말씀드리지요. 지난번에 여기 다녀간 뒤, 다음 날 아침에 제일 먼저 눈에 띈 건 새로 그려진 춤추는 사람 그림이었습니다. 그것은 연장 창고의 검은색 문틀 위에 분필로 그려져 있었지요. 창고는 잔디밭 옆에 있어서 집 안에서도 훤히 내다보입니다. 그 그림을 그대로 베껴 왔습니다."

큐빗은 종이 한 장을 펼쳐서 탁자 위에 올려놓았다. 그림은 다음과 같다.

"잘하셨습니다! 정말 잘하셨군요! 자, 말씀 계속하십시오."

홈즈가 말했다.

"나는 그걸 베껴놓고 그림을 지워버렸지요. 하지만 이틀 뒤 아침에 새로운 그림이 나타났습니다. 이건 그걸 베낀 겁니다."

홈즈는 두 손을 마주 비비며 기쁨에 못 이겨 싱글벙글했다.

"자료 수집이 착착 잘 되고 있군요."

"사흘 뒤에 그림을 끼적거려놓은 종이 한 장이 더 발견됐습니다. 해시계 위에 조약돌로 눌러놓았더군요. 바로 이겁니다. 보다시피 두 번째 것과 똑같은 그림이지요. 그래서 나는 밤중에 숨어서 지켜보기로 결심하고 리볼버를 꺼내 들고 잔디밭과 정원이 내다보이는 서재에 자리를 잡고 앉았습니다. 밤 두시경이었지요. 창가에 앉아 있는데 달빛만 비칠 뿐 사방은 깜깜했습니다. 그때 등 뒤에서 발소리가 들리더니 아내가 실내복 차림으로 나타났습니다. 아내는 제발 들어와서 자라고 애원하더군요. 나는 우리한테 그렇게 바보 같은 장난을 치는 녀석이 누군지 알고 싶다고 솔직히 말했지요. 그러자 아내는 그건 어리석은 장난일 뿐이니 신경 쓰지 말라고 했습니다.

'여보, 그게 그렇게 신경 쓰이거든 우리 둘이 여행이라도 떠나는 게 어때요? 그럼 불쾌한 일을 피할 수 있잖아요.'

'아니, 어리석은 장난꾼 때문에 내 집에서 도망친다는 거요? 허허, 세상 사람들이 알면 우릴 비웃을 거요.'

'어서 가서 자요. 그 문제는 아침에 얘기하기로 하고요.'

그때 문득, 달빛에 드러난 아내의 하얀 얼굴이 점점 더 하얘지더니 내 어깨를 잡은 아내의 손에 힘이 들어가는 게 느껴졌습니다. 뭔

가가 연장 창고의 그늘 속에서 움직이고 있었습니다. 시커먼 형체가 낮게 포복해서 창고 모퉁이를 돌아가더니 문 앞에 쪼그리고 앉는 모습이 보였지요. 나는 권총을 들고 뛰어나가려고 했지만, 아내는 두 팔로 나를 껴안고 필사적으로 매달렸습니다. 아내를 떨쳐내려고 해도 죽자 사자 매달려서 놓아주질 않더군요. 겨우 뿌리치고 밖으로 뛰쳐나가 창고 앞으로 달려가보니 놈은 이미 사라지고 없었습니다. 하지만 왔다 간 흔적은 남겨놓았더군요. 문짝 위에 춤추는 사람 그림이 그려져 있었으니까요. 그런데 그것은 벌써 두 번이나 등장한 그림이었습니다. 내가 진작에 베껴놓은 것이었지요. 나는 정원을 뛰어다니며 구석구석 뒤졌지만 놈의 흔적을 찾을 길이 없었습니다. 하지만 놀랍게도 놈은 계속 거기 있었던 게 분명합니다. 아침에 다시 창고 문짝을 살펴보니 밤중에 본 그림 밑에 새로운 그림이 더해져 있었으니까요."

"그 그림을 갖고 계십니까?"

"예, 아주 짧지만 베껴놓았지요. 바로 이겁니다."

큐빗은 다시 종이 한 장을 꺼냈다. 그것은 새로운 춤이었는데 다음과 같았다.

"잠깐만."

홈즈가 말했는데 눈빛을 보니 몹시 흥분한 듯했다.

"이걸 처음 그림에 붙여서 그려놓았던가요, 아니면 뚝 떨어진 곳에 그려놓았던가요?"

"아예 다른 판자에 그려놓았더군요."

"좋습니다! 우리의 목적을 향해 가는 데 가장 중요한 것이 바로 그겁니다. 희망이 보이는군요. 자, 힐턴 큐빗 씨, 어서 그 흥미로운 진술을 계속해 주십시오."

"홈즈 선생, 그날 밤 아내가 나를 붙잡고 늘어진 것 때문에 화가 났다는 걸 빼면 더 이상 할 얘기가 없습니다. 아내가 붙잡지만 않았어도 나는 그때 요리조리 잘도 피해 다니는 그 악당 녀석을 잡을 수 있었습니다. 아내는 내가 다칠까 봐 두려웠다고 하더군요. 하지만 그 말을 듣자 아내가 정말로 걱정한 것은 내가 아니라 그 녀석일지도 모른다는 생각이 순간적으로 뇌리를 스쳤습니다. 왜냐하면 아내는 그자의 정체뿐 아니라 그 야릇한 그림 신호의 의미도 알고 있는 게 분명했으니까요. 하지만 홈즈 선생, 아내의 말투와 눈빛을 보니 의심은 봄눈 녹듯 사라졌습니다. 아내는 진심으로 나를 염려해 주고 있었지요. 이상으로 할 말은 끝났습니다. 이제 내가 어떻게 해야 하는지 가르쳐주시기 바랍니다. 성질대로 하자면, 농장 애들 대여섯을 수풀 속에 숨겨놓았다가 그 녀석이 다시 나타나면 흠씬 두들겨 패주고 싶습니다. 그럼 앞으로는 조용해질 테니까요."

"이 사건은 너무 복잡해서 그렇게 단순하게 해결될 것 같지는 않군요."

홈즈는 말했다.

"런던에 얼마나 머무르실 수 있습니까?"

"나는 오늘 안으로 가봐야 합니다. 무슨 일이 있어도 아내를 밤에 혼자 놔두지 않을 겁니다. 아내는 지금 무척 예민해져 있지요. 아까도 나한테 오늘 꼭 돌아오라고 신신당부하더군요."

"옳으신 말씀입니다. 하지만 큐빗 씨가 여기 머물 수 있다면, 하루 이틀 안으로 같이 내려갈 수 있을 텐데요. 그림은 여기 맡겨놓고 가십시오. 그러면 조만간 댁을 찾아뵙고 사건에 대해 설명해 드릴 수 있을 것 같습니다."

셜록 홈즈는 손님이 돌아갈 때까지 전문가다운 침착한 태도를 잃지 않았다. 하지만 나는 누구보다 친구를 잘 알고 있는 까닭에 그가 무척 흥분했다는 걸 눈치챘다. 힐턴 큐빗의 넓은 등이 문밖으로 사라진 순간, 동지는 쏜살같이 책상 앞으로 달려가더니 춤추는 사람 그림이 그려진 종이를 몽땅 펼쳐놓고 복잡하고 정교한 계산에 돌입했다. 나는 두 시간 동안, 그가 여러 장의 종이에 그림과 문자를 가득히 그려 넣는 것을 지켜보았다. 그는 일에 몰입한 나머지 나의 존재조차 망각한 것이 분명했다. 작업은 조금씩 진척되었다. 그는 이따금씩 성과가 있을 때는 휘파람을 부는가 하면 노래를 흥얼거렸다. 또 가끔 난관에 봉착했을 때는 이맛살을 찌푸리고 멍한 눈으로 한동안 우두커니 앉아 있기도 했다. 마침내 그는 환호성을 지르며 벌떡 일어서더니 두 손을 마주 비비며 방 안을 오락가락했다. 그리고 전보용지에 긴 전문을 썼다.

"왓슨, 내가 예상한 대로 답장이 오면 자네는 사건 기록부에 대단히 멋진 사건을 하나 더 보탤 수 있게 될 걸세. 우리는 내일쯤 노퍽에 내려가서 그 양반한테 이 골치 아픈 사건의 경위에 대해 아주 구체적인 정보를 전해 줄 수 있을 걸세."

솔직히 말해서 나는 무척 궁금했지만 홈즈는 자신이 원하는 때에 원하는 방식으로 조사 결과를 발표하는 걸 즐긴다는 걸 알고 있었으므로, 그가 말해 줄 때까지 기다리기로 했다.

하지만 회신이 늦어지는 바람에 초조한 기다림의 시간이 이틀이 흘러갔다. 그동안 홈즈는 초인종 울리는 소리만 들리면 귀를 바짝 곤두세우곤 했다. 이틀째 되는 날 저녁에, 힐턴 큐빗에게서 편지 한 통이 왔다. 다른 일은 없었지만 아침에 해시계 받침대 위에서 긴 그림이 발견됐다는 것이다. 그는 그림을 베낀 종이를 동봉했는데, 그것은 다음과 같다.

홈즈는 이 기괴한 그림 띠를 한참 내려다보더니 불현듯 놀람과 당황이 뒤섞인 목소리로 고함을 지르며 벌떡 일어섰다. 얼굴에는 근심스러운 기색이 역력했다.

"더 이상 방관하고 있을 수 없네. 지금 노스 월셤행 기차가 있나?"

나는 기차 시간표를 들춰보았다. 이미 마지막 기차가 출발한 다음이었다.

"그럼 내일 새벽같이 일어나서 식사를 하고 첫 기차를 타러 가세. 우리가 급히 가야 할 필요가 생겼어. 허! 기다리던 해외 전보가 도착했군. 허드슨 부인, 잠깐만, 답신을 해야 할지도 모르니까요. 됐습니다. 내가 예상했던 그대로군. 여보게, 힐턴 큐빗에게 지체 없이 상황을 알려줘야 할 필요가 더욱 강해졌네. 노픅의 순박한 지주가 위험하기 짝이 없는 그물에 걸렸어.”

그것은 정말이었다. 내 눈에는 그저 유치하고 기괴해 보이기만 했던 사건은 결국 어두운 종말을 향해 치닫게 되었는데, 그때 일을 얘기하려니 당시의 놀람과 전율이 생생하게 되살아난다. 독자들에게 좀 더 밝은 결말을 전해 줄 수 있다면 얼마나 좋으랴. 하지만 이것은 사실 기록이니만치 며칠 동안 영국 전역을 뒤흔들었던 라이딩 소프 영주관의 기이한 사건들의 연쇄를 따라 그 비극적인 결말까지 말하지 않을 수 없다.

우리가 노스 월셤 역에서 바삐 내려 행선지를 말하자 역장이 허둥지둥 이쪽으로 다가와서 말했다.

“런던에서 오신 형사님들인가 봅니다만?”

홈즈의 얼굴에 고통스러운 빛이 지나갔다.

“왜 그렇게 생각하십니까?”

“노리치의 마틴 경위가 방금 지나갔으니까요. 아니, 혹시 의사분들이십니까? 큐빗 부인은 아직 살아 있다고 하던데 지금은 어떤지 모르겠습니다. 두 분께서 달려가면 부인의 생명을 구할 수 있을지도 모르지요. 물론 살아나봤자 교수대로 직행하겠지만 말입니다.”

홈즈의 이마가 근심으로 그늘졌다.

“우린 라이딩 소프 영주관으로 갈 겁니다. 하지만 거기에서 일어

난 일에 대해서는 전혀 모릅니다."

"끔찍한 사건이 일어났지요."

역장은 말했다.

"힐턴 큐빗 씨 부부가 총에 맞았습니다. 하인들 말로는 부인이 남편을 쏘고 자살했답니다. 큐빗 씨는 죽고 부인은 가망 없다고 하더군요. 쯧쯧, 노퍽 주에서 제일가는 유서 깊은 명문가건만."

홈즈는 아무 말 없이 마차를 향해 달려갔고 긴 11킬로미터를 달려가는 동안 한 번도 입을 떼지 않았다. 그렇게 낙심하는 건 좀처럼 드문 일이었다. 런던에서 기차로 오는 동안에도 그는 내내 좌불안석이었고 불안한 얼굴로 조간신문을 이것저것 열심히 뒤적거렸다.

그러나 최악의 염려가 갑자기 현실로 드러나자 멍한 우울증에 빠졌다. 그는 좌석에 몸을 파묻고 침울하게 생각에 골몰했다. 하지만 영국의 어느 시골 지역 못지않게 독특한 전원을 마차로 달리는 동안 도로변에는 흥미를 끄는 것들이 많았다. 띄엄띄엄 서 있는 농가 주택은 오늘날의 인구 분포를 나타냈지만, 가는 곳마다 질펀한 녹색 평원에서 솟아오른 사각 탑의 거창한 교회 건물은 옛 이스트 앵글리아(영국 잉글랜드의 가장 동쪽에 있는 지역 — 옮긴이)의 영광과 번영을 말해 주었다. 노퍽의 녹색 해안선 너머로 북해의 보랏빛 해수면이 모습을 드러냈고 마부는 채찍을 들어 작은 숲 위로 고개를 내민, 벽돌과 목재로 건축한 오래된 박공지붕 두 개를 가리켜 보였다. 마부가 말했다.

"저기가 라이딩 소프 영주관입지요."

마차가 주랑 현관을 향해 올라가는 동안 잔디를 깐 테니스장 옆으로, 우리가 그토록 기이한 인연을 맺은 검은색 연장 창고와 받침대가 달린 해시계가 시야에 들어왔다. 말쑥하게 차린 작은 사내가 막 높다란 경장 이륜마차에서 내리고 있었다. 콧수염을 밀랍으로 굳힌 기민한 사내는 자신을 노퍽 경찰대의 마틴 경위라고 소개했는데 내 친구의 이름을 듣더니 놀라움을 감추지 못했다.

"아니, 홈즈 선생님, 사건이 발생한 건 겨우 오늘 새벽 세시였습니다. 그런데 어떻게 벌써 런던에서 그 소식을 듣고 저와 같은 시각에 현장에 출동하신 겁니까?"

"나는 이런 일이 생길 거라고 예측했소. 사건을 막아볼 생각으로 온 거요."

"그렇다면 우리가 모르는 중요한 증거를 갖고 계시겠군요. 사람들 말로는 큐빗 부부가 아주 금실이 좋았다고 하니까요."

"나한테 있는 증거라곤 춤추는 사람 그림뿐이오. 그 부분은 나중에 설명해 드리리다. 그런데 너무 늦게 오는 바람에 이런 비극을 막지 못했으니 정의를 세우기 위해 내가 가진 모든 지식을 다 활용하고 싶소. 경위는 나와 공동으로 수사하겠소, 아니면 내가 독자적으로 활동하기를 원하시오?"

"홈즈 선생님, 선생님과 같이 행동할 수 있다면 저로서는 큰 영광입니다."

경위는 정색을 하고 말했다.

"그렇다면 불필요하게 시간을 낭비하지 말고 증언을 청취하고 현장을 살펴보는 게 좋겠소."

마틴 경위는 분별 있는 사람인지라, 내 친구가 자기 방식대로 조사하게 놔두고 자신은 조심스럽게 그 결과를 기록하는 데 만족했다. 머리털이 허옇게 센 늙은 외과 의사가 힐턴 큐빗 부인의 방에서 나오더니, 부인이 중상을 입긴 했지만 생명이 위독할 정도는 아니라고 보고했다. 그는 총알이 이마를 뚫고 들어갔는데, 의식을 되찾는 데는 상당한 시간이 걸릴 거라고 했다. 의사는 부인이 총을 맞았는지 아니면 쏘았는지의 문제에 대해서는 섣불리 견해를 밝히려 들지 않았다. 총탄은 아주 가까운 거리에서 발사된 것이 분명했다. 방에서 발견된 권총은 하나뿐이었고 탄창 두 개가 비어 있었다. 힐턴 큐빗 씨는 심장에 총을 맞았다. 남편이 부인을 쏜 다음에 자신을 쏘았다고 볼 수도 있고 그 반대의 경우도 가능했다. 리볼버가 두 사람의 중간쯤에 떨어져 있었던 것이다.

"큐빗 씨를 옮겼습니까?"

홈즈가 물었다.

"우린 부인만 빼고 아무것도 건드리지 않았소. 부인이 부상당한 채 바닥에 쓰러져 있게 놔둘 수는 없었으니까 말이오."

"선생은 언제 여기 오셨습니까?"

"새벽 네시에."

"다른 사람은?"

"이쪽의 경관이 있었소."

"자네 아무것도 손대지 않았지?"

"예."

"정말 잘했네. 자네에게 연락한 사람이 누군가?"

"하녀 손더스입니다."

"맨 먼저 사건 현장에 달려간 사람인가?"

"예, 요리사 킹 부인과 같이 갔다고 합니다."

"두 사람은 지금 어디 있나?"

"주방에 있는 것 같습니다."

"그럼 당장 두 사람의 이야기를 들어보는 게 좋겠구먼."

높은 창문이 나 있고 참나무로 건축한 낡은 홀은 조사실로 바뀌었다. 홈즈는 해쓱한 얼굴로 고풍의 커다란 의자에 앉아 있었다. 나는 냉혹하게 빛나는 그의 두 눈에서 자신이 구해 내지 못한 의뢰인을 대신해서 복수할 때까지 이 수사에 자신의 모든 것을 바치려는 결연한 의지를 읽을 수 있었다. 그 밖에 거기 모인 사람들은 깔끔한 마틴 경위, 희끗한 머리의 늙은 시골 의사, 나, 그리고 둔해 보이는 마을 경관이었다.

두 여인은 차근차근 이야기를 했다. 그들은 총성을 듣고 잠에서 깼는데 1분 뒤에 또다시 총성이 들려왔다. 둘의 방은 붙어 있었고 킹 부인은 손더스에게 달려갔다. 두 여인은 함께 계단을 내려갔다. 서재 문은 열려 있고 책상 위에서는 촛불이 타고 있었으며 주인은 방 한가운데 엎어져 있었다. 그는 이미 숨이 끊어진 상태였다. 부인은 창가에 웅크리고 앉아 벽에 머리를 기대고 있었는데 끔찍한 부상을 입었고 얼굴 한쪽은 온통 피투성이였다. 부인은 힘들게 숨을 몰아쉬고 있었지만 말을 할 수 있는 상태는 아니었다. 방은 물론이고 복도까지 연기와 화약 냄새로 가득했다. 창문은 분명히 안에서 잠긴 상태였다. 두 여인 다 그것을 똑똑히 보았다고 했다. 두 사람은 곧 의사와 경관을 부르러 달려갔다. 그리고 마부와 마구간 소년의 도움으로 마님을 침실로 옮겼다. 침대에는 주인 부부가 모두 들어가 잔 흔적이 있었다. 부인은 평상복 차림이었고 주인은 잠옷 위에 실내복을 걸치고 있었다. 그들은 서재에 들어와서 아무것도 손대지 않았다. 두 여인이 아는 한, 주인 부부는 그동안 말다툼 한 번 한 적 없고 언제 보아도 아주 금실 좋은 부부였다.

하녀들의 증언은 대체로 이와 같았다. 마틴 경위의 질문에 대해

서는, 문이 다 안쪽에서 잠겨 있었으므로 아무도 집 안에서 빠져나
갈 수는 없었다고 대답했다. 홈즈의 질문에 대해서는, 방에서 나와
계단을 향해 달려갔을 때 화약 냄새가 끼쳐 온 기억이 난다고 진술
했다.

"이 부분을 주목하는 게 좋을 거요."

홈즈는 형사에게 말했다.

"이제 방 안을 철저하게 조사할 때가 된 것 같소이다."

서재는 삼면에 책이 가득 꽂혀 있는 작은 방이었다. 보통 크기의 창문 앞에는 책상이 놓여 있었고 창밖으로 정원이 내다보였다. 사람들의 시선은 맨 먼저 불운한 지주의 시신에 쏠렸다. 우람한 체구의 사나이가 바닥에 쓰러져 있었다. 매무새가 흐트러진 걸 보니 자다가 급하게 뛰어나온 듯했다. 총탄은 앞에서 날아와 심장을 관통한 뒤 몸속에 남았다. 아무 고통 없이 즉사한 것임에 틀림없었다. 실내복이나 두 손에 화약 가루는 묻어 있지 않았다. 시골 의사는 부인의 얼굴에 화약이 묻어 있었지만 손은 깨끗했다고 증언했다. 홈즈가 말했다.

"손에 화약이 묻어 있지 않다는 것만으로는 아무것도 알 수 없습니다. 물론 화약이 묻어 있다면 그것으로 끝이지만요. 탄약통이 잘 안 맞아서 화약이 뒤쪽으로 분출되는 경우가 아니라면 손에 화약 가루를 묻히지 않고도 여러 발을 쏠 수 있지요. 이제 큐빗 씨의 시신을 옮겨도 될 것 같군요. 그런데 선생은 부인의 몸에서 아직 총알을 제거하지 않았지요?"

"총알을 빼내려면 큰 수술을 해야 하오. 하지만 리볼버에는 아직 탄약통이 네 개가 남아 있소. 두 발이 발사되고 두 사람이 총을 맞았으니까, 계산은 맞소이다."

"저 창에 맞은 총알도 계산에 넣으신 겁니까?"

홈즈는 말을 하며 몸을 휙 돌리더니 길고 가는 손가락으로 창틀에 뚫린 구멍을 가리켰다. 총구멍은 밑에서 2.5센티미터가량 위쪽에 뚫려 있었다.

"이럴 수가!"

경위가 부르짖었다.

"저걸 대체 어떻게 발견하신 겁니까?"

"저걸 찾고 있었으니까요."

"놀랍소!"

시골 의사가 말했다.

"정말 대단하오. 한 발이 더 발사됐다면 여기에 한 사람이 더 있었다는 얘기가 되오. 하지만 그게 누구이고, 여기서 어떻게 도망친 거요?"

"그건 이제부터 알아내야 할 문제입니다."

셜록 홈즈는 말했다.

"마틴 경위, 아까 하녀들은 방에서 나오자마자 화약 냄새를 맡았다고 했고 나는 그 점이 대단히 중요하다고 했는데, 기억하고 있소?"

"물론입니다. 하지만 솔직히 말해서 그 말의 의미를 제대로 이해하지는 못했습니다."

"그것은 총이 발사된 순간, 방문은 물론 창문도 열려 있었다는 걸 암시하는 거요. 그렇지 않다면 화약 연기가 그렇게 순식간에 집 안에 퍼지지는 못했을 거요. 외풍이 있었던 거지. 하지만 방문과 창문이 열려 있었던 시간은 극히 짧았소."

"그건 어떻게 아십니까?"

"촛농이 흐르지 않았으니까."

"대단하십니다! 정말 대단해요!"

경위가 외쳤다.

"비극의 순간에 창문이 열려 있었다는 걸 알게 되면서, 나는 이 사건에 제3의 인물이 개입됐을 거라고 생각했소. 그자는 창밖에서 방 안으로 총을 쐈소. 그런데 방 안에서 그자를 겨냥해 총을 쐈다면 창틀에 맞았을 가능성도 있는 거요. 그래서 찾아보니 역시 거기 총탄 자국이 있었소!"

"하지만 창문은 어떻게 해서 안에서 잠긴 거지요?"

"부인이 본능적으로 창문을 닫은 다음 잠갔을 거요. 하지만, 어라? 이게 뭐지?"

책상 위에 숙녀의 핸드백이 놓여 있었다. 그것은 은제 장식을 단 깜찍한 악어가죽 가방이었다. 홈즈는 핸드백을 열고 안에 든 것을 쏟아놓았다. 그 안에서 나온 것은 영국 은행이 발행한 50파운드짜리 어음 스무 장 한 묶음이었다. 그 밖에는 아무것도 없었다.

"이건 법정에 제출해야 할 테니 잘 보관해야 하오."

홈즈는 내용물을 도로 집어넣고 핸드백을 경위에게 건네주었다.

"이제 우리는 이 세 번째 총탄에 대해 설명해야 하오. 나무가 쪼개진 모양으로 보면, 그것은 방 안에서 발사된 것이 분명하오. 요리사 킹 부인과 다시 얘기하고 싶군요. 킹 부인, 아까 시끄러운 총소리를 듣고 잠에서 깼다고 했지요? 그건 처음에 난 총소리가 그다음에 난 소리보다 더 크게 들렸다는 뜻인가요?"

"글쎄요, 저는 자다가 일어났기 때문에 그것까지는 잘 모르겠습니다, 선생님. 하지만 소리가 아주 컸던 것 같습니다."

"혹시 두 사람이 거의 동시에 총을 발사한 소리라고 생각하진 않으시오?"

"잘 모르겠습니다, 선생님."

"난 틀림없이 그랬을 거라고 확신하오. 마틴 경위, 이 방에서 알아낼 수 있는 건 다 알아낸 것 같소. 같이 나가서 정원에 어떤 증거가 남아 있는지 둘러봅시다."

서재 창문 앞은 화단이었는데 그 앞에서 사람들은 모두 탄성을 터뜨렸다. 꽃은 짓밟혀 있었고 부드러운 흙에는 온통 발자국투성이었다. 그것은 큼직한 남자 발자국이었는데, 구두코가 유난히 길고 뾰족했다. 홈즈는 다친 새를 찾는 리트리버 사냥개처럼 화단을 헤집고 다녔다. 그러다가 환호성과 함께 몸을 굽혀 작은 놋쇠 탄피를 주워 들었다.

"내 이럴 줄 알았지. 그것은 탄피 배출기가 달린 리볼버였소. 말하자면 이게 바로 세 번째 탄약통이오. 마틴 경위, 이제 사건은 거의 해결된 것 같소이다."

홈즈가 대가의 솜씨로 신속하게 수사를 진행시키자 시골 경위는 놀란 빛을 감추지 못했다. 처음에 그는 자신의 위치를 확보하려고 애쓰는 것 같더니만 이제는 감탄한 나머지 홈즈가 이끄는 대로 군말 없이 따르고자 했다.

"용의자가 누굽니까?"

경위는 물었다.

"그 문제에 대해선 나중에 말하리다. 나는 이 사건의 몇 가지 요소에 대해서 아직 당신에게 설명하지 못했소. 이왕 이렇게 됐으니

내가 하던 대로 수사를 계속 밀고 나가는 게 좋겠소. 자초지종은 나중에 한꺼번에 설명하리다."

"홈즈 선생님, 마음대로 하십시오. 범인만 잡으면 되니까요."

"난 비밀주의로 나가고 싶은 생각은 눈곱만큼도 없지만, 행동에 돌입해야 할 때 길고 복잡한 설명을 늘어놓는 건 불가능하오. 나는 이 사건의 단서를 완전히 손에 넣었소. 설령 부인이 영영 의식을 회복하지 못한다 해도, 우린 간밤에 있었던 사건을 재구성하고 정의를 세울 수 있을 거요. 우선 이 근처에 '엘리지'라는 여관이 있는지 알고 싶소만."

하인들을 하나씩 불러 물어보았지만 아무도 그런 곳에 대해서 몰랐다. 다행히 마구간 소년이 이스트 러스턴 쪽으로 몇 킬로미터 떨어진 곳에 그런 이름의 농부가 살고 있다는 사실을 기억해 냈다.

"외진 곳에 있는 농장인가?"

"아주 외딴 곳입니다, 선생님."

"그러면 간밤에 여기서 있었던 일에 대해 아직 소식을 못 들었겠구나?"

"그럴 겁니다, 선생님."

홈즈는 잠시 생각에 잠기더니 곧 묘한 미소를 띠었다.

"애야, 말에 안장을 얹어라. 엘리지 농장에 편지를 좀 전해 다오."

홈즈는 주머니에서 춤추는 사람 그림이 그려진 종이를 여러 장 꺼냈다. 그리고 그것들을 펼쳐놓고 책상 앞에 앉아서 뭔가를 한참 끼적거렸다. 마침내 그는 소년에게 편지를 건네주며 당사자에게 직접 전해 주라고 지시하고, 어떤 질문을 받아도 절대로 대답하지 말라고 주의를 주었다. 편지 겉봉을 보니 주소는 홈즈의 평소 정연한 글씨체와 딴판으로 꾸불꾸불하고 고르지 못한 글씨체로 쓰여 있었고, 수신자는 '노퍽 주, 이스트 러스턴, 엘리지 농장, 에이브 슬레이니 씨' 앞으로 되어 있었다.

홈즈는 말을 건넸다.

"경위, 내 생각에는 호송대 파견을 요청하는 전보를 치는 게 좋겠소. 내 계산이 정확하다면 극히 위험한 죄수를 주 감옥으로 호송해야 할 테니까 말이오. 저 아이가 편지를 배달하는 길에 전보를 부쳐 줄 거요. 왓슨, 오후에 런던행 기차가 있으면 그걸 타고 올라가도록 하세. 아직 끝내지 못한 흥미로운 화학 분석이 있는데, 이 사건은 곧 종료될 것 같으니까."

소년에게 편지를 들려 보낸 뒤 셜록 홈즈는 하인들을 소집했다. 그리고 혹시 누가 와서 힐턴 큐빗 부인을 찾거든, 부인의 용태에 대해서는 아무 말도 하지 말고 당장 손님을 응접실로 안내하라고 지시했다. 그는 하인들에게 이것이 얼마나 중요한 일인가를 누누이 강조했다. 그리고 응접실로 자리를 옮긴 뒤, 화살은 시위를 떠났다며 이제 결과를 기다리는 동안 시간을 최대한 활용해야 한다고 말했다. 의사는 이미 다른 환자를 돌보러 떠났고 남은 사람은 경위와 나뿐이었다.

"한 시간 정도 기다리는 동안, 두 분이 재미있고 유익한 시간을 보낼 수 있게 해주겠소."

홈즈는 의자를 책상 앞으로 바짝 끌어당기고 춤추는 사람의 익살스러운 동작이 기록된 종이를 여러 장 펼쳐놓았다.

"왓슨, 자네의 그 타고난 호기심을 오랫동안 채워주지 못했으니 정말 미안하게 생각하네. 경위, 당신에게는 이 사건이 범죄 수사에 관해 연구할 수 있는 소중한 기회가 될 거요. 내가 이 흥미로운 상황에 대해 알게 된 것은 힐턴 큐빗 씨가 베이커가로 찾아와서 상담했기 때문이었소."

그리고 홈즈는 경위에게 지금까지 있었던 일에 대해 간략하게 설명해 주었다.

"그래서 나는 지금 여기 있는 이상한 그림들을 보게 됐소. 이 그림들이 그토록 끔찍한 비극으로 이어지지 않았다면 누구나 이걸 보고 코웃음 칠 거요. 사실 나는 온갖 형태의 암호에 정통하고 그 같은 주제에 관해 작은 논문을 발표하기도 했소. 나는 그 논문에서 160가지의 암호를 분석했지만 솔직히 말해서 이렇게 생긴 건 처음이오. 물론 이러한 형태의 암호 체계를 만들어낸 목적은 명백하오. 그것은 이 그림이 어떤 의미를 갖고 있다는 사실을 은폐하고 아이들 낙서에 지나지 않는다는 인상을 주기 위한 것이오.

하지만 하나의 그림이 하나의 문자에 대응된다는 걸 알고 온갖 형태의 암호문에서 보편적으로 통용되는 규칙을 적용하면, 암호의 해독은 간단한 일이었소. 맨 처음 받은 메시지는 너무 짧아서 🕺 그림이 'E'를 나타낸다는 것만 확실하게 말할 수 있을 뿐, 그 이상에 대해서는 도저히 알 도리가 없었소. 알다시피 'E'는 영어 알파벳에서 가장 자주 쓰이는 글자라 짧은 문장에서도 제일 흔하게 마주칠 정도요. 그런데 첫 번째 메시지의 그림 열다섯 개 중에서 네 개가 같은 것이니 이걸 'E'로 생각하는 게 타당했소. 그런데 개중에는 깃발을 든 사람이 있는가 하면 그렇지 않은 사람도 있는데, 깃발을 든 사람이 드문드문 분포돼 있는 걸 보면, 깃발이 문장 안에서 한 단어의 끝을 알려주기 위해 쓰였다고 추측할 수 있소. 나는 이걸 하나의 가설로 삼고, 'E'를 나타내는 것이 ⚐이라고 표시했소.

　하지만 진짜 어려운 건 그다음부터였소. 'E' 다음으로 자주 쓰이는 알파벳으로는 그다지 두드러지는 게 없을 뿐 아니라, 인쇄물에서 평균적으로 자주 쓰이는 글자가 있다 해도 하나의 짧은 문장 안에서는 정반대로 나타날 수도 있으니 말이오. 글자의 사용 빈도수를 대략 산술적으로 따져보면 'T', 'A', 'O', 'I', 'N', 'S', 'H', 'R', 'D', 그리고 'L'의 순서가 되오. 하지만 'T', 'A', 'O', 'I'는 거의 비슷한 빈도로 쓰이고, 게다가 어떤 의미가 발생될 때까지 글자를 조합하려면 한도 끝도 없는 작업이 될 게 뻔했소. 그래서 나는 자료가 더 모이기를 기다렸소. 힐턴 큐빗 씨는 나를 다시 찾아왔을 때, 짧은 문장 두 개와 한 단어로 된 듯한(깃발이 없었으니까) 메시지 하나를 건네주었소. 여기 있는 그림이 바로 그거요. 자, 그런데 다섯 개의 글자로 이루어진 단어에서, 두 번째와 네 번째 자리에 'E'가 벌써 두 번이나 등장하오. 이 단어는 'sever(절단하다)'나 'lever(지레)', 또는 'never(결코…… 안 된다)'가 될 수도 있소. 그런데 어떤 요청에 대한 대답으로는 'never'가 가장 그럴듯했고, 그리고 정황으로 보았을 때 이 말은 부인의 대답임에 분명했소. 그렇다면 우린 이제 기호 춤추는사람들이 각각 'N', 'V', 'R'을 나타낸다고 말할 수 있소.

그래도 아직은 무척 어려웠소. 그런데 문득 멋진 생각이 떠오르면서 다른 글자를 몇 가지 더 해독할 수 있게 되었소이다. 만약 이런 암호문이 내 예상대로 부인이 과거에 친하게 지냈던 누군가의 호소라면, 두 개의 'E' 사이에 세 개의 글자가 들어 있는 단어는 필시 'ELSIE(엘시)'라는 이름을 나타낼 거라는 생각이 떠오른 거요. 암호문을 조사해 보니 세 번이나 반복해서 나타난 메시지가 그런 단어로 끝을 맺었소. 이 메시지들은 '엘시'를 향한 어떤 호소임에 분명했소. 이렇게 해서 나는 'L', 'S', 'I'를 알게 되었소. 하지만 그것은 어떤 호소일까? '엘시' 앞에 있는 단어는 겨우 알파벳 네 개로 이루어져 있고, 또 'E'로 끝나오. 그것은 'COME'이 틀림없었소. 'E'로 끝나는 네 글자로 된 단어를 전부 대입해 보았지만 맞는 것이 없었으니까 말이오. 이렇게 해서 나는 'C', 'O', 'M'을 알게 되었고, 첫 번째 메시지를 다시 한번 공략해 볼 수 있게 되었소. 나는 단어 사이를 띄우고, 아직 모르는 기호는 점으로 찍어 표시했소. 그러자 이렇게 됐소.

. M . ERE . . E SL . NE .

이제 첫 번째 글자는 'A'일 수밖에 없는데, 그것은 대단히 쓸모 있는 발견이었소. 왜냐하면 'A'는 이 짧은 문장에서 세 번이나 등장했으니 말이오. 그리고 두 번째 단어에 'H'가 들어가는 것도 분명했소. 그러자 이렇게 되더군.

AM HERE A . E SLANE .

이름 속의 답이 명백한 빈자리를 채워보았소.

AM HERE ABE SLANEY
(나 여기 있소, 에이브 슬레이니 — 옮긴이)

나는 이제 많은 글자들을 알고 있었기 때문에, 두 번째 메시지도 자신 있게 해독할 수 있었소.

A . ELRI . ES

여기서는 빠진 단어 자리에 'T'와 'G'를 넣자 의미가 통하게 되었소(at Elriges, 엘리지에 있소 — 옮긴이). 나는 '엘리지'가 메시지를 보낸 사람이 묵고 있는 집이나 여관 이름이라고 보았소."

마틴 경위와 나는 어떤 방법으로 그렇게 명쾌하게 난제를 해결했는가에 대한 내 친구의 시원스러운 설명에 귀 기울였다. 그것은 정말이지 흥미진진한 이야기였다.

"그다음에는 어떻게 하셨습니까?"

경위가 물었다.

"나한테는 에이브 슬레이니가 미국인이라고 단정할 만한 근거가 충분했소이다. 왜냐하면 에이브는 미국식으로 줄여 부른 이름일 뿐 아니라, 미국에서 편지가 날아오면서 모든 문제가 시작됐기 때문이었소. 부인이 자신의 과거에 대해 내비친 얘기나 남편 앞에서 완강히 입을 다무는 태도를 생각해 보면 그런 방향으로 생각할 수밖에 없었소. 그래서 나는 런던의 범죄에 대해 내게 두어 번 자문을 구한 적이 있는 뉴욕 경찰국의 친구, 윌슨 하그리브에게 전보를 쳤소. 나는 그에게 에이브 슬레이니라는 자를 알고 있는지 물었소. 그의 대답은 간단했지. '시카고에서 가장 위험한 악당.' 그에게 답장이 도착한 바로 그날 저녁에, 힐턴 큐빗이 슬레이니가 적어놓은 마지막 메시지를 보내왔소. 아는 글자를 대입해 보니 다음과 같았소.

ELSIE . RE . ARE TO MEET THY GO .

'P' 두 개와 'D' 하나를 집어넣자, 그 나쁜 놈이 설득에서 협박으로 태도를 바꿨음을 나타내는 메시지가 나타났소(Elsie prepare to meet thy god, 엘시 하늘나라로 갈 준비나 해라 — 옮긴이). 나는 그놈이 시카고의 악당이라는 사실을 알고 있었기 때문에, 그자가 신속하게 말을 행동에 옮길 거라고 생각했소. 그래서 친구이자 동료인 왓슨 박사와 함께 부랴부랴 노퍽으로 달려왔지만 불행히도 한발 늦었고 이미 최악의 사건이 벌어져 있었소."

"사건 수사에서 선생님과 인연을 맺게 된 것이 제게는 큰 행운입니다."

경위는 진심으로 말했다.

"하지만 실례가 되더라도 솔직히 말씀드려야겠습니다. 선생님은 책임질 사람이 당신 말고는 아무도 없지만, 저는 상부에 보고해야 할 의무가 있습니다. 만일 엘리지 농장에 머물고 있는 에이브 슬레이니라는 자가 정말 살인범인데, 제가 여기서 죽치고 있다가 그자를 놓치기라도 하는 날엔 문책을 면할 길이 없을 겁니다."

"걱정할 필요 없소. 그자는 도망치지 않을 거요."

"그걸 어떻게 아십니까?"

"도망치는 건 죄를 자백하는 거나 마찬가지일 테니까."

"그럼 가서 그자를 체포하겠습니다."

"난 그자가 금방 여기 나타날 거라고 생각하오."

"하지만 범인이 여길 왜 오겠습니까?"

"내가 편지로 오라고 했으니까."

"셜록 홈즈 선생님! 정말 터무니없는 말씀을 하시는군요! 왜 그자가 선생님이 오란다고 오겠습니까? 오히려 의혹만 키워 그자를 쫓아내는 꼴이 되지 않겠습니까?"

"난 암호 편지 쓰는 법을 알고 있소."

셜록 홈즈는 말했다.

"내 생각이 틀리지 않다면, 지금 진입로를 올라오고 있는 사람이 바로 그 신사일 거요."

한 사내가 현관문을 향해 성큼성큼 길을 올라오고 있었다. 그는 키가 훤칠하고 살결이 거무스레한 미남이었고, 회색 플란넬 정장에 파나마모자를 쓰고 있었다. 뻣뻣한 검은 턱수염에 큼직한 매부리코 는 자못 사나워 보였고 가느다란 지팡이를 휘두르며 걸었다. 사내 는 마치 제집에 온 것처럼 거들먹거리며 걸어와 자신 있는 태도로 초인종을 눌렀다. 요란한 종소리가 온 집 안에 울려 퍼졌다. 홈즈가 침착하게 말했다.

"신사 여러분, 우린 문 뒤에 자리 잡는 게 좋겠소. 저런 녀석을 상 대할 때는 조심하는 게 최고니까. 경위, 수갑을 준비하시오. 말하는 건 나한테 맡겨두시고."

한 1분가량 우린 숨죽이고 기다렸다. 결코 잊을 수 없는 시간이었 다. 문이 열리고 사내가 들어왔다. 홈즈는 번개같이 그의 머리에 권 총을 들이밀었고 마틴은 그의 손목에 수갑을 채웠다. 창졸간에 기 습당한 사내는 전혀 힘을 쓰지 못했다. 그는 활활 타는 검은 눈으로 우리를 번갈아 노려보았다. 그러더니 비통한 웃음을 터뜨렸다.

"신사 여러분, 이번에는 여러분이 한발 빨랐소이다. 내가 뭔가 대 단한 걸 만난 것 같소. 하지만 나는 힐턴 큐빗 부인의 편지를 받고 온 거요. 부인이 여기 있는 건 아니겠지? 설마 부인이 나한테 덫을 놓는 데 협조한 건 아니겠지?"

"힐턴 큐빗 부인은 지금 중상을 입고 사경을 헤매고 있다."

사내는 비탄에 잠겨 목쉰 소리로 부르짖었다. 그의 목소리가 집 안에서 쩌렁쩌렁 울렸다.

"당신 미쳤군!"

그는 사납게 소리쳤다.

"다친 것은 엘시가 아니라 남자였다. 누가 내 여자를 다치게 했단 말이냐? 내가 엘시를 협박한 건 사실이지만—주여 저를 용서하소서!—그녀의 머리카락 한 올 다치지 않았단 말이다. 그 말 취소해라. 당신! 엘시가 다치지 않았다고 말해!"

"부인은 죽은 남편 곁에서 중상을 입은 채로 발견되었다."

사내는 굵은 목소리로 신음하며 긴 의자에 주저앉아 수갑 찬 손에 얼굴을 파묻었다. 그는 한 5분간 말이 없었다. 그러더니 다시 고개를 들고 절망으로 차갑게 식은 목소리로 말했다.

"신사 여러분, 나는 여러분에게 전혀 숨길 것이 없다. 내가 그를 쏜 것은 그가 먼저 발포했기 때문이고, 따라서 그것은 살인이 아니다. 하지만 내가 엘시를 다치게 했다고 생각한다면, 당신들은 나나 그녀를 전혀 이해하지 못하는 것이다. 분명히 말해 두지만 이 세상에 한 여자에게 나만큼 깊은 사랑을 품은 사내는 없었다. 나는 엘시를 가질 권리가 있다. 엘시는 몇 년 전에 나한테 맹세했다. 그런데 그 영국 놈이 누구이기에 우리 사이에 끼어든단 말인가? 다시 말하지만 내게는 엘시에 대한 우선권이 있고, 나는 내 권리를 주장했을 뿐이다."

"부인은 너라는 인간의 정체를 알았을 때 마음을 정리했다."

홈즈는 엄격하게 말했다.

"부인은 너를 피하기 위해 미국을 떠나왔고, 영국에서 존경할 만

한 신사를 만나 결혼했다. 그런데 너는 집요하게 부인을 쫓아다니며 부인에게 고통을 안겨줬지. 너는 부인에게 사랑하고 존경하는 남편을 버리고, 대신 부인이 두려워하고 증오해 마지않던 너 자신과 함께 달아나자고 부인을 설득하려고 했지? 하지만 결국 너는 고귀한 인간을 죽이고 부인을 자살로 몰아갔다. 에이브 슬레이니, 바로 이것이 이 사건에서 네가 저지른 짓이고 너는 법 앞에 책임을 져야 한다."

"엘시가 죽는다면 나는 어떻게 되든 상관없다."

미국인은 말했다. 그리고 손을 펴서 꼭 쥐고 있던 구겨진 편지를
바라보았다.

"자, 이걸 봐라."

사내의 눈에 의혹의 빛이 스쳤다.

"혹시 이걸 가지고 나한테 겁을 주려는 것 아닌가? 당신 말대로
엘시가 심하게 다쳤다면 누가 이 편지를 썼단 말이냐?"

그는 편지를 탁자 위에 내동댕이쳤다.

"내가 썼지. 너를 여기로 유인하려고 말이야."

"당신이 썼다고? 춤추는 사람 그림의 비밀을 아는 것은 조인트의
조직원들뿐인데. 그런데 어떻게 이걸 썼단 말인가?"

"암호를 만드는 사람이 있으면 해독하는 사람도 있는 법이지."

홈즈는 말했다.

"슬레이니, 노리치에서 너를 호송하기 위해 마차 한 대가 오고 있
다. 하지만 그사이에 네가 끼친 피해를 조금이나마 보상할 시간이
있다. 너는 힐턴 큐빗 부인이 남편을 살해한 혐의를 받았다는 사실
을 알고 있느냐? 만일 내가 여기 없었고 또 암호문을 해독하지 못
했다면 부인은 살인죄를 뒤집어썼을 것이다. 네가 부인에게 조금이
나마 속죄하는 길은, 부인이 남편의 비극적인 최후에 직접적으로든
간접적으로든 전혀 책임이 없다는 사실을 온 세상에 분명히 밝히는
것이다."

"그건 오히려 내가 바라는 바다. 내가 할 수 있는 일은 숨김없이
진실을 밝히는 것이겠지."

미국인이 말했다.

"당신이 하는 말은 당신에게 불리한 증거로 사용될 수 있어. 그것을 밝히는 것은 내 의무다."

경위는 영국 형사법의 숭고한 페어플레이 정신을 잊지 않고 소리쳤다.

슬레이니는 어깨를 들썩했다.

"할 수 없지. 무엇보다 여러분은 내가 이 숙녀와 어렸을 때부터 아는 사이였다는 걸 이해해 주기 바란다. 시카고에 '조인트'라는 7인의 갱단이 있었는데, 엘시의 아버지 패트릭이 두목이었다. 우리 두목은 머리가 비상한 사람이었어. 암호를 푸는 법을 모르는 사람에겐 그저 어린애 낙서처럼 보일 암호문을 만들어낸 것도 바로 두목이었다. 엘시는 우리가 일하는 방식을 알게 되었지만, 조직의 사업을 견디지 못해 제힘으로 돈을 모아 우리 모두를 따돌리고 런던으로 떠나버렸다. 엘시는 나와 약혼한 사이였는데, 내가 다른 직업을 갖고 있었다면 틀림없이 나와 결혼했을 것이다. 하지만 엘시는 옳지 못한 것과는 무조건 담을 쌓으려고 했다. 내가 그녀의 행방을 알게 된 것은 이 영국 놈과 결혼한 다음이었지. 나는 편지를 썼지만 답장이 없었다. 그래서 할 수 없이 나는 영국으로 건너와 여기까지 쫓아와서 엘시가 알아볼 수 있는 메시지를 남겼다.

나는 여기 온 지 한 달 됐다. 엘리지 농장의 1층 방을 빌렸기 때문에 아무도 모르게 매일 밤 바깥출입을 할 수 있었지. 나는 엘시를 달래서 데려가려고 갖은 애를 다 썼다. 나는 그녀가 메시지를 읽고 있다는 사실을 알았다. 한번은 엘시가 내가 남겨놓은 메시지 아래 답장을 적어놓기도 했으니까. 하지만 나는 그러다가 성질에 못 이겨 엘시를 협박하기 시작했다. 그러자 그녀는 내게 편지를 보내서 제발 가달라고, 안 좋은 소문이라도 나서 남편에게 누가 미친다면 마음이 아플 거라고 했지. 그러면서 남편이 잠들어 있는 새벽 세시에 1층 맨 끝의 창가로 나와서 나를 만나겠다면서 그 대신에 자신을 그냥 놔두고 조용히 가달라고 했다. 엘시는 약속 시간에 그 창가에 나타났는데 돈을 들고 나왔더군. 돈을 줄 테니 제발 가달라는 거였어. 그런 얘기를 듣자 나는 머리끝까지 화가 치솟아 그녀의 팔을 잡고 창밖으로 끌어내려고 했다. 그 순간 남편이 리볼버를 들고 뛰쳐나왔다. 엘시는 바닥에 쓰러졌고 우리는 서로 마주 보았다. 나 또한 무장하고 있었기 때문에 놈에게 겁을 줘서 쫓아버린 다음 돌아가려고 권총을 뽑아 들었지. 놈이 발포했지만 빗나갔다. 나도 지지 않고 방아쇠를 당겼고 그는 쓰러졌다. 그래서 정원을 가로질러 도망치는데 뒤에서 창문 닫히는 소리가 들렸다. 신사 여러분, 하늘에 맹세코 지금까지 한 말에는 한 치의 거짓도 없다. 그리고 나는 아무 소식도 듣지 못하고 있다가, 그 아이 녀석이 말을 타고 와서 전해준 편지를 보고 멍청이처럼 여기로 어슬렁거리고 와서 포로가 된 것이다."

미국인이 말하는 동안 마차가 이미 도착했고 정복 경관 둘이 방에 앉아 있었다. 마틴 경위는 일어서서 포로의 어깨를 툭 쳤다.

"갈 시간이 됐군."

“엘시를 보고 가면 안 될까?”

“안 돼. 부인은 지금 인사불성 상태에 있다. 홈즈 선생님, 혹시라도 중대한 사건이 또 발생한다면 다시 선생님의 곁에서 일하는 행운을 누릴 수 있기를 바랄 뿐입니다.”

우린 창가에 서서 마차가 떠나는 모습을 지켜보았다. 돌아서는데, 미국인 사내가 탁자 위에 던져둔 꼬깃꼬깃한 종이가 보였다. 그것은 홈즈가 그를 유인하기 위해 보낸 편지였다.

“왓슨, 어디 한번 읽어보게.”

홈즈는 빙긋이 웃으며 말했다.

거기엔 말은 한마디도 없었고 춤추는 사람 그림이 한 줄 그려져 있을 뿐이었다.

“내가 설명해 준 대로 암호를 풀면, 이건 그저 ‘Come here at once(여기로 곧장 올 것)’라는 의미임을 알 걸세. 나는 그가 절대로 이 초대를 거절하지 않을 거라고 확신했네. 왜냐하면 그는 이런 편지를 쓸 수 있는 사람은 부인밖에 없다고 생각했을 테니까. 그러니 여보게, 우린 여태까지 주로 악행에 이용된 춤추는 사람을 선행에 동원한 걸세. 이렇게 해서 나는 자네의 기록에 뭔가 독특한 사건을 보태주겠다는 약속을 지킨 것 같군. 세시 40분에 런던행 기차가 있네. 저녁 식사 시간에 맞춰 베이커가로 돌아갈 수 있을 것 같구먼.*”

이야기를 마치기 전에 하나 더. 미국인 에이브 슬레이니는 노리치의 동계 순회 재판에서 사형을 선고받았으나 정상 참작의 여지가 있고 힐턴 큐빗이 먼저 발포한 사실이 인정되어 징역형으로 감형되었다. 힐턴 큐빗 부인에 대해서는, 건강을 완전히 회복한 뒤에 빈민 구제와 남편의 영지를 관리하는 일에만 몰두하면서 여전히 홀몸으로 지내고 있다는 소식을 들었을 뿐이다.

---

* 베어링 굴드(W. S. Baring Gould)의 주석판에 따르면, 이 작품의 암호 체계에서 네 번째 메시지의 'V'에 해당하는 그림은 다섯 번째 메시지의 'P'에 해당하는 그림과 같다. 이것은 《스트랜드 매거진》에 실린 초판본을 포함한 모든 판본에 공통적으로 나타나는 오류이다—옮긴이

자전거 타는 사람

1894년에서 1901년까지 셜록 홈즈는 몹시 바빴다. 그 8년 동안 신문 지면을 장식한 사건들 중에서 조금이라도 까다로운 사건치고 그의 손을 거치지 않은 것은 거의 없었다고 해도 과언이 아니다. 그뿐만 아니라 수백 건의 비공개 사건에서 맹활약을 했는데 그중에는 대단히 복잡하고 기이한 사건들도 많았다. 이렇게 장기간 쉴 새 없이 활동한 결과, 놀라운 성과를 숱하게 거두기도 했지만 어쩔 수 없는 실패도 몇 번 맛보았다. 나는 이 모든 사건에 대한 상세한 기록을 보유하고 있고 그중에는 내가 직접 관여한 사건도 많기 때문에, 독자들 앞에 내놓을 사건을 고르는 일이 만만찮은 과제라는 건 다들 쉽게 이해할 수 있을 것이다. 하지만 나는 전부터 고수해 온 원칙에 따라, 범죄 사실의 잔인성보다는 독창적이고 극적인 사건 해결 과정이 흥미를 끄는 사건들을 위주로 고르려고 한다. 이러한 이유로, 나는 이제부터 찰링턴의 자전거 타는 여성 바이올렛 스미스 양 사건과, 예기치 못한 비극으로 막을 내린 우리의 기이한 조사 과정에 대해 이야기하려고 한다. 이 사건에는 내 친구의 유명한 능력이 발휘될 여지가 별로 없었던 것이 사실이지만, 그것은 나의 변변찮은 이야기들에 소재를 제공해 주는 기나긴 범죄의 역사에서 다른 것들과 구별되는 몇 가지 색다른 요소를 갖추고 있다.

1895년도 공책을 들춰보니, 바이올렛 스미스 양이 우리에게 처음으로 편지를 보내온 것은 4월 23일 토요일이었다. 내 기억에 의하면, 그때 홈즈는 유명한 담배 백만장자 존 빈센트 하든을 괴롭히고 있던 이상한 협박에 관한, 대단히 복잡다단한 사건에 몰두해 있었기 때문에 스미스 양의 방문을 아주 달갑잖게 생각했다. 무엇보다 엄밀한 사고와 정신적 집중을 좋아했던 내 친구는 지금 손대고 있는 사건에서 관심을 분산시키는 일은 무조건 싫어했다. 하지만 천성적으로 모질지 못했던 그가, 저녁 늦게 베이커가로 찾아와서 도와달라고 애원하는 키 크고 우아하며 눈부시게 아름다운 여왕 같은 젊은 여성을 이야기도 듣지 않고 그냥 돌려보내는 것은 불가능한 일이었다. 홈즈는 상담을 하려고 단단히 결심하고 온 젊은 숙녀에게 이미 일정이 꽉 차서 전혀 시간을 낼 수 없다고 했지만, 완력을 동원하지 않고서는 그녀를 밖으로 몰아낼 수 없는 것이 분명했다. 홈즈는 체념한 얼굴로 약간 피곤한 미소를 지으며 아름다운 침입자에게 의자를 권하고 무슨 문제인지 말해 달라고 했다.

"적어도 건강 문제는 아니겠군요."

홈즈는 스미스 양에게 날카로운 눈초리를 던지며 말했다.

"그렇게 열심히 자전거를 타는 건 힘이 넘친다는 뜻일 테니까요."

스미스 양은 놀란 얼굴로 자신의 발을 흘끗 내려다보았다. 신발 밑창의 옆 부분이 자전거 페달에 쓸려 약간 거칠어진 게 보였다.

"예, 저는 자전거를 많이 탑니다. 홈즈 선생님, 제가 이렇게 찾아온 건 사실 그것하고 상관이 있지요."

내 친구는 장갑을 끼지 않은 숙녀의 손을 붙들고, 표본을 관찰하는 과학자처럼 세심하지만 냉정한 시선으로 들여다보았다.

"실례했습니다. 하지만 직업이 직업이니만치."

홈즈는 숙녀의 손을 놓으며 말했다.

"하마터면 스미스 양을 타자수로 생각하는 실수를 저지를 뻔했습니다. 물론, 음악을 하시는 분이 분명하군요. 왓슨, 이 주걱 모양의 손끝이 보이나? 이건 타자수와 음악가의 공통된 특징이라네. 하지만 스미스 양의 얼굴에선 어떤 정신적인 것이 느껴지는군."

숙녀는 불빛을 향해 살짝 얼굴을 돌렸다.

"타자를 치는 여성에게는 그런 것이 없지. 이 숙녀는 음악가일세."

"예, 홈즈 선생님, 저는 음악을 가르친답니다."

"그리고 얼굴빛을 보니 시골에 살고 계시는군요."

"예, 서리의 파넘 근교에 살고 있지요."

"아름다운 곳입니다. 저에겐 대단히 흥미로운 추억으로 가득 찬 곳이기도 하지요. 왓슨, 자네도 우리가 그 근처에서 사기꾼 아키 스탬퍼드를 붙잡았던 일을 기억하고 있을 걸세. 자, 바이올렛 양, 서리의 파넘 근교에서 무슨 일이 있었습니까?"

젊은 숙녀는 대단히 명확하고 침착하게 다음과 같은 기묘한 이야기를 들려주었다.

"홈즈 선생님, 저의 아버지는 돌아가시고 안 계십니다. 제임스 스미스라고, 옛날 임페리얼 극장에서 오케스트라를 지휘하셨던 분이지요. 우리 모녀에게 친척이라곤 25년 전에 아프리카로 건너간 랠프 스미스라는 삼촌뿐이지만 그동안 아무 소식이 없었답니다. 아버지가 돌아가시자 집안 형편이 아주 어려워졌지요. 그런데 어느 날, 《타임스》에 우릴 찾는 광고가 실렸다는 얘기가 들려왔어요. 그때 우리 모녀는 누군가 유산이라도 남겨준 줄 알고 무척 흥분했답니다. 우린 당장 신문 광고를 낸 변호사에게 달려갔습니다. 그리고 변호사 사무실에서 캐루더스 씨와 우들리 씨라는, 남아프리카에서 귀국한 두 신사를 만났지요. 두 신사는 삼촌의 친구라며, 삼촌이 찢어지게 가난하게 사시다가 몇 달 전에 요하네스버그에서 돌아가셨다고 했습니다. 그러면서 삼촌이 임종하기 전에 두 분에게 당신의 친척을 찾아서 돌봐달라고 했다고 말했습니다. 살아 있을 때는 우릴 거들떠보지도 않던 랠프 삼촌이 죽음을 앞두고 우릴 보살펴줄 생각이 들었다는 게 이상하게 느껴졌지만, 캐루더스 씨는 삼촌이 얼마 전에 동생의 사망 소식을 전해 듣고 우리에게 강한 책임감을 느꼈기 때문이라고 설명하더군요."

"실례합니다만, 두 신사를 만나서 얘기한 게 언제였습니까?"

홈즈가 물었다.

"지난 12월, 네 달 전요."

"계속하시지요."

"우들리 씨는 정말 역겨운 사람이었습니다. 그는 투실투실하게 살찐 얼굴에 붉은 콧수염을 기르고, 기름을 잔뜩 바른 머리를 양쪽으로 갈라붙인 상스러운 청년이었는데, 끊임없이 저한테 추파를 던지더군요. 저는 그 사람이 정말 싫었어요. 시릴은 틀림없이 제가 그런 사람과 만나는 걸 원치 않을 거예요."

"오, 시릴은 남자 친구 되시는 분의 이름이겠군요!"

홈즈는 빙그레 웃으며 말했다.

숙녀는 얼굴을 붉히며 웃었다.

"예, 홈즈 선생님. 시릴 모턴이라는 전기 기술자랍니다. 우린 여름이 지나면 결혼할 계획을 세우고 있어요. 어머나, 그런데 제가 어떻게 해서 그 사람 얘기를 다 하게 됐지요? 제가 말하고 싶었던 건, 우들리 씨는 정말 불쾌하지만 그보다 훨씬 나이가 많은 캐루더스 씨는 괜찮은 사람이라는 거예요. 캐루더스 씨는 안색이 나쁘고 얼굴을 깨끗이 면도한 침울하고 말수가 적은 분이에요. 하지만 예의가 바르고 웃는 얼굴이 호감을 주지요. 그분은 우리 모녀에게 생활 형편을 묻더니, 우리가 몹시 궁핍하다는 걸 알고 저한테 열 살 난 외동딸의 음악 가정 교사로 와달라고 했습니다. 제가 엄마를 홀로 남겨두고 싶지 않다고 하자, 그러면 주말마다 집에 가라고 하면서 1년에 100파운드를 주겠다고 했습니다. 정말 어마어마한 액수였지요. 그래서 저는 그분의 제안을 받아들이기로 하고 파넘에서 10킬로미터쯤 떨어진 곳에 있는 칠턴 그랜지로 갔습니다. 캐루더스 씨는 홀아비였지만, 딕슨 여사라는 나이 지긋하고 훌륭한 가정부에게 집안 살림을 맡기고 있었지요. 아이는 귀여웠고 만사가 다 잘될 것 같았어요. 캐루더스 씨는 정말 친절한 데다 음악을 좋아하는 분이어서 저녁마다 굉장히 즐겁게 지냈답니다. 저는 주말이면 꼬박꼬박 런던의 엄마 집으로 갔지요.

행복한 생활에 처음으로 균열이 생긴 것은 붉은 콧수염의 우들리 씨가 오면서부터였습니다. 그 사람은 일주일 동안 그곳에 머물렀는데, 어유! 제게는 그 시간이 석 달처럼 느껴졌어요. 그 사람은 무서운 사람이었습니다. 누구한테나 난폭하게 굴었지만 저한테는 훨씬 나빴어요. 그 싫은 사나이가 저를 좋아하게 된 거예요. 우들리 씨는 자기 재산 자랑을 늘어지게 하면서 자기랑 결혼하면 런던에서 제일 비싼 다이아몬드를 갖게 해주겠다고 하더니만, 제가 아예 상대도 하지 않으려고 하자 어느 날 저녁 식사를 마친 뒤에 저를 껴안고 자기한테 키스해 줄 때까지 놔주지 않겠다고 했습니다. 힘도 끔찍하게 세더군요. 그때 캐루더스 씨가 들어와서 그를 떼어냈지요. 그러자 그는 주인에게 덤벼들더니 그분을 바닥에 쓰러뜨리고 얼굴에 상처를 냈습니다. 짐작하시겠지만 그것으로 그의 방문은 끝났습니다. 캐루더스 씨는 다음 날 저에게 사과하면서 다시는 그런 모욕을 당하지 않게 될 거라고 안심시켜 주었습니다. 그다음에는 우들리 씨를 만난 적이 없답니다.

홈즈 선생님, 이제 여길 찾아오게 된 직접적인 계기가 된 사건에 대해 얘기할 차례가 되었군요. 저는 토요일 아침마다 런던행 열두 시 22분 기차를 타러 자전거를 타고 파넘 역으로 간답니다. 칠턴 그랜지에서 역까지 가는 길은 인적이 드문 편인데, 특히 찰링턴 홀 저택 앞을 지나는 1.5킬로미터 이상의 길이 그래요. 도로 한쪽은 찰링턴 황야고 다른 쪽은 찰링턴 홀 저택을 둘러싸고 있는 숲이에요. 아마 그보다 더 인적이 드문 길은 없을 거예요. 거기서 크룩스베리 힐 근처의 큰길로 나갈 때까지는 짐마차 한 대, 아니 농부 한 사람 마주치는 일이 없으니까요. 2주일 전에 저는 그 길을 지나다가 우연히 뒤를 돌아보았습니다. 그런데 200미터쯤 뒤에서 한 남자가 자전거를 타고 달려오는 게 보였어요. 그 남자는 짧고 검은 턱수염을 기르고 있었는데, 젊지도 늙지도 않은 것 같았지요. 저는 파넘에 도착하기 전에 뒤를 돌아보았지만, 그 남자는 보이지 않았고 그래서 더 이상 신경 쓰지 않았습니다. 하지만 홈즈 선생님, 월요일 날 그 집으로 돌아가는 길에, 바로 그 길에서 똑같은 사람이 다시 나타났을 때 제가 얼마나 놀랐는지 아시겠지요? 그런데 다음 토요일과 월요일에, 똑같은 일이 되풀이되는 바람에 더 놀라고 말았답니다. 그 남자는 일정한 거리를 두고 따라왔고, 저한테 해코지를 한 적은 없지만 그래도 정말 이상했습니다. 저는 캐루더스 씨한테 그 얘기를 했지요. 그분은 제 말을 주의 깊게 듣더니, 말과 마차를 주문해 났으니 앞으로는 인적이 드문 길을 혼자 지나다닐 필요가 없을 거라고 했습니다.

말과 마차는 이번 주에 오기로 돼 있었지만, 무슨 사정이 생겨서 배달이 미뤄졌답니다. 그래서 저는 다시 역까지 자전거를 타고 가야 했지요. 그게 오늘 아침이었어요. 물론 저는 찰링턴 황야를 지날 때 뒤를 돌아보았는데, 그 남자는 지난 2주 동안 그랬던 것처럼 한결같이 제 뒤를 따라오고 있었습니다. 그 남자는 항상 뒤에서 뚝 떨어져 왔기 때문에 얼굴을 똑똑히 볼 수가 없었습니다. 하지만 분명히 제가 아는 사람은 아니었어요. 그는 검은 정장에 챙 모자를 쓰고 있었습니다. 얼굴에서 똑똑히 보이는 건 검은 턱수염뿐이었지요. 그런데 오늘은 놀랍다기보다는 부쩍 궁금증이 치밀더군요. 그래서 그 사람이 대관절 어떤 사람이고 저한테 원하는 게 뭔지 알아보기로 했습니다. 저는 자전거 속도를 늦췄습니다. 그러자 그 남자도 속도를 늦추더군요. 아예 자전거를 세우자, 그 남자도 섰습니다. 그래서 저는 함정을 파놓기로 했지요. 그 길은 끝에서 급하게 꺾어지는데 거기까지 아주 열심히 페달을 밟아서 달려갔다가 모퉁이를 돌자마자 자전거를 세우고 기다렸어요. 저는 그 남자가 미처 자전거를 세우지 못하고 앞을 지나갈 거라고 생각했습니다. 하지만 그 남자는 나타나지 않았습니다. 그래서 길모퉁이를 돌아가서 보았지요. 모퉁이를 돌면 도로가 1.5킬로미터가량 훤히 보이는데 그는 없었어

요. 그곳에는 샛길 같은 건 아예 없었기 때문에 더 이상하게 느껴졌
지요."

홈즈는 혼자서 쿡쿡 웃으며 두 손을 마주 비볐다.

"상당히 독특한 사건이군요. 스미스 양이 모퉁이를 돌아서 길에 아
무도 없다는 사실을 알게 되기까지 시간이 얼마나 경과했습니까?"

"이삼 분 정도요."

"그런데 그 남자가 그 길을 되돌아갈 시간은 없었고, 샛길도 없었
다고 하셨지요?"

"예."

"그럼 어딘가 보행자용 길로 들어섰겠군요."

"황야 쪽일 리는 없습니다. 그렇다면 제가 봤을 테니까요."

"그럼 배제의 법칙에 의해, 그는 그 길 옆쪽에 자리 잡고 있다는
찰링턴 홀 쪽으로 간 게 되는군요. 더 하실 말씀은?"

"없습니다, 홈즈 선생님. 오직 한 가지 드리고 싶은 말씀은, 선생
님을 다시 뵙고 조언을 듣기 전까지는 마음이 놓이지 않을 것 같다
는 거예요."

홈즈는 잠시 묵묵히 앉아 있다가 마침내 물었다.

"약혼한 신사분은 어디 계십니까?"

"코벤트리의 미들랜드 전기 회사에서 일해요."

"그분이 불시에 찾아오는 일은 없습니까?"

"어머, 홈즈 선생님! 그럼 제가 모를 리가 없지요!"

"다른 구혼자들은 없습니까?"

“시릴과 알기 전에 몇 명.”

“그리고 그 뒤에는?”

“그 무서운 남자 우들리가 있었지요. 그런 사람을 구혼자라고 부를 수 있는지는 모르겠지만 말이에요.”

“그 밖에는?”

아름다운 의뢰인은 다소 주저하는 태도를 보였다.

“그게 누굽니까?”

홈즈가 다그쳐 물었다.

“오, 제가 착각했는지도 모르겠어요. 하지만 저를 고용하신 캐루더스 씨께서 저한테 관심이 있는 게 아닐까 하는 생각이 들 때가 있었답니다. 우린 좀 친해졌어요. 저녁마다 제가 피아노 반주를 해드리지요. 사실 그분은 그런 얘기는 한 번도 내비친 적이 없습니다. 어느 모로 보나 흠잡을 데 없는 신사지요. 하지만 여자의 직감이라는 게 있으니까요.”

“허!”

홈즈는 심각한 얼굴을 했다.

“캐루더스 씨는 무슨 일을 하지요?”

“그분은 부자예요.”

“마차도 말도 없는데?”

“음, 최소한 아주 잘살긴 해요. 하지만 일주일에 두세 번씩 시내로 나간답니다. 남아프리카 금광 주식에 굉장히 관심이 많지요.”

“스미스 양, 뭐든지 새로운 일이 생기면 꼭 알려주십시오. 제가 지금 당장은 아주 바쁘지만 앞으로 틈을 내서 의뢰하신 문제에 대해 조사해 보겠습니다. 그동안에는 저한테 알리지 않고 섣불리 행동하는 일이 없도록 주의해 주십시오. 안녕히 가십시오. 앞으로 좋은 일이 있을 거라고 생각합니다."

홈즈는 명상용 파이프를 끌어당기며 말했다.

"남자들이 저런 여성을 따라다니는 건 자연의 이치에 속하는 일이지.

하지만 인적이 드문 시골길에서 자전거를 타고 따라오는 건 문제가 좀 달라. 틀림없이 짝사랑하는 남자일 거야. 하지만 왓슨, 이 사건에는 상당히 묘한 구석이 있네."

"남자가 항상 같은 곳에서만 나타나는 게?"

"바로 그걸세. 우리가 맨 처음 해야 할 일은 찰링턴 홀에 사는 사람이 누군지 알아내는 것일세. 그다음에는 캐루더스와 우들리의 관계를 캐내야지. 두 사람은 완전히 다른 종류의 사람들 같지 않나? 그런데 두 사람이 그렇게 열심히 랠프 스미스 친척의 소재를 수소문한 이유가 뭘까? 또 있네. 가정 교사의 월급으로 평균 급여의 두 배를 지출하면서도 말 한 필 없는 집이라니 대체 어떻게 생겨먹은 집일까? 역에서 10킬로미터나 떨어진 곳에 살면서 말이야. 묘하군. 정말 묘해!"

"자네가 내려갈 거지?"

"아니, 자네가 내려갈 걸세. 이 사건은 대단찮은 음모일 것 같은데 이것 때문에 다른 중요한 일을 포기할 순 없거든. 월요일 날 일찌감치 파넘에 내려가서 찰링턴 황야 근처에 숨어 있게. 그리고 어떤 일이 벌어지는지 직접 관찰하고 자네 판단에 따라 행동하게. 그 다음에 찰링턴 홀에 사는 사람들이 누군지 조사하고 돌아와서 보고해 주게. 그리고 이제부터 그 문제에 대해서는 더 이상 거론하지 말기로 하세나. 뭔가 구체적인 사실을 확보해서 사건의 해결 방안을 찾을 수 있을 때까지는 말이야.”

스미스 양은 월요일에 워털루 역에서 아홉시 50분발 기차로 내려간다고 했으므로, 나는 일찌감치 집을 나서 아홉시 13분발 기차를 탔다. 파넘 역에서 찰링턴 황야로 가는 길은 쉽게 알아낼 수 있었다. 숙녀가 모험을 겪은 현장은 금방 눈에 띄었는데, 도로 한쪽은 탁 트인 황야였고 다른 쪽은 오래된 주목 울타리로 둘러싸인 정원이었다. 정원 안에는 아름드리나무가 숲을 이루고 있었다. 정문에는 돌이끼가 잔뜩 끼어 있었는데, 무너져가는 문장이 양쪽의 기둥을 떠받치고 있었다. 하지만 중앙의 마차 통행로 외에도 울타리 여기저기에 구멍이 뚫려 안으로 드나들 수 있는 통로가 생겨난 것이 눈에 띄었다. 길에서 안쪽의 저택은 보이지 않았지만, 주변의 모든 환경이 퇴락과 쇠퇴를 말해 주고 있었다.

황야를 뒤덮은 황금빛 가시금작화 무리가 밝은 봄 햇살 속에서 눈부시게 빛났다. 나는 한쪽의 가시금작화 덤불 뒤에 자리 잡았는데, 그곳에서는 찰링턴 홀의 정문과 길게 뻗은 도로가 한눈에 들어왔다. 내가 그곳에 숨을 때는 아무도 없었는데, 이제 어떤 남자가 자전거를 타고 내가 온 방향과 반대쪽에서 달려오는 게 보였다. 그는 검은 정장에 검은 턱수염을 기르고 있었다. 그는 찰링턴 정원의 맨 끝에서 자전거를 세우더니, 그것을 끌고 울타리 사이로 들어가면서 시야에서 사라졌다.

15분이 흐르자 이번에는 자전거를 탄 여자가 나타났다. 스미스 양이 기차역에서 오고 있었다. 그녀는 찰링턴 홀의 관목 울타리가 가까워지자 주위를 두리번거렸다. 잠시 후, 남자가 숨어 있던 곳에서 나오더니 자전거에 올라타고 숙녀를 뒤쫓기 시작했다. 드넓은 풍경 속에서 움직이는 물체라곤 이 두 사람뿐이었다. 우아한 처녀는 몸을 꼿꼿이 세우고 자전거에 앉아 있었고, 남자는 핸들 위로 몸을 잔뜩 낮추고 있었는데 일거수일투족에서 묘하게 비밀스러운 냄새가 풍겼다. 숙녀는 뒤를 돌아보더니 속도를 늦췄다. 남자도 속도를 늦췄다. 그녀는 자전거를 세웠다. 남자도 200미터쯤 뒤에서 자전거를 세웠다. 그런데 숙녀가 뜻밖에 대담 무쌍한 행동을 했다. 그녀는 자전거를 홱 돌려세우더니 남자를 향해 맹렬하게 페달을 밟았다. 하지만 남자는 여자만큼이나 빠른 동작으로 쏜살같이 내뺐다. 이내 숙녀는 방향을 바꿨다. 그리고 도도하게 고개를 세우고 묵묵히 뒤따르는 시종에게 더 이상 눈길을 주지 않았다. 남자도 다시 자전거를 돌려세우고 꼭 그만큼의 간격을 유지한 채 뒤를 따랐고, 길 모퉁이를 돌면서 두 사람은 시야에서 사라졌다.

나는 숨어 있던 곳에서 아직 일어서지 않았는데, 그것은 잘한 일이었다. 남자가 곧 자전거를 타고 천천히 페달을 밟으며 다시 나타났기 때문이다. 그는 찰링턴 홀 정문 안으로 들어가더니 자전거에서 내렸다. 그리고 잠시 숲 속에 서 있었다. 두 손을 올리고 있었는데 넥타이를 바로잡는 모양이었다. 그러더니 다시 자전거에 올라타고 진입로를 따라 집 안으로 향했다. 나는 숨어 있던 곳에서 뛰어나와 정원 안을 들여다보았다. 저 멀리 낡은 회색 건물과 삐죽이 솟은 튜더 양식의 굴뚝이 언뜻언뜻 비쳤지만, 진입로 양쪽에는 관목이 빽빽이 서 있어서 남자의 모습은 더 이상 보이지 않았다.

하지만 오전에 할 일은 성공리에 마친 것 같았으므로, 나는 흐뭇한 기분으로 파넘으로 걸어 돌아갔다. 그곳의 복덕방에서는 찰링턴 홀에 관해 아는 게 전혀 없다며 펠멜의 어느 유명한 부동산 회사를 소개해 주었다. 나는 집에 오는 길에 그곳에 들렀는데 대표가 나와 깍듯이 맞아주었다. '아니, 당신은 올여름에는 찰링턴 홀을 빌릴 수 없다. 한발 늦었다. 그 집은 한 달 전에 임대되었다.'라는 얘기를 해주었다. 세입자는 월리엄슨 씨라는 나이 지긋한 점잖은 신사였다. 부동산업자는 의뢰인에 관한 것은 자신이 말할 수 있는 사항이 아니므로, 더 이상은 얘기할 수 없다고 정중하게 말했다.

그날 저녁 셜록 홈즈는 나의 장황한 보고를 주의 깊게 경청했지만, 내가 내심으로 바라고 예상했던 한마디 칭찬의 말 같은 건 없었다. 오히려 엄격한 얼굴에 평소보다 더욱 냉혹한 빛을 띠고 내가 한 일뿐 아니라 하지 않은 일에 대해 따져 물었다.

"왓슨, 자네는 은신처를 잘못 골랐어. 주목 울타리 뒤에 숨어야 그 흥미로운 인물을 가까이서 볼 것 아닌가. 그런데 수백 미터 떨어진 곳에 엎드려 있었기 때문에, 나한테 할 수 있는 얘기가 스미스 양만큼도 안 되는 걸세. 스미스 양은 그 남자가 모르는 사람이라고 했지만 나는 그렇지 않을 거라고 확신하네. 만약 진짜 모르는 사람이라면, 숙녀가 얼굴을 알아볼 수 있을 만큼 가까운 거리로 다가올 때 질색을 하고 달아난 이유가 뭐란 말인가? 자넨 그 남자가 핸들 위로 고개를 낮췄다고 했네. 그건 물론 얼굴을 감추기 위한 행동이었지. 자넨 정말 일 처리를 형편없이 하고 왔어. 그 남자는 찰링턴 홀로 들어갔고 자넨 그가 어떤 사람인지 조사하려고 했네. 그런데 고작 런던의 부동산업자를 찾아갔단 말인가!"

"그럼 내가 어떻게 했어야 했다고?"

나는 핏대를 세우며 소리쳤다.

"거기서 제일 가까운 곳에 있는 술집으로 갔어야지. 술집이란 데는 그 지역의 온갖 소문이 다 흘러들게 마련이니까. 만약에 자네가 술집을 찾아갔다면 저택 주인에서 식기실 하녀에 이르기까지 그 집 사람들 얘기를 시시콜콜한 것까지 다 들었을 걸세. 윌리엄슨이라고 했나? 생각나는 게 전혀 없구먼. 나이가 많다고 했으니까 한창나이의 처녀가 맹렬하게 쫓아올 때 자전거를 타고 잽싸게 달아날 만큼 힘이 넘치진 않을 테고. 그런데 자네가 거길 다녀와서 얻은 소득이 뭔가? 숙녀 이야기가 사실이라는 것? 난 그것에 대해서는 전혀 의심하지 않았네. 자전거를 탄 남자와 찰링턴 홀 사이에 모종의 관련이 있다는 것? 그것도 의심해 본 적이 없어. 아니면 그 집을 빌린 사람이 윌리엄슨이라는 것? 그런 걸 알아봤자 무슨 소용인가? 저런 저런, 여보게, 그렇게 기죽을 필요는 없네. 다음 토요일까지는 할 수

있는 일이 별로 없으니까, 그사이에 내가 직접 한두 가지를 알아보
도록 하지."

다음 날 아침, 스미스 양에게서 편지가 왔다. 그녀는 내가 목격한
바로 그 사건에 대해 간단하게 설명했는데 핵심은 추신에 있었다.

홈즈 선생님, 비밀을 지켜주실 거라고 믿고 말씀드립니다만, 캐루
더스 씨가 제게 결혼 신청을 하는 바람에 입장이 난처해졌습니다. 저
는 그분의 감정이 무엇보다 진실하고 고결한 것이라고 믿어 마지않습
니다. 하지만 저는 이미 약혼한 몸이니 어쩌겠어요. 그분은 제 거절의
말을 대단히 심각하게, 그렇지만 아주 부드럽게 받아주셨어요. 하지
만 아무리 그래도, 짐작하시겠지만 상황이 좀 어려워졌습니다.

"젊은 숙녀가 복잡한 일에 휩쓸린 것 같구먼."

홈즈는 편지를 읽은 뒤 생각에 잠긴 얼굴로 말했다.

"이 사건은 처음에 내가 생각했던 것보다 훨씬 흥미로울 뿐 아니
라, 내가 예상했던 것 이상으로 발전할 가능성이 있네. 바쁘더라도
시골에 내려가서 조용하고 평화로운 하루를 즐기다 와야겠어. 오후
에 당장 내려가서 내가 세운 가설 한두 가지를 시험해 봐야겠네."

홈즈의 시골에서의 '조용한 하루'는 유난스럽게 끝났는데, 저녁때
돌아온 그는 입술이 찢어지고 이마에는 검푸른 혹이 튀어나와 있었
다. 그 싸움꾼 같은 분위기 때문에, 그 자신부터가 영락없이 런던 경
찰국에 불려 다닐 만한 인물로 보였다. 홈즈는 자신이 겪은 모험에

대해 설명하면서 터지는 웃음을 참지 못했다.

"난 별로 연습할 기회가 없으니까 이런 싸움은 항상 대환영일세. 자네도 내가 영국의 훌륭한 운동 경기, 권투의 명수라는 건 알고 있지? 그런데 가끔 그게 도움이 될 때가 있거든. 예를 들면 오늘 같은 날, 권투를 못했다면 아주 불명예스러운 수난을 겪었을 걸세."

나는 그에게 대체 일이 어떻게 된 건지 말해 달라고 했다.

"내가 자네한테 시골 술집에 갔어야 했다고 했지? 마침 그런 술집이 있기에 들어가서 신중하게 조사를 진행했네. 바에 앉아 있는데, 수다스러운 술집 주인이 필요한 얘기를 죄다 술술 털어놓더군. 윌리엄슨은 턱수염이 허연 노인인데 하인들 몇을 데리고 찰링턴 홀에서 혼자 살고 있네. 그가 목사라거나 목사였다거나 하는 소문도 있지만, 그 집에 잠깐 들어와 사는 동안에 벌어졌다는 한두 가지 소동에 대한 얘기를 들어보니까 도저히 그럴 리가 없다는 생각이 들더구먼. 나는 벌써 성직자 단체에 조회해 봤는데, 교단에 그런 이름을 가진 목사가 있었지만 불미스러운 일을 저지르고 파문됐다고 하더군. 술집 주인 말로 찰링턴 홀에는 주말마다 항상 손님들이 모여든다면서, '화끈한 친구들입지요.'라더군. 특히 항상 그곳에 죽치고 있는 우들리 씨라는 붉은 콧수염을 기른 신사에 대한 얘기를 꺼냈네. 그런데 얘기가 여기까지 나왔을 때 불쑥 당사자가 나타나더군. 알고 보니 한쪽 구석에서 맥주를 마시고 있다가 얘기를 전부 엿들었지 뭔가. '너는 뭐 하는 놈이냐?', '원하는 게 뭐냐?', '무엇 때문에 그런 걸 캐고 다니느냐?' 그자는 이러면서 걸쭉한 욕설을 한바탕

퍼붓는데 수사(修辭)가 참으로 박력에 넘치더군. 그러더니 욕지거리 끝에 냅다 주먹을 날렸는데 난 제대로 피하지 못했어. 그래도 다음 몇 분 동안은 정말 신이 났지. 그건 무쇠 주먹을 가진 악당과 연달아 왼손 잽을 날리는 권투 선수의 한 판 대결이었네. 난 보다시피 이런 꼴이 되었지. 하지만 우들리 씨는 마차에 실려 집으로 갔다네. 이것으로 나의 시골 여행은 종지부를 찍었는데 솔직히 말해서 재미는 쏠쏠했지만 자네보다 더 나은 걸 수확하지는 못했어."

목요일에 의뢰인으로부터 다시 편지가 왔다.

홈즈 선생님, 제가 캐루더스 댁을 떠나기로 했다고 말씀드려도 별로 놀라지는 않으시겠지요. 아무리 급료가 많다 해도 마음이 불편해서 어쩔 수가 없답니다. 저는 토요일에 런던으로 돌아가서 다시 오지 않을 작정입니다. 캐루더스 씨 댁에 마차가 도착했고, 그래서 사람이 안 다니는 길을 혼자 가야 하는 위험은 없습니다. 물론 그 길을 혼자 다니는 게 그간 얼마나 위험했는지는 모르겠지만 말입니다.

제가 떠나기로 한 것은, 캐루더스 씨 때문에 입장이 곤란한 것도 있지만 그 역겨운 남자 우들리 씨가 다시 나타났기 때문입니다. 그는 언제 보아도 끔찍했지만, 최근에 무슨 사고라도 당했는지 얼굴이 심하게 일그러져서 지금은 어느 때보다 더 흉측하게 보입니다. 저는 창밖으로 그 남자를 보았는데 천만다행으로 정면으로 마주치진 않았답니다. 그 남자는 캐루더스 씨와 오랫동안 얘기를 나눴는데, 캐루더스 씨는 얘기 끝에 몹시 흥분하는 것 같더군요. 우들리는 이 근처에서 사는 게 분명합니다. 왜냐하면 밤에 여기서 자지 않은 게 분명한데도, 아침결에 정원의 관목 사이를 어슬렁거리는 게 또 눈에 띄었으니까요. 차라리 이 근처에 사나운 들짐승 하나가 돌아다니는 편이 훨씬 낫겠어요. 저는 이루 말할 수 없을 만큼 그가 혐오스럽고 두렵습니다. 캐루더스 씨는 어떻게 그런 인간을 잠시라도 견딜 수 있는 걸까요? 하지만 토요일이면 이 모든 괴로움이 다 끝날 거예요.

"그래야지, 왓슨, 그래야 하고말고."
홈즈는 무겁게 말했다.
"그 어린 여성을 둘러싸고 뭔가 복잡한 음모가 무르익고 있네. 숙녀가 마지막으로 집에 가는 길에 다치는 일이 없도록 보호하는 것이 우리의 의무일세. 왓슨, 어떻게든 시간을 쪼개서 토요일 오전에 함께 내려가도록 하세. 이 기묘한 조사가 불행하게 끝나는 일이 없도록 해야지."

솔직히 말해서 나는 지금껏 이 사건을 별로 심각하게 여기지 않았다. 내가 보기에는 위험하다기보다는 기괴하고 야릇한 사건으로 보였다. 남자가 숨어서 기다리다가 매혹적인 여성을 쫓아가는 것은 드문 일이 아니었고, 게다가 남자가 여자에게 말을 건네기는커녕 여자가 다가오면 도망칠 정도로 용기가 없으니 위험한 불량배는 아니라고 보았던 것이다. 물론 악당 우들리는 완전히 다른 종류의 인간이긴 하지만, 단 한 차례를 빼면 우리 의뢰인을 괴롭힌 적이 없었고, 요즘은 캐루더스의 집에 찾아와도 그녀를 집적거리지 않았다.

자전거를 탄 남자는 술집 주인이 말한 찰링턴 홀의 주말 파티 멤버임에 틀림없었지만, 그가 어떤 사람인지 또 원하는 게 무엇인지는 여전히 모호했다. 이 기묘한 사건 뒤편에서 어떤 비극이 잉태되고 있는지도 모른다는 느낌이 든 것은 홈즈의 심각한 태도와 그가 방을 나가기 전에 주머니에 리볼버를 찔러 넣는 모습을 보았을 때였다.

밤새 비가 내리더니 아침에는 날이 활짝 개었다. 히스로 뒤덮인 들판에는 가시금작화 꽃이 무리 지어 활짝 피어났는데, 어둡고 우울한 회색 도시에 지친 눈에 이러한 풍경은 한층 더 찬란하게 비쳤다. 홈즈와 나는 신선한 아침 공기를 호흡하며 모래가 깔린 넓은 길을 따라 걸었다. 우리는 새들의 노랫소리와 봄철의 왕성한 생명력을 음미했다. 크룩스베리 힐의 고갯마루에서 바라보니 우중충한 찰링턴 홀이, 오래되긴 했어도 건물보다는 나이를 덜 먹은 참나무 숲 사이로 우뚝 솟아 있는 것이 보였다. 홈즈는 구불거리는 긴 도로를 가리켰다. 적황색 띠 한 줄이 히스 꽃으로 뒤덮인 갈색 황야와 연둣빛 숲 사이에 길게 펼쳐져 있었다. 멀리, 검은 점 하나가 이쪽으로 다가왔다. 그것은 마차였다. 홈즈는 다급하게 소리 질렀다.

"나는 30분 여유 있게 시간 계산을 했는데. 만약 저게 스미스 양의 마차라면, 아가씨는 좀 더 빠른 기차를 타려고 일찍 출발한 게 틀림없네. 왓슨, 이러다간 마차가 우리보다 먼저 찰링턴 홀 앞에 당도할 걸세."

그때 우린 고개를 내려오고 있었으므로 더 이상 마차는 보이지 않았다. 홈즈는 뛰다시피 했는데 주로 앉아서만 생활한 나는 그보다 뒤처질 수밖에 없었다. 그러나 친구는 지칠 줄 모르는 정신적인 힘의 소유자였기 때문에 항상 컨디션이 좋았다. 그는 한결같은 속도로 나보다 100미터쯤 앞선 곳까지 가볍게 달려가더니 갑자기 걸음을 멈추었다. 그는 실망과 비탄이 뒤섞인 몸짓으로 손을 번쩍 들어 올렸다. 바로 그 순간, 말 한 마리가 모는 빈 이륜마차 한 대가 굽은 길을 돌아오더니 우릴 향해 빠른 속도로 덜컹거리며 달려왔다. 말은 느린 구보로 뛰고 있었고, 고삐는 바닥에 떨어져 질질 끌렸다.

"왓슨, 너무 늦었네, 너무 늦었어!"

내가 헉헉거리며 그를 향해 뛰어가는데 홈즈가 외쳤다.

"바보같이 숙녀가 좀 더 이른 기차를 탈지도 모른다는 걸 고려하지 못했네! 왓슨, 이건 납치극일세, 납치! 살인! 무슨 일이 있었는지는 하늘만이 알겠지! 길을 막아! 말을 세우게! 됐어. 자, 올라타세. 내 실수로 빚어진 엄청난 결과를 돌이킬 수 있는지 한번 보자고."

우린 이륜마차에 뛰어올랐고, 홈즈는 말을 돌려세워 채찍을 휘둘렀다. 마차는 나는 듯이 길을 되돌아갔다. 굽은 길을 돌자 찰링턴 홀과 히스 황야 사이로 뻗은 외줄기 길이 한눈에 들어왔다. 나는 홈즈의 팔을 붙잡았다.

"저 사람일세!"

나는 헐떡거리며 말했다.

자전거를 탄 남자 하나가 우리 쪽으로 달려오고 있었다. 그는 고개를 낮추고 어깨에 잔뜩 힘을 준 채 젖 먹던 힘까지 짜내서 페달을 밟고 있었다. 사내는 경주 선수처럼 달리고 있었다. 그러다 갑자기

고개를 들고 우리가 달려오는 걸 보더니 자전거를 세우고 재빨리 뛰어내렸다. 창백한 얼굴에 석탄처럼 검은 턱수염이 유난히 돋보였고 두 눈은 열병 환자처럼 번쩍거렸다. 사내는 우리들과 이륜마차를 번갈아 응시했다. 그러더니 놀란 표정을 했다.

"이봐! 거기 멈춰!"

사내는 자전거로 도로를 막으며 고함을 질렀다.

"그 마차 어디서 났나? 세워, 이 사람아!"

그는 주머니에서 권총을 꺼내 들고 고래고래 소리 질렀다.

"세우라니까, 정 말을 안 들으면 말을 쏠 테다."

홈즈는 내 무릎 위에 고삐를 던지고 마차에서 뛰어내렸다.

"우리가 찾는 사람이 여기 있군. 바이올렛 스미스 양은 어디 있나?"

홈즈는 딱 부러지는 말투로 질문을 던졌다.

"내가 묻고 싶은 게 바로 그거다. 이 마차가 바로 스미스 양이 타고 나간 마차다. 너야말로 숙녀가 어디 있는지 알겠지."

"우린 길에서 이 마차를 만났다. 하지만 마차 안에는 아무도 없었어. 우린 숙녀를 돕기 위해 말 머리를 돌려서 달려온 거다."

"주여! 주여! 이제 어찌해야 합니까?"

낯선 사내는 절망에 사로잡혀 부르짖었다.

"그자들한테 잡혀갔군. 그 지옥의 사냥개 같은 우들리하고 깡패 목사한테. 여보시오, 이리들 오시오. 당신들이 정말 스미스 양의 친구라면 나랑 같이 갑시다. 내 찰링턴의 숲에 시체가 되어 눕는 한이 있어도 기필코 숙녀를 구해 내고야 말겠소."

사내는 권총을 든 채 관목 울타리의 구멍을 향해 미친 사람처럼 내달렸다. 홈즈는 그의 뒤를 따랐고, 나는 말이 길가에서 풀을 뜯게 놔두고 홈즈의 뒤를 따랐다.

"그자는 이쪽으로 들어갔소."

사내는 진흙 길에 어지럽게 찍힌 발자국을 가리키며 말했다.

"여보시오! 잠깐만! 저 덤불 속에 있는 게 누구지?"

그것은 열일곱 살가량의 소년이었는데 가죽 각반을 두르고 마부 옷차림을 하고 있었다. 소년 마부는 양쪽 무릎을 끌어 올린 채 등을 대고 누워 있었는데 머리에 끔찍한 상처가 나 있었다. 의식은 없었지만 죽지는 않았다. 겉으로 드러난 상처를 봐선 뼈까지 다치지 않은 게 분명했다.

"마부 피터요."

사내는 소리쳤다.

"이 아이가 마차를 몰고 나갔소. 그 짐승 같은 놈들이 얘를 끌어내리고 몽둥이를 휘두른 거요. 그냥 놔둡시다. 이미 당한 건 돌이킬 수 없지만, 스미스 양을 한 여성이 당할 수 있는 최악의 운명에서 구출해 낼 가능성은 있소."

우린 숲 속의 구불거리는 오솔길을 미친 듯이 달려갔다. 저택을 둘러싼 관목 앞까지 왔을 때 홈즈는 걸음을 멈추었다.

"그자들은 집 안으로 들어가지 않았소. 여기 왼쪽에 그자들의 발자국이 있소이다. 여기, 만병초 덤불 옆이오. 허! 내가 뭐랬소."

홈즈가 말하는 동안, 눈앞의 울창한 녹색 관목 사이에서 공포에 질린 여자의 비명 소리가 날카롭게 터져 나왔다. 비명 소리는 점점 높아지다가 누군가 입이라도 틀어막은 것처럼 갑자기 뚝 끊어졌다.

"이쪽이오! 이쪽! 저들은 볼링장에 있소."

사내는 관목 사이로 돌진하며 소리쳤다.

"아, 비겁한 개들! 신사 여러분, 나를 따르시오! 늦었어! 너무 늦었어! 이런 일이!"

갑자기 눈앞이 탁 트이며 우리는 아름드리나무로 둘러싸인 아름다운 잔디밭으로 뛰어들었다. 빈터 맨 끝, 커다란 참나무 그늘 아래 어울리지 않는 세 사람이 모여 있었다. 한 사람은 여성이었는데 바로 우리 의뢰인이었다. 그녀는 입을 손수건으로 틀어막힌 채 축 늘어져서 정신을 못 차리고 있었다. 그녀와 마주 보고 있는 사람은 붉은 콧수염을 기른 잔인한 젊은이였다. 그는 각반을 찬 다리를 쩍 벌린 채 한 손으론 허리를 짚고 다른 손으론 말채찍을 흔들고 있었는데, 승리감에 취한 듯 기고만장하기 이를 데 없었다. 두 남녀 사이에는 반백의 턱수염을 기르고 옅은 색깔의 트위드 정장에 길이가 짧은 사제복을 덧입은 늙은이가, 방금 결혼식을 끝냈는지 막 기도서를 주머니에 넣고 있었다. 늙은이는 싱글벙글하면서 흉악한 신랑의 등을 두들겨주며 축하했다.

“결혼식이 끝난 건가?”

나는 숨이 막혔다.

“뭣들 하는 거요! 갑시다!”

우리의 안내자가 소리쳤다. 그는 앞장서서 빈터를 달려갔고 홈즈와 나는 뒤를 따랐다. 우리가 달려가는 동안 숙녀는 비틀거리며 나무에 몸을 기댔다. 한때 목사였던 윌리엄슨은 우릴 향해 짐짓 공손하게 고개를 숙여 보였고, 무뢰배 우들리는 이쪽으로 다가오며 기쁨에 못 이겨 요란한 웃음을 터뜨렸다.

“봅, 그 턱수염은 떼는 게 어떤가.”

우들리가 말했다.

“내가 당신을 몰라볼 줄 알고? 마침 친구들을 데리고 시간 맞춰 와줬으니 우들리 부인을 소개해 줘야겠군.”

그러나 우리 안내자의 대답은 평범하지 않았다. 그가 변장용 검은 턱수염을 떼서 바닥에 팽개치자, 깨끗이 면도한 창백하고 길쭘한 얼굴이 드러났다. 그는 리볼버를 빼 들고 무시무시한 채찍을 휘두르며 다가오는 젊은 악당을 향해 총을 겨누었다.

“그렇다.”

우리의 동맹자가 말했다.

“나는 봅 캐루더스다. 교수형을 당하는 한이 있어도, 저 여성은 반드시 구해 낼 것이다. 스미스 양을 괴롭히면 내가 어떻게 할 건지 벌써 말했지? 맹세한다! 나는 내가 말한 대로 할 테다.”

“당신은 한발 늦었어. 저 여자는 내 마누라야.”

"천만에. 이제 곧 과부가 될걸."

캐루더스의 리볼버가 불을 뿜었고 우들리의 조끼 앞섶에 피가 번지는 게 보였다. 그는 비명을 지르며 몸을 빙글 돌리더니 쿵 하고 쓰러졌다. 역겨운 붉은 얼굴이 갑자기 무섭게 얼룩덜룩하고 창백한 얼굴로 바뀌었다. 아직도 사제복을 걸치고 있는 늙은이는 내가 생전 들어보지 못한 망측한 욕설을 퍼부으며 리볼버를 빼 들었으나 미처 총을 들어 올리기도 전에 홈즈의 총구가 자신을 겨누고 있는 걸 보았다.

"이제 됐다."

내 친구는 차갑게 말했다.

"그 총 버려라! 왓슨, 총을 줍게! 그리고 이자의 머리를 겨누게! 고맙네. 그리고 당신 캐루더스, 그 총 이리 내시오. 더 이상의 폭력은 용납하지 않겠소. 어서, 총 이리 주시오!"

"그런데 당신은 누구요?"

"셜록 홈즈라고 하오."

"오, 하느님!"

"내 이름을 들어본 적이 있을 거요. 경찰이 올 때까지는 내가 공권력을 대신하겠소. 이봐, 너!"

홈즈는 어느새 빈터 끝에 와서 서 있던 겁에 질린 마부를 향해 소리쳤다.

"이리 오너라. 이 편지를 가지고 될 수 있는 한 빨리 파넘으로 가라."

홈즈는 수첩을 찢어내 몇 글자 끼적거렸다.

"이걸 경찰서 책임자한테 전해라. 경찰이 올 때까지 당신들 모두를 내가 감시해야겠다."

홈즈의 카리스마는 범죄 현장을 압도했고 모두들 꼭두각시가 된 것처럼 고분고분 그의 말에 순종했다. 윌리엄슨과 캐루더스는 순순히 부상당한 우들리를 집 안으로 옮겼고, 나는 겁에 질린 여성에게 팔을 빌려주었다. 부상자를 침대에 누인 뒤, 나는 홈즈의 요청에 따라 상처를 살펴보았다. 그리고 진찰 결과를 보고하기 위해 낡은 태피스트리가 걸려 있는 식당으로 향했다. 홈즈는 두 명의 포로와 함께 그곳에 있었다.

"살아날 것 같네."

나는 말했다.

"뭐라고!"

캐루더스가 반사적으로 벌떡 일어섰다.

"2층으로 올라가서 먼저 그자의 숨통을 끊어놓겠소. 저 아가씨가, 저 천사가 망나니 잭 우들리한테 평생을 묶여 살아야 한다는 거요?"

"그 점에 대해서는 염려할 필요 없소."

홈즈는 말했다.

"스미스 양이 절대로 그자의 아내가 될 수 없는 이유가 두 가지 있소. 첫째, 윌리엄슨 씨가 결혼식을 집전할 자격이 있는지 대단히 의심스럽소."

"나는 목사 안수를 받았어."

늙은 악당이 부르짖었다.

"하지만 쫓겨났지."

"한번 목사는 영원한 목사야."

"난 그렇게 생각하지 않아. 결혼 허가는 어떻게 하고?"

"우린 결혼 허가증을 받았다. 내 주머니에 들어 있지."

"그렇다면 사기를 쳐서 받아낸 거겠지. 하지만 어찌 됐든 강제 결혼은 결혼이 아니라 대단히 중대한 범죄 행위에 속하지. 머지않아 그걸 알게 될 거다. 앞으로 10년 정도 그 점에 대해 깊이 생각해 볼 시간이 있을걸. 캐루더스, 당신은 주머니에 권총을 쑤셔 넣는 대신에 좀 더 현명하게 행동해야 했소."

"홈즈 선생, 나도 이제야 그런 생각이 드는구려. 하지만 그동안 아가씨를 보호하려고 갖은 애를 다 썼는데, 그녀가 킴벌리에서 요하네스버그까지, 남아프리카를 공포의 도가니로 몰아넣은 짐승의 손아귀에 떨어졌다고 생각하니 미칠 것 같았소. 홈즈 선생, 나는 그 여성을 사랑했소. 난생처음으로 진정한 사랑이 무엇인지 알게 된 거요. 믿어지지 않겠지만, 그 아가씨가 우리 집에 들어온 뒤에 나는 악당들이 숨어 있는 이 집 앞을 그녀 혼자 지나가게 한 적이 한 번도 없소. 나는 숙녀가 이 앞을 무사히 지나갈 수 있도록 매번 자전거를 타고 뒤따랐지요. 아가씨가 내 얼굴을 알아보지 못하도록 턱수염을 붙이고 뒤에 뚝 떨어져서 따라갔소. 스미스 양은 품행이 단정하고 자존심이 있는 여성이기 때문에 내가 시골길에서 자신을 따라다닌다는 걸 알면 우리 집에 붙어 있으려고 하지 않았을 테니까 말이오."

"왜 스미스 양에게 신변의 위험을 알리지 않았소?"

"그렇게 했다가는 마찬가지로 우리 집을 떠났을 텐데, 그것만은 도저히 견딜 수 없었소. 아가씨가 나를 사랑할 수 없다고 해도, 집 안에서 그녀의 날씬한 모습을 보고 그 목소리를 들을 수 있는 것만 해도 좋았다오."

"글쎄요, 캐루더스 씨, 당신은 그걸 사랑이라고 부르지만 내가 보기에는 이기심에 지나지 않습니다."

나는 말했다.

"그 두 가지 마음은 불가분의 관계에 있는지도 모르오. 어쨌든 나는 그녀를 잡아두고 싶었소. 게다가 이런 인간들이 주변에서 얼쩡거리는 판국이니, 누군가 옆에서 지켜주는 사람이 있는 게 좋았소. 그런데 전보가 날아왔을 때 나는 이들이 일을 저지르리라는 걸 깨달았다오."

"전보라니?"

캐루더스는 주머니에서 전보를 한 통 꺼냈다.

"바로 이겁니다."

내용은 간결했다.

영감은 죽었다.

홈즈가 말했다.

"흠! 일이 어떻게 된 건지 알겠소. 그리고 당신 말처럼 이 전보를 보고 일당이 무슨 생각을 했는지도 알 만하오. 하지만 기다리는 동안에 할 말이 있으면 해보시오."

그러자 사제복을 입은 늙은 깡패가 거친 욕설을 퍼붓기 시작했다.

"봅 캐루더스, 만약 우리 일을 고해바쳤다가는 너도 잭 우들리와 똑같은 꼴을 당할 줄 알아라! 네가 계집애 앞에서 징징거리면서 네 마음을 홀랑 까뒤집어 보이는 건 좋다. 그건 네 사정이니까. 하지만 이 사복 경찰 앞에서 친구들 얘기를 까발렸다가는 평생을 후회하게 될 거다."

"목사님께선 그렇게 흥분할 필요가 없는데."

홈즈는 시가에 불을 붙이며 말했다.

"당신들이 한 짓을 다 알고 있으니까 말이야. 난 그저 개인적인 호기심 때문에 몇 가지 세부 사항을 물어보는 것뿐이야. 하지만 나한테 직접 말하기가 곤란하다면, 내가 대신 얘기해 주지. 어디 당신들이 얼마만큼이나 비밀을 지킬 수 있는지 보라고. 먼저, 당신들 셋은 이 사건을 계획하면서 남아프리카에서 건너왔어. 당신 윌리엄슨 하고 캐루더스, 그리고 우들리 말이야."

"나는 빼주시지."

늙은이가 말했다.

"두 달 전까지 나는 이 둘의 얼굴을 본 적도 없고 내 평생 아프리카에는 가본 적도 없으니까 말이야. 그러니까 그 거짓말은 당신 파이프에나 담아뒀다가 피우쇼. 이 참견쟁이 홈즈 씨!"

"그 말은 사실이오."

캐루더스가 말했다.

"좋소, 좋아. 그럼 두 사람이 건너온 것으로 해두지. 목사님은 순수 영국산이로구먼. 어쨌든 두 사람은 남아프리카에서 랠프 스미스를 만났어. 그가 오래 살지 못하리라고 생각할 만한 이유가 있었겠지. 그리고 조카딸이 유산을 상속하게 되리라는 것도 알았고. 어떤가?"

캐루더스는 고개를 끄덕였고 윌리엄슨은 욕설을 퍼부었다.

"제일 가까운 친척은 스미스 양이 분명했는데, 당신들은 그 노인이 유언을 남기지 않을 것임을 알고 있었어."

"영감님은 읽을 줄도 쓸 줄도 몰랐소."

캐루더스가 말했다.

"그래서 두 사람은 영국으로 건너와 스미스 양을 찾았지. 맨 처음 계획은, 둘 중 한 사람이 스미스 양과 결혼하고 다른 사람에게는 유산에서 일정한 몫을 떼주는 거였지. 그런데 무슨 사정이 있었는지는 모르지만 우들리가 신랑감으로 뽑혔어. 캐루더스, 그건 왜였소?"

"우린 배 안에서 스미스 양을 걸고 카드를 쳤소. 그런데 우들리가 이겼소."

"알겠소. 당신이 숙녀를 가정 교사로 채용해 놓으면 그다음에 우들리가 찾아가서 구애하기로 했구먼. 하지만 숙녀는 우들리가 술주정뱅이 망나니라는 사실을 알아차리고 그와 상대도 하지 않으려고 했지. 그러는 동안에 캐루더스 당신이 숙녀를 사랑하게 되면서 계획이 틀어지기 시작했어. 당신은 저 무뢰배가 숙녀를 차지한다는 생각을 견딜 수 없게 된 거지?"

"그렇소. 도저히, 용납할 수 없었소!"

"둘 사이에 싸움이 벌어졌어. 그러자 우들리는 화가 잔뜩 난 당신을 빼놓고 독자적인 계획을 세우기 시작한 거요."

"윌리엄슨, 우리가 이 신사에게 할 수 있는 얘기가 그다지 많지는 않을 것 같소."

캐루더스는 비통한 웃음소리를 내며 말했다.

"그렇소. 우린 싸웠고, 우들리는 나를 때려눕혔다오. 어쨌거나 그 점에 대해서는 피장파장이었소. 그다음에 그가 잠시 종적을 감췄소. 우들리가 이 파문당한 목사님을 주워 온 게 바로 그때였다오. 두 사람은 스미스 양이 역으로 가는 길에 지나가는 이 길목에 진을 쳤소. 나는 뭔가 흉측한 계획이 착착 진행되고 있다는 걸 알았기 때문에, 그 뒤부터 아가씨에게서 눈을 떼지 않았다오. 난 두 사람이 무슨 짓을 꾸미고 있는지 알아내려고 시시때때로 여길 들렀소. 그런데 이틀 전에 우들리가, 랠프 스미스가 사망했다는 전보를 들고 내 집으로 찾아온 거요. 그는 나한테 계약을 지킬 거냐고 물었소. 나는 싫다고 했지. 그러자 결혼은 내가 하고 자기한테 한몫을 떼주는 게 어떤지 물었소. 나는 그렇게 하고 싶은 마음은 굴뚝같지만 숙녀가 나를 원하지 않는다고 했소. 그러자 우들리가 이러더군. '그럼 결혼부터 하고 보는 거야. 한두 주일 지나면 여자도 정신을 차리게 될걸.' 나는 강제로 그렇게 하고 싶은 생각은 눈곱만큼도 없다고 했소. 그러자 그는 욕쟁이 깡패답게 걸쭉한 욕설을 퍼부으면서 자기가 여자를 차지하겠다고 소리 지르면서 떠났소. 스미스 양은 이번 주말에 우리 집을 떠나기로 했고 나는 아가씨를 역까지 바래다줄 마차를 마련해 놓았지만 아무래도 불안한 생각이 들어서 자전거를 타고 쫓아나왔소. 하지만 먼저 출발한 스미스 양은 내가 마차를 따라잡기도 전에 화를 당하고 만 거요. 두 신사께서 아가씨가 탔던 이륜마차를 타고 되돌아오는 걸 보고, 나는 일이 잘못됐다는 걸 직감했소.”

홈즈는 일어서서 담배꽁초를 벽난로 안으로 집어던졌다.

"왓슨, 나는 정말 둔했어. 자네가 자전거를 탄 사람이 관목 사이로 들어가서 넥타이를 고치는 걸 봤다고 했을 때, 그것만으로도 일이 어떻게 돌아가는지 짐작했어야 했네. 하지만 우리는 기이할 뿐 아니라 어떤 측면에서는 독특하기까지 한 사건을 건졌으니 축배를 들어도 될 것 같군. 경찰 셋이 진입로를 올라오고 있네. 어린 마부가 경찰과 나란히 걷고 있는 걸 보니 마음이 놓이는구먼. 저 아이도, 재미있는 신랑도 오늘 아침의 모험에서 중상을 입은 것 같지는 않으니까 말이야. 왓슨, 자넨 의사 자격으로 가서 스미스 양을 좀 돌봐주게. 숙녀가 기력을 충분히 회복했거든 어머니가 기다리고 있는 집까지 우리가 바래다주겠노라고 하게. 하지만 여전히 기운을 차리지 못하거든, 미들랜드의 젊은 전기 기술자한테 전보를 쳐달라는 뜻으로 알게. 그게 나머지 처료가 될 걸세. 캐루더스 씨, 내가 보기에 당신은 못된 음모에 가담한 과거를 보상하기 위해 최선을 다한 것 같소. 이건 내 명함이오. 재판 과정에서 내 증언이 도움이 되겠거들랑 이리로 연락하시오."

독자들도 짐작하실지 모르겠지만, 끊임없는 활동 중에서 이야기를 마무리하고 호기심에 가득 찬 이들의 기대를 충족시킬 만한 후일담을 쓰는 것은 어려운 일로 느껴질 때가 많다. 하나의 사건은 다음 사건의 전주곡이 되고, 일단 고비를 넘기면 배우들은 우리의 바쁜 생활에서 영원히 퇴장하곤 한다. 하지만 나는 이 사건에 관한 기록 맨 끝에서 짤막한 주석을 찾아냈다. 그에 따르면, 바이올렛 스미스 양은 실제로 엄청난 유산을 상속받았고 지금은 유명한 웨스트민스터 전기 회사, 모턴 앤 케네디사의 공동 대표인 시릴 모턴의 아내이다. 윌리엄슨과 우들리는 둘 다 납치 및 폭행죄로 재판을 받았고, 각각 7년과 10년 형을 언도받았다. 캐루더스의 운명에 대한 기록은 없다. 하지만 나는 우들리가 흉악하기 짝이 없는 무뢰배로 악명이 높았기 때문에 법원에서 캐루더스의 폭력 부분에 대해서는 그렇게 무거운 처벌을 내리지 않았을 거라고 생각한다. 사법적 정의를 세우는 데 서너 달 정도면 충분하지 않았을까.

프라이어리 학교

　베이커가의 작은 무대에는 극적인 등장과 퇴장이 드물지 않지만, 소니크로프트 헉스터블 박사보다 더 갑작스럽고 놀라운 방식으로 출현한 사람은 없었다. 문학 석사, 철학 박사 등, 그의 학문적 성취를 다 담기에는 너무 작아 보이는 명함이 전해진 지 겨우 몇 초 만에 당사자가 방 안에 들어섰다. 박사는 당당한 풍채에 점잖고 위엄에 넘쳤는데 한마디로 침착함과 중후함의 화신이었다. 하지만 방문을 닫은 다음 그가 맨 먼저 한 행동은 비틀거리며 탁자에 몸을 기댔다가 몸을 가누지 못하고 바닥에 쓰러진 것이었다. 위엄에 넘치는 인물은 인사불성이 되어 우리 집 곰 가죽 깔개 위에 엎어졌다.

　우리는 벌떡 일어섰지만, 처음에는 너무 놀란 나머지 이 육중한 난파물을 멍하니 쳐다보고만 있었다. 그는 인생이라는 바다 한가운데서 느닷없이 치명적인 폭풍을 만난 것이 분명했다. 홈즈는 부랴

부랴 쿠션을 가져다 머리를 받쳐주었고, 나는 브랜디를 입속에 흘려 넣어주었다. 선이 굵은 흰 얼굴은 고통으로 주름지고 감긴 눈 밑으로 늘어진 살은 납빛을 띠고 있었으며, 벌어진 입술은 입꼬리가 구슬프게 처졌고, 주름진 턱은 면도를 하지 않아 꺼칠했다. 옷깃과 셔츠는 오랜 여행으로 때가 묻어 있었고 머리카락은 잘생긴 머리에서 부스스하게 일어서 있었다. 우리 앞에는 심하게 다친 사람이 누워 있었다.

"왓슨, 어떤가?"

홈즈가 물었다.

"탈진일세. 원인은 단순한 굶주림과 피로인 것 같아."

나는 말하며 생명의 체액이 가늘게 흐르고 있는 실낱같은 맥을 짚었다.

"잉글랜드 북부의 맥클턴에서 끊은 왕복표로군."

홈즈는 회중시계 주머니에서 표를 끄집어내며 말했다.

"아직 열두시가 안 됐어. 일찌감치 출발한 게 분명하이."

주름진 눈꺼풀이 바르르 떠는 듯하더니, 이제는 멍한 회색 눈이 우릴 올려다보고 있었다. 헉스터블 박사는 얼른 다급하게 일어섰다. 몹시 부끄러운 듯 얼굴이 주홍빛이 되었다.

"홈즈 선생, 이렇게 약한 모습을 보여서 미안합니다. 요즘 조금 과로했지요. 고맙습니다. 우유 한 잔과 비스킷을 좀 주시면 훨씬 좋아질 겁니다. 홈즈 선생, 제가 이렇게 직접 온 것은 꼭 선생님을 모셔 가기 위해서입니다. 전보로는 이 사건이 얼마나 급한 것인지 제대로 설명하기 힘들 것 같았지요."

"몸이 완전히 회복되시면……."

"나는 지금 아주 건강합니다. 내가 왜 이렇게 약해졌는지 잘 모르겠군요. 홈즈 선생, 나하고 다음 기차로 맥클턴으로 가십시다."

내 친구는 고개를 가로저었다.

"내 동료 왓슨 박사한테 물어보시면 우리가 지금 얼마나 바쁜지 알게 되실 겁니다. 저는 지금 페레스 서류 사건을 조사하고 있고 애버개브니 살인 사건 공판 기일도 다가옵니다. 웬만큼 중요한 사건이 아니라면 지금 런던을 비울 수가 없습니다."

"중요한 사건이라고 했습니까?"

손님은 두 손을 들어 올렸다.

"선생은 홀더니스 공작의 외아들 납치 사건에 대해 아무 얘기도 못 들으셨습니까?”

“뭐라고요! 최근에 장관을 지낸?”

“바로 그분입니다. 우린 이 일이 신문에 새어 나가는 걸 막으려고 쉬쉬했지만, 간밤에 《글로브》 신문에 소문이 흘러들었지요. 난 선생이 그 소식을 들었을지도 모른다고 생각했습니다.”

홈즈는 길고 여윈 팔을 뻗어 참고 자료 백과의 ‘H’ 항목을 꺼냈다.

“‘홀더니스, 6대 공작, K. G.(가터 훈작사), P. C.(추밀 고문).’ 절반이 약자로군! ‘비벌리 남작, 칼스턴 백작.’ 맙소사, 뭐가 이렇게 길지! ‘1900년부터 핼럼셔 주지사. 1888년, 찰스 애플도어 경의 따님 에디스와 결혼. 상속자이자 외아들, 샐타이어 경. 약 3억 평의 토지 및 랭커셔와 웨일스의 광산 소유. 주소: 칼튼 하우스 테라스, 핼럼셔의 홀더니스 홀, 웨일스, 뱅거의 칼스턴 성. 1872년, 해군성 장관 역임. 국무상을 지낸 건…….’ 허허, 이분은 영국 최고의 거물이 분명하군요!”

“최고의 거물일 뿐 아니라 최고의 재산가일 겁니다. 홈즈 선생, 나는 선생이 일에 대해 대단히 높은 기준을 갖고 있다는 것과, 다른 목적이 아닌 오로지 일 자체를 위해 일하는 분이라는 걸 잘 알고 있습니다. 하지만 나는 공작님께서 이미 아드님의 행방을 알려주는 사람에게 5000파운드, 그리고 아드님을 납치한 자의 정체를 알려주는 사람에게 따로 1000파운드를 내리겠다고 공표하셨다는 점을 말씀드려야겠군요.”

“현상금도 거물급답군요.”

홈즈는 말했다.

"왓슨, 우리 헉스터블 박사님과 함께 잉글랜드 북부로 가봐야 할 것 같군. 그럼, 자, 헉스터블 박사님, 그 우유를 다 드시면 언제 어떤 일이 어떻게 발생했는지에 대해, 그리고 맥클턴 근교 프라이어리 학교의 소니크로프트 헉스터블 박사는 그 사건과 어떤 관련이 있고, 또 무슨 연유로 사건 발생 후 사흘이나 지난 뒤에 ― 박사님의 턱 상태를 보니 그 정도는 짐작할 수 있겠군요. ― 나같이 변변찮은 사람에게 도움을 요청하게 되었는지에 대해 말씀해 주시기 바랍니다."

우유와 비스킷을 다 먹어치우자 손님의 눈에는 광채가 돌아왔고 얼굴엔 화색이 돌았다. 박사는 활기 넘치는 태도로 명료하게 상황을 설명했다.

"신사 여러분, 프라이어리는 내가 설립자이자 교장으로 있는 사립 초등학교라는 사실을 먼저 알려드려야겠군요.『헉스터블의 호라티우스 해설』이라는 책을 상기시키면 내가 어떤 사람인지 아실지도 모르겠습니다. 프라이어리는 영국에서 가장 입학 조건이 까다로운 최고의 사립 초등학교입니다. 레버스톡 경, 블랙워터 백작, 캐스카트 소움즈 준남작, 이분들 모두가 내게 자제분을 맡기셨지요. 하지만 3주 전, 홀더니스의 공작께서 비서 제임스 윌더 씨를 시켜, 당신의 외아들이자 상속자인 열 살 된 샐타이어 경을 내 보호 아래 두시겠노라는 의향을 전해 오셨을 때, 나는 우리 학교의 명예가 더 이상 높아질 수는 없다고 생각했습니다. 그 일이 내 인생 최대의 불운의 전주곡이 될 줄은 꿈에도 몰랐지요.

아드님은 여름 학기가 시작되는 5월 1일에 학교에 왔습니다. 정말 귀여운 소년이었고 학교생활에도 금세 적응했지요. 나는 경솔한 사람은 아니지만, 이런 일에서 사실을 감추는 것만큼 어리석은 일은 없다고 보기 때문에 말씀드립니다. 아드님은 집에서 그리 행복한 편은 아니었습니다. 공작 부부의 결혼 생활이 원만하지 않아서, 결국 두 분이 별거하기로 합의하고 공작 부인께서 남프랑스에 주거를 정하셨다는 것은 공공연한 비밀이지요. 집안에 이런 풍파가 일어난 것은 겨우 얼마 전이었고 아드님은 전적으로 어머니 편을 들었다고 합니다. 어머니가 홀더니스 홀을 떠난 뒤 아드님은 몹시 풀이 죽었고, 그래서 공작께서는 아드님을 우리 학교로 보낼 생각을 하신 겁니다. 2주일이 지나자 아드님은 우리들과 함께 있는 걸 아주 편안하게 여겼고 대단히 즐겁게 생활하셨습니다.

사람들이 샐타이어 경을 마지막으로 목격한 것은 5월 13일, 즉 지난 월요일 밤이었지요. 아드님의 방은 2층에 있는데 다른 큰 방을 통해서만 들어갈 수 있는 구조로 되어 있습니다. 바깥방에서는 두 아이가 자는데, 이 아이들은 아무것도 보거나 듣지 못했다고 합니다. 그러니 아드님이 큰 방을 통해 나가지 않았다는 것은 분명하지요. 그런데 그 방 창문이 열려 있었습니다. 창밖에는 굵은 담쟁이덩굴이 지면과 이어져 있지요. 창문 밑에서 발자국을 발견하지는 못했지만, 나갈 수 있는 길이 그곳뿐이라는 것은 분명합니다.

샐타이어 경이 없어진 걸 안 것은 화요일 아침 일곱시였습니다.

침대에는 들어가서 잔 흔적이 남아 있었지요. 아드님은 옷을 다 챙겨 입고 나갔습니다. 교복인 검은 이튼 재킷(영국의 귀족 자제들이 많이 입던 옷으로, 둥근 깃의 셔츠를 안에 받쳐 입는다 ─ 옮긴이)에 짙은 회색 바지 차림이었지요. 외부인이 방에 들어간 흔적은 없었습니다. 바깥방에서 자는 콘터라는 소년은 나이도 많고 잠귀가 유난히 밝은 편이라 만약 샐타이어 경이 소리를 지르거나 반항했다면 분명히 무슨 소리를 들었을 겁니다.

샐타이어 경이 실종됐다는 걸 알고 나는 즉각 교내의 인원을 전부 소집했습니다. 아이들, 교사들, 하인들까지 말입니다. 샐타이어 경이 혼자 도망치지 않았다는 사실을 안 것이 바로 그때였습니다. 독일어 교사인 하이데거도 없어졌으니까요. 하이데거 선생의 방은 2층 끝 방인데, 샐타이어 경의 방과 같은 쪽에 있습니다. 침대에는 역시 들어가서 잠을 잔 흔적이 있었지만, 셔츠와 양말이 바닥에 떨어져 있는 것으로 보아 옷을 대충 걸치고 나간 것이 분명했습니다. 하이데거 선생은 담쟁이덩굴을 타고 내려간 것임에 틀림없습니다. 잔디 위에 그의 발자국이 찍혀 있었지요. 선생의 자전거가 그쪽 잔디밭 옆의 작은 창고에 보관되어 있었는데, 그 자전거도 함께 없어졌습니다.

하이데거 선생은 우리 학교에서 2년간 근무했습니다. 더할 나위 없는 추천장을 가지고 오긴 했지만, 말수가 적은 데다 성격이 까다로워서 교사와 학생 들 사이에서 그리 인기가 좋은 편은 아니었지요. 두 사람은 감쪽같이 종적을 감추었습니다. 지금이 목요일 오전인데 사건 당일에 비해 더 알려진 사실은 전혀 없습니다. 물론, 나는 홀더니스 홀에 즉각 사실을 통지해서 아드님을 찾아보게 했습니다. 그곳은 학교에서 겨우 몇 킬로미터 떨어진 거리에 있어서, 우린 아드님이 갑자기 향수병이 도져 부친에게 달려갔을 거라고 생각했지요. 하지만 그런 소식은 들려오지 않았습니다. 공작께서는 몹시 근심하고 계시고, 나로 말할 것 같으면 보다시피 걱정과 책임감 때문에 신경 쇠약에 걸리기까지 했습니다. 홈즈 선생, 이 사건에 전력을 다할 생각이라면 부디 지금 당장 그렇게 해주기를 부탁드립니다. 평생 이보다 더 의미 있는 사건을 찾지는 못할 겁니다."

셜록 홈즈는 불운한 교장의 진술을 최대한 집중해서 경청했다. 잔뜩 찡그린 눈썹과 미간에 팬 굵은 주름을 보니, 그에게 이 사건에 관심을 가져달라고 사정할 필요도 없을 것 같았다. 막대한 액수의 보상은 차치하고서라도 복잡하고 기이한 일이라면 사족을 못 쓰는 그에게 이것은 구미에 꼭 맞는 일이 분명했다. 그는 수첩을 꺼내더니 한두 가지를 메모했다.

"교장 선생님께서 좀 더 일찍 오지 않은 것은 대단히 태만한 일이었습니다."

홈즈는 준엄하게 말했다.

"그 때문에 저는 아주 불리한 상황에서 조사를 시작하게 되었습니다. 예를 들면, 전문적인 관찰자에게 그 담쟁이덩굴과 잔디밭이 어떤 성과를 가져다주었을지는 아무도 장담할 수 없는 일입니다."

"홈즈 선생, 그건 내 책임이 아닙니다. 공작 예하께서는 공개적으로 소문이 퍼지는 걸 극도로 꺼리셨습니다. 가족의 불행이 세상 사람들 앞에 구경거리가 될까 봐 우려하시는 거지요. 그분은 그것을 몹시 두려워하고 계십니다."

"하지만 경찰 조사가 이루어지고 있지 않습니까?"

"그렇습니다. 하지만 결과는 대단히 실망스럽습니다. 사건 발생 후 즉각 명확한 단서가 포착되었는데 한 소년과 젊은이가 인근 기차역에서 새벽 기차로 출발하는 걸 보았다는 증언이 들어온 것입니다. 그런데 그 두 사람을 리버풀에서 찾아냈다는 소식이 날아온 것은 지난밤이었습니다. 결국 그 둘은 이 사건과 전혀 무관한 사람들이라는 사실이 밝혀졌지요. 나는 그 소식을 듣고 낙심한 나머지 온밤을 뜬눈으로 지새우고 곧장 새벽 기차를 타고 여기로 달려온 것입니다."

"그 가짜 단서를 추적하는 동안 경찰의 수사는 느슨해졌겠지요?"

"거의 손을 놓다시피 했지요."

"그렇게 사흘을 낭비했군요. 정말 통탄스럽게 사건을 처리했습니다."

"그건 나도 인정합니다."

"하지만 사건은 해결될 겁니다. 기꺼이 이 일을 맡도록 하지요. 실종된 소년과 독일인 교사 사이에는 어떤 관련이 있었습니까?"

"전혀."

"소년이 그 교사의 수업을 들었나요?"

"아니요. 내가 아는 한 두 사람은 말 한마디 나눠본 적이 없습니다."

"그것참 이상한 일이군요. 소년도 자전거를 가지고 있습니까?"

"아니요."

"하이데거의 자전거 외에 없어진 자전거는 또 없었고요?"

"그렇습니다."

"확실합니까?"

"확실합니다."

"음, 그런데 설마 독일어 교사가 한밤중에 아이를 품에 안고 자전거를 타고 나갔다고 생각하시는 건 아니겠지요?"

"물론입니다."

"그렇다면 박사님의 견해는 어떻습니까?"

"자전거는 눈속임이었을 거라고 생각합니다. 그걸 어딘가에 숨겨놓고 두 사람은 걸어갔을 겁니다."

"그렇군요. 하지만 남을 속이려는 장치로 보기에는 좀 우스꽝스럽군요. 그렇지 않습니까? 그 창고에는 다른 자전거도 있었습니까?"

"서너 대가량."

"두 사람이 자전거를 타고 갔다는 인상을 심어주고 싶었다면 자전거 두 대를 숨겨놓지 않았을까요?"

"그랬을 것 같군요."

"물론 그랬을 겁니다. 속임수 설명은 맞지 않습니다. 하지만 자전거 문제는 수사의 출발점으로 삼기에 적합하군요. 결국 자전거란 쉽게 감추거나 없앨 수 있는 물건이 아니니까요. 질문 하나 더. 소년이 실종되기 전에, 낮에 소년을 찾아온 사람이 있었습니까?"

“아니요.”

“편지를 받은 일도 없었습니까?”

“있습니다, 한 통.”

“누구한테?”

“부친한테.”

“학생들한테 온 편지를 열어보십니까?”

“아니요.”

“그러면 그게 아버지한테 온 편지라는 걸 어떻게 아셨지요?”

“겉봉에 문장이 찍혀 있었고 주소는 공작님 특유의 딱딱한 글씨체로 쓰여 있었습니다. 게다가 공작께서도 편지를 쓰신 일을 기억하고 계시니까요.”

"그 전에 다른 편지를 받은 것은 언제였습니까?"

"며칠 동안은 편지 온 게 없었지요."

"프랑스에서는 편지가 안 왔습니까?"

"예, 한 번도."

"박사님께선 물론 제 질문의 요점을 알고 계십니다. 문제는 소년이 강제로 유괴되었느냐, 아니면 제 발로 걸어 나갔느냐 하는 것이지요. 후자의 경우라면, 그렇게 어린 아이가 그만한 일을 저지르기 위해서는 외부에서 어떤 자극이 있었다고 생각지 않을 수 없습니다. 만약 찾아온 사람이 없었다고 한다면, 그 자극은 편지의 형태로 전달된 것임에 틀림없습니다. 그래서 저는 소년에게 편지를 보낸 사람이 누군지 알아내려고 하는 것이지요."

"큰 도움이 돼드리지는 못하겠군요. 내가 아는 한, 샐타이어 경이 받은 편지는 부친이 보낸 것뿐입니다."

"소년이 실종된 날, 편지를 보낸 사람은 아버지였다는 것이로군요. 부자의 관계는 아주 친밀했습니까?"

"공작 예하는 어느 누구한테도 그렇게 친밀하게 대하는 분이 아닙니다. 워낙 공무에 바쁘신 데다가 범상한 감정에는 좀 대범한 편이시니까요. 하지만 아드님에게는 항상 나름대로 상냥하게 대해 주셨습니다."

"하지만 아들은 어머니 편을 들었다고요?"

"예."

"아이가 제 입으로 그런 말을 했습니까?"

“아니요.”

“그럼, 공작께서?”

“저런, 천만에요!”

“그럼 어떻게 아셨습니까?”

“나는 공작 예하의 비서, 제임스 윌더 씨와 깊은 대화를 나누었습니다. 샐타이어 경의 감정에 대해 알려준 사람은 바로 그 사람이었지요.”

“알겠습니다. 그런데 공작께서 마지막으로 보낸 편지 말입니다만, 소년이 실종된 뒤에 방에서 그 편지가 나왔습니까?”

“아니요. 아드님은 편지를 가지고 갔습니다. 홈즈 선생, 이제 유스턴 역으로 출발해야 할 시간이 된 것 같습니다만.”

“사륜마차를 부르겠습니다. 15분 뒤에 출발하게 될 겁니다. 헉스터블 박사님, 학교로 전보를 칠 생각이라면, 그곳 사람들한테 수사가 거짓 단서를 쫓아서 아직도 리버풀이나 다른 어딘가에서 진행되고 있는 것처럼 말해 두는 게 좋을 겁니다. 나는 그동안에 현장에서 조용히 일을 처리하겠습니다. 아직 냄새가 완전히 사라지진 않았을 테니 왓슨과 나 같은 늙은 사냥개라면 단서를 포착할 수 있을 겁니다.”

그날 저녁, 우리는 헉스터블 박사의 유명한 학교가 자리 잡고 있는 잉글랜드 북부에 가서 그곳의 차갑고 상쾌한 공기를 호흡했다. 우리가 그곳에 도착한 것은 이미 어두워진 다음이었다. 홀의 탁자 위엔 명함이 한 장 놓여 있었는데, 집사가 헉스터블 박사에게 뭔가

를 속삭이자, 박사는 선 굵은 얼굴에 잔뜩 긴장한 빛을 띠고 우릴
향해 돌아서서 말했다.

"공작님이 와 계시는군요. 공작님과 월더 씨가 서재에서 기다리
고 계십니다. 신사분들, 따라오십시오. 내가 소개해 드리겠습니다."

물론 나는 유명한 정치가 공작의 얼굴을 사진을 통해 많이 보았
지만, 실물은 초상화와 많이 달랐다. 공작은 키가 크고 위엄이 넘치
는 인물이었는데, 빈틈없는 옷차림에 얼굴은 수척하고 긴 코는 기
괴한 모양으로 구부러져 있었다. 죽은 사람처럼 창백한 얼굴이 순
백의 조끼 위로 길게 늘어뜨린 선명한 빨간색 턱수염과 충격적인

대조를 이루었다. 긴 수염 사이로는 시곗줄이 빛을 발했다. 헉스터블 박사의 벽난로 앞 깔개 가운데 서서, 무표정하게 우릴 응시하고 있는 위풍당당한 인물의 모습은 이와 같았다. 옆에는 새파랗게 젊은 청년이 서 있었는데, 나는 그가 개인 비서 월더일 거라고 짐작했다. 그는 작은 키에 날카롭고 기민해 보였고 총기가 번득이는 연푸른 눈에 표정은 풍부했다. 지체 없이 신랄하고 독단적인 말투로 입을 연 것은 바로 이 청년이었다.

"헉스터블 박사, 나는 오늘 아침에 박사의 런던행을 만류하러 왔지만 한발 늦었습니다. 나는 박사가 셜록 홈즈 선생에게 이 사건을 의뢰할 목적으로 런던에 갔다는 얘기를 들었습니다. 헉스터블 박사, 공작 예하께서는 박사가 한마디 상의도 없이 그런 조처를 취한 것에 대해 경악을 금치 못하고 계십니다."

"나는 경찰이 추적에 실패했다는 얘기를 듣고……."

"예하께서는 절대로 경찰이 실패했다고 생각하지 않으십니다."

"하지만 월더 씨, 분명히……."

"헉스터블 박사, 아시다시피 예하께서는 사생활의 노출을 피하기 위해 각별히 애쓰고 계십니다. 사생활의 비밀이 더 이상 퍼지지 않기를 원하시는 겁니다."

"문제는 간단하게 해결할 수 있습니다."

박사가 풀 죽은 얼굴로 말했다.

"셜록 홈즈 선생이 내일 아침 기차 편으로 런던으로 돌아가면 되지요."

"그럴 수야 없지요. 박사님, 그럴 수야 없습니다."

홈즈는 한껏 부드러운 목소리로 말했다.

"여기 북부 지방의 공기는 상쾌하기 그지없으니, 이곳의 황무지에서 며칠간 지내기로 하겠습니다. 제가 박사님의 지붕 밑에 여장을 풀 것인지 마을 여관으로 갈 것인지는 물론 박사님이 결정하실 문제입니다만."

불운한 박사는 어쩔 줄 몰라 했지만 붉은 수염을 기른 공작이 저녁 식사를 알리는 종소리처럼 굵고 낭랑한 목소리로 박사를 난처한 지경에서 구해 주었다.

"헉스터블 박사, 윌더 씨 말마따나 나는 박사가 나와 상의하는 편이 현명했을 거라고 생각하오. 하지만 기왕 홈즈 선생이 사실을 다 알게 된 마당에 선생의 도움을 거절하는 것은 어리석은 일이 될 거요. 홈즈 선생, 여관일랑 그만두고 홀더니스 홀에 와서 머물러주기 바라오."

"호의에 감사드립니다. 하지만 조사 활동을 위해서 사건 현장에 머무르는 게 더 나을 것 같습니다."

"홈즈 선생, 그건 좋을 대로 하시오. 궁금한 게 있으면 주저 없이 질문하시오. 물론 윌더 씨와 나는 기꺼이 협조할 거요."

"나중에 홀더니스 홀로 공작님을 찾아뵙게 될 겁니다. 지금은 아드님의 불가사의한 실종과 관련해서 혹시 마음속으로 짚이는 것이 있는지 공작님께 여쭙고 싶습니다."

"없소. 그런 것은 없소이다."

“실례지만, 듣기에 괴로우실 말씀을 한마디 올려야겠습니다. 공작님께서는 공작 부인이 이 사건과 어떤 식으로든 관련됐을 거라고 생각하십니까?”

대정치가는 눈에 띄게 망설이다가 마침내 대답했다.

“그렇게 생각하지 않소.”

“또 한 가지, 쉽게 상상할 수 있는 가능성은 누군가 몸값을 뜯어낼 목적으로 아드님을 유괴했을지 모른다는 것입니다. 혹시 그런 요구는 없었습니까?”

“없었소.”

“한 가지 더 있습니다. 저는 예하께서 이 사건이 발생한 날 아드님에게 편지를 쓰셨다고 들었습니다.”

“그렇지 않소. 편지를 쓴 건 그 전날이오.”

“옳습니다. 하지만 아드님께서 편지를 받은 건 사건 당일이었지요?”

“그렇소.”

“혹시 편지에 아드님에게 혼란을 유발할 만한, 아니면 그런 행동을 하도록 유도할 만한 내용이 들어 있었습니까?”

“아니요. 그런 건 절대로 없었소.”

“그 편지를 직접 부치셨습니까?”

중간에 대답을 채뜨린 것은 비서였다. 비서는 흥분한 말투로 끼어들었다.

“예하께서는 직접 편지를 부치는 일 같은 건 하지 않으십니다. 그 편지는 서재 책상에 다른 편지와 같이 놓여 있었고, 내가 그걸 우편 낭에 넣었습니다."

"그 편지가 분명히 다른 편지와 같이 있었습니까?"

"그렇습니다. 내 눈으로 직접 보았지요."

"예하께서는 그날 편지를 몇 통이나 쓰셨습니까?"

"이삼십 통 정도. 나는 서신 왕래를 많이 하오. 하지만 그건 관계 없는 일 아니오?"

"꼭 그렇지만은 않습니다."

홈즈가 말했다.

"나는 경찰에게 남부 프랑스에 주목하라고 권고했소."

공작은 말을 계속했다.

"아까도 말했듯이 난 공작 부인이 그런 터무니없는 행동을 하도록 부추겼다고 생각하지는 않소. 하지만 그 녀석은 고집불통이라서, 그 독일인의 충동질과 도움으로 제 엄마가 있는 곳으로 달아났을지도 모르오. 헉스터블 박사, 우린 이제 홀더니스 홀로 돌아가야겠소."

홈즈는 묻고 싶은 게 더 있는 눈치였지만 귀족의 무뚝뚝한 태도로 보아 면담은 끝났다는 걸 알 수 있었다. 공작의 지극히 고고한 성격에 비추어보았을 때 내밀한 가정사를 남과 논의하는 일이 극히 꺼림칙했을 게 분명했고, 새로운 질문이 나올 때마다 조심스럽게 가려놓은 가문의 치부가 백일하에 드러나지 않을까 두려웠을 것이다.

귀족과 비서가 떠나자 내 친구는 당장 특유의 열정을 발휘하여 사건 조사에 뛰어들었다.

소년의 방을 꼼꼼히 살펴보았지만, 나갈 수 있는 길이 창문밖에 없다는 사실을 재확인한 것 말고는 별무소득이었다. 독일어 교사의 방과 소지품에서는 아무런 단서도 찾지 못했다. 하이데거 선생의 경우는 담쟁이덩굴이 그의 몸무게를 지탱하지 못하고 벽에서 뜯겨나가 있었는데, 각등의 불빛으로 비춰보니 그가 뛰어내릴 때 발꿈치 부분이 잔디 위에 팬 것이 보였다. 짧은 녹색 잔디 위에 움푹 팬 발자국 하나가 이 이해할 수 없는 야반도주의 유일한 물증이었다.

셜록 홈즈는 혼자서 집을 나갔다가 밤 열한시가 넘어서야 돌아왔다. 그는 이 일대를 그린 커다란 측량 지도 한 장을 구해 갖고 내 방으로 들고 왔다. 그리고 지도를 침대 위에 펼쳐놓더니 지도 가운데에 등잔불을 조심스레 올려놓은 다음, 그 위로 담배 연기를 풀풀 뿜어내기 시작했다. 그리고 이따금씩 연기가 피어오르는 호박 파이프로 이곳저곳을 가리켰다.

"왓슨, 이 사건은 점점 흥미로워지는군. 이 사건과 관련해서 흥미로운 요소들이 몇 가지 있네. 본격적인 조사에 들어가기 전에 이곳 지리를 익혀두는 게 좋을 거야. 조사를 하는 데 꼭 필요할지도 모르니까 말이야.

이 지도를 보게. 빗금 친 네모 칸이 프라이어리 학교일세. 여기다 핀을 꽂아놓겠네. 자, 이 선이 도로일세. 이 도로는 학교 앞을 지나 동서로 뻗어 있지. 도로 어느 쪽으로든 1.5킬로미터가량은 샛길이 없네. 그 두 사람이 길을 따라갔다면, 그것은 바로 이 길이었을 걸세."

"맞아."

"그런데 천만다행으로, 우리는 그날 밤에 이 길을 지나간 사람들을 어느 정도까지는 확인할 수 있네. 지금 내가 파이프로 가리키고 있는 이 지점에서, 한 시골 경관이 밤 열두시에서 아침 여섯시까지 근무를 섰네. 보다시피 여기는 동쪽 방향으로 첫 번째 샛길이 갈라

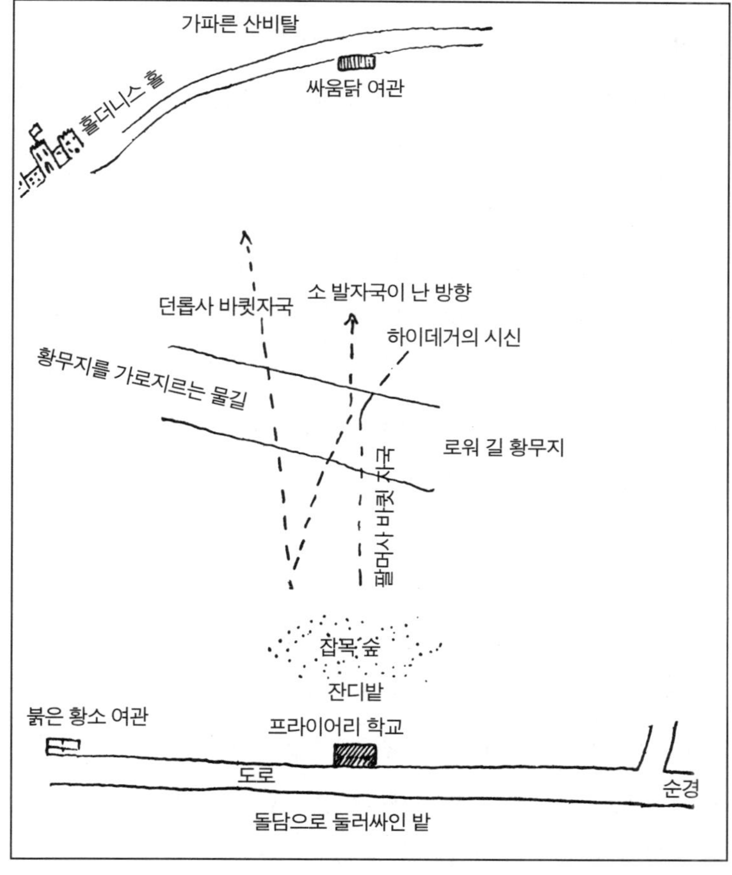

홈즈가 그린 학교 주변 지도

지는 길목이거든. 그 경관은 잠시도 초소를 비운 적이 없다며, 아이든 어른이든 자기 눈에 띄지 않고 그 길을 지나갈 수는 없었다고 장담하더군. 아까 그 사람을 만나 얘기해 보았는데 내 느낌에는 전적으로 믿을 만한 사람 같았어. 그럼 이쪽은 아니라는 거지. 이제는 반대쪽을 살펴봐야 하네. 이쪽에는 '붉은 황소'라는 여관이 있는데, 그날 안주인이 병이 났다네. 여관 안주인은 의사를 부르러 맥클턴에 사람을 보냈지만, 의사가 다른 환자 때문에 집을 비운 바람에 심부름 간 사람은 다음 날 아침이 돼서야 돌아왔지. 그래서 여관 사람들은 밤새도록 자지 않고 사람이 오기를 기다렸네. 한두 사람은 계속 길 쪽을 내다보고 있었던 것 같더군. 그 집 사람들도 그날 밤에 길을 지나간 사람이 없었다고 장담하고 있네. 그들의 증언이 옳다면 우리는 다행히 서쪽은 생각하지 않아도 되고, 아울러 도망자들이 도로를 이용하지 않았다는 결론을 내릴 수 있게 되네."

"하지만 자전거는 어떻게 하고?"

나는 이의를 제기했다.

"정말 그렇군. 자전거 얘기는 조금 있다 나올 걸세. 추리를 계속해 보세나. 만일 두 사람이 도로를 따라가지 않았다면, 학교 북쪽이나 남쪽을 바라보고 들판을 가로질러 갔다는 얘기가 되지. 그건 확실해. 그럼 두 가지 가능성을 견주어보기로 할까? 보다시피 학교의 남쪽 방향은 드넓은 경작지인데, 돌담을 쌓아 작은 밭으로 구획해 놓았네. 이쪽으로 자전거의 통행이 불가능하다는 건 물으나 마나일세. 그러니 남쪽은 제쳐놓을 수 있지. 이제 북쪽 벌판을 보기로 하지. 여기는 '잡목 숲'이라는 작은 숲이고, 그 너머는 '로워 길 황무지'라는 울퉁불퉁한 넓은 황야라네. 길이는 15킬로미터가량 되는데 전체적으로 완만한 경사를 이루면서 지대가 높아지네. 이 황야 한쪽에 홀더니스 홀이 있는데, 도로를 따라가면 15킬로미터이지만, 황야를 질러 가면 10킬로미터 거리밖에 안 돼. 이곳은 유난히 황량한 평원일세. 황야의 자작농 서넛이 이곳의 작은 땅에 양과 가축을 키우고 있지. 이들을 빼면 체스터필드 도로에 이를 때까지 황야의 거주자들은 물떼새와 마도요뿐일세. 보다시피 이쪽엔 교회와 농가 몇 채, 그리고 여관 하나가 있네. 그 너머는 경사가 급한 산들이지. 우리가 조사해야 할 곳은 학교 북쪽이 틀림없네."

"하지만 자전거는?"

나는 끈질기게 물었다.

"알았네, 알았어!"

홈즈는 성급하게 말했다.

"자전거를 잘 타는 사람이라면 꼭 도로로 가야 하는 건 아닐세. 황야에는 여러 개의 길이 교차하고 있는데 마침 그날 밤에는 보름달이 떴네. 아니! 이게 누구십니까?"

다급하게 문 두드리는 소리가 들리더니 헉스터블 박사가 방 안으로 들어섰다. 그는 챙에 하얀 갈매기 표시가 붙어 있는 푸른 크리켓 모자를 들고 있었다.

"이제야 단서를 잡았습니다!"

박사는 소리쳤다.

"이렇게 감사한 일이! 우린 이제야 소중한 아드님의 흔적을 찾아낸 겁니다! 이게 샐타이어 경의 모자입니다."

"그건 어디서 찾았습니까?"

"황무지에서 야영했던 집시들의 마차에서. 집시들은 화요일에 출발했습니다. 경찰은 오늘 그들을 쫓아가서 포장마차를 뒤졌지요. 그리고 이걸 찾아낸 겁니다."

"집시들은 뭐라고 설명하던가요?"

"그것들은 대충 얼버무리다가 거짓말을 했습니다. 화요일 아침에 황무지에서 이걸 주웠다나 하면서 말입니다. 하지만 분명히 샐타이어 경이 어디 있는지 알고 있을 겁니다. 나쁜 것들! 다행히도 모두 꼼짝없이 감방에 갇혔지요. 법이 무서워서든, 아니면 공작님의 지갑의 힘으로든, 알고 있는 걸 몽땅 털어놓고 말 겁니다."

박사가 마침내 방을 나가자 홈즈가 말했다.

"지금까지는 그런대로 괜찮았네. 최소한 우리가 희망을 걸어야 하는 곳이 로워 길 황야 쪽이라는 가설이 확인됐으니까 말이야. 경찰에서는 집시들을 체포한 걸 빼면 사실상 이곳에서 한 일이란 아무것도 없어. 왓슨, 여길 좀 보게! 황야를 가로지르는 물길일세. 여기 지도에 수로 표시가 보이지? 이 수로는 여기저기서 폭이 넓어지며 습지를 이루지. 특히 홀더니스 홀과 학교 사이가 그렇다네. 이렇게 건조한 계절에 두 사람의 흔적을 찾아서 황야를 헤매는 건 부질없는 짓이지만, 그래도 습지에는 어떤 자취가 남아 있을 가능성이 크지. 내일 아침에 일찌감치 이 방으로 오겠네. 우리 둘이서 사건의 단서를 찾아낼 수 있는지 보기로 하세."

내가 잠이 깬 것은 막 동이 틀 무렵이었다. 키가 크고 비쩍 마른 홈즈가 머리맡에 서 있었다. 그는 옷을 다 입고 있었는데 벌써 밖에 나갔다 온 것이 분명했다.

"잔디밭하고 자전거 창고를 보고 왔네. 또 잡목 숲도 거닐다 왔지. 자, 왓슨, 옆방에 코코아가 준비돼 있어. 오늘은 할 일이 산더미 같으니까 서둘러주면 좋겠어."

자신의 작품이 완성되는 것을 지켜보는 장인처럼 홈즈의 눈은 흥분으로 빛났고 두 뺨은 붉게 상기되었다. 이렇게 활동적이고 기민한 모습의 홈즈는, 베이커가의 그 내향적이고 창백한 몽상가와는 완전히 다른 사람 같았다.

하지만 하루의 시작은 암담할 정도로 실망스러웠다. 우리는 드높은 희망을 품고 양 떼가 수없이 많은 길을 내놓은 토탄질의 적갈색 황무지를 지나 홀더니스와 학교 사이의 습지에 도착했다. 습지는 연초록의 넓은 띠를 이루고 있었다. 소년이 집으로 갔다면 반드시 이쪽을 지났을 터이고, 그랬다면 뭔가 자취를 남겼을 것임에 틀림없었다. 하지만 아이나 독일어 교사의 자취는 찾아볼 길이 없었다. 내 친구는 어두운 얼굴로 습지의 가장자리를 따라 성큼성큼 걸으며 질척한 땅에 남아 있는 발자국을 하나도 빼놓지 않고 자세히 살펴보았다. 양 떼의 발자국은 무수히 많았는데, 몇 킬로미터 내려가자 한 군데에서는 소 떼가 걸어간 발자국도 남아 있었다. 그뿐이었다.

"여기가 끝이로군."

홈즈는 물결치는 드넓은 황야를 우울하게 쳐다보며 말했다.

"저 아래쪽에도 습지대가 있는데 그 사이는 좁아져 있어. 어렵쇼!
어렵쇼! 어렵쇼! 이게 뭐지?"

우리는 검은 띠처럼 보이는 좁은 길을 만났다. 그런데 축축한 토
양 한가운데 자전거 바큇자국이 선명하게 찍혀 있지 뭔가. 나는 소
리쳤다.

"만세! 드디어 찾았군."

하지만 홈즈는 고개를 절레절레 흔들었다. 그의 얼굴에 기쁨보다
는 곤혹스러움과 관망의 빛이 떠올라 있었다.

"자전거는 맞아. 그런데 그 자전거는 아니로군. 나는 42종의 자전
거 바큇자국을 구분할 수 있네. 보다시피 이건 바깥 덮개에 고무를
덧댄 던롭사 제품일세. 그런데 하이데거 선생의 바퀴는 세로줄 무
늬가 있는 팔머사 제품이거든. 수학을 가르치는 아벨링 선생이 확
인해 준 사실이지. 그러니 이건 하이데거의 자전거 자국이 아닐세."

"그럼, 아이 자전거?"

"그 애한테 자전거가 있었다는 사실을 증명할 수 있다면, 그럴 수
도 있겠지. 하지만 그건 이미 완전히 실패한 일 아닌가. 보다시피 이
건 학교 쪽에서 달려온 바큇자국일세."

"아니면 학교 쪽으로 간 자국일 수도 있겠지?"

"아니, 그건 절대로 아닐세. 물론 좀 더 깊이 팬 쪽은 몸무게가 실
리는 뒷바퀴라네. 자, 뒷바퀴가 지나가면서 좀 얕게 팬 앞바퀴 자국
이 완전히 지워진 게 여기저기 보이지? 학교 쪽에서 달려온 것이 분

명하군. 이건 사건과 관련이 있을 수도 있고 없을 수도 있지만 우선 자전거가 온 곳으로 바큇자국을 따라가보세.”

우리는 그렇게 했는데, 수백 미터를 가자 습지가 끝나면서 바큇자국은 사라졌다. 그러나 길을 계속 거슬러 올라가자 물이 졸졸 흐르는 곳이 다시 나왔다. 여기서 다시 자전거 바큇자국이 나타났지만, 소 발자국이 그 위를 밟고 지나가 완전히 지워지다시피 했다. 그 후에는 아무 흔적도 없었고 좁은 길은 학교와 인접해 있는 잡목 숲 안으로 곧장 들어갔다. 자전거는 그 숲에서 나온 것임에 틀림없었다. 홈즈는 바위에 걸터앉아 두 손으로 턱을 괴었다. 그리고 내가 담배를 두 대나 피울 때까지 꼼짝 않고 있었다.

홈즈는 마침내 입을 열었다.

“여보게, 물론 교활하기 짝이 없는 어떤 녀석이 엉뚱한 바큇자국을 남기려고 자전거 바퀴를 다른 것으로 갈아 끼웠는지도 몰라. 사실 그만한 꾀를 부릴 줄 아는 범죄자라면 내가 상대해 줄 만하지. 하지만 이 문제는 나중에 생각해 보기로 하고 다시 습지로 나가보세. 아직 살펴보지 않은 곳이 많으니까 말이야.”

우리는 황무지의 습지를 따라가며 꼼꼼히 조사했는데 끈질긴 노력에는 곧 빛나는 보상이 따랐다. 진창길 한 줄기가 습지 아래쪽을 가로지르고 있었다. 그곳으로 다가가던 홈즈가 환호성을 질렀다. 길 가운데 전신줄 다발 무늬 같은 것이 찍혀 있었다. 그것은 팔머사 바큇자국이었다.

“이제 보니 하이데거 선생이 여길 지나갔군!”

홈즈는 의기양양하게 소리쳤다.

"어때, 내 추리가 멋지게 들어맞았지?"

"축하하네."

"하지만 아직도 갈 길이 멀어. 미안하지만 그 길에서 비켜서게. 자, 이제 이 바퀴자국을 따라가는 거야. 그렇게 멀리 갈 필요는 없을 것 같아."

하지만 길을 따라가보니, 황무지의 이쪽 부분에는 메마른 땅이 교차하고 있어서 바퀴자국은 자주 사라졌지만 반드시 다시 나타나곤 했다.

홈즈가 말을 건넸다.

"여보게, 자전거를 탄 사람이 속력을 낸 것이 보이나? 그건 분명하군. 자, 이쪽을 보게. 앞바퀴와 뒷바퀴 자국이 둘 다 선명하게 찍혀 있네. 바퀴자국이 팬 정도가 똑같아. 이건 바로 자전거를 탄 사람이 전속력으로 달리기 위해 핸들 쪽으로 무게 중심을 옮겼다는 것을 의미하네. 저런! 쓰러졌었군."

길에 덩치 큰 물체가 나뒹군 자국이 남아 있었다. 그리고 발자국이 서너 개 찍혀 있었고 다시 자전거 바퀴자국이 나타났다.

"옆으로 굴렀나 봐."

나는 의견을 말했다.

홈즈는 꽃송이가 매달린 채 찌부러진 가시금작화 줄기를 집어 들었다. 끔찍하게도 노란 꽃송이가 온통 시뻘건 피로 물들어 있었다. 길에도, 그리고 히스 덤불에도 거뭇한 피가 엉겨 있었다.

홈즈가 말했다.

"불길하군! 불길해! 왓슨, 물러서게! 불필요한 발자국을 남기지 말고! 여기서 무슨 일이 있었을까? 그 사람은 상처를 입고 쓰러졌다가 일어나서 다시 자전거에 올라타고 앞으로 갔네. 하지만 다른 발자국은 없군. 이쪽 길옆에는 소 발자국뿐일세. 쇠뿔에 받혔을 리는 없을 텐데? 그건 말도 안 되지! 하지만 다른 사람의 발자국은 전혀 없어. 왓슨, 계속 가보세. 바큇자국뿐 아니라 핏자국도 있으니 다친 사람이 간 곳을 알아내는 건 식은 죽 먹기일세."

우리는 그리 오래 찾지 않았다. 바큇자국은 축축이 젖어서 반짝거리는 길 위에 이상한 모양으로 곡선을 그리기 시작했다. 갑자기 무성한 가시금작화 덤불 속에서 금속성으로 빛나는 것이 시선을 끌었다. 우리는 덤불 속에서 팔머사 타이어가 달린 자전거를 끄집어냈다. 한쪽 페달은 휘어 있었고 앞부분은 끔찍하게 피로 칠갑을 하고 있었다. 덤불 저쪽에는 신발 한 짝이 삐죽이 튀어나와 있었다. 그곳으로 달려가보니 자전거를 타고 온 불운한 사내가 누워 있었다. 사내는 키가 컸고 수염을 더부룩하게 기른 데다 안경을 쓰고 있었는데, 안경알 하나는 빠져 달아나고 없었다. 흉기로 머리를 맞아 두개골 일부가 함몰된 것이 사망 원인이었다. 그렇게 중상을 입고도 자전거를 타고 계속 달린 걸 보아하니 체력과 담력이 보통이 아니었던 듯했다. 그는 신발을 신고 있었지만 맨발이었고, 웃옷 단추를 채우지 않아 속에 입은 잠옷이 드러나 있었다. 독일어 교사가 분명했다.

홈즈는 경건한 손길로 시신을 돌려 눕히고 자세히 살펴보았다. 그리고 잠시 동안 앉아서 골똘히 생각에 잠겼는데, 이맛살을 찌푸리고 있는 것으로 보아 이 끔찍한 발견이 수사의 진전을 크게 앞당길 거라고 생각하지 않는 것이 분명했다.

"왓슨, 이제 어떻게 해야 할지 감이 안 잡히는군."

마침내 그는 입을 열었다.

"내 생각 같아서는 조사를 그냥 밀고 나가고 싶네. 벌써 시간이 많이 지났기 때문에 더 이상 시간을 낭비할 수가 없으니까 말이야. 하지만 경찰에 통지해서 이 가엾은 선생의 시신을 옮기도록 해야 할 것 같단 말씀이야."

"내가 연락하지."

"하지만 나는 자네 도움이 필요하거든. 잠깐! 저기서 누가 토탄을 캐고 있군. 저 사람을 이리 데리고 오게. 저 사람한테 경찰을 부르라고 하면 되겠어."

나는 농부를 데려왔고, 홈즈는 겁에 질린 사내의 손에 헉스터블 박사에게 보내는 편지를 들려주었다.

"자, 왓슨, 우린 오늘 아침에 두 가지 단서를 찾아냈네. 하나는 팔머사 바퀴가 달린 자전거인데, 지금 우린 그걸 따라서 여기까지 왔지. 다른 하나는 고무를 덧댄 던롭사 바퀴를 단 자전거일세. 그런데 그것에 대한 조사를 시작하기 전에, 우리가 지금 알고 있는 게 무엇인지 생각해 보고 본질적인 사실과 부차적인 사실을 나눠보기로 하지.

우선, 나는 그 소년이 제 발로 나간 것이 분명하다고 생각하네. 그 아이는 창문으로 내려와서 도망쳤는데, 혼자였을 수도 있고 아니면 누군가 옆에 있었을 수도 있네. 그건 틀림없어."

나는 고개를 주억거렸다.

"자, 다음엔 이 불운한 독일어 교사에 대해 생각해 볼까? 소년은 도망칠 때 옷을 다 입고 있었네. 따라서 그 애는 자신이 무슨 일을 할 것인지 미리 알고 준비했던 것이 분명해. 하지만 하이데거 선생은 양말도 안 신고 나갔네. 아주 급하게 움직인 것이지."

"옳은 말이야."

"그런데 하이데거 선생은 왜 나갔을까? 그것은 침실 창문을 통해 소년이 도망치는 모습을 봤기 때문이었네. 선생은 아이를 잡아서 데려오려고 했지. 그래서 자전거를 타고 아이를 쫓아갔다가 결국 죽게 된 걸세."

"필시 그랬을 거야."

"이제부터가 내 주장의 핵심일세. 어른이 아이를 쫓아갈 때는 보통 뛰어간다네. 뛰면 아이를 잡을 수 있다는 걸 아니까 말이야. 하지만 독일어 선생은 그렇게 하지 않았어. 자전거를 가지러 갔지. 나는 하이데거 선생이 자전거를 굉장히 잘 탄다는 얘기를 들었네. 아이가 뭔가 빠른 운반 수단을 타고 도망치지 않았다면, 선생이 그렇게 하지는 않았을 걸세."

"아까 그 자전거를 타고 갔나 보군."

"계속 사실을 재구성해 보세. 하이데거 선생은 학교에서 8킬로미터 떨어진 곳에서 살해됐네. 잘 들어두게, 그는 어린애라도 쏠 수 있는 총에 맞은 것이 아니라 힘 좋은 어른이 무지막지하게 휘두른 흉기에 가격당했지. 그렇다면 도망치는 아이에게는 동행이 있었다는 얘기가 되는 거야. 그리고 도망치는 속도가 아주 빨랐지. 능숙한 자전거 선수가 쫓아오기 전에 벌써 8킬로미터나 달렸으니까 말이야. 우리는 참극의 현장을 둘러보았지만 찾아낸 게 뭐지? 소 발자국 몇 개, 그뿐일세. 나는 이 일대를 자세히 둘러봤지만 50미터 이내에는 길이 없네. 저쪽으로 자전거를 타고 간 사람이 살인을 저지를 수는 없었고, 그런데 이 근처에 다른 사람 발자국은 없단 말이야.”

“홈즈, 그건 도저히 있을 수 없는 일이야.”

나는 소리쳤다.

“좋은 얘기로군! 정말 훌륭한 지적이야. 자네 말마따나 그런 일은 도저히 있을 수 없지. 그렇다면 내 말에 어딘가 틀린 부분이 있는 것이 분명하네. 자네도 그걸 느꼈어. 어때, 어디가 틀렸는지 말해 줄 수 있나?”

“혹시 자전거에서 떨어져 머리가 골절된 게 아닐까?”

“여보게, 습지에서?”

“도대체 뭐가 뭔지 모르겠군.”

“쯧쯧, 우린 그보다 더 어려운 문제도 해결했네. 우리한테 적어도 자료는 많아. 그걸 이용할 수만 있다면 말일세. 자, 그럼 팔머에 대해서는 충분히 조사했으니까, 바깥 덮개에 고무를 덧댄 던롭사 자전거 바퀴가 무엇을 말해 주는지 보기로 할까.”

우리는 던롭의 바큇자국을 찾아서 그것의 진행 방향을 따라가보았지만 지대가 점점 높아지면서 히스로 뒤덮인 긴 언덕이 나왔다. 습지는 완전히 사라졌고 자전거 바큇자국을 찾는 일은 더 이상 희망이 없었다. 던롭사의 바큇자국이 마지막으로 찍혀 있는 지점에서는, 왼쪽으로 몇 킬로미터 떨어진 곳에 웅장하게 솟아 있는 홀더니스 홀로도 갈 수 있었고, 아니면 체스터필드 도로변에 낮게 엎드려 있는 회색 마을로도 갈 수 있었다.

　문 위에 '싸움닭'이라는 간판이 걸려 있는 음침하고 누추한 여관을 향해 가는데, 홈즈가 갑자기 "억!" 하고 소리를 지르더니 비틀거리며 내 어깨를 붙잡았다. 심하게 발을 접질리는 바람에 힘을 쓸 수 없게 된 것이다. 여관 문 앞까지 그는 절룩거리며 간신히 걸어갔는데, 문 앞에선 시커먼 얼굴에 키가 작고 늙수그레한 사내가 검은 도자기 파이프를 피우고 있었다.

　"안녕하십니까, 루빈 헤이스 씨?"

　홈즈가 말했다.

　"당신 누군데 남의 이름자를 그리 잘 아시오?"

　촌사람은 교활한 눈에 의심스러운 빛을 띠고 대꾸했다.

　"아, 그 이름이 당신 머리 위의 간판에 쓰여 있군요. 그리고 집안의 주인을 알아보는 건 쉬운 일이니까요. 혹시 마구간에 마차 같은 건 없겠지요?"

　"없소."

　"나는 지금 땅에 발을 딛기도 힘든 지경입니다."

　"그럼 발을 딛지 마시오."

　"그러면 걸을 수가 없습니다."

　"그렇소? 그럼 한 발로 뛰시구려."

　루빈 헤이스의 태도는 정중함과는 거리가 멀었지만 홈즈는 놀랄 만큼 싹싹하게 굴었다.

　"주인장, 날 좀 보십시오. 지금 정말 꼴불견으로 보이지 않습니까. 물론 나는 신경 쓰지 않지만 말입니다."

"나도 관심 없소."

깐깐한 여관 주인이 말했다.

"정말 중요한 일 때문에 그렇습니다. 자전거를 빌려주면 1파운드 금화를 드리지요."

그러자 여관 주인은 관심을 나타냈다.

"대체 어딜 가시려고?"

"홀더니스 홀."

"공작 귀하의 친구들이신가?"

여관 주인은 야릇한 눈초리로 우리의 진흙투성이 옷을 찬찬히 살피며 말했다.

홈즈는 넉살 좋게 웃었다.

"어쨌든 그분은 우릴 보면 반가워하실 겁니다."

"왜?"

"실종된 아드님 소식을 갖고 왔으니까요."

여관 주인은 화들짝 놀랐다.

"뭐라고? 아들 소식을?"

"아드님은 리버풀에 있다고 합니다. 조만간 찾게 될 겁니다."

수염이 더부룩하게 자란 음산한 얼굴이 금세 다른 표정으로 바뀌었다. 여관 주인은 갑자기 친절해졌다.

"난 공작 귀하가 다른 사람들보다 특별히 잘되기를 바랄 이유가 없는 사람이오."

여관 주인은 말했다.

"나는 전에 그의 수석 마부로 있었는데 지독하게 형편없는 대접을 받았지. 그는 거짓말쟁이 잡곡상의 말만 듣고 추천장도 써주지 않고 나를 내쫓았소. 하지만 어린 아드님이 리버풀에 있다는 소식을 들으니 나도 기분이 좋군. 그 소식을 홀더니스에 전할 수 있도록 도와주리다."

"감사합니다. 우린 먼저 식사를 좀 해야겠습니다. 자전거는 그다음에 갖다주십시오."

홈즈가 말했다.

"나한테는 자전거가 없대도."

홈즈는 1파운드 금화를 꺼냈다.

"여보쇼, 여긴 자전거가 없다는데 왜 자꾸 그러는 거요. 홀더니스까지라면 말 두 필을 빌려주지."

"허 참, 그 얘기는 뭘 좀 먹고 나서 합시다."

바닥에 돌을 깐 부엌에 단둘이 남게 되었을 때, 홈즈의 접질린 발목이 얼마나 빨리 낫는지 눈이 휘둥그레질 정도였다. 벌써 저녁때가 다 됐지만 우린 이른 아침에 식사를 한 뒤 그동안 내처 굶었기 때문에 식사를 하는 데 시간이 좀 걸렸다. 홈즈는 골똘히 생각에 잠겼고 한두 번은 창가로 다가가 유심히 밖을 내다보았다. 부엌 창문에서는 지저분한 안마당이 내다보였다. 안마당 끄트머리에는 대장간이 있었고 새카맣게 때에 전 청년이 일하고 있었다. 반대편에는 마구간이 있었다. 홈즈는 이렇게 창밖을 살피고 다시 식탁 앞에 앉았다가 갑자기 고함을 지르며 벌떡 일어섰다.

"이럴 수가, 왓슨, 이제야 알겠군! 맞아맞아. 틀림없어. 왓슨, 자네 오늘 소 발자국을 봤던 거 기억하나?"

"응. 몇 번 봤지."

"어디서?"

"글쎄, 여기저기서. 습지에서도 봤고 황무지 길에서도 봤고 가엾은 하이데거가 피살당한 현장에서도 봤네."

"바로 그걸세. 그런데 여보게, 황무지에 소가 몇 마리나 있던가?"

"소를 본 기억은 없는데."

"왓슨, 가는 곳마다 소 발자국이 널렸는데, 정작 황무지에는 소가 한 마리도 없다니 이상한 일 아닌가. 정말 이상하지? 왓슨, 안 그래?"

"그래, 이상하군."

"자, 왓슨, 기억을 되살려보게. 자네 황무지 길의 소 발자국 기억나지?"

"응, 기억나네."

"왓슨, 그 발자국은 가끔 이런 식이었지."

홈즈는 빵 부스러기를 긁어모아 다음과 같은 모양으로 배열했다.

: : : : :

"그리고 어떤 때는 이런 모양이었고."

: : : : : :

"이런 모양인 적도 있었어."

· · · · ·

"어때, 기억나나?"

"아니, 기억 안 나는데."

"하지만 나는 기억나네. 맹세할 수 있어. 하지만 그건 나중에 시간 있을 때 다시 가서 확인해 보기로 하세. 그걸 보고도 결론을 내리지 못했으니 난 정말 한 치 앞도 못 보는 딱정벌레였어."

"그럼 지금은 어떤 결론을 내렸나?"

"그 소는 걷다가 느린 구보로 달리다가 갤럽(말이 단속적으로 네 발을 땅에서 떼고 전속력으로 달리는 걸음 — 옮긴이)으로 달리는 별난 소라는 걸세. 맙소사! 왓슨, 그렇게 교묘한 속임수가 시골뜨기 술집 주인의 머리에서 나왔을 리는 없네. 밖에 대장간 청년 말고는 아무도 없는 것 같군. 슬쩍 나가서 한번 둘러보세."

다 쓰러져가는 마구간에는 털이 헝클어진, 지저분한 말 두 필이 서 있었다. 홈즈는 그중 한 마리의 뒷다리를 들어보고 큰 소리로 웃음을 터뜨렸다.

"편자는 낡았는데 박은 지는 얼마 안 됐어. 낡은 편자에 새 못이 박혀 있군. 이번 사건은 가히 고전의 반열에 오르겠구먼. 그럼 대장간으로 가볼까."

청년은 우리를 본 척도 하지 않고 부지런히 일만 했다. 홈즈는 바닥에 흩어진 쇠와 나무 부스러기를 향해 연신 눈알을 굴렸다. 그런데 갑자기 뒤에서 발소리가 들리더니 여관 주인이 나타났다. 잔인한 눈빛과 잔뜩 찡그린 눈썹, 시커먼 얼굴은 울분을 이기지 못하고 부들부들 떨고 있었다. 사내가 무쇠를 박은 짤막한 단장을 들고 한 대 칠 것 같은 기세로 다가오자 주머니에 넣어둔 리볼버의 감촉이 정말 든든하게 느껴졌다.

"이 쳐 죽일 염탐꾼들 같으니라고! 지금 거기서 뭣들 하나?"

주인이 소리치자 홈즈는 싸늘하게 말했다.

"아니, 루빈 헤이스 씨, 누가 보면 우리가 뭐라도 찾아낼까 봐 주인장께서 걱정하고 있는 줄 알겠군요."

사내는 안간힘을 다해 감정을 억눌렀다. 그리고 냉혹해 보이는 입술을 일그러뜨리고 웃는 척했는데, 그것은 외려 인상을 쓴 것보다 더 섬뜩해 보였다.

"내 대장간에서 찾을 수 있는 게 있으면 찾아보시구려. 하지만 여보쇼, 난 사람들이 허락도 받지 않고 내 집을 들쑤시고 다니는 걸 좋아하지 않소. 그러니 얼른 셈을 치르고 여기서 나가는 게 좋을 거요."

"좋습니다, 헤이스 씨, 뭐 나쁜 생각이 있었던 건 아닙니다. 우린 여기 있는 말들을 구경하고 있었습니다. 하지만 걸어가는 게 나을 것 같군요. 별로 멀지는 않은 것 같으니까."

"홀더니스 정문까지는 3킬로미터도 안 되오. 왼쪽 길로 가시오."

여관 주인은 우리가 집 밖으로 완전히 나갈 때까지 음험한 눈으로 우릴 지켜보았다.

조금 걷다 보니 길이 꺾였는데 홈즈는 길모퉁이를 돌아서 여관 주인의 눈을 벗어나자마자 걸음을 멈췄다.

"그 여관에서는 사냥감의 냄새가 강하게 풍겼어. 거기서 멀어질수록 냄새가 약해지는 것 같구먼. 안 돼, 이대로는 떠날 수가 없네."

"그 루빈 헤이스라는 자가 내막을 다 알고 있는 게 분명하이. 얼굴만 봐도 악당이라는 걸 훤히 알겠더군.”

“허! 자네도 그런 인상을 받았나? 저 집에는 말이 있고 대장간이 있네. 그래, 저 싸움닭 여관은 정말 흥미로운 곳일세. 몰래 가서 다시 한번 살펴봐야겠어.”

도로 옆은 회색 석회암이 드문드문 박혀 있는 경사진 산비탈이었다. 도로를 벗어나 산을 타고 올라가다 홀더니스 홀 쪽을 흘끗 돌아보자 누군가 자전거를 타고 빠른 속도로 달려오는 게 보였다.

“왓슨! 앉아!”

홈즈는 무거운 손으로 내 어깨를 내리누르며 외쳤다. 저쪽에서 보이지 않도록 몸을 낮추자 자전거가 쌩하고 우리 앞을 지나갔다. 자욱한 먼지구름 속에서 언뜻 떠오른 것은 창백하고 불안한 얼굴이었다. 두려움이 가득한 표정에 입은 쩍 벌리고 두 눈은 정신없이 전방을 주시하고 있었다. 그것은 전날 밤에 본 단정한 인물, 제임스 윌더의 이상야릇한 희화(戲畫)처럼 보였다. 홈즈가 외쳤다.

“공작의 비서로군! 왓슨, 가세. 저자가 무슨 짓을 하는지 보자고.”

우리는 납작 엎드린 채 바위에서 바위로 옮겨 다니며 잠시 후 여관 정문이 바라다보이는 지점까지 왔다. 윌더의 자전거는 정문 옆의 담벼락에 기대 세워져 있었다. 집 안을 돌아다니는 사람은 없었고 창문에도 사람 그림자 하나 비치지 않았다. 우뚝 솟은 홀더니스 홀의 탑 너머로 해가 지면서 서서히 땅거미가 내렸다. 그런데 어스름 속에 마구간이 있는 여관 안뜰에서 마차의 측등 두 개에 불이 켜지는가 싶더니 말발굽 소리가 들리고 뒤이어 마차가 도로로 나가

체스터필드 방향으로 쏜살같이 질주하는 소리가 들렸다.

"왓슨, 자넨 저게 뭐라고 생각하나?"

홈즈가 귓속말로 물었다.

"도망가는 것 같은데."

"말 한 필짜리 이륜마차에 사람 하나가 타고 있었네. 제임스 윌더 씨는 분명히 아니었어. 그 사람은 지금 문밖으로 나왔으니까 말이야."

문이 열리며 어둠 속으로 네모진 붉은 불빛이 흘러나왔다. 불빛 한가운데 비서의 모습이 거무스름하게 떠올랐다. 비서는 고개를 앞으로 빼고 어둠 속을 내다보고 있었다. 누군가를 기다리고 있는 것이 분명했다. 그런데 갑자기 길에서 저벅저벅 발소리가 들리더니 또 다른 인물이 나타나 불빛에 잠깐 모습을 드러냈다가 집 안으로 들어갔다. 문이 닫히자 사방은 다시 깜깜해졌다. 5분 뒤 2층 어느 방에 불이 켜졌다.

"이 여관에는 정말 이상한 단골들이 드나드는 것 같군."

홈즈가 말했다.

"바는 반대쪽에 있는데."

"맞아. 저 사람들이 바로 비밀 고객들이겠지. 그런데 제임스 윌더 씨는 이런 밤 시간에 저런 소굴에서 대체 무엇을 하는 거고 방금 맞아들인 친구는 또 누구일까? 가세, 왓슨, 위험하더라도 좀 더 가까이 가서 조사해 봐야겠네."

우리 둘은 살금살금 도로로 내려가 여관 문 앞까지 기어갔다. 자전거는 아직도 담벼락에 기대 세워져 있었다. 홈즈는 성냥불을 켜

서 뒷바퀴에 갖다 댔다. 고무를 덧댄 던롭 타이어가 불빛에 드러나
자 그는 혼자서 쿡쿡 웃었다. 머리 위에는 불 켜진 창문이 있었다.

"왓슨, 저 안을 들여다봐야겠어. 자네가 자세를 낮추고 벽에 몸을
기대게. 그럼 안을 볼 수 있을 것 같군."

잠시 후 홈즈는 내 어깨를 딛고 올라섰지만 몸을 일으키는 듯하
다가 금세 다시 내려왔다.

"가세, 친구, 오늘은 정말 긴 하루였어. 모을 수 있는 정보는 죄다
모은 것 같아. 학교까지 걸어가려면 한참이니까 빨리 출발하는 게
좋겠네."

지친 다리로 황무지를 터벅터벅 걸어가는 동안 홈즈는 입을 꾹 다물고 있었고, 학교에 도착하자 곧장 안으로 들어가지 않고 전보를 치려는 듯 맥클턴 역으로 향했다. 밤늦게 홈즈가 교사의 비극적인 죽음으로 충격을 받은 헉스터블 박사를 위로하는 소리가 들려왔다. 그러더니 조금 이따가 아침에 황무지로 나갈 때와 다름없이 힘과 활력에 넘치는 모습으로 내 방으로 들어왔다.

"친구, 다 잘됐네. 내일 안으로 반드시 사건이 해결될 걸세."

다음 날 오전 열한시에 친구와 나는 홀더니스 홀의 유명한 주목 가로수 길을 걸어 올라가고 있었다. 우리는 하인의 안내를 받아 장중한 엘리자베스 양식의 문을 지나 공작 예하의 서재로 들어갔다. 서재에는 제임스 윌더 씨가 있었는데, 점잖고 품위 있는 모습은 여전했지만 살피는 듯한 시선과 경련을 일으키는 얼굴에는 전날 밤의 격심한 공포의 흔적이 그대로 남아 있었다.

"공작 예하를 뵈러 오셨습니까? 미안합니다만, 공작님께서는 몸이 좋지 않으십니다. 비극적인 소식을 듣고 몹시 상심하셨지요. 우린 어제 오후에 헉스터블 박사의 전보를 받고 두 분께서 교사의 시신을 찾아냈다는 걸 알게 됐습니다."

"윌더 씨, 나는 공작님을 만나야 합니다."

"하지만 예하께서는 지금 침실에 계십니다."

"그러면 내가 직접 올라가겠습니다."

"지금 침대에 누워 계실 겁니다."

“그럼 침대에서 만나뵙지요.”

홈즈의 차갑고 냉혹한 태도를 보고 비서는 다퉈봤자 소용없다는 걸 깨달았다.

“좋습니다, 선생이 오셨다고 예하게 말씀드리지요.”

한 시간 뒤 대귀족이 나타났다. 얼굴은 유난히 더 창백해 보였고 어깨는 구부정했는데, 내가 보기에는 전날보다 부쩍 늙어 보이는 것 같았다. 공작은 위엄 있는 태도로 우리에게 정중히 인사하고 책상 앞에 앉았다. 붉은 수염이 책상 위로 흘러내렸다.

“홈즈 선생, 무슨 일이오?”

그러나 내 친구는 주인의 의자 옆에 서 있는 비서를 뚫어지게 쳐다보고 있었다.

“공작 예하, 윌더 씨가 자리를 비켜주셔야 좀 더 자유롭게 말씀드릴 수 있겠습니다만.”

비서는 하얗게 질린 채 악의에 가득 찬 눈으로 홈즈를 흘겨보았다.

“예하께서 원하신다면…….”

“그래그래, 너는 나가봐라. 자, 홈즈 선생, 하실 말씀이 무엇이오?”

내 친구는 비서가 문을 닫고 나갈 때까지 기다렸다.

“공작 예하, 사실은 말입니다, 제 동료 왓슨 박사와 저는 이 사건에 현상금이 걸려 있다는 얘기를 헉스터블 박사님께 들었습니다. 그게 사실인지 공작님께서 직접 확인해 주셨으면 합니다.”

“홈즈 선생, 그건 사실이오.”

“제가 들은 얘기가 맞는다면, 아드님의 소재를 알려주는 사람에게 5000파운드를 내리겠다고 하셨다던데요."

"맞소."

"그리고 아드님을 유괴한 자의 이름을 알려주는 사람한테도 따로 1000파운드를 주시겠다고요?"

"맞소."

"후자에 관해 말하자면, 아드님을 유괴한 자뿐 아니라 아드님이 현재의 구금 상태를 지속하도록 공모한 사람도 포함되는 것이겠지요?"

"그렇소, 그래."

공작은 짜증스럽게 소리쳤다.

"셜록 홈즈 선생, 선생이 수사를 제대로만 한다면 나중에 인색한 대접을 받았다고 불평할 일은 없을 거요."

내 친구는 탐욕스럽게 여윈 두 손을 마주 비볐는데 그의 검박한 기질을 알고 있는 나로서는 퍽 놀라운 일이었다.

"그 책상 위에 있는 것이 공작 예하의 수표책인 듯하군요. 저에게 6000파운드짜리 수표를 끊어주시면 감사하겠습니다. 수표에 횡선을 그어주시는 게 좋겠습니다(수표의 분실 및 도난에 대비하여 일반 수표에 2줄의 횡선을 긋는 것. 지급받는 사람을 특정하는 역할을 한다—옮긴이). 제가 거래하는 은행은 캐피탈 앤 카운티스 은행의 옥스퍼드가 지점입니다."

공작 예하는 엄격한 얼굴로 꼿꼿하게 앉아서 내 친구를 무표정하게 바라보았다.

"홈즈 선생, 지금 장난하는 거요? 이건 농담할 만한 일이 아니오."

"공작 예하, 절대로 그런 것이 아닙니다. 저는 지금 아주 진지하게 말씀드리고 있습니다."

"그렇다면 선생이 하고자 하는 말이 뭐요?"

"저는 현상금을 받을 자격이 있다는 것입니다. 저는 지금 아드님이 어디 있는지뿐만 아니라 아드님을 억류하고 있는 이들이 누군지, 적어도 일부는 알고 있습니다."

공작의 얼굴이 죽은 사람처럼 하얗게 질리자 수염은 그 어느 때보다 더 붉어 보였다.

"그 애가 어디 있소?"

공작은 헐떡거리며 말했다.

"지금, 아니 지난밤에 아드님은 공작님의 저택에서 3킬로미터 떨어진 곳에 있는 싸움닭 여관에 있었습니다."

공작은 등받이에 털썩 몸을 기댔다.

"그러면 범인은 누구라는 거요?"

셜록 홈즈의 대답은 놀랍기 짝이 없었다. 그는 앞으로 쓱 나서더니 공작의 어깨에 손을 얹었다.

"공작님 당신입니다. 자, 그러니 수고스럽더라도 수표를 끊어주시기 바랍니다."

공작은 튀어 오르듯 일어서서 심연으로 빠져드는 사람처럼 두 손으로 허공을 긁었는데, 그 모습은 나의 뇌리에서 영원히 지워지지 않을 것 같다. 그러나 공작은 귀족다운 비상한 자제력을 발휘하여 자리에 앉아 두 손에 얼굴을 묻었다. 그가 입을 연 것은 몇 분이 지난 뒤였다.

"선생은 얼마나 알고 있소?"

공작은 얼굴도 들지 않고 마침내 그렇게 물었다.

"어젯밤에 저는 세 분이 같이 있는 걸 보았습니다."

"그 옆의 친구 말고 알고 있는 사람이 더 있소?"

"아직 아무한테도 말하지 않았습니다."

공작은 떨리는 손으로 펜을 집어 들고 수표책을 펼쳤다.

"홈즈 선생, 나는 약속을 지키겠소. 선생이 알아낸 사실이 내게
아무리 달갑지 않은 것이라 해도 수표를 써드리겠소. 처음에 현상
금을 걸었을 때 일이 이런 식으로 전개될 줄은 미처 몰랐소. 하지만
두 분은 양식 있는 분들이오. 어떻소, 홈즈 선생?"

"그게 무슨 말씀이신지요?"

"홈즈 선생, 내 탁 까놓고 말하겠소. 이 일에 대해 알고 있는 사람
이 두 분뿐이라면 더 이상 얘기를 퍼뜨릴 이유는 없는 거요. 두 분
앞으로 1만 2000파운드를 드리면 되겠지? 안 그렇소?"

그러나 홈즈는 빙그레 웃으며 고개를 가로저었다.

"공작 예하, 일이 그렇게 간단치는 않을 것 같습니다. 독일어 교
사의 죽음에 대해 해명해야 하니까요."

"하지만 제임스는 그 일에 대해서 전혀 몰랐소. 선생도 그 애한테
책임을 덮어씌울 수는 없을 거요. 그것은 그 애가 잘못 끌어들인 그
짐승 같은 악당의 소행이었소."

"공작 예하, 저는 어떤 범죄를 계획한 사람은 그로부터 파생된 다

른 범죄에 대해서도 도의적인 책임을 져야 한다고 생각합니다."

"그렇소, 도의적으로. 홈즈 선생의 말이 옳소. 하지만 법적인 책임이 있는 것은 아니오. 누구든 자신이 저지르지 않은 범죄 때문에 유죄 판결을 받을 수는 없소. 더구나 그 애는 선생만큼이나 그 죄를 증오하고 혐오하오. 그 애는 그 일에 대해 알게 되자마자 두려움과 후회에 가득 차서 내게 사실을 전부 털어놓았소. 그리고 살인자와는 지체 없이 관계를 단절했소. 오, 홈즈 선생, 그 애를 살려주시오. 그 애를 살려주시오! 그 애를 꼭 살려주시오!"

공작은 마침내 자제하려는 노력을 포기하고 주먹을 부르쥐었다. 그리고 얼굴을 푸들푸들 떨며 미친 사람처럼 소리 지르면서 방 안을 오락가락했다. 마침내 그는 감정을 억누르고 다시 책상 앞에 앉았다.

"다른 사람한테 말하기 전에 나한테 먼저 와줘서 감사하오. 적어도 이 흉측한 스캔들을 어느 정도까지 줄일 수 있는지 의논할 수 있으니 말이오."

"옳으신 말씀입니다. 하지만 그렇게 하려면 예하께서 모든 것을 솔직히 털어놓으셔야 합니다. 저는 힘닿는 대로 예하를 돕고 싶지만, 그러려면 일이 어떻게 된 건지 자초지종을 자세히 알아야만 합니다. 예하께서는 지금 제임스 월더 씨에 대해 말씀하고 계십니다. 그런데 그 사람은 살인범이 아니라는 것이지요?"

"그렇소, 살인범은 피신했소."

셜록 홈즈는 점잖게 웃었다.

"예하께서는 제가 누리고 있는 보잘것없는 명성에 대해 별로 들어본 적이 없으실 겁니다. 그렇지 않다면 제 손에서 도망치는 것이 쉽지 않다는 것을 아실 테니까요. 루빈 헤이스 씨는 저의 제보로 어젯밤 열한시에 체스터필드에서 체포됐습니다. 오늘 아침에 학교에서 나오기 전에 그곳 경찰서장한테서 전보를 받았지요."

공작은 의자에 몸을 기대고 아연히 내 친구를 응시했다.

"선생은 초인적인 능력의 소유자인 것 같소. 그래, 루빈 헤이스가 잡혔다고? 제임스의 신상에 해가 되지만 않는다면 그건 정말 기쁜 소식이오."

"공작님의 비서 말입니까?"

"그 애는 내 아들이라오."

이번에는 홈즈가 놀랄 차례였다.

"예하, 솔직히 말해서 그 얘기는 금시초문입니다. 좀 더 자세히 설명해 주시기 바랍니다."

"아무것도 감추지 않겠소. 아무리 괴로워도 솔직하게 털어놓는 것만이 제임스의 어리석음과 질투 때문에 초래된 이 절망적인 상황을 헤쳐 나갈 수 있는 최선의 방책이라는 선생의 말이 옳다고 생각하니까 말이오. 홈즈 선생, 나는 새파랗게 젊은 청년이었을 때, 평생 단 한 번 찾아오는 그런 사랑을 했더랬소. 나는 숙녀에게 결혼을 신청했지만, 그녀는 우리의 결합이 내 앞길에 장애가 될 거라며 거절했소. 그녀가 살아 있었다면 나는 결코 다른 사람과 혼인하지 않았을 거요. 그녀는 아이 하나를 남겨놓고 죽었고, 나는 그녀를 생각하며 아이를 금지옥엽으로 키웠소. 세상을 향해 내가 아비라는 걸 밝힐 수는 없었지만 아이에게는 최고의 교육을 시켜주었고 아이가 성인이 된 다음에는 내 곁에 데려다 놓았소. 그런데 그 애는 내 비밀을 알아챘고, 그다음부터 아들의 권리를 주장하며, 내가 스캔들이 나는 걸 극구 꺼리는 것을 기화로 나를 협박했소. 나의 순탄치 못한 결혼 생활은 어느 정도는 그 애 때문이었소. 무엇보다 그 애는 처음부터 아직 어린 나의 합법적인 상속자를 줄기차게 미워했소. 선생은 왜 이런 상황에서 제임스를 그대로 한 지붕 밑에 두었는지 그 이유가 궁금할 거요. 그것은 그 애의 얼굴에서 제 어미의 얼굴을 볼 수 있기 때문이었고, 그녀를 생각하면 나의 인내심에는 한계가 없었다오. 그 애를 볼 때마다 그녀가 살아 있는 듯 일거수일투족이 그녀의 추억을 새록새록 생각나게 해주었소. 난 그 애를 내보낼 수 없었소이다. 하지만 제임스가 아서, 즉 샐타이어에게 해코지를 하지 않을까 몹시 걱정되었고, 그래서 신변의 안전을 위해 아서를 헉스터블 박사의 학교로 보낸 거요.

그 헤이스라는 작자는 우리 집 소작인이었는데, 제임스는 관리인 노릇을 하면서 그자와 알게 됐소. 헤이스는 처음부터 질이 안 좋은 인간이었는데, 어찌 된 셈인지 제임스가 그자와 친해진 거요. 그 애는 항상 하층민들과 어울리는 걸 좋아했소. 제임스는 샐타이어를 납치하기로 마음먹고 그자에게 도움을 청했소. 선생도 기억하고 있겠지만 나는 사건 전날 아서에게 편지를 썼소. 그런데 제임스는 편지 봉투를 뜯고 아서에게 학교 근처에 있는 잡목 숲에서 만나자는 내용의 쪽지를 집어넣었소. 제임스는 공작 부인의 이름을 팔았고, 그래서 아서가 그곳으로 나왔소. 그 애의 고백을 그대로 옮기자면, 그날 저녁 제임스는 자전거를 타고 잡목 숲으로 가서 거기로 나온 아서에게, 어머니가 아들이 보고 싶어서 지금 황무지에서 기다리고 있으니, 밤 열두시에 다시 여기로 나오면 누가 말 한 필을 끌고 와서 도련님을 어머니에게 데려다줄 거라고 말했소. 가엾은 아서는 그 말을 철석같이 믿었소이다. 그 애는 약속대로 그곳으로 나왔는데 헤이스라는 자가 조랑말 한 필을 끌고 그곳에 나와 있었소. 아서는 조랑말에 올라탔고 둘은 함께 황무지를 향해 달렸소. 그런데 그때 뒤를 쫓아온 사람이 있었소이다. 헤이스는 그 사람한테 단장을 휘둘렀고, 그는 머리를 맞고 죽었소. 제임스는 그 일을 까맣게 모르고 있다가 어제 비로소 알게 됐다오. 헤이스는 아서를 자기가 운영하는 '싸움닭'이라는 여관으로 데리고 가서 2층 방에 가둬놓았소. 아서를 돌봐준 사람은 헤이스 부인인데 마음은 곱지만 무지막지한 남편 밑에서 꼼짝 못하고 사는 여자요.

홈즈 선생, 이틀 전에 선생을 처음 만났을 때의 상황은 이러했소. 그때까지 나는 선생과 한가지로 사건의 내막에 대해서 아무것도 몰랐소이다. 선생은 제임스가 이런 짓을 벌인 동기가 뭔지 궁금하실 거요. 그것은 그 애가 나의 상속자에 대해 품고 있는 터무니없는 격렬한 증오심 때문이었소. 그 애는 자기가 모든 재산을 상속받아야 한다고 생각했고, 그래서 그것을 불가능하게 만드는 사회 제도에 대해 깊은 적개심을 품고 있었소. 그 애는 내가 한정부동산권(중세 영국 법상 상속인에게 속하는 부동산에 대한 권리로서, 상속인의 직계 비속에게 자동적으로 귀속되는 권리. 유언 등으로 제삼자에게 양도할 수 없었다 — 옮긴이)을 폐지하기를 바랐고 나한테 그렇게 할 수 있는 능력이 있다고 주장했소. 그 애는 나와 협상을 벌일 의도를 갖고 있었소. 내가 한정부동산권을 폐지하는 것을 조건으로 아서를 돌려주려고 했던 거요. 그러면 유언으로 제게 영지를 물려주는 게 가능해질 테니까 말이오. 그 애는 내가 자진해서 자신에 대해 경찰의 수사를 의뢰하진 않을 거라는 걸 알고 있었소. 그런데 그 애는 나를 상대로 그런 협상을 벌일 의도만 갖고 있었지, 실제로 그렇게 하지는 못했소이다. 사건이 예상외로 빨리 진행된 까닭에 계획을 실행에 옮길 시간이 없었던 거요.

그 애의 못된 계획이 파탄 난 것은 선생이 하이데거의 시신을 찾아냈기 때문이었소. 제임스는 그 소식을 듣고 공포에 사로잡혔소. 어제 그 애와 같이 서재에 있는데 소식이 전해져 왔소. 헉스터블 박사가 보낸 전보가 도착한 거요. 그걸 보고 제임스가 괴로움과 불안에 떠는 걸 보니 그 애에 대한 일말의 의심이 순식간에 확신으로 굳어졌고, 나는 그 애를 책망했소. 그 애는 자진해서 모든 얘기를 다 털어놓았소. 그러면서 그 비열한 공범이 죄 많은 목숨을 건질 수 있도록 사흘간만 비밀을 지켜달라고 애원했소이다. 나는 그 애의 소원을 들어주었소. 여태까지 항상 그랬던 것처럼 말이오. 제임스는 곧 싸움닭 여관으로 가서 헤이스에게 사실을 알려주고 도피 수단을 마련해 주었소. 나는 대낮에 거기 갔다가는 남들의 입방아를 피할 수 없었기 때문에, 해가 떨어지기를 기다렸다가 서둘러 사랑하는 아서를 만나러 갔소. 아이는 무사했지만 그날 밤에 목격한 끔찍한 행위를 보고 말할 수 없이 겁에 질려 있는 상태였소. 나는 정말 내키지 않았지만 이미 약속을 했던 터라 할 수 없이 아서를 사흘 더 헤이스 부인의 손에 맡겨놓기로 했소. 경찰한테 아서의 소재를 알리면 당연히 살인범이 누군지 드러날 테고, 살인범이 잡히면 가엾은 제임스도 파멸을 면치 못할 것이 분명해 보였으니까 말이오. 홈즈 선생, 선생의 요구대로 나는 솔직히 말했소. 지금 나는 사실을 은폐하거나 완곡하게 표현하려고 애쓰지 않고 모든 일을 있는 그대로 털어놓았으니 말이오. 이제는 선생이 내게 솔직하게 말할 차례요."

"그러겠습니다."

홈즈는 말했다.

"예하, 우선 저는 예하께서 법에 크게 저촉되는 행동을 하셨다는 점을 지적할 수밖에 없습니다. 예하께서는 중죄를 저지른 범죄자를 수수방관하셨고 살인범의 도피를 방조하셨습니다. 제임스 윌더가 공범의 도피 자금으로 건네준 돈은 예하의 지갑에서 나온 돈이 분명했을 테니까요."

공작은 고개를 주억거렸다.

"이것은 정말 대단히 중대한 사건입니다. 그리고 제가 보기에 더욱 큰 과실은 어린 아드님에 대한 예하의 태도입니다. 예하는 아드님을 그런 소굴에 사흘간 방치하기로 하셨습니다."

"엄숙한 다짐을 받고……."

"그런 인간들에게 다짐이란 게 다 뭡니까? 아드님이 다시 유괴되지 않으리라는 보장이 어디 있습니까? 예하께선 죄지은 큰아들 비위를 맞추려고 무고한 어린 아드님을 위험한 곳에 방치하셨습니다. 그것은 어떤 말로도 정당화될 수 없는 행동입니다."

홀더니스의 긍지 높은 공작은 자신의 성안에서 그런 식으로 훌닦이는 일에 익숙하지 못했다. 귀족의 고귀한 이마로 피가 몰렸지만,

양심 때문인지 공작은 꿀 먹은 벙어리처럼 말이 없었다.

"저는 공작님을 돕겠지만 한 가지 조건이 있습니다. 하인을 불러 주십시오. 지시는 제가 하겠습니다."

아무 말 없이 공작은 전기로 작동하는 종을 눌렀다. 제복 차림의 하인이 들어왔다.

"기쁜 소식이 있네."

홈즈는 말했다.

"어린 주인이 계신 곳을 알아냈네. 공작님의 뜻이니 당장 마차를 싸움닭 여관으로 보내 샐타이어 경을 집으로 모셔 오도록 하게."

하인이 기쁜 얼굴로 방을 나가자 홈즈가 다시 입을 열었다.

"자, 샐타이어 경의 안전을 확보했으니 과거지사는 좀 더 관대하게 처리할 수 있겠습니다. 저는 공직에 있는 사람이 아니니, 정의가 실현되기만 한다면 제가 알고 있는 사실을 폭로해야 할 이유는 없습니다. 헤이스에 대해서는 할 말이 전혀 없습니다. 교수형을 받겠지만, 제가 그자를 구하려고 노력할 생각은 추호도 없습니다. 그자가 무슨 얘기를 떠벌릴지는 모르겠지만 예하의 힘으로 그자에게 잠자코 있는 게 이로울 거라는 사실을 납득시킬 수 있을 거라고 사료됩니다. 경찰에서는 그가 몸값을 노리고 아드님을 납치했다고 생각하겠지요. 하지만 경찰이 자기 힘으로 사실을 밝혀내지 못하는데, 제가 굳이 그쪽에서 모르는 사실까지 들춰낼 이유는 없습니다. 그러나 공작 예하께서 제임스 월더 씨를 계속 집안에 두신다면 불행한 결과가 초래될 것이 분명합니다."

"홈즈 선생, 나도 그렇게 생각하고, 그 애가 내 곁을 아주 떠나 오스트레일리아에서 스스로 운명을 개척하도록 이미 조처해 놓았소이다."

"그렇다면 예하, 아까 말씀하셨듯이 순탄치 못한 결혼 생활이 제임스 월더 씨 때문이었다면 공작 부인께도 최대한의 노력을 보이셔서 그토록 불행하게 단절된 부부 관계를 회복하실 것을 권고드립니다."

"홈즈 선생, 그것도 이미 조처해 놓았소. 나는 오늘 아침에 공작 부인에게 편지를 썼소."

홈즈는 자리에서 일어서며 말했다.

"그러면 친구와 제가 북부를 방문한 기간이 짧았음에도 몇 가지 아주 흐뭇한 성과를 올린 데 대해 자축할 수 있겠습니다. 그런데 제가 아직도 궁금한 점이 하나 있습니다. 그 헤이스라는 자는 소 발자국 모양의 편자를 말에 박아놓았습니다. 그렇게 기이한 도구에 대해 그자에게 알려준 사람은 월더 씨가 아니었습니까?"

공작은 몹시 놀란 표정을 하고 잠시 생각에 잠겼다. 그러더니 문을 열고 박물관으로 꾸며진 큰 방으로 우리를 안내했다. 그는 구석의 어느 유리 상자 앞으로 다가가 그 앞의 안내문을 가리켜 보였다.

거기엔 이렇게 쓰여 있었다.

이 편자는 홀더니스 홀의 해자에서 발굴된 것이다. 이것은 말발굽에 씌우는 것이지만, 쇠로 된 바닥 면이 소의 발굽 모양으로 되어 있어 추격자들을 따돌리기가 용이하다. 이것은 비적질을 일삼았던 중세 홀더니스 남작들의 소유물로 추정된다.

홈즈는 유리 상자를 열고 침 묻힌 손가락으로 편자를 슬쩍 문질 렀다. 최근에 묻은 진흙이 손가락에 엷게 묻어 나왔다.

"감사합니다."

홈즈는 상자 뚜껑을 닫으며 말했다.

"이것은 제가 북부에서 본 것 중에서 두 번째로 흥미로운 물건입 니다."

"그럼 제일 흥미로운 건?"

홈즈는 수표를 접어서 소중하게 수첩에 끼워 넣었다.

"저는 가난한 사람이니까요."

그는 흐뭇한 얼굴로 수첩을 톡톡 두들기더니, 그것을 안주머니에 깊숙이 찔러 넣었다.

블랙 피터

내가 아는 한, 내 친구가 정신적으로나 육체적으로 최상의 상태를 유지한 것은 1895년도였다. 점점 높아져가는 명성 덕분에 그에게는 엄청나게 일이 쏟아져 들어왔는데, 만약 내가 베이커가의 초라한 거처의 문지방을 넘어온 유명 인사들에 대한 정보를 조금이라도 흘렸다면 그것은 순전히 나의 불찰이다. 하지만 홈즈는, 모든 위대한 예술가들이 다 그렇듯 오직 예술을 위해서만 살았고, 홀더니스 공작의 경우를 제외하면 자신의 헤아릴 수 없이 귀중한 봉사에 대해 거액의 대가를 요구한 적이 없었다. 명리에 연연하지 않았던, 아니 그토록 괴팍했던 그는 사건에 흥미를 느끼지 못할 때는 부와 권력을 거머쥔 이들의 도움 요청을 빈번히 거절했지만, 아무리 초라한 의뢰인의 경우라도 사건의 기이하고 극적인 요소가 상상력을 자극하고 창의력을 들쑤실 때는 몇 주일이고 헌신적으로 수사에 몰두하곤 했다.

　오래도록 기억될 이 1895년도에는 공통점이라곤 전혀 없는 기묘한 사건들이 연달아 발생했다. 홈즈는 교황 성하의 특별한 요청으로 세상을 떠들썩하게 한 토스카 추기경의 급사 사건을 조사했는가 하면, 런던 이스트엔드에서 악명 높은 카나리아 조련사 윌슨을 체포하여 역병의 본거지를 없애는 등 종횡무진으로 활약했다. 이 두 가지 유명한 사건이 종료되자 기다렸다는 듯이 우드먼 리의 비극이 터져 나왔다. 피터 케리 선장이 도무지 이해할 수 없는 상황에서 변사한 것이다. 이 괴이한 사건에 대한 이야기를 빼놓는다면 셜록 홈즈의 수사 기록은 불완전한 것이 될 것이다.

　7월 첫째 주에 내 친구는 집을 자주, 그리고 오랫동안 비웠으므로 나는 그가 무슨 일인가에 매달리고 있다고 짐작했다. 그런데 그가 집에 없을 때 우락부락한 사내 서넛이 집으로 찾아와서 바질 선장에 대해 묻는 걸 보고, 나는 또 홈즈가 딴 사람으로 변장하고 어딘가에서 일을 꾸미고 있다는 사실을 알아챘다. 그가 자신의 무서운 정체를 숨기기 위해 이용하는 가면과 가명은 헤아릴 수 없이 많았다. 그는 런던의 각기 다른 곳에 적어도 다섯 개의 은신처를 두고 있었는데, 그곳에 가면 완전히 다른 사람으로 행세할 수 있었다. 자신이 하는 일에 대해서는 입을 굳게 다물었고, 나 또한 친구에게 비밀을 털어놓으라고 조르는 습관 같은 건 없었다. 그런데 아주 이상한 일을 통해 나는 홈즈의 수사 방향에 대해 알게 되었다. 내가 혼자 집에 있는데, 조반 전에 집을 나간 홈즈가 중절모를 쓴 차림으로,

끝에 미늘이 달린 커다란 작살을 우산처럼 겨드랑이에 낀 채 터덜터덜 돌아왔다.

"맙소사, 홈즈! 설마 그런 물건을 들고 런던 시내를 돌아다닌 것은 아니겠지?"

"나는 마차를 타고 푸줏간에 다녀오는 길일세."

"푸줏간에?"

"그런데 무척 배가 고프구먼. 여보게, 식전 운동이 얼마나 중요한가는 두말하면 잔소리일세. 하지만 자네는 내가 어떤 운동을 했는지 절대로 못 알아맞힐걸."

"알아맞힐 생각도 없네."

홈즈는 커피를 따르며 혼자 쿡쿡 웃었다.

"누가 앨러다이스의 가게 뒷방을 들여다보았다면, 천장의 갈고리에 죽은 돼지 한 마리가 매달려 있고, 한 신사가 셔츠 바람으로 이 작살을 들고 미친 듯이 돼지를 찔러대는 광경을 보았을 걸세. 사실 그 힘 좋은 신사가 바로 나였지. 그런데 아무리 용을 써도 작살로 돼지를 단번에 꿰뚫지는 못하겠더군. 나는 그 사실을 알고 만족했네. 자네도 한번 해보려나?"

"억만금을 준대도 난 싫으이. 그런데 뭣하러 그런 짓을 한 건가?"

"왜냐하면 우드먼 리 사건하고 간접적인 관계가 있을 것 같았으니까. 어, 홉킨스 자넨가? 그렇지 않아도 어젯밤에 전보를 받고 기다리고 있었네. 와서 같이 식사하세."

손님은 서른 살가량의 대단히 기민한 사내였는데, 점잖은 트위드 정장을 빼입었지만 제복에 익숙한 사람처럼 자세가 꼿꼿했다. 나는 그가 스탠리 홉킨스라는 사실을 한눈에 알아보았다. 그는 아직 새파랗게 젊은 경위였지만 홈즈는 그에게 기대가 컸고, 그 또한 유명한 탐정의 과학적 방법론에 대해 마치 학생처럼 감탄과 존경을 바쳤다. 홉킨스는 수심이 가득한 얼굴로 낙담한 사람처럼 털썩 주저앉았다.

"감사합니다만 됐습니다, 선생님. 오기 전에 아침 식사를 했지요. 어제 보고차 런던에 올라와 여기서 잤습니다."

"그런데 무슨 보고를 했나?"

"수사의 실패, 참담한 실패에 대해서요."

"전혀 진전이 없었나 보지?"

"예."

"저런! 내가 사건을 살펴봐야겠구먼."

"홈즈 선생님, 제발 그래주시기 바랍니다. 이 사건은 모처럼 찾아온 큰 기횐데 저는 어쩔 바를 모르고 있으니까요. 꼭 내려와서 도와주십시오."

"아무렴, 마침 사실 심리 기록을 포함한 모든 증거 자료를 자세히 읽었다네. 자네는 범죄 현장에서 발견된 담배쌈지에 대해 어떻게 생각하나? 그게 단서가 될 것 같지는 않은가?"

홉킨스는 무척 놀란 듯했다.

"선생님, 그건 피살자의 담배쌈지였습니다. 안쪽에 머리글자가 쓰여 있지요. 그리고 물개 가죽으로 만든 건데 피살자는 과거에 물개잡이 배를 탔습니다."

"하지만 선장에게 파이프는 없었네."

"그렇지요. 파이프는 찾지 못했습니다. 사실 그는 담배는 거의 안 피웠습니다. 하지만 접대용으로 담배를 좀 갖고 있었을지도 모릅니다."

"그랬겠지. 내가 그 얘기를 꺼낸 것은 다 그만한 이유가 있다네. 만약 내가 그 사건을 맡았다면 담배쌈지를 수사의 출발점으로 삼았을 거야. 그런데 내 친구 왓슨 박사는 이 사건에 대해 아무것도 모르고 나는 사건 경위를 한 번 더 들어도 무방하네. 그러니 사건의 전후 사정을 간단하게 설명해 주게."

스탠리 홉킨스는 주머니에서 종이 한 장을 꺼냈다.

"여기에 피살자 피터 케리 선장의 이력을 간단하게 적어 왔습니다. 태어난 해는 1845년도, 올해 나이 쉰 살입니다. 누구보다 용감하고 능력이 뛰어난 포경선 선원이었지요. 1883년에는 던디의 물개잡이 증기선, 시 유니콘호의 선장 노릇을 했습니다. 그리고 연달아 성공적인 항해를 몇 차례 한 뒤에, 다음 해인 1884년에 현직에서 물러났지요. 그 뒤 몇 년간은 여행으로 시간을 보내다가 서섹스 지방의 포리스트로 근처에 우드먼 리라는 작은 집을 마련했습니다. 거기서 6년간 살다가 꼭 일주일 전에 사망했지요.

피터 케리 선장에게는 유별난 점이 몇 가지 있었습니다. 평상시에는 엄격한 청교도로 말수가 적고 침울한 사람이었지요. 가족으로는 아내와 스무 살 된 딸, 그리고 하녀 둘이 있습니다. 그런데 하녀들은 그 집에서 오래 배겨내지를 못했는데, 평상시에도 별로 기분 좋은 환경이 아니었지만 가끔씩 그게 참을 수 없는 정도가 되었기 때문이었습니다. 케리 선장은 가끔씩 술을 진탕 마셨는데 그때마다 완전히 악귀로 돌변했습니다. 한밤중에 아내와 딸을 집 밖으로 쫓아내고 쫓아다니면서 매질을 하는 바람에 온 동네 사람들이 모녀의 비명 소리 때문에 잠을 설칠 정도였다고 합니다.

피터 케리 선장은 자신의 행실을 나무라기 위해 집에 찾아온 늙은 교구 목사를 무자비하게 폭행해서 법정에 선 일도 있습니다. 홈즈 선생님, 간단하게 말하면 피터 케리보다 더 난폭한 인물을 찾기는 쉽지 않을 거라는 겁니다. 제가 들은 얘기에 따르면, 그가 선장 노릇을 할 때도 성격은 별로 다르지 않았다고 합니다. 그쪽 업계에서는 '블랙 피터'라는 별명으로 유명한데, 그런 별명이 붙게 된 것은 시커먼 얼굴과 더부룩한 검은 수염 때문이기도 하지만 주위 사람들을 공포의 도가니로 몰아넣는 기질 때문이었지요. 말할 필요도 없이 그는 이웃 사람들 누구에게나 혐오스러운 기피 인물이었고, 그래선지 어딜 가도 그의 끔찍한 최후에 대해 애도의 말 한마디 들을 수가 없었습니다.

홈즈 선생님께선 심리 기록에서 피살자의 오두막에 대한 이야기를 읽어보셨겠지만 여기 계신 친구분께서는 잘 모르실 겁니다. 피터 케리는 집에서 수백 미터 떨어진 곳에 나무 창고를 하나 지었는데, 그걸 '선실'이라고 부르면서 매일 거기서 잤습니다. 그 선실은 가로 4.8미터, 세로 3미터의 작은 단칸 오두막이었지요. 그는 항상 열쇠를 갖고 다니면서 제 손으로 침대 정리와 방 청소를 했고 다른 사람을 절대로 방에 들이지 않았습니다. 선실 양쪽으로는 작은 창문이 있었는데 항상 커튼을 쳐놓고 절대로 열어놓는 법이 없었지요. 창문 하나는 도로에 면해 있는데, 밤중에 그곳으로 불빛이 새어 나오면 사람들은 서로 그 창문을 손가락질하며 블랙 피터가 저기서 지금 뭘 하고 있는 것일까 궁금해하곤 했습니다. 홈즈 선생님, 사실 심리에서 나온 증언은 얼마 안 되지만 그중 하나가 바로 그 창문과 관계된 것이었습니다.

　기억하고 계시겠지만, 사건이 있기 이틀 전 밤 한시에 슬레이터라는 석수가 포리스트로에서 걸어오다가 그 옆을 지나치게 되었습니다. 슬레이터는 선실 창문에서 아직도 불빛이 새어 나오는 걸 보고 걸음을 멈추었지요. 그때 한 남자의 그림자가 커튼 위로 선명하게 비쳤는데, 그것은 자기가 잘 아는 피터 케리가 아니었다고 합니다. 그건 웬 남자의 옆모습으로 수염이 있긴 했지만 짧고 뻣뻣하게 곤두선 게 선장과는 전혀 달랐다고 하지요. 슬레이터는 자기가 본 게 확실하다고 큰소리치지만, 두 시간 동안 술집에 있다가 오는 길이었고 도로에서 창문까지가 상당히 멀다는 게 문제입니다. 게다가 그날은 월요일이었는데, 사건이 발생한 것은 수요일이었거든요.

　화요일에 피터 케리는 최악의 상태였습니다. 술에 만취해서 얼굴은 시뻘게졌고 마치 들짐승처럼 포악했지요. 그는 집 안을 어슬렁거리고 돌아다녔는데, 여자들은 그가 다가오는 소리가 들리면 달아나기 바빴습니다. 선장은 저녁 늦게야 자신의 오두막으로 내려갔습니다. 밤 두시경에 창문을 열어놓고 자던 딸은 아버지의 오두막 쪽에서 무시무시한 고함 소리가 터져 나오는 걸 들었지만, 아버지가 술에 취해서 울부짖는 건 흔한 일이었기 때문에 전혀 신경 쓰지 않았습니다. 하녀들은 일곱시에 일어납니다. 그중 하나가 오두막 문이 열려 있는 걸 보았지만 주인을 너무나 무서워한 탓에 무슨 일이 있는지 방 안을 들여다볼 엄두를 낸 것은 정오가 다 돼서였습니다. 오두막 문은 열려 있었는데, 그 안을 들여다본 여자들은 얼굴이 하얗게 질려서 집 안으로 달아났습니다. 저는 한 시간 안에 현장에 출동해서 수사에 착수했습니다.

홈즈 선생님, 아시다시피 저는 신경이 굵은 인간이지만 그 작은 방 안에 얼굴을 들이미는 순간 다리가 후들거리더군요. 방 안에는 파리 떼가 잔뜩 모여들어 앵앵거렸고, 바닥과 벽은 완전히 도살장을 방불케 했지요. 피터 케리는 그 방을 선실이라고 불렀는데, 사실 그건 선실이 분명했습니다. 그 안에 들어가 있으면 꼭 배를 탄 기분이 들었으니까요. 한쪽 끝에는 간이침대가 놓여 있고 선원용 사물함 하나, 지도와 해도, 시 유니콘호 사진, 그리고 선반 위에는 항해 일지가 나란히 꽂혀 있더군요. 꼭 선장의 방에 들어온 것 같았습니다. 선장은 거기, 선실 벽 한가운데 꽂혀 있었지요. 얼굴은 지옥에 떨어져 고문당하는 영혼처럼 일그러져 있었고 더부룩하게 자란 희끗거리는 수염은 고통스럽게 곤두서 있었습니다. 넓은 가슴 한복판에 강철 작살이 꽂혀 있었는데, 그것은 몸뚱이를 뚫고 나가 그 뒤의 판자벽에 깊숙이 박혀 있었습니다. 피터 케리는 판지에 핀으로 꽂아놓은 딱정벌레 같았어요. 물론 그는 이미 죽은 상태였습니다. 간밤에 단말마의 비명을 지른 뒤에 즉사한 것이 분명했습니다.

저는 선생님의 방법을 알고 있었기 때문에 그것을 적용해 보았지요. 우선 현장을 그대로 보존해 놓고 바깥의 지면과 방바닥을 면밀히 관찰했습니다. 발자국은 없었습니다.”

“발자국을 전혀 못 보았다는 건가?”

“틀림없습니다. 발자국은 전혀 없었습니다.”

“여보게, 홉킨스, 나는 숱한 사건을 조사해 보았지만 날아다니는 짐승이 저지른 사건은 아직 본 적이 없네. 범인이 두 발로 서서 다니는 짐승이라면, 과학적인 수사관은 조금이라도 들어갔거나 스쳤거나 뭔가 제자리에서 어긋난 흔적을 찾아낼 수 있어야 하지. 피로 도배질을 한 방에서 쓸 만한 자취를 찾아내지 못했다는 것은 믿기 힘든 일이네. 그런데 심리 기록을 보니 자네가 놓친 것이 전혀 없다고?”

젊은 경위는 내 친구가 이렇게 빈정거리자 움찔했다.

“홈즈 선생님, 그때 선생님에게 연락하지 않은 것은 정말 바보 짓이었습니다. 하지만 그것은 이미 엎질러진 물입니다. 예, 그 방에는 각별한 주의가 요망되는 것들이 몇 가지 있었습니다. 그중 하나는 범행에 사용된 작살이었지요. 그것은 원래 벽에 걸려 있던 것입니다. 다른 작살 두 개는 그대로 벽에 걸려 있었고 세 번째 고리가 비어 있었습니다. 자루에는 ‘던디, 시 유니콘호, SS’라고 새겨져 있었습니다. 정황으로 보아 범행은 우발적으로 저질러진 것 같고 살인자는 닥치는 대로 아무 무기나 잡고 휘두른 것 같습니다. 범행이 일어난 시각이 밤 두시였는데도 피터 케리가 옷을 다 입고 있었다는 사실을 감안하면, 살인자와 사전에 약속이 되어 있었다고 추측해 볼 수도 있습니다. 탁자 위에 럼주 병과 닦지 않은 잔 두 개가 놓여 있었던 것도 이러한 추측을 뒷받침해 주는 사실이지요.”

“그렇군. 자네 추리가 둘 다 그럴듯한 것 같네. 방에 럼주 말고 다른 술은 없었나?”

“예, 선원용 사물함 위의 탄탈루스 스탠드(술병을 보관하는 대 ─ 옮긴이)에는 브랜디와 위스키가 있었습니다. 하지만 마개도 뜯지 않은 새 술이니 우리한테는 별 의미가 없지요.”

“아니지. 전혀 의미가 없는 것은 아닐세. 하지만 자네 눈에 사건과 관계있어 보이는 것들에 대한 얘기를 좀 더 해보게.”

“탁자 위에 이 담배쌈지가 있었습니다.”

“탁자 어디에?”

“가운데 있었지요. 거친 물개 가죽으로 만든 건데 묶을 수 있도록 가죽끈이 달려 있습니다. 안쪽에는 ‘P. C.’라는 머리글자가 박혀 있지요. 안에는 독한 선원 담배 15그램이 들어 있었고요.”

“훌륭하네! 그 밖에는?”

스탠리 홉킨스는 주머니에서 우중충한 색깔의 공책을 꺼냈다. 겉장은 헐어서 너덜거렸고 속지는 누렇게 색이 바랬다. 첫 번째 쪽에는 ‘J. H. N.’이라는 머리글자와 ‘1883’이라는 연도가 쓰여 있었다. 홈즈는 공책을 탁자 위에 올려놓고 특유의 방식으로 꼼꼼하게 뜯어보았고 홉킨스와 나는 양쪽에서 어깨 너머로 들여다보았다. 두 번째 쪽에는 ‘C. P. R.’이라는 제목이 박혀 있었고, 그 밑에 몇 쪽에 걸쳐 숫자가 쓰여 있었다. 또 다른 제목으로는 ‘아르헨티나’, ‘코스타리카’, ‘상파울루’ 등이 있었는데, 각각의 제목 밑에는 부호와 숫자가 몇 쪽씩 쓰여 있었다.

“자넨 이 공책에 대해 어떻게 생각하나?”

홈즈가 물었다.

"증권 거래소의 유가 증권 목록 같습니다. 저는 'J. H. N.'은 주식 중 개인의 머리글자, 그리고 'C. P. R.'은 고객의 이름일지도 모른다고 생각했습니다."

"그게 아니라 캐너디언 퍼시픽 철도(Canadian Pacific Railway)가 아닐까."

홈즈가 한마디 했다.

스탠리 홉킨스는 탄식하고는 주먹으로 허벅지를 쥐어지르며 소리쳤다.

"난 왜 이렇게 바보 같을까! 물론, 선생님이 말씀하신 대롭니다. 그렇다면 우리는 'J. H. N.'이라는 머리글자만 풀면 되겠군요. 저는 이미 과거의 증권 거래소 명단을 조사해 보았지만, 1883년도의 주식 중개인 가운데 증권 거래소 내에건 외부에건 그런 머리글자에 부합하는 이름은 없었습니다. 하지만 저는 그 머리글자가 제가 확보한 단서 중에서 제일 중요한 거라고 생각합니다. 홈즈 선생님께서도 그런 머리글자를 가진 사람이 현장에 있던 또 하나의 인물, 즉 살인범일 가능성이 있다는 걸 인정하실 줄로 압니다. 저는 또한 대량으로 거래되는 고가의 주식에 관한 자료를 입수하는 것이 범행 동기를 캐내는 데 도움이 되리라고 봅니다."

사건이 새로운 방향으로 발전하자 셜록 홈즈는 놀라서 입을 다물지 못했다.

"자네 의견을 인정할 수밖에 없군. 솔직히 말해서, 사실 심리에는 제출되지 않았던 이 공책을 보니 생각을 달리할 수밖에 없네그려. 나는 사실 이 공책에 대해서는 전혀 모르는 상태에서 범행을 설명하는 가설을 세웠네. 자넨 여기에 나온 주식을 추적해 본 적이 있나?"

"현재 본서에서 조사를 진행 중이지만, 여기 나온 남미 기업들의 주주 명단은 현지에 있을 테니 그 주식들의 행방을 추적하는 데 족히 몇 주는 걸릴 것 같습니다."

홈즈는 확대경으로 공책 겉장을 살펴보고 있었다.

"얼룩이 남아 있군."

"예, 선생님. 그건 핏자국입니다. 아까도 말씀드렸다시피 저는 바닥에서 이 공책을 주웠습니다."

"핏자국이 공책 아래쪽에 있든가 위쪽에 있든가?"

"마룻바닥과 닿은 쪽에 피가 묻어 있었지요."

"그렇다면 공책은 사건 발생 뒤에 떨어진 것이로구먼."

"바로 그겁니다, 홈즈 선생님. 저는 그 사실을 깨닫고, 살인범이 급히 도망치다가 공책을 떨어뜨린 것이 아닌가 하고 생각했지요. 공책은 문 옆에 떨어져 있었습니다."

"여기 나온 주식 중에서 피살자가 보유하고 있는 것은 없는 것 같은데?"

"그렇습니다."

"혹시 주식을 도난당한 것은 아닐까?"

"그렇지 않습니다. 방 안의 물건에 손댄 흔적이 전혀 없었으니까요."

"이런, 정말 흥미로운 사건이로군. 그러면 칼은? 칼은 없었나?"

"있었지만 칼집에 꽂힌 상태로 발견됐습니다. 피살자의 발치에 떨어져 있었지요. 케리 부인은 그 칼이 남편 것이라고 확인해 주었습니다."

홈즈는 잠깐 골똘히 생각에 잠겨 있다가 마침내 입을 열었다.

"좋아, 내가 직접 가봐야겠군."

스탠리 홉킨스는 환호성을 질렀다.

"감사합니다. 그런 말씀을 들으니 어깨가 가벼워지는 것 같습니다."

홈즈는 경위를 향해 손가락을 흔들어 보였다.

"일주일 전이었다면 일은 더 쉬웠을 걸세. 하지만 지금 가는 것도 전혀 헛된 일은 아닐 거야. 왓슨, 시간을 낼 수 있다면 꼭 같이 가주었으면 좋겠군. 홉킨스, 자네가 사륜마차를 부르면 30분 후에 우린 포리스트로를 향해 출발할 수 있을 걸세."

우리는 길가의 자그마한 역에서 내려 울창한 숲 속을 몇 킬로미터 달렸다. 그것은 과거에 잉글랜드 지역 '대삼림'의 일부를 이루었던 숲이었다. 색슨족 침략자들이 해안으로 상륙했을 때 뚫고 나갈 수 없는 이 윌드 대삼림은 60년 동안 브리튼의 보루 역할을 했다(이곳을 '윌드' 지방이라고 하는데, 영국 잉글랜드 남동부에 있는 울창한 삼림 지대를 가리킨다. 너비 약 64킬로미터의 숲으로 런던 분지와 영국 해협의 해안 지대를 가른다 ― 옮긴이). 그러나 이곳에 최초의 제철 공장이 들어서면서 광대한 삼림이 벌채되었고, 광석을 제련하기 위해 더 많은 나무들을 베어냈다. 이제 제철 공장은 더욱 풍요한 북부의 벌판으로 자리를 옮겼고 파괴된 숲과 땅에 팬 거대한 상처만이 과거의 유물로 남아 있다. 바로 이곳의 어느 녹색 산비탈에 공터가 있고, 이 공터에 길고 납작한 석조 가옥이 한 채 들어서 있었다. 그 옆으로는 들판을 달려온 구불구불한 도로가 지나갔다. 그 도로 가까이에 작은 창고 하나가 서 있는데, 창문 하나와 출입문은 집 쪽으로 나 있고 삼면이 덤불로 둘러싸여 있었다. 바로 이곳이 살인 현장이었다.

스탠리 홉킨스는 앞장서서 집 안으로 들어가 수척한 얼굴에 머리가 허옇게 센 피살자의 아내에게 우릴 소개했다. 과부의 무섭게 여윈 얼굴에는 굵은 주름이 팼고, 붉은 테가 둘린 눈 속에 깃들어 있는 내밀한 공포심을 보니 그동안 견뎌온 모진 학대와 고난의 세월이 어떤 것인지를 알 수 있었다. 그 옆에는 금발의 창백한 딸이 서 있었는데, 딸은 도전적인 눈초리로 우리를 쏘아보며 자신은 아버지가 죽은 게 기쁘고 아버지를 쓰러뜨린 사람에게 감사한다고 말했다. 블랙 피터가 이룬 가정은 형언할 수 없을 만큼 끔찍한 것이어서, 다시 햇빛 속으로 나온 다음에야 우리는 비로소 마음을 놓았다. 우린 피살자의 발길로 다져진 오솔길을 따라 걷기 시작했다.

오두막은 나무판자로 벽을 세우고 널빤지로 지붕을 덮은 아주 단순한 건물이었다. 방문 옆에 창문이 나 있었는데, 방문 맞은편에 또 하나의 창이 뚫려 있었다. 스탠리 홉킨스는 주머니에서 열쇠를 꺼내 막 열쇠 구멍에 꽂다 말고 깜짝 놀라 긴장한 표정을 지었다.

"누가 여길 건드리고 갔습니다."

그것은 틀림없는 사실이었다. 나무판자는 긁혀 있고 칠은 하얗게 벗겨져 있었다. 홈즈는 창문을 유심히 살펴보았다.

"이 창문도 억지로 열려고 했군. 누군지는 모르겠지만 집 안으로 침입하는 데에는 실패했어. 아주 형편없는 도둑이었나 보네."

"정말 이상한 일이군요. 맹세코 어제 저녁때까지는 이런 흔적이 없었습니다."

경위가 말했다.

"혹시 마을에서 호기심 많은 사람이 다녀간 게 아닐까."

나는 의견을 내놓았다.

"그럴 리는 없습니다. 마을 사람 중에서는 이 오두막에 침입하기는커녕 감히 이 집 마당에 발을 들여놓을 사람도 없을 겁니다. 홈즈 선생님은 어떻게 생각하십니까?"

"내 생각엔 행운의 여신이 우리 편인 것 같아."

"그 말씀은 그자가 다시 올 거라는 뜻입니까?"

"그럴 가능성이 크네. 그는 문이 열릴 거라고 생각하고 왔네. 아주 작은 주머니칼 하나를 갖고 들어오려고 했지. 하지만 문을 따는 데 실패했던 거야. 그럼 어떻게 할까?"

"다음 날 밤에 좀 더 쓸 만한 도구를 들고 다시 오겠지요."

"나도 그렇게 생각하네. 이 앞에서 기다리지 않는다면 그건 우리의 실책이 될 걸세. 그건 그렇고, 선실 안을 둘러보기로 할까.”

비극의 자취는 말끔히 치워졌지만 작은 방 안의 가구는 원래 있던 자리에 그대로 놓여 있었다. 홈즈는 두 시간 동안, 집중한 표정으로 모든 물건을 차례차례 조사했지만 표정을 보니 결과가 그리 신통치는 않은 듯했다. 끈기 있게 조사하다가 손길을 멈춘 것은 단 한 번뿐이었다.

“홉킨스, 이 선반에서 뭘 치운 적이 있나?”

“아니요. 아무것도 옮기지 않았습니다.”

“뭔가 없어진 것이 있네. 선반의 이쪽 구석이 다른 쪽에 비해 먼지가 적어. 여기에 책이 한 권 있었는지도 몰라. 아니면 상자였는지도 모르지. 하지만 더 이상은 할 수 있는 일이 없군. 왓슨, 나가서 저 아름다운 숲 속을 거닐면서 몇 시간 동안 새와 꽃 들과 놀다 오세. 홉킨스, 나중에 이 앞에서 만나 밤중에 여길 찾아왔던 신사가 또 올 것인지 보기로 하세나.”

우리가 매복을 한 것은 열한시가 지나서였다. 홉킨스는 오두막 문을 열어놓자고 했지만, 홈즈는 그러면 밤손님의 의심을 살 거라고 주장했다. 잠금장치는 아주 단순한 것이어서 튼튼한 칼날로 한 번 밀어주기만 하면 열렸다. 홈즈는 또 오두막 안이 아니라 도로 쪽으로 면한 창문 앞의 덤불 속에 숨어서 기다려야 한다고 했다. 이렇게 하면 손님이 방에 불을 켰을 때 그의 행동을 지켜볼 수가 있어서, 그가 무슨 목적으로 이렇게 심야에 은밀히 이곳을 찾았는지 알 수 있다는 것이다.

심야의 불침번은 한없이 길고 적막하게 느껴졌지만, 사냥꾼이 물웅덩이 옆에 숨어서 목마른 사냥감이 찾아오기를 기다릴 때의 짜릿한 긴장감도 있었다. 어떤 짐승이 어둠 속에서 슬그머니 나타날까? 호랑이처럼 사나운 범죄자가 번쩍이는 이빨과 발톱을 동원해서 맹렬하게 싸우다가 잡힐 것인가, 아니면 약하고 무력한 이들만 골라서 해치는 자칼 같은 자가 살금살금 나타날 것인가?

사방은 쥐 죽은 듯 고요했고 우리는 덤불 속에 숨어서 무엇인가가 나타나기를 기다렸다. 처음에는 늦게 귀가하는 마을 사람들의 발소리나 마을에서 들려오는 두런거리는 이야기 소리가 망보는 사람들의 긴장을 누그러뜨려주었지만, 이러한 소리들은 하나씩 둘씩 사라지고 깊은 정적만이 남았다. 들리는 소리라곤 시시각각 밤이 가고 있다는 사실을 알려주는 먼 교회의 시계 종소리와 머리 위를 지붕처럼 덮은 나뭇잎 위로 부슬부슬 가랑비 뿌리는 소리뿐이었다.

시계 종소리가 두시 반을 알렸다. 동이 트기 전 가장 어두운 시간이었다. 갑자기 정문 쪽에서 나지막하지만 날카로운 철컥 소리가 들려오는 바람에 우리는 모두 흠칫 놀랐다. 누군가 마당으로 들어선 것이다. 다시 긴 침묵이 흘렀고, 혹시 내가 잘못 들은 게 아닌가 하는 생각이 들 무렵 숨죽인 발소리가 오두막 저쪽에서 들려오더니, 잠시 후 쨍강거리는 금속성의 소리가 났다. 누군가 자물쇠를 열려고 하고 있었다. 이번에는 기술이 더 좋았는지 아니면 도구가 더 나은 것이었는지 모르겠지만, 갑자기 딸깍하는 소리가 나며 경첩이 삐걱대는 소리가 들렸다. 성냥불이 켜지는가 싶더니 금세 은은한 촛불이 오두막 안을 밝혔다. 모두의 시선이 망사 커튼 너머의 방 안 풍경에 붙박였다.

심야의 손님은 유약하고 호리호리한 청년이었는데 검은 턱수염 때문에 죽은 사람처럼 창백한 안색이 유난히 돋보였다. 아무리 해도 스무 살은 넘어 보이지 않았다. 그렇게 겁에 질려 있는 사람은 처음이었는데, 눈에 보이도록 이를 딱딱 마주치는가 하면 팔다리를 부들부들 떨었다. 옷은 신사처럼 입었는데, 노픽 재킷에 무릎 밑까지 오는 반바지 차림에 베레모를 쓰고 있었다. 청년은 겁에 질린 눈으로 방 안을 둘러보았다. 그러더니 촛불을 탁자 위에 올려놓고 이곳에서는 보이지 않는 방구석으로 갔다. 그리고 커다란 책 한 권을

들고 탁자 앞으로 돌아왔는데, 그것은 선반에 일렬로 꽂혀 있던 항해 일지 중의 한 권이었다. 청년은 탁자에 몸을 기대고 재빨리 책장을 넘겨 어느 항목을 찾았다. 그러더니 화난 사람처럼 주먹을 휘두르며 항해 일지를 덮은 다음, 책을 제자리에 갖다 놓고 불을 껐다. 그리고 청년이 오두막을 나가려고 몸을 돌리는 순간 홉킨스에게 우악스럽게 멱살을 잡혔다. 청년은 자신이 잡혔다는 걸 알고 공포에 질린 듯 가쁜 숨을 몰아쉬었다. 촛불을 다시 켜자, 가련한 포로가 형사에게 붙들린 채 몸을 사시나무 떨듯 떨고 있었다. 그는 선원용 사물함에 주저앉아 힘없는 눈으로 우리 셋을 번갈아 바라보았다.

스탠리 홉킨스가 말했다.

"이봐, 젊은 친구, 대체 너는 누구이고 여기엔 무엇하러 온 거냐?"

청년은 마음을 가라앉히고, 침착해지려고 애쓰면서 우릴 쳐다보았다.

"형사님들이신가요? 제가 피터 케리 선장의 죽음과 관계있다고 생각하시나 보군요. 분명히 말씀드리지만 저는 아무런 죄가 없습니다."

"그건 앞으로 알아보기로 하고 우선 이름을 대라!"

홉킨스가 말했다.

"저는 존 호프리 넬리건이라고 합니다."

홈즈와 홉킨스는 재빨리 의미 있는 시선을 주고받았다.

"여기서 뭘 하고 있었지?"

"제 말을 비밀에 부쳐주실 수 있습니까?"

"그건 안 된다."

"제가 왜 말해야 합니까?"

"질문에 대답하지 않으면 너는 법정에서 불리해질 거다."

청년은 움찔했다.

"좋습니다, 말씀드리지요. 말 못 할 이유가 어디 있겠습니까? 하지만 해묵은 스캔들에 다시 불이 붙을 거라고 생각하니 정말 싫습니다. 혹시 도슨과 넬리건을 아십니까?"

홉킨스의 얼굴을 보니 전혀 모르는 게 분명했지만 홈즈는 바짝 흥미를 느끼는 듯했다.

"웨스트 컨트리 은행의 은행가들 얘긴가 보군. 두 사람은 100만 파운드의 채무를 지고 지급 불능 상태에 빠져 콘월의 가정 절반을 파산시켰어. 넬리건은 실종됐지."

"맞습니다. 넬리건이 저의 아버님이었습니다."

마침내 이제야 뭔가 구체적인 것이 잡히기 시작했지만 실종된 은행가와 자신의 작살로 벽에 못 박힌 피터 케리 선장 사이의 간극은 아직도 넓어 보였다. 우리는 모두 귀를 쫑긋 세우고 청년의 이야기를 들었다.

"그 사건과 정말 관계있는 사람은 저의 아버님이셨지요. 도슨은 그때 은퇴한 상태였으니까요. 저는 그때 고작 열 살이었지만 그 모든 치욕과 두려움을 충분히 느낄 수 있었습니다. 공식적으로는 아버지가 주식을 몽땅 훔쳐 달아난 것으로 돼 있지만 사실은 그렇지 않습니다. 아버지는 그 주식을 현금화할 시간 여유만 있다면 모든 일이 잘 풀릴 거고 채권자들에게 진 빚도 다 갚을 수 있을 거라고 생각하셨습니다. 아버지는 체포 영장이 발부되기 직전에 작은 요트를 타고 노르웨이로 떠나셨습니다. 저는 그 마지막 밤에 아버지가 어머니에게 작별 인사를 하던 일을 똑똑히 기억하고 있습니다. 아버지는 갖고 가는 주식의 목록을 남겨놓으셨는데, 돌아와서 명예를 회복하겠노라고, 그리고 당신을 믿었던 이들에게 고통을 주지는 않겠노라고 맹세하셨습니다. 하지만 그 뒤에는 감감무소식이었지요. 아버지는 배와 함께 완전히 사라진 것입니다. 어머니와 저는 아버지가 주식을 실은 배와 함께 바다 밑바닥에 가라앉아 있을 거라고 생각했습니다. 그런데 우리 모자에게는 사업을 하는 성실한 친구가 있는데, 그분에게서 얼마 전에 아버지가 들고 간 주식의 일부가 런던 시장에 다시 나타났다는 소식을 듣게 되었습니다. 어머니와 제가 얼마나 놀랐는지 상상하실 수 있겠지요. 저는 몇 달 동안 문제의 주식이 시장에 나온 경로를 추적했고 우여곡절 끝에 맨 처음 주식을 판 사람이 이 오두막의 주인 피터 케리 선장이라는 사실을 알아냈습니다.

당연히 저는 이 사람에 대해 뒷조사를 했지요. 저는 케리 선장이 아버지가 노르웨이로 항해하던 바로 그 시기에 포경선을 타고 북극해에서 귀항하던 중이었다는 사실을 알았습니다. 그해 가을에는 폭풍이 심했는데, 강한 남풍이 연달아 불었지요. 아버지의 배는 강풍에 떠밀려 북쪽으로 흘러가다가 피터 케리 선장의 배를 만났을지도 모릅니다. 그것이 사실이라면 아버님에게 무슨 일이 생겼던 걸까요? 어쨌든 저는 피터 선장이 그 주식이 시장에 나오게 된 경위를 말해 준다면, 아버지가 그것을 팔지 않았다는 것과 아버지가 혼자 이익을 챙길 욕심으로 주식을 가져간 것이 아니라는 사실이 증명될 거라고 생각했습니다.

그래서 저는 선장을 만나려고 서섹스에 내려왔는데, 마침 그때 그 끔찍한 살인 사건이 터진 겁니다. 저는 사실 심리 기록을 보고 이 오두막에 과거의 항해 일지가 보관되어 있다는 사실을 알게 됐습니다. 1883년 8월에, 시 유니콘호 선상에서 무슨 일이 있었는지 알아낼 수 있다면 아버지의 실종과 관련된 수수께끼를 풀 수 있을 거라는 생각이 들었지요. 저는 지난밤에 이 항해 일지를 보려고 왔지만 문을 열 수가 없었습니다. 그래서 오늘 밤에 다시 시도했고 안으로 들어오는 데에는 성공했지만 항해 일지를 찾아보니 그달의 책장들이 찢겨 있었습니다. 그걸 발견한 순간 형사님들에게 잡힌 거지요."

"할 말은 그것뿐인가?"

홉킨스가 물었다.

"예, 할 말은 다 끝났습니다."

청년은 눈길을 피하면서 말했다.

"우리한테 더 이상 할 말이 없다고?"

청년은 머뭇거렸다.

"예, 더 이상 없습니다."

"너 그 전에도 여기 온 적 있지?"

"아니요."

"그럼 이건 어떻게 설명할 테냐?"

홉킨스는 공책을 들어 올리며 소리쳤다. 표지에는 피가 묻어 있고 맨 첫 장에는 청년의 머리글자가 쓰여 있었다. 그 공책은 도저히 몸을 빼낼 수 없는 결정적인 증거물이었다.

가련한 청년은 털썩 주저앉았다. 그리고 두 손에 얼굴을 파묻고 온몸을 부들부들 떨었다.

"그건 어디서 났지요? 저는 몰랐습니다. 저는 그걸 호텔에서 잃어버린 줄 알았어요."

청년은 신음했다.

"이젠 됐다."

홉킨스는 엄격한 어조로 말했다.

"더 할 말이 있거든 법정에서 해라. 이제는 나랑 같이 경찰서로 가줘야겠다. 에, 홈즈 선생님, 저를 도우러 내려와주신 데 대해 선생님과 친구분께 심심한 감사의 말씀을 드립니다. 결과적으로는 두 분께서 굳이 내려오실 필요가 없었군요. 선생님의 도움 없어도 저 혼자 이 사건을 잘 해결했을 테니까요. 하지만, 그래도 감사드립니다. 브램블티 호텔에 두 분의 방을 예약해 놓았으니까 마을까지 같이 걸어 내려갈 수 있겠군요."

다음 날 런던으로 돌아오는 길에 홈즈가 물었다.

"왓슨, 자네는 어떻게 생각하나?"

"자네 얼굴을 보니 만족하지 못한 것 같은데."

"오, 왓슨, 그건 아닐세. 나는 더할 나위 없이 만족하네. 그렇지만 스탠리 홉킨스의 방법이 마음에 안 들어. 나는 그 친구한테 실망했네. 좀 더 나은 것을 기대했는데 말이야. 사람은 항상 다른 가설이 가능한지 알아보고 그것에 대비해야 하네. 그것이 범죄 수사의 으뜸가는 원칙이지.”

“그러면 다른 가설은 뭔가?”

“나는 전혀 다른 방향으로 조사해 왔네. 물론 뾰족한 결과가 없을 수도 있어. 그것은 알 수 없는 일이지. 하지만 적어도 중간에 포기하지는 않을 걸세.”

베이커가에서는 몇 통의 편지가 홈즈를 기다리고 있었다. 그는 얼른 어느 편지를 집어 들고 뜯어보더니 득의에 찬 웃음을 흘렸다.

“좋았어, 왓슨! 전혀 다른 가설이 발전하고 있네. 자네 전보용지 갖고 있나? 내가 부르는 대로 몇 자만 적어주게. ‘래트클리프로, 섬너 해운 회사 앞. 내일 아침 열시까지 세 사람 보내줄 것 — 바질.’ 나는 그쪽 업계에서는 바질이라는 이름으로 통하거든. 또 하나는 ‘브릭스턴, 로드가 46번지, 스탠리 홉킨스 경위 앞. 내일 아홉시 반에 식사하러 오기 바람. 중요한 용건임. 못 올 경우엔 연락 바람—셜록 홈즈.’ 여보게, 나는 벌써 열흘 동안 이 지긋지긋한 사건에 시달려왔네. 이것으로 그놈의 사건에 완전히 종지부를 찍을 생각이야. 내일 우리는 그 사건을 아주 매듭지을 수 있을 걸세.”

스탠리 홉킨스 경위는 정확히 그 시간에 나타났고, 우리는 허드슨 부인이 준비해 준 군침 도는 식사를 앞에 놓고 둘러앉았다. 젊은 형사는 사건 해결에 성공하여 한껏 들떠 있었다.

"자네가 내린 결론이 정말 옳다고 생각하나?"

홈즈가 물었다.

"그보다 더 완전한 해답은 상상할 수 없습니다."

"내가 보기에는 사건이 아직 끝나지 않은 것 같은데."

"홈즈 선생님, 정말 놀라운 말씀을 하시는군요. 어떻게 그 이상을 더 바라겠습니까?"

"자네가 내린 결론으로 사건의 모든 요소가 다 설명이 될까?"

"그렇고말고요. 알고 보니 넬리건은 사건 당일에 브램블티 호텔에 투숙했더군요. 그는 골프를 치러 왔다고 둘러댔습니다. 그의 방은 1층에 있었기 때문에 언제든지 밖으로 나갈 수 있었지요. 그날 밤 넬리건은 우드먼 리로 내려가서 오두막에서 피터 케리를 만나 대판 싸우고 작살로 상대를 살해했습니다. 그리고 자신이 한 짓에 겁을 먹은 나머지 피터 케리에게 다른 주식들에 대해 질문하기 위해 가져온 공책을 떨어뜨리고 오두막에서 도망쳤지요. 보셨는지 모르겠지만 주식 일부에는 점을 찍어 표시해 놓았지만 다른 대다수의 주식에는 그런 표시가 안 되어 있습니다. 이렇게 표시해 놓은 주식들은 런던의 주식 시장에서 찾아낼 수 있었지만, 대다수의 주식들은 여전히 케리가 보관하고 있을 가능성이 컸지요. 그리고 넬리건 자신의 설명에 따르면, 그는 부친의 채권자들에게 빚을 갚기 위해 남은 주식을 되찾으려고 했습니다. 넬리건은 도망친 뒤에 한동안은 감히 오두막에 접근할 엄두를 못 냈지만, 결국 필요한 정보를 얻기 위해 그곳에 침입했습니다. 모든 것이 간단명료하지 않습니까?"

홈즈는 가만히 웃으며 고개를 가로저었다.

"홉킨스, 자네의 설명에는 한 가지 결함이 있는 것 같은데, 그건 바로 자네 설명이 근본적으로 사실과 맞지 않는다는 것이지. 자네, 작살을 던져서 돼지 몸뚱이를 꿰뚫어본 적이 있나? 없다고? 저런, 쯧쯧, 여보게, 자네는 정말 사소한 점들에 주의해야 하네. 내 친구 왓슨은 내가 어제 아침 내내 그런 운동을 했다는 걸 알고 있네. 그건 정말 쉬운 일이 아닌데, 팔 힘이 좋아야 할뿐더러 요령이 필요하거든. 그런데 이번 사건에서 작살은 단번에 몸을 꿰뚫고 벽에 깊숙이 박혔네. 자네는 그 허약 체질의 청년이 그렇게 엄청난 괴력을 발휘할 수 있다고 생각하나? 한밤중에 블랙 피터와 럼주를 주거니 받거니 한 사내가 바로 그 청년일까? 이틀 전 밤 두시에 커튼에 옆모습이 비친 사내가 바로 그 청년일까? 아니지, 홉킨스, 우리가 찾아야 하는 인물은 훨씬 더 무서운, 딴 사람일세."

홈즈가 말하는 동안 형사는 점점 풀이 죽었다. 그의 기대와 야망이 한꺼번에 무너져 내리고 있었다. 하지만 홉킨스는 순순히 자신의 과오를 인정하려 들지 않았다.

"홈즈 선생님, 넬리건이 그날 밤 현장에 있었다는 사실을 부정하지는 못하실 겁니다. 공책이 그 사실을 증명해 주고 있으니까요. 저는 배심원단을 만족시킬 만한 증거를 확보해 놓았습니다. 선생님이 저의 증거에 흠집을 낸다고 해도 할 수 없지요. 게다가 저는 용의자를 이미 검거했습니다. 그런데 선생님이 말씀하시는 그 괴력의 사나이는 대체 어디 있습니까?"

"지금 우리 집 계단에 와 있는 것 같구먼."

홈즈는 침착하게 말했다.

"왓슨, 자네 리볼버를 손 닿는 데 꺼내놓는 게 좋겠네."

그는 일어서서 보조 탁자에 서류 한 장을 올려놓았다.

"자, 이제 준비가 다 됐군."

밖에서 걸걸한 목소리로 주고받는 말소리가 들려오더니, 잠시 후 허드슨 부인이 방문을 열고 세 남자가 와서 바질 선장을 찾고 있다고 전했다.

"한 사람씩 들여보내주십시오."

홈즈는 말했다.

맨 처음에 들어온 사람은 작달막한 립스턴 피핀(영국산 사과의 일종—옮긴이)이었는데, 불그레한 뺨에 탐스러운 하얀 구레나룻을 기르고 있었다. 홈즈는 주머니에서 서류를 한 장 꺼내어 물었다.

"이름은?"

"제임스 랭커스터."

"랭커스터, 미안하네만 자리가 다 찼군. 여기 반 파운드 있네. 이 옆방에 들어가서 잠시 기다려주게."

그다음에 들어온 사내는 바짝 마른 껑다리였는데 뻣뻣하게 뻗친 머리에 얼굴은 누렇게 떴다. 이름은 휴 패틴스였다. 그도 자리가 다 찼다는 말과 함께 반 파운드를 받고 기다리라는 지시를 받았다.

세 번째 지원자는 남다른 외모의 소유자였다. 얼굴은 사나운 불도그 같았는데 머리카락과 수염은 헝클어져 있고, 밑으로 늘어진

숱 많은 눈썹 아래 대담해 보이는 검은 눈이 번득였다. 그는 선원처
럼 인사하고 서서 두 손으로 모자를 빙글빙글 돌렸다.

"이름은?"

홈즈가 물었다.

"패트릭 케언스."

"작살잡이?"

"예, 선장님. 스물여섯 번 배를 탔습죠."

"던디항에서?"

"예, 선장님."

"탐사선도 괜찮은가?"

"예, 선장님."

"급료는?"

"한 달에 8파운드."

"당장 탈 수 있나?"

"장비를 받는 대로."

"서류는 갖고 있나?"

"예, 선장님."

케언스는 기름때가 묻은 너덜거리는 서류 뭉치를 주머니에서 꺼
냈다. 홈즈는 그것을 훑어보고 돌려주었다.

"자네가 적임자로군. 여기 계약서가 있네. 거기 서명하면 모든 게
다 해결되지."

선원은 갈지자걸음으로 다가와 펜을 집어 들었다.

“여기다 서명할까요?”

사내는 탁자 위로 허리를 굽히며 물었다.

홈즈는 사내의 어깨 너머로 서류를 들여다보며 사내를 뒤에서 껴안는 듯한 몸짓을 했다.

“됐어.”

그리고 다음 순간 홈즈와 선원은 함께 바닥에 나뒹굴었다. 사내는 황소 같은 힘의 소유자였던 까닭에 홈즈가 아무리 교묘한 솜씨로 손목에 수갑을 채웠어도, 나와 홉킨스가 합세해서 덤벼들지 않았다면 순식간에 내 친구를 제압했을 것이다. 내가 리볼버의 싸늘한 총구를 관자놀이에 갖다 댔을 때야 사내는 비로소 저항해 봤자 소용없다는 사실을 이해했다. 우린 그의 발목을 끈으로 친친 동여매고 숨을 몰아쉬며 일어섰다.

“홉킨스, 자네한테 정말 사과해야겠군.”

셜록 홈즈는 말했다.

“달걀 요리가 다 식었을 것 같으니 말일세. 하지만 나머지 아침 식사는 훨씬 기분 좋게 즐길 수 있을 걸세. 안 그런가? 자네가 사건을 멋지게 매듭지었다는 걸 생각하면 말이야.”

스탠리 홉킨스는 꿀 먹은 벙어리처럼 말이 없었다.

“홈즈 선생님, 무슨 말씀을 드려야 할지 모르겠군요.”

그는 새빨개진 얼굴로 겨우 입을 열었다.

“제가 처음부터 바보 짓을 했던 것 같군요. 저는 학생이고 선생님은 스승이라는 사실을 잊지 말았어야 했다는 생각이 이제야 듣니

다. 저는 지금 선생님의 활약을 봤으면서도 도대체 뭐가 뭔지 전혀 모르겠습니다."

"그래그래."

홈즈는 부드럽게 말했다.

"사람은 누구나 경험을 통해 배우지. 그런데 이번에 자네가 배워야 할 교훈은 항상 다른 가능성이 있는지 알아봐야 한다는 것일세. 자네는 넬리건한테 열중한 나머지 진짜 피터 케리를 살해한 패트릭 케언스는 생각하지 못했네."

선원이 걸걸한 목소리로 대화에 끼어들었다.

"여보쇼, 잠깐 내 말 좀 들어보쇼. 나는 뭐 이렇게 인간 이하로 취급받아도 할 말이 없는 사람이지만, 그래도 말은 바로 합시다. 당신은 내가 피터 케리를 살해했다고 하는데 나는 피터 케리를 죽인 거요. 그건 하늘과 땅 차이요. 물론 내 말을 믿지 않으시겠지. 내가 터무니없는 얘기를 지어낸다고 생각하실 테고."

"천만에, 어디 할 말이 있으면 해보게."

홈즈가 말했다.

"내 말하리다. 그리고 주님께 맹세코, 내 말은 한 치도 거짓 없는 사실이오. 나는 블랙 피터를 잘 아는 사람이고, 그자가 칼을 빼 들기에 재빨리 작살을 날렸소. 내가 먼저 손을 쓰지 않았으면 그자가 날 죽였을 거요. 그자는 그렇게 뒈졌소. 그걸 살인이라고 할 수도 있겠지. 어쨌든 나는 블랙 피터의 칼은 피했지만 조만간 밧줄에 목이 매달리게 생겼구려."

"그 집엔 어떻게 가게 됐나?"

홈즈가 물었다.

"처음부터 말하리다. 말이라도 편하게 할 수 있게 잠깐 좀 앉게 해주쇼. 사건이 일어난 건 1883년이었소. 그해 8월이었지. 피터 케리는 시 유니콘호의 선장이었고 나는 작살잡이였소. 일주일째 강한 남풍이 불었는데, 우린 빙하군 사이를 빠져나와 맞바람을 맞으며 귀항하다가 북쪽으로 떠밀려 온 작은 배를 한 척 만났소이다. 배에는 단 한 사람이 타고 있었는데 육지 사람이었소. 그 배의 선원들은 배가 침몰할 거라고 믿고, 선박에 실어놓은 보트를 타고 노르웨이 해안 쪽으로 도망쳤던 모양이오. 그자들은 아마도 몽땅 파도에 휩쓸려 뒈졌을 거요. 어쨌든 우리는 그 사람을 배로 끌어 올렸고 그 사람은 선장과 함께 선실 안에서 오랫동안 이야기를 나누었소. 우리가 그이와 함께 끌어 올린 짐은 달랑 양철 상자 하나뿐이었소. 내가 아는 한, 그이는 이름을 말한 적이 없고 두 번째 날 밤에는 아예 처음부터 없었던 사람처럼 감쪽같이 사라지고 말았소. 그가 바닷속으로 몸을 던졌다거니 강풍에 날려 갑판 너머로 떨어졌다거니 하는 얘기가 선원들 사이에 퍼졌소. 하지만 그이가 어떻게 됐는지 아는 사람이 딱 하나 있었는데, 그게 바로 나요. 나는 스코틀랜드 동북쪽에 있는 셰틀랜드 등대를 발견하기 이틀 전, 칠흑같이 어두운 밤에 야간 당직을 서다가 선장이 그이를 갑판 너머로 떠다미는 광경을 보았소.

에, 나는 아무한테도 말하지 않고 일이 어떻게 돼갈 것인지 지켜보았소. 배가 스코틀랜드에 기항했을 때는 모두들 쉬쉬하고 아무도 그 사람 얘기를 꺼내지 않았소. 낯선 사람이 사고로 죽었으니 누구도 알 바 아니었던 거요. 피터 케리는 곧 배 타는 일을 그만두었는데, 그의 행방을 알게 된 것은 세월이 한참 흐른 뒤였소. 나는 선장이 일을 그만둔 것은 그 양철 상자 속에 들어 있던 물건 때문일 거라고 생각했고, 이제는 내가 입을 다무는 대가로 큰돈을 집어줄 만한 여유가 있을 거라고 추측했소.

나는 런던에서 케리 선장을 만났다는 한 선원을 통해 그가 사는 곳을 알아냈소. 그리고 선장을 압박하려고 밤에 거기로 찾아갔소. 처음에는 말이 잘 통했고 선장은 내가 뱃놈 노릇을 그만두고도 살 수 있게 해주겠다고 했소. 우리는 이틀 뒤에 만나서 일을 매듭짓기로 했소. 내가 밤에 찾아갔을 때, 선장은 이미 곤드레만드레 취해서 개 같은 성질이 발동한 상태였소. 우리는 마주 앉아 술잔을 주거니 받거니 하며 옛날 얘기를 했지만 술이 들어갈수록 선장의 얼굴에 떠오르는 표정이 마음에 안 들었소. 나는 벽에 걸린 작살을 눈여겨보며 저게 곧 필요해지겠구나 하고 생각했소. 아니나다를까, 선장은 살의가 번득이는 눈으로 욕설을 퍼부으며 커다란 접는 칼을 꺼내 들었소. 나는 그자가 칼집에서 칼을 빼 들 시간을 주지 않고 작살을 날렸소이다. 에잇! 그 돼지 멱따는 소리하고는! 요즘은 밤에 그 얼굴이 자꾸 나타나서 잠을 못 잔다오. 나는 피바다 속에 서 있었는데, 잠깐 기다려보았지만 사방이 쥐 죽은 듯 조용하고 아무 일도 없기에 다시 용기를 냈소. 방 안을 둘러보았더니 선반에 그 양철 상자가 있었소이다. 어쨌든 그 상자에 대해서는 나도 피터 케리 못지않게 권리가 있는 사람인지라, 그걸 들고 오두막을 빠져나왔소이다. 바보같이 탁자 위에 내 담배쌈지를 놔두고 말이오.

내 얘기에서 제일 이상한 부분은 이제부터요. 막 오두막을 나왔는데 누군가 다가오는 소리가 들려서 덤불 뒤에 몸을 숨겼소. 한 남자가 살금살금 다가와 오두막으로 들어가더니, 귀신이라도 본 것처럼 비명을 지르고 걸음아 날 살려라 삼십육계 줄행랑을 놓았소. 그 사람이 누군지, 또 뭘 바라고 왔는지는 알 수 없소이다. 나는 15킬로미터를 걸어서 턴브리지 웰스에서 기차를 타고 런던에 도착했소. 물론 그 일에 대해서 아는 사람은 아무도 없었소.

상자를 열어보니 그 속에 돈이라곤 한 푼도 없었고 내가 팔아먹지도 못할 종잇조각만 수두룩했소. 이제 블랙 피터에게 기댈 수도 없게 됐는데 빈털터리 신세로 런던에 좌초한 거요. 다시 뱃일로 돌아갈 수밖에 없게 됐소. 그런데 신문 광고를 보니 어느 해운 회사에서 높은 급료를 약속하며 작살잡이를 뽑는다고 하기에 거기로 찾아갔더니 이리로 가보라고 했소. 내가 아는 건 이게 전부요. 그리고 다시 말해 두지만 내가 블랙 피터를 죽인 것에 대해 정부는 감사해야 할 거요. 내 덕분에 교수용 밧줄 값을 절약했으니 말이오.”

“대단히 명쾌한 진술이로군.”

홈즈는 일어서서 파이프에 불을 붙이며 말했다.

“홉킨스, 지체 없이 피의자를 안전한 장소로 옮겨야 할 걸세. 이 방은 감방으로는 별로 적당치 않은 데다가 패트릭 케언스는 우리 집에서 자리를 너무 넓게 차지하고 있단 말이야."

"홈즈 선생님, 어떻게 감사의 말씀을 드려야 할지 모르겠군요. 저는 아직도 선생님께서 어떻게 이런 성과를 올렸는지 잘 모르겠습니다."

홉킨스가 말했다.

"그저 운이 좋아서였지. 처음부터 옳은 단서를 쥐고 있었으니까. 만일 이 공책의 존재를 알았다면 나도 자네처럼 다른 방향으로 생각했을 걸세. 하지만 내가 가지고 있던 정보는 오로지 한 방향을 가리키고 있었지. 작살을 꽂는 놀라운 힘과 기술, 럼주, 물개 가죽 담배쌈지와 싸구려 담배, 이 모든 것은 뱃사람, 특히 포경선을 타는 선원을 가리키고 있었네. 나는 담배쌈지의 머리글자 'P. C.'가 피터 케리(Peter Carey)와 같지만 그것은 우연의 일치일 거라고 확신했어. 왜냐하면 블랙 피터는 담배를 피우지 않고 오두막에서도 파이프는 발견되지 않았으니까. 자네도 기억하겠지만, 나는 자네한테 방 안에 위스키와 브랜디가 있었느냐고 물었네. 자네는 있었다고 대답했지. 그런데 육지 사람 중에서 다른 술이 있는데도 굳이 럼주를 찾아 마실 사람이 얼마나 될까? 나는 그걸 보고 범인은 뱃사람임에 틀림없다고 생각한 거지."

"그런데 이자는 어떻게 찾아내셨습니까?"

"여보게, 그건 정말 간단했네. 만약 범인이 뱃사람이라면 피살자와 함께 시 유니콘호를 탔던 선원일 수밖에 없었네. 내가 아는 한 선장은 다른 배를 탄 적이 없었으니까. 나는 사흘 동안 던디항으로 전보를 치는 일에 매달렸고 결국 1883년에 시 유니콘호에 승선한 승무원 명단을 입수할 수 있었지. 작살잡이 명단에 패트릭 케언스(Patrick Cairns)라는 이름이 올라 있더군. 그걸 보고 수사가 막바지에 이르렀다는 걸 직감했네. 나는 그가 지금 런던에 있고 잠시 이 나라를 떠나 있고 싶을 거라고 추측했지. 그래서 며칠 동안 이스트엔드로 출근해서 북극해 원정대를 꾸몄고, 바질 선장 밑에서 일할 작살잡이를 뽑기 위해 그럴듯한 조건을 내걸었지. 그러자 이런 결과가 나온 걸세!"

"훌륭하십니다! 훌륭해요!"

홉킨스는 소리쳤다.

"되도록 빨리 넬리건 청년을 풀어줘야 하네. 자네는 그 청년에게 사과해야 할 거야. 양철 상자는 주인에게 돌아가겠지만 피터 케리가 팔아먹은 주식을 되찾는 것은 불가능하네. 홉킨스, 저기 마차가 오는군. 이 친구를 저기 태워서 데려가면 되겠어. 재판 과정에서 내 증언이 필요할지도 모르겠지만 나와 왓슨은 그때쯤엔 노르웨이 어디쯤에 가 있을 걸세. 주소는 나중에 보내주겠네."

찰스 오거스터스 밀버턴

지금부터 이야기하려는 사건이 일어난 지도 벌써 몇 해가 흘렀지만, 그때 일에 대해 언급하는 것은 아직도 조심스럽기만 하다. 아무리 신중을 기한다고 해도 그 사건을 공개하는 것은 오랫동안 불가능한 일이었다. 그러나 이제는 중요한 관련자 대부분이 인간의 법이 미치지 않는 곳에 있으므로, 조심성을 발휘하기만 한다면 아무에게도 피해를 주지 않고 사실을 털어놓을 수 있을 것이다. 그것은 셜록 홈즈와 나 자신의 이력에서 비할 바 없이 독특한 경험으로 남아 있다. 날짜를 비롯해서 실제의 사건과 결부될 수도 있는 제반 사항을 밝히지 않는 것에 대해 독자 여러분의 양해를 바란다.

매서운 추위가 몰아닥친 어느 겨울 저녁, 홈즈와 나는 저녁 산책을 나갔다가 여섯시경에 돌아왔다. 친구가 등잔불로 탁자 위를 비추자 명함 한 장이 불빛에 드러났다. 그는 명함을 들여다보더니 질색을 하며 바닥에 내동댕이쳤다. 나는 명함을 주워 들고 읽어보았다.

찰스 오거스터스 밀버턴,

햄스테드,

애플도어 타워스.

—중개인

"이 사람이 누군데?"

나는 물었다.

"런던에서 제일 악질적인 인간이지."

홈즈는 자리에 앉아 불 앞으로 다리를 뻗으며 대꾸했다.

"그 뒤에 뭐라고 쓰여 있나?"

나는 명함을 뒤집어 소리 내어 읽었다.

"여섯시 30분 정각에 오겠음—C. A. M.."

"쳇! 올 시간이 다 됐군. 왓슨, 자네 동물원에서 뱀을 만났을 때, 소리 없이 미끄러져 가는 독을 품은 몸뚱이와 악의에 가득 찬 눈, 사악하기 짝이 없는 납작한 대가리를 보고, 뭔가가 살갗 위를 스멀스멀 기어가는 것처럼 몸서리쳐지는 느낌을 받은 적이 있지? 그런데 밀버턴의 인상이 꼭 그렇거든. 나는 탐정 노릇을 하면서 50여 명의 살인자를 알게 됐지만, 그중에서 가장 질이 나쁜 자도 이 밀버턴이라는 자만큼이나 혐오감을 불러일으킨 적은 없었네. 하지만 나는 그자와 거래하지 않을 수 없게 됐어. 사실 그는 내 초대를 받아서 여기 오는 걸세."

"그런데 이 사람이 누구냐고?"

"이제부터 말해 주겠네, 왓슨. 밀버턴은 공갈범의 제왕일세. 그자는 주로 여자들을 골라 약점을 잡아서 명예를 실추시키겠다고 협박하지. 신이여 이들을 도우소서! 그는 항상 웃는 얼굴을 하고 있지만 바늘로 찔러도 피 한 방울 안 날 위인이라, 일단 손아귀에 들어온 사람들은 빈털터리가 될 때까지 쥐어짠다네. 어떻게 보면 천재적인 데가 있어서 좀 더 그럴싸한 직업을 선택했다면 분명히 이름깨나 날렸을 걸세. 그자의 수법은 이렇다네. 먼저 부와 지위가 있는 사람들의 명예를 훼손할 만한 편지가 있으면 거액을 주고 사들이겠다는 소문을 퍼뜨려놓지. 이런 물건을 들고 오는 사람은 배은망덕한 시종이나 하녀 들뿐 아니라, 순진한 여성들을 사로잡아 신뢰와 애정을 얻어낸 상류 사회의 불한당인 경우도 많아. 밀버턴은 절대로 인색하게 굴지 않는다네. 나는 그자가 어느 귀족 가문의 하인에게 단 두 줄짜리 편지에 대한 대가로 700파운드를 지불했고, 그것 때문에 그 가문이 완전히 몰락했다는 얘기를 들은 적도 있네. 시장에 나오는 물건은 몽땅 밀버턴의 손아귀로 들어가는데, 그래서 이 대도시에는 그의 이름을 듣기만 해도 얼굴이 하얗게 질릴 사람이 수백 명 되지. 그의 창끝이 누구를 겨눌 것인가는 아무도 모른다네. 왜냐하면 그자는 돈도 많지만 교활하기 짝이 없어서, 수중에 들어온 물건을 그날로 처분하는 일 같은 건 하지 않거든. 그자는 판돈이 가장 커지는 때를 기다려서 손에 쥔 카드를 몇 년씩이나 붙들고 있는 그런 자일세. 나는 그자가 런던에서 제일 악질이라고 했는데, 생각해보게. 욱하는 혈기에 동료에게 곤봉을 휘두른 사람과, 그렇지 않아도 두둑한 지갑을 더욱 배 불리기 위해 한가한 때를 골라 차근차근 사람들을 쥐어짜고 피를 말리는 이런 자를 어떻게 똑같이 비교할 수 있겠나?"

나는 친구가 그렇게 흥분해서 말하는 것을 별로 본 적이 없었다.

"하지만 그런 짓은 분명히 법에 저촉될 텐데?"

"원칙적으로는 그렇지. 하지만 현실적으로는 그렇지 않다네. 예를 들면, 협박을 당한 여성이 그자를 몇 달 동안 징역을 살게 해서 뭐하겠나? 그다음에 자기 신세를 망칠 게 뻔한데. 피해자들은 감히 반격할 생각을 못 한다네. 만일 밀버턴이 무고한 사람을 협박한다면 당장 잡아넣을 수 있겠지만, 그자는 마왕처럼 교활하거든. 그건 안 되네, 그자와 맞서 싸우려면 다른 방법을 찾아봐야 해."

"그런데 그런 자가 여기는 왜?"

"어느 유명한 의뢰인이 나한테 딱한 사정을 호소해 왔기 때문이지. 에바 블랙웰 양이라고, 지난 시즌에 사교계에 데뷔한 숙녀 중에서 가장 아름다운 여성일세. 보름 후에 도버코트 백작과 결혼식이 예정돼 있다네. 그런데 이 악귀가 숙녀께서 어느 무일푼의 지주 아들에게 쓴 경솔한 편지를 몇 통 손에 넣었네. 여보게, 그것은 경솔한 편지 그 이상은 절대로 아닐세. 하지만 그것은 결혼식을 무산시킬 수 있는 파괴력을 갖고 있네. 밀버턴은 자신이 요구한 거액의 돈을 받지 못하면 그 편지를 백작에게 보낼 걸세. 난 그자를 대신 만나서 최대한 액수를 조정해 달라는 의뢰를 받았네."

바로 그때 거리에서 마차가 덜컹거리는 소리가 들려왔다. 아래를 내려다보자 두 필의 말이 끄는 당당한 사륜마차가 보였다. 마차에 달려 있는 휘황한 등불이, 멋진 밤색 말 두 필의 윤기 자르르한 엉덩이를 비춰주었다. 마부가 문을 열자 털이 긴 아스트라한 외투를 걸친 키가 작고 뚱뚱한 사내가 마차에서 내렸다. 1분 뒤에 그는 방으로 들어왔다.

50대의 찰스 오거스터스 밀버턴은 크고 지적으로 보이는 머리를 하고 수염이 별로 없는 둥글둥글하게 살찐 얼굴에는 미소가 그칠 줄 몰랐으며, 알이 큰 금테 안경 너머로 날카로운 회색 눈이 유난히 번쩍거렸다. 얼굴에 그려놓은 듯한 위선적인 미소와 쏘는 듯한 눈으로 쉴 없이 주위를 살피는 점만 빼면, 외모는 대체로 피크위크 씨(디킨스의 『피크위크 클럽의 기록』에 등장하는 착하고 익살스러운 노인—옮긴이) 같은 호인풍이었다. 유감스럽게도 아까 헛걸음을 했다고 중얼거리면서 포동포동하고 자그마한 손을 내밀며 다가오는데 목소리 또한 얼굴 못지않게 사근사근하고 부드러웠다. 홈즈는 밀버턴이 내민 손을 본 척도 하지 않고 돌처럼 굳은 얼굴로 그를 응시하고 있었다. 밀버턴은 씩 웃으며 어깨를 들썩하더니 외투를 벗어서 차곡차곡 접은 다음 의자 등받이에 걸쳐놓고 자리에 앉았다.

"이 신사분은?"

밀버턴은 내 쪽을 가리키며 물었다.

"입이 무거운 분이오? 이 자리에 동석해도 괜찮겠소?"

"왓슨 박사는 내 친구이자 동료요."

"좋소이다, 홈즈 선생. 내가 이런 말을 하는 건 다 선생의 의뢰인을 보호하기 위해서요. 사안이 워낙 예민한지라……."

"왓슨 박사는 이미 다 알고 있소."

"그러면 곧장 사업 얘기로 들어가도 되겠군요. 선생은 에바 양을 대변한다고 하셨소이다. 그 숙녀분께서 나의 요구 조건을 수락할 권한을 선생에게 위임했는가요?"

"당신 요구가 뭐요?"

"7000파운드."

"만약 못 주겠다면?"

"허허, 참, 나로서는 입 밖에 내는 것도 마음 아프지만 만약 14일까지 돈을 지불하지 않으면 18일의 결혼식은 취소될 거요."

밉살스럽기 짝이 없는 미소가 더욱 흡족한 미소로 변했다.

홈즈는 잠시 생각에 잠겨 있다가 마침내 입을 열었다.

"내 생각에 댁은 매사를 너무 쉽게 생각하는 것 같소. 물론, 나는 그 편지의 내용에 대해 잘 알고 있소. 나의 의뢰인은 반드시 내 조언을 따를 거요. 나는 숙녀에게 부군 되실 분에게 사실을 솔직히 털어놓고 용서를 빌라고 충고할 거요."

밀버턴은 혼자서 낄낄거렸다.

"선생은 백작이 어떤 분인지 잘 모르시나 보오."

홈즈의 벌레 씹은 듯한 표정을 보니 잘 알고 있는 것이 분명했다.

"그 편지가 무슨 문제를 일으킬 수 있겠소?"

홈즈는 물었다.

"그 편지가 공개되면 큰 소동이 일어날 거요. 암, 그렇고말고."

밀버턴은 대답했다.

"숙녀분은 편지를 아주 매력적으로 쓰는 분이지요. 그러나 도버코트 백작이 그걸 알아줄 만한 사람일까? 절대 그렇지 않을 거요. 하지만 선생이 나와 생각이 다르다면, 얘기는 그 정도로 해둡시다. 이건 순전히 사업상의 문제요. 선생이 이 편지를 백작 손에 쥐여주는 것이 의뢰인에게 최선이라고 생각한다면, 편지를 되찾기 위해 그렇게 많은 돈을 지불하는 것이 정말 바보스럽게 생각되겠군요."

밀버턴은 벌떡 일어서서 아스트라한 코트를 집어 들었다.

홈즈는 분노와 굴욕감으로 얼굴이 창백해졌다.

"잠깐, 성질이 급하시군. 문제가 아주 예민한 것이니만치 우리는 스캔들이 터지는 걸 막기 위해 최선을 다해야 하오."

밀버턴은 도로 의자에 주저앉았다.

"선생이 그렇게 나오실 줄 알았소."

"하지만……."

홈즈가 말을 이었다.

"에바 양은 부유한 여성이 아니오. 분명히 말해 두지만 숙녀의 재산을 있는 대로 긁어모아봤자 2000파운드가 고작이고 댁이 말한 액수는 숙녀분의 능력으로는 도저히 어떻게 해볼 도리가 없는 터무니없는 금액이오. 그러니까 요구를 좀 낮춰서 내가 제시하는 액수에 그 편지를 돌려주기 바라오. 댁이 최대로 받아낼 수 있는 금액은 2000파운드요."

밀버턴은 더욱 활짝 웃었는데 재미있다는 듯 눈을 빛냈다.

"숙녀의 재산만 갖고 따진다면 선생의 말이 옳다는 걸 본인도 알고 있소. 하지만 숙녀의 결혼식은 친구나 친척 들이 신부를 위해 약간의 성의를 보여줄 절호의 기회라는 사실도 인정하셔야 할 거요. 친지들은 신부가 좋아할 만한 결혼 선물이 뭔지 잘 모를 수도 있소이다. 나는 이 작은 편지 다발이 런던의 갖가지 버터 접시나 나뭇가지 모양 촛대보다 신부에게 더 환영받으리라는 사실을 알려주겠소."

"그것은 안 되오."

홈즈는 말했다.

"이런, 참으로 유감스럽군!"

밀버턴은 두툼한 수첩을 꺼내며 소리쳤다.

"이러다가는 숙녀들이 아무런 노력도 하지 말라는 식의 무분별한 조언을 받겠군요. 자, 이걸 보시오!"

밀버턴은 겉봉에 문장이 찍혀 있는 작은 편지 한 통을 집어 들었다.

"이 편지는 앞으로……, 아, 아직은 그 이름을 밝히는 게 온당한 일이 아닐 것 같소. 하지만 때가 되면 이건 숙녀의 신랑 되실 분의 수중에 들어가게 될 거요. 그런데 그런 사태에 대한 책임은, 다이아몬드 반지를 유리 반지로 바꿔서 모을 수 있는 약소한 금액을 준비하지 않은 숙녀 자신에게 있소이다. 정말 딱한 노릇이오! 혹시 귀족 가문의 마일스 양과 도킹 대령이 갑자기 파혼했던 일을 기억하시오? 결혼식을 겨우 이틀 앞두고 《모닝 포스트》에 모든 일정이 취소됐다는 기사가 실렸소이다. 왜 그랬을까? 믿기 힘들겠지만, 그런 사태는 1200파운드라는 푼돈으로 미연에 방지할 수 있었소. 딱하지 않소이까? 그런데 선생처럼 지각이 있으신 분이, 의뢰인의 장래와 명예가 송두리째 걸린 상황에서 요구 조건을 따지며 망설이시다니. 홈즈 선생, 본인은 정말 놀랐소이다."

"내 말은 사실이오."

홈즈는 대답했다.

"정말 돈이 없소. 내가 제시한 것도 적은 금액이 아니니, 아무 실익도 없이 한 여성의 앞길을 망치는 것보다는 그 돈이라도 받는 게 훨씬 낫지 않소?"

"홈즈 선생, 그것은 가당치 않은 말씀이오. 편지를 공개하는 것은 간접적으로 내게 상당히 득이 되오. 지금 이와 비슷한 사업이 열 가지쯤 추진되고 있소이다. 내가 본보기 삼아 에바 양을 가차 없이 처리했다는 소문이 돌면 모두들 한층 이성적으로 될 거요. 내 말 알아듣겠소?"

홈즈는 벌떡 일어섰다.

"왓슨, 문 앞을 막아서게! 이자를 밖으로 내보내면 안 돼! 자, 그 수첩에 든 걸 좀 보자고."

밀버턴은 쥐새끼처럼 날랜 동작으로 몸을 날려 벽을 등지고 섰다.

"이보시오, 홈즈 선생."

그는 웃옷 앞자락을 들추고 안주머니에서 불룩하게 튀어나온 커다란 리볼버 개머리를 가리켰다.

"난 선생이라면 뭔가 독창적인 방법을 쓰실 줄 알았소. 이런 일을 한두 번 겪는 건 아니지만 대체 이렇게 해서 뭘 어쩌겠다는 거요? 분명히 말해 두지만 나는 지금 완전 무장하고 있고 언제라도 무기를 사용할 준비가 되어 있소. 물론 이건 정당방위요. 게다가 선생은 내가 이 수첩에 편지를 넣어가지고 왔을 거라고 짐작하나 본데 그건 완전히 오산이오. 그런 어리석은 짓을 할 생각은 추호도 없소이다. 내가 그렇게 어수룩한 사람으로 보이시오? 신사 여러분, 그럼 이만 실례하겠소. 오늘 저녁에 만나봐야 할 사람이 한두 사람 더 있을 뿐 아니라 햄스테드까지 가려면 한참 걸리니까 말이오."

밀버턴은 앞으로 나서서 외투를 집어 들고 손을 리볼버에 얹어놓은 채 문으로 향했다. 나는 의자를 번쩍 들어 올렸지만, 홈즈가 고개

를 젓기에 그냥 내려놓고 말았다. 밀버턴은 고개를 까딱하고 씩 웃고 눈을 빛내더니 방을 나갔다. 잠시 후 마차 문이 쾅 닫히는 소리, 바퀴가 덜컹거리는 소리와 함께 마차는 출발했다.

홈즈는 두 손을 바지 주머니에 찔러 넣고 고개를 수그린 채 이글이글 타오르는 불꽃을 응시하며 벽난로 앞에서 미동도 하지 않았다. 반 시간 정도 그는 입을 꽉 다물고 그린 듯이 앉아 있었다. 그러다가 뭔가 굳은 결심을 한 듯 벌떡 일어서더니 자신의 침실로 들어갔다. 잠시 후 염소수염을 기른 젊은 멋쟁이 노동자가 으스대며 나왔다. 그리고 등잔불에 도자기 파이프를 갖다 대 불을 붙인 다음 거리로 나섰다.

"왓슨, 시간이 좀 걸릴 거야."

홈즈는 어둠 속으로 사라지며 말했다. 나는 그가 찰스 오거스터스 밀버턴을 향해 공격의 포문을 열었다는 사실을 알았지만 그것이 얼마나 이상한 형태로 발전할 것인가에 대해서는 짐작도 하지 못했다.

며칠 동안 홈즈는 계속 이런 복장으로 나다녔지만 주로 햄스테드에서 시간을 보냈고, 일이 잘되고 있다고 한마디 툭 던진 것 외에는 지금 무슨 일을 하고 있는지 전혀 말해 주지 않았다. 하지만 마침내 폭풍우가 심한 어느 저녁, 바람이 비명을 지르며 창문을 붙잡고 흔들어대는데, 그는 마지막 외출에서 돌아와 변장을 지우고 난롯가에 앉더니 소리 내지 않고 혼자서 정신없이 웃어댔다.

"왓슨, 자네가 보기에 내가 결혼할 사람 같은가?"

"아니, 전혀!"

"그럼 내가 약혼했다는 얘길 들으면 부쩍 흥미가 당기겠구먼."

"아니 여보게! 정말 축하……."

"상대는 밀버턴네 하녀일세."

"맙소사, 홈즈!"

"왓슨, 난 정보가 필요했어."

"그래도 좀 지나친 것 아닌가?"

"다른 방법이 없었네. 나는 유망한 사업체를 꾸려가고 있는 에스

콧이라는 배관업자일세. 저녁마다 여자를 밖으로 불러내서 같이 산책하면서 얘기를 나눴지. 내 참, 그렇고 그런 얘기 말일세! 그래도 소기의 목적을 달성했다네. 나는 지금 밀버턴네 집을 손바닥에 올려놓은 것처럼 훤하게 알고 있지.”

“하지만 홈즈, 여자는 어떻게 하고?”

그는 어깨를 으쓱했다.

“여보게, 그건 어쩔 수 없네. 그만한 판돈이 걸려 있는데 최선을 다해 카드를 칠 수밖에 없지 않나. 하지만 얄미운 경쟁자가 있어서, 내가 등을 돌리자마자 나를 밀쳐낼 게 분명하니 정말 기쁜 노릇이지. 야, 날씨 한번 기가 막히게 좋군!”

“자넨 이런 날씨를 좋아하나?”

“일을 하기엔 딱 좋지. 왓슨, 나는 오늘 밤에 밀버턴네 집을 털 작정일세.”

홈즈가 굳은 결심을 담아 한마디 한마디를 또박또박 말하는 걸 듣자, 숨이 턱 막히며 온몸에 소름이 쫙 끼쳤다. 한밤중에 번개가 치면서 순간적으로 황량한 풍경이 샅샅이 드러나듯이, 그러한 행동으로 인해 빚어지게 될 결과가 한순간에 뚜렷이 눈앞에 펼쳐지는 듯했다. 발각, 체포, 이름을 드날리던 탐정은 하루아침에 돌이킬 수 없는 실패와 치욕의 나락으로 떨어져 저 가증스러운 밀버턴의 처분만 바라는 신세가 될 것이다.

“맙소사, 홈즈, 다시 한번 생각해 보게.”

나는 소리쳤다.

"여보게, 수없이 생각해 봤네. 난 절대로 무모한 행동을 하는 사람이 아닐세. 다른 방법이 있다면 이렇게 힘들고 위험한 길을 택하지는 않았을 거야. 우린 냉철하고 공정한 눈으로 문제를 볼 필요가 있네. 자네도 그런 행동이 법적으로는 불법이지만 도덕적으로는 정당하다는 걸 인정할 걸세. 그 집을 터는 것은 그자의 수첩을 뺏는 것과 별반 다르지 않지. 그런데 자네는 수첩을 뺏는 일에는 기꺼이 협조하려고 하지 않았나?"

나는 마음속으로 곰곰이 따져보았다.

"그래, 그 집에 침입해서 불법적으로 사용될 물건만 들고 나온다면 도덕적으로는 정당하다고 볼 수 있겠군."

"바로 그걸세. 도덕적으로 정당하기 때문에 나는 신변에 닥칠 위험에 대해서만 고려하면 되네. 그런데 숙녀가 간절히 도움을 요청하는 상황에서, 신사라면 그런 문제에 지나치게 연연해서는 안 되는 법이지. 안 그런가?"

"하지만 자네는 불법 행위를 저지르는 걸세."

"그래, 그게 바로 위험 부담의 일부이지. 하지만 편지를 회수할 수 있는 방법은 그것 말고는 없네. 그 불운한 숙녀한테는 그만한 돈이 없고, 게다가 일가친척 중에서 털어놓고 상의할 만한 사람도 없지. 기한이 내일까지니까, 오늘 밤에 그 편지를 찾아오지 못하면 그 악당은 제 입으로 공언한 대로 숙녀의 앞길을 망쳐버리고 말 걸세. 그러니까 나는 의뢰인이야 어떻게 되건 말건 수수방관하든지, 아니면 이 마지막 카드를 사용해야 하네. 왓슨, 자네 앞에서니까 하는 말이지만, 나는 그 밀버턴이라는 악당과 생사를 건 싸움을 벌이고 있는 중일세. 자네도 보았다시피 그자는 날카로운 선제공격을 퍼부어왔는데 나한테도 자존심과 위신이 있으니 끝까지 싸울 수밖에.”

“흠, 별로 내키지는 않지만 어쩔 수 없군. 우리 언제 출발하나?”

“자넨 여기 있게.”

“그럼 자네도 못 가네. 자네가 나를 빼놓고 모험에 나선다면 맹세코 나는 마차를 잡아타고 경찰서로 직행해서 자넬 고발할 걸세. 명심하게, 나는 평생 내 입으로 한 말을 어겨본 적이 없네.”

“자네가 가봤자 도움이 안 돼.”

“그걸 어떻게 아나? 무슨 일이 생길지는 아무도 모르네. 어쨌든 나는 결심했네. 나한테도 자존심이 있고, 또 위신이라는 것도 있으니까.”

인상을 구기고 있던 홈즈가 이내 얼굴을 펴고 내 어깨를 툭 쳤다.

“좋아좋아, 그렇게 하세. 우리 둘은 오랫동안 이 방을 같이 썼는데 마지막에 감방까지 같이 쓰게 되면 퍽 재미있을 거야. 여보게, 솔직히 말해서 나는 항상 마음만 달리 먹었다면 그야말로 신출귀몰한 범죄자가 되었을 거라고 생각하고 있었네. 그런데 그쪽 방향으로 능력을 발휘해 볼 수 있는 절호의 기회가 왔군. 자, 이걸 좀 보게!”

그는 서랍에서 자그마한 가죽 가방을 꺼내더니 그 속에서 반짝거리는 도구를 여남은 개 꺼내 보여주었다.

“이건 최신의 일급 도적질 세트라네. 니켈 도금의 쇠 지렛대, 끝에 다이아몬드를 붙인 유리 절단기, 만능열쇠 꾸러미, 한결같이 문

명의 발달에 걸맞게 현대적으로 개조된 도구들이지. 봐, 이건 차광식(遮光式) 각등일세. 필요한 건 다 있어. 자네 소리 안 나는 신발을 가지고 있나?”

“밑창에 고무를 댄 테니스화가 있어.”

“잘됐군! 그럼 복면은?”

“검은색 비단이 있는데 그것으로 두 개 만들 수 있네.”

“자네도 이런 방면으로 소질을 타고난 것 같구먼. 좋아, 자네가 복면을 만들게. 출발하기 전에 요기를 좀 하기로 하지. 지금 시간이 아홉시 반일세. 우린 열한시에 마차를 타고 처치로로 갈 걸세. 거기서 애플도어 타워스까지는 걸어서 15분 걸리지. 자정 전에는 일에 착수하게 될 거야. 밀버턴은 잠이 많아서 무슨 일이 있어도 열시 반에는 잠자리에 든다네. 운이 좋으면 에바 양의 편지를 주머니에 넣고 두시까지는 여기 돌아오게 될 거야.”

홈즈와 나는 극장에 다녀오는 사람들처럼 예복을 차려입고 나섰다. 그리고 옥스퍼드가에서 이륜마차를 잡아타고 햄스테드 어디쯤까지 갔다. 마차에서 내린 다음에는 날씨가 매섭게 추운 데다가 바람이 몸속을 파고드는 듯하여 두꺼운 외투의 단추를 끝까지 채우고 황야의 가장자리를 따라 걸었다. 홈즈가 말했다.

“이제부터 각별히 조심해야 하네. 문제의 편지는 서재의 금고 속에 들어 있는데, 서재는 밀버턴의 침실과 통해 있어. 그런데 그자는 키가 작고 뚱뚱한 사람들이 으레 그렇듯 잠이 무척 많아. 내 약혼녀 되는 애거서 얘기로는, 주인을 깨우는 게 얼마나 힘든 일인지에 대해 하인들끼리 농담도 많이 한다더군. 또 충성스럽기 짝이 없는 비서가 있는데 하루 종일 서재를 한 발짝도 떠나지 않는다네. 우리가 밤에 가는 이유가 바로 그거지. 그리고 정원에는 사나운 개를 한 마리 풀어놓았네. 나는 지난 이틀 동안 저녁마다 애거서를 만났는데, 그 아가씨는 내가 무사히 달아날 수 있도록 맹견을 가둬놓았네. 정원이 딸린 이 큰 집이 바로 밀버턴의 집일세. 대문으로 들어가자고. 그리고 만병초 사이를 지나 오른쪽으로. 여기서 복면을 하는 게 좋을 것 같군. 보게나, 불 켜진 창문이 하나도 없지? 모든 게 다 계획대로 척척 맞아떨어지는군."

우린 검은 비단 복면을 쓰고 런던에서 가장 흉악한 2인조가 되어 어둡고 조용한 집을 향해 살금살금 다가갔다. 집 한쪽에는 타일을 붙인 베란다 같은 것이 있었고, 그 베란다를 향해 두 개의 문과 서너 개의 창문이 나 있었다.

"저게 그자의 침실일세."

홈즈는 작은 목소리로 소곤거렸다.

"이건 서재로 통하는 문일세. 이 문으로 들어갈 수 있으면 좋겠지만, 항상 열쇠로 잠가놓을 뿐 아니라 빗장까지 질러놔서 이리로 들어가려면 엄청나게 시끄러워질 거야. 이쪽으로 돌아가자고. 응접실로 통하는 온실이 있어."

온실 문은 잠겨 있었지만, 홈즈는 유리를 동그랗게 오려내고 안으로 손을 넣어 손잡이를 돌렸다. 그는 온실 안에 들어가자마자 문을 잠갔고 이렇게 해서 우리는 현행범이 되었다. 온실의 습하고 후

턱지근한 공기와 외래 식물이 뿜어내는 숨 막히는 향기가 폐부로 스며들었다. 어둠 속에서 그에게 손을 잡힌 채 빠른 걸음으로 관목 사이를 지나는데 나뭇가지가 얼굴을 후드득 스쳐 갔다. 홈즈는 세심한 훈련을 쌓아 야간에도 앞을 보는 능력이 있었다. 그는 내 손을 잡은 채 어느 방문을 열었고 나는 우리가 아직 시가 냄새가 배어 있는 큰 방에 들어섰다는 걸 어렴풋이 감지했다. 그는 가구 사이를 더듬거리며 지나 또 다른 문을 열었다. 손을 내밀자 벽에 걸린 옷가지가 만져졌고, 나는 복도로 나왔다는 사실을 알았다. 복도를 따라 걷다가 홈즈는 오른편에 있는 문을 아주 조심스럽게 열었다. 나는 뭔가가 이쪽으로 튀어나오는 바람에 기겁했지만, 그게 고양이라는 사실을 깨닫자 웃음이 나오려고 했다. 이 방에는 난롯불이 타고 있었고 지독한 담배 냄새가 배어 있었다. 홈즈는 발꿈치를 들고 살며시 방 안으로 들어간 다음, 내가 들어오기를 기다렸다가 소리 나지 않게 문을 닫았다. 우린 밀버턴의 서재에 들어와 있었다. 맨 끝에 칸막이 커튼이 걸려 있는 것으로 봐서 그쪽이 그의 침실로 통하는 문인 듯했다.

난롯불이 기세 좋게 타고 있어서 방 안은 훤했다. 문 가까이에서 전등 스위치가 빛을 반사했지만, 설령 불을 켜도 괜찮다 해도 그럴 필요가 없었다. 벽난로 옆에는 두꺼운 커튼이 드리워져 있었는데 그것이 우리가 밖에서 본 퇴창을 가리고 있었다. 방 한가운데는 책상이 놓여 있고 그 앞에는 반짝거리는 붉은 가죽으로 만든 회전의자가 있었다. 건너편에는 커다란 책장이 있는데, 그 맨 위에 대리석

으로 만든 아테네 여신의 흉상이 놓여 있었다. 책장과 벽 사이의 구
석에 키 큰 녹색 금고가 서 있었고, 윤나게 닦은 놋쇠 손잡이가 벽
난로 불빛을 받아 반짝거렸다. 홈즈는 소리 안 나게 금고 앞으로 다
가가 그것을 쳐다보았다. 그러더니 침실 문 앞으로 살금살금 다가
가 고개를 빼고 가만히 귀 기울였다. 방 안에선 아무 소리도 들리지
않았다. 그걸 보고 있으려니 퇴로를 확보하려면 베란다 쪽으로 난
문을 확인해 봐야겠다는 생각이 들었다. 그런데 놀랍게도 베란다로

통하는 문은 잠그지도 빗장을 질러놓지도 않았다. 내가 홈즈의 팔을 툭 치자 그가 복면한 얼굴을 그쪽으로 돌렸다. 그는 흠칫 놀랐는데, 나만큼 놀란 것이 분명했다.

"마음에 안 들어."

그는 내 귀에 입을 바짝 대고 속삭였다.

"어떻게 된 건지 정말 이해가 안 가네. 어쨌든 서둘러야 해."

"내가 할 일은 없나?"

"있지. 문 옆을 지키고 있게. 누가 다가오는 소리가 들리면 안에서 빗장을 지르게. 그럼 우린 아까 들어온 곳으로 빠져나갈 수 있을걸세. 만약에 사람들이 다른 쪽으로 온다면 일을 끝낸 경우엔 문으로 나가고, 일을 끝내지 못했을 경우엔 이쪽 창가의 커튼 뒤에 숨기로 하세. 어때, 알아듣겠나?"

나는 고개를 끄덕이고 문 옆에 가서 섰다. 어느덧 맨 처음의 숨 막히는 불안은 사라지고, 법의 도전자가 된 지금, 법의 수호자였을 때보다 더욱 오싹하고 짜릿한 감흥이 밀려왔다. 우리가 자청한 고귀한 임무, 그것이 기사도 정신에 입각한 이타적인 것이라는 자각, 적수의 흉악한 행적, 이 모든 것이 모험의 흥취를 한껏 높이는 데 일조했다. 죄의식은커녕 위험한 상황에서 가슴 벅찬 희열이 느껴졌다. 나는 홈즈가 도적질 세트를 펼쳐놓고 섬세한 수술을 하는 외과 의사 같은 침착성과 엄밀함으로 도구를 고르는 모습을 감탄 어린 눈으로 지켜보았다. 나는 금고 문을 여는 것이 그의 각별한 취미라는 사실을 알고 있었으므로, 수많은 아름다운 숙녀의 명예를 집어삼킨 이 녹색과 황금색의 용, 즉 금고 괴물과 맞서는 일이 그에게 얼마나 즐거운 일이 될 것인지 충분히 이해했다. 그는 외투를 의자 위에 걸쳐놓고 예복 소매를 둘둘 걷어 올린 다음 드릴 두 개, 지렛대 하나, 만능열쇠 꾸러미를 늘어놓았다. 나는 가운데 문 앞에 서서 다른 문을 곁눈질하며 비상사태에 대비했지만, 누가 나타날 경우에 어떻게 해야 할 것인지에 대해서는 별다른 계획이 없었다. 홈즈는 30분 정도, 숙련된 기계공 같은 섬세한 능력을 발휘해서 연장을 이것저것 집어 들고 작업에 열중했다. 마침내 딸깍 소리가 나더니 넓은 녹색 문이 활짝 열렸다. 금고 안에는 끈으로 묶어놓은 편지 다발이 숱하게 쌓여 있었다. 모두 봉인이 되어 있고 메모가 붙어 있었다. 홈즈는 그중 하나를 집어 들었지만 깜빡거리는 난로 불빛으로는 글씨를 읽기가 힘들었으므로 작은 차광등을 꺼내 들었다. 밀버턴이 바로 옆방에서 자고 있는데 전깃불을 켜는 것은 너무 위험했던 것이다. 그런데 갑자기 그는 동작을 멈추고 가만히 귀 기울이는 듯하더니, 다음 순간 금고 문을 닫고 외투를 집어 들었다. 그리고 연장을 모아 외투 주머니에 쑤셔 넣고 창가의 커튼 뒤로 날쌔게 달려가면서 내게 손짓했다.

　나는 홈즈의 옆에 붙어 선 뒤에야 비로소 그의 예민한 청각을 자극한 소리를 들을 수 있었다. 집 안 어디선가 사람이 움직이고 있었다. 멀리서 문이 쾅 닫혔다. 뭐가 뭔지 모를 둔탁한 소음은 빠른 속도로 다가오는 규칙적이고 둔중한 발소리로 바뀌었다. 발소리는 서재 밖의 복도에서 나고 있었다. 그것은 방문 앞에서 멈췄다. 문이 열렸다. 딸깍 소리와 함께 전깃불이 켜졌다. 문은 다시 닫혔고 독한 시가 냄새가 코를 찔렀다. 바로 몇 미터 앞에서 발소리가 앞으로 갔다 뒤로 갔다, 다시 앞으로 갔다 뒤로 갔다를 반복했다. 마침내 의자가 삐걱대는 소리가 나며 발소리는 뚝 그쳤다. 그리고 자물통에서 열쇠 돌아가는 소리, 종이가 바스락거리는 소리가 들려왔다.

나는 여태껏 감히 밖을 내다볼 엄두를 내지 못하다가 이제야 눈앞의 커튼 자락을 살그머니 들치고 방 안을 들여다보았다. 홈즈가 어깨를 내 몸에 밀착시키고 있는 것으로 보아 그도 같이 내다보고 있는 것이 분명했다. 앞에서 오른쪽으로 손을 뻗으면 거의 닿을 만한 거리에 밀버턴의 둥글둥글하게 살찐 등이 있었다. 전혀 자다 나온 사람 같지 않은 모습을 보니 우리는 그의 일과를 완전히 잘못 계산한 것임에 틀림없었다. 앞에서는 보이지 않는, 건물 맨 끝의 흡연실이나 당구실 같은 곳에 앉아 있다 온 것이 분명했다. 반백이 된 살찐 머리와 번쩍거리는 대머리가 코앞에 있었다. 밀버턴은 붉은 가죽 의자에 몸을 묻은 채 두 다리를 쭉 펴고 기다란 검은색 시가를 비스듬히 물고 있었다. 그리고 군복 비슷하게 생긴, 검은색 벨벳 깃을 단 헐렁한 진홍색 실내복 상의를 걸치고 있었다. 긴 서류를 손에 든 채 담배 연기로 고리를 만들며 느긋하게 읽고 있었는데, 전혀 서두르는 기색이 없는 편안하고 침착한 태도로 보아 빨리 일어설 것 같지는 않았다.

홈즈는 다 알아서 하고 있으니 염려 말라는 듯 내 손을 찾아 쥐고 힘 있게 흔들었다. 내가 서 있는 곳에서는 금고 문이 덜 닫힌 게 눈에 들어오는데, 친구가 그걸 알고 있는지 도무지 알 수가 없었다. 밀버턴이 언제 그 사실을 눈치챌지 몰랐다. 나는 마음속으로 밀버턴이 금고를 뚫어지게 쳐다보거나 해서 사실을 눈치챘다는 게 드러나면, 당장 뛰쳐나가 머리에 외투를 뒤집어씌운 다음 꽁꽁 묶어놓으리라고 결심했다. 나머지는 홈즈가 알아서 하리라. 하지만 밀버턴은 끝내 고개를 들지 않았다. 그는 손에 들고 있는 서류에 별 흥미를 못 느끼는 듯 나른한 태도로 책장을 넘기며 변론문을 읽었다. 나는 그가 서류를 다 읽고 시가를 다 피우면 자러 갈 거라고 생각했지만, 그중 하나를 끝내기 전에 돌발 상황이 발생해서 우리의 생각은 완전히 다른 쪽으로 방향을 틀게 되었다.

밀버턴은 몇 번인가 시계를 들여다보았고 한번은 초조한 듯이 자리에서 일어났다가 도로 주저앉기까지 했다. 하지만 바깥 베란다에서 희미한 소리가 들리기 전까지는, 그렇게 이상한 시간에 그가 누군가와 만날 약속을 했을 거라는 생각은 떠오르지 않았다. 밀버턴은 서류를 내려놓고 앉은 자세를 고쳤다. 다시 소리가 들렸고 가볍게 문 두드리는 소리가 들렸다. 밀버턴은 일어나서 문을 열어주었다.

"이런, 거의 반 시간이나 늦었군."

그는 퉁명스레 말했다.

밀버턴이 문도 잠그지 않고 한밤중에 일어나 있던 것에는 다 까닭이 있었던 것이다. 여자의 드레스가 살랑거리는 소리가 들렸다. 나는 그가 이쪽을 보고 있는 동안에는 커튼 자락을 여미고 있었지만 이제 다시 커튼을 살며시 들췄다. 밀버턴은 다시 자리에 앉아 여전히 삐딱하게 시가를 물고 있었다. 그 앞에는 키가 크고 날씬하고 살색이 짙은 여성이 환한 전깃불 속에 서 있었다. 얼굴에는 베일을 늘어뜨리고 망토 자락으로 턱을 가리고 있었다. 그녀는 가쁜 숨을 몰아쉬고 있었는데, 얼마나 흥분했는지 늘씬한 몸을 벌벌 떨고 있었다. 밀버턴은 말했다.

"그래, 아가씨 덕분에 밤잠도 못 자고 있어. 그럴 만한 가치가 있다는 걸 증명해 주었으면 좋겠군. 다른 시간에 올 수는 없었나? 응?"

여자는 고개를 저었다.

"좋아, 그렇다면 할 수 없는 일이고. 백작 부인이 모질게 굴었다면 아가씨는 이제 복수할 기회를 얻게 된 셈이지. 이 딱한 아가씨 좀 보게, 왜 그렇게 덜덜 떨지? 괜찮아. 기운 내라고. 자, 그럼 사업 얘기로 들어갈까."

밀버턴은 책상 서랍에서 공책을 꺼냈다.

"아가씨는 달버트 백작 부인의 위신을 떨어뜨릴 만한 편지 다섯 통을 가지고 있다고 했지? 아가씨는 그걸 팔고 싶고 나는 그걸 사고 싶어. 여기까지는 좋아. 이제 가격만 정하면 되겠군. 물론 나는 편지를 내 눈으로 확인해 보고 싶어. 정말 가치가 있다면……, 맙소사, 이게 누구야?"

여자는 말 한마디 없이 베일을 올리고 망토 깃을 내렸다. 눈앞에 나타난 것은 가무잡잡한 피부에 조각상처럼 단아하고 아름다운 얼굴이었다. 콧날이 살짝 구부러진 코, 검은색의 짙은 눈썹, 그 밑에서 강렬한 빛을 발하는 눈, 일직선의 얇은 입술은 위태로운 미소를 머

금고 있었다.

"나야, 네놈 덕분에 파멸한 여자."

여자가 말했다.

밀버턴은 껄껄 웃었지만 목소리는 두려움으로 떨려 나왔다.

"부인이 너무 고집을 부렸소. 왜 내가 그렇게 극단적인 선택을 하도록 만들었소? 분명히 말해 두지만 나는 파리 한 마리도 내 마음대로 해치지 않았을 거요. 하지만 남자들한테는 누구나 직업이라는 게 있소이다. 내가 달리 어떻게 할 수 있었겠소? 나는 부인이 감당

할 수 있는 범위 내에서 가격을 정했소이다. 그런데도 부인은 돈을 내려고 하지 않았잖소."

"그래서 네놈이 내 남편한테 편지를 보냈구나. 그분은, 그분은 세상에서 가장 고귀한 신사였고 나는 그분의 신발 끈도 매드릴 자격이 없는 여자였는데, 나 때문에 그 용감한 분이 마음을 다쳐 세상을 떠나셨다. 너도 지난번에 내가 저 문으로 들어와서 자비를 구걸하던 일을 기억할 것이다. 네놈은 그때 내 앞에서 웃었지만, 지금은 아무리 웃으려고 해도 그 겁 많은 가슴으로는 입술이 떨리는 것을 어쩌지 못하는구나. 그래, 네놈은 여기서 다시 나를 만날 줄은 꿈에도 몰랐겠지만, 그날 밤에 나는 네놈과 단둘이 대면할 수 있는 방법을 알게 되었다. 찰스 밀버턴, 그래도 할 말이 있느냐?"

"그렇다고 내가 겁을 먹을 거라고 생각하지는 마쇼."

그가 자리에서 일어서며 말했다.

"내가 목소리를 높이기만 해도 하인들이 득달같이 달려와서 부인을 붙잡을 거요. 하지만 나는 그 노여운 심정을 이해하오. 부인이 들어온 곳으로 당장 나가주시오. 그럼 가만히 있겠소."

여자는 가슴에 손을 묻고 서서 여전히 얇은 입술에 죽은 사람 같은 미소를 띠고 있었다.

"네놈이 나한테 그랬던 것처럼 남의 인생을 망치는 짓은 더 이상 못 하게 해주겠다. 네놈이 나한테 그랬던 것처럼 남을 협박하는 짓은 더 이상 못 하게 해주겠다. 나는 이 사회에서 독소를 제거하러 왔다. 이 개 같은 놈, 받아라, 더! 더! 더! 더!"

여자는 반짝거리는 작은 리볼버를 꺼내 들고 밀버턴의 앞가슴에서 60센티미터 되는 곳까지 총구를 들이대고 연달아 방아쇠를 당겼다. 밀버턴은 뒤로 물러서다가 탁자 위로 고꾸라지더니 밭은기침을 토해 내며 두 팔을 버르적거렸다. 그러다가 비틀거리며 다시 일어섰지만 한 발을 더 맞고 바닥으로 푹 쓰러졌다.

"내가 당했다!"

밀버턴은 이렇게 소리치더니 잠잠해졌다. 여자는 그를 뚫어지게 바라보다가 위를 보고 있는 얼굴을 발꿈치로 짓밟았다. 그리고 다시 쳐다보았지만 이번에는 어떤 행동도 취하지 않았다. 잠시 후 옷자락이 거세게 펄럭거리는 소리가 나더니, 후끈 달아오른 방으로 밤공기가 불어 들어왔다. 복수자는 사라졌다.

우리가 중간에 나섰다 해도 밀버턴의 목숨을 구할 순 없었을 테지만, 여자가 밀버턴의 꿈틀거리는 몸에 총알을 퍼부을 때 나는 밖으로 뛰쳐나가려고 했다. 하지만 홈즈가 차가운 손으로 내 손목을 단단히 붙들었다. 나는 내 손을 꽉 잡고 잡아당기는 손길의 의미를 온전히 이해했다. 그것은 우리가 끼어들 일이 아니라는 것, 악당은 정의의 심판을 받았다는 것, 우리의 임무와 목표는 따로 있다는 것을 잊지 말자는 것이었다. 하지만 여자가 방을 뛰쳐나가자마자 홈즈는 소리 나지 않게 건너편 문으로 달려갔다. 그리고 열쇠를 돌려 문을 잠갔다. 바로 그 순간 집 안에서 두런거리는 말소리와 바삐 달려오는 발소리가 들려왔다. 리볼버를 발사하는 소리가 온 집 안 사람들을 다 깨운 것이다. 홈즈는 전혀 동요하는 기색 없이 금고로 다

가가 편지 다발을 한 아름 안아다가 난로 속에 쏟아부었다. 다시 또 다시, 그는 금고 안이 텅 빌 때까지 같은 일을 되풀이했다. 누군가 문밖에서 손잡이를 돌리며 문을 두드렸다. 홈즈는 재빨리 방 안을 둘러보았다. 밀버턴에게 죽음의 예고장이 되었던 그 편지가 온통 피에 젖은 채 탁자 위에 놓여 있었다. 홈즈는 그것을 훨훨 타는 편지 더미에 던져 넣었다. 그리고 베란다 문에서 열쇠를 빼낸 다음, 나를 따라 밖으로 나온 뒤 열쇠를 돌려 밖에서 문을 잠갔다.

"왓슨, 이쪽으로, 이 방향으로 가면 정원의 담을 뛰어넘을 수 있어."

사고 소식은 놀랄 만큼 신속하게 퍼져 나간 듯했다. 뒤를 돌아보자 온 집 안이 불야성을 이루고 있었다. 대문은 활짝 열렸고 사람들이 진입로를 뛰어오고 있었다. 정원에는 사람들이 득실거렸는데, 한 녀석이 우리가 베란다에서 내려오는 걸 보고 고함을 치며 바짝 뒤를 따라왔다. 홈즈는 그곳의 지형지물에 능통한 듯 작은 나무들이 서 있는 농원을 빠른 걸음으로 누비고 지나갔고, 나는 그의 뒤를 바짝 따랐다. 가장 빠른 추격자가 헐떡거리며 뒤에서 따라왔다. 1미터 80센티미터 높이의 담이 앞을 막았지만 홈즈는 가볍게 뛰어올라 넘었다. 나도 똑같이 담 위로 뛰어오르는데 누군가 뒤에서 발목을 잡아당기는 것이 느껴졌다. 나는 발길질을 해서 손길을 떨쳐내고 풀이 난 담 꼭대기로 기어올랐다. 나는 담 너머의 덤불 위로 고꾸라졌지만 홈즈가 제꺽 날 일으켜 세웠고, 우리는 드넓은 햄스테드 황야를 질주하기 시작했다. 내 짐작으로는 3킬로미터쯤 달린 뒤에야 홈즈는 걸음을 멈추고 귀를 기울였다. 뒤쪽은 잠잠했다. 추격자들을 따돌린 것이다.

이렇게 기이한 경험을 한 다음 날 아침, 조반을 마치고 파이프를 피우고 있는데, 런던 경찰국의 레스트레이드 경감이 대단히 근엄하고 인상적인 얼굴을 하고 이 누추한 집에 왕림하셨다.

"홈즈 선생, 안녕하시오. 요즘 무슨 바쁜 일이 있는지 물어봐도 되겠소?"

"바빠서 남의 얘기를 못 들을 정도는 아닙니다."

"간밤에 햄스테드에서 아주 특이한 사건이 발생했는데, 별로 바쁜 일이 없다면 선생이 우릴 도와주실 거라고 생각했소."

"저런! 대체 무슨 일이기에?"

"살인 사건인데, 그게 아주 극적이고 별난 사건이라오. 난 선생이 그런 일에 얼마나 관심이 많은지 알고 있소이다. 만일 애플도어 타워스로 내려가서 우리에게 고견을 들려주신다면 대단히 감사할 거요. 그건 평범한 사건이 아니오. 선생 앞에서니까 하는 말이지만 우린 밀버턴 씨를 오래전부터 주시하고 있었는데, 그는 좀 악당이었소. 들리는 말에 의하면 협박에 쓸 목적으로 편지를 수집했다고 하더이다. 그런데 살인자들이 그 편지를 몽땅 소각해 버렸소. 귀중품에는 전혀 손대지 않았으니 범인들은 오로지 스캔들을 막을 목적으로 침입한, 지위가 상당한 사람들일 거요."

"범인들? 범인이 하나가 아니라는 얘기요?"

"그렇소. 범인은 둘이었소. 사실 그자들은 현장에서 붙잡힐 뻔했다오. 그들의 발자국과 인상착의를 확보했기 때문에 그들을 추적하는 것은 어렵지 않을 거요. 한 놈은 대단히 날쌘 녀석이었지만 다른 한 놈은 정원사한테 잡혔다가 격투 끝에 간신히 달아났소. 정원사한테 잡혔던 녀석은 중키에 체격이 좋고 각진 턱, 굵은 목, 콧수염을 기르고 얼굴 위쪽은 복면으로 가리고 있었다 하오.”

“그건 좀 막연한데요. 아니, 그런데 왓슨의 인상착의와 비슷하군요!”

“누가 아니라오. 왓슨 박사의 인상착의와 비슷하오.”

경감은 재미있다는 듯이 말했다.

“흠, 레스트레이드, 이번에는 협조하기 힘들 것 같습니다. 사실 나는 그 밀버턴이라는 자를 잘 아는데, 그자는 런던에서 가장 흉악한 인간 중의 하나였습니다. 그런데 세상에는 법으로 다스리지 못하는 죄가 있고, 그래서 어느 정도는 개인적인 복수가 정당화될 수 있다고 생각합니다. 아니요, 그 문제에 대해선 아무리 따져봤자 소용없습니다. 난 이미 마음을 정했습니다. 나는 피살자보다는 오히려 범인들의 처지를 동정하기 때문에 이 사건에 손대지 않겠습니다.”

홈즈는 우리가 목격한 비극에 대해서는 한마디도 안 했지만 아침내 깊은 생각에 잠겨 있었는데, 멍한 눈초리와 넋 나간 태도를 보니 뭔가 기억해 내려고 애쓰는 모양이었다. 그는 점심 식사를 하다 말고 불현듯 자리를 박차고 일어났다.

“이럴 수가, 왓슨, 생각났어! 모자를 쓰게! 같이 가보세!”

그는 숨 가쁘게 베이커가를 달려서 옥스퍼드가를 지나 리젠트 광

장까지 갔다. 여기서 왼편으로, 진열장에 명사와 미인 들의 사진을 가득히 걸어놓은 상점이 하나 있다. 홈즈는 사진 하나를 뚫어지게 쳐다보았는데, 그의 시선을 따라가보니 그것은 궁중 의상을 입은 당당하고 위엄이 넘치는 귀부인의 사진이었다. 부인은 고귀한 머리에 다이아몬드가 박힌 큰 보관을 얹고 있었다. 나는 섬세하게 휜 코와 짙은 눈썹, 굳게 다문 입매, 그 밑의 강인한 작은 턱을 보았다. 위대한 귀족 출신 정치가였던 돌아가신 부군의 작위를 보자 나는 숨이 턱 막혔다. 홈즈와 눈이 마주쳤다. 그는 아무 말도 말라는 듯 손가락을 입술에 가져다 댔고 우리는 슬그머니 돌아섰다.

여섯 점의 나폴레옹상

런던 경찰국의 레스트레이드는 저녁이면 심심찮게 우리 집을 찾아오곤 했는데 셜록 홈즈는 한결같이 그를 반겨주었다. 그를 통해 경찰 본부의 동향에 대한 최신 정보를 입수할 수 있었기 때문이다. 그가 정보를 제공해 주는 데 대한 보답으로, 홈즈는 그가 담당한 모든 사건에 대한 이야기를 항상 주의 깊게 경청했고, 적극적으로 개입하지는 않더라도 자신의 폭넓은 지식과 경험을 바탕으로 이따금씩 힌트를 주거나 방향을 제시해 주곤 했다.

오늘 저녁, 레스트레이드는 날씨와 신문 얘기를 했다. 그러다가 생각에 잠긴 얼굴로 말없이 시가만 뻑뻑 빨았다. 홈즈는 그에게 날카로운 눈길을 던졌다.

"무슨 일이라도?"

홈즈가 질문했다.

"오, 아니요, 홈즈 선생. 별로 대단한 건 아니외다."

"그럼 한번 들어봅시다."

레스트레이드는 웃음을 터뜨렸다.

"허허, 홈즈 선생, 마음에 걸리는 일이 있는 건 사실이오. 하지만 그게 아주 엉뚱한 일이 되어놔서 그런 일로 선생을 귀찮게 해드리는 게 뭐했소이다. 하지만 아무리 사소하다고 해도 괴이한 일임에는 틀림없는데, 나는 선생이 평범하지 않은 거라면 덮어놓고 좋아한다는 걸 알고 있소. 하지만 내 견해로는, 그 일에 관해서는 우리보다 왓슨 박사가 제격일 것 같소이다."

"병인가요?"

나는 말했다.

"정신병, 그것도 아주 묘한 정신병이오. 요즘 같은 시대에 나폴레옹 1세를 증오한 나머지 나폴레옹의 조상을 보는 족족 때려 부수는 사람이 있다는 건 믿기 힘들 거요."

홈즈는 의자에 몸을 파묻었다.

"그건 내 분야가 아니로군."

"맞소이다. 내가 말하는 게 바로 그거요. 그런데 그 정신병자가 자기 소유가 아닌 조상을 부수기 위해 주거 침입을 하면 그 일은 의사가 아닌 경찰의 소관이 되거든."

홈즈는 다시 상반신을 일으켜 세웠다.

"주거 침입이라! 그건 좀 재미있군요. 어떻게 된 건지 들어봅시다."

레스트레이드는 업무용 수첩을 꺼내 페이지를 넘기며 기억을 되살렸다.

"처음으로 사건 보고가 들어온 것은 나흘 전이었소. 일이 벌어진 곳은 케닝턴로에서 그림과 조상을 판매하는 모스 허드슨의 상점이었소이다. 점원이 잠시 안에 들어가 있었는데, 와장창 부서지는 소리가 들려서 허둥지둥 가게로 나가보니 다른 미술품과 함께 진열돼 있던 나폴레옹 석고상이 산산조각 나 있었소. 점원은 당장 밖으로 뛰쳐나갔는데, 행인들이 저마다 나서서 웬 남자가 가게에서 뛰어나오는 걸 보았다고 가르쳐주었지만, 그 악당은 온데간데없이 사라졌고 그자의 인상착의도 알 수 없었소이다. 하지만 그건 심심찮게 벌어지는 무의미한 난동 행위 같아서, 그때 순찰을 돌던 경관한테도 그런 식으로 얘기했소. 사실 석고상은 가격으로 따지면 몇 실링밖에 안 나가는 물건이었기 때문에 다들 그 사건을 별다른 조사가 필요 없는 유치한 장난으로 치부했소.

하지만 두 번째 사건은 더 심각할 뿐 아니라 더 기묘했소. 사건이 발생한 건 어젯밤이었소이다.

모스 허드슨의 상점에서 겨우 수백 미터 떨어진 곳에는 바니콧 박사라는 유명한 의사가 살고 있는데, 그는 템스 강 남쪽에서 몇 손가락 안에 드는 큰 병원을 운영하는 사람이오. 살림집과 진찰실은 케닝턴로에 있지만, 2킬로미터 떨어진 로워 브릭스턴로에 의원과 약국을 겸한 지원(支院)을 두고 있소. 이 바니콧 박사라는 사람은 프랑스 황제인 나폴레옹의 열광적인 숭배자라서 집 안은 온통 나폴레옹에 관한 책과 사진, 기념품으로 가득 차 있다오. 얼마 전에는 모스 허드슨 상점에서 프랑스의 조각가 데빈의 유명한 나폴레옹 흉상을 복제한 석고상 두 점을 사들이기도 했소. 박사는 케닝턴로에 있는 자택 홀에 흉상 하나를, 로워 브릭스턴로에 있는 의원의 벽난로 선반 위에 또 하나를 올려놓았소. 그런데 박사는 오늘 아침에 일어나서 아래층으로 내려갔다가 간밤에 도둑이 든 걸 알고 깜짝 놀랐는데, 없어진 것은 홀에 놓아둔 그 석고상뿐이었소. 도둑은 석고상을 들고 나가 정원 담벼락에 내던져 무참히 부숴버린 모양이오. 담 밑에서 석고상 잔해가 발견되었으니 말이오."

홈즈는 두 손을 마주 비볐다.

"정말 묘한 사건이로군요."

"선생이 마음에 들어 하실 줄 알았소. 하지만 얘기는 아직 끝난 게 아니오. 바니콧 박사는 열두시까지 로워 브릭스턴의 의원으로 출근하는데, 거기 가보니 창문은 활짝 열려 있고 남은 석고상마저 산산조각 나서 잔해가 온 방에 널려 있었소. 박사가 그걸 보고 얼마나 놀랐겠는지 상상할 수 있을 거요. 그 석고상은 놓아둔 그 자리에서 요절이 났소. 아직까지는 그런 못된 짓거리를 한 범죄자인지 정신병자인지에 대한 단서가 전혀 없소이다. 자, 홈즈 선생, 이게 전부요."

"괴기하다기보다는 독특한 사건이군요. 바니콧 박사가 소장하고 있던 석고상 두 점이 모스 허드슨의 상점에서 파괴된 것과 똑같은 것인지 물어봐도 되겠습니까?"

"모두 같은 틀에서 떠낸 복제품들이오."

"그렇다면 석고상을 때려 부순 범인이 나폴레옹에 대한 증오심 때문에 그런 짓을 저질렀다는 가설은 옳지 않다고 봐야겠군요. 저 위대한 황제의 흉상이 런던에만도 수백 점이 있을 거라는 사실을 감안하면, 그런 마구잡이 성상 파괴자가 때려 부순 석고상 세 점이 하필 똑같은 틀에서 나왔다는 것은 도저히 우연의 일치로 보기 힘든 사실입니다."

"에, 나도 선생과 같은 생각이오."

레스트레이드가 말했다.

"하지만 그 모스 허드슨이라는 사람은 런던의 그쪽 지역에서 흉상의 공급을 도맡고 있는데, 요 몇 년간 그의 매장에 있던 나폴레옹 흉상은 그 세 점뿐이었소. 그래서 선생 말처럼, 런던에 수백 점의 나폴레옹상이 있다고 하더라도 그 지역에 있는 것은 오로지 그 셋뿐이었을 가능성이 매우 높소. 그렇다면 인근에 거주하는 어느 미치광이가 가까운 데 있는 것들부터 때려 부수기 시작한 게 아니겠소? 왓슨 박사는 어떻게 생각하시오?"

"편집증 환자의 증상은 무한히 다양하게 나타납니다."

나는 대답했다.

"프랑스의 현대 심리학자들은 그런 상태를 '강박 관념'이라고 부르지요. 증상은 대단치 않고 그것을 뺀 다른 측면은 완전히 정상일 수 있습니다. 나폴레옹에 대한 책을 지나치게 탐독했다거나, 아니면 대전에 참전해서 큰 상처를 입은 사람이 그런 강박 관념을 갖게 되어 그 때문에 별난 파괴 행위를 저지를 수도 있는 거지요."

"여보게, 그렇지 않을 걸세."

홈즈는 고개를 가로저으며 말했다.

"자네가 말한 흥미로운 편집증 환자가 아무리 강박 관념이 심하다 해도, 그것만으로 나폴레옹 흉상의 소재를 알아낼 수는 없었을 테니까 말일세."

"그럼, 자넨 그걸 어떻게 설명할 텐가?"

"난 설명할 생각은 없네. 그저 그 신사의 기묘한 짓거리에는 일정한 질서가 있다는 점을 지적할 뿐이지. 예를 들면 범인은, 바니콧 박사의 홀에서는 소리를 냈다가는 집 안 식구들이 깰지도 모르기 때문에 석고상을 들고 나가서 부쉈지만, 의원에서는 그런 위험이 적었기 때문에 그 자리에서 박살 내버렸네. 그 일은 논할 가치도 없을 만큼 사소한 것으로 보이지만, 나는 세상에 하찮은 것은 없다고 생각하는 사람이지. 돌이켜보면 내가 조사한 고전적인 사건 중에는 일고의 가치도 없을 만큼 하찮은 일로 시작됐던 것들이 적지 않거든. 왓슨, 자네도 그 끔찍한 애버네티 가족 사건에서 처음으로 내 주의를 끈 것이 다름 아닌 더운 날 버터 속에 깊이 박혀 있던 파슬리였다는 것을 기억하고 있을 걸세. 레스트레이드, 나는 그래서 석고상 세 점이 박살 난 얘기를 듣고 웃을 수만은 없습니다. 그렇게 기이한 사건들이 그다음에 어떻게 발전되는지 알려주신다면 대단히 감사하겠습니다."

내 친구가 관심을 보인 사건은 그의 예상보다 훨씬 빠른 속도로, 그리고 비극적인 형태로 전개되었다. 다음 날 아침, 자리에서 일어나 주섬주섬 옷을 입고 있는데 노크 소리가 나더니 홈즈가 전보를 한 장 들고 들어왔다. 그는 큰 소리로 전보를 읽어내렸다.

켄싱턴, 피트가 131번지로 곧 와주시오.

—— 레스트레이드

"무슨 일일까?"

나는 물었다.

"모르겠어. 무슨 일이 생겼나 보이. 하지만 내 느낌엔 석고상 얘기의 후속편일 것 같군. 그렇다면 나폴레옹상을 부수고 다니는 그 친구가 런던의 다른 구역에서 활동을 개시한 것임에 틀림없네. 왓슨, 식탁에 커피 갖다 놓았네. 밖에는 마차를 대기시켜 놨지."

30분 후에 우리는 피트가에 도착했는데 그곳은 런던 제일의 번화가 바로 옆에 위치한, 조용하고 정체된 작은 마을이었다. 131번지는 멋대가리 없이 밋밋하게 지은 큰 집이었다. 마차를 타고 올라가는데 그 앞에 호기심 많은 구경꾼들이 몰려서 있는 것이 보였다. 홈즈는 휘파람을 불었다.

"저런! 최소한 살인 미수는 되겠군. 런던의 심부름꾼 아이를 붙잡아둘 정도면 그 이하일 리는 없어. 저 친구들이 목을 빼고 발돋움하고 있는 걸 보니 무슨 폭력 사건이라도 있었나 보군. 왓슨, 저건 뭐지? 계단 위쪽만 물로 씻어 내렸는걸. 어찌 됐든 발자국도 무척 많아! 허허, 레스트레이드가 창가에 나와 있군그래. 무슨 일이 있었는지 곧 알게 되겠구먼."

침중한 얼굴로 우릴 맞이한 형사는 앞장서서 거실로 들어갔는데 그곳에선 면직(綿織) 실내복 차림에 유난히 후줄근해 보이는 나이 지긋한 사내가 어쩔 줄 모르고 방 안을 왔다 갔다 하고 있었다. 레스트레이드는 우리에게 그를 소개해 주었다. 그는 집주인으로, 센트럴 프레스 통신사의 기자인 호레이스 하커 씨였다.

"이번에도 나폴레옹 흉상 사건이오."

레스트레이드는 말했다.

"선생이 간밤에 관심을 보이셨기 때문에, 나는 사건이 대단히 중대한 국면으로 발전한 지금, 선생도 이 자리에 오고 싶어 할 거라고 생각했소이다."

“사건이 어떻게 발전했다는 겁니까?”

“살인이오. 하커 씨, 간밤에 있었던 일에 대해 이 신사분들에게 말씀해 주시겠소?”

실내복 차림의 사내는 음울한 얼굴로 우릴 바라보았다.

“도무지 영문을 알 수 없는 일이 벌어졌소. 나는 평생 남들에게 벌어진 흥미로운 사건 소식을 수집하는 일을 해왔소. 그런데 이제 진짜 뉴스거리가 생겼는데 너무 놀라고 당황해서 글이라곤 한 줄도 쓸 수 없는 형편이오. 만일 내가 기자로 여기 왔다면 집주인인 나와 인터뷰를 하고 석간신문에 대문짝만 한 기사를 실었을 거요. 사실 나는 이 사람 저 사람한테 얘기해서 귀중한 기사를 거저 나눠주고 있으면서도 정작 본인은 그걸 이용하지 못하고 있소이다. 하지만 셜록 홈즈 선생, 나도 선생이 어떤 분인지 잘 알고 있소. 선생이 이 기이한 사건을 해결해 주시기만 한다면, 내가 선생한테 얘기를 들려드린 수고에 대한 보상은 충분히 될 거요.”

홈즈는 자리에 앉아 경청했다.

“사건의 발단이 된 것은 네 달쯤 전에 바로 이 방에 놓아두려고 산 나폴레옹 흉상인 것 같소. 나는 그걸 하이가 역 인근에 있는 하딩 형제사에서 싼값에 구입했소이다. 기사 쓰는 일을 주로 밤에 하기 때문에 새벽까지 앉아서 글을 쓰는 일이 많다오. 그러니까 그게 오늘이었소. 새벽 세시경에 위층 골방에 앉아 있는데 아래층에서 무슨 소리가 들려왔소. 나는 귀를 기울여보았지만 더 이상 아무 소리도 없기에 집 밖에서 난 소리인 줄 알았소. 그런데 5분쯤 뒤에 갑자기 처절한 비명 소리가 들려왔는데, 정말이지 그렇게 무시무시한 소리는 처음이오. 그 소리는 죽을 때까지도 귓전을 떠나지 않을 것 같소. 나는 공포에 사로잡혀 일이 분 정도 꼼짝 못하고 앉아 있었소. 그러다가 부지깽이를 들고 아래층으로 쫓아 내려갔소이다. 이 방에 들어와보니 창문이 활짝 열려 있고 벽난로 선반 위에 놓여 있던 나폴레옹상이 없어진 게 금방 눈에 띄었소. 그런 걸 가져가다니 도대체 어떻게 생겨먹은 도둑인지 모르겠소. 석고로 만든 복제품일 뿐이라 별 가치가 없는 물건인데 말이오.

보면 알겠지만 저 창문으로 나갈 때는 한 발짝만 크게 떼면 현관 층계를 디딜 수 있소. 도둑이 그렇게 나간 것이 분명했기 때문에 돌아가서 현관문을 열었소이다. 그런데 나는 캄캄한 어둠 속에서 문 밖으로 나가다가 거기 누워 있던 시체에 걸려 쓰러질 뻔했소. 등잔불을 가져다 비춰보니, 그 가엾은 친구가 목에 구멍이 난 채 피바다 속에 누워 있었소. 그는 양쪽 무릎을 세운 채 똑바로 누워 있었는데, 끔찍스럽게도 입을 딱 벌리고 있었소. 그 모습이 꿈에 나타날 것 같아 겁이 나오. 나는 가까스로 호루라기를 불고 그냥 졸도해 버린 것 같소이다. 눈을 떠보니 홀에서 경찰관이 나를 내려다보고 서 있는데, 그사이의 일은 전혀 기억나지 않으니 말이오."

"흠, 피살자의 신원은 밝혀졌습니까?"

홈즈는 물었다.

"죽은 사람의 신원을 알 수 있는 단서가 전혀 없소이다."

레스트레이드가 말했다.

"시신은 영안실에 안치해 놓았지만, 우린 지금까지 피살자에 대해서 아무것도 모르고 있소. 키가 크고 얼굴은 햇볕에 그을고 아주 탄탄하게 생겼는데, 나이는 많아봤자 서른이오. 입성은 초라하지만 노동자처럼 보이지는 않소. 피살자 옆의 피 웅덩이에는 뿔 손잡이가 달린 접는 칼이 떨어져 있었소. 그게 살인 무기였는지, 아니면 피살자의 소지품인지 현재로서는 알 수 없소이다. 옷에 이름 같은 건 없었고 주머니에서 나온 물건은 사과 한 알, 끈, 1실링짜리 런던 지도, 그리고 사진 한 장이었소. 바로 이거요."

그것은 소형 카메라로 찍은 스냅 사진이 분명했다. 사진 속의 인물은 잔뜩 경계하고 있는 날카로운 인상의 사내였는데, 눈썹이 짙고 얼굴의 아랫부분이 비비의 주둥이처럼 특이한 모양으로 툭 튀어나온 게 영락없는 원숭이 상이었다.

"그런데 그 흉상은 어찌 됐습니까?"

홈즈는 사진을 주의 깊게 관찰한 뒤 질문을 던졌다.

"우린 선생이 도착하기 직전에 소식을 들었소. 그것은 캠덴하우스로에 위치한 어느 빈집의 정원에서 발견되었다 하오. 석고상은 산산조각이 나 있었소. 마침 그걸 보러 가려고 했는데 같이 가시겠소?"

"좋습니다. 잠깐 좀 둘러보고 나서."

홈즈는 카펫과 창문을 살피고 나서 말했다.

"놈은 다리가 아주 길든지, 아니면 굉장히 민첩하든지, 둘 중 하나임에 틀림없습니다. 층계에서 창문까지의 거리를 볼 때, 창틀 위로 손을 뻗어 문을 여는 건 그리 만만한 일이 아니었습니다. 오히려 창문을 통해 층계 위로 내려서는 편이 쉬웠을 겁니다. 하커 씨, 같이 석고상 깨진 걸 보러 가시겠습니까?”

기자는 침울한 얼굴로 이미 책상 앞에 앉아 있었다.

“난 이 사건에 대해 뭔가를 써봐야 하오. 물론 자세한 기사가 실린 석간신문 초판이 벌써 쫙 깔려 있겠지만 말이오. 내 운이 그런 걸 어쩌겠소! 동커스터에서 관람석이 무너진 사건 기억하시오? 쳇, 그 관람석에 앉아 있던 기자는 나뿐이었지만 기사를 싣지 못한 신문은 우리 신문뿐이었소. 내가 너무 떨려서 기사를 쓰지 못했던 거요. 그런데 지금 내 집 계단에서 살인 사건이 벌어졌는데 나는 또 한발 늦을 것 같소.”

방을 나서는데 기자의 펜이 사각사각 종이 위를 달리는 소리가 들려왔다.

석고상 잔해가 발견된 지점은 살인 현장에서 수백 미터 거리에 있었다. 우리는 미지의 사내의 마음속에 그렇게 광적이고 파괴적인 증오심을 불러일으킨 듯한, 위대한 황제의 흉상을 처음으로 보았다. 그것은 산산이 부서진 채 풀밭 위에 흩어져 있었다. 홈즈는 파편을 몇 개 집어 들고 유심히 살펴보았다. 그의 집중한 얼굴과 단호한 태도를 보고 나는 마침내 그가 실마리를 잡았다는 걸 알았다.

“어떻소?”

레스트레이드가 물었다.

홈즈는 어깨를 으쓱했다.

“아직은 갈 길이 멉니다. 아직은 말입니다. 좀 생각해 볼 만한 사실을 몇 가지 건졌을 뿐이지요. 그 괴상한 범죄자에게는 이 하찮은 석고상을 손에 넣는 일이 인간의 생명보다 더 가치 있는 것이었습니다. 그것이 생각해 볼 만한 한 가지 사실입니다. 또 있습니다. 나폴레옹상을 부수는 것만이 유일한 목적이라고 했을 때, 그자가 석고상을 집 안에서 또는 집을 나오자마자 부수지 않은 것은 주목을 요하는 사실이라는 겁니다."

"놈은 다른 사람을 만나는 바람에 놀라고 당황했소. 그래서 자기가 무슨 짓을 하는지 몰랐던 거요."

"흠, 그것도 가능한 얘기입니다. 하지만 석고상의 잔해가 발견된 이 집의 위치에 각별히 주의하시기 바랍니다."

레스트레이드는 주위를 두리번거렸다.

"이건 빈집이오. 그래서 놈은 정원에 들어와 있어도 아무도 간섭하지 않으리라는 걸 알았던 거요."

"그렇습니다. 하지만 여기까지 오기 전에도 길가에 빈집이 한 채 있고 범인은 분명히 그 집 앞을 지났을 겁니다. 그런데 멀리 가면 갈수록 사람들과 마주칠 위험이 큰데 거기서 석고상을 깨뜨리지 않은 이유가 뭘까요?"

"난 항복하겠소."

레스트레이드가 말했다.

홈즈는 머리 위의 가로등을 손가락질했다.

"여기는 가로등 불빛이 있어서 환하지만 거기는 그렇지 않습니다. 바로 이것 때문입니다."

"옳거니! 그건 맞는 말이오."

형사는 말했다.

"이제 와서 생각해 보니 바니콧 박사의 석고상은 붉은 등에서 멀지 않은 곳에서 깨졌소. 허, 홈즈 선생, 그걸 알았으니 이제 어떻게 하시려오?"

"잘 기억해 둬야지요. 장부에 올려놓는 겁니다. 나중에 이것과 관련된 뭔가를 만나게 될 겁니다. 레스트레이드, 당신은 이제 어떤 단계를 밟을 작정입니까?"

"내 생각에는 사건을 해결하려면 죽은 사람의 신원을 밝혀내는 게 급선무일 것 같은데, 그건 별로 어렵지 않을 거요. 피살자와 주변 인물에 대해 알아내면 그가 지난밤에 무슨 이유로 피트가에 갔으며 호레이스 하커 씨의 계단에서 그를 살해한 범인이 누군지 알아내기가 훨씬 쉬워질 거외다. 그렇지 않소?"

"그렇겠지요. 하지만 나는 그런 식으로 사건에 접근하지는 않을 겁니다."

"그럼 어쩌시려고?"

"오, 내가 어떤 식으로든 당신한테 영향을 주지 않는 것이 좋겠습니다. 당신은 당신 생각대로 하고 나는 내 생각대로 하는 게 어떨까요? 그리고 나중에 각자의 조사 결과를 비교해 보면서 서로의 부족한 점을 보완하기로 합시다."

"아주 좋은 생각이오."

레스트레이드가 말했다.

"지금 피트가로 돌아가면 호레이스 하커 기자를 만나겠군요. 하커 씨한테, 범인은 나폴레옹 망상에 사로잡힌 위험천만한 미치광이 살인마가 분명하다고, 나는 그렇게 결론을 내렸다고 전해 주십시오. 기사를 쓰는 데 도움이 될 겁니다."

레스트레이드는 홈즈를 빤히 쳐다보았다.

"정말 그렇게 생각하시는 건 아니겠지?"

홈즈는 빙그레 웃었다.

"나 말입니까? 글쎄요, 아마 그럴 겁니다. 하지만 그런 얘기를 들으면 호레이스 하커 씨나 센트럴 프레스 통신사의 독자들은 혹할걸요. 자, 왓슨, 오늘은 정신없이 바쁜 하루가 될 것 같군. 레스트레이드, 형편이 된다면 이따 저녁 여섯시에 베이커가로 와주시기 바랍니다. 그때까지는 피살자의 주머니에서 나온 이 사진을 내가 보관하고 싶군요. 나의 추리가 옳다면 오늘 밤의 잠복 수사에 당신과 동행해야 할지도 모르겠습니다. 그때까지 조심하시고 행운을 빕니다!"

셜록 홈즈와 나는 함께 하이가까지 걸어가서 나폴레옹상을 판매한 하딩 형제사에 들렀다. 젊은 점원이 나와서 하딩 씨는 오후나 돼야 가게에 나오는데, 자신은 들어온 지 얼마 안 돼서 아는 게 별로 없다고 말했다. 홈즈의 얼굴에 실망과 짜증의 빛이 스쳤다.

"할 수 없지 뭐, 만사가 다 뜻대로 되기만을 바랄 수는 없으니까."

그는 마침내 말했다.

"하딩 씨를 만나러 오후에 다시 와야겠구먼. 자네도 짐작하고 있겠지만, 나는 지금 그 석고상들의 제작사를 찾아내서, 한결같이 그렇게 특이한 운명을 맞은 데 무슨 까닭이 있는지 알아보려고 하네. 그럼 케닝턴로의 모스 허드슨 씨한테 가서 사건 해결에 도움이 될 만한 정보가 있는지 들어보기로 하세.”

우리는 마차를 타고 한 시간을 달려서 미술품상에 도착했다. 키가 작고 뚱뚱한 화상(畫商)은 벌건 얼굴에 신랄한 태도의 소유자였다.

“그랬소이다. 바로 이 진열대 위에서요, 선생. 불한당 같은 놈이 함부로 들어와서 개인 재산을 때려 부수는 판국에 온갖 세금은 뭐하러 갖다 바치는지 모르겠단 말이외다. 예, 그랬소이다. 바니콧 선생한테 석고상 두 점을 판 사람이 바로 나였소. 말도 안 되는 일이지요! 이건 무정부주의자의 음모요. 내 견해는 그렇소. 무정부주의자가 아니라면 석고상을 때려 부수며 돌아다닐 놈이 어디 있겠소? 말하자면 빨갱이 공화주의자라고 할 수 있소. 그 석고상을 어디서 떼어 왔냐고? 그게 무슨 상관이 있는지 모르겠구려. 글쎄, 꼭 아셔야겠다면 말씀드려야지. 그건 스테프니, 처치가의 겔더사에서 제작한 물건이오. 이 계통에서는 다들 알아주는 회사로서 역사가 20년 된 곳이오. 물건을 얼마나 뗐냐고? 둘 더하기 하나는 셋이니까, 세 점이었소. 두 점은 바니콧 선생한테 팔았고 한 점은 대낮에 우리 가게 진열대 위에서 박살 났지. 그 사진 속의 인물을 아느냐고? 모르오. 처음 보는 사람이오. 잠깐! 이제 보니 아는 얼굴이군. 베포라는 친구요. 이탈리아인 임시 직원이었는데 우리 가게에서 잠깐 일했소. 조각도 좀 할 줄 알고, 도금과 액자 끼우는 일도 하고, 그 밖에도 이런저런 일을 할 줄 알았소이다. 그 친구는 지난주에 일을 그만뒀는데 그다음에는 어떻게 됐는지 소식을 못 들었소. 아니요, 그 친구가 어디에서 왔고 어디로 갔는지 나는 몰라요. 여기 있는 동안에는 딱히 불평할 만한 점이 없었소. 석고상이 박살 나기 이틀 전에 그만두었소이다."

가게를 나오면서 홈즈가 말했다.

"흠, 모스 허드슨한테 알아낼 수 있을 만한 건 다 알아낸 것 같아. 케닝턴과 켄싱턴에서 이 베포라는 자가 공통분모로 나왔으니 15킬로미터를 달려올 만한 가치가 있었군. 자, 왓슨, 이제 나폴레옹상을 제작 판매한 스테프니의 겔더사로 가세. 틀림없이 거기서 뭔가 도움이 될 만한 얘기를 들을 수 있을 걸세."

우리는 마차를 타고 런던의 패션가, 호텔가, 극장가, 문학 동네, 상가, 그리고 해양 타운을 빠른 속도로 지나, 인구 10만의 어느 강변 도시에 도착했다. 유럽의 버림받은 자들이 득실거리는 그곳의 싸구려 셋집은 땀에 절어 악취를 풍기고 있었다. 한때는 런던의 부유한 상인들이 몰려 살던 이곳의 넓은 대로변에 우리가 찾는 조각품 제작사가 있었다. 꽤 넓은 마당에는 돌 조각이 가득 서 있었다. 안으로 들어가니 넓은 작업실에서 쉰 명가량의 일꾼들이 조각을 하거나 틀에서 본을 뜨고 있었다. 금발에 거구의 독일인 지배인이 나와 우릴 정중히 맞아들여 홈즈의 모든 질문에 명료하게 대답해 주었다. 장부에 남아 있는 기록에 따르면, 데빈의 나폴레옹 흉상 대리석 복제품에서 수백 점의 석고상을 떠냈는데, 1년쯤 전에 모스 허드슨에게 넘긴 세 점의 나폴레옹상은 여섯 점 한 세트의 절반이었고, 나머지는 켄싱턴의 하딩 형제사로 넘겼다. 그 여섯 점의 나폴레옹상이 다른 복제품과 다르다고 볼 만한 이유는 없었다. 지배인은 나폴레옹상을 부수고 싶어 하는 이유가 뭔지 전혀 상상이 안 된다고 했고, 그런 일이 있었다는 얘기를 듣고 실소를 금치 못했다. 나폴레옹상의 도매가격은 6실링이지만 소매가격은 12실링 이상일 거라고 했다. 복제품을 만들 때 얼굴 양쪽을 두 개의 틀로 떠내는데, 소석고로 만든 이 반쪽 얼굴 두 개를 합쳐놓으면 완전한 흉상이 된다고 했다. 작업은 주로 이 작업실에서 이탈리아인들이 한다. 석고 흉상이 완성되면 통로의 탁자 위에 올려놓고 건조시킨 다음 창고에 갖다 쌓는다. 그가 말해 줄 수 있는 것은 이게 전부였다.

그러나 사진을 꺼내놓자 지배인의 표정에 의미심장한 변화가 일어났다. 얼굴은 분노로 붉게 달아올랐고, 게르만족의 푸른 눈 위의 이마에 굵은 주름이 잡혔다.

"아, 이 흉악한 녀석!"

지배인은 소리쳤다.

"그럼요, 알고말고요. 아주 잘 아는 자입니다. 우리 작업실에서는 그동안 남부끄러운 일이 한 번도 없었는데, 여기로 경찰이 들이닥친 적이 딱 한 번 있었습니다. 바로 이 녀석 때문이었지요. 그게 벌써 1년도 더 됐습니다. 이자가 노상에서 다른 이탈리아인을 칼로 찌르고 작업실로 도망쳐 왔다가 추적해 온 경찰한테 여기서 잡혀갔지요. 이름은 베포인데 성은 모릅니다. 이렇게 생겨먹은 녀석을 써줬

으니 제가 다 자초한 일이지요. 하지만 일솜씨는 괜찮았습니다. 장인으로서는 최고였지요."

"그다음에 어떻게 됐지요?"

"1년 형을 선고받고 복역했습니다. 지금은 틀림없이 출소했을 테지만, 감히 여기 다시 얼굴을 내밀 생각은 못 하는 것 같습니다. 그녀석 사촌이 여기서 일하고 있으니 그 친구한테 물어보면 지금 어디 있는지 알 수 있을 텐데요."

"그건 절대로 안 되오."

홈즈가 외쳤다.

"그 사촌 되는 사람한테는 입도 뻥긋하지 마시오. 부탁이오. 그것
은 대단히 중요한 점인데, 전후 사정을 알면 알수록 더 중요하게 느
껴지는군요. 그런데 아까 그 장부에는 나폴레옹상을 판매한 날짜가
작년 6월 3일로 되어 있었소이다. 혹시 베포가 잡혀 들어간 게 언제
인지 알 수 있겠소?"

"급여 지불 대장을 보면 대강 알 수 있을 겁니다."

지배인은 대답했다.

"여기 있군요."

지배인은 몇 장 넘기더니 말을 이었다.

"마지막으로 급료를 받아 간 게 5월 20일이었습니다."

"고맙소. 더 이상 폐를 끼치지 않겠소이다."

그는 마지막으로 우리가 조사한 내용에 대해 일절 말하지 말라는
당부의 말을 남겼고, 우리는 다시 서쪽으로 향했다.

점심때가 한참 지난 뒤에야 우리는 식당에 들어가 끼니를 때울
수 있었다. 출입구에는 '켄싱턴의 유혈극. 살인범은 정신병자'라고
쓰인 신문 광고가 나붙어 있었는데, 신문을 보니 결국 호레이스 하
커 씨가 기사를 쓴 것이 분명했다. 자극적이고 선정적인 표현을 총
동원한 사건 기사가 대문짝만 하게 실려 있었다. 홈즈는 양념통 받
침대에 신문을 기대놓고 음식을 우물거리며 기사를 읽었다. 두어

번은 혼자 킬킬거리며 웃기도 했다.

"왓슨, 썩 마음에 드는군. 이 대목을 좀 들어보게.

다행스럽게도 이 사건에 대해서는 의견이 일치하고 있는데 경험이 풍부한 경찰 수사관 레스트레이드 씨와 유명한 자문 탐정 셜록 홈즈 씨는 그토록 비극적으로 끝맺은 기괴한 사건들이 치밀하게 계획된 범죄가 아니라 광증(狂症)에서 비롯된 우발적인 행위라는 결론을 내렸다. 제반 정황을 고려해 볼 때 도저히 정신병자의 소행이라고밖에 볼 수 없는 것이다.

왓슨, 언론을 활용하는 요령만 알고 있다면, 이보다 더 쓸모가 많은 매체는 없다네. 식사를 마쳤거든 켄싱턴으로 돌아가서 하딩 형제사 주인의 얘기를 들어보기로 하세."

큰 상점의 설립자는 키는 작아도 활발하고 시원시원한 사람이었는데, 두뇌 회전이 빠를뿐더러 언변이 청산유수였다.

"예, 그 소식은 석간신문에서 벌써 읽었습니다. 호레이스 하커 씨는 우리 상점의 고객이십니다. 우린 몇 달 전에 그분에게 나폴레옹 상을 판매했지요. 우린 그런 종류를 스테프니의 겔더사에 세 점 주문했습니다. 지금은 모두 팔렸지요. 사 간 사람요? 아, 판매 장부를 들춰보면 금방 알 수 있을 겁니다. 여기 있군요, 명단은 이겁니다. 보시다시피 하나는 호레이스 하커 씨에게, 하나는 치스윅, 래버넘 베일, 래버넘가의 조시아 브라운 씨에게, 그리고 나머지 하나는 레딩, 로워 그로브로의 샌드퍼드 씨에게 팔았지요. 아니요, 그 사진 속의 얼굴은 처음입니다. 저렇게 못생긴 얼굴은 한 번 보면 좀체 잊기 힘들겠는데요. 직원 중에 이탈리아인이 있느냐고요? 예, 직공하고 청소부들 중에 몇 명 있습니다. 마음만 먹으면 이 판매 장부를 들여다보는 건 어렵지 않을 거라고 생각합니다. 이 장부를 특별 관리해야 할 이유는 없었으니까요. 그럼요, 이렇게 이상한 일이 어디 있겠습니까. 뭔가가 밝혀지면 저한테도 알려주시기 바랍니다."

홈즈는 하딩 씨의 진술을 들으면서 몇 가지를 받아 적었고, 나는 그가 조사의 진행 상황에 대해 아주 만족해한다는 걸 알 수 있었다. 하지만 그는 서두르지 않으면 레스트레이드와의 약속에 늦을지도 모른다는 말만 했을 뿐 입을 꾹 다물었다. 과연 베이커가에 도착해 보니 형사는 벌써 와서 초조한 기색으로 방 안을 오락가락하고 있었다. 거만한 태도를 보니 하루를 헛되이 흘려보내지는 않은 모양이었다.

"어떻소? 홈즈 선생, 무슨 행운이라도?"

레스트레이드는 물었다.

"우린 아주 바빴고 하루를 완전히 낭비하지는 않았습니다."

내 친구는 설명했다.

"소매상 두 군데와 석고상을 제작한 업체를 다녀왔지요. 이제 나폴레옹 흉상 여섯 점의 유통 경로를 환히 꿰고 있습니다."

"흉상이라고!"

레스트레이드는 소리 질렀다.

"좋소이다, 누구한테나 자기 나름의 방식이 있으니까. 셜록 홈즈 선생, 선생의 방식이 틀렸다는 얘기는 결코 아니지만, 내 생각에는 내가 선생보다 훨씬 알찬 하루를 보낸 것 같소. 나는 피살자의 신원을 확인했소."

"정말입니까?"

"그리고 범행 동기를 알아냈소!"

"대단하군요!"

"우리 본부에 사프론 힐과 이탈리아인 거주 구역을 손바닥 보듯 하는 경위가 하나 있소. 에, 피살자는 목에 가톨릭의 상징을 걸고 있었고, 게다가 피부색으로 보아 나는 그가 남쪽 나라 출신일 거라고 생각했소이다. 힐 경위는 과연 시신을 보자마자 한눈에 알아보더군. 죽은 사람은 나폴리 출신의 피에트로 베누치라는 친군데, 런던에서 손꼽히는 칼잡이고 마피아와도 관계있다오. 그런데 선생도 아시다시피 마피아는 조직의 명령이라면 살인도 서슴지 않는 비밀 정치 조직이오. 자, 선생도 이제 일이 어떻게 된 건지 아시겠지. 살인범도 아마 이탈리아인이고 마피아의 조직원일 거요. 그자는 모종의 규칙을 위반했소. 피에트로가 그 뒤를 쫓았소. 피에트로의 호주머니에 들어 있던 사진은 엉뚱한 사람을 찌르는 일이 없도록 가지고 다니던 목표물의 사진일 거요. 피에트로는 목표물을 따라다니다가, 그가 어느 집에 들어가는 걸 보고 밖에서 기다리지만 격투 끝에 오히려 자신이 칼에 찔렸소. 셜록 홈즈 선생, 내 말이 어떻소?"

홈즈는 찬성의 의미로 짝짝 박수를 치고 외쳤다.

"훌륭해요, 레스트레이드, 정말 훌륭합니다! 하지만 나폴레옹상을 부순 이유에 대한 설명이 빠졌군요."

"나폴레옹상! 선생은 그놈의 흉상에 대한 생각을 떨쳐버리지 못하시는구려. 결국 그건 아무것도 아니오. 기껏해야 형량 6개월의 절도죄지. 그런데 우리가 조사하고 있는 건 살인 사건이고, 분명히 말해 두지만 나는 모든 실마리를 이 손안에 쥐고 있소이다."

"그럼 이제 어떻게 할 생각이오?"

"그거야 뻔한 거지. 힐과 같이 이탈리아인 거주 구역으로 내려가서 우리가 확보한 사진 속의 인물을 찾아내 살인 혐의로 체포하는 거요. 선생도 동행하시겠소?"

"내 생각은 좀 다릅니다. 우린 좀 더 간단하게 목적을 달성할 수 있을 겁니다. 물론 장담할 순 없습니다. 왜냐하면 모든 일이 통제 범위를 벗어나 있는 어떤 요소에 의존하고 있으니까요. 하지만 나는 기대가 큽니다. 사실, 가능성을 따져보면 정확히 반반이지요. 레스트레이드, 당신이 오늘 밤에 우리와 동행한다면 그자를 잡아넣을 수 있게 도와드리지요."

"이탈리아인 거주 구역에서?"

"아니요. 나는 그자가 나타날 가능성이 높은 곳은 치스윅이라고 생각합니다. 레스트레이드, 당신이 오늘 밤에 같이 치스윅으로 가준다면, 나는 내일 그 이탈리아인 거주 구역에 당신과 동행하겠습니다. 조금 늦는다고 일에 큰 지장은 없을 겁니다. 그럼 이제부터 다들 몇 시간 자두는 게 좋을 것 같군요. 열한시나 되어야 출발할 텐데,

아침때나 돌아올 수 있을 테니까요. 레스트레이드, 저녁 식사는 우리와 같이합시다. 그리고 출발 시간이 될 때까지 기꺼이 소파를 내드리지요. 왓슨, 그 사이에 전보 배달부를 좀 불러주겠나. 급하게 보내야 할 편지가 한 통 있네."

홈즈는 저녁내 낡은 신문으로 가득 찬 창고에 파묻혀 신문 더미를 뒤졌다. 마침내 방으로 내려왔을 때 그는 조사 결과에 대해서는 아무 말도 안 했지만 눈빛은 득의에 차 있었다. 나로 말할 것 같으면, 홈즈가 이 복잡한 사건의 실마리를 차근차근 풀어나가는 과정을 보았기 때문에, 비록 우리의 목표가 무엇인지는 아직 몰라도 이 기괴한 범죄자가 남은 흉상 두 점을 훔쳐낼 거라고 그가 확신하고 있다는 걸 잘 알고 있었다. 그런데 생각해 보니 남은 흉상 두 점 중의 하나가 치스윅에 있었다. 그곳으로 가는 것은 보나 마나 범인을 현장에서 체포하기 위한 것이리라. 나는 친구가 석간신문에 엉뚱한 정보를 흘려서 범인이 안심하고 행동할 수 있게 만든 계책에 탄복했다. 그가 내게 리볼버를 가져가라고 했을 때도 놀라지 않았다. 홈즈는 평소에 애용하는, 납을 채워 넣은 사냥용 채찍을 집어 들었다.

열한시에 사륜마차 한 대가 문 앞에 도착했고 우리는 그것을 타고 해머스미스 다리 건너편의 한 지점으로 갔다. 마부는 거기서 대기하라는 지시를 받았다. 우리는 잠깐 걸어서 정원이 딸린 쾌적한 주택이 늘어서 있는 한적한 도로로 나왔다. 가로등 불빛 아래, 어느 집 대문 기둥에 '래버넘 전원주택'이라고 쓰여 있는 게 보였다. 집 안 식구들은 벌써 잠자리에 들었는지, 현관문 위의 채광창으로 흘러나온 불빛이 정원의 오솔길을 희미하게 비추고 있는 걸 빼면 집 안은 온통 깜깜했다. 도로와 정원을 가르는 나무 울타리는 정원 안쪽으로 짙은 그늘을 드리우고 있었는데, 우리는 바로 이곳에 쪼그리고 앉았다.

"한참 기다려야 할 것 같군요."

홈즈가 작은 소리로 말했다.

"하지만 다행히 비가 안 오니 고맙게 생각해야 해요. 담배를 피울 수 있으면 시간 때우기는 좋겠지만 그것까지는 안 될 것 같군요. 그래도 우리의 노고에 보답 받을 확률은 반반입니다."

하지만 홈즈의 예상과 달리 우리는 오랫동안 경계할 필요가 없었는데, 불침번은 의외의 순간에 기이하게 끝이 났다. 사람이 다가오는 기척도 없었는데 갑자기 대문이 열리더니 호리호리하고 시커먼 사람 그림자가 마치 원숭이처럼 날렵한 동작으로 집 쪽으로 달려갔다. 그림자는 눈 깜짝할 새에 현관문 위로 흘러나온 불빛 속을 지나 어두운 집 그림자 속으로 사라졌다. 한참 시간이 흐르는 동안 우리는 숨도 크게 못 쉬고 앉아 있었다. 그런데 문득 조그맣게 삐걱거리는 소리가 들려왔다. 창문이 열리는 소리였다. 소리는 그치고 다시 긴 침묵이 흘렀다. 사내가 집 안으로 들어가고 있었다. 순간적으로 집 안에서 차광식 각등의 불빛이 번쩍 빛나는 게 보였다. 찾고 있는 것이 거기 없었는지 다른 창문에서 다시 불빛이 번쩍거렸고, 그리고 또 다른 창문에서 다시 불빛이 번쩍였다.

"저 창문 밑에서 기다립시다. 저자가 밖으로 나올 때 덮치는 거요."

레스트레이드가 속삭였다.

그러나 우리가 움직이기도 전에 사내가 다시 밖으로 나왔다. 그가 희미한 불빛 속을 지날 때 보니, 뭔가 하얀 것을 옆구리에 끼고 있었다. 사내는 은밀하게 주위를 둘러보았다. 인적이 끊어진 길은 고요했고 그는 적이 안심한 눈치였다. 그는 이쪽으로 등을 돌리고 끼고 있던 물건을 내려놓았다. 다음 순간, 쩡 하고 때리는 소리가 나더니 와장창 부서지는 소리가 들렸다. 사내는 하고 있는 일에 정신이 팔린 나머지 우리가 잔디밭을 지나 살금살금 다가가는 소리를 듣지 못했다. 홈즈는 사내의 등 뒤에서 비호같이 덮쳤고 이에 질세라 레스트레이드와 나는 양쪽에서 그의 손목을 낚아챘다. 수갑이

철컥 채워졌다. 사내를 돌려 눕히자 흉측하게 생긴 누르께한 얼굴이 분노에 못 이겨 몸부림치며 우리를 노려보고 있었다. 그는 바로 우리에게 있는 사진 속의 인물이었다.

그러나 홈즈는 포로를 거들떠보지도 않았다. 그는 현관 계단에 쪼그리고 앉더니, 사내가 집 안에서 꺼내 온 물건을 찬찬히 살펴보았다. 그것은 우리가 아침나절에 본 것과 똑같은 나폴레옹 흉상이었는데 비슷한 모습으로 부서져 있었다. 홈즈는 파편을 하나씩 들고 조심스레 불빛에 비춰보았지만 부서진 석고 조각들은 하나같이 비슷했다. 그가 막 조사를 마쳤을 때 홀의 불빛이 밝아지더니 현관문이 활짝 열리면서 둥글둥글한 얼굴에 쾌활한 인상의 집주인이 잠옷 차림으로 나타났다.

"조시아 브라운 씨 되십니까?"

홈즈가 말을 건넸다.

"예, 그렇습니다만. 그럼, 셜록 홈즈 선생이시군요? 선생이 전보 배달부 편에 보내주신 편지를 받고 거기 쓰여 있는 지시를 정확하게 이행했습니다. 문이란 문은 죄다 안에서 걸어 잠그고 사태의 추이를 주시했지요. 범인을 잡은 걸 보니 정말 기쁩니다. 신사 여러분, 들어와서 잠깐 쉬시는 게 어떻습니까?"

하지만 레스트레이드는 한시바삐 범인을 안전한 곳으로 옮기고 싶어 했고, 그래서 우리는 대기 중인 마차를 불러 타고 곧장 런던으로 향했다. 포로는 입을 꾹 다문 채 헝클어진 머리카락 아래 이글이글 타는 눈으로 우릴 노려보았다. 한번은 내 손이 사정거리 안에 들

어온 듯하자 굶주린 늑대처럼 달려들어 물어뜯으려고 했다. 우리가 경찰서에 머무는 동안 몸수색이 이루어졌는데, 그의 몸에서 나온 것은 동전 몇 개와 칼집이 달린 긴 칼 하나였다. 손잡이에는 최근에 묻은 듯한 피가 잔뜩 엉겨 있었다.

"문제없소."

헤어질 때 레스트레이드가 말했다.

"힐은 이 패거리에 대해 속속들이 꿰고 있으니 이자의 이름도 알고 있을 거요. 선생은 내가 말한 마피아 설명이 제대로 들어맞는다는 걸 알게 될 거요. 하지만 홈즈 선생, 선생이 능란한 수법으로 범인을 찾아준 것에 대해서는 정말 고맙게 생각하오. 어떻게 그렇게 했는지는 아직 잘 모르겠지만 말이오."

"자세히 설명하기에는 시간이 좀 늦은 것 같군요. 게다가 아직 해결되지 않은 문제가 한두 가지 있는데, 그것은 끝까지 파헤쳐볼 만한 가치가 있는 것들입니다. 내일 여섯시에 다시 베이커가를 찾아주시면, 나는 당신이 범죄의 역사에서 전무후무한 것으로 기록될 이 사건의 온전한 의미를 아직도 제대로 파악하지 못했다는 걸 보여줄 수 있을 겁니다. 왓슨, 자네가 앞으로 내 사건들에 대한 기록을 더 펴내게 될 때, 자네는 나폴레옹상을 둘러싼 진기한 사건에 대한 설명으로 책에 생기를 불어넣을 수 있을 걸세."

다음 날 저녁, 레스트레이드는 포로에 관한 정보를 머릿속에 잔뜩 담아가지고 왔다. 그의 이름은 베포인 것 같지만 성이 뭔지 아는 사람은 아무도 없다. 이탈리아 거류민 사이에서는 이름난 건달이지만, 한때는 재간 있는 조각가였고 정직하게 일해서 벌어먹은 적도 있다. 하지만 악의 길로 들어선 뒤에 벌써 두 번이나 감옥에 다녀왔다. 한 번은 절도죄로, 또 한 번은 다들 알고 있다시피 동포를 칼로 찌른 죄로. 영어는 유창하다. 나폴레옹상을 부순 이유는 아직 모른다. 그 문제에 대해서는 어떤 질문을 해도 묵묵부답인데, 경찰에서는 문제의 흉상들이 다름 아닌 그의 손을 거쳐 만들어졌을 가능성이 높다는 사실을 발견했다. 왜냐하면 그는 겔더사 작업실에서 그런 일을 했기 때문이다. 레스트레이드가 가져온 이 모든 정보는 거의 다 아는 것들이었지만 홈즈는 예의 바르게 경청했다. 하지만 누구보다 친구를 잘 아는 나는, 그가 딴생각을 하고 있다는 걸 쉽게 알 수 있었다. 예의 무표정한 얼굴 뒤에는 불안과 기대가 뒤섞인 표정이 엿보였다. 갑자기 그는 의자에 앉은 채 움찔했는데 두 눈에 밝은 빛이 감돌았다. 초인종 소리가 들린 것이다. 잠시 후 계단을 올라오는 발소리가 들리더니 반백이 된 구레나룻에 얼굴이 불그레한, 나이 지긋한 사내가 방 안으로 들어섰다. 사내는 오른손에 들고 있던 낡은 여행 가방을 탁자 위에 내려놓았다.

"이 중에 셜록 홈즈 선생이 계십니까?"

내 친구는 목례와 함께 미소를 보내며 물었다.

"레딩의 샌드퍼드 씨 되십니까?"

"그렇습니다. 좀 늦은 것 같군요. 하지만 기차 시간이 맞지 않았지요. 선생은 편지에 내가 소장하고 있는 흉상에 대해 쓰셨더군요."

"옳습니다."

"여기 선생이 보내주신 편지를 가져왔습니다. 선생은 이렇게 쓰셨지요. '나는 데빈의 나폴레옹상 복제품을 소장하고 싶은데, 귀하의 소장품에 대해 10파운드를 지불할 용의가 있습니다.' 맞습니까?"

"그렇습니다."

"난 선생의 편지를 받고 깜짝 놀랐습니다. 내가 그런 물건을 가지고 있다는 걸 대체 어떻게 아셨습니까?"

"물론 놀라셨겠지만, 알고 보면 간단합니다. 형제사의 하딩 씨가 샌드퍼드 씨에게 마지막 남은 석고상을 팔았다면서 주소를 알려주셨지요."

"허, 그랬군요. 그런데 나한테 이걸 얼마에 팔았는지는 말하지 않던가요?"

"아니요, 그런 얘기는 못 들었습니다만."

"에, 난 별로 부자는 아니지만 정직한 사람입니다. 선생에게 10파운드를 받기 전에 사실을 꼭 알려드려야 할 것 같아서 드리는 말씀입니다만 나는 그 흉상을 겨우 15실링 주고 샀습니다."

"샌드퍼드 씨, 당신은 명예롭게 양심을 지키셨습니다. 하지만 이왕 값을 불렀으니 그대로 드릴 작정입니다."

"허, 홈즈 선생, 정말 후한 분이시군요. 난 선생 요구대로 흉상을 가져왔습니다. 바로 이겁니다!"

그는 가방을 열고 나폴레옹상을 탁자 위에 올려놓았다. 우리는 두 차례나 산산조각 난 상태로 보았던 문제의 흉상을 이제야 온전한 형태로 볼 수 있었다.

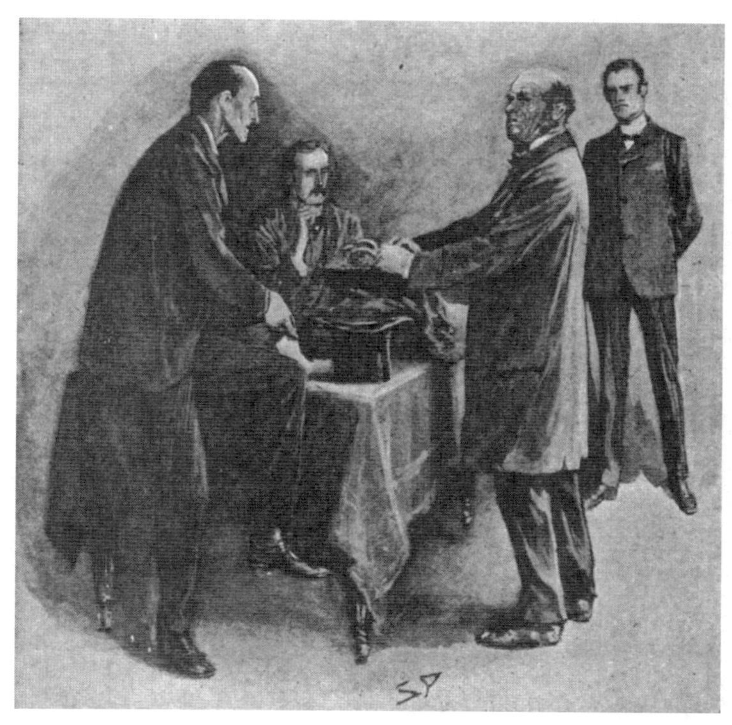

홈즈는 주머니에서 종이를 한 장 꺼내 들고 탁자 위에 10파운드 지폐를 올려놓았다.

"샌드퍼드 씨, 증인들이 보는 앞에서 그 서류에 서명해 주시면 감사하겠습니다. 내용은 별것 아닙니다. 당신이 이 석고상에 대해 갖고 있던 일체의 권리를 전부 내게 양도한다는 뜻이지요. 나는 원래 꼼꼼한 사람입니다. 그리고 아시다시피 사람의 일이란 게 어떻게 될지 모르니까요. 감사합니다, 샌드퍼드 씨. 돈은 여기 있습니다. 그럼 안녕히 가십시오."

손님이 방을 나가자 셜록 홈즈는 묘한 행동을 해서 우리 두 사람의 시선을 끌었다. 그는 서랍에서 희고 깨끗한 천을 꺼내 탁자 위에 펼쳐놓았다. 그런 다음 방금 구입한 흉상을 천 가운데 올려놓았다. 그러더니 사냥용 채찍을 집어 들고 나폴레옹의 정수리에 일격을 가했다. 석고상은 산산조각이 났다. 홈즈는 고개를 숙이고 파편 더미를 유심히 들여다보았다. 그리고 다음 순간, 승리의 함성을 올리며 파편 하나를 집어 들었다. 푸딩에 박힌 건포도처럼 하얀 파편 한가운데 둥글고 검은 물체가 박혀 있었다.

"신사 여러분, 저 유명한 보르지아의 흑진주를 소개합니다."

홈즈가 소리 높여 외쳤다.

레스트레이드와 나는 한순간 멍하니 앉아 있었지만, 잘 짜인 드라마의 클라이맥스를 볼 때처럼 충동적으로 짝짝 박수를 쳤다. 홈즈의 창백한 볼은 발갛게 달아올랐고, 그는 관객의 갈채를 받는 대극작가인 양 우릴 향해 고개를 숙였다. 그것은 그가 추리 기계임을 그치고 찬탄과 갈채에 대한 인간적인 애호를 드러내는 순간이었다. 대중적인 평판에 오만하게 등을 돌리는 유난스레 자부심이 강하고 내향적인 기질은, 진심에서 우러나온 친구들의 감탄과 칭찬 앞에서 깊이 감동하기도 했다.

"그렇습니다, 신사 여러분, 이것이 바로 현존하는 것 중에서 가장 유명한 진주입니다. 귀납적 추리의 연쇄를 거쳐, 이 진주가 분실되었던 데이커 호텔 콜로나 왕세자의 객실에서 시작해 스테프니의 겔더사에서 제작된 나폴레옹 흉상 여섯 점 세트의 마지막 석고상의 내부까지 추적할 수 있었던 것은 정말 행운이었지요. 레스트레이드, 당신도 이 귀중한 보석이 없어진 다음에 얼마나 큰 소동이 벌어졌는지 기억하고 있을 거요. 알다시피 런던 경찰국에서는 보석을 되찾기 위해 갖은 애를 다 썼지만 헛수고에 그치고 말았지요. 나 자신도 그 사건에 대한 자문을 의뢰받았지만 사건 해결에 전혀 도움을 주지 못했습니다. 이탈리아 출신인 왕세자비의 하녀가 용의 선상에 떠올랐고 그 여자의 오빠가 런던에 있다는 사실이 드러났지만, 둘이 접촉한 증거를 찾아내는 데는 실패했지요. 왕세자비의 하녀는 루크레티아 베누치라는 여자였는데, 나는 이틀 전에 살해당한 피에트로가 그 여자의 오라비일 거라고 생각했습니다. 낡은 신문철을 뒤져보니, 진주가 없어진 건 베포가 폭행죄로 겔더사 공장 구내에서 체포되기 꼭 이틀 전의 일이더군요. 마침 그때 겔더사에서는 이 흉상들이 제작되고 있었습니다. 자, 이제 사건이 어떻게 전개됐는지 아시겠지요? 물론 여러분은 내가 사건을 인지한 순서와는 정반대로 진실에 접근하고 있는 겁니다. 베포는 흑진주를 손에 넣었습니다. 피에트로에게서 훔쳐냈는지도 모르고, 아니면 자신이 피에트로의 공범이었는지도 모릅니다. 아니면 그가 피에트로와 누이동생 사이에 다리를 놓았는지도 모르고요. 사실이야 어찌 됐든 그건 우리에게는 전혀 상관없는 일입니다.

중요한 것은 그자가 경찰에 쫓기고 있던 바로 그때 진주를 몸에 지니고 있었다는 사실이지요. 그는 자신이 일하는 공장으로 향했는데, 이 막대한 가치를 지닌 노획물을 감출 시간이 고작 몇 분밖에 안 된다는 사실을 알고 있었습니다. 그대로 잡혔다가는 몸수색을 당할 때 발각될 것이 뻔했습니다. 그때 나폴레옹상 여섯 점이 복도에서 건조되고 있었지요. 그중 하나는 여전히 물렁했습니다. 재간이 뛰어난 장인이었던 베포는 순식간에 젖은 석고에 작은 구멍을 내고 그 속에 진주를 떨어뜨린 다음 몇 번 손질을 해서 다시 구멍을 막았습니다. 진주를 감춰놓는 데 그보다 더 좋은 곳은 없었지요. 그걸 찾아낼 수 있는 사람은 없었습니다. 하지만 베포는 1년 형을 선고받았고, 그동안에 나폴레옹상 여섯 점은 런던 전역에 흩어졌습니다. 그는 보물을 감추고 있는 석고상이 어느 것인지 알아낼 도리가 없었습니다. 석고상을 깨봐야만 알 수 있었지요. 흔들어보는 것도 소용없었을 겁니다. 진주가 젖은 석고에 찰싹 달라붙었을 테니까요. 그리고 사실이 그랬습니다. 베포는 실망하지 않고 나름대로 독창성을 발휘해서 끈기 있게 조사를 밀고 나갔습니다. 우선 겔더사에서 일하는 사촌을 통해 문제의 흉상을 떼어 간 소매상을 찾아냈지요. 그리고 모스 허드슨의 상점에 취직해서 세 점의 석고상이 팔려 간 곳을 알아냈습니다. 하지만 진주는 거기 없었지요. 그다음에는 어느 이탈리아인 점원의 도움으로 나머지 흉상 세 점의 행방을 알아냈습니다. 맨 먼저 그는 하커 씨네 집에 있는 흉상을 노렸습니다. 하지만 베포가 진주를 빼돌렸다고 의심하고 있던 공모자 피에트로가 그곳까지 따라붙었고, 베포는 격투 끝에 그를 칼로 찔러 살해했습니다."

"베포가 공모자였다면, 피에트로는 무엇 때문에 그의 사진을 갖고 다닌 거지?"

내가 물었다.

"그의 소재를 알아내는 데 필요했지. 다른 사람들한테 그에 대해 물어볼 때 요긴하게 쓰일 테니까. 분명히 그것 때문이었을 걸세. 어쨌든 살인 사건이 있고 나서 나는 베포가 행동을 늦추기보다는 서두를 가능성이 높다고 판단했습니다. 그는 경찰이 진주의 비밀을 알아채지 않을까 두려워했고, 그래서 경찰이 선수 치는 일이 없도록 서둘렀습니다. 물론 나는 베포가 하커 기자의 석고상에서 진주를 찾았는지 여부는 알 수 없었습니다. 그리고 그가 찾는 것이 진주라는 것도 몰랐지요. 하지만 그가 무엇인가를 찾고 있다는 것은 분명했습니다. 그렇지 않고서야, 흉상을 들고 다른 빈집을 지나 가로등 불빛이 비치는 집을 찾아 들어가 부술 이유가 없었으니까요. 하커 기자의 석고상은 남은 세 점 중의 하나였기 때문에, 나머지 두 점의 석고상에 진주가 들어 있을 가능성은 내가 말한 대로 정확하게 반반이었습니다. 두 점의 석고상 중에서 베포가 런던에 있는 것을 먼저 해치우리라는 것은 분명했지요. 나는 또다시 비극적인 사건이 발생하지 않도록 그 집 사람들에게 미리 경고를 해두었습니다. 그리고 우린 그곳으로 출동해서 흡족한 성과를 거두었지요. 물론 그때까지 나는, 우리가 찾고 있는 것이 이탈리아의 명문가 보르지아 가문의 흑진주라는 사실을 정확히 알고 있었습니다. 피살당한 사내의 이름을 단서로 해서 알아낸 사실이지요. 이제 남은 흉상은 레딩에 있는 것뿐이었습니다. 진주는 거기 들어 있는 것이 분명했지요. 그리고 나는 여러분이 보는 앞에서 주인에게 흉상을 사들였습니다. 그게 바로 이겁니다."

방 안에는 잠시 침묵이 흘렀다.

레스트레이드가 말했다.

"허어, 홈즈 선생, 나는 선생이 숱한 사건을 해결하는 걸 보아왔지만 이보다 더 교묘한 솜씨를 발휘하는 걸 본 적은 없소. 우리 런던 경찰국 사람들은 선생을 시샘하지 않소. 암, 그렇고말고. 오히려 우린 선생을 아주 자랑스럽게 생각하고 있소이다. 만약 내일 본부에 들러주시면 제일 나이 많은 경감에서 제일 어린 새파란 순경에 이르기까지, 한 사람도 빼지 않고 다투어 선생에게 악수를 청할 거요."

"고맙군요! 고맙습니다!"

홈즈는 말했다.

그 말과 함께 그는 돌아섰는데 어느 때보다 순한 인간적인 감정이 가슴을 녹이고 있는 듯했다. 그러나 잠시 후, 그는 냉정하고 실용적인 본연의 모습으로 돌아왔다.

"왓슨, 그 진주는 금고에 넣어두게. 그리고 콩크 싱글턴 문서 위조 사건 관련 서류를 꺼내주게. 레스트레이드, 안녕히 가시오. 당신이 어떤 문제를 가져오든 능력이 닿는 한 기꺼운 마음으로 사건 해결에 협조하겠습니다."

세 학생

　1895년에 셜록 홈즈와 나는 여기서 언급할 필요가 없는 일련의 사건 때문에 우리 나라의 큰 대학촌에서 몇 주를 보내게 되었다. 내가 지금 얘기하려는, 사소하지만 교훈적인 사건이 일어난 것이 바로 그때의 일이었다. 사건이 발생한 대학이나 범인의 신원을 독자들이 알아챌 수 있을 만큼 전후 사정을 자세히 설명하는 것은 지각 없고 무례한 짓이 될 것이다. 피차에게 그토록 괴롭기만 한 추문은 응당 묻혀야 하는 것이다. 하지만 사건 자체는, 신중을 기한다면 내 친구의 독특한 자질을 설명하는 데 큰 도움이 될 터이므로 이야기해도 무방할 것이다.

　우리는 그 당시 어느 도서관 근처의 가구 딸린 셋집에서 기거했는데, 셜록 홈즈는 도서관에 드나들며 초기 영국의 특허장에 대한 연구에 힘썼고, 이것은 앞으로 따로 이야기해도 될 만큼 놀라운 결과를 가져왔다. 그런데 어느 날 저녁, 이곳으로 지인이 찾아왔는데, 다름 아닌 세인트루크 대학의 학감이자 강사인 힐턴 소움즈 씨였다. 키가 크고 빼빼 마른 소움즈 씨는 격하기 쉬운 과민한 기질의 소유자였다. 나는 평소에도 그의 태도가 불안정하다는 걸 알고 있었지만 이날은 걷잡을 수 없이 흥분해 있어서 뭔가 심상치 않은 일이 벌어졌다는 것을 알 수 있었다.

"홈즈 선생, 귀중한 시간을 서너 시간 정도 할애해 주실 수 있으리라고 믿습니다. 우리 세인트루크 대학에 아주 불미스러운 일이 생겼는데, 천만다행으로 선생이 마을에 와 계시니 망정이지, 그렇지 않았다면 나는 어쩔 줄 몰랐을 겁니다."

"나는 지금 무척 바빠서 다른 일에 틈을 낼 수가 없습니다. 경찰에 도움을 청하시는 편이 훨씬 나을 겁니다."

내 친구는 대꾸했다.

"허허, 무슨 말씀을. 그런 것은 애당초 불가능합니다. 일단 법의 힘을 빌리면 사태는 돌이킬 수 없게 되는데, 이번 일은 우리 대학의 명예가 걸려 있는 사안이라서 망측한 소문이 퍼지지 않도록 하는 게 무엇보다 중요합니다. 그런데 선생은 재주가 뛰어난 만큼이나 입이 무겁기로 소문난 분이니 세상에서 나를 도와줄 수 있는 이는 선생뿐입니다. 홈즈 선생, 제발 나를 좀 도와주시오."

내 친구는 마음에 꼭 맞는 베이커가의 환경을 떠난 까닭에 남에게 너그러움을 보일 여유가 없었다. 스크랩북도 화학 약품도 마음 푸근한 난장판도 없는 터라 그는 심기가 불편했다. 홈즈는 마지못해 응한다는 듯 어깨를 들썩했고 손님은 흥분한 나머지 손짓 발짓을 동원해서 빠른 말투로 이야기를 쏟아냈다.

"홈즈 선생, 우선 내일이 포테스큐 장학생 선발 시험 첫날이라는 사실부터 말씀드려야겠군요. 나도 출제 위원 중의 한 사람입니다. 내가 맡은 과목은 그리스어인데 맨 먼저 시험을 치릅니다. 나는 응시생들이 접해 보지 않은 긴 그리스어 절을 번역하는 문제를 냈습니다. 시험지는 인쇄가 끝났는데, 응시생들이 미리 보고 준비할 수 있다면 물론 크게 도움이 될 겁니다. 시험지가 유출되지 않도록 극력 주의한 것은 바로 그 때문이지요.

오늘 오후 세시경에 인쇄소에서 이 시험지의 교정쇄를 보내왔습니다. 문제는 그리스의 역사가 투키디데스의 『전쟁사』 중에서 반 장(章)을 발췌한 것입니다. 시험 문제가 조금이라도 틀리면 안 되기 때문에 나는 교정쇄를 주의 깊게 읽어봐야 했지요. 네시 반이 됐을 때도 검토는 아직 끝나지 않았습니다. 하지만 친구 집에서 차를 마시기로 약속했기 때문에 교정쇄를 책상 위에 올려놓고 방을 나갔습니다. 그리고 한 시간 넘게 방을 비웠지요.

홈즈 선생, 아시다시피 우리 대학의 문은 이중 문입니다. 녹색 천을 씌운 안쪽 문과 두꺼운 참나무로 만든 바깥 문으로 되어 있지요. 이 바깥 문을 열려고 하는데 열쇠가 문에 꽂혀 있는 걸 보고 깜짝 놀랐습니다. 나는 내가 열쇠를 꽂아놓고 나갔나 보다 하고 생각했지만 주머니를 뒤져보니 열쇠는 그대로 있었습니다. 내가 아는 한, 똑같은 열쇠를 갖고 있는 사람은 배니스터뿐이었지요. 배니스터는

10년간 내 시중을 들어준 하인인데 법 없이도 살 수 있을 만큼 정직한 사람입니다. 그 열쇠는 정말 그의 것이었습니다. 나한테 차를 갖다주러 왔다가 나갈 때 부주의하게 열쇠를 꽂아두고 간 겁니다. 내가 방을 나간 직후에 찾아온 것이 분명했지요. 깜빡하고 열쇠를 꽂아놓고 간 것은 다른 때 같았으면 아무 일도 아니었겠지만, 하필 이런 날이었기 때문에 통탄할 만한 결과를 초래한 겁니다.

책상 위를 보자마자 나는 누군가 시험지에 손을 댔다는 사실을 알았습니다. 교정지는 모두 세 장이었습니다. 나는 그 세 장을 가지런히 해두고 나갔지요. 그런데 나갔다 와보니 한 장은 바닥에, 한 장은 창문 옆의 작은 책상에, 나머지 한 장은 책상 위에 그대로 남아있었습니다."

홈즈가 처음으로 반응을 보이며 말했다.

"첫 번째 장은 바닥에, 두 번째 장은 창가에, 그리고 세 번째 장은 놓아둔 그대로 있었다는 거지요."

"바로 그겁니다. 정말 놀랍군요. 어떻게 그걸 아셨습니까?"

"얘기가 재미있군요. 계속하시지요."

"순간적으로 나는 배니스터가 내 시험지를 검사하는 용서받을 수 없는 월권행위를 저질렀다고 생각했습니다. 하지만 그는 필사적으로 혐의를 부인했고, 나는 그의 말이 사실이라는 걸 알았습니다. 그렇다면 누군가 문 앞을 지나가다가 방문에 열쇠가 꽂혀 있는 걸 보고, 내가 외출 중이라는 사실을 알고 시험지를 보기 위해 방에 들어온 것이 분명했습니다. 거액의 장학금이 걸려 있는 시험이기 때문

에, 파렴치한 학생이라면 다른 학생들을 경쟁에서 따돌리기 위해
모험을 할 수도 있는 상황입니다.

배니스터는 그 일 때문에 굉장히 큰 충격을 받았습니다. 누가 시
험지에 손댔다는 걸 알고 까무러치다시피 했으니까요. 나는 정신을
잃고 의자에 앉아 있는 그에게 브랜디를 좀 갖다준 다음 방 안을 철
저하게 조사했습니다. 침입자가 남겨놓은 흔적은 구겨진 시험지 말
고도 더 있었습니다. 창가의 작은 책상 위에 연필 깎은 부스러기가

흩어져 있었지요. 또 부러진 연필심도 남아 있었습니다. 그 흉악한 녀석은 급하게 시험지를 베끼다가 연필심이 부러지자 다시 연필을 깎아야 했던 겁니다.”

“잘됐군요!”

사건에 점점 매료되면서 활기를 되찾은 홈즈가 말했다.

“정말 다행스러운 일입니다.”

“그뿐만이 아닙니다. 나는 품질 좋은 붉은 가죽을 씌운 필기용 책상을 하나 들여놓았습니다. 맹세코 그것은 흠집 하나 없이 매끈했지요. 그건 배니스터도 보증할 수 있습니다. 그런데 그 책상의 가죽이 7.5센티미터가량 길게 잘려 나가 있었습니다. 단순히 긁힌 게 아니라 깨끗이 절개되어 있었지요. 그뿐 아니라 책상 위에 거무스레한 반죽인지 진흙인지가 조그맣게 한 덩어리 떨어져 있었는데, 그 속에는 톱밥처럼 보이는 알갱이가 섞여 있었습니다. 나는 시험지에 손댄 자가 이런 흔적을 남겨놓았다고 확신합니다. 발자국을 비롯해서 범인의 정체에 대해 알려줄 만한 다른 흔적은 없었습니다. 나는 어찌할 바를 모르고 있다가 다행스럽게도 선생이 이 근처에 와 계신 것이 생각나서 일을 의뢰하기 위해 곧장 달려온 겁니다. 홈즈 선생, 날 좀 도와주시오. 아시겠지만 나는 진퇴양난입니다. 범인을 잡아내지 못하면 다른 시험지가 준비될 때까지 시험을 연기해야 하고, 시험을 미루자면 당연히 설명을 해야 하는데, 그렇게 되면 우리 단과 대학뿐 아니라 학교 전체의 명예에 먹칠을 할 가공할 스캔들로 비화될 겁니다. 무엇보다도 나는 큰 소리를 내지 않고 지혜롭게 문제를 해결하고 싶습니다.”

“기꺼이 사건을 조사하고 능력껏 도와드리기로 하겠습니다.”

홈즈는 자리에서 일어나 외투를 걸치며 말했다.

“아주 흥미가 없는 사건 같지는 않군요. 시험지가 도착한 뒤 누가 방에 찾아온 적이 있습니까?”

“예, 내 방과 같은 줄에 있는 다우라트 라스라는 인도 학생이 시험에 대해 뭘 묻기 위해 찾아왔습니다.”

“그때 방에 들어왔나요?”

“예.”

“그리고 시험지는 책상 위에 있었고요?”

“내 기억에는 두루마리 상태로 있었던 것 같습니다.”

“하지만 그게 교정쇄라는 걸 알아볼 수 있었을까요?”

“그건 모르는 일이지요.”

“방에 다른 사람은 없었습니까?”

“예.”

“교정쇄가 도착했다는 걸 아는 사람이 있습니까?”

“인쇄업자밖에는 모를 겁니다.”

“그 배니스터라는 하인은 알고 있었습니까?”

“아니요, 그렇지 않습니다. 아무도 몰랐습니다.”

“배니스터는 지금 어디 있지요?”

“그는 지금 병이 났습니다. 가엾은 친구지요. 정신을 잃고 의자에 앉아 있는 걸 그냥 놔두고 왔습니다. 한시바삐 선생을 만나봐야 했으니까요."

"문은 열어놓고 오셨습니까?"

"먼저 시험지를 서랍에 넣고 잠갔습니다."

"소움즈 씨, 그럼 이렇게 된 거로군요. 만약에 인도 학생이 그 두 루마리가 교정쇄라는 걸 알아보지 못했다면, 시험지에 손댄 사람은 그런 것이 있는지도 모르고 왔다가 우연히 시험지를 보게 된 사람 이라는 겁니다."

"내가 생각해도 그런 것 같습니다."

홈즈는 불가사의한 미소를 지었다.

"흠, 한번 가봅시다. 왓슨, 자네 사건은 아닐세. 몸으로 뛰기보다 는 머리를 써야 하는 일이니까. 좋아, 가고 싶으면 같이 가야지. 자, 소움즈 씨, 앞장서십시오!"

의뢰인의 거실에는 좌우로 긴, 야트막한 격자창이 나 있었는데 창밖은 유서 깊은 대학의 이끼로 뒤덮인 중정(中庭)이었다. 아치형 의 고딕식 문을 지나자 닳아빠진 돌층계가 나왔다. 학감의 방은 1층 에 있었다. 위에는 한 층에 한 명씩 세 학생이 살았다. 일이 생긴 현 장에 도착한 것은 벌써 황혼 무렵이었다. 홈즈는 창문 앞에서 걸음 을 멈추고 창문을 유심히 쳐다보았다. 그러더니 까치발을 하고 창 가로 다가가 목을 길게 빼고 방 안을 들여다보았다.

"범인은 문으로 들어간 것이 분명합니다. 창유리 한 장의 공간으 로는 들어갈 수 없으니까요."

학식이 풍부한 안내자가 말했다.

"그렇군요!"

홈즈는 말하고 교수를 흘끗 쳐다보며 묘한 미소를 흘렸다.

"여기서는 더 이상 알아볼 만한 게 없으니 안으로 들어가는 게 좋겠습니다."

학감은 바깥 문을 따고 우릴 방으로 들여보내주었다. 홈즈가 카펫을 조사하는 동안 방 주인과 나는 입구에 서 있었다.

"카펫 위에는 아무 흔적도 없는 것 같군요. 이렇게 건조한 날씨에 무슨 흔적이 남아 있기를 바라는 게 무리지요. 하인은 기운을 차린 모양입니다그려. 아까 의자에 앉아 있는 걸 그냥 놔두고 왔다고 하지 않으셨습니까? 어느 의자였지요?"

"저쪽 창가의 의자입니다."

"알겠습니다. 그 근처에 작은 책상이 있군요. 이제 두 분은 들어오셔도 좋습니다. 카펫 조사는 다 끝났으니까요. 먼저 작은 책상을 살펴보기로 할까요? 물론, 무슨 일이 있었는지는 뻔합니다. 범인은 방에 들어와서, 가운데 있는 책상에서 시험지를 한 장씩 집어 창가의 작은 책상으로 가져갔습니다. 거기서는 소움즈 씨가 중정을 가로질러 오는 게 보이기 때문에 때맞춰 도망칠 수 있으니까요."

"사실은 내가 오는 걸 보지 못했을 겁니다. 나는 옆문으로 들어왔으니까요."

소움즈가 말했다.

"아, 잘하셨군요! 어쨌든 범인은 그렇게 생각했습니다. 시험지를 보기로 할까요? 손가락 자국은 없군요! 흠, 이걸 제일 먼저 가져다 베꼈습니다. 약자를 총동원해서 베껴 쓴다면 시간이 얼마나 걸릴까요? 적어도 15분은 걸릴 겁니다. 다 베낀 다음에 시험지를 바닥으로 밀쳐버리고 다음 장을 집어 들었습니다. 한창 베껴 쓰고 있는데 소움즈 씨가 돌아왔기 때문에 아주 급하게 달아났군요. 아주 급하게 말입니다. 시험지를 원래 있던 자리에 갖다 놔서 자신이 다녀간 흔적을 지워야 했는데 그럴 겨를도 없었습니다. 혹시 바깥 문을 열 때 급하게 계단을 올라가는 발소리 같은 건 듣지 못했습니까?”

“아니요, 그런 소리 못 들었습니다.”

“흠, 연필심이 부러질 정도로 정신없이 갈겨썼군요. 그래서 소움즈 씨께서 아까 말씀하셨던 것처럼 연필을 다시 깎아야 했고요. 왓슨, 여기 아주 흥미로운 게 있구먼. 그건 보통 연필이 아니었네. 크기는 평균 이상이고 연필심은 물렁하고 연필 색깔은 짙은 청색, 제조원의 이름은 은박으로 찍혀 있네. 그건 4센티미터 정도밖에 안 남은 몽당연필일세. 소움즈 씨, 그런 연필을 찾아내면 범인이 누군지 알 수 있을 겁니다. 한 가지 덧붙이자면 범인은 날이 무디고 큼직한 칼을 갖고 있습니다.”

소움즈 씨는 정보가 홍수처럼 쏟아지자 약간 어리벙벙한 듯했다.

“다른 말씀들은 다 이해가 됩니다. 하지만 그게 몽당연필이라는 것은…….”

홈즈는 연필 깎은 부스러기를 하나 집어 들었는데, 사이를 두고 ‘NN’이라는 글자가 박혀 있었다.

“이게 뭔지 아시겠습니까?”

"글쎄요, 난 아직도 잘……."

"왓슨, 나는 항상 자네에게 심한 말을 해왔네. 그런데 자네만 그런 건 아니군. 이 'NN'이라는 게 뭘까? 이건 한 단어의 끝에 붙은 철자라네. 자네도 제일 큰 연필 제조사가 '조한 파버(Johann Faber)'라는 건 알 걸세. 그런데 '조한' 다음에 남는 연필 길이는 어느 정도일까? 그건 불 보듯 뻔한 일 아닌가?"

그는 작은 책상을 전깃불 아래로 끌어다 놓았다.

"나는 범인이 얇은 종이를 사용했기를 내심 바라고 있었습니다. 이 번쩍거리는 책상 표면에 글씨가 박혀 나왔을지도 모르니까요. 허허, 아무것도 없군요. 여기서는 더 이상 알아볼 만한 게 없습니다. 이제 가운데 있는 책상으로 가봅시다. 이 작은 덩어리가, 아까 소움즈 씨가 검은 반죽 같다고 했던 것이로군요. 생긴 건 대충 삼각뿔 모양인데 가운데가 패어 있습니다. 아까 말씀하셨던 것처럼 톱밥이 섞여 있는 것 같군요. 허허, 참으로 흥미롭기 그지없습니다. 그리고 가죽이 잘렸는데, 찢어진 게 분명합니다. 처음에는 가느다랗게 긁힌 자국으로 시작해서 마지막에는 너덜거리는 구멍으로 끝났군요. 소움즈 씨, 이 사건에 관심을 갖게 해주신 데 대해 정말 감사드립니다. 저 문은 어디로 통하지요?"

"내 침실로."

"일이 생긴 뒤에 저곳에 들어가보셨습니까?"

"아니요, 선생한테 곧장 달려갔습니다."

"한번 둘러보고 싶군요. 허, 대단히 매력적인 고풍의 방입니다그려! 미안하지만 두 분은 내가 바닥을 살펴보는 동안 잠시 기다려주시기 바랍니다. 아니요, 아무것도 없습니다. 이 커튼은 뭐지요? 뒤에 옷을 걸어놓으셨다고요? 누군가 이 방에 들어와서 숨는다면 숨을 곳은 여기뿐입니다. 침대는 너무 낮고 옷장도 키가 너무 작으니까요. 아무도 없나?"

홈즈가 긴장한 태도로 조심스럽게 커튼을 여는 걸 보고, 나는 그가 비상사태에 대비하고 있다는 사실을 알았다. 하지만 커튼을 열자 나타난 것은 나란히 걸려 있는 옷 서너 벌뿐이었다. 홈즈는 돌아서다가 문득 허리를 굽혔다.

"이것 봐라! 이게 뭐지?"

그것은 책상 위에 있던 것과 똑같은, 작은 삼각뿔 모양의 검은 퍼티 같은 덩어리였다. 휘황한 전깃불 아래서 홈즈는 그것을 손바닥에 올려놓았다.

"소움즈 씨, 손님이 거실뿐 아니라 침실에도 흔적을 남겨놓은 것 같습니다."

"여기에 무슨 볼일이 있기에?"

"그건 뻔한 일입니다. 예상과 달리 소움즈 씨가 옆문으로 들어왔기 때문에, 그는 소움즈 씨가 방문을 열 때까지 아무것도 모르고 있었습니다. 그는 어떻게 했을까요? 자신의 정체를 드러낼 만한 것을 모조리 움켜쥐고 몸을 숨기기 위해 침실로 달려갔습니다."

"이럴 수가, 홈즈 선생, 그러면 내가 이 방에서 배니스터와 이야기하고 있는 동안에, 마음만 먹었다면 그자를 붙잡을 수도 있었다는 말씀이십니까?"

"나는 그렇게 봅니다."

"홈즈 선생, 이렇게도 생각해 볼 수 있을 것 같군요. 혹시 침실 창문을 보셨습니까?"

"격자창에 납 창틀로 되어 있는 여닫이 세 짝 창문입니다. 크기는 사람이 드나들 수 있을 만한 정도지요."

"바로 그겁니다. 그리고 침실 창문은 중정 구석을 향하고 있어서 부분적으로 가려진 것과 같습니다. 범인은 그 창문으로 들어와 침실을 지나가면서 흔적을 남기고, 마지막으로 방문이 열려 있는 걸 보고 그리로 도망친 게 아닐까요?"

홈즈는 성급하게 고개를 흔들었다.

"우린 현실적으로 생각해야 합니다. 이쪽 계단을 이용하는 학생 셋이 모두 소움즈 씨의 방문 앞을 지나다닌다고 하셨지요?"

"예, 그렇습니다."

"그런데 그 학생들이 모두 내일 시험을 봅니까?"

"예."

"셋 중에서 좀 더 의심이 가는 학생은 없습니까?"

소움즈는 머뭇거렸다.

"그건 아주 조심스러운 문제입니다. 근거도 없이 남을 의심할 수야 없지요."

"어디 의심스러운 점이 뭔지 들어봅시다. 증거를 찾는 일은 내가 맡겠습니다."

"그럼, 위층에 사는 세 학생의 특징에 대해 간단하게 말씀드리도록 하지요. 2층 방을 쓰는 길크리스트는 공부만 잘하는 게 아니라 운동에도 뛰어난 학생입니다. 지금 우리 대학의 럭비 팀과 크리킷 팀에서 활약하고 있을 뿐 아니라 장애물 경주와 멀리뛰기 대표 선수로 뽑히기도 했지요. 아주 훌륭하고 사내다운 학생입니다. 부친은 돌아가셨는데, 경마로 패가망신한 그 유명한 자베즈 길크리스트 경이시지요. 그래서 우리 길크리스트 학생은 주머니 사정은 어렵지만 학업에 열중하는 근면한 학생입니다. 전도유망한 청년이지요.

3층에는 인도 출신의 다우라트 라스의 방이 있습니다. 인도인들이 대부분 그렇지만 라스는 과묵하고 신비스러운 친굽니다. 학업 성적은 뛰어나지만 그리스어는 취약 과목에 속하지요. 그래도 착실하고 꼼꼼한 학생입니다.

꼭대기 층에는 마일스 맥클러런의 방이 있습니다. 맥클러런은 공부하겠다고 마음만 먹으면 최고의 성적을 내는 녀석입니다. 학교 전체를 통틀어 두뇌가 가장 비상한 축에 들지요. 하지만 변덕스럽고 무절제하고 방종합니다. 1학년 때는 카드 스캔들 때문에 거의 퇴학당할 뻔했지요. 이번 학기 내내 빈둥빈둥 놀기만 했는데 시험을 앞두고 분명히 두려움에 떨고 있을 겁니다."

"그러면 의심스러운 학생이 누굽니까?"

"뭐 의심스럽다고까지 말하기는 어렵습니다. 하지만 셋 중에서는 맥클러런이란 녀석이 가능성이 높을 것 같습니다."

"그렇군요. 그럼, 소움즈 씨, 이제 당신의 하인 배니스터를 만나보

고 싶습니다."

배니스터는 하얀 얼굴을 깨끗이 면도한 작은 사내였다. 희끗거리는 머리가 50대는 되어 보였다. 그는 조용한 생활에 파문을 일으킨 이 일 때문에 아직도 괴로워하고 있었다. 통통한 얼굴은 불안으로 실룩거렸고 두 손은 한시도 가만히 있지 못하고 부들부들 떨었다.

"배니스터, 우리는 이 불미스러운 사건을 조사하고 있네."

주인이 말했다.

"예, 교수님."

"내가 듣기로는, 자네가 문에 열쇠를 꽂아두었다던데?"

홈즈가 말했다.

"그렇습니다."

"하필이면 시험지가 도착한 날에 그런 실수를 범했다는 게 좀 이상하지 않은가?"

"정말 운이 없었지요. 하지만 평소에도 그런 실수는 종종 있었습니다."

"방에는 언제 들어왔나?"

"네시 반쯤이었습니다. 그때가 소움즈 교수님이 차를 드시는 시간이라서요."

"방에는 얼마나 있었지?"

"들어와보니 안 계셔서 곧장 물러나 나왔습니다."

"책상 위에 놓여 있던 시험지를 봤나?"

"아닙니다, 선생님. 절대로 그런 일은 없었습니다."

"어떻게 해서 열쇠를 문에 꽂아놓고 가버렸나?"

"손에 찻쟁반을 받쳐 들고 있었으니까요. 곧 열쇠를 가지러 오겠다고 생각했지요. 그러다가 깜빡한 겁니다."

"바깥 문은 용수철 자물쇠로 되어 있나?"

"아닙니다."

"그럼 그동안 계속 열려 있었다는 건가?"

"그렇습니다."

“방에 있던 사람이 나갈 수도 있었나?”

“그렇습니다.”

“소움즈 씨가 돌아와서 자네를 호출했을 때 굉장히 놀랐다고?”

“그렇습니다, 선생님. 제가 이곳에 온 지는 꽤 됐지만 이런 일은 처음이었습니다. 저는 졸도하다시피 했습니다.”

“나도 그렇게 들었네. 처음에 현기증이 났을 때 자넨 어디 있었나?”

“제가 어디 있었냐굽쇼? 글쎄요, 이쪽 출입문 근처에 있었습니다.”

“거참 이상한 일이군. 그런데 자네는 저쪽 방구석에 있는 의자에 가서 앉았으니 말이야. 다른 의자들은 놔두고 하필 저기 가서 앉은 이유가 뭔가?”

“모르겠습니다, 선생님, 어디에 앉느냐는 별로 중요한 게 아니었으니까요.”

“홈즈 선생, 나는 배니스터가 이번 일에 대해서 아는 게 그렇게 많다고 생각하지 않습니다. 게다가 지금 낯빛도 나쁘지 않습니까? 아주 해쓱해 보이는군요.”

“자네는 주인이 나간 뒤에도 여기 있었지?”

“한 1분 정도 있었습니다. 그다음에 방문을 잠그고 제 방으로 돌아갔습니다.”

“자네는 누가 제일 의심스러운가?”

“오, 저는 그런 말씀은 못 드립니다, 선생님. 저는 이 대학교에 계신 신사분 중에서 그런 행동으로 이익을 취할 분은 안 계실 거라고 믿습니다. 그렇고말고요. 저는 그렇게 생각합니다.”

"고맙네, 그렇겠지. 아, 한 가지만 더. 자네가 시중드는 세 신사 중에 이 사건에 대해 따로 귀띔해 준 사람이 있는가?"

"그렇지 않습니다, 선생님. 아무한테도 말하지 않았습니다."

"아무도 만난 적이 없나?"

"예, 선생님."

"알겠네. 자, 소움즈 씨, 괜찮으시다면 안뜰로 나가 잠시 거닐기로 하지요."

사방은 점점 어두워지는데 위쪽의 세 창문에서 노란 불빛이 흘러 나오고 있었다.

"세 마리의 새들이 전부 둥지에 들어가 있군요."

홈즈는 창문을 올려다보며 말했다.

"이것 봐라! 저게 뭐지? 한 사람은 좀 불안해 보이는군."

그것은 인도 학생의 방이었는데, 검은 그림자가 불쑥 커튼 위로 나타났다. 학생은 빠른 걸음으로 방 안을 오락가락하고 있었다.

"학생들의 방을 잠깐씩 들여다봤으면 좋겠습니다. 가능할까요?"

홈즈가 말했다.

"그건 전혀 어려운 일이 아닙니다."

소움즈는 대답했다.

"이쪽 건물은 우리 대학에서 제일 오래된 것이라서, 방문객들이 구경하러 오는 일이 드물지 않습니다. 갑시다. 내가 직접 안내하겠습니다."

"내 이름은 말하지 마십시오!"

길크리스트의 방문을 두드릴 때 홈즈가 황급히 말했다. 황갈색 머리에 키가 훌쩍 크고 늘씬한 젊은이가 문을 열고 나와 우리가 찾아온 목적을 알고 방으로 맞아주었다. 방의 내부는 정말 진기한 중세 영국식 건축 양식으로 되어 있었다. 홈즈는 흠뻑 매료된 듯 그중 일부를 자기 공책에 스케치하겠다고 나섰다가 연필을 부러뜨리는 바람에 방 주인에게 다른 연필을 빌려야 했다. 나중에는 칼을 빌려 자신의 연필을 깎았다. 얄궂게도 인도 학생의 방에서도 똑같은 사고가 일어났다. 키가 작고 말수가 적은 매부리코의 젊은이는, 우리 쪽을 자꾸 곁눈질하다가 홈즈의 건축물 연구가 끝나자 드러내놓고 좋아했다. 홈즈가 둘 중 어느 곳에서 찾고 있는 단서를 발견했는지는 알 수 없었다. 그러나 우린 맨 위층의 방에는 발도 들여놓지 못했다. 문을 두드렸지만 방문은 열리지 않고 상스러운 욕지거리만 쏟아져 나왔을 뿐이다.

"나는 당신이 누구든 상관 안 해. 지옥에나 가라고!"

방 주인이 성난 목소리로 목청껏 소리 질렀다.

"내일이 시험이야! 아무한테도 방해받고 싶지 않아."

"정말 무례하군요."

계단을 내려가는 동안 우리의 안내자는 화가 나서 얼굴을 붉히며 말했다.

"물론 문을 두드린 게 나라는 건 몰랐겠지만, 그래도 그런 행동을 하다니 괘씸하기 짝이 없습니다. 상황이 이렇다 보니 의심스럽기도 하고요."

홈즈는 재미있는 반응을 보였다.

"혹시 그 친구의 키가 얼마인지 알고 계십니까?"

"솔직히 말하면, 정확하게는 모릅니다. 맥클러런은 인도 학생보다는 크지만 길크리스트보다는 작습니다. 대략 165센티미터쯤 될 것 같은데요."

"그게 아주 중요한 부분입니다. 그럼, 소움즈 씨, 안녕히 계십시오."

안내인은 놀라고 당황해서 버럭 소리 질렀다.

"맙소사, 홈즈 선생, 정말 이렇게 나를 버리고 떠나는 건 아니겠지요? 지금 상황이 어떤지 잘 모르시나 본데, 내일이 시험입니다. 나는 오늘 밤 안으로 결정을 내려야 합니다. 시험 문제가 유출된 상태에서 시험을 칠 수는 없습니다. 사태를 정확히 보셔야 합니다."

"소움즈 씨는 가만히 계십시오. 내일 아침 일찍 와서 그 문제에 대해 얘기하도록 하겠습니다. 내일 아침에 나는 모종의 행동을 지시할 수도 있습니다. 하지만 그사이에는 절대로 아무 일도 하지 마십시오."

"알겠습니다, 홈즈 선생."

"그리고 마음 놓으셔도 됩니다. 어려움을 헤쳐 나갈 수 있는 길이 반드시 열릴 겁니다. 진흙 덩이와 연필 깎은 부스러기는 내가 가지고 가도록 하겠습니다. 그럼 안녕히."

어두운 안뜰로 나왔을 때 우리는 다시 창문을 올려다보았다. 인도 학생은 아직도 방 안에서 오락가락하고 있었다. 다른 학생들은 보이지 않았다.

"왓슨, 자네 생각은 어떤가?"

큰길로 나가는 동안 홈즈가 질문을 던졌다.

"카드 세 장으로 하는 간단한 게임일세. 그렇지 않은가? 저기에 세 학생이 있네. 범인은 그중 하나임에 틀림없어. 자네가 한번 찍어 보게. 누가 범인일 것 같은가?"

"맨 위층의 입이 험한 친구. 품행이 나쁘기로 말하면 일등이지.

하지만 저 인도 학생도 수상쩍네. 왜 저렇게 방 안에서 오락가락하는 거지?"

"그건 조금도 이상한 일이 아닐세. 뭔가를 암기할 때 저런 행동을 하는 사람들이 많지."

"또 우릴 이상한 눈으로 쳐다봤어."

"다음 날 시험을 앞두고 공부하느라 1분 1초가 아까운 판국에 낯선 사람들이 무리 지어 찾아온다면 자네라도 그렇게 행동할 걸세. 아니, 난 그건 조금도 이상한 일이 아니라고 봐. 연필도 칼도 모두 흠 잡을 데가 없었어. 하지만 그 친구에 대해선 정말 이해가 안 가는군."

"누구 말인가?"

"있잖아, 배니스터라는 하인. 대체 의도가 뭘까?"

"왜? 법 없이도 살 사람처럼 보이던데."

"나도 그렇게 보았네. 그래서 더 이해가 안 가는 걸세. 왜 법 없이도 살 사람이……, 허허, 저기 큰 문방구가 있군. 저기부터 조사를 시작하도록 하세."

마을에 문방구는 모두 네 개였는데, 홈즈는 네 곳을 일일이 돌아다니면서 연필 깎은 부스러기를 내놓고 이것과 똑같은 연필을 주면 값을 후하게 쳐주겠다고 했다. 상인들은 한결같이 그런 연필을 주문해 주겠다고 하면서, 그것은 특대형 연필이고 재고품은 없다고 했다. 내 친구는 이러한 대답을 들을 때마다 실망하는 기색은 전혀 없이 우스꽝스러운 얼굴로 어쩔 수 없다는 듯 어깨를 들썩했다.

"왓슨, 성과가 전혀 없구먼. 결정적인 단서가 무용지물이 돼버렸네. 하지만 나는 그게 없어도 충분히 사건을 해결할 수 있다고 믿네. 이런! 벌써 아홉시가 다 됐군. 하숙집 주인아주머니가 일곱시 반에 완두콩 요리를 내온다고 했는데. 왓슨, 자네는 그 줄담배에다가 식사 시간까지 제멋대로이니 곧 나가달라는 통고를 받을 걸세. 그러면 나도 같이 쫓겨나게 되겠군. 하지만 그렇게 되기 전에 그 어쩔 줄 몰라 하는 학감과 부주의한 하인, 그리고 전도양양한 세 학생의 문제가 해결될 걸세."

홈즈는 그날은 더 이상 그 일에 대해 언급하지 않았고, 늦은 저녁 식사를 마친 뒤에 오랫동안 골똘히 생각에 잠겼다. 다음 날 아침 여덟시, 자리에서 일어나 막 옷을 입고 있는데 그가 내 방에 들어왔다.

"왓슨, 세인트루크 대학에 갈 시간이 됐네. 아침 식사를 거르고 가도 되겠나?"

"아무렴."

"우리한테 뭔가 확실한 얘기를 듣기 전까지 소움즈는 무척 불안에 떨 거야."

"그분한테 확실하게 얘기해 줄 만한 게 있나?"

"그런 것 같아."

"결론을 내린 건가?"

"응. 여보게, 나는 수수께끼를 풀었네."

"하지만 새로운 증거를 손에 넣지는 못했잖은가?"

"허어! 내가 아침 여섯시에 일찌감치 일어난 것은 헛수고가 아니었네. 나는 두 시간 동안 힘들여 조사하고 증거물을 들고 최소한

8킬로미터는 걸었네. 이걸 좀 보게!”

홈즈는 손을 내밀었다. 손바닥에는 작은 삼각뿔 모양의 거무스레한 진흙 덩이 세 개가 놓여 있었다.

“아니, 홈즈, 어제는 두 개뿐이었잖아.”

“하나는 오늘 아침에 주웠네. 증거물 3호가 증거물 1호, 2호와 출처가 같다는 것은 당연한 일 아닌가? 어떤가, 왓슨? 어서 가서 우리들의 친구 소움즈의 근심을 덜어주세나.”

우리가 방으로 찾아갔을 때 불운한 학감은 가련할 만큼 노심초사하고 있었다. 몇 시간 후면 시험이 시작되는데, 아직도 사실을 공개할 것인지, 아니면 범인이 거액의 장학금을 향한 경쟁에 뛰어드는 것을 허락해 줄 것인지, 결정하지 못한 것이다. 그는 격심한 불안 때문에 안절부절못하고 있다가 홈즈를 보고 두 팔을 벌리며 반갑게 달려왔다.

“고맙게도 와주셨군요! 난 선생이 문제 해결을 포기하신 줄 알고 걱정했습니다. 이제 어떻게 할까요? 시험은 그냥 실시할까요?”

“예, 무슨 일이 있어도 시험은 예정대로 치르십시오.”

“하지만 그 나쁜 녀석은?”

“그 친구는 시험을 포기할 겁니다.”

“그 녀석이 누군지 알아내셨습니까?”

“그런 것 같습니다. 하지만 사건을 공개하지 않는다 해도, 우리 자신이 판관이 되어 작은 민간 법정을 열어야 합니다. 괜찮으시다면, 소움즈 씨는 거기! 왓슨, 자네는 여기! 나는 가운데 안락의자를 갖다 놓고 앉겠습니다. 이만하면 죄책감에 빠져 있는 사람에게 두려움을 안겨주기에 충분할 겁니다. 이제 종을 울려주십시오!”

방에 들어선 배니스터는 우리가 재판이라도 하는 것처럼 늘어서 있는 걸 보고 놀랍고 두려웠는지 뒷걸음질을 쳤다.

“미안하지만 그 문을 좀 닫아주게.”

홈즈가 말했다.

“자, 배니스터, 어제 일에 대해서 사실을 말해 주겠나?”

사내는 머리카락 끝까지 하얗게 질렸다.

“저는 다 말씀드렸습니다, 선생님.”

“더 할 말은 없나?”

“그런 것은 없습니다, 선생님.”

“좋아, 그럼 내 생각을 들려줘야겠군. 자네는 어제, 방에 들어온 사람의 정체를 나타내는 어떤 물건을 감출 목적으로 저 의자에 앉았네. 그렇지 않은가?”

배니스터의 얼굴은 죽은 사람처럼 창백했다.

“아닙니다, 선생님, 절대로 그렇지 않습니다.”

“그냥 내 생각을 말한 것뿐일세.”

홈즈는 온화하게 말했다.

“솔직히 말해서 그걸 증명할 방법은 없다네. 하지만 그럴 가능성은 대단히 높거든. 왜냐하면 소움즈 씨가 나가자마자 자네는 저 침실에 숨어 있던 사람을 내보내주었으니까.”

배니스터는 혀로 바싹 마른 입술을 축였다.

"저 방에는 아무도 없었습니다, 선생님."

"아, 배니스터, 이거 정말 유감이로군. 방금 전까지는 자네가 사실을 말했는지 몰라도 방금 한 말은 거짓말이라는 걸 나는 잘 알고 있네."

사내의 얼굴에 완연한 반항의 빛이 떠올랐다.

"저 방에는 아무도 없었습니다, 선생님."

"배니스터, 이거 자꾸 왜 이러나!"

"정말입니다, 선생님. 저 방엔 아무도 없었습니다."

"그렇다면, 자네가 할 수 있는 말은 더 이상 없겠군. 잠깐 여기 있어주겠나? 거기 침실 문 옆에 서 있게. 자, 소움즈 씨, 수고스럽더라도 길크리스트 군의 방으로 올라가서 이리 와달라고 전해 주십시오."

잠시 후 학감은 학생을 데리고 들어왔다. 길크리스트는 키가 크고 몸이 유연한 미남자였는데, 행동이 민첩하고 걸음걸이에는 탄력이 있었으며 얼굴은 솔직하고 호감이 가게 생겼다. 그는 괴로움이 깃든 푸른 눈으로 우릴 차례로 바라보았는데, 마지막으로 방구석에 뚝 떨어져 서 있는 배니스터의 얼빠진 듯한 얼굴에 시선이 머물렀다.

"방문을 닫아주게."

홈즈는 말했다.

"자, 길크리스트 군, 여기에는 우리뿐이고 여기서 오가는 얘기는 한마디도 밖으로 새어 나가지 않을 걸세. 그러니 피차 아주 솔직해졌으면 하네. 길크리스트 군, 자네처럼 훌륭한 학생이 어제는 어떻게 그런 짓을 저지르게 되었는지 알고 싶네."

불운한 청년은 비틀거리며 뒷걸음질 쳤다. 공포심과 비난으로 범벅이 된 시선이 배니스터에게 날아가 꽂혔다.

"절대 아닙니다, 길크리스트 도련님, 저는 한마디도 안 했습니다. 한마디도요!"

하인이 외쳤다.

"옳은 말이야. 하지만 이제 한마디 했군."

홈즈가 말했다.

"자, 배니스터가 입을 열었으니 이제 숨겨봤자 소용없다는 걸 알겠지. 솔직하게 고백하는 것만이 살길이야."

순간, 길크리스트는 손을 들어 표정이 일그러지는 것을 막으려고 했다. 그러더니 다음 순간, 책상 옆에 털썩 무릎을 꿇더니 두 손에 얼굴을 묻고 거세게 흐느끼기 시작했다.

"진정하게."

홈즈가 부드럽게 말했다.

"사람이라면 누구나 실수하게 마련이지. 적어도 자네를 구제불능의 범죄자로 몰아붙일 사람은 없을 걸세. 소움즈 씨에게 자초지종을 설명하는 일은 자네보다는 내가 하는 게 더 쉽겠군. 내 말에 틀린 부분이 있거들랑 자네가 지적해 주게. 그렇게 할까? 저런, 굳이 대답하려고 애쓰지 않아도 되네. 혹시라도 내가 부당한 얘기를 하지는 않는지 잘 들어보게.

소움즈 씨, 나는 시험지가 도착했다는 사실을 아무도, 심지어 배니스터조차 몰랐을 거라는 얘기를 들었을 때, 전후 사정이 구체적으로 이해되기 시작했습니다. 물론 나는 처음부터 인쇄업자는 용의선상에 올려놓지 않았습니다. 시험지는 그의 사무실에서도 충분히 볼 수 있었으니까요. 인도 학생도 전혀 의심하지 않았습니다. 교정지가 둘둘 말려 있는 상태에서는 그게 무엇인지 알 도리가 없으니까요. 그뿐만 아니라 누가 방에 들어왔는데, 하필이면 바로 그때 시험지가 책상 위에 놓여 있었다는 식의 우연의 일치도 도저히 있을 법하지 않았습니다. 나는 그것도 제쳐놓았습니다. 방에 들어온 사람

은 시험지가 거기 있다는 걸 알고 있었습니다. 그걸 어떻게 알았을까요?

나는 밖에서 이 방의 창문을 자세히 살펴보았습니다. 소움즈 씨는 대낮에 맞은편 건물에서 지켜보는 눈이 있는데, 누군가 창문을 통해 침입한 게 아니냐는 얘기를 해서 내게 즐거움을 선사해 주셨지요. 그것은 터무니없는 가설이었습니다. 나는 창문 앞을 지날 때 방 안을 들여다보고, 책상에 시험지가 놓여 있는 걸 알 수 있으려면 키가 얼마나 커야 하는지 따져보았습니다. 키가 1미터 80센티미터인 나는 발꿈치를 들고 간신히 볼 수 있었습니다. 그러니 나보다 키가 작은 사람한테는 기회가 없는 셈이지요. 그래서 당연히, 세 학생 중에서 유난히 키가 큰 사람이 있다면 그가 가장 유력한 용의자라고 생각하게 되었지요.

나는 방에 들어와서 작은 책상부터 살펴보고 쓸 만한 증거를 모았습니다. 큰 책상에서는 아무것도 알아내지 못했지만 그때 소움즈 씨가 길크리스트라는 학생이 멀리뛰기 선수라는 얘기를 하셨지요. 그 얘기를 듣는 순간, 사건의 전모가 확연히 떠오르더군요. 이제 그것을 뒷받침하는 증거만 있으면 됐는데, 그것은 신속하게 확보되었습니다.

일은 이렇게 된 겁니다. 길크리스트 군은 어제 오후에 운동장에 나가서 멀리뛰기 연습을 했습니다. 그리고 점프화를 들고 돌아왔는데, 아시다시피 점프화 바닥에는 뾰족한 스파이크가 박혀 있지요. 이 학생은 이 방 창문 앞을 지나다가 키가 큰 덕분에 책상 위에 놓여 있던 교정지를 보고 그게 무엇인지 짐작하게 되었습니다. 그런데 방문 앞을 지나는데, 소움즈 씨의 하인이 부주의하게 꽂아두고간 열쇠가 보였습니다. 그런 일만 없었다면 불미스러운 일은 생기지 않았을 겁니다. 길크리스트 군은 방에 들어와서 그게 정말 교정지인지 확인해 보고 싶은 충동을 느꼈습니다. 만약의 경우에는, 그냥 뭘 물어보러 들른 척하면 됐기 때문에 그것은 별로 위험한 일이아니었지요.

에, 그게 정말 교정지라는 것을 알았을 때 이 청년은 그만 유혹에지고 말았습니다. 길크리스트 군은 작은 책상 위에 신발을 올려놓았지요. 여보게, 그런데 창가의 의자에 올려놓은 건 뭐였나?”

“장갑요.”

청년이 말했다.

홈즈는 의기양양하게 배니스터를 바라보았다.

“이 학생은 장갑을 의자 위에 올려놓고 교정쇄를 한 장씩 가져다가 베꼈습니다. 소움즈 학감은 정문으로 들어올 테니까 창가에 있으면 보일 거라고 생각했던 거지요. 하지만 알다시피, 소움즈 씨는옆문으로 들어왔습니다. 갑자기 방문을 여는 소리가 들렸지요. 도망치는 것은 불가능했습니다. 이 학생은 장갑은 깜빡했지만 신발을집어 들고 침실로 내뺐습니다. 저 책상 위의 상처는 처음에 가볍게긁힌 자국으로 시작됐다가 침실 문이 있는 방향으로 점점 깊게 팬것이 보입니다. 그것만 봐도 신발이 그쪽 방향으로 당겨졌고, 범인이 그리로 피신했다는 것을 알 수 있습니다. 그런데 스파이크 주위에 뭉쳐 있던 흙이 책상 위로 떨어졌고, 침실에서 다시 한 덩어리가 떨어져 나왔습니다. 나는 오늘 아침에 운동장으로 산책을 나갔다가 도약용 모래사장에 찰기가 있는 검은 흙이 깔려 있는 걸 보고 견본으로 조금 떼어 왔습니다. 멀리뛰기를 할 때 미끄러지지 않도록 뿌려놓은 미세한 참나무 껍질인지 톱밥인지도 같이 섞어서 말입니다. 길크리스트 군, 내 말이 사실인가?"

학생은 몸을 일으켰다.

"예, 선생님, 사실입니다."

"저런! 더 할 말은 없고?"

소움즈가 외쳤다.

"예, 원래는 드릴 말씀이 있었습니다. 하지만 수치스럽게 발각당한 충격 때문에 정신을 못 차리고 있었던 겁니다. 소움즈 교수님, 여기 편지를 가져왔습니다. 밤새 잠을 못 이루다가 오늘 새벽에 쓴 편지입니다. 제 잘못이 탄로 났다는 사실을 알기 전에 쓴 것이지요. 여기 있습니다. 보시면 알겠지만, 저는 거기에 '시험을 치르지 않기로 했습니다. 로디지아(아프리카 남부의 내륙 국가인데 지금은 잠비아 공화국. 과거에 영국의 식민지였다 — 옮긴이) 경찰에서 위임장을 받았는데, 곧 남아프리카로 떠날 생각입니다.'라고 썼습니다."

"자네가 부정한 방법으로 이득을 챙기지 않으려고 했다는 얘기를 들으니 정말 기쁘군."

소움즈가 말했다.

"하지만 갑자기 진로를 바꾼 이유는 뭔가?"

길크리스트는 배니스터를 가리켰다.

"저에게 옳은 길을 가르쳐준 사람이 저기 있습니다."

"배니스터, 이리 오게."

홈즈는 말했다.

"자네도 내 말을 들었으니, 이 청년을 밖으로 내보내줄 수 있었던 사람은 그때 방에 있던 자네뿐이라는 사실을 부정하지 못할 걸세. 자네는 그다음에 문을 잠그고 나갔을 거야. 길크리스트 군이 창문으로 도망쳤다는 얘기는 어불성설이지. 자네가 이 사건의 마지막 수수께끼를 풀어주지 않겠나? 도대체 그런 행동을 한 이유가 뭔가?”

“알고 보면 간단합니다. 하지만 선생님께서 아무리 지혜롭다 해도 그걸 아실 수는 없었습니다. 한때 저는 이 젊은 신사의 부친 되시는, 자베즈 길크리스트 경의 집사였습니다. 주인님이 영락한 뒤에 저는 이 대학에 하인으로 왔지만, 그분이 세상을 뜨셨다고 해서 옛 주인을 잊을 수는 없었습니다. 저는 옛 시절을 생각해서 최선을 다해 아드님을 살펴드렸지요. 예, 제가 어제 소움즈 교수님의 다급한 호출을 받고 이 방에 왔을 때 제일 먼저 눈에 들어온 것은 저 의자에 놓여 있는 길크리스트 도련님의 장갑이었습니다. 저는 그 장갑이 누구 것인지 잘 알고 있었기 때문에 그 의미를 곧장 이해했습니다. 그 장갑이 소움즈 교수님의 눈에 띈다면 일은 끝난 거나 마찬가지였습니다. 저는 저 의자에 털썩 주저앉아서 무슨 일이 있어도 움직이지 않을 생각으로 소움즈 교수님이 방을 나가실 때까지 꼼짝도 하지 않았습니다. 그리고 옛날에 무릎 위에 앉혀놓고 애지중지했던 가엾은 어린 주인님을 꺼내드렸더니 제게 사실을 다 털어놓더군요. 선생님, 제가 어찌 도련님을 구해 드리지 않을 수 있겠습니까? 저는 그런 행동으로 이익을 취해서는 안 된다고 도련님에게 말씀드렸는데 아마 부친께서도 살아 계셨다면 같은 말씀을 하셨을 겁니다. 선생님, 제가 잘못했습니까?”

“그건 그렇지 않네.”

홈즈는 진정에서 우러나온 말을 건네며 자리에서 일어섰다.

"소움즈 씨, 이제 문제는 해결된 것 같고 집에선 아침 식사가 기다리고 있습니다. 왓슨, 가세나! 그리고 길크리스트 군, 로디지아에서는 만사가 잘 풀릴 걸세. 자네는 한번 전락을 경험했네. 앞으로 자네가 얼마나 높이 올라갈 것인지는 두고 보기로 하세."

금테 코안경

1894년도의 활동 내역을 기록한 두툼한 원고 세 권을 볼 때면 넘치도록 풍부한 소재 가운데 사건 자체가 흥미진진할 뿐 아니라, 그러면서도 내 친구의 탁월한 재능을 잘 드러내주는 사례를 고르는 일이 정말 쉽지 않다는 것을 고백할 수밖에 없다. 책장을 넘기다 보면, 혐오스러운 거머리 이야기와 은행가 크로스비의 끔찍한 죽음에 관한 기록이 나온다. 또 비극적인 애들턴 사건과 영국 고분(古墳)의 기이한 부장품에 대한 기술도 찾아볼 수 있다. 저 유명한 스미스 모티머 상속 건뿐 아니라 '대로의 암살범' 휴렛을 추적하여 체포한 일도 이 시기에 있었던 일이다. 홈즈는 휴렛을 체포한 공로로 프랑스의 대통령이자 레지옹 도뇌르 훈장단의 최고 단장 되시는 분으로부터 자필 감사 편지를 받았다. 이 모든 것 하나하나가 다 이야기의 소재가 될 수 있겠지만 그중 어느 것도 욕슬리관(館) 사건처럼 기이하고 흥미로운 요소를 골고루 갖추지는 못했다는 것이 내 생각이다. 이 사건은 윌로비 스미스 청년의 애석한 죽음으로 비롯되었는데, 그 뒤에 일어난 일련의 사태를 거쳐 기묘한 범행 동기가 밝혀졌다.

11월이 다 갈 무렵, 거센 비바람이 몰아치는 밤이었다. 홈즈와 나는 저녁내 말 한마디 없이 앉아 있었는데, 그는 펠림프세스트(palimpsest, 원문을 지우고 그 위에 새로 쓴 필사본 양피지 ─ 옮긴이)에 고배율 확대경을 들이대고 지워진 글자를 판독하는 작업에 몰두해 있었고, 나는 수술에 대한 최신 논문에 푹 빠져 있었다. 바람이 울부짖으며 거리를 휩쓸었고 빗줄기는 거세게 창문을 두드려댔다. 인간의 거리가 사방으로 15킬로미터씩 뻗어 있는 도심지 한가운데서 자연의 무쇠 주먹을 실감하며, 자연의 거대한 힘에 비하면 런던 전체는 두더지가 들판에 점점이 쌓아놓은 흙더미일 뿐이라는 사실을 의식하자 자못 이상한 기분이 들었다. 나는 창가로 다가가 인적이 끊어진 거리를 내다보았다. 드문드문 서 있는 가로등이 진흙탕이 된 휑한 도로와 반짝거리는 포석 위를 비추었다. 마차 한 대가 물보라를 일으키며 옥스퍼드가 쪽에서 달려오고 있었다.

"여보게, 오늘 같은 밤에 나가지 않아도 되니 얼마나 다행인가."

홈즈는 확대경을 밀쳐놓고 펠림프세스트를 둘둘 말며 말했다.

"오늘은 이만해야겠네. 이건 정말 눈을 혹사시키는 작업이거든. 내가 판독한 바에 따르면, 이것은 15세기 후반부에 쓰인 어느 대성당의 보고서일세. 별로 재미있는 건 아니야. 어럽쇼! 어럽쇼! 어럽쇼! 저게 뭐지?"

윙윙거리는 바람 속에서 말발굽 소리가 나더니, 마차 바퀴가 삐거덕거리며 연도에 스치는 소리가 들려왔다. 방금 전의 그 마차가 우리 집 문 앞에 선 것이다.

"저 사람이 뭣 때문에 온 걸까?"

한 남자가 마차에서 내리는 걸 보고 나는 불쑥 말했다.

"뭣 때문에 왔냐고? 우리가 필요해서 왔겠지. 그리고 우리는 또 외투와 목도리와 고무장화 등, 악천후를 이겨내기 위한 인간의 발명품이 다 필요해질 걸세. 하지만 잠깐! 마차가 되돌아가는군! 아직 희망은 있네. 우리하고 같이 갈 생각이었다면 저 사람은 마차를 대기시켰을 테니까 말이야. 여보게, 어서 내려가서 문을 열어주게. 고결한 사람들은 누구나 진작 잠자리에 들었을 시간이네."

홀의 불빛이 심야의 방문객을 비추자 나는 그를 한눈에 알아보았다. 그는 젊고 유능한 형사, 스탠리 홉킨스였다. 홈즈는 그의 수사에 서너 차례 실질적인 도움을 준 적이 있었다.

"안에 계십니까?"

홉킨스는 다급한 어조로 물었다.

"어서 올라오게나."

홈즈의 목소리가 위층에서 내려왔다.

"이런 밤에 무슨 꿍꿍이셈이 있어서 온 건 아니겠지?"

형사는 계단을 올라갔다. 비에 젖어 반짝거리는 방수복이 불빛에 드러났다. 나는 형사가 비옷을 벗는 것을 도와주었고 홈즈는 벽난로에서 타고 있는 장작을 들쑤셔 불길을 키웠다.

"자, 홉킨스, 이리 와서 발을 녹이게. 시가는 여기 있네. 그리고 의사 선생은 오늘 같은 밤에 잘 듣는 특효약으로 레몬을 넣은 더운물을 처방해 줄 걸세. 이런 비바람을 뚫고 온 걸 보면 뭔가 중요한 용건이 있나 보군."

"그렇습니다, 홈즈 선생님. 오늘 오후에는 정말 바쁘게 뛰었지요. 석간신문 최신판에서 욕슬리 사건 기사를 보셨습니까?"

"오늘은 15세기 이후에 나온 건 한 글자도 읽지 않았네."

"기사는 몇 줄밖에 안 되는데, 그것도 온통 틀린 얘기뿐이니 사실 안 보셔도 상관없습니다. 저는 신속하게 조처했습니다. 사건이 일어난 곳은 켄트 지역인데, 채덤에서 11킬로미터, 기찻길에서는 5킬로미터 떨어진 곳이지요. 저는 세시 15분 정각에 전보를 받고 다섯시에 욕슬리관에 도착해서 사건 수사에 착수했습니다. 그리고 마지막 기차 편으로 채링 크로스에 돌아와서 마차를 잡아타고 곧장 이리로 달려왔지요."

"그건 자네가 아직 사건을 해결하지 못했다는 뜻인가?"

"모든 게 다 오리무중이라는 뜻입니다. 제 경험에 비춰봤을 때 이 사건은 복잡하기로 말하면 어디 내놔도 빠지지 않을 정도입니다. 하지만 처음에는 너무나 간단한 사건 같았고 쉽게 해결될 것처럼 보였지요. 홈즈 선생님, 이 사건에는 동기가 없습니다. 제가 어찌할 바를 모르는 것이 바로 그 때문입니다. 도대체 범행 동기를 짐작조차 할 수 없으니까요. 한 사람이 죽었습니다. 그건 부정할 수 없는 사실입니다. 하지만 제가 보기에는 피살자가 누구에게 원한을 살 만한 이유는 전혀 없거든요."

홈즈는 담배에 불을 붙이고 의자에 몸을 묻었다.

"우선 자초지종을 들어보세."

"사실 관계는 대단히 명확합니다."

스탠리 홉킨스는 말했다.

"제가 지금 알고 싶은 것은 그 모든 것이 어떤 의미를 갖고 있는가 하는 것입니다. 제가 이해한 바에 따르면 사건 경위는 이렇습니다. 몇 년 전, 코람 교수라는 노인이 욕슬리관이라는 시골집에 세 들었습니다. 코람 교수는 병약한 사람이라 하루의 절반은 침대에서 보내고, 그다음에 일어나 지팡이에 의지해서 절름거리며 집 안을 돌아다니거나 아니면 정원사가 밀고 다니는 휠체어 신세를 졌습니다. 그 집에 가본 적이 있는 이웃들은 몇 안 되지만 한결같이 교수에게 호감을 표시하더군요. 코람 교수는 그 일대에서 학식이 높은 사람으로 소문났습니다. 식솔로는 나이 많은 가정부인 마커 부인과 하녀인 수잔 탈턴이 있지요. 이 두 사람은 코람 교수가 그곳으로 이사 오면서부터 같이 살기 시작했는데 둘 다 괜찮은 여자들인 것 같더군요. 교수는 무슨 학술 서적을 집필하고 있는데 1년쯤 전에 비서를 둘 필요가 생겼습니다. 처음의 두 사람은 얼마 붙어 있지 못했지만, 세 번째로 온 윌로비 스미스 씨는 대학을 갓 졸업한 청년이었는데도 교수의 마음에 꼭 들었던 모양입니다. 비서는 오전 내내 교수가 구술하는 내용을 받아쓰고, 오후에는 주로 다음 날의 작업에 필요한 참고 서적과 인용문을 찾는 일을 했습니다. 어핑엄에서 소년 시절을 보내고 케임브리지 대학에 진학한 윌로비 스미스는 나무랄 데 없는 청년이었지요. 저는 그 친구의 추천장을 보았는데, 원래부터가 성실하고 말수가 적은 노력파였고 약점이라곤 전혀 없었습니다. 그런데 오늘 아침에 교수의 서재에서 바로 이런 청년이 살인으로 추정되는 죽음을 맞은 것입니다."

바람이 창가에서 높은 소리로 울부짖었다. 홈즈와 나는 불가로 바짝 다가앉았고, 젊은 경위는 서두르지 않고 찬찬히 기이한 이야기를 계속해 나갔다.

"영국 전역을 다 돌아다녀도 그 집보다 더 외부와 교류가 없는 집은 없을 겁니다. 그 집에서는 몇 주일이 지나도록 한 사람도 문밖 출입을 하지 않는 일이 왕왕 있으니까요. 코람 교수는 오로지 일에 파묻혀 사는 사람이고, 일밖에는 아무것도 모릅니다. 스미스 청년은 이웃과 전혀 사귀지 않고 교수와 비슷하게 살았습니다. 두 여인은 바깥출입을 할 이유가 전혀 없었지요. 휠체어를 밀어주는 정원사 모티머는 크림 전쟁에 참전한 경험이 있는 육군 연금 수령자인데 더할 나위 없이 충직한 사람입니다. 모티머는 집 안에서 살지 않고 정원 맨 끝의 방 세 칸짜리 오두막에서 기거합니다. 욕슬리관 식솔은 여기까지입니다. 그리고 런던에서 채덤까지 뻗어 있는 신작로에서 대문까지의 거리는 100미터가량 됩니다. 대문에는 빗장을 질러놓지 않기 때문에 누구나 마음대로 드나들 수 있습니다.

이제부터 뭔가 확실한 얘기를 할 수 있는 유일한 목격자인 하녀 수잔 탈턴의 증언에 대해 말씀드리겠습니다. 오늘 오전 열한시에서 열두시 사이였습니다. 하녀는 그때 2층의 앞쪽 침실에서 커튼을 달고 있었는데 코람 교수는 아직 일어나지 않았습니다. 교수는 원래 날씨가 안 좋을 때는 점심때나 돼야 일어난다고 합니다. 가정부는 이때 집 뒤에서 일하고 있었습니다. 윌로비 스미스는 자신의 거실 겸 침실에 있었는데, 하녀는 그때 비서가 복도를 지나 자신이 일하고 있던 방 바로 밑에 있는 서재로 내려가는 소리를 들었습니다. 하녀는 비서를 보지는 못했지만 빠르고 확고한 걸음걸이가 다른 사람일 리는 없다고 했습니다. 서재 문이 닫히는 소리는 듣지 못했지만 1분쯤 뒤에 거기서 끔찍한 비명 소리가 터져 나왔습니다. 그와 동시에 쿵 소리가 낡은 집을 울렸고 그다음에는 사방이 조용해졌습니다. 하녀는 순간적으로 소스라치게 놀랐지만, 곧 용기를 내어 아래층으로 뛰어 내려갔습니다. 닫혀 있던 서재 문을 열자 월로비 스미스 씨가 방 안에 쓰러져 있는 게 보였습니다. 언뜻 보기에는 상처가 없는 것 같았는데, 청년을 일으켜 세우려고 하자 목 뒤에서 피가 흘러나오는 게 보였습니다. 목에는 작지만 깊은 상처가 있었는데, 이 상처가 경동맥을 관통한 것입니다. 옆에는 흉기가 떨어져 있었습니다. 그것은 구식 책상에서 흔히 볼 수 있는 봉랍을 떼는 작은 칼이었는데, 상아 손잡이에 단단한 칼날이 달려 있습니다. 원래 교수의 책상 위에 놓여 있던 물건이지요.

처음에 하녀는 스미스 청년이 죽은 줄 알았지만, 주전자 물을 이마 위에 조금 쏟아붓자 눈을 반짝 떴다고 합니다. 청년은 중얼거렸습니다. '교수님한테, 그 여자였다고.' 하녀는 분명히 이렇게 들었다고 단언합니다. 청년은 안간힘을 다해 뭔가를 더 말하려고 하면서 오른손을 치켜들었습니다. 하지만 곧 숨을 거두었습니다.

그사이에 가정부도 서재로 달려왔지만 한발 늦은 탓에 청년이 죽기 전에 남긴 말을 듣지는 못했습니다. 가정부는 하녀한테 서재를 지키게 하고 교수의 방으로 뛰어 올라갔지요. 교수는 몹시 불안한 얼굴로 침대에 일어나 앉아 있었는데, 비명 소리를 듣고 뭔가 끔찍한 일이 생긴 줄 알았다고 합니다. 마커 부인은 주인이 아직 잠옷

차림이었다고 단언하더군요. 사실 교수는 모티머가 도와주지 않으면 혼자 옷도 입지 못하는데, 모티머는 열두시에 오라는 지시를 받았다고 하지요. 교수는 멀리서 나는 비명 소리를 들었지만 그 이상은 모른다고 했습니다. '교수님한테, 그 여자였다고.'라는 청년의 마지막 말에 대해서는 전혀 짐작 가는 바가 없고 혹시 일시적 정신 착란에서 나온 얘기가 아닐까 하고 생각하고 있습니다. 교수는 윌로비 스미스가 세상에 적이 없는 사람이고 그를 죽일 이유가 전혀 없다고 생각합니다. 교수는 먼저 정원사 모티머를 시켜 경찰을 불렀습니다. 잠시 뒤에는 그곳의 경찰국장이 저를 불렀지요. 제가 그곳에 도착할 때까지 현장은 고스란히 보존되었고 정원의 작은 길에 접근하지 말라는 엄격한 지시가 하달되었습니다. 셜록 홈즈 선생님, 선생님의 이론을 실천에 옮길 수 있는 좋은 기회가 온 것입니다. 거기 가보니 불평할 만한 것이 전혀 없더군요."

"셜록 홈즈 선생이 없는 걸 빼면 말이지."

벗은 쓴웃음을 지으며 말했다.

"좋아, 얘기를 계속 들어보기로 하지. 자네는 거기서 어떤 일을 했나?"

"홈즈 선생님, 먼저 사건 현장을 그린 이 간단한 도면을 눈여겨봐주시기 바랍니다. 이걸 보시면 저의 조사 활동이 쉽게 이해될 겁니다."

홉킨스는 도면을 펼쳐서 홈즈의 무릎 위에 올려놓았다. 나는 일어나서 홈즈의 뒤에 서서 어깨 너머로 들여다보았는데, 다음과 같은 그림이었다.

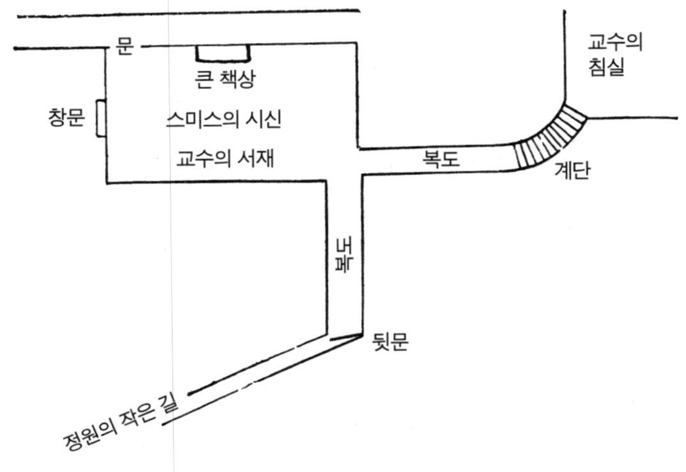

"물론 이것은 아주 간단한 그림이고, 제가 보기에 중요하다고 생각되는 요소들만 담고 있습니다. 나머지는 현장에 가서 직접 보시면 될 겁니다. 자, 먼저 자객이 밖에서 침입했다고 가정할 때 그는 어떻게 들어온 걸까요? 틀림없이 서재로 곧장 통하는 정원의 작은 길과 뒷문을 이용했을 겁니다. 다른 길은 지나치게 복잡하니까요. 달아날 때도 아마 같은 길을 되밟아 나갔을 겁니다. 서재에서 나가는 출구가 두 개 더 있지만, 한 곳으로는 수잔이 뛰어 내려왔고 다른 하나는 교수의 침실로 통합니다. 그래서 저는 곧 정원의 작은 길을 주목하게 됐는데, 길은 빗물에 흠뻑 젖어서 발자국이 그대로 남아 있을 게 분명했습니다.

조사 결과, 상대는 노련한 전문가라는 사실이 드러났습니다. 정원의 길 위에 발자국 같은 것은 전혀 없었지요. 하지만 누군가 발자

국을 남기지 않으려고 길옆의 풀밭을 따라 걸어간 자취가 있었습니다. 온전한 발자국은 하나도 찾아내지 못했지만, 풀이 밟혀 있는 모양새가 누군가 밟고 지나간 것이 분명했지요. 비는 밤사이에 내리기 시작했고, 아침나절에는 정원사를 비롯해서 아무도 그 길을 지난 적이 없기 때문에 그것은 살인범일 수밖에 없었습니다."

"잠깐만, 정원의 그 길은 어디로 이어지나?"

홈즈가 물었다.

"도로까지 연결됩니다."

"길이는?"

"100미터 정도."

"그 길이 대문을 통과하는 지점에서는 반드시 발자국을 찾아낼 수 있었을 텐데?"

"유감스럽게도 그 부분에는 타일이 깔려 있었습니다."

"흠, 도로 위에는?"

"도로는 사람들이 하도 밟고 다녀 진흙탕이 되어 있었지요."

"쯧쯧! 좋아, 그러면 그 풀밭 위의 발자국 말일세, 그건 가는 거였나, 오는 거였나?"

"그건 알 수 없습니다. 뚜렷한 발자국이 없었으니까요."

"발은 크든가 작든가?"

"그것도 분간할 수 없었습니다."

홈즈는 조바심을 쳤다.

"어젯밤부터 비가 퍼붓고 태풍이 휘몰아쳤네. 이제 그 길에서 뭔가를 읽어내는 건 팰림프세스트를 판독하는 것보다 더 어려울 거야. 좋아좋아, 할 수 없지 뭐. 홉킨스, 확실히 알아낼 수 있는 게 전혀 없다는 걸 안 후에 자넨 어떻게 했나?"

"홈즈 선생님, 저는 확실히 알아낸 게 많다고 생각합니다. 저는 외부에서 누군가 조심스럽게 집 안으로 들어갔다는 사실을 알았습니다. 다음에 복도를 조사했지요. 복도에는 야자나무 깔개가 깔려 있어서 어떤 발자국도 남아 있지 않았습니다. 그 복도를 따라가니 서재가 나오더군요. 서재는 가구가 거의 없는 휑뎅그렁한 방이었습니다. 있는 거라곤 서랍 딸린 큰 책상 하나뿐이었습니다. 이 책상 가운데에 큰 서랍이 하나 있고 양쪽으로 작은 서랍들이 달려 있지요. 작은 서랍들은 열려 있었고 큰 서랍은 잠겨 있었습니다. 작은 서랍에는 별로 중요한 물건을 넣어두지 않는지 항상 열려 있는 것 같았습니다. 큰 서랍에는 중요한 서류가 들어 있지만 누가 손댄 흔적은 없는 것 같았지요. 교수 말로는 없어진 물건이 전혀 없다고 하더군요. 절도 행위가 없었다는 것은 분명합니다.

저는 그다음에 청년의 시신을 조사했습니다. 청년은 책상 옆에 쓰러져 있었는데, 정확한 위치는 도면에 표시해 놓은 대로 책상에서 약간 왼편입니다. 자상(刺傷)이 난 곳은 목 오른쪽인데, 뒤에서 앞쪽으로 찔렸기 때문에 자해를 했다고 생각할 수는 없습니다."

"칼 위로 쓰러지지 않았다면 말이지."

홈즈가 말했다.

"바로 그겁니다. 저도 그런 생각을 했습니다. 하지만 칼이 시신에서 몇 미터 떨어진 곳에서 발견됐기 때문에 그런 일은 불가능하지요. 또 비서가 죽어가면서 남긴 말이 있으니까요. 게다가 죽은 청년이 오른손에 대단히 중요한 물증을 움켜쥐고 있는 게 발견됐습니다."

스탠리 홉킨스는 주머니에서 자그마한 종이 꾸러미를 주섬주섬 꺼냈다. 꾸러미를 헤치자 양쪽에 검은 비단 끈이 달린 금테 코안경이 나왔는데, 비단 끈은 매듭이 풀려 있었다.

"윌로비 스미스는 시력이 아주 좋았습니다."

홉킨스는 덧붙였다.

"이것이 범인의 얼굴에서 낚아챈 물건이라는 데는 의문의 여지가 없습니다."

셜록 홈즈는 안경을 집어 들더니 몹시 흥미로운 듯 자세히 들여다보았다. 그리고 코안경을 코에 걸치고, 그것으로 글씨를 읽어보기도 하고 창가로 다가가 거리를 내다보기도 하더니, 등잔불에 안경을 바짝 들이대고 아주 꼼꼼하게 살펴보았다. 그러더니 혼자 빙글거리며 책상 앞에 앉아서 종이에 몇 줄 써서 스탠리 홉킨스에게 건네주었다.

"내가 자네를 위해 최대한 해줄 수 있는 게 이거라네. 다소나마 도움이 될 걸세."

형사는 놀란 얼굴로 메모를 낭독했다. 그것은 다음과 같았다.

용의자는 숙녀처럼 차려입은 세련된 여성. 코가 유난히 두껍고 미간이 좁다. 주름진 이마, 살피는 듯한 표정, 어깨가 구부정할 수도 있다. 지난 몇 달 사이에 적어도 두 번 안경점을 찾은 적이 있다. 안경의 도수가 유난히 높고 안경점은 별로 많지 않으므로 용의자를 추적하는 데 별 어려움이 없을 것.

홈즈는 홉킨스의 멍한 얼굴을 보고 씩 웃었는데, 아마 내 표정도 홉킨스와 비슷했을 것이다.

"내 추리는 아주 단순하기 짝이 없는 것일세. 안경보다 더 정교한 추리를 가능케 해주는 소품은 찾기 힘든데, 특히 이렇게 특이한 안경은 더하지. 섬세한 모양을 보고 나는 이 안경이 여성의 것이라고 추리했는데, 물론, 죽어가는 사람이 남긴 말도 그런 사실을 뒷받침해 주고 있네. 그 여성이 옷을 잘 차려입은 품위 있는 숙녀라고 한 건, 보다시피 이 안경이 순금으로 만든 훌륭한 물건이기 때문일세. 이런 안경을 쓰는 사람이 구질구질하게 입고 다닐 리는 없거든. 또 이 안경을 써보면 코에 닿는 클립 부분이 너무 넓다는 걸 알게 될 텐데, 그것은 숙녀의 콧잔등이 아주 넓다는 걸 말해 주지. 이런 코는 대개 길이가 짧고 뭉툭한 느낌을 주지만, 예외가 너무 많기 때문에 나는 그런 의견을 강력하게 주장하지는 않았네. 그리고 내 얼굴도 길고 좁은 편인데 이 안경을 쓰니 눈이 렌즈의 중앙 부분과 턱없이 맞지 않았네. 그러니까 그 숙녀는 미간이 아주 좁은 사람일세. 왓슨, 자네도 보면 알겠지만 이 안경은 오목 렌즈고 유난히 도수가 높아. 이 정도로 근시가 심했다면 틀림없이 시력이 외모에도 영향을 미쳤을 텐데, 그 영향은 주로 이마, 눈꺼풀, 어깨에 나타났을 걸세."

"그래, 자네 의견은 다 이해가 가네. 그런데 솔직히 말하면, 어떻게 해서 안경점에 두 번 찾아갔다는 결론을 내리게 됐는지는 잘 모르겠군."

홈즈는 안경을 집어 들었다.

"자네도 보면 알겠지만, 코에 대한 압박을 줄이기 위해 안경이 코에 닿는 클립 부분에 작은 코르크 조각을 붙여놓았네. 그런데 그중 하나는 변색된 채 상당히 닳았지만 다른 하나는 멀쩡한 새것이지. 한쪽이 떨어져 나가서 새로 붙인 게 틀림없어. 내가 보기에는 낡은 쪽도 붙인 지 몇 달밖에 안 됐네. 그런데 그 둘은 똑같이 생겼거든. 숙녀는 두 번 다 같은 상점에 찾아간 것임에 틀림없네."

"이럴 수가, 정말 놀랍군요!"

홉킨스가 감탄에 들뜬 목소리로 외쳤다.

"저는 그 모든 증거를 손에 넣고 있었으면서도 아무것도 알아내지 못했는데 말입니다! 하지만 저는 런던의 안경점을 돌아볼 작정이긴 했습니다."

"물론 그렇게 해야지. 그런데 사건에 대해 더 할 말이 있나?"

"홈즈 선생님, 더 이상은 없습니다. 선생님은 이제 저만큼, 어쩌면 저 이상으로 많이 알고 계십니다. 우린 시골길이나 기차역에 낯선 사람이 나타나지 않았는지 조사하고 있습니다. 아직까지는 전혀 신고된 게 없지요. 놀라운 점은 범행 동기가 전혀 없다는 겁니다. 동기에 대해서는 어느 누구도 짐작하지 못하고 있지요."

"허어! 그것은 내가 도움을 줄 만한 사항이 아니로군. 자네는 우리가 내일 같이 가주기를 바라겠지?"

"과히 폐가 되지 않는다면 그렇게 했으면 좋겠습니다. 아침 여섯시에 채링 크로스에서 채덤 역으로 가는 기차가 있는데, 그걸 타면 여덟시에서 아홉시 사이에 욕슬리관에 도착할 겁니다."

"그럼 그걸 타기로 하세. 이 사건에는 굉장히 흥미로운 특징이 몇 가지 있는데 그걸 조사할 수 있다면 나로선 기쁜 일일세. 자, 거의 한시가 다 돼가는군. 몇 시간 눈을 붙이는 게 좋겠어. 자네한테는 난로 앞의 소파가 적당하겠군. 아침에 출발하기 전에 내가 알코올램프로 커피 한 잔씩 끓여서 대접하도록 함세."

다음 날 강풍은 그쳤지만 문밖을 나서자 새벽 공기는 살을 에듯 차가웠다. 싸늘하게 식은 겨울 해가 템스 강의 황량한 늪지와 길고 음침한 강변 위로 솟아올랐는데, 그걸 보자 자동적으로 우리가 활동 초기에 안다만 섬의 원주민을 쫓던 일이 생각났다. 피로한 몸을 싣고 한참 달린 끝에 우리는 채덤에서 몇 킬로미터 떨어진 작은 역에서 기차를 내렸다. 그곳의 여관에서 말에 마구를 채우는 동안 우리는 서둘러 아침 식사를 했고, 그래서 마침내 욕슬리관에 도착했을 때는 모두들 한결 생기가 돌았다. 경관 하나가 대문 앞까지 나와서 우릴 맞이했다.

“응, 윌슨인가. 새로운 소식이라도?”

“없습니다, 경위님, 아무것도.”

“낯선 사람을 목격했다는 신고도 없고?”

“없습니다, 경위님. 역에도 가봤는데 그쪽 사람들은 어제 낯선 사
람이 기차에서 내린 적도 탄 적도 없다고 잘라 말하더군요.”

“여관하고 셋집들도 조사해 봤나?”

“예, 경위님, 하지만 수상한 사람은 없었습니다.”

“음, 채텀까지도 걸어서 그렇게 먼 거리는 아니야. 남의 눈에 띄
지 않고 거기서 머무르거나 기차를 탈 수도 있지. 홈즈 선생님, 제가
말했던 정원 길이 바로 이겁니다. 제 명예를 걸고 말씀드리지만 어
제 이 길에는 발자국이 전혀 없었습니다.”

“발자국은 어느 쪽 풀밭에 나 있었나?”

“이쪽입니다. 길과 꽃밭 사이의 이 좁다란 풀밭이지요. 지금은 흔
적을 찾아보기가 힘들지만 어제는 발자취가 아주 선명했습니다.”

“그래그래, 누가 여기로 지나갔구먼.”

홈즈는 허리를 굽히고 풀밭을 들여다보며 말했다.

“숙녀분께서는 아주 조심스럽게 발을 옮겨놓으셨어. 그렇지 않은
가? 길이나 부드러운 꽃밭을 밟았다면 발자국이 선명하게 남았을
텐데, 풀밭만 골라 디뎠으니까 말이야.”

“그렇습니다, 선생님. 그 여자는 보통내기가 아닙니다.”

홈즈의 얼굴에 골똘히 생각하는 듯한 표정이 떠올랐다.

“그 여자가 이 길로 나간 게 분명하다고 했나?”

"예, 선생님, 다른 길은 없습니다."

"이 풀밭으로?"

"물론입니다, 홈즈 선생님."

"흠! 참으로 대단한 묘기로군. 대단한 묘기야. 자, 이 길은 충분히 조사한 것 같네. 앞으로 가보세. 정원 쪽으로 난 이 문은 대개 열려 있겠지? 그럼 그 손님은 그냥 쑥 들어오기만 하면 됐겠군. 누굴 살해하려는 의도는 없었네. 그렇지 않다면 책상 위에 굴러다니던 칼을 집어 드는 대신에 뭔가 무기를 준비해 왔을 테니까 말이야. 손님은 야자수 깔개에 아무 흔적도 남기지 않고 이 복도를 지났네. 그리고 이 서재로 들어갔지. 여기서 얼마나 있었을까? 판단할 만한 근거가 없군."

"기껏해야 몇 분 정도였을 겁니다. 깜빡 잊고 말씀드리지 않았는데, 가정부 마커 부인은 사건이 일어나기 15분쯤 전까지 서재에서 청소를 했다고 하더군요."

"흠, 덕분에 시간 계산이 가능해졌구먼. 그럼 숙녀께서는 이 방으로 들어와서 뭘 했을까? 책상 앞으로 간다. 무엇 때문에? 작은 서랍에 있는 물건을 노리지는 않았어. 누가 가져갈 만큼 가치가 있는 물건이라면 어딘가에 집어넣고 자물쇠를 채워놨을 거야. 맞아, 이 큰 서랍에 들어 있는 뭔가를 노리고 왔군. 어럽쇼! 표면에 긁힌 자국이 있군그래. 왓슨, 성냥불 좀 켜게. 홉킨스, 왜 이런 흔적이 있다는 얘길 안 했나?"

홈즈가 살피고 있는 긁힌 자국은 열쇠 구멍 오른쪽의 놋쇠 판에 생긴 것이었는데, 길이는 10센티미터가량이었고 표면의 니스 칠이 벗겨져 있었다.

"홈즈 선생님, 저도 그건 봤습니다. 하지만 선생님은 항상 열쇠 구멍 주변의 긁힌 자국을 찾지 않으셨습니까?"

"이건 최근에, 아주 최근에 생긴 자국일세. 상처 난 부분의 놋쇠가 얼마나 반짝거리는지 보게. 긁힌 지 오래됐다면 아마 다른 부분과 똑같은 색으로 변색됐을 걸세. 이 확대경으로 좀 들여다보게나. 밭고랑 양쪽으로 흙이 두둑이 쌓여 있듯 니스가 일어나 있네. 마커 부인을 좀 불러주겠나?"

늙수그레한 여인이 슬픈 얼굴로 들어왔다.

"어제 아침에 이 책상의 먼지를 털었습니까?"

"예, 선생님."

"여기 긁힌 자국을 그때도 보았습니까?"

"아뇨. 어제는 못 봤습니다."

"그랬을 거요. 그때 이렇게 긁힌 자국이 나 있었다면 총채로 털 때 벗겨진 칠 조각이 다 떨어졌을 테니까요. 이 책상의 열쇠는 누가 갖고 있지요?"

"교수님이 시곗줄에 걸고 다니세요."

"보통 열쇤가요?"

"아닙니다, 선생님. 특수 제작된 열쇠랍니다."

"그렇군요, 마커 부인, 나가도 좋습니다. 지금 우리는 조금씩 앞으로 나아가고 있네. 숙녀께서는 방에 들어와서 책상 앞으로 다가가

서랍을 열었거나 아니면 열려고 했네. 그러는 와중에, 윌로비 스미스 청년이 방에 들어온 걸세. 숙녀는 서둘러 열쇠를 빼내다가 이렇게 서랍 표면을 긁어놨지. 청년은 숙녀를 붙잡았고 숙녀는 청년을 뿌리치기 위해 가장 가까이에 있는 물건을 집는다는 게 그만 이 칼을 집어 들고 휘두르게 된 걸세. 그게 치명상을 입혔지. 남자는 쓰러지고 여자는 도망쳤네. 이때 목적했던 물건을 손에 넣었는지 여부는 알 수 없어. 수잔이라는 하녀를 좀 불러주겠나? 수잔, 네가 비명

소리를 들은 뒤에 누군가 서재 문을 통해 도망칠 수 있었을까?”

“아니요, 선생님. 그런 일은 있을 수가 없어요. 저는 계단을 내려가기 전에 밑을 내려다봤는데 복도에는 아무도 없었어요. 게다가 방문은 열린 적도 없답니다. 그렇지 않으면 제가 소리를 들었을 테니까요.”

“그럼 이쪽 출구 문제는 해결되는구먼. 그렇다면 숙녀는 들어온 곳으로 다시 나간 것이 분명해. 수잔, 나는 저쪽 복도가 교수님의 방으로 통한다고 들었는데, 다른 곳으로 나가는 문은 없나?”

“없습니다, 선생님.”

“그쪽 문으로 나가서 이제 교수와 안면을 터야겠군. 어럽쇼! 여보게, 홉킨스! 여기 아주 중요한, 정말 아주 중요한 게 있네. 교수의 방으로 가는 복도에도 야자수 깔개가 깔려 있구먼.”

“그렇군요. 그런데 그게 뭐 어때서요?”

“이 깔개가 어떤 의미를 갖는지 모르겠나? 좋아좋아, 더 이상 말하지 않겠네. 아마 내가 틀렸을 걸세. 하지만 어쩐지 예삿일이 아닌 것 같군. 같이 가서 나를 교수에게 소개해 주게.”

우리는 복도를 지났는데, 그것은 정원으로 나가는 복도와 길이가 같았다. 복도는 짧은 계단으로 이어졌고, 계단을 올라가자 방문이 나왔다. 홉킨스 경위는 방문을 두드리고 나서 교수의 침실로 안내했다.

그것은 아주 큰 방이었는데, 벽면에는 수많은 책들이 가득했고 미처 서가에 꽂히지 못한 책들은 방구석에 무더기로 쌓여 있거나 책장 밑에 수북하게 쌓여 있었다. 침대는 방 한가운데 있었고, 그 속에선 집주인이 베개로 몸을 받치고 일어나 앉아 있었다. 나는 그렇게 특이하게 생긴 얼굴은 처음이었다. 매부리코가 도드라진 수척한 얼굴이 우릴 보고 있었는데, 늘어진 눈썹 밑으로 눈자위가 움푹 꺼졌고 검은 눈동자가 형형하게 빛나고 있었다. 머리카락과 턱수염은 온통 허옇게 셌는데, 흥미롭게도 입 주위의 수염은 노리끼리한 색으로 물들어 있었다. 더부룩한 허연 수염 가운데서 담뱃불이 빨갛게 타올랐고 방 안 공기는 퀴퀴한 담배 연기에 절어 악취를 풍겼다. 교수가 홈즈에게 손을 내밀 때 보니 그 손 역시 니코틴으로 누렇게 착색되어 있었다.

"홈즈 선생, 담배 피우시오?"

교수는 세련된 영어로 말했는데, 재미있게도 말투가 약간 거드름을 피우는 듯한 느낌을 주었다.

"담배 한 대 태우시오. 그리고 옆에 계신 분은? 나는 이 담배를 추천하겠소. 이건 알렉산드리아 이오니데스의 특별 주문 생산품이라오. 거기서는 이 담배를 한 번에 1000개비씩 보내주는데, 안타깝게도 나는 보름에 한 번씩 재주문을 내야 하는 형편이오. 좋지 않아요, 정말 좋지 않아요. 하지만 늙은이한테 달리 무슨 낙이 있겠소. 담배하고 일, 나한테 남은 건 이것뿐이오."

홈즈는 담배에 불을 붙이고 방 안 구석구석에 날카로운 눈초리를 던졌다.

"담배하고 일, 하지만 이제는 담배뿐이오."

노인은 탄식했다.

"아! 치명적인 방해로다! 이렇게 끔찍한 파국이 올 줄 누가 알았으리? 그렇게 유능한 청년이! 내 분명히 말해 두지만 몇 달간의 훈련을 마치자 스미스는 뛰어난 조수가 되었소. 홈즈 선생, 이 사건을 어떻게 생각하시오?"

"나는 아직 결론을 내리지 못했습니다."

"만일 선생이 캄캄한 암흑 속에 처한 우리에게 광명을 비춰주신다면 그 은혜를 잊지 않으리다. 나처럼 가엾은 책벌레에다 불구자에게 어제 일은 치명타였소. 난 생각할 능력조차 마비된 느낌이오. 하지만 선생은 행동적 인간형이며 실무가요. 선생의 인생에서 그런 일은 일상사에 속하오. 선생은 어떠한 비상시에도 균형을 유지할 수 있소. 선생을 같은 편으로 두게 된 것은 진실로 행운이오."

노교수가 말하는 동안 홈즈는 방 한쪽을 오락가락했다. 나는 그가 무섭게 빠른 속도로 담배를 피우고 있다는 걸 알아챘다. 그는 이 집주인과 마찬가지로 갓 만든 알렉산드리아 담배를 몹시 좋아하는 게 분명했다.

"그렇소, 선생, 나는 궤멸적인 타격을 입었소. 저것이 나의 필생의 야심작이오. 저쪽 책상 위에 쌓여 있는 원고 더미 말이오. 저것은 시리아와 이집트의 콥트교 수도원에서 발견된 문서에 대한 분석인데 계시 종교의 근본을 깊숙이 파헤치는 작품이라오. 이제는 비서마저 내 곁에 없으니 이렇게 쇠약해진 몸으로 저 일을 완성할 수 있을지도 잘 모르겠소. 맙소사! 홈즈 선생, 아니, 이제 보니 선생은 나보다 더 지독한 골초시구려."

홈즈는 빙긋이 웃었다.

"저는 감식가입니다."

그는 벌써 네 번째로 담배 상자에서 또 한 개비를 꺼내더니 방금 다 피운 담배로 불을 붙였다.

"코람 교수님, 심문을 길게 끌어 교수님을 괴롭혀드리지는 않겠습니다. 교수님은 범행이 일어난 시간에 침대에 누워 계셨고, 그래서 사건에 대해 아무것도 모르시는 것이 분명하니까요. 내가 묻고 싶은 것은 오직 하나뿐입니다. 그 가엾은 친구가 죽어가면서 남긴 '교수님한테, 그 여자였다고.'라는 말, 그게 도대체 무슨 뜻이라고 생각하십니까?"

교수는 고개를 저었다.

"수잔은 시골 처녀요. 그리고 당신도 그런 부류가 얼마나 멍청한지 알 거요. 나는 그 가엾은 청년이 제정신이 아닌 상태에서 조리에 닿지 않는 말을 중얼거렸는데, 수잔이 그 말을 엉뚱하게 해석해서 아무 뜻 없는 말을 지어냈다고 생각하오."

"알겠습니다. 그런데 교수님은 어떻게 해서 그런 비극이 생겼다고 생각하십니까?"

"아마 사고일 거요. 여러분 앞에서니까 하는 말이지만 자살인 것 같소. 젊은이들에게는 남모르는 고통이 많은 법이라오. 우리는 몰랐지만 사랑의 열병을 앓고 있었는지도 모르오. 살해당했다고 생각하는 것보다는 훨씬 가능성이 높은 얘기지."

"하지만 안경은?"

"아! 나로 말할 것 같으면 일개 서생에 지나지 않소. 말하자면 몽상가요. 인생의 실제적인 문제에 대해서 설명할 능력은 없소이다. 하지만 선생, 우리는 사랑의 증표라는 것이 퍽 야릇한 형태를 취하기도 한다는 걸 잘 아오. 거기 담배 하나 더 집으시오. 다른 사람이 그 담배를 그렇게 즐기는 걸 보니 마음이 흐뭇하구려. 한 남자가 목숨을 끊으려고 할 때 비장의 소품으로 등장하는 것이 무엇이 될지 누가 안단 말이오? 부채, 장갑, 안경……, 어떤 기념물도 다 나올 수 있소. 이쪽의 신사분은 풀밭에 난 발자국 얘기를 하시지만 결국 그런 것은 착각하기 쉬운 거요. 칼에 대해 말하자면, 불운한 청년이 쓰러질 때 멀찍이 떨어졌을 거요. 내가 모르는 소리를 하는 건지는 몰라도, 내가 보기에 윌로비 스미스는 저 스스로 죽음이라는 운명을 택했소."

홈즈는 이러한 가설을 듣고 충격을 받았는지 계속 방 안을 오락가락했고 줄담배를 피우며 생각에 골몰했다.

"코람 교수님, 한 가지 질문이 있습니다."

홈즈는 마침내 입을 열었다.

"그 책상의 큰 서랍에는 뭐가 있습니까?"

"도둑이 가져갈 만한 물건은 전혀 없소이다. 가족사진, 나의 가여운 아내가 보내준 편지, 내게 영예를 안겨준 몇몇 대학들의 학위 증서 따위요. 여기 열쇠가 있소. 가서 직접 보시구려."

홈즈는 열쇠를 받아 들고 잠깐 살펴보는 듯하더니 도로 주인에게 돌려주었다.

"아닙니다, 이건 별 도움이 될 것 같지 않습니다. 그냥 조용히 정원으로 내려가서 사건 전체에 대해 심사숙고하는 편이 낫겠습니다. 교수님께서 말씀하신 자살 이론은 간단치 않은 것입니다. 코람 교수님, 이렇게 불쑥 찾아와서 시간을 뺏은 것에 대해 사과드립니다. 점심 식사가 끝날 때까지는 방해하지 않겠다고 약속드리지요. 이따가 두시에 다시 올라와서 그사이의 일을 보고드리도록 하겠습니다."

홈즈는 묘하게 멍한 얼굴을 하고 있었는데, 우리는 한동안 정원의 작은 길을 말없이 오르락내리락했다.

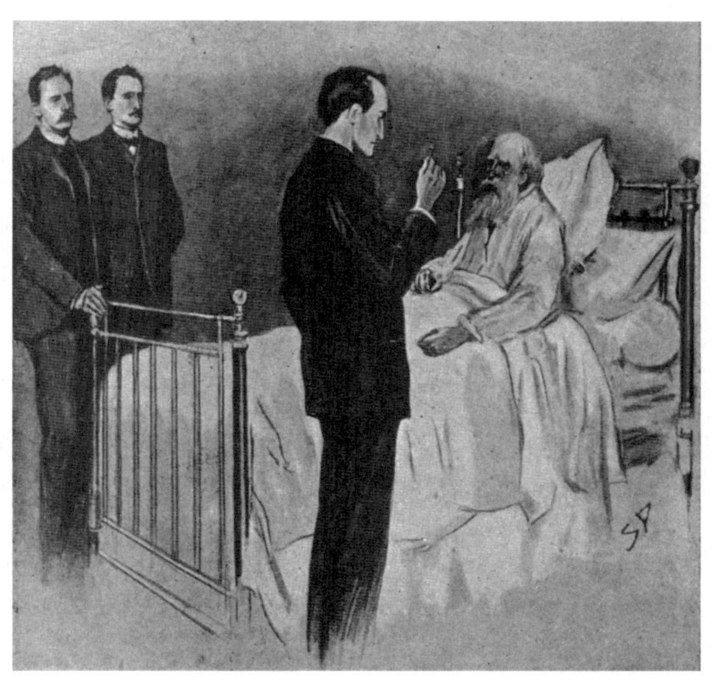

"단서가 있나?"

나는 마침내 물었다.

"그것은 내가 피웠던 담배에 달려 있네. 내가 터무니없는 오해를 했는지도 모르지. 아무튼 담배가 다 가르쳐줄 걸세."

"여보게, 대체 어떻게……."

나는 부르짖었다.

"흥분하지 말게, 자네 눈으로 직접 보게 될 테니까. 하지만 그게 잘 안 된다 해도 크게 해 될 건 없네. 물론 우리는 언제든지 그 안경점 단서로 돌아가면 되니까. 그래도 가능하면 지름길로 가고 싶은 거지. 아, 상냥한 마커 부인이 저기 있군! 5분 정도 유익한 담소를 즐겨볼까."

전에도 말한 적이 있지만 홈즈는 마음만 먹으면 특유의 방식으로 쉽사리 여자들의 환심을 샀고, 여자들은 그런 그에게 거리낌 없이 속내를 털어놓곤 했다. 그는 자신이 말한 시간의 반도 지나기 전에 가정부의 호감을 샀고, 가정부는 그가 십년지기라도 되는 양 수다를 떨었다.

"그럼요, 홈즈 선생님, 정말 그렇다니까요. 교수님은 담배를 얼마나 많이 피우시는지 몰라요. 하루 종일, 어떤 때는 밤새도록 피우셔요. 아침에 그 방에 들어가보면, 아이고, 말도 마세요, 꼭 런던의 안개 같다니까요. 가엾은 스미스 비서도 담배를 피웠지만 교수님 같은 골초는 아니었답니다. 하지만 교수님의 건강은, 글쎄요, 담배 때문에 나빠진 게 아니라 더 좋아졌는지도 모르겠어요."

"허! 하지만 담배는 식욕을 떨어뜨리는데요."

홈즈가 말했다.

"글쎄요, 그건 잘 모르겠네요."

"교수님은 거의 아무것도 못 드시지요?"

"글쎄요, 그게 일정하지 않답니다. 정말이에요."

"난 내기라도 걸 수 있습니다. 교수님은 오늘 아침에는 식사를 전혀 못 하셨을 겁니다. 그리고 담배를 그렇게 많이 태우셨으니 점심 식사는 쳐다보려고도 하지 않으실걸요."

"어머, 그럼 선생님이 지셨네요. 사실을 말씀드리면, 교수님은 오늘 아침에 유난히 많이 드셨답니다. 그렇게 많이 드신 건 처음 본 것 같아요. 그리고 점심 식사로는 커틀릿 큰 것을 주문하셨지요. 사실 저는 깜짝 놀랐답니다. 저는 어제 그 방에 들어갔다가 젊은 분이 그렇게 쓰러져 있는 꼴을 본 다음부터는 음식은 쳐다보기도 싫으니까요. 글쎄요, 세상에는 별의별 사람들이 다 있는 법이지요. 교수님은 그 일 때문에 식욕을 잃지는 않으셨어요."

우리는 정원에서 빈둥거리며 오전 시간을 보냈다. 전날 아침에 동네 아이들이 채덤로에서 낯선 여자를 보았다는 소문이 들려와 스탠리 홉킨스는 진상을 조사하기 위해 마을로 내려갔다. 내 친구에 대해 말하자면, 평상시의 용솟음치던 정력은 온데간데없이 사라진 듯했다. 나는 그가 그렇게 미적지근한 태도로 사건을 취급하는 건 처음 봤다. 홉킨스가 돌아와서, 그 아이들을 찾아낸 것하며 아이들이 목격한 여성의 인상착의가 홈즈의 말과 일치한다는 것, 그리고 여자가 무슨 안경을 끼고 있었다는 소식도 전해 주었지만, 그는 별다른 감흥 없이 얘기를 들었을 뿐이다. 오히려 점심 식사를 할 때 시중을 들어준 수잔이, 스미스 씨가 어제 오전에 산책을 나갔다가 비극적인 사건이 발생하기 30분 전에 돌아온 것 같다는 얘기를 자진해서 털어놓을 때 더욱 집중해서 경청하는 모습을 보여주었다. 나는 그 일이 어떤 의미를 갖는지 몰랐지만, 홈즈는 그 사건을 이미 머릿속에 들어 있는 큰 그림 속에 끼워 넣은 것이 분명했다. 그는 시계를 흘끗 쳐다보더니 벌떡 일어섰다.

"신사 여러분, 지금 두시다. 올라가서 교수님과 이야기를 매듭짓도록 합시다."

노인은 막 점심 식사를 끝낸 참이었는데, 깨끗이 비워진 접시를 보니 가정부의 말대로 식욕이 왕성한 것이 분명했다. 그는 백발이 성성한 머리를 들고 번쩍거리는 눈으로 우릴 바라보았는데, 정말이지 보면 볼수록 불가해한 인물이었다. 영원히 꺼지지 않는 담배가 입가에서 연기를 뿜어내고 있었다. 노인은 옷을 갈아입고 난로 옆의 안락의자에 앉아 있었다.

"그래, 홈즈 선생, 이번 사건의 수수께끼는 푸셨소?"

교수는 옆의 탁자에 놓인 담배가 든 커다란 양철통을 친구를 향해 밀어주었다. 바로 그 순간, 홈즈도 손을 뻗었는데, 둘 사이에서 담배 상자가 뒤집힌 채 바닥으로 떨어지고 말았다. 일이 분 정도 우리들은 바닥을 기어 다니며 사방으로 흩어진 담배를 주워 모았다. 몸을 일으켰을 때, 홈즈의 눈에는 광채가 돌고 두 뺨은 발갛게 상기

되어 있었다. 이러한 전투 신호는 결정적인 장면에서만 목격한 것이었다.

"그렇습니다. 해결했지요."

스탠리 홉킨스와 나는 멍하니 쳐다보았다. 노교수의 퀭한 얼굴에 언뜻 비웃음 같은 것이 스쳤다.

"정말이오? 정원에서?"

"아니요, 여기서."

"여기! 언제?"

"바로 지금."

"셜록 홈즈 선생, 농담을 하시나 보군. 이렇게 중대한 사건을 앞에 놓고 그런 태도를 취하다니 나무라지 않을 수 없구려."

"코람 교수님, 나는 추리의 모든 고리를 일일이 확인하고 검증했습니다. 내 추리의 연쇄는 튼튼하기 그지없습니다. 당신의 동기가 무엇인지, 또 당신이 이 이상한 사건에서 맡은 역할이 정확히 무엇인지는 아직 모릅니다. 그 얘기는 잠시 후 당신의 입을 통해 직접 듣기로 하지요. 그동안 교수님을 위해, 일이 어떻게 된 건지 말씀드리기로 하겠습니다. 그래야 아직도 나한테 없는 정보가 무엇인지 아시게 될 테니까요.

어제 한 숙녀가 교수님의 서재로 들어왔습니다. 그 여성은 책상 서랍에 들어 있는 모종의 서류를 가져갈 의도를 갖고 이 집에 왔지요. 숙녀는 서랍 열쇠를 따로 준비해 왔습니다. 나는 교수님의 열쇠를 살펴볼 기회가 있었지만 특이점이 없더군요. 니스 칠한 서랍을 닦았다면 색깔이 묻어 나왔을 텐데 말입니다. 따라서 교수님은 이 사건의 공범이 아닙니다. 남아 있는 증거를 보면 그 여성은 교수님 모르게 뭔가를 훔쳐내려고 온 것이 분명합니다.”

교수는 훅 하고 연기구름을 뿜어냈다.

“참으로 흥미롭고 유익한 얘기요. 더 하실 말씀은 없소? 물론 그 숙녀를 거기까지 추적했으니 그다음에 어떻게 됐는지도 말해 주시겠지.”

“그렇게 하지요. 먼저 숙녀분은 비서에게 잡히자 도망치려고 청년을 찔렀습니다. 나는 이 참사가 불행한 사고였다고 말하고 싶은데, 왜냐하면 숙녀에겐 그런 상처를 입힐 의도가 없었다고 확신하기 때문입니다. 사람을 죽일 생각이었다면 맨손으로 오지는 않았을 겁니다. 자신이 저질러놓은 일을 보고 공포에 질린 숙녀는 미친 듯이 비극의 현장을 뛰쳐나갔습니다. 그런데 숙녀는 청년과 드잡이를 하다가 불행히도 안경을 잃어버렸고 지독한 근시였던 탓에 무력한 상태가 되고 맙니다. 숙녀는 복도를 뛰어갔는데, 바닥에 야자수 깔개가 깔려 있는 걸 보고 들어올 때의 복도인 줄 알았지요. 그녀는 나중에야 자신이 엉뚱한 곳으로 왔다는 걸 깨닫지만 때는 너무 늦었습니다. 돌아가는 것은 불가능했으니까요. 어떻게 하면 좋을까? 돌아갈 수는 없었습니다. 그 자리에 계속 있을 수도 없었습니다. 계속 가야만 했지요. 그녀는 계속 갔습니다. 계단을 올라가서 문을 열었지요. 그리고 이 방으로 들어왔습니다.”

노인은 입을 딱 벌리고 앉아서 미친 사람 같은 눈으로 홈즈를 응시했다. 표정이 풍부한 얼굴에 놀람과 공포가 선명하게 찍혀 있었다. 이제 그는 무진 애를 써서 어깨를 들썩하더니 거짓 웃음을 터뜨렸다.

"홈즈 선생, 정말 훌륭한 얘기요. 하지만 선생의 근사한 이론에는 한 가지 결함이 있소이다. 나는 그때 내 방에 있었고 낮에는 한 발짝도 이곳을 떠나지 않았소."

"코람 교수님, 그건 나도 알고 있습니다."

"그럼 내가 저 침대에 누워 있으면서 여자가 방으로 들어오는 걸 몰랐다는 말씀이오?"

"난 그렇게 말한 적 없습니다. 당신은 그 여성을 보았습니다. 함께 이야기도 나눴지요. 당신은 그녀가 누군지 알아보았고, 도망칠 수 있게 도와주었습니다."

교수는 다시 한번 높은 목소리로 웃음을 터뜨렸다. 그리고 벌떡 일어섰는데, 두 눈에서 불이 쏟아졌다.

"당신 미쳤군!"

교수는 고래고래 소리 질렀다.

"당신은 터무니없는 얘기를 하고 있어. 내가 그 여자를 도와줬다고? 지금 그 여자는 어디 있나?"

"저기 있습니다."

홈즈는 말하며 방구석에 놓여 있는 커다란 책장을 가리켰다.

노인은 두 손을 번쩍 들어 올리더니 험악한 얼굴에 끔찍한 경련을 일으키며 의자에 털썩 주저앉았다. 바로 그 순간, 홈즈가 손가락

질한 책장이 미닫이문처럼 열리면서 한 여인이 뛰쳐나왔다.

"맞습니다! 맞습니다! 난 여기 있어요."

여자는 외국어 억양이 섞인 야릇한 말투로 소리쳤다.

그녀는 은신처에서 떨어진 갈색 먼지와 거미줄을 한 꺼풀 덮어쓰고 있었다. 얼굴에도 그을음이 묻어 얼룩덜룩했는데, 생김새는 홈즈가 꿰뚫어 본 그대로였고, 거기에 더해 고집스러워 뵈는 길쯤한 턱이 아무리 잘 봐줘도 도저히 미인이라고 할 수는 없었다. 원래부터 시력이 나쁜 데다가 어둠 속에서 갑자기 밝은 곳으로 나왔기 때문에 눈이 부신 듯 눈을 깜빡거리며 우리가 어떤 사람들이고 어디에 있는지 보기 위해 주위를 두리번거렸다. 하지만 이 모든 약점에도 불구하고 여자의 태도엔 어떤 고귀한 것이 있었다. 도전적인 턱과 꼿꼿이 치켜든 머리에서 엿보이는 용기는 경의와 찬탄의 감정을 불러일으키기에 충분했다.

스탠리 홉킨스는 여자의 팔에 손을 얹고 체포하려고 했지만 그녀는 형사에게 물러나 있으라는 듯 부드럽게 손짓했다. 형사는 위엄 있는 태도에 압도당하여 순순히 복종했다. 노인은 얼굴 근육을 실룩거리며 의자에 몸을 묻은 채 근심 어린 눈으로 여자를 응시했다.

"좋습니다, 저를 체포하십시오."

여자는 말했다.

"저 안에 서 있으니 여기서 하는 얘기가 다 들리더군요. 여러분은 진실을 알고 계십니다. 나는 자백합니다. 그 청년을 죽인 건 바로 나였습니다. 하지만 어느 분이 그건 사고였다고 말씀하셨지요? 그 말이 옳습니다. 나는 내 손에 들린 것이 칼인 줄도 몰랐습니다. 그 청년을 뿌리치고 달아날 생각으로 책상 위에 있는 물건을 닥치는 대로 움켜쥐고 휘둘렀으니까요. 내 말은 한 치도 틀림없는 진실입니다."

"마담, 나도 그 말씀이 진실이라고 생각합니다. 그런데 몸이 불편하신 모양이군요."

홈즈가 말했다.

여자의 낯빛은 무시무시한 색으로 바뀌었는데, 시커먼 먼지 얼룩 때문에 더욱 무섭게 보였다. 그녀는 침대 가장자리에 걸터앉더니 좀 기운을 차렸다.

"나한테는 시간이 얼마 없어요. 하지만 여러분에게 온전한 진실을 알려드리고 싶습니다. 나는 이 남자의 아내예요. 이 사람은 영국인이 아닙니다. 러시아 사람이지요. 이름은 말하지 않겠어요."

노인은 처음으로 반응을 보였다.

"안나, 신의 가호가 있기를! 신의 가호가 있기를!"

그는 소리쳤다.

여자는 그쪽으로 지독한 경멸이 담긴 시선을 던졌다.

"세르게이, 당신은 왜 그렇게 비루한 삶에 집착하는 거지요? 그 때문에 많은 사람들이 피해를 입었고 득을 본 사람은 아무도 없어

요. 심지어는 당신 자신까지도 말이에요. 하지만 신께서 정하신 때가 되기 전에 실낱같은 생명의 끈을 끊어버리는 것은 내가 할 일이 아니에요. 그렇지 않아도 나는 이 저주받은 집의 문턱을 넘어선 뒤에 너무도 무거운 영혼의 짐을 지게 되었어요. 하지만 나는 말해야 해요. 그렇지 않으면 너무 늦을 거예요.

신사 여러분, 이미 말씀드렸다시피 나는 이 남자의 아내입니다. 우리가 결혼했을 때 이 사람의 나이는 쉰이었고 나는 갓 스물의 바보 같은 계집애였어요. 러시아의 어느 도시, 어느 대학에서였지요. 그곳이 어딘지는 말하지 않겠습니다.”

“안나, 신의 가호가 있기를!”

늙은이는 다시 중얼거렸다.

“우리는 개혁주의자였습니다. 아시겠지요? 혁명가, 무정부주의자 말이에요. 저 사람과 나와 숱한 사람들이 더 있었습니다. 그런데 시련이 닥쳤고 경찰관 하나가 피살됐습니다. 수많은 사람들이 체포되었지만 증거는 없었지요. 그런데 나의 남편이란 사람은 제 한 목숨 부지하고 막대한 액수의 현상금을 챙길 욕심으로 제 아내와 동지들을 배신했습니다. 그래요, 남편의 고발로 우리는 모두 체포됐어요. 그중 일부는 형장의 이슬로 사라지고 일부는 시베리아로 유형을 가야 했습니다. 나도 유형수의 대열에 끼었지만 종신형을 선고받지는 않았어요. 남편은 부정한 수단으로 얻은 돈을 싸 들고 영국으로 건너와서 숨을 죽이고 살았습니다. 자신의 소재가 형제들에게 알려지면 일주일도 지나지 않아서 정의의 심판을 받게 되리라는 사실을 알고 있었으니까요."

노인은 떨리는 손을 뻗어 가까스로 담배 한 개비를 집어 들었다.

"안나, 내 목숨은 당신 손에 달렸어. 당신은 항상 나한테 잘 해줬지."

"저 사람의 극악무도한 소행에 대한 고발은 아직도 끝나지 않았습니다."

여자는 말했다.

"동지들 중에서 내가 사랑하는 친구가 있었습니다. 그 사람은 고결하고 남을 위할 줄 알고 애정이 풍부한 남자였어요. 어느 모로 보나 남편과는 정반대였지요. 그 사람은 폭력을 싫어했습니다. 우리 모두는 유죄였지만―그게 죄가 된다면 말이지요.―그 사람만은 무죄였습니다. 그 사람은 우리에게 항상 폭력 노선을 포기하라는 편지를 쓰곤 했습니다. 그 편지가 있었다면 그 사람은 무죄 판결을 받았을 거예요. 내 일기가 있었어도 역시 마찬가지였을 테고요. 나는 매일같이 일기를 썼는데, 그 사람에 대한 내 감정과 우리들 한 사람 한 사람의 견해를 거기다 적어놓았습니다. 남편은 그 일기와 편지를 찾아냈습니다. 그리고 그걸 숨겨놓고 젊디젊은 그 사람의 목숨을 빼앗으려고 결심하고 온갖 짓을 다 했습니다. 그런 노력은 실패로 돌아갔지만 알렉시스는 시베리아로 유형을 가서 지금 이 순간에도 그곳의 소금 광산에서 일하고 있지요. 이 악당! 이 악당! 생각 좀 해봐! 지금, 바로 이 순간에도 알렉시스는 노예처럼 일하고 생활하고 있어. 당신은 그 사람의 이름조차 부를 자격이 없는 사람이야. 그리고 당신 목숨은 내 손에 달려 있지만 난 당신을 그냥 놔 주겠어."

"안나, 당신은 항상 고결한 여자였지."

늙은이는 담배를 뻐끔거리며 말했다.

여자는 일어섰지만 작은 목소리로 비명을 지르고 다시 주저앉았다.

"어서 이야기를 마쳐야 해요. 형기를 마치자 나는 일기와 편지를 찾아내기로 결심했습니다. 그걸 러시아 정부에 보내면 내 친구는 석방될 수 있으니까요. 나는 남편이 영국으로 도피했다는 사실을 알고 있었습니다. 몇 달 동안 수소문한 끝에 이 사람의 행방을 알아 냈지요. 나는 남편이 아직도 일기를 보관하고 있다는 걸 알고 있었 습니다. 내가 시베리아에 있을 때 남편한테 편지를 한 통 받은 적이 있는데, 이 사람은 내 일기의 몇 구절을 인용해서 나를 비난했거든 요. 하지만 복수심이 강한 남편의 성격을 생각하면 그걸 순순히 내 줄 리는 만무했습니다. 나는 그걸 내 손으로 되찾아야 했지요. 그래 서 어느 사설탐정 사무소에 의뢰해서 사람 하나를 남편 집에 비서 로 침투시켰습니다. 세르게이, 그 사람이 바로 그렇게 금방 떠나버 린 당신의 두 번째 비서였어. 그 사람은 문제의 서류가 서재의 책상 서랍에 보관되어 있다는 사실을 알아내고 열쇠의 본을 떴습니다. 그 이상의 일은 하려 들지 않았어요. 그 사람은 나한테 집의 도면을 건네주면서 오전에는 비서가 2층의 이 방에서 일하기 때문에 서재 가 항상 비어 있다고 말해 주었습니다. 그래서 나는 마침내 마음을 다져먹고 직접 서류를 찾으러 나섰습니다. 나는 서류를 손에 넣는데 성공했지요. 그런데 이 무슨 날벼락이란 말입니까!

서류를 꺼낸 다음 막 책상 서랍을 잠그는데 그 청년이 들어와서 내 팔을 붙잡았습니다. 알고 보니 그는 초면이 아니었습니다. 어제 아침에 길에서 우연히 그를 만났는데, 나는 그 사람이 이 집에서 일하는 줄도 모르고 코람 교수의 집이 어디냐고 물어봤지요."

"맞습니다! 바로 그거요!"

홈즈가 말했다.

"비서는 집에 돌아와서 교수에게 길에서 만난 여성에 대한 얘기를 했습니다. 그래서 그는 죽기 전에 자신을 찌른 사람이 아까 말했던 바로 그 여자라는 사실을 알리려고 한 겁니다."

"내가 말할 수 있게 해주세요."

여자는 위엄 있게 말했지만 고통을 느끼는 듯 얼굴을 찡그리고 있었다.

"그 청년이 쓰러지자 나는 밖으로 뛰쳐나갔지만, 엉뚱한 문을 열었기 때문에 남편 방으로 들어오게 되었지요. 저 사람은 나를 경찰에 넘기겠다고 했습니다. 나는 만약에 그렇게 하면 당신도 목숨을 부지하지 못할 거라는 사실을 알려주었지요. 저 사람이 나를 법의 심판대에 세우면, 나는 저 사람을 형제들에게 넘겨줄 수 있으니까요. 나는 구차하게 목숨을 부지하고 싶은 생각은 없었습니다. 그저 목적을 이루고 싶었을 뿐이지요. 남편은 내가 빈말을 하는 게 아니라는 걸, 우리 둘은 같은 배를 탔다는 걸 알았습니다. 저 사람이 나를 숨겨준 건 다름 아닌 그런 이유 때문이었지요. 저 사람은 나를 캄캄한 은신처로 밀어 넣었습니다. 그것은 저 사람밖에 모르는 과거에 만들어진 유물이었습니다. 저 사람은 자기 방에서 식사를 했고, 그래서 나한테 음식을 나눠줄 수 있었습니다. 나는 경찰이 떠나면 밤중에 집을 빠져나가 다시는 돌아오지 않기로 했습니다. 하지만 당신이 우리의 계획을 읽어내셨군요."

그녀는 드레스 앞섶을 헤치고 작은 꾸러미를 꺼냈다.

"이것은 나의 마지막 부탁입니다. 이 꾸러미가 알렉시스를 구해 줄 거예요. 나는 당신의 명예심과 정의에 대한 사랑을 믿고 이걸 맡깁니다. 받으세요! 이걸 러시아 대사관에 전해 주세요. 이제, 내가 할 일은 다 끝났습니다. 그럼……."

"안 돼!"

홈즈가 소리쳤다. 그는 비호같이 달려가서 여자의 손에서 작은 약병을 억지로 뺏어냈다.

"너무 늦었어요!"

그녀는 침대 위로 쓰러지며 말했다.

"너무 늦었어요! 나는 은신처에서 나오기 전에 이미 독약을 마셨습니다. 아, 어지러워! 나는 갑니다! 선생, 내가 맡긴 꾸러미를 잊지 마세요."

"간단한 사건이었지. 하지만 어떻게 보면 큰 교훈을 안겨준 사건이기도 해."

런던을 향해 돌아가는 길에 홈즈가 말했다.

"처음부터 사건은 코안경에 달려 있었네. 비서가 마지막 순간에 다행스럽게 안경을 손에 넣지 못했다면 우리가 사건을 해결할 수 있었을지는 미지수네. 안경의 도수로 봤을 때, 안경 임자는 맨눈으로는 눈뜬장님 같은 무력한 상태가 될 것이 분명했지. 홉킨스 자네도 기억할지 모르겠지만, 숙녀가 비좁은 풀밭을 따라 길이나 꽃밭을 한 번도 헛디디지 않고 돌아갔다고 자네가 말했을 때, 나는 그것

이 대단한 묘기라고 했네. 그리고 그 여성이 안경을 한 벌 더 갖고 다닐 리는 없다고 생각했기 때문에 마음속으로 그것은 불가능한 일이라고 단정 지었지. 그래서 나는 그 여성이 집 안에 숨어 있다는 가설을 심각하게 고려하지 않을 수 없었네. 두 개의 복도가 비슷하게 생긴 걸 보니 숙녀가 착각을 일으키기 쉬웠겠다는 생각이 들었지. 만약에 길을 헷갈렸다면 숙녀는 교수의 방으로 들어간 것이 분명했어. 그래서 이러한 가설을 뒷받침해 줄 만한 증거를 찾아 신경을 곤두세웠고, 교수의 방에 은신처와 비슷하게 생긴 것이 있는지 유심히 살펴보았네. 카펫은 빈틈없이 단단하게 고정돼 있는 것 같아서 마루문이 있을 가능성은 제쳐놓았네. 나는 책장 뒤에 벽감이 있을지도 모른다고 생각했지. 알다시피 그런 구조는 오래된 도서관에서는 흔한 것이니까. 그런데 책 더미가 사방에 쌓여 있는데 책장 하나는 유독 텅 비어 있었네. 그렇다면 이 책장이 문일지도 몰랐어. 바닥에서 별다른 흔적은 찾아볼 수 없었지만 마침 카펫이 자국이 잘 남는 어두운 색깔이었네. 그래서 나는 줄담배를 피우면서 의심스러운 책장 앞에다 연신 담뱃재를 털었지. 그것은 간단한 방법이었지만 효과는 놀라웠네. 그런 다음에 아래층으로 내려가서 왓슨 자네와 같이 코람 교수의 식사량이 늘었다는 사실을 확인했지만, 자네는 그것이 의미하는 바를 미처 깨닫지 못하더군. 그건 교수가 다른 사람에게 음식을 나눠주고 있다는 뜻이었네. 그리고 우리는 다시 교수의 방으로 올라갔고, 나는 담배 상자를 엎질러서 바닥을 자세히 살펴볼 수 있는 기회를 얻었지. 나는 담뱃재 위에 남아 있는

발자국을 보고 우리가 없는 사이에 누군가 은신처에서 나왔다는 사
실을 확인했네. 자, 홉킨스, 이제 채링 크로스 역에 도착했군. 이번
사건을 성공적으로 해결한 것을 진심으로 축하하네. 자네는 보나
마나 경찰 본부로 직행하겠구먼. 왓슨, 자네하고 나는 마차를 잡아
타고 러시아 대사관으로 달려가야 할 것 같네."

실종된 스리쿼터백

베이커가에 있으면서 우리는 이상한 전보를 받는 일에 익숙해져 있었지만 칠팔 년 전의 어느 음산한 2월 아침에 배달된 전보는 유독 기억에 생생하게 남아 있다. 셜록 홈즈는 그것을 보고 15분간 곤혹스러운 표정을 지우지 못했다. 그것은 그의 앞으로 배달된 전보였는데, 내용은 다음과 같았다.

내가 갈 때까지 기다려주기 바람. 엄청난 재난. 내일 꼭 필요한 라이트윙 스리쿼터백 실종.

—오버턴

"스트랜드 소인이 찍혀 있고 열시 36분에 발송되었군."
홈즈는 전보를 되풀이해 읽으며 말했다.

"오버턴 씨는 아주 흥분한 상태에서 이걸 보낸 게 분명해. 그래서 좀 횡설수설한 거야. 그래, 내가《타임스》를 다 읽었을 때쯤에 여기 도착하겠군. 그때 가면 무슨 얘기인지 다 알게 되겠지. 이렇게 따분한 때에는 아무리 하찮은 문제라도 대환영일세."

정말이지 그때 우리는 무척 지루한 나날을 보내고 있었는데 나는 그런 정체된 시기를 두려워하게 되었다. 왜냐하면 경험을 통해, 내 친구의 두뇌는 비정상이라고 생각될 만큼 활동적이어서 두뇌 활동의 재료가 떨어지면 위험해진다는 것을 알게 되었기 때문이다. 나는 오랜 세월에 걸쳐 한때는 그의 활동에 지장을 줄 만큼 심각했던 마약에 대한 기호를 점차적으로 바꿔놓았다. 이제 그는 정상적인 환경에서라면 더 이상 이 인공적인 자극제를 찾지 않았지만, 나는 그 악마가 아주 죽어버린 것이 아니라 그저 잠들어 있을 뿐이라는 것을 잘 알고 있었다. 그런데 그 악마의 잠은 아주 가벼운 것이어서 홈즈의 금욕적인 얼굴이 찌푸려지고, 깊숙이 자리 잡은 바닥 모를 눈에 수심이 어리는 무위(無爲)의 시기가 오면 거의 깨어나려고 했다. 그래서 나는 이 오버턴이라는 사람이 누군지는 몰라도 무조건 그에게 감사했다. 왜냐하면 그는 내 친구의 격정에 가득 찬 삶에서 그 어떤 폭풍우보다 더한 위험을 내포하고 있는 아슬아슬한 정적을 깨뜨려준 의문의 메시지와 함께 나타났기 때문이다.

우리가 예상했던 대로 전보가 도착한 지 얼마 안 되어 그것을 보낸 당사자가 도착했다. 케임브리지 대학교 트리니티 칼리지의 시릴 오버턴이라는 명함이 먼저 들어오고, 단단한 뼈대와 근육으로 뭉친

100킬로그램이 넘는 거구의 청년이 들어서는데 우람한 어깨가 양쪽 문설주에 닿을 정도였다. 청년은 걱정으로 해쓱해진 예쁘장하게 생긴 얼굴로 우리를 차례로 바라보았다.

"셜록 홈즈 선생님?"

내 친구가 목례를 했다.

"홈즈 선생님, 저는 런던 경찰국에 다녀오는 길입니다. 스탠리 홉킨스 경위님을 만나고 왔지요. 그분이 선생님한테 가보라고 충고해 주시더군요. 사건의 성격상 정규 경찰보다는 이쪽 계통이 맞을 것 같다고 하셨습니다."

"여기 앉아서 무슨 일인지 말해 주게."

"홈즈 선생님, 끔찍한, 너무 끔찍한 일입니다! 제 머리가 하얗게 세지 않은 게 이상할 정돕니다. 갓프리 스톤턴이라고, 물론 들어보셨겠지요? 그 친구는 우리 팀의 대들보입니다. 저는 팀에서 선수 둘을 뺐으면 뺐지 스리쿼터 라인에서 갓프리를 빼지는 않을 겁니다. 패스든 태클이든 드리블이든 그 친구를 능가할 선수는 없습니다. 게다가 갓프리는 머리가 좋고 통솔력이 뛰어납니다. 저는 이제 어떻게 해야 합니까? 홈즈 선생님, 제가 알고 싶은 게 바로 그겁니다. 후보 선수로 무어하우스가 있긴 하지만, 그 친구는 하프백으로 훈련받았기 때문에 항상 스크럼 쪽으로 움직이려고만 하지요. 무어하우스가 플레이스킥을 잘하는 건 사실입니다. 하지만 판단력이 떨어지는 데다가 통 달릴 줄을 모릅니다. 옥스퍼드 팀의 모튼이나 존슨처럼 잘 달리는 선수들과 붙으면 질 게 뻔하지요. 스티븐슨은 잘 뛰기는 하지만, 25야드 선에서 드롭킥을 할 줄 모릅니다. 그런데 펀트나 드롭킥을 못하는 스리쿼터백은 아무짝에도 쓸모가 없거든요. 홈즈 선생님, 만약 선생님이 갓프리 스톤턴을 찾아주시지 못하면 우리는 끝장입니다.”

오버턴이 중요한 얘기가 나올 때마다 억센 손으로 자신의 무릎을 찰싹찰싹 때리며 심각하고 격렬한 태도로 장황한 이야기를 쏟아내는 동안, 내 친구는 놀람과 즐거움이 교차하는 얼굴로 유심히 귀 기울였다. 손님이 입을 다물자 홈즈는 손을 뻗어 ‘S’라는 표제가 붙은 비망록을 내렸다. 그는 다양한 정보가 갈무리된 창고를 뒤졌으나 아무것도 건져내지 못했다.

“여길 찾아보니 문서 위조계의 떠오르는 샛별, 아서 H. 스톤턴이 있군. 또 내 손에 걸려 교수형을 당한 헨리 스톤턴도 있지. 하지만 갓프리 스톤턴이라는 이름은 처음 들어보네.”

이번에는 손님이 놀랄 차례였다.

“아니, 홈즈 선생님, 저는 선생님이 다 알고 계시는 줄 알았는데요. 갓프리 스톤턴에 대해 들어본 적이 없다면 시릴 오버턴도 모르신다는 겁니까?”

홈즈는 빙글거리며 고개를 가로저었다.

“이럴 수가!”

운동선수가 소리쳤다.

“저는 잉글랜드 대 웨일스 전의 후보 선수였고 그동안 케임브리지 대학팀의 주장을 맡아왔습니다. 하지만 그건 아무것도 아닙니

다! 저는 영국에 갓프리 스톤턴을 모르는 사람이 있는 줄은 꿈에도 몰랐습니다. 케임브리지, 블랙히스, 다섯 개 국제 대회를 휩쓴 최고 의 스리쿼터백을 모르신다니오. 맙소사! 홈즈 선생님, 그동안 도대 체 어디서 사셨습니까?”

홈즈는 거구의 청년이 순진하게 놀라움을 표시하자 웃음을 터뜨 렸다.

“오버턴 군, 자네는 나와 전혀 다른 세계에 살고 있네. 자네가 있 는 곳이 훨씬 더 기분 좋고 건강한 세계이지. 나의 촉수는 사회의 각계각층으로 뻗어 있지만, 다행스럽게도 영국에서 가장 훌륭하고 건전한 아마추어 스포츠의 세계에는 들어가본 적이 없다네. 하지만 오늘 아침에 자네가 갑자기 찾아온 걸 보니 그 신선한 공기와 공정한 승부의 세계에도 내가 할 일이 있는 모양이구먼. 그러니까 이제는 좀 앉아서 정확히 무슨 일이 있었는지, 그리고 내가 어떻게 도와주었으면 좋겠는지를 찬찬히, 그리고 목소리를 낮춰서 말해 주기 바라네.”

오버턴의 앳된 얼굴에 머리보다는 근육을 쓰는 일이 더 익숙한 사람 특유의 곤혹스러운 표정이 떠올랐지만, 그는 조금씩 이상한 이야기를 펼쳐놓기 시작했다. 청년의 말에는 반복과 모호한 표현이 많았는데, 나는 그런 것들은 생략할 작정이다.

“홈즈 선생님, 사실은 이렇습니다. 먼저 말씀드린 것처럼 저는 케임브리지 대학교 럭비 팀의 주장이고 갓프리 스톤턴은 팀에서 실력이 가장 뛰어난 선수입니다. 내일 우리는 옥스퍼드와 일전을 치르게 되지요. 그래서 어제 우린 모두 모여 벤틀리의 어느 호텔에서 합숙에 들어갔습니다. 저는 밤 열시에 선수들의 방을 돌면서 모두 잠자리에 들었는지 확인했지요. 강팀이 되려면 맹훈련을 하고 충분한 수면을 취해야 한다는 게 제 소신이니까요. 그런데 갓프리가 자고 있지 않기에 이야기를 한두 마디 나눴습니다. 녀석은 얼굴이 창백한 게 무슨 걱정거리가 있는 것 같았지요. 저는 무슨 일이 있느냐고 물어보았습니다. 괜찮다고 하더군요. 그저 두통이 약간 있을 뿐이라고 했습니다. 저는 갓프리에게 잘 자라고 인사하고 방을 나왔습니다. 그런데 반 시간 뒤에 짐꾼이 찾아와서 턱수염을 기른 우락부락한 사내가 갓프리에게 보내는 편지를 들고 찾아왔다고 일러주었습니다. 짐꾼은 갓프리가 아직 잠자리에 들지 않아서 편지를 전해 주었다고 했지요. 갓프리는 그걸 읽고 도끼에 맞은 사람처럼 털썩 주저앉았답니다. 짐꾼은 몹시 걱정돼서 나를 데려오려고 했는데 갓프리가 말렸다고 합니다. 그리고 물을 한 모금 마시고 기운을 차린 다음 아래층으로 내려갔습니다. 그리고 홀에서 기다리던 남자와 이야기를 몇 마디 나누더니 같이 나갔답니다. 짐꾼이 두 사람을 본 것은 그게 마지막이었는데, 그들은 스트랜드 쪽을 향해 뛰어가다시피 했답니다. 오늘 아침에 녀석의 방은 텅 비어 있었고 침대에는 사람이 들어가서 잔 흔적이 없었습니다. 소지품도 전날 밤에 본 그대로였지요. 녀석은 낯선 사람이 가져온 편지를 받고 곧장 호텔을 나갔고, 그다음에는 아무 소식이 없는 겁니다. 저는 녀석이 다시 돌아올 것 같지가 않습니다. 갓프리는 투철한 운동선수라서 그럴 만한 사유 없이 제멋대로 훈련을 중단하고 주장에게 물을 먹일 녀석이 아닙니다. 맞아요, 그 녀석은 아주 가버린 겁니다. 우리는 다시는 녀석을 볼 수 없을 겁니다.”

셜록 홈즈는 온 정신을 집중해서 이 야릇한 이야기에 귀 기울였다. 홈즈가 물었다.

“자네는 그래서 어떻게 했나?”

“저는 혹시라도 무슨 소식을 들을 수 있지 않을까 해서 케임브리지로 전보를 쳤습니다. 답장이 왔는데, 녀석은 거기 나타나지 않았다고 합니다.”

“그 친구가 케임브리지로 돌아갈 수는 있었을까?”

"예, 늦은 시간에 기차가 있었으니까요. 열한시 15분 기차요."

"하지만 자네가 확인한 바에 따르면 스톤턴 군은 그 기차를 타지 않았지?"

"예. 녀석을 본 사람이 아무도 없습니다."

"자네는 그다음에 어떻게 했나?"

"마운트제임스 경에게 전보를 쳤습니다."

"마운트제임스 경한테는 왜?"

"갓프리한테는 양친이 안 계십니다. 제일 가까운 친척이 마운트제임스 경이지요. 아마 숙부 되실 겁니다."

"그런가. 새로운 사실을 알게 됐군. 마운트제임스 경이라면 영국에서 몇 손가락 안에 드는 재산가일세."

"저도 갓프리한테 그런 얘기를 들었습니다."

"그런데 그분과 가까운 친척이라고?"

"예, 갓프리가 상속자입니다. 그 영감은 나이가 여든 살이 가까운데다가 통풍이 굉장히 심합니다. 사람들 얘기로는 당구를 칠 때 분필 가루가 필요 없을 정도라고 합니다. 평생 동안 갓프리에게 단돈 1실링도 줘본 적이 없는 지독한 노랑이지요. 하지만 전 재산이 다 그 친구한테 갈 겁니다(만성 결절성 통풍이 되면 손발을 비롯한 몸의 여러 부위에 다양한 크기의 결절이 생기는데, 이 결절이 터지면 치약 비슷한 물질이 나온다. 코난 도일은 이 '치약'을 초크 대신 큐에 발라도 될 정도라는 뜻으로 한 말인 듯하다. 치료법이 개발됨에 따라 현대에는 보기 드문 증상임 — 옮긴이)."

"마운트제임스 경한테서 소식이 있었나?"

"아니요."

"자네는 그 친구가 왜 마운트제임스 경한테 갔을 거라고 생각하나?"

"글쎄요, 갓프리한테는 어젯밤에 뭔가 걱정거리가 있었습니다. 그런데 그게 돈 때문이었다면 주체를 못 할 정도로 돈이 많은 숙부를 찾아갔을 수도 있다는 거지요. 물론 제가 듣기로는 여태까지 숙부한테 무슨 혜택을 받아본 적은 한 번도 없다고 하지만 말입니다. 갓프리는 그 노인네를 좋아하지 않았습니다. 정말 어쩔 수 없는 상황이 아니라면 거기 가지 않았을 겁니다."

"흠, 그건 금방 확인할 수 있네. 만약 그 친구가 친척 되는 마운트제임스 경한테 갔다면, 그렇게 늦은 시간에 우락부락한 남자가 찾아온 것하며 그 친구가 편지를 읽고 몹시 동요한 일을 어떻게 설명할 건가?"

시릴 오버턴은 두 손으로 머리를 싸쥐었다.

"도대체 뭐가 뭔지 모르겠습니다."

"알겠네, 마침 나는 한가하네. 그러니까 즐거운 마음으로 이 일을 조사해 보겠네. 나는 자네한테 그 친구 없이 경기할 준비를 할 것을 심각하게 권고하네. 자네가 말했듯이 그 친구가 그런 식으로 떠난 데는 어떤 절박한 사유가 있었을 걸세. 그런데 마찬가지로 절박한 이유가 있어서 그 친구를 도로 데려와야 한다는 것이로군. 이제 호텔로 같이 가서 그 짐꾼한테 새로운 정보를 얻어낼 수 있는지 보기로 할까?"

　지위가 낮은 증인들을 안심시켜 주는 재주가 뛰어난 셜록 홈즈는 갓프리 스톤턴의 빈방에서 짐꾼이 가지고 있는 정보를 순식간에 모조리 뽑아냈다. 전날 밤에 찾아온 손님은 신사도 노동자도 아니었다. 짐꾼의 말에 따르면 그저 '중간쯤으로 보이는 이'였는데, 나이는 쉰 살, 반백이 된 턱수염을 길렀고 창백한 얼굴에 옷차림은 수수했다. 그 사내부터가 몹시 당황한 것 같았다. 그는 편지를 내밀 때 손을 부들부들 떨었다. 갓프리 스톤턴은 편지를 주머니에 쑤셔 넣었다. 스톤턴은 홀에서 그 사내를 만났을 때 악수를 나누지 않았다. 두 사람은 몇 마디 말을 주고받았는데, 알아들을 수 있는 말은 고작 '시간'이라는 단어 하나뿐이었다. 그리고 두 사람은 앞서 말했던 것처럼 급하게 뛰어나갔다. 그때 홀에 걸려 있던 시계는 막 열시 반을 가리키고 있었다.

　"어디 보세. 자네가 주간 담당이구먼. 그렇지?"

　홈즈는 스톤턴의 침대에 걸터앉으며 말했다.

　"맞습니다, 선생님, 저는 밤 열한시면 근무가 끝납니다."

　"야간 담당은 특별한 건 못 봤을 거야. 그렇지?"

　"그렇습니다, 선생님. 밤늦게 극장 패거리가 몰려온 것 말고는 아무도 없었답니다."

　"자네는 어제 낮에 하루 종일 근무했나?"

　"예, 선생님."

　"스톤턴 군한테 우편물을 갖다준 적 있나?"

　"예, 선생님. 전보가 한 통 왔습니다."

“허! 거참 흥미롭군. 그게 몇 시였지?”

“여섯시쯤.”

“스톤턴 군은 그 전보가 왔을 때 어디 있었나?”

“이 방에 있었습니다.”

“전보를 뜯을 때 자네도 옆에 있었나?”

“예, 선생님, 답장이 있을지 몰라서 기다렸습니다.”

“흠, 답장을 쓰던가?”

“예, 선생님, 답장을 쓰시더군요.”

“자네가 그걸 받았나?”

“아니요, 스톤턴 씨가 직접 들고 나가셨습니다.”

“하지만 자네가 보는 앞에서 답장을 썼지?”

“예, 선생님. 저는 문 옆에 서 있었고 그분은 이쪽으로 등을 돌리고 저쪽 탁자 앞에서 답장을 쓰셨습니다. 다 쓰고 난 다음에 ‘됐네, 짐꾼, 내가 직접 부치도록 하지.’라고 말씀하시더군요.”

“무엇으로 쓰던가?”

“펜을 쓰셨습니다, 선생님.”

“전보용지는 탁자 위에 있는 것을 썼겠지?”

“예, 선생님, 맨 위 장에다 쓰셨습니다.”

홈즈는 몸을 일으켰다. 그리고 전보용지를 들고 창가로 다가가 맨 위 장을 주의 깊게 살펴보았다.

“애석하게도 스톤턴 군은 연필로 쓰지 않았네.”

그는 실망했다는 듯 어깨를 으쓱하고 전보용지를 탁자 위에 집어

던졌다.

"왓슨, 자네도 많이 봤겠지만 연필 자국은 잘 박혀 나오거든. 사실은 그것 때문에 행복한 부부들이 숱하게 갈라섰다네. 하지만 여기에는 아무 흔적도 남아 있지 않아. 그래도 천만다행인 것이 그 친구는 촉이 굵은 깃펜으로 썼네. 틀림없이 이 압지에 무슨 흔적이 남아 있을 걸세. 허어, 그렇군. 바로 이거야!"

홈즈는 압지 한 장을 떼어내 다음과 같은 상형문자를 보여주었다.

시릴 오버턴은 몹시 흥분했다.

"그걸 거울에 비춰보세요!"

그는 소리를 질렀다.

"그럴 필요는 없네. 종이가 얇아서 뒤집어보면 글씨가 나타나지. 자, 이걸 보게."

홈즈는 압지를 뒤집었고, 우리는 글씨를 읽었다.

"그러니까 이건 갓프리 스톤턴이 사라지기 몇 시간 전에 보낸 급전(急電)의 마지막 부분일세. 우리가 놓친 부분이 적어도 여섯 단어는 되는군. 하지만 여기 남아 있는 '제발 우리 곁에 있어주십시오!'라는 말은 그 청년이 엄청난 위험에 봉착했다는 것과 그를 지켜줄 사람이 있다는 것을 증명하고 있네. 여기서 '우리'라는 단어에 주목하게! 관련된 사람이 더 있다는 걸 의미하지. 창백한 얼굴에 턱수염을 기르고 몹시 불안해했다는 그 사내가 아니면 누구겠나? 그렇다면 갓프리 스톤턴과 그 턱수염의 사내는 무슨 관계일까? 그리고 절박한 위기를 맞은 두 사람이 도움을 요청하고 있는 제삼자는 누구일까? 우리의 조사는 이미 이 정도로까지 좁혀졌네."

“그 전보를 누구한테 보냈는지 알아내기만 하면 되겠군.”

나는 의견을 내놓았다.

“옳은 말이야, 왓슨. 좋은 방법이긴 하지만 그건 나도 벌써 속으로 생각해 봤네. 하지만 만약에 자네가 우체국에 들어가서 다른 사람이 보낸 전문의 부본을 보여달라고 요청하면, 그쪽에서는 상당히 꺼림칙해할 걸세. 이런 문제에 대해서는 관료적 형식주의가 심하거든. 하지만 나는 약간의 요령과 세심함을 발휘하면 무난히 목적을 달성할 거라고 믿네. 그건 그렇고 오버턴 군, 나는 자네의 입회하에 탁자 위에 있는 서류를 조사해 보고 싶네.”

탁자 위에는 여러 통의 편지와 계산서, 수첩이 있었는데 홈즈는 날렵하고 신경질적인 손가락으로 이것들을 하나하나 뒤집어보며 날카로운 시선으로 재빨리 훑어보았다.

“여기엔 아무것도 없군.”

그는 마침내 말했다.

“그런데 나는 스톤턴 군이 건강한 청년인 줄 알았는데, 그 친구 어디 아픈 데는 없겠지?”

“종처럼 튼튼합니다.”

“병을 앓은 적은 없었나?”

“한 번도 없었습니다. 경기 중에 정강이를 차여서 쓰러진 적이 있고 무릎을 뻰 적도 있지만, 그건 아무것도 아니었습니다.”

“그 친구는 자네 생각처럼 그렇게 건강하지는 않았던 것 같네. 아무도 모르게 병을 앓고 있었는지도 모르겠어. 자네가 동의해 준다

면 여기 있는 서류 한두 가지를 가지고 가겠네. 앞으로 조사하는 과
정에서 도움이 될지도 모르니까 말이야."

"잠깐, 잠깐만!"

불만스러운 외침이 날아와서 고개를 돌려보니 괴상하게 생긴 키
작은 노인이 경련을 일으키며 문 앞에 서 있었다. 노인은 색이 바랜
검정 옷에 챙이 넓은 중산모, 헐거운 하얀 넥타이 차림이었는데, 마
치 시골뜨기 목사나 장의사에서 나온 문상객 같은 인상을 주었다.
외모는 초라하고 우스꽝스럽기까지 했지만 카랑카랑한 목소리에
격하고 성급한 태도가 주의를
끌었다.

"도대체 당신이 누군데 남의
서류에 손을 대는 거요?"

노인이 물었다.

"저는 사립 탐정인데 실종된
갓프리 스톤턴 군을 찾기 위해
노력하고 있습니다."

"아, 탐정이시라고? 당신한테
일을 의뢰한 게 누구요, 응?"

"스톤턴 군의 친구 되는 이
신사가 런던 경찰국을 거쳐 제
게 사건을 의뢰했습니다."

"자네는 누군가?"

“저는 시릴 오버턴입니다.”

“그럼 전보를 친 게 바로 자네로구먼. 나는 마운트제임스 경이라고 하네. 나는 베이스워터 합승마차를 타고 최대한 빨리 달려왔네. 그래서 자네가 탐정한테 일을 의뢰했다고?”

“그렇습니다.”

“그럼 비용은 자네가 지출할 텐가?”

“갓프리를 찾게 되면 틀림없이 그 친구가 돈을 낼 거라고 생각합니다.”

“하지만 그 애를 못 찾으면 어떡할 텐가, 응? 한번 대답해 보게!”

“그럴 경우엔 아마 그 친구의 가족이…….”

“어림 반 푼어치도 없는 소리 하지 말게!”

작은 노인이 꽥 소리 질렀다.

“나한테는 1페니도 기대하지 말게! 단돈 1페니도 말이야! 탐정 선생, 당신도 잘 알아두시오! 갓프리의 가족은 나뿐인데, 분명히 말해 두지만 나는 전혀 책임지지 않을 거요. 그 녀석이 무슨 유산을 상속받게 된다면 그것은 내가 돈을 낭비하지 않은 덕분이오. 그런데 지금부터 재산을 물려주고 싶은 생각은 눈곱만큼도 없거든. 그리고 당신이 멋대로 이용하려는 그 서류에 대해서는 말이오. 거기에 혹시 뭔가 귀중한 것이 있을지도 모르니까, 당신은 그걸 가지고 무엇을 했는지에 대해 반드시 보고하도록 하시오.”

“좋습니다.”

셜록 홈즈는 말했다.

"그런데 경은 조카분의 실종에 관해 혹시 마음속으로 짚이는 게 없습니까?"

"아니요, 없소이다. 갓프리는 제 한 몸 충분히 건사할 만큼 컸소. 녀석이 길을 잃을 정도로 바보라면, 나는 녀석을 찾는 일에 대한 책임을 인정하지 않겠소이다."

"경의 입장은 충분히 이해가 갑니다."

홈즈의 두 눈이 장난스럽게 반짝거렸다.

"그런데 경은 제 생각을 전혀 이해하지 못하시는군요. 갓프리 스톤턴은 가난한 학생처럼 보입니다. 만약에 누가 그런 학생을 납치했다면 그 학생의 얼마 안 되는 재산 때문일 리는 없습니다. 그러나 경은 재산이 많기로 해외에까지 소문난 분입니다. 강도들이 경의 집 구조, 생활 습관, 재물에 대한 정보를 빼내기 위해 조카님을 데려갔을 가능성이 매우 높습니다."

불쾌한 손님의 얼굴이 목에 두른 넥타이처럼 하얀색으로 변했다.

"맙소사, 선생, 어떻게 그런 생각을 다 하시오! 나는 그런 흉악한 짓거리에 대해서는 생각해 본 적이 없소이다! 세상에 그렇게 몰인정한 악당들이 다 있다니! 하지만 갓프리는 좋은 아이요. 아주 건실한 녀석이지. 무슨 일이 있어도 그 애는 이 늙은 숙부에 대한 얘기는 한마디도 입 밖에 내지 않을 거요. 당장 오늘 안으로 금괴를 은행으로 옮겨놓아야겠소. 탐정 선생! 그동안 수고를 아끼지 마시오! 부탁이니, 그 애를 무사히 구출할 때까지 의심스러운 곳을 샅샅이 찾아봐주시오. 돈에 대해서는, 에, 5파운드나 10파운드까지는 언제든 내드리겠소."

노랑이 귀족은 마음이 달라진 뒤에도 쓸 만한 정보를 내놓지 못했는데 사실 조카의 사생활에 대해서는 아는 게 전혀 없었던 것이다. 유일한 단서는 반 토막 난 전보뿐이었으므로, 홈즈는 이것을 베껴서 간직하고 사슬의 두 번째 고리를 찾으러 출발했다. 우린 마운트제임스 경을 떼어냈고, 오버턴은 발등에 떨어진 불에 대해 팀의 다른 선수들과 의논하기 위해 떠났다.

호텔에서 그리 멀지 않은 곳에 전신국이 있었다. 우리는 그 앞에서 걸음을 멈추었다.

"왓슨, 시도해 볼 만한 가치는 있네. 물론 전문 부본의 열람 요청을 하려면 영장을 제시해야 하지만 아직 그렇게 할 만한 단계는 아니거든. 하지만 여기는 아주 붐비는 곳이니 직원들이 사람 얼굴을 다 기억하지는 못할 걸세. 한번 해보자고."

홈즈는 창살 너머에 앉아 있는 젊은 여성에게 한껏 부드러운 목소리로 말을 붙였다.

"이렇게 폐를 끼치게 되어 미안합니다만, 제가 어제 전보를 보낼 때 약간 실수를 했습니다. 아직 답장을 못 받았는데 아무래도 깜빡하고 끝에 이름을 적지 않은 것 같은 생각이 드는군요. 정말인지 확인해 주실 수 있습니까?"

젊은 여성은 부본 묶음을 들췄다.

"그게 몇 시였지요?"

그녀가 물었다.

"여섯시 좀 넘어서였습니다."

"수신자 이름은요?"

홈즈는 내 쪽을 흘끗 곁눈질하며 입술에 손가락을 가져다 댔다.

"마지막 말이 '곁에 있어주십시오.'였습니다."

그는 은밀하게 속삭였다.

"답장이 안 와서 저는 정말 좌불안석입니다."

젊은 여성은 한 장을 골라냈다.

"여기 있어요. 이름을 쓰지 않으셨군요."

그녀는 그것을 카운터 위에 펼쳐놓았다.

"역시 그것 때문이었습니다그려. 맙소사, 정말 바보 짓을 했군요! 안녕히 계십시오, 아가씨, 덕분에 마음을 놓게 되었으니 정말 감사드립니다."

다시 거리로 나왔을 때 홈즈는 혼자 킬킬거리며 두 손을 마주 비볐다.

"어떤가?"

나는 물었다.

"여보게, 일이 술술 풀리는구먼. 나는 그 전문을 슬쩍 들여다보는 방법을 일곱 가지나 생각해 놓았지만, 이렇게 단번에 성공할 줄은 몰랐다네."

"그런데 어떤 성과를 얻었나?"

"어디서 조사를 시작해야 할지 알아냈지."

그는 큰 소리로 마차를 불러세웠다.

"킹스 크로스 역으로."

"그럼 기차를 타고 갈 건가?"

"아무렴, 자네하고 같이 케임브리지로 달려가야 할 것 같네. 정황으로 보아 그쪽이 유력해 보이거든."

덜컹거리는 기차에 몸을 싣고 가는 동안 나는 물었다.

"여보게, 자네는 그 친구의 실종 원인에 대해 짐작 가는 게 없나? 우린 숱한 사건에 손을 댔지만 이렇게 동기가 불분명한 사건은 처음인 것 같네. 자네는 정말 누가 돈 많은 삼촌에 대한 정보를 빼내려고 그 친구를 납치했다고 생각하진 않겠지?"

"여보게 왓슨, 솔직히 말해 그건 별로 가능성이 높은 얘기는 아닐세. 하지만 그 엽기 짝이 없는 노인의 태도를 바꾸는 데는 그만일 것 같았지."

"그건 정말 그랬어. 그러면 자네 생각은 뭔가?"

"몇 가지를 생각해 볼 수 있지. 자네는 이번 사건이 중요한 경기를 앞둔 시점에 일어났고, 그리고 하필이면 팀의 승리에 견인차 역할을 할 선수가 관련됐다는 게 상당히 의미심장하다는 걸 인정해야 하네. 물론 그것은 우연의 일치일 수도 있겠지만 참으로 흥미로운 일일세. 아마추어 스포츠에는 원래 내기 도박 같은 게 없지만 장외에서는 수많은 사람들이 승부를 걸고 내기에 참여하는 게 현실이거든. 그러니 경마를 하는 무뢰배들이 경주마에게 상처를 입히듯이 누군가 선수에게 부상을 입히려 했다고 볼 수도 있는 거지. 이게 한 가지 가능성일세. 또 다른 가능성은 그 청년이 실제로 막대한 재산의 상속자라는 사실과 관련된 건데, 지금은 아무리 가진 것이 없다고 해도 몸값을 노리고 상속자를 납치하려는 음모가 꾸며졌을 가능성을 완전히 배제할 수는 없네.”

“하지만 그런 얘기로는 전보에 대해서 설명할 수 없네.”

“왓슨, 자네는 정곡을 찔렀네. 우리가 조사해야 할 단 하나의 물증은 바로 그 전보일세. 그러니 다른 것에 주의를 분산시켜서는 안 되네. 지금 케임브리지를 향해 달려가는 것도 이런 전보를 보낸 이유를 밝혀내기 위한 것이지. 현재 우리의 조사 방향은 불분명하지만 저녁때까지는 문제가 완전히 풀리거나, 아니면 조사가 상당히 진전될 거라고 장담할 수 있네.”

오래된 대학 도시에 도착하자 날이 벌써 어둑어둑했다. 홈즈는 마차를 잡아타고 레슬리 암스트롱 박사의 집으로 가자고 했다. 잠시 후, 우리는 번화가에 있는 커다란 저택 앞에서 마차를 내렸다. 우리는 집 안에서 한참을 기다린 끝에야 진찰실에 들어갈 수 있었다. 의사는 책상 앞에 앉아 있었다.

레슬리 암스트롱이라는 이름을 전혀 몰랐다는 것은 내가 얼마나 오랫동안 의사라는 직업에서 멀어져 있었는지 나타내준다. 나는 이제 그가 케임브리지 대학교 의과 대학의 원로일 뿐 아니라 과학의 여러 분야의 사상가로서 유럽 전역에 명성을 떨치고 있다는 사실을 잘 알고 있다. 하지만 그의 찬란한 이력에 대해 모른다 해도 커다랗고 각진 얼굴과 숱 많은 눈썹 아래 자리 잡은 사색적인 눈, 그리고 화강암으로 빚은 듯한 강인한 턱을 한번 보기만 해도 강렬한 인상

을 받게 된다. 심오한 성격의 소유자, 활발한 정신에 엄격하고 금욕적이며 과묵한, 한마디로 만만치 않은 인간……, 나는 레슬리 암스트롱 박사를 이렇게 보았다. 그는 내 친구의 명함을 들고 엄격한 얼굴에 별로 달갑지 않은 표정을 띠고 우릴 쳐다보았다.

"셜록 홈즈 선생, 당신 이름을 들어본 적이 있소. 그리고 당신 직업이 어떤 것인지도 잘 아오. 내가 절대 찬성할 수 없는 그런 직업 중의 하나지."

"그렇다면 박사님께서는 이 나라에서 일어나는 모든 범죄 행위에 동조하게 되는 것입니다."

내 친구는 나직하게 말했다.

"당신의 노력이 범죄의 억제를 지향하는 한 당신은 사회의 모든 분별 있는 구성원의 지지를 받을 거요. 물론 나는 경찰력만으로도 충분하다고 생각하지만 말이오. 탐정이라는 직업이 사회적 지탄을 받는 것은 개인의 비밀을 캐내고 다니거나, 아니면 덮어놓는 게 나은 가족 간의 문제를 들춰내고, 그 위에 당신보다 바쁜 사람들의 시간을 낭비하기 때문이오. 예를 들면, 지금도 나는 당신의 말 상대를 해주는 대신 논문을 집필하고 있어야 하오."

"박사님, 물론 그러시겠지요. 하지만 이 대화가 그 논문보다 더 중요할지도 모릅니다. 또 말이 나왔으니 하는 말인데, 우리는 박사님께서 비난조로 열거하신 것과는 정반대의 일을 하고 있습니다. 우리는 개인의 사생활을 노출시키지 않으려고 애쓰지만 일단 사건이 경찰의 손에 넘어가면 그런 사태는 불가피해집니다. 간단히 말하면, 박사님은 나를 이 나라의 정규군에 앞장서서 가는 비정규군으로 보셔도 좋습니다. 나는 갓프리 스톤턴 군에 대해 알고 싶은 게 있어서 왔습니다."

"뭘 말이오?"

"박사님은 스톤턴 군을 잘 알고 계십니다. 그렇지요?"

"그 청년은 나와 가까운 사이요."

"스톤턴 군이 실종됐다는 사실을 아십니까?"

“저런!”

박사의 억센 얼굴은 무표정하기 이를 데 없었다.

“스톤턴 군은 어젯밤에 호텔에서 나갔습니다. 그다음에는 전혀 소식이 없었지요.”

“틀림없이 돌아갈 거요.”

“내일 대학 대항 럭비 경기가 열립니다.”

“나는 그따위 아이들 장난에는 아무 관심이 없소. 물론 그 청년을 알고 또 아끼기 때문에 그의 안위에 대해선 몹시 염려하고 있지만 말이오. 럭비 경기는 내 사전에 없소이다.”

“그럼 저는 박사님께서 스톤턴 군의 실종 사건에 대한 조사에 관심을 가져주시기 바랍니다. 박사님은 그 친구가 어디 있는지 아십니까?”

“전혀 모르오.”

“어제 이후에 그 친구를 본 적이 있으십니까?”

“못 봤소.”

“스톤턴 군은 건강한 청년입니까?”

“물론이오.”

“그 친구가 병을 앓은 적은 없습니까?”

“그런 적 없소.”

홈즈는 서류 한 장을 꺼내 박사의 눈앞에 들이댔다.

“그럼 지난달에 갓프리 스톤턴 군이 케임브리지의 레슬리 암스트롱 박사에게 지불한 이 13기니짜리 진료비 영수증에 대해 설명해 주십시오. 이건 그 친구의 책상에서 찾아낸 것입니다."

박사의 얼굴이 분노로 시뻘겋게 달아올랐다.

"홈즈 선생, 내가 당신한테 설명해야 할 이유가 어디 있단 말이오?"

홈즈는 영수증을 도로 수첩에 끼워 넣었다.

"공개적인 해명을 선호하신다면 조만간 자리를 마련하겠습니다. 이미 말씀드린 것처럼, 다른 사람들 같으면 신문에 공개하겠지만 나는 그냥 덮어둘 수 있습니다. 그러니까 알고 계신 걸 다 털어놓는 게 현명할 겁니다."

"나는 아는 게 없소이다."

"런던에 있는 스톤턴 군한테서 연락이 왔지요?"

"그런 적 없소."

"왜 자꾸 이러십니까! 또 전보 얘기를 해야겠군!"

홈즈는 지친 듯 한숨을 푹 내쉬었다.

"어제저녁 여섯시 15분, 런던의 갓프리 스톤턴은 박사님에게 급전을 보냈는데, 그것은 사건과 관계있는 것이 분명합니다. 그런데 박사님은 전보를 받은 적이 없다고 말하시는군요. 그것은 정말 무책임한 말씀입니다. 정 그러시면 이곳 경찰서에 찾아가서 신고하겠습니다."

레슬리 암스트롱 박사는 벌떡 일어났다. 그의 시커먼 얼굴은 분노로 주홍빛이 되었다.

"미안하지만 내 집에서 나가주시오. 당신한테 사건을 의뢰한 마운트제임스 경한테 가서, 나는 경이나 경의 대리인과는 상대하고 싶지 않다고 말하시오. 됐소이다. 더 이상 아무 말 듣기 싫소!"

박사는 맹렬한 기세로 설렁줄을 잡아당겼다.

"존, 이 신사분들을 모시고 나가게!"

잘난 척하는 집사가 우릴 사정없이 문밖으로 내몰았고 우리는 거리로 밀려났다. 홈즈는 웃음을 터뜨렸다.

"레슬리 암스트롱 박사는 성깔이나 기질이 보통이 아니군. 나는 저만 한 인물을 본 적이 없네. 박사가 그런 쪽으로 재능을 발휘한다면 저 유명한 모리어티가 남긴 공백을 메워주기에 부족함이 없을 거야. 여보게, 이제 우리는 이 불친절한 마을에서 아는 사람 하나 없이 오도 가도 못하는 가엾은 신세가 됐네. 마침 암스트롱의 집 앞에 우리한테 꼭 맞는 여관이 하나 있군. 자네는 저기 들어가서 앞줄의 방을 잡아놓고 오늘 밤에 필요한 물건을 사놓게. 나는 그동안 몇 가지 조사를 하고 오겠네."

하지만 그 몇 가지 조사가 예상보다 훨씬 길어지는 바람에, 그는 아홉시가 다 돼서야 여관에 돌아왔다. 잔뜩 먼지를 뒤집어쓴 그는 핏기 없는 얼굴로 풀이 죽은 채 허기와 피로로 지쳐 있었다. 식탁에는 차갑게 식힌 저녁 식사가 준비되어 있었는데, 그는 허기진 배를 채우고 파이프에 불을 붙인 다음에야 일이 잘 안 풀릴 때 항상 그렇듯 반쯤은 장난스러우면서도 냉정하기 그지없는 태도를 회복할 수 있었다. 마차 바퀴 소리가 들려오자 그는 벌떡 일어나 창밖을 내다보았다. 가스등 불빛 아래, 회색 말 두 필이 끄는 브루엄이 의사의 저택 앞에 서 있는 게 보였다.

“세 시간 만에 돌아오는군.”

홈즈는 말했다.

“저녁 여섯시 반에 출발해서 지금 도착했으니 말이야. 그 정도면 반경 16킬로미터에서 20킬로미터 거리인데, 박사는 매일 한두 번씩 저렇게 나갔다 온다네.”

“의사들이 다 그렇지 뭐.”

“하지만 암스트롱은 일반의는 아니거든. 저 사람은 대학 강의를 나가는 전문의일세. 저술 작업에서 시간을 뺏는 일반 진료는 하지 않지. 귀찮기 짝이 없을 텐데 왜 저렇게 멀리 왕진을 다니는 것일까? 그리고 누구한테 가는 거지?”

“아마 마부는…….”

“왓슨, 나는 제일 먼저 마부한테 접근했네. 내가 그렇게 안 했을 것 같은가? 하지만 마부가 원래부터 그렇게 막돼먹은 인간이어서 그랬는지, 아니면 주인의 사주가 있었는지는 알 수 없지만 나한테 개를 풀어놓는 만행을 저질렀네. 물론 개도 사람도 내 지팡이를 좋아하지 않았지만 그것으로 끝이었지. 그다음에는 아주 살벌한 분위기가 조성돼서 더 이상 조사를 진행하는 것이 불가능했으니까 말이야. 나한테 정보를 준 사람은 우리 여관 마당에 나와 있던 친절한 주민뿐이었네. 그가 박사의 생활 습관이며 매일 왕진을 다닌다는 얘기를 들려줬지. 그런데 바로 그때, 그 사람의 말을 증명이라도 하려는 것처럼 마차가 문 앞에 나타나더군.”

“한번 따라가보지 그랬나?”

"왓슨, 훌륭하이! 자네 오늘 밤에는 정말 기지가 번뜩이는군. 나도 그 생각을 했네. 자네도 봤겠지만, 이 여관 옆에 자전거포가 있거든. 나는 그 집으로 뛰어가서 자전거를 한 대 빌렸네. 그리고 마차가 시야에서 사라지기 전에 뒤를 쫓기 시작했지. 나는 금방 마차를 따라잡았고, 신중하게 100미터 정도의 간격을 두고 시내를 완전히 벗어날 때까지 마차 불빛을 쫓아갔네. 그런데 한참 시골길을 달리는데 분통 터지는 일이 생겼네. 마차가 멈추더니 의사가 내려서 빠른 걸음으로 이쪽으로 다가오더군. 그리고 역시 자전거에서 내려서 있는 나한테 다가와 조롱하는 듯한 말투로, 자기 마차가 좁은 도로를 막고 있어서 내 자전거가 못 나가는 게 아니냐고, 먼저 지나가는 게 어떻겠느냐고 했네. 그 얄미운 말솜씨는 정말 혀를 내두를 지경이었지. 나는 곧 자전거에 올라타고 마차를 지나 앞으로 몇 킬로미터를 더 달려갔네. 그리고 편리한 장소를 골라 자전거를 세우고 마차가 지나가기를 기다렸지. 하지만 마차는 오지 않았네. 그렇다면 아까 올 때 봐둔 몇 개의 갈림길 중 하나로 꺾어진 것이 분명했어. 나는 자전거를 타고 되돌아갔지만 마차는 아무 데도 없더군. 그런데 그놈의 마차가 이제야 돌아온 걸세. 물론 처음에는 박사의 왕진과 갓프리 스톤턴의 실종을 연계시킬 만한 특별한 이유가 없었네. 그저 암스트롱 박사에 관한 모든 것이 흥미롭다는 막연한 이유로 조사하려고 했을 뿐이지. 그런데 박사가 그렇게 왕진을 다니면서 혹시라도 뒤를 밟는 사람이 없는지 빈틈없이 경계한다는 사실을 알고 보니 이 일이 더욱 예사롭지 않아 보이는군. 나는 사실을 알아내기 전까지는 절대로 물러서지 않을 걸세."

"우리는 내일도 미행할 수 있네."

"우리? 일은 자네가 생각하는 것처럼 그렇게 간단하지 않네. 자네
는 이곳 케임브리지셔 주의 지리를 잘 모르네. 안 그런가? 이곳에서
는 몸을 숨기는 것이 그렇게 만만한 일이 아닐세. 오늘 밤에 자전거
를 타고 지나간 곳도 전부 자네 손바닥처럼 밋밋하고 깨끗하더군.
게다가 오늘 밤에 멋지게 증명해 준 것처럼 상대는 바보가 아닐세.
나는 오버턴에게 런던에서 뭔가 새로운 일이 있으면 이 주소로 알
려달라고 전보를 쳤는데, 그동안 우리가 할 수 있는 일은 암스트롱
박사를 주시하는 것뿐이네. 전신국의 그 친절한 아가씨가 보여준
급전 부본에는 바로 암스트롱 박사라는 이름이 쓰여 있었거든. 박
사는 그 청년이 어디 있는지 알고 있는 게 틀림없어. 그렇다면 우리
도 어떻게 해서든 그걸 알아내야 해. 그렇지 못하면 그것은 우리의
실책일 수밖에 없네. 지금 결정적인 패를 쥐고 있는 건 박사가 틀림
없지만, 왓슨 자네도 알다시피 게임을 흐지부지 끝내는 것은 내 성
미에 맞지 않거든."

하지만 다음 날도 우리는 문제 해결에 한 발짝도 더 다가서지 못
했다. 조반을 마친 뒤 편지 한 통이 전달됐는데, 홈즈는 빙그레 웃으
며 그것을 내게 건네주었다.

선생,

분명히 말해 두는데 내 뒤를 따라다니는 건 시간 낭비요. 어젯밤

에 당신도 봤겠지만 내 마차 뒤에는 창문이 나 있소. 당신이 자전거로 32킬로미터를 돌아서 출발 지점으로 되돌아가고 싶다면 내 뒤를 따라와도 좋소. 그뿐만 아니라 내 뒤를 염탐하고 다니는 일은 갓프리 스톤턴 군에게 하등 도움이 되지 않는다는 사실을 알아두시오. 당신이 그 청년을 위해 해줄 수 있는 일은 지체 없이 런던으로 돌아가서 의뢰인에게 조카를 찾는 데 실패했다고 보고하는 거요. 케임브리지에 있어봤자 시간만 낭비하게 될 테니까 말이오.

— 레슬리 암스트롱

"참으로 솔직하고 정직한 상대일세."

홈즈가 말했다.

"박사가 자꾸만 궁금증을 부채질하는군. 나는 기필코 사실을 밝혀내야겠어."

"마차가 또 문 앞에 서 있군."

내가 말했다.

"박사가 올라타네그려. 그러면서 이쪽 창문을 흘끗 올려다보았어. 오늘은 내가 자전거를 타고 운을 시험해 볼까?"

"여보게, 그건 안 되네! 물론 자네의 타고난 통찰력은 높이 평가하지만 자네가 저 대단한 의사 선생의 상대가 될 것 같지는 않아. 나 혼자 탐문 수사를 하는 편이 목적 달성에 용이할지도 모르겠네. 아무래도 자네는 혼자 있어야 할 것 같으이. 조용한 시골 마을에 호기심 많은 이방인이 둘이나 나타나면 말들이 많을 테니까 말이야.

이 유서 깊은 도시에는 기분 전환이 될 만한 볼거리가 좀 있을 걸세. 어두워지기 전에 돌아와서 좀 더 희망찬 보고를 할 수 있으면 좋겠군."

하지만 내 친구는 한 번 더 실패를 겪을 운명이었다. 그는 한밤중에 빈손으로 기진맥진해서 돌아왔다.

"왓슨, 오늘 하루도 공쳤네. 나는 박사가 간 방향으로 가서 하루 종일 케임브리지 쪽 마을을 뒤지고 다녔네. 그리고 선술집 주인을 비롯해서 지역의 소식통을 만나 의견을 교환했지. 꽤 넓은 지역을 훑었다네. 체스터턴, 히스턴, 워터비치, 오킹턴을 차례로 조사했지만 결과는 실망스러웠어. 하지만 말 두 필이 끄는 브루엄 마차가 매일같이 나타났다면 그렇게 한적한 고장에서는 틀림없이 사람들 눈에 띄었을 텐데. 박사가 다시 점수를 올린 걸세. 나한테 전보 온 것 없나?"

"있어, 내가 뜯어봤지. 여기 있네.

트리니티 칼리지의 제레미 딕슨에게 폼피를 달라고 하세요.

무슨 말인지 통 모르겠구먼."

"아, 나는 무슨 말인지 알겠어. 내가 뭘 물어봤더니 오버턴이라는 친구가 이런 답장을 보내준 걸세. 제레미 딕슨에게 연락해야겠어. 다음번에는 틀림없이 행운이 우리 편일 거야. 그건 그렇고, 경기 소식은?"

“응, 이 지역의 석간신문 마지막 판에 상세한 기사가 실렸네. 옥스퍼드 대학이 1골 2트라이 차이로 케임브리지를 눌렀어. 기사 마지막에 이런 얘기가 있네.”

케임브리지 팀의 패배는 전적으로 국제적인 선수 갓프리 스톤턴이 경기에 불참한 탓인데, 게임의 고비마다 스톤턴 선수의 빈자리가 크게 느껴졌다. 스리쿼터 라인이 손발이 맞지 않고 공격과 수비가 약화되어 팀 전체는 열심히 싸웠음에도 전력은 크게 떨어졌다.

“오버턴 군의 불길한 예감이 그대로 적중했군.”
홈즈가 말했다.
“개인적으로 나는 암스트롱 박사와 같은 생각이네. 럭비는 내 사전에 없으니까 말이야. 왓슨, 오늘 밤은 일찍 잠자리에 들게나. 내 예감에 따르면 내일은 바쁜 하루가 될 것 같으니까.”
다음 날 아침, 잠자리에서 빠져나온 나는 홈즈를 보고 기겁을 했다. 그는 자그마한 피하주사기를 들고 난롯가에 앉아 있었다. 나는 주사기를 그의 유일한 성격적 약점과 결부시켜 생각하게 되었는데, 그의 손에서 주사기가 반짝거리는 걸 보자 최악의 상황이 연상되었던 것이다. 홈즈는 나의 놀란 표정을 보고 껄껄 웃으며 주사기를 탁자 위에 올려놓았다.
“쯧쯧, 여보게, 그렇게 불안해할 필요 없네. 이번에 이것은 악의 도구가 아니라 오히려 수수께끼를 푸는 열쇠임이 증명될 걸세. 나는 이 주사기에 온 희망을 걸고 있지. 방금 정찰을 나갔다 왔는데 모든 게 다 순조롭다네. 왓슨, 아침을 든든히 먹어두게. 오늘은 암스트롱 박사의 뒤를 쫓을 예정이니까 말이야. 일단 그가 남겨놓은 냄새를 포착하면 나는 쉬지도 먹지도 않고 그의 소굴까지 쫓아갈 작정이네.”

“그렇다면 박사는 일찌감치 출발할 테니까 음식을 싸 가는 게 좋지 않을까? 박사의 마차가 밖에서 대기하고 있네.”

내가 말했다.

“염려 말게. 먼저 가라고 하지 뭐. 마차를 타고 내가 쫓아갈 수 없는 곳까지 갈 수 있다면 정말 대단한 사람이지. 식사를 끝내고 아래층으로 내려가면, 자네한테 탐정을 하나 소개해 주겠네. 오늘 우리는 할 일이 하나 있는데 그 분야에서는 명성을 떨치고 있는 전문가라네.”

아래층으로 내려갔을 때 홈즈는 앞장서서 마구간으로 갔다. 그리고 외양간 문을 열고 비글과 폭스하운드의 중간쯤 되는, 땅딸막하고 귀는 축 처지고 흰색과 갈색이 섞인 얼룩 개 한 마리를 꺼냈다. 홈즈가 말했다.

“이 녀석이 바로 폼피라네. 폼피는 이 지역 사냥개 중에서 최고의 후각을 갖고 있지. 체격만 봐도 알 수 있듯이 그다지 빨리 뛰는 편은 못 되지만 냄새 하나는 기막히게 잘 맡거든. 자, 폼피, 네가 그렇게 빠르지 않다 해도 런던 출신의 중년 신사 둘에게는 너무 빠를지도 모른단다. 그래서 미안하지만 네 목걸이에 이 가죽 줄을 채워야

겠다. 애야, 이리 온. 네 실력을 한번 보여다오."

그는 개를 끌고 의사의 집 앞으로 갔다. 개는 잠깐 쿵쿵거리고 냄새를 맡으며 돌아다니더니 흥분한 듯 높은 소리로 낑낑거리며 줄이 팽팽하게 당겨지도록 거리를 내달았다. 반 시간 뒤, 우리는 시내를 완전히 벗어나 시골 길에서 종종걸음을 치고 있었다.

"홈즈, 자네 어떻게 한 건가?"

"고색창연하지만 가끔은 아주 유용하게 쓰이는 방법을 동원했지. 오늘 아침에 박사의 집 마당으로 슬쩍 들어가서 주사기에 가득 채워 간 아니시드(아니스라는 한해살이 풀의 열매로 감초 맛과 비슷하고 향료나 약재로 쓰인다 ─ 옮긴이)를 마차 뒷바퀴에 쐈다네. 폼피는 아니시드 냄새를 따라서 존 오 그로츠(영국 스코틀랜드의 최북단 지역 ─ 옮긴이)까지 갈 걸세. 그리고 우리 친구 암스트롱은 케임브리지를 완전히 벗어나기 전까지는 폼피를 떨쳐버리지 못할걸. 허, 교활한 인간 같으니라고! 지난밤에 나를 어떻게 따돌렸는지 알겠군."

개는 갑자기 큰길에서 벗어나 풀이 자라는 소로로 접어들었다. 800미터쯤 가자 길은 다시 넓은 도로로 이어졌고, 도로는 오른쪽으로 홱 꺾이며 우리가 방금 떠나온 도시를 향했다. 그리고 이 도로는 도시의 남쪽을 크게 우회해서, 반대 방향에서 우리가 출발한 지점으로 향했다.

"이렇게 뺑뺑이를 돈 게 순전히 우리 때문이었다는 건가?"

홈즈는 말했다.

"이 마을 저 마을 돌아다니며 조사해도 아무 성과가 없었던 게 당

연한 일이었군. 박사가 그런 행동을 한 것은 분명히 그럴 만한 까닭이 있기 때문이었네. 그렇게 교묘한 속임수를 쓴 이유가 뭔지 정말 궁금하군. 이 오른쪽에 있는 게 트럼핑턴 마을일 거야. 그리고, 어이쿠! 저기 브루엄 마차가 모퉁이를 돌아오고 있네. 왓슨, 빨리, 잘못하면 들키겠어!”

홈즈는 버티는 폼피를 질질 끌고 밭으로 뛰어들었다. 우리가 울타리 그늘 아래 간신히 몸을 숨겼을 때 마차가 덜컹거리며 앞을 지났는데, 그때 안에 탄 암스트롱 박사의 모습이 언뜻 보였다. 구부정한 어깨에 두 손으로 얼굴을 감싸고 있는 모습이 깊은 비탄에 잠긴 듯했다. 벗의 표정이 무거워지는 걸 보니 그도 박사의 그런 모습을 본 것이 분명했다.

“이번 사건의 결말이 좋지 않을 것 같은 예감이 드는군. 곧 알게 되겠지. 이리 온, 폼피! 아, 저기 집이 있다!”

목적지에 다 온 것임에 틀림없었다. 폼피는 브루엄의 마차 바퀴 자국이 아직 남아 있는 정문 앞에서 정신없이 낑낑거리며 이리 뛰고 저리 뛰었다. 좁은 오솔길 한 줄기가 들판의 외딴집 앞으로 이어져 있었다. 홈즈가 개를 울타리에 묶어놓고 나서 우리는 서둘러 집을 향해 다가갔다. 친구는 거칠게 짠 작은 문을 두드리고 또 두드렸지만 아무 대답이 없었다. 그러나 빈집은 아닌 것이 분명했는데, 집 안에서 형언할 수 없을 만큼 슬픈, 고통과 절망이 스며 있는 나지막한 웅얼거림이 흘러나오고 있었기 때문이다. 홈즈는 가만히 서서 어쩔 줄 모르고 있다가, 흘끗 뒤를 돌아보았다. 우리가 방금 지나온 길을 브루엄 한 대가 달려오고 있었는데, 아무리 봐도 회색 말 두 필이 끄는 마차가 분명했다.

"맙소사, 박사가 돌아오고 있어!"

홈즈는 소리쳤다.

"할 수 없군. 우린 박사가 오기 전에 집 안에 무슨 일이 있는지 알아봐야 하네."

홈즈는 문을 열었고, 우리는 집 안으로 들어섰다. 웅얼거리는 소리는 점점 부풀어 올라 고통스러운 긴 흐느낌으로 변했다. 그 소리는 2층에서 들려왔다. 홈즈는 쏜살같이 계단을 올라갔고 나도 그 뒤를 따랐다. 문 하나가 반쯤 열려 있었는데, 그 문을 밀치고 들어간 우리는 눈앞에 펼쳐진 광경을 보고 소스라치게 놀라 우뚝 섰다.

젊고 아름다운 여성이 싸늘한 시신이 되어 침대에 누워 있었다. 얼굴은 창백하지만 평온했고 긴 금발 머리는 침대 위에 흐트러져 있었으며 광채를 잃어버린 푸른 눈이 멍하니 허공을 응시하고 있었다. 침대 발치에는 한 청년이 반쯤 무릎을 꿇은 자세로 얼굴을 침대보에 묻고 온몸을 떨며 흐느끼고 있었다. 한없는 비탄에 사로잡힌 청년은 홈즈가 어깨에 손을 올려놓을 때까지 얼굴을 들지 않았다.

"자네가 갓프리 스톤턴 군인가?"

"예예, 그렇습니다. 하지만 늦으셨군요. 이 사람은 죽었습니다."

망연자실한 청년은 우리가 연락을 받고 달려온 의사들일 거라고만 생각했다. 홈즈가 몇 마디 위로의 말을 건네며 그가 갑자기 자취를 감춘 바람에 친구들이 얼마나 놀랐는지 설명하려고 하는데 계단에서 발소리가 들리더니 암스트롱이 의혹이 서린 험악한 얼굴로 방에 들어섰다.

"신사 여러분, 드디어 목적을 달성하고 특별히 민감한 순간을 택해 쳐들어오셨구먼그래. 망자 앞에서 시끄럽게 떠들어대지는 않겠지만 내가 좀 더 젊었다면 당신들의 잔인한 행동을 그대로 묵과하지는 않았을걸."

"실례합니다만, 암스트롱 박사, 우리 사이에 약간의 오해가 있는 것 같습니다."

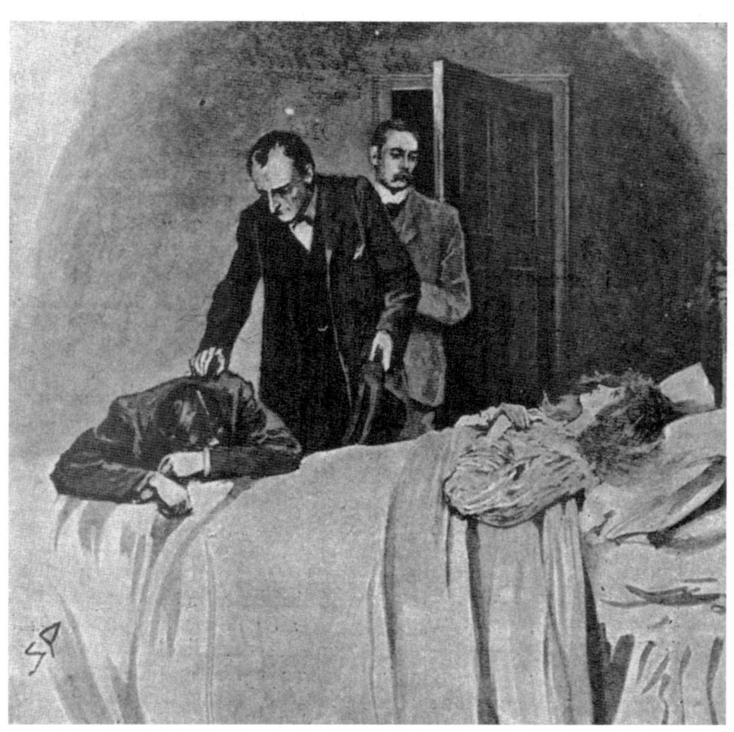

내 친구는 점잖게 말했다.

"우리와 같이 아래층으로 내려가주시면 피차 이 불행한 사태에 대한 이해를 도모할 수 있을 겁니다."

잠시 후 우리는 험악한 얼굴의 의사와 아래층 거실에서 마주 보고 있었다. 박사가 말했다.

"어디, 할 말이 있으면 해보시지?"

"먼저 박사님께서는 내가 마운트제임스 경에게 고용된 사람이 아니라는 것과 나한테 그 귀족의 편을 들 생각은 눈곱만큼도 없다는 것을 이해해 주시기 바랍니다. 사람이 실종됐을 때 나의 의무는 그의 안위를 확인하는 것인데 방금 확인이 끝났으니 나는 의무를 다한 것입니다. 또 나는 무슨 범죄가 저질러진 것이 아니라면 개인의 스캔들을 대중 앞에 공개하는 것이 아니라 오히려 그것을 덮어두기 위해 미력이나마 다하려고 합니다. 내가 보기에 이번 일에는 어떤 불법 행위도 없는 듯한데, 그것이 사실이라면 박사님은 사건이 신문에 공개되지 않도록 협력하겠다는 나의 약속을 전적으로 믿으셔도 좋습니다."

암스트롱 박사는 한 걸음 앞으로 나서서 홈즈의 손을 으스러지게 붙잡았다.

"당신은 정말 좋은 사람이오, 내가 당신을 오판했소. 나는 가엾은 스톤턴을 이런 상태로 혼자 놔두고 가는 게 마음에 걸려 마차를 돌려서 돌아왔는데, 이렇게 당신을 만나 오해를 풀게 되었으니 하늘에 감사할 따름이오. 자초지종을 설명하자면 아주 간단하오. 1년 전에 갓프리 스톤턴은 런던의 하숙집에 잠시 머문 적이 있는데, 하숙집 주인의 딸을 뜨겁게 사랑하게 되었고 급기야는 결혼에 이르렀소. 갓프리의 아내가 된 여성은 얼굴만 아름다운 것이 아니라 마음씨가 곱고 게다가 지성적이었소. 어떤 남자도 그런 아내에 대해서는 부끄러워할 필요가 없을 거요. 하지만 갓프리는 저 괴팍한 늙은 귀족의 상속자였고, 만일 그렇게 결혼한 사실이 알려지면 상속은 완전히 물 건너갈 것이 분명했소. 나는 갓프리와 잘 아는 사이였는데 여러모로 능력이 뛰어난 녀석을 각별히 아꼈소이다. 나는 일이 꼬이지 않도록 힘껏 녀석을 도왔소. 우리는 아무에게도 사실이 알려지지 않도록 최선을 다했는데, 왜냐하면 그런 이야기가 한번 새어 나가면 모두가 다 알게 되는 것은 시간문제이기 때문이오. 이 외딴집과 당사자의 조심성 덕분에 갓프리는 지금까지 탈 없이 잘 지내왔소. 비밀을 아는 사람은 나하고 지금 트럼핑턴으로 도움을 청하러 간 충직한 하인뿐이오. 하지만 마침내 끔찍한 불행이 찾아왔는데, 갓프리의 아내가 무서운 병에 걸린 거요. 그것은 악성 폐결핵이었소. 불쌍한 녀석은 슬픔에 반쯤 넋이 나갔지만 이번 시합을 치르기 위해 런던에 갈 수밖에 없었소. 경기에 불참하려면 설명을 해야 했고, 그러자면 자신의 비밀을 고백하지 않을 수 없었으니까 말이오. 나는 녀석에게 용기를 북돋워주려고 전보를 보냈고, 녀석은 내게 최선을 다해 달라고 간청하는 내용의 답장을 보내왔소. 어떻게 했는지 모르겠지만 선생이 봤다는 전보가 바로 그거요. 나는 갓프리에게 상황이 얼마나 급한지는 말하지 않았는데, 왜냐하면 그 친구가 여기 있어봤자 할 수 있는 일이 없다는 걸 잘 알고 있었기 때문이오. 하지만 여자의 아버지에게는 사실을 말해 주었소. 그러자 그 사람이 경솔하게 갓프리에게 연락을 취한 거요. 갓프리는 연락을 받자마자 반미치광이가 돼서 곧장 여기로 달려왔고, 그다음부터 오늘 아침에 죽음이 아내의 고통을 가져갈 때까지 저 모양으로 침대 발치에 무릎 꿇고 있었소. 홈즈 선생, 이것이 전부요. 나는 선생과 친구 되는 분의 양식과 분별을 믿소."

홈즈는 박사의 손을 굳게 잡았다.

"가세, 왓슨."

그는 말했고, 우리는 슬픔의 집을 빠져나와 창백한 겨울 햇살 속으로 나섰다.

애비 그레인지 저택

1897년 겨울의 끝 무렵이었다. 매섭게 추운 첫새벽에 누군가가 어깨를 마구 흔들어 잠을 깨웠다. 홈즈였다. 그는 손에 촛불을 들고 있었는데, 나를 내려다보는 심각한 얼굴을 보고 뭔가 심상치 않은 일이 생겼다는 것을 직감했다.

"왓슨, 어서 나가세!"

그는 소리쳤다.

"일이 벌어졌네. 얘기할 시간이 없어! 옷 입고 나가자고!"

10분 뒤 우리는 덜컹거리는 마차에 몸을 싣고 쥐 죽은 듯 조용한 거리를 지나 채링 크로스 역을 향해 가고 있었다. 부옇게 먼동이 터 오는데, 희미한 빛 속에서 일찍 일어난 노동자들이 이따금씩 옆을 스쳐 가는 모습이 보였다. 사람들의 모습은 런던의 유백색 연무 속에서 흐릿하게 번져 보였다. 홈즈는 말없이 두꺼운 외투로 몸을 감싸고 있었는데, 다행스럽게 나도 그와 똑같이 하고 있을 수 있었다. 새벽 공기가 살을 에듯 차가운 데다 우리 둘 다 조반 전이었던 것이다.

기차역에서 따뜻한 차를 마시고 켄트행 열차에 올라타 몸을 충분히 녹인 다음에야, 그는 말을 시작했고 나는 귀 기울였다. 홈즈는 주머니에서 편지 한 장을 꺼내 소리 내어 읽었다.

애비 그레인지 저택, 마샴, 켄트,
새벽 3시 30분.

친애하는 홈즈 선생님께,

심상치 않아 보이는 사건이 발생했는데 선생님의 도움을 받을 수 있다면 정말 기쁘겠습니다. 마음에 드실 만한 사건입니다. 부인을 풀어준 것 외에는 현장을 그대로 보존하도록 하겠지만, 서둘러주시기 바랍니다. 유스터스 경을 거기 계속 놔두기가 곤란하니까요.

— 스탠리 홉킨스

"홉킨스는 나한테 일곱 번 연락했는데, 매번 그의 호출은 정당하다는 것이 증명되었지."

홈즈는 말했다.

"아마 그의 사건은 전부 자네의 기록에 남아 있을걸. 왓슨, 나는 자네가 사건을 선택하는 안목이 탁월하다는 걸 인정할 수밖에 없네. 자네의 이야기에는 개탄스러운 점도 많지만, 그래도 그 안목 덕분에 상당 부분 보상이 되지. 자네는 모든 것을 과학적 훈련이 아닌 이야기의 관점에서 보는 고질병이 있는데, 그 때문에 교육적일 뿐 아니라 고전적인 사례집이 될 수도 있던 책들이 영 못쓰게 됐지. 자네는 독자들을 자극할 수는 있어도 교육할 수는 없는 선정적인 이야기들을 강조하기 위해 섬세하고 정교한 문제 해결 과정을 소홀히 취급했네."

"그럼 자네가 직접 쓰지 그러나?"

나는 퉁명스럽게 쏘아붙였다.

"여보게, 그렇지 않아도 그렇게 할 생각이네. 자네도 알다시피 지금은 눈코 뜰 새 없이 바쁘지만, 노후에는 수사 기법 자체에 초점을 둔 교본을 한 권 저술할 작정일세. 이번 사건은 살인 사건인 것 같아."

"그럼 자네는 그 유스터스 경이 죽었다고 생각하는 건가?"

"그래. 홉킨스의 편지를 보면 상당히 당황한 것 같은데, 그 친구는 원래 감정에 휩쓸리는 유형이 아니거든. 그래, 아마 살인 사건일 거야. 우리가 조사할 수 있도록 시신은 그냥 놔뒀겠지. 단순한 자살이었다면 우릴 부르지도 않았을 걸세. 부인을 풀어줬다는 건 비극이 벌어졌을 때 숙녀가 방에 감금돼 있었다는 얘기인 것 같네. 왓슨, 우리는 지금 상류 사회, 빳빳한 종이, 'E. B.' 모노그램, 문장, 그림 같은 저택으로 이동 중일세. 홉킨스라는 친구는 명성에 걸맞게 일을 잘 처리했을 테고, 우리는 재미있는 아침나절을 보내게 될 걸세. 범행 발생 시각은 어젯밤 열두시 전이었네."

"그건 어떻게 알았지?"

"기차 시간표를 조사하고 시간 계산을 해봤지. 먼저 그 지역 경찰이 출동했을 테고, 그다음에 런던 경찰국으로 연락이 가서 홉킨스가 달려갔을 걸세. 마지막으로 나한테 연락이 온 거지. 이렇게 하려면 하룻밤은 족히 걸리거든. 자, 여기가 치즐허스트 역이니 금방 의문이 풀리겠군."

우리는 폭이 좁은 시골길을 따라 3킬로미터를 달려 어느 저택의 정문 앞에 도착했다. 늙수그레한 수위가 문을 열어주었는데, 해쓱한 얼굴이 집안에 뭔가 사단이 있었다는 걸 짐작게 해주었다. 잘 꾸며진 정원을 따라 진입로가 나 있고, 진입로 양쪽으로는 해묵은 느릅나무가 나란히 도열해 있었다. 맨 끝에 나지막하고 장중한 저택이 나타났는데, 팔라디오 양식을 본떠서 집 앞쪽에 여러 개의 기둥을 세워놓았다. 담쟁이덩굴로 둘러싸인 건물의 가운데 채는 상당히 오래된 것이 분명했지만, 창문이 큼직하게 뚫려 있는 것으로 보아 근래 들어 손본 것이 분명했다. 옆의 한 채는 아예 새로 지은 건물처럼 보였다. 젊은 스탠리 홉킨스 경위가 바짝 긴장한 얼굴로 현관 앞에서 우릴 맞이했다.

"홈즈 선생님, 이렇게 와주셔서 정말 기쁩니다. 왓슨 박사님도요. 하지만 이제 와보니 괜한 폐를 끼쳐드린 것 같군요. 부인이 의식을 회복한 뒤에 사건에 대해 아주 자세하게 설명해 주시는 바람에 우리가 할 일이 없어졌을 정도입니다. 루이셤의 3인조 도둑을 기억하시지요?"

“뭐? 그 랜들 삼부자 말인가?”

“옳습니다. 아버지와 두 아들이지요. 이 사건은 그 삼부자의 소행입니다. 틀림없습니다. 그자들은 보름 전에 시든엄에서 일을 저질렀는데 목격자까지 있는 형편이지요. 그런데 얼마 지나지도 않아 이렇게 가까운 곳에서 사고를 쳤으니 뻔뻔하기 그지없지만 그 3인조가 분명합니다. 이번에는 교수형감이군요.”

“그럼 유스터스 경이 사망했다는 건가?”

“예, 이 집에 있던 부지깽이로 머리를 맞았습니다.”

“운전사 말로는 유스터스 브랙큰스톨 경이라고 하더군.”

“그렇습니다. 켄트 주에서 손꼽히는 부호입니다. 브랙큰스톨 부인은 지금 거실에 계십니다. 가엾은 분입니다. 평생 하기 힘든 무시무시한 경험을 하셨지요. 처음에 봤을 때는 꼭 죽은 사람 같더군요. 제 생각에는 먼저 부인을 뵙고 사건에 대한 설명을 듣는 게 좋겠습니다. 그다음에 식당을 조사하러 가도록 하지요.”

브랙큰스톨 부인은 예사 여성이 아니었다. 나는 그토록 우아한 자태, 그토록 여성스러운 태도, 그리고 그토록 아름다운 얼굴은 처음 봤다. 황금빛 머리에 푸른 눈, 이런 일만 없었다면 두 볼이 발그레하게 물들어 완벽했겠지만, 지금은 해쓱한 얼굴을 찡그리고 있었다. 부인은 정신적 충격만 받은 것이 아니었는데, 한쪽 눈 위가 흉한 보랏빛으로 변색된 채 부풀어 있었다. 엄격한 인상의 키 큰 하녀가 식초와 물로 상처 부위를 꼼꼼하게 찜질해 주고 있었다. 부인은 탈진한 듯 소파에 누워 있었지만 우리가 방에 들어서는 순간 이쪽을 응시하는 날카롭고 예민한 시선하며 아름다운 얼굴에 떠오르는 조심스러운 표정은, 끔찍한 일을 겪었어도 용기나 정신력이나 아직 그대로라는 것을 말해 주었다. 부인은 푸른색과 은색이 섞인 헐렁한 실내복으로 몸을 감싸고 있었지만, 검은 스팽글을 붙인 약식 야회복 한 벌이 의자 등받이에 걸쳐져 있었다.

"홉킨스 씨, 나는 간밤에 있었던 일은 다 말씀드렸습니다."

숙녀는 지친 듯 말했다.

"대신 이야기를 해주시면 안 될까요? 그래요, 꼭 필요하다고 하시니 이 신사분들에게 자초지종을 말씀드리기로 하지요. 식당은 보고 오셨나요?"

"저는 부인의 이야기를 먼저 듣는 게 나을 거라고 생각했습니다."

"두 분께서 사건을 해결해 주신다면 기쁠 거예요. 그 사람이 아직도 거기 누워 있다고 생각하니 정말 무서워요."

부인은 몸을 바르르 떨며 두 손에 얼굴을 묻었다. 바로 그때, 헐렁한 가운이 밑으로 흘러내리면서 팔이 드러났다. 홈즈가 버럭 소리질렀다.

"마담! 얼굴만 다친 게 아니로군요! 이건 뭡니까?"

생생하고 붉은 반점 두 개가 희고 포동포동한 팔에서 유난히 눈에 띄었다. 부인은 서둘러 그것을 감췄다.

"아무것도 아니에요. 이건 간밤의 소름 끼치는 사건과는 아무 상관 없어요. 그쪽에 앉아주시면 되도록 모든 걸 다 말씀드릴게요.

나는 유스터스 브랙큰스톨 경의 아내입니다. 우린 1년 전에 결혼했지요. 내가 우리 부부의 결혼 생활이 행복하지 않았다는 사실을 숨기려고 해봤자 소용없겠지요. 설령 내가 그 사실을 부정한다고 해도, 이웃 사람들이 이구동성으로 그 얘기를 할까 봐 나는 무서워요. 아마 나한테도 잘못이 있겠지요. 난 오스트레일리아 남부의 더 자유롭고 덜 인습적인 환경에서 자라났기 때문에, 예의범절을 따지고 체면을 중요시하는 영국의 이런 생활이 맞지 않습니다. 하지만 우리의 결혼 생활이 불행해진 가장 큰 이유는 유스터스 경이 구제 불능의 술꾼이었기 때문이었어요. 그것은 누구나 다 아는 사실입니다. 그런 남자와 한 시간을 같이 있는 것도 불쾌한 일이에요. 그런데 한창나이의 민감한 여성이 그런 사람에게 밤낮으로 묶여 있는 게

어떤 건지 상상하실 수 있겠어요? 그런 결혼 생활을 의무로 규정하는 것은 신성모독이고 범죄 행위이고 잔인한 짓이에요. 분명히 말해 두지만 이렇게 무지막지한 당신네들의 법은 재앙을 가져올 거예요. 신께선 이런 불의가 영원히 계속되도록 내버려두시지 않을 거예요.”

그러면서 그녀는 벌떡 일어섰는데, 두 뺨은 붉게 상기되었고 이마의 흉한 상처 밑에서 두 눈이 이글이글 타올랐다. 그러자 엄격한 인상의 하녀는 튼튼한 손으로 숙녀의 머리를 잡고 부드럽게 쿠션에 뉘었다. 그러자 활활 타오르던 분노가 잦아들며 격렬한 흐느낌이 시작되었다. 잠시 후 숙녀는 말을 계속했다.

“간밤에 있었던 일에 대해 말씀드리지요. 알고 계실지도 모르겠지만, 이 집에서 하인들의 침실은 모두 신축 건물에 있답니다. 이 가운데 채는 주거 공간으로 쓰이지요. 뒤쪽에는 주방이 있고 우리 부부의 침실은 2층에 있어요. 내 시중을 드는 테레사는 내 방 위층에서 자고요. 그 밖에는 아무도 없습니다. 그리고 여기서는 어떤 소리를 내도 신축 건물에서는 들리지 않아요. 도둑들은 이런 상황을 잘 알고 있었던 것 같습니다. 그렇지 않다면 그런 식으로 행동하지 않았을 거예요.

유스터스 경은 열시 반쯤에 자러 갔어요. 하인들은 진작 숙소로 물러났고요. 테레사만 자지 않고 있었는데, 내가 소리 지를 때까지 맨 위층의 자기 방에 있었습니다. 나는 이 방에서 열한시가 넘도록 책에 푹 빠져 있었지요. 그러다가 2층으로 올라가기 전에 별일 없는지 보려고 집 안을 한 바퀴 둘러보았습니다. 나는 원래 그렇게 하는 습관이 있어요. 아까 설명했던 것처럼 유스터스 경은 전혀 믿을 수 없는 분이었으니까요. 나는 주방으로 해서 집사의 식료품 저장실, 총기실, 당구실, 거실, 그리고 마지막으로 식당으로 들어갔습니다. 두꺼운 커튼이 쳐진 창가로 다가가는데 갑자기 얼굴에 선뜻한 바람이 확 느껴졌지요. 창문이 열려 있었던 거예요. 커튼을 확 잡아당기자 어깨가 딱 벌어진 초로의 남자와 정면으로 마주쳤습니다. 그는 막 방 안으로 들어오고 있었지요. 식당 창문은 폭이 넓은 프랑스식 창이라 실제로는 잔디밭으로 나가는 문이나 마찬가지랍니다. 나는 내 방에서 가져온 촛불을 들고 있었는데, 그 불빛으로 그 남자 뒤에 두 사람이 더 들어오고 있는 게 보였어요. 나는 뒤로 물러섰지만 그 남자가 순식간에 나를 덮쳤습니다. 그는 내 손목을 낚아챈 다음에 목덜미를 움켜쥐었어요. 나는 비명을 지르려고 입을 열었지만, 그 남자는 무지막지하게 내 눈 위에 주먹을 날렸고 나는 풀썩 쓰러지고 말았습니다. 나는 잠깐 기절했던 것 같아요. 정신을 차려보니까 그자들이 설렁줄을 끊어서 식탁의 상석에 있던 참나무 의자에 나를 꽁꽁 묶어놓았더군요. 나는 꼼짝할 수도 없을 만큼 단단하게 묶여 있었고 입에는 손수건을 물려놔서 말을 할 수도 없었지요. 바로 그때 불운한 남편이 방에 들어왔습니다. 그 사람은 뭔가 이상한 소리가 나는 걸 듣고 그런 상황에 대비하고 내려온 게 분명했습니다. 잠옷 차림에 평소에 애용하는 벚나무 몽둥이를 들고 있었지요. 그 사람은 도둑 떼를 향해 달려들었지만, 초로의 남자가 허리를 굽히더니 벽난로에서 부지깽이를 하나 집어 들고, 그가 앞을 지나가는 순간 그의 머리를 힘껏 내리쳤습니다. 남편은 끙 소리를 내며 쓰러지더니 그대로 잠잠해지더군요. 나는 다시 기절했지만 정신을 잃은 것은 겨우 몇 분간이었을 겁니다. 눈을 떠보니 그들이 식기대에서 은식기를 쓸어 모으고 있었습니다. 그리고 거기 있던 포도주 병도 하나 내렸더군요. 그들은 저마다 잔을 하나씩 들고 있었어요. 이미 말씀드린 것 같은데, 한 사람은 턱수염을 기른 나이 지긋한 사내였고 나머지 둘은 솜털이 보송보송한 애송이들이었어요. 그 셋은 부자지간이었는지도 모르겠습니다. 그들은 목소리를 낮춰서 뭐라고 쑥덕거리더군요. 그리고 나한테 와서 결박이 풀어지지 않았는지 확인하더니 마침내 창문을 통해 다시 나갔습니다. 입에 물린 재갈을 푸는 데에만 15분쯤 걸렸지요. 나는 비명을 질렀고 테레사가 쫓아 내려왔어요. 다른 하인들도 연락을 받고 곧장 달려왔고, 우린 이곳 경찰서에 신고했습니다. 그다음에 런던으로 연락이 취해졌고요. 신사 여러분, 내가 할 수 있는 얘기는 이것뿐이에요. 이렇게 고통스러운 얘기를 두 번 다시 반복하지 않게 되기를 바랍니다.”

“홈즈 선생님, 무슨 질문이라도?”

홉킨스가 물었다.

“나는 브랙큰스톨 부인에게 더 이상 무리한 요구를 하지 않겠네.”

홈즈가 말하고 나서 하녀 쪽을 바라보았다.

“식당으로 가기 전에 당신 얘기를 듣고 싶군요.”

“나는 그 남자들이 집 밖에 서 있는 걸 봤어요.”

하녀는 말했다.

"침실 창가에 앉아 있는데, 저쪽 수위실 옆에 세 남자가 서 있는 게 달빛 속에 보였지만 무심코 넘겨버리고 말았지요. 그 뒤에 한 시간 이상 지났을 때 아씨의 비명 소리가 들려서 쫓아 내려갔더니 우리 가엾은 아씨가 방금 말씀하신 그런 꼴로 계신 게 보였어요. 주인어른은 바닥에 쓰러져 있었는데, 방 안은 온통 피투성이였고 뇌수가 흘러나와 있었지요. 드레스에 주인어른의 피를 묻힌 채 거기 묶여 있었으니, 보통 여자라면 정신이 나갈 법도 했지만 우리 아씨는 용기 있는 분이셨죠. 애들레이드(오스트레일리아 남부의 도시 ― 옮긴이)의 마리 프레이저 양과 애비 그레인지의 브랙큰스톨 부인은 원래 그런 분이니까요. 신사 양반들, 우리 아씨한테 질문은 충분히 하신 것 같으니까 이제 아씨는 늙은 테레사랑 같이 방으로 올라가실 거예요. 아씨는 쉬셔야 해요."

말라빠진 여인은 어머니처럼 부드럽게 안주인을 부축하고 방에서 나갔다.

"평생을 부인 곁에서 살았답니다."

홉킨스가 말했다.

"원래 부인의 유모였는데, 18개월 전 처음으로 오스트레일리아를 떠날 때 같이 영국으로 왔다고 하지요. 테레사 라이트라는 여잔데 요즘 보기 힘든 하녀입니다. 홈즈 선생님, 이쪽으로 오십시오!"

홈즈의 표정이 풍부한 얼굴에서 뜨거운 호기심이 사라진 걸 보고, 나는 그가 이번 사건에 흥미를 잃었다는 사실을 알았다. 범인을 체포하는 일이 아직 남았지만 그 흔해 빠진 악당들이 뭐기에 홈즈가 손을 더럽히겠는가? 나는 친구의 눈에서 심오하고 박식한 전문가가 홍역 환자 때문에 불려왔다는 사실을 알았을 때 느낄 법한 당혹스러움을 읽어냈다. 하지만 애비 그레인지 저택의 식당 풍경은 그의 시선을 붙들어 매고 사그라지는 흥미를 되살리기에 충분할 만큼 기이했다.

식당은 무척 크고 천장이 높은 방이었는데, 천장에는 조각한 참나무를, 벽에는 참나무 판자를 댔고, 벽면 여기저기에 멋진 사슴 머리와 오래된 무기 들을 나란히 걸어놓았다. 방문 맞은편에는 아까 얘기에서 나온 높은 프랑스식 창문이 나 있었다. 비교적 작은 오른쪽 창문 세 개를 통해 싸늘한 겨울 햇살이 방 안으로 밀려들어 왔다. 왼쪽에는 크고 깊은 벽난로가 있었고, 그 위로 거대한 참나무 벽난로 선반이 돌출해 있었다. 그리고 벽난로 옆에는 팔걸이가 달린 육중한 참나무 의자가 놓여 있었다. 의자에는 진홍색 끈이 휘감겨 있는데, 의자 아래쪽의 가로대에 양 끝이 묶여 있었다. 숙녀를 풀어줄 때 매듭은 그냥 두고 끈에서 몸만 빼낸 것이다. 그러나 이러한 장면들은 나중에야 눈에 들어왔는데, 난로 앞의 호랑이 가죽 깔개 위에 누워 있는 끔찍한 형체가 온통 시선을 사로잡았기 때문이다.

그것은 마흔 살가량의 키가 크고 늘씬한 남자의 시신이었다. 위를 보고 똑바로 누워 있었고, 짧은 검은색 턱수염 속에서 새하얀 이가 드러났다. 두 팔을 머리 위로 올린 채 손을 그러쥐고 있었는데, 그 손에 놓여 있는 것은 묵직한 벚나무 몽둥이였다. 거무스레하고

잘생긴 얼굴은 바닥 모를 증오로 굳어 있어서, 죽은 사람에게 마치 악귀 같은 인상을 부여하고 있었다. 침대 속에 있다가 나왔는지 수를 놓은 맵시 있는 잠옷을 입은 채였고 바지에서는 맨발이 삐죽이 빠져나와 있었다. 머리에는 보기에도 끔찍한 상처가 나 있었는데, 그를 때려눕힌 일격이 얼마나 잔인하고 무지막지한 것이었는지 나타내는 증거물이 온 방에 튀어 있었다. 그 옆에는 충격으로 휜 묵직한 부지깽이가 놓여 있었다. 홈즈는 흉기와 그것에 당한 처참한 시신을 자세히 살펴보았다.

"힘이 아주 좋은 자로군. 아비 되는 랜들 말일세."

"그렇습니다. 저한테 그자의 기록이 있는데, 아주 거친 놈입니다." 홉킨스가 말했다.

"놈을 잡는 건 별로 어렵지 않겠군."

"어려울 건 전혀 없습니다. 우린 그자의 행방을 쫓는 중이었는데, 미국으로 날랐다는 얘기도 있었지요. 그런데 알고 보니 여기 있었군요. 이제는 도망칠 수 있는 방법이 없을 겁니다. 우린 벌써 항구마다 급전을 보냈는데, 저녁이 되기 전에 무슨 결과가 있을 거라고 생각합니다. 한 가지 놀라운 건 어떻게 그자들이 그렇게 미친 짓을 할 수 있었는지 하는 점입니다. 목격자가 입을 열면, 경찰이 자신들의 정체를 파악하는 건 시간문제라는 걸 알고 있었을 텐데 말입니다."

"옳은 말일세. 브랙큰스톨 부인의 입도 막아놓는 것이 상식적이지."

"혹시 범인들은 부인이 기절한 채 깨어나지 못한 줄로만 알았던

게 아닐까."

나는 의견을 내놓았다.

"그럴 수도 있지. 부인이 기절한 것처럼 보였다면 굳이 목숨을 빼앗을 필요까지는 없었을 거야. 홉킨스, 이 가엾은 양반은 어떤 사람인가? 나는 이 양반에 대해서 좀 묘한 얘기를 들은 것 같네만."

"유스터스 경은 술을 마시지 않았을 때는 더할 나위 없이 좋은 사람이지만 술에 취하면 완전히 악귀로 돌변했습니다. 사실 고주망태가 될 정도로 술을 마시는 법은 드물었다니까, 어느 정도 술만 들어가면 그랬던 거지요. 그런 때는 속에 악마라도 들어앉은 사람처럼 못 하는 짓이 없었답니다. 제가 듣기로는 엄청난 재산과 작위가 있었는데도 감옥에 갈 뻔한 적이 두어 번 된다고 합니다. 개한테 석유를 끼얹고 불을 지른 적도 있는데, 그게 바로 부인의 개여서 사태가 더 악화됐다고 하지요. 결국은 쉬쉬하고 간신히 덮어두었답니다. 그리고 하녀인 테레사 라이트한테 유리병을 던져서 문제가 됐던 적도 있습니다. 사실 우리끼리니까 하는 얘기지만, 이런 양반이 없어졌으니 앞으로 집안 분위기가 훨씬 밝아질 겁니다. 그런데 지금 뭘 보고 계십니까?"

홈즈는 무릎을 꿇고 숙녀를 묶었던 붉은 끈의 매듭 부분을 찬찬히 들여다보고 있었다. 그는 도둑이 끊어놓은 부분을 자세히 살펴보았다. 끈의 맨 끝 부분은 올이 풀려 있었다.

"이 끈을 잡아당겼을 때 주방에서 초인종이 크게 울렸을 텐데."

홈즈가 중얼거렸다.

“아무도 소리를 못 들었을 겁니다. 주방은 집의 맨 뒤쪽에 있으니까요.”

“아무도 듣지 못하리라는 걸 도둑은 어떻게 알았을까? 어떻게 그렇게 대담하게 설렁줄을 잡아당겼지?”

“바로 그겁니다, 홈즈 선생님. 제가 마음속으로 묻고 또 물었던 것이 바로 그 점이었습니다. 범인은 집안 내부 사정을 훤히 꿰고 있었던 게 분명합니다. 하인들이 비교적 이른 시간에 잠자리에 든다는 것하며, 그래서 주방에서 울리는 초인종 소리를 아무도 듣지 못하리라는 걸 잘 알고 있었던 거지요. 그렇다면 하인들 중에서 내통한 자가 있는 겁니다. 틀림없습니다. 하지만 하인들은 모두 여덟 명인데 한결같이 좋은 사람들이라는 게 문제입니다.”

“다른 쪽으로 생각해도 똑같은 문제가 있다네. 사람들은 주인한테 머리를 유리병으로 맞은 하녀를 의심할 걸세. 하지만 그건 주인마님을 배신하는 행동이기도 한데, 마님을 끔찍이 위하는 하녀가 그랬을 리가 있을까? 어쨌든 이런 건 중요한 게 아닐세. 랜들을 체포하면 공범이 누군지는 쉽게 밝혀질 테니까. 우리 앞에 널려 있는 증거를 보면 부인의 이야기가 사실이라는 건 충분히 입증된 것 같군.”

홈즈는 프랑스식 창문 앞으로 걸어가 창문을 활짝 열어젖혔다.

“여기에는 아무 흔적도 없네. 땅바닥이 원체 돌처럼 딱딱하게 굳어 있었으니까, 무슨 자취가 남아 있을 거라고 기대하기는 힘들지. 벽난로 선반 위의 이 초에 불을 켰던가 보군.”

“예. 부인의 방에 있던 초인데, 도둑들은 그 초를 밝혀놓고 방 안을 돌아다녔습니다.”

“그런데 그자들이 가져간 건 뭐였나?”

“에, 가져간 건 별로 많지 않습니다. 식기대에서 접시 대여섯 개를 꺼내 갔으니까요. 브랙큰스톨 부인은 도둑들이 유스터스 경이 죽은 걸 보고 당황해서 집 안을 뒤지지 않았던 거라고 생각하더군요. 그렇지 않았으면 집에 있는 물건을 싹 쓸어 갔을 텐데 말입니다.”

“틀림없이 그럴 거야. 그런데 그자들이 포도주를 마신 것 같구먼.”

“마음을 가라앉히려고 그랬겠지요.”

“그랬겠지. 이 식기대의 잔 세 개는 건드리지 않았지?”

“예. 포도주 병도 원래 있던 그대롭니다.”

“어디 한번 볼까. 어럽쇼! 어럽쇼! 이게 뭐지?”

잔 세 개가 같이 놓여 있었는데, 모두 포도주가 묻어 있고 그중 하나에는 포도주 찌꺼기가 담겨 있었다. 옆에 포도주 병이 있었는데, 술이 3분의 2가량 남았고 포도주 물이 흠뻑 든 기다란 코르크 마개가 바로 옆에 떨어져 있었다. 병의 생김새와 병에 묻은 먼지를 보니 살인자들이 즐긴 것은 상당히 오래된 고급 포도주가 분명했다.

홈즈의 태도가 홱 달라졌다. 무관심한 표정은 사라지고 깊숙이 들어간 날카로운 눈에 다시 생생한 호기심이 어렸다. 그는 코르크 마개를 들고 꼼꼼하게 살펴보았다.

“이걸 어떻게 뽑았을까?”

그는 물었다.

홉킨스는 반쯤 열린 서랍을 가리켰다. 그 속에는 식탁보와 커다란 코르크 마개뽑이가 들어 있었다.

"브랙큰스톨 부인이 저것을 썼다고 하던가?"

"아닙니다. 선생님도 기억하시겠지만 부인은 병마개를 딸 때는 아직 기절한 상태였습니다."

"그렇군. 사실을 말하자면, 범인들은 저걸 쓰지 않았네. 병마개를 뽑아낸 것은 길이가 3.5센티미터 정도밖에 안 되는 휴대용 코르크 마개뽑이였지. 그건 아마 칼하고 같이 붙어 있는 물건이었을 거야. 코르크 마개 위쪽을 살펴보면 마개뽑이를 세 번 꽂아넣고 나서야 마개를 뽑아냈다는 걸 알 수 있지. 마개뽑이는 코르크 마개를 관통하지 못했네. 하지만 이 긴 걸 썼다면 마개를 관통했을 거고 단번에 뽑아낼 수 있었겠지. 범인을 체포하면 소지품 중에서 코르크 마개뽑이가 달린 다용도 칼이 나올 걸세."

"훌륭하십니다!"

홉킨스가 말했다.

"하지만 솔직히 말해서 이 잔들이 마음에 걸려. 브랙큰스톨 부인은 그 세 사람이 술을 마시는 걸 분명히 봤다고 했네. 그렇지?"

"예, 분명히 그런 말씀을 했지요."

"그럼 얘기는 끝난 거로군. 무슨 말을 더 하겠나? 하지만 홉킨스, 자네도 이 세 개의 잔이 상당히 눈에 띈다는 걸 인정해야 하네. 뭐라고? 눈에 띄는 점이 뭔지 모르겠다고? 됐네, 됐어. 그냥 넘어가세. 나처럼 특별한 지식에 특별한 능력을 갖춘 사람은, 가까이에 있는

손쉬운 설명은 놔두고 일부러 멀리서 복잡한 설명을 찾으려는 경향
이 있는지도 모르겠어. 물론, 그 잔에 대한 건 단순한 가능성일 뿐
일세. 그럼, 홉킨스, 잘 있게. 내가 자네한테 무슨 도움을 줄 수 있을
것 같지도 않고, 자네는 이 사건을 아주 명쾌하게 이해하고 있는 것
같군. 랜들이 잡히고 수사가 더 진척되면 알려주게. 자네는 조만간
성공리에 사건을 종결지을 수 있을 거야. 내 그때 가서 축하해 주지.
왓슨, 가세, 우린 집에 가 있는 편이 나을 것 같군."

돌아가는 기차 안에서 나는 홈즈의 얼굴을 보고 그가 자신이 목
격한 어떤 것 때문에 무척 혼란스러워하고 있다는 것을 알 수 있었
다. 그는 이따금씩 무척 애를 써서 문제가 다 해결된 것처럼 말하고
행동했지만, 그다음에는 반드시 의혹이 되돌아왔다. 그의 주름 잡

힌 이마와 멍한 눈을 보면 심야
에 비극이 벌어진 애비 그레인
지의 커다란 식당에 마음이 가
있다는 것을 알 수 있었다. 기차
가 교외의 어느 역에서 서서히
움직이기 시작할 때 그는 마침
내 충동적으로 나를 끌고 기차
에서 뛰어내렸다.

"여보게, 미안하이."

우리가 탔던 기차의 꽁무니가
모퉁이를 돌아 사라지는 모습

을 지켜보며 홈즈가 말했다.

"괜한 변덕을 부려 자네를 고생시키는 것 같아 안됐구먼. 하지만 도저히 이런 상태로 사건을 방치해 둘 수는 없네. 내 직관은 진실은 정반대 쪽에 있다고 소리치고 있어. 맞아, 그건 아닐세. 다 틀렸어. 절대로 그건 아니야. 하지만 숙녀의 진술은 완벽하고 하녀의 증언은 그것을 받쳐주고 있고, 현장에 남은 물증은 두 사람의 말과 정확하게 일치하네. 나한테 있는 반대 증거는 뭐지? 포도주 잔 세 개, 그것뿐이네. 하지만 내가 사건을 당연하게 받아들이지 않았다면, 여느 때처럼 모든 것을 주의 깊게 조사했다면, 그리고 사건을 완전히 새로운 각도에서 보고 짜맞춘 이야기에 끌려다니지 않았다면, 뭔가 좀 더 명확한 답을 얻어내지 않았을까? 물론 그랬을 걸세. 왓슨, 치즐허스트행 기차가 도착할 때까지 이 벤치에 좀 앉게. 내 생각을 말해 줄 테니까 자네는 우선 그 하녀나 안주인의 얘기가 반드시 사실일 거라는 생각을 마음속에서 지워버리기 바라네. 부인의 매력 때문에 판단을 그르쳐서는 안 되네.

부인의 이야기를 냉정하게 생각해 보면 분명히 의심스러운 구석이 있네. 그 도둑들은 보름 전에 시든엄에서 한탕 크게 했네. 신문에는 그 3인조 도둑에 대한 이야기와 인상착의가 실렸는데, 도둑이 등장하는 이야기를 꾸며내고 싶은 사람이라면 자연스럽게 그 생각을 했을 걸세. 하지만 사실 큰 건을 올린 도둑들이었다면 조용하고 평화롭게 수입을 즐기기만도 바빴을 거야. 다시 위험한 작업에 들어갈 이유가 없는 거지. 또 도둑들이 그렇게 이른 시간에 남의 집에 들어갔다는 것도 아무래도 이상하이. 또 여자가 소리 지르지 못하도록 주먹을 휘둘렀다는 것도 이상하지. 상식적으로 그렇게 하면 더 큰 소리가 날 게 뻔했는데도 말이야. 또 수적으로 우세해서 남자 하나 정도는 충분히 제압할 수 있었는데 살인을 했다는 것도 이상하네. 방 안에 귀중품이 많았는데 겨우 그 정도를 집어 갔다는 것도 이상하고, 마지막으로 그런 자들이 술을 반 넘게 남겨 놓았다는 것도 정말 이상하네. 왓슨, 자네는 이 모든 게 다 이상하게 느껴지지 않나?"

"그렇게 한꺼번에 얘기를 듣고 보니 정말 너무 이상하고, 게다가 그 하나하나가 다 가능성이 있는 얘기일세. 그런데 내 생각에 가장 이상한 건 숙녀를 의자에 묶어놓았다는 점일세."

"글쎄, 난 잘 모르겠는걸. 왜냐하면 범인들은 부인도 죽이거나 아니면 도망칠 시간을 벌기 위해 그런 식으로 묶어놓을 수밖에 없었던 것 같으니까 말이야. 어쨌거나 부인의 얘기에 모순이 있는 건 사실이야. 그렇지 않은가? 그런데 이제 그 위에 포도주 잔 사건이 더해진 것일세."

"포도주 잔이 어쨌기에?"

"자네는 아까 봤던 걸 기억할 수 있지?"

"응, 아주 선명하게 기억하고 있네."

"우리는 세 남자가 그 잔에 포도주를 따라 마셨다고 들었네. 그게 그럴듯한가?"

"왜? 잔마다 포도주가 묻어 있었잖나."

"옳은 얘길세. 하지만 자네도 봤겠지만 찌꺼기가 들어 있던 건 한 잔뿐이었네. 그걸 보고 뭐 느껴지는 게 없던가?"

"맨 마지막으로 채운 잔에 찌꺼기가 들어갔을 것 같아."

"천만에. 병에는 부유 물질이 가득 차 있었네. 그런데 처음 두 잔은 깨끗하고 세 번째 잔에만 찌꺼기가 가득 찼다는 건 말이 안 되지. 가능성은 두 가지뿐일세. 하나는 두 잔째를 따른 다음에 술병을 마구 흔들었고, 그래서 세 번째 잔에 찌꺼기가 들어갔을 가능성이네. 하지만 그럴듯하지 않아. 그건 아닐 걸세. 나는 내 생각이 옳다고 확신하네."

"아니, 그럼, 자네 생각은 뭔데?"

"실제로 사용한 잔은 둘뿐이라는 것, 그리고 두 잔에 남은 찌꺼기를 세 번째 잔에 부었다는 것이지. 그것은 세 사람이 모여 있었다는 인상을 주기 위한 속임수였네. 어때, 그런 식으로 해서 모든 찌꺼기가 세 번째 잔에 모이게 된 게 아닐까? 나는 그렇게 된 게 틀림없다고 확신하네. 하지만 내가 이 사소한 포도주 잔의 진실을 밝혀낸 거라면, 평범하던 사건은 갑자기 비상하게 흥미로운 사건으로 부상하게 되네. 왜냐하면 그건 브랙큰스톨 부인과 하녀가 거짓말을 했다는 것과 두 사람의 이야기는 한마디도 믿을 수 없다는 것, 그리고 두 사람이 범인을 감싸는 데에는 그럴 만한 이유가 있기 때문에 우리는 주종의 협조 없이 우리 힘으로 사건을 재구성해야 한다는 것을 의미하기 때문이지. 지금 우리에게 주어진 사명은 바로 그걸세. 왓슨, 저기 시든엄 열차가 오는군."

애비 그레인지의 식솔들은 우리가 되돌아온 것을 보고 깜짝 놀랐다. 셜록 홈즈는 스탠리 홉킨스가 본부에 보고하러 갔다는 얘기를 듣고, 식당에 들어가 문을 안에서 걸어 잠그고 두 시간 동안 힘들여 꼼꼼하게 조사했다. 이런 조사는 눈부신 추론의 체계를 키우는 단단한 기초가 되어주는 법이다. 나는 교수의 시범을 지켜보는 호기심 가득한 학생처럼 식당 구석에 앉아서 그의 일거수일투족을 주시했다. 창문, 커튼, 카펫, 의자, 끈, 홈즈는 이 모든 것을 차례차례 살펴보고 충분히 생각했다. 불운한 준남작의 시신은 이미 치워졌지만 그것만 빼면 모든 것이 아침에 본 그대로였다. 마지막으로 놀랍게도 홈즈는 육중한 벽난로 선반 위로 기어 올라갔다. 그의 머리 위로 높직한 곳에 붉은 끈 몇 센티미터가 아직도 선에 붙은 채 대롱대롱 매달려 있었다. 그는 한참 동안 그것을 올려다보다가 좀 더 가까이서 보기 위해 선반에 무릎을 올려놓았다. 이렇게 하고 손을 뻗자 끊어진 설렁줄에서 겨우 몇 센티미터 안쪽까지 손이 닿았다. 그러나 그의 관심을 끈 것은 설렁줄이 아니라 선반 자체인 듯했다. 그러다가 그는 만족한 탄성을 터뜨리며 밑으로 뛰어내렸다.

"왓슨, 아주 잘됐어. 우린 문제를 해결했네. 이건 우리가 조사한 것 중에서 가장 인상적인 사건 중 하나일세. 하지만 여보게, 나는 정말 머리가 안 돌아갔네. 하마터면 평생 길이 남을 대실수를 저지를 뻔했어! 내 생각에는 이제 몇 가지 빠진 고리를 제외하면 추론의 연쇄는 거의 완성된 것 같네."

"범인들을 알아낸 건가?"

"여보게, 범인은 한 명일세. 단 한 명, 하지만 아주 무서운 놈이지. 사자처럼 강하다네! 저 부지깽이가 휜 걸 보면 알 수 있지. 키는 190센티미터, 다람쥐처럼 재빠르고 교묘한 손놀림에 머리까지 비상한 자일세. 그 모든 독창적인 이야기가 그의 머릿속에서 나왔으니까. 여보게, 우린 지금 놀라운 능력을 가진 개인의 작품을 보고 있네. 하지만 그자는 저 설렁줄에 우리가 의혹을 품을 수밖에 없는 단서를 남겨놨어."

"그 단서가 어디에 있는데?"

"왓슨, 자네가 만약 설렁줄을 잡아당긴다면 어디에서 끊어질 것 같은가? 분명히 선과 연결된 부분일 걸세. 그런데 저렇게 맨 위에서 7센티미터 아래에서 끊어진 이유는 무엇일까?"

"그 부분이 닳아서 그런 건 아닐까?"

"맞았네. 보면 알겠지만 이쪽 끈의 끝 부분은 올이 풀려 있네. 그자는 교활하게 칼로 올을 풀어놓았지. 하지만 다른 쪽 끝은 그렇지 않았네. 여기서는 보이지 않지만 벽난로 선반 위에 올라서면 설렁줄 끝이 깨끗이 잘린 채 올이 풀린 흔적은 전혀 없는 걸 볼 수 있어. 이제 일이 어떻게 된 건지 알겠지? 그자는 줄이 필요했네. 하지만 종이 울릴까 봐 설렁줄을 잡아당기지는 못했어. 그래서 어떻게 했을까? 그자는 벽난로 선반 위로 뛰어올랐지만 키가 모자라자 선반에 무릎을 올려놓았네. 먼지 위에 그 흔적이 고스란히 남아 있네. 그 다음에 칼을 대서 줄을 끊은 걸세. 내가 손을 뻗었더니 줄의 끝 부분까지 적어도 7센티미터는 모자라더군. 그래서 나는 그자가 나보

다 적어도 7센티미터는 더 클 거라고 추측한 거지. 잠깐, 참나무 의
자에 무슨 자국이 있구면! 저게 뭐지?”

“핏자국일세.”

“틀림없군. 이것만 봐도 부인의 얘기가 사실이 아니라는 걸 알 수
있네. 만약 부인이 남편이 살해당할 때 저 의자에 앉아 있었다면 어
떻게 좌석에 피가 묻었겠나? 그건 말이 안 되네. 부인이 저 의자에
앉은 것은 남편이 죽은 다음의 일일세. 그 검정 드레스에도 분명히
핏자국이 묻어 있을 거야. 왓슨, 우린 아직 워털루(나폴레옹이 최후의

패배를 겪은 전투 ─ 옮긴이)를 겪지는 않았네. 패배로 시작해서 승리로 끝났으니까 이건 마렝고 전투(나폴레옹이 프랑스에 대항한 유럽 국가들에 힘겹게 이긴 전투 ─ 옮긴이)이지. 이제 유모 테레사와 얘기를 좀 나눠보고 싶군. 원하는 정보를 얻어내려면 절대 방심해선 안 되네."

말수가 적고 의심 많고 퉁명스러운 오스트레일리아 출신의 엄격한 유모는 흥미로운 상대였다. 홈즈는 부드럽고 싹싹하게 유모의 이야기를 받아주었지만 그녀가 태도를 누그러뜨리고 말문을 여는 데에는 시간이 한참 걸렸다. 유모는 고인이 된 주인에 대한 증오심을 구태여 숨기려 들지 않았다.

"예, 주인님이 나한테 유리병을 던진 건 사실이에요. 우리 아씨한테 욕을 하기에, 아씨의 오라버니가 여기 있으면 감히 그런 말씀을 못 하실 거라고 대들었지요. 그러자 당장 유리병이 날아오더군요. 하지만 주인님이 우리 예쁜 아씨를 괴롭히지만 않는다면 열 번이라도 그걸 맞아줬을 거예요. 주인님은 정말 끊임없이 아씨를 못살게 괴롭혔지만, 우리 아씨는 자존심이 강한 사람이라 그런 말씀을 한마디도 안 하셨어요. 나한테도 그런 말씀은 안 하려고 하시니까요. 선생님도 오늘 아침에 아씨의 팔에 난 상처를 보셨지만 아씨는 나한테 아무 말씀도 안 하셨어요. 하지만 나는 그게 모자 핀으로 찔린 상처라는 걸 잘 알고 있답니다. 교활한 악마 같으니라고! 주여, 제가 죽은 사람에 대해 이런 식으로 말하는 걸 용서해 주옵소서! 하지만 세상에 악마가 내려왔다면 그게 바로 돌아가신 주인일 거예요.

처음에 만났을 때는 사람이 그렇게 부드러울 수가 없었지요. 그게 겨우 18개월 전인데, 아씨나 나는 꼭 18년이 지난 기분이랍니다. 그건 런던에 막 도착했을 때였어요. 예, 아씨가 여행을 한 건 그게 처음이었지요. 한 번도 집을 떠난 적이 없었으니까요. 주인은 작위와 돈과 거짓으로 꾸며낸 런던 신사 같은 태도로 아씨의 마음을 사로잡았어요. 아씨가 실수를 저질렀다면 그에 대한 보상은 충분히 한 거예요. 몇 월에 주인을 만났냐고요? 음, 그건 우리가 막 도착한 다음이었어요. 우린 6월에 도착했고 주인을 만난 건 7월이었지요. 결혼식을 올린 건 다음 해 1월이었고요. 예, 아씨는 지금 다시 거실로 내려와 계세요. 물론 두 분을 만나주시겠지만 너무 많은 걸 물으시면 안 돼요. 아씨는 사람으로서는 견디기 힘든 몹쓸 경험을 하셨으니까요."

브랙큰스톨 부인은 아까 그 소파에 누워 있었지만 아침나절보다는 훨씬 밝아 보였다. 우리와 같이 방에 들어간 하녀는 안주인의 이마에 생긴 멍에 다시 온찜질을 하기 시작했다.

"또 심문을 하려고 오신 건 아니겠지요?"

숙녀가 말했다.

"아닙니다."

홈즈는 한껏 부드러운 목소리로 말했다.

"브랙큰스톨 부인, 더 이상 불필요한 폐를 끼쳐드리진 않겠습니다. 나는 부인께서 이미 많은 시련을 겪었다고 생각하기 때문에 그저 부인을 편하게 해드리고 싶은 생각밖에는 없습니다. 만약 부인이 나를 친구로 생각하고 믿어주신다면, 나도 부인의 믿음에 어긋나지 않도록 하겠습니다."

"나한테 무얼 바라세요?"

"진실을 말해 주십시오."

"홈즈 선생님!"

"브랙큰스톨 부인, 그래봤자 소용없습니다. 부인도 아마 나의 보잘것없는 명성을 들어본 적이 있을 겁니다. 나는 내 이름을 걸고 부인의 이야기는 전부 날조된 거라고 주장합니다."

하얗게 질린 주인과 하녀는 두려움이 실린 눈으로 홈즈를 응시했다. 테레사가 외쳤다.

"이 뻔뻔한 양반 같으니라고! 그럼 우리 아씨가 거짓말을 했다는 거요?"

홈즈는 자리에서 일어섰다.

"저한테 할 말이 없으십니까?"

"난 모든 걸 다 말했어요."

"브랙큰스톨 부인, 한 번 더 생각해 보십시오. 피차 솔직해지는 게 낫지 않겠습니까?"

순간적으로 아름다운 얼굴에 머뭇거리는 빛이 스쳐 갔다. 그러나 새로운 결심이 선 듯 그 얼굴은 가면처럼 딱딱해졌다.

"내가 아는 건 다 말했어요."

홈즈는 모자를 집어 들고 어깨를 들썩했다.

"유감입니다."

그는 이렇게 한마디를 하고 돌아섰다. 우리는 곧장 집을 나섰다. 정원에는 연못이 하나 있었는데, 내 친구가 발길을 돌린 곳은 바로 그곳이었다. 연못은 꽁꽁 얼어붙었지만 백조 한 마리를 위해 뚫어 놓은 얼음 구멍이 하나 있었다. 홈즈는 그것을 물끄러미 쳐다보다가 수위실로 갔다. 그리고 간단한 메모를 써서 스탠리 홉킨스에게 전해 주라며 수위에게 맡겼다.

"성공일지 실패일지 모르겠지만, 여길 다시 찾아왔으니 홉킨스를 위해 뭔가 하지 않을 수 없네. 난 그 친구한테 진상을 가르쳐줄 생각은 아직 없다네. 우리의 다음번 활동 무대는 애들레이드—사우샘프턴 노선 해운 회사일세. 내 기억이 맞는다면 그 회사는 펠멜가 끄트머리에 있을 거야. 오스트레일리아 남부와 영국을 잇는 노선도 있지만, 우선 가장 가능성이 높은 곳부터 알아보기로 하세.”

홈즈의 명함을 들여보내자 지배인은 지체 없이 우릴 맞아들였고, 필요한 정보를 수집하는 데에는 그리 오래 걸리지 않았다. 1895년 6월에 이 노선의 배는 단 한 척이 모항(母港)에 도착했다. 그것은 회사에서 가장 크고 좋은 기선 ‘지브롤터의 바위’호였다. 승객 명단을 찾아보니 애들레이드의 프레이저 양이 하녀와 함께 배에 승선한 기록이 있었다. 그 배는 지금 수에즈 운하의 남쪽 어딘가에서 오스트레일리아를 향해 가고 있다. 승무원들은 1895년 당시와 같지만 한 사람이 빠졌다. 일등 항해사 잭 크록커 씨가 선장으로 승진해서 이틀 뒤에 사우샘프턴에서 출항할 예정인 ‘배스 바위’호라는 새 배를 맡게 된 것이다. 크록커 선장은 시든엄에서 살고 있지만, 회사의 지시를 받기 위해 오전에 여기 올 예정이니 그를 만나고 싶으면 여기서 기다려도 된다는 얘기였다.

아니, 홈즈는 그를 만나고 싶은 생각은 없었다. 하지만 크록커 선장의 근무 기록과 성격에 대해서는 알고 싶은 것이 몇 가지 있었다.

크록커 선장의 근무 기록은 훌륭했다. 회사가 보유한 선단의 승무원 중에 그를 능가할 만한 사람은 없었다. 성격에 대해 말하자면, 일 처리는 믿음직스럽지만 배에서 내리면 불같은 성미에 쉽게 흥분하는, 거칠고 극단적인 청년이었다. 하지만 의리 있고 정직하고 마음씨는 비단결 같았다. 홈즈는 이러한 정보를 갖고 애들레이드 - 사우샘프턴 해운 회사의 사무실을 나왔다. 그리고 마차를 타고 런던 경찰국으로 달려갔지만, 마차에서 내릴 생각은 하지도 않고 눈썹을 찌푸린 채 깊은 생각에 골몰했다. 그러더니 결국 마차를 돌려 채링 크로스 전신국으로 달려가서 전보를 한 통 보내고, 그런 다음에야 다시 베이커가로 돌아왔다.

"왓슨, 어쩔 수가 없었네."

방에 들어서며 그가 말했다.

"일단 체포 영장이 발부되면 내빼는 재주가 있어도 그를 구해 내지는 못할 테니까 말이야. 지금까지 활동해 오면서, 나는 범죄 행위 자체보다 내가 범인을 찾아낸 것이 실제로는 더 큰 해가 되었다는 느낌을 받은 적이 두어 번 있었네. 나는 이제 조심하는 법을 배웠지. 내 양심을 속이느니 차라리 영국 법을 속이는 편을 택하겠네. 우린 행동에 들어가기 전에 몇 가지를 더 알아볼 필요가 있네."

오후에 스탠리 홉킨스 경위가 찾아왔다. 일이 잘 안 풀리는 모양이었다.

"홈즈 선생님, 저는 지금 꼭 뭐에 홀린 기분입니다. 사실 선생님의 능력이 인간의 한계를 넘는다는 생각이 들 때가 가끔씩 있었습니다. 도난당한 은식기가 연못 바닥에 가라앉아 있다는 걸 도대체 어떻게 아셨습니까?"

"나는 몰랐네."

"하지만 거길 뒤져보라고 말씀하셨잖습니까."

"거기서 장물을 건져냈나?"

"예."

"자네한테 도움이 됐다니 기쁘구먼."

"하지만 선생님은 절 도와주신 게 아닙니다. 일을 훨씬 더 어렵게 만드셨지요. 도대체 어떤 도둑이기에 훔쳐낸 은식기를 부근의 연못에 다시 던져 넣었다는 겁니까?"

"그건 정말 별난 행동이군. 나는 그저 누가 본의 아니게 은식기를 가져갔다면, 말하자면 사람들의 눈을 속일 생각으로 그걸 가져갔다면, 얼른 버리고 싶은 게 인지상정일 거라고 생각했네."

"하지만 왜 그런 생각을 하셨습니까?"

"글쎄, 난 그럴 수도 있다고 생각했지. 범인들이 프랑스식 창문을 통해 나왔을 때 눈앞의 연못에 유혹적인 얼음 구멍이 뚫려 있었네. 물건을 은닉하는 장소로 그보다 더 나은 곳이 어디 있겠나?"

"아하, 은닉처라, 그게 훨씬 낫군요!"

스탠리 홉킨스가 버럭 소리 질렀다.

"예, 이제 알겠습니다! 이른 시간이라 길에는 사람들이 다니고 있었고 그자들은 은식기를 갖고 있는 걸 남한테 들킬까 봐 두려웠습니다. 그래서 나중에 조용해지면 장물을 찾으러 올 생각으로 연못에다 빠뜨렸군요. 홈즈 선생님, 훌륭하십니다. 눈속임 얘기보다는 이게 훨씬 낫습니다."

"그렇군, 자네는 감탄할 만한 가설을 세웠네. 내 생각이 상당히 거칠었던 것임엔 틀림없지만 그래도 자네는 그 덕분에 은식기를 찾게 되었다는 걸 인정해야 하네.”

“그럼요, 그건 당연합니다. 모두 선생님 덕분이었습니다. 하지만 저는 치명타를 맞았습니다.”

“치명타?”

“예. 랜들 일당이 오늘 아침에 뉴욕에서 체포됐습니다.”

“맙소사, 홉킨스! 그렇다면 그자들이 간밤에 켄트에서 살인을 저질렀다는 자네 가설이 틀렸다는 것이군.”

“홈즈 선생님, 그건 끝입니다. 완전히 끝난 거예요. 하지만 그 랜들 부자 말고도 다른 3인조가 더 있는 데다가 경찰이 전혀 몰랐던 신흥 범죄 조직이 있을지도 모르니까요.”

“그렇군, 그럴 가능성도 농후하지. 아니, 자네 가려고?”

“예. 이 사건의 진상을 밝혀내기 전까지 저는 쉴 수가 없습니다. 뭔가 저한테 도움이 될 만한 얘기는 이제 없겠지요?”

“나는 벌써 말했네.”

“무슨 얘기 말씀이십니까?”

“흠, 그 눈속임 얘기 말일세.”

“하지만 홈즈 선생님, 도대체 왜? 왜 그랬다는 겁니까?”

“아, 그건 물론 아직 모르지. 하지만 나는 자네한테 그 생각을 좀 더 해보기를 권하네. 뭔가가 나올지도 모르니까 말이야. 이따가 들러서 저녁 식사라도 같이하겠나? 알겠네, 잘 가게. 수사가 어떻게 돼가는지 가끔 알려주게.”

저녁 식사가 끝나고 상을 물린 뒤에야 홈즈는 그 일을 다시 입에 올렸다. 그는 파이프에 불을 붙여 물고 기분 좋게 타는 불 앞에 슬리퍼를 신은 발을 내밀고 있었다. 문득 그는 시계를 쳐다보았다.

"왓슨, 이제 무슨 일이 있을 거야."

"언제?"

"지금, 몇 분 안에. 자네는 내가 방금 전에 스탠리 홉킨스한테 너무했다고 생각했지?"

"난 자네의 판단력을 믿네."

"왓슨, 아주 현명한 대답이군. 자네는 그걸 이런 식으로 봐야 하네. 내가 아는 건 비공식적인 거지만, 그 친구가 아는 건 공식적인 게 되네. 나한테는 개인적인 판단을 할 권리가 있지만 그 친구한테는 그런 게 없지. 그 친구는 자신이 알게 된 것을 다 밝혀야 하네. 그렇지 않으면 배임 행위가 되니까. 그래서 미심쩍은 사건일 경우에 나는 그 친구를 그렇게 괴로운 처지로 몰아넣을 생각이 없네. 내가 이 사건에 대해 마음을 확실히 정할 때까지 정보를 주지 않는 것은 바로 그 때문이지."

"하지만 언제까지?"

"머지않았네. 자네는 이제 놀라운 드라마의 마지막 장면을 보게 될 걸세."

계단을 올라오는 소리가 나더니 방문이 열리면서 남성미의 표본이라 할 만한 청년이 들어왔다. 키는 무척 컸고 황금빛 콧수염을 길렀으며 푸른 눈에 살갖은 열대의 태양에 구릿빛으로 그을려 있었

다. 탄력이 넘치는 걸음걸이는, 거구의 젊은이가 강할 뿐 아니라 민
첩하다는 사실을 드러내고 있었다. 그는 방문을 닫더니 북받치는
감정을 억누르는 듯 두 주먹을 불끈 쥐고 가슴을 들먹거리며 서 있
었다.

"크록커 선장, 앉으시오. 내가 보낸 전보를 받았소?"

손님은 안락의자에 앉아서 묻는 듯한 눈으로 우리 두 사람을 번
갈아 바라보았다.

"전보를 받고 말씀하신 시각에 이렇게 왔습니다. 나는 선생이 회
사에 들렀다는 얘기도 들었지요. 선생을 피할 길이 없더군요. 어디
결론부터 들어봅시다. 나한테 어떻게 하려는 겁니까? 나를 체포하

506

겠다고? 이봐요, 큰 소리로 말해 보시오! 거기 앉아서 고양이가 쥐
새끼를 데리고 놀 듯 날 데리고 놀 수는 없을 거요."

"이 양반한테 담배 한 대 주게."

홈즈는 말했다.

"크록커 선장, 한 대 피우시오. 그리고 지나치게 흥분하지 마시오.
애당초 당신이 평범한 범죄자라고 생각했다면, 여기 불러다 놓고
담배를 권할 일도 없었으리라는 걸 알아두는 게 좋을 거요. 나한테
솔직한 자세로 나오면 뭔가 좋은 결과가 있을지도 모르오. 나를 속
일 생각일랑은 하지 마시오. 그럼 당신은 끝장이니까."

"나한테 원하는 게 뭡니까?"

"간밤에 애비 그레인지 저택에서 있었던 일을 있는 그대로 빠짐
없이 설명해 달라는 거요. 명심하시오, 보태지도 말고 빼지도 말고
있는 그대로 말하시오. 나는 벌써 많은 걸 알고 있으니까 당신이 조
금이라도 삐딱하게 나가면 당장 창가로 달려가 이 호루라기를 불겠
소. 그러면 사건은 완전히 내 손을 벗어나게 될 거요."

선장은 잠시 생각에 잠겼다. 그러더니 햇빛에 그을린 큼지막한
손으로 다리를 철썩 때렸다. 그가 소리쳤다.

"한번 해보겠습니다. 선생이 약속을 지킬 줄 아는 공명정대한 분
이라고 믿고 다 말씀드리지요. 하지만 먼저 한 가지 분명히 해둘 게
있습니다. 나 자신에 대해 말하자면, 내가 한 일에 대해 아무런 후
회도 두려움도 없습니다. 똑같은 상황이라면 나는 또다시 그렇게
행동할 거고 내 행동에 대해 자부심을 가질 겁니다. 짐승만도 못한

놈! 그자가 고양이처럼 목숨이 여러 개라면 나한테 다 갚으라고 해요! 하지만 마음에 걸리는 건 마리, 마리 프레이저입니다. 난 절대로 그녀를 그 저주받을 이름으로 부를 생각은 없습니다. 그녀가 고통당할 일을 생각하면 가슴이 미어집니다. 나는 그 사랑스러운 얼굴에 웃음이 떠오르는 걸 보기 위해서 내 목숨이라도 바칠 수 있는 놈입니다. 하지만, 하지만 내가 달리 어떻게 할 수 있었겠습니까? 신사 여러분, 이제 다 말씀드리겠습니다. 그리고 내가 달리 어떻게 할 수 있었는지, 사나이 대 사나이로서 여러분에게 묻고 싶습니다.

이야기는 과거로 돌아갑니다. 선생은 모든 걸 다 아시는 것 같으니까, 내가 그녀를 만난 것이 '지브롤터의 바위'호에서 일등 항해사로 일하던 시절이라는 것도 알고 계시리라 믿습니다. 그녀는 기선의 승객이었습니다. 그녀를 처음 만난 날부터 그녀는 내게 유일한 여인이었지요. 항해하는 동안 나는 나날이 그녀를 더 사랑하게 되었습니다. 어두운 밤에 야간 근무를 하다가 그녀의 사랑스러운 발이 밟고 다닌 갑판에 얼마나 많이 입을 맞추었는지 모릅니다. 그녀가 내게 특별한 관심을 표시한 적은 한 번도 없었습니다. 그녀는 나를 다른 남자들과 똑같이 대해 주었지요. 나는 불평할 것이 전혀 없습니다. 내 쪽에서는 지극한 사랑이었지만 그녀 쪽에서는 단순한 호의와 우정이었을 뿐이지요. 헤어질 때 그녀는 자유로운 몸이었지만 나는 영원한 사랑의 포로가 되어 있었습니다.

다음 항해를 끝내고 돌아왔을 때 나는 마리의 결혼 소식을 들었습니다. 글쎄요, 그녀라고 좋아하는 사람과 결혼해선 안 된다는 법

508

이 있습니까? 작위와 돈, 이런 것들이 그녀보다 더 잘 어울리는 사람이 있습니까? 마리는 아름답고 우아한 것을 위해 태어난 여성이었습니다. 그래서 슬퍼하지 않았습니다. 나는 그렇게 이기적인 짐승은 아니었으니까요. 그저 그녀한테 행운이 찾아온 것을, 그녀가 땡전 한 푼 없는 선원한테 빠지지 않은 것을 기쁘게 여겼습니다. 내가 마리 프레이저를 사랑하는 방식은 이랬습니다.

다시 마리를 보게 될 줄은 몰랐지요. 하지만 지난 항해에서 나는 승진했는데, 새 배는 아직 물에 띄우지도 않은 상태라 선원들과 시든엄에서 두어 달 대기해야 했습니다. 그런데 어느 날 시골길에서 마리의 늙은 유모 테레사 라이트를 만났습니다. 테레사는 나한테 그녀와 그녀의 남편에 대해 모든 걸 다 말해 줬습니다. 신사 여러분, 나는 그 얘기를 듣고 눈이 뒤집히다시피 했습니다. 그 술 취한 개가, 그녀의 신발을 핥아줄 자격도 없는 놈이 감히 그녀에게 손을 대다니! 나는 다시 테레사를 만났습니다. 그리고 마리도 만났는데, 우린 한 번 더 만났습니다. 그다음에 마리는 더 이상 나를 만나지 않으려고 했지요. 하지만 지난번에 나는 일주일 내에 출항할 거라는 통지를 받았고, 그래서 떠나기 전에 그녀를 한 번 만나야겠다고 결심했습니다. 테레사는 항상 내 편이 되어주었습니다. 할멈은 마리를 사랑했고 거의 나만큼이나 그 악당을 미워했으니까요. 나는 테레사한테 집안 돌아가는 사정을 들었습니다. 마리는 밤늦게까지 1층의 방에서 책을 읽는 습관이 있었습니다. 나는 지난밤에 거기로 살그머니 다가가 창문을 긁었습니다. 처음에 그녀는 문을 열어주지 않으려고 했지만 추운 밤에 차마 오랫동안 나를 바깥에 세워놓지는 못하더군요. 이제 마음속으로 나를 사랑하게 되었으니까요. 마리는 나한테 앞의 큰 창문으로 돌아오라고 속삭였습니다. 가보니 창문이 열려 있어서 안으로 들어갔습니다. 거긴 식당이었지요. 나는 다시 그녀의 입을 통해 피가 끓어오르는 얘기를 들었고, 내가 사랑하는 여인을 학대하는 그 짐승을 다시 저주했습니다. 신사 여러분, 나는 그녀와 함께 창가에 서 있었을 뿐 우린 결백했습니다. 신께선 그것을 아십니다. 그런데 바로 그때 그자가 미친놈처럼 방 안으로 뛰어들어오더니 그녀를 부정한 여자로 몰아붙이며 차마 입에 담을 수 없는 욕을 퍼붓고 들고 있던 몽둥이로 그녀의 얼굴을 후려쳤습니다. 나는 재빨리 부지깽이를 주워 들었고 우리는 일대일로 싸움을 벌였지요. 여기, 이 팔을 좀 보십시오. 그자가 먼저 휘두른 몽둥이에 맞은 자국입니다. 하지만 다음 차례는 나였습니다. 나는 부지깽이를 내리쳤고 그자의 머리는 썩은 호박처럼 부서졌습니다. 내가 후회했을 것 같습니까? 천만에요! 죽느냐 사느냐의 상황이었습니다. 게다가 무엇보다 그자를 죽이지 않으면 마리의 생명이 위태로웠습니다. 내가 어떻게 그녀를 그 미치광이의 손에 맡겨놓고 떠날 수 있었겠습니까? 이렇게 해서 나는 그자를 죽이게 됐습니다. 내가 잘못한 겁니까? 그럼, 두 분이 내 입장이었다면 어떻게 하셨겠습니까?

그자의 몽둥이에 맞았을 때 그녀는 비명을 질렀고, 그 소리를 듣고 테레사가 아래층으로 뛰어 내려왔습니다. 식기대 위에는 포도주가 한 병 있었는데, 나는 뚜껑을 따고 포도주를 조금 마리의 입속에 흘려 넣어주었지요. 그녀는 충격을 받아서 거의 죽은 사람 같았으니까요. 그리고 나도 한 모금 마셨습니다. 테레사는 얼음처럼 냉정했습니다. 이야기는 그 할멈과 내가 같이 생각해 낸 것입니다. 우리는 강도의 소행처럼 꾸며야 했습니다. 할멈은 사람들한테 해야 할 얘기를 마리한테 반복해서 들려주었고, 그동안에 나는 벽난로 선반 위로 기어올라 초인종 줄을 잘랐습니다. 그다음에 그녀를 의자에 묶고 자연스럽게 보이도록 끝 부분의 올을 풀어냈습니다. 그렇게 하지 않으면, 사람들은 세상의 어떤 도둑이 줄을 끊으러 일부러 벽난로 선반 위까지 기어올랐겠느냐고 의심할 테니까요. 그다음에 도둑이 든 것처럼 꾸미려고 은접시와 주전자 몇 개를 주섬주섬 챙겨 들고 나왔습니다. 나오면서 15분 뒤에 소리를 지르라고 했지요. 그리고 은식기를 연못 속에 던져 넣고 시든엄으로 향했습니다. 내 평생 그렇게 보람 있는 밤을 보낸 적은 없는 것 같았습니다. 홈즈 선생, 나는 죽음을 각오하고 진실을 다 털어놓았습니다."

홈즈는 잠시 동안 묵묵히 담배를 피웠다. 그리고 자리에서 일어나 손님에게 다가가 악수를 청했다. 홈즈가 말했다.

"그렇소. 난 당신의 말 한마디 한마디가 다 사실이라는 걸 알고 있소. 내가 몰랐던 얘기는 거의 한마디도 안 했으니까 말이오. 곡예사나 선원이 아니라면 선반을 짚고 올라가 설렁줄을 끊을 수 있는 사람은 없을 거요. 그런데 의자에 남아 있는 줄의 매듭은 오직 뱃사람들만이 지을 줄 아는 것이었소. 숙녀가 선원과 접촉한 것은 단 한 번이었는데, 그것은 영국으로 오는 배 안에서였고 같은 계급 출신의 사람이었소. 숙녀가 그 남자를 보호해 주려고 무척 애썼던 것으로 보아 그를 사랑하고 있는 것이 분명해 보였소. 보다시피 내가 올바른 단서를 포착했을 때, 당신을 찾아내는 것은 식은 죽 먹기였소.”

“우리가 꾸며낸 이야기를 경찰은 절대로 꿰뚫어 보지 못할 줄 알았습니다.”

“경찰은 지금 사실을 모르고 있는데, 그건 앞으로도 마찬가지일 것 같소. 자, 크록커 선장, 내 말 잘 들으시오. 나는 당신이 남자로서 견디기 힘든 심한 도발을 당한 끝에 행동했다는 걸 인정하지만, 그래도 이것은 대단히 중대한 사건이오. 물론 나는 자신을 방어하기 위한 당신의 행동이 불법적인 것이라고 생각하지는 않소. 하지만 판단하는 것은 영국 배심의 몫이오. 그래도 나는 당신한테 상당히 공감하기 때문에, 앞으로 24시간 안에 영국을 떠나기로 하면 무사 출국을 보장하겠노라고 약속하겠소.”

“그다음에 사건을 공개하고요?”

“당연히 공개할 거요.”

선장은 불같이 화를 냈다.

“아니 무슨 말을 그렇게 하십니까? 나도 법에 대해서 알 만큼 아는 사람인데, 그렇게 되면 마리는 공범으로 체포될 게 분명합니다. 당신은 내가 슬그머니 빠져나가고 그녀 혼자 책임을 뒤집어쓰게 놔둘 것 같습니까? 천만에, 나를 잡아다 죽이든 살리든 마음대로 하라고 하십시오. 하지만 홈즈 선생, 제발 부탁이니, 가엾은 마리가 법정에 서지 않아도 되는 방법을 찾아주십시오.”

홈즈는 선장에게 다시 악수를 청했다.

"난 그저 당신을 시험해 봤을 뿐이오. 당신 말에는 진실의 울림이 있소. 흠, 나는 지금 자청해서 큰 책임을 지게 됐소. 물론 홉킨스한테는 충분히 암시를 주었소. 그런데도 그걸 제대로 이용하지 못한다면 나로서는 더 이상 어쩔 수 없는 일이오. 자, 크록커 선장, 우리는 이 일을 적법하게 처리할 거요. 당신은 피고인이오. 왓슨, 자네는 영국 배심원이네. 배심원으로 자네보다 더 나은 자격을 가진 사람은 없을 걸세. 나는 판사를 하지. 자, 배심원은 증언을 들었습니다. 피고인은 유죄입니까, 무죄입니까?"

"재판장님, 무죄입니다."

나는 말했다.

"백성의 뜻은 하늘의 뜻이라고 했소. 크록커 선장, 당신을 석방하겠소. 경찰이 다른 무고한 사람을 범인으로 모는 일이 없는 한 나는 당신을 찾지 않겠소. 1년 뒤에 숙녀에게 다시 돌아가시오. 두 사람이 사는 모습을 보며 우리가 오늘 밤에 내린 판단이 옳았다고 느끼게 되기를 바라오!"

두 번째 얼룩

나는 원래 '애비 그레인지 저택' 이야기를, 그동안 내가 꾸준히 대중에게 소개해 온 친구 셜록 홈즈의 놀라운 수사 기록의 마지막 편이 되게 할 작정이었다. 이같이 결심한 것은 소재가 부족하기 때문은 아니었다. 내겐 아직 한 번도 언급한 적이 없는 수백 건의 사건 기록이 남아 있으니까. 또 나의 독자들이 이 놀라운 인간의 남다른 성격과 독창적인 방법에 흥미를 잃었기 때문도 아니었다. 진짜 이유는 홈즈가 자신의 경험을 계속 책으로 펴내는 것을 꺼렸기 때문이다. 탐정으로 활약을 계속하는 한 성공 기록은 그에게 현실적인 가치가 있었지만, 런던을 아주 떠나 서섹스 다운스에서 연구와 양봉에 몰두하는 지금, 명성이란 아주 거추장스러운 것이 되었고, 그래서 그는 이 문제에 대해 자신의 요구대로 해달라고 단호하게 요구했다. 나는 그에게 적절한 때가 되면 '두 번째 얼룩' 사건을 발표하겠노라고 이미 약속했다는 점을 강조하고, 또 이 긴 사건 기록의 대미를 응당 그가 해결한 숱한 사건 중에서 가장 중요한 국제적 사건에 대한 이야기로 장식하는 게 타당하다는 점을 지적한 끝에 마침내 이 사건을 공표해도 좋다는 승낙을 받았다. 그는 사건에 대해 설명할 때 어디까지나 조심스러워야 한다는 전제를 달았다. 만일 내가 이야기를 펼쳐나가는 동안 어떤 부분에서 다소 애매한 태도를 취하는 것 같더라도, 독자들은 내가 말을 아끼는 데에는 그럴 만한 이유가 있다고 선선히 이해해 주기 바란다.

어느 가을 화요일 아침, 유럽 전역에 이름을 날리고 있는 두 인물이 베이커가의 소박한 방으로 찾아왔던 그때에는 1년 뒤, 심지어는 10년 뒤에도 이 사건에 대해 밝히지 못할 것 같았다. 날카로운 콧날에 독수리 같은 눈매의 엄격하고 권위 넘치는 사람은 다름 아닌, 영국 수상으로 두 번째 임기를 맞고 있는 저 유명한 벨린저 공이었다. 다른 한 사람은 어두운 피부에 우아한 조각 같은 외모, 육체와 정신의 온갖 아름다움을 부여받고 태어나, 이 나라에서 가장 촉망받는 정치가가 된 현직 유럽 외교부 장관이자 아직 청년티를 벗지 못한 트렐로니 호프 각하였다. 두 사람은 서류가 흩어져 있는 긴 의자에 나란히 앉았는데 불안하고 초췌한 얼굴을 보니 얼마나 다급하고 중요한 용무 때문에 여기 왔는지 쉽사리 짐작할 수 있었다. 수상은 푸른 정맥이 불거진 여윈 손으로 우산의 상아 손잡이를 단단히 움켜쥔 채, 수도승 같은 퀭한 얼굴로 침울하게 홈즈와 나를 번갈아 쳐다보았다. 유럽 외교부 장관은 콧수염을 신경질적으로 잡아 뜯는가

하면 시곗줄의 인장을 자꾸 만지작거렸다.

"홈즈 선생, 나는 오늘 아침 여덟시에 서류가 없어진 걸 발견하고 당장 수상님께 보고드렸습니다. 수상님께서 선생을 찾아가보자고 먼저 제안하셨지요."

"경찰에 알리셨습니까?"

"아니요."

수상은 저 유명한 기민하고 단호한 태도로 말했다.

"우린 아직 그렇게 하지 않았고 또 그렇게 하는 게 가능하지도 않소. 경찰에게 알린다는 것은 결국 대중 앞에 사실을 공표하는 것이 되오. 그런데 우리가 각별히 피하고자 하는 게 바로 그런 사태요."

"그럴 만한 이유가 있습니까, 수상님?"

"왜냐하면 문제의 서류는 비할 바 없이 중대한 것이라서, 그것이 공표되면 궁극적으로 유럽 전체의 분쟁으로 비화될 우려가 높소. 나는 십중팔구 그렇게 될 거라고 확신하오. 사실 그 서류가 전쟁이냐 평화냐를 좌우한다고 해도 과언은 아니오. 그것을 되찾을 때 각별히 보안을 지키지 않는다면 아예 찾지 않느니만 못할 수도 있소. 왜냐하면 그것을 가져간 자들이 노리는 것은 내용을 일반에게 공개하는 것이니까 말이오."

"알겠습니다. 그럼 트렐로니 호프 장관님, 이 서류가 분실될 당시의 상황을 정확하게 말씀해 주시면 대단히 감사하겠습니다."

"홈즈 선생, 몇 마디로 간단하게 설명하겠습니다. 그것은 엿새 전에 외국의 어느 군주한테서 온 서신입니다. 대단히 중대한 내용을 담고 있어서, 나는 그걸 금고에 넣어두지 않고 저녁마다 집으로 들고 와서 침실의 서류함에 넣은 다음 열쇠로 잠그곤 했습니다. 어젯밤에 서류는 거기 있었습니다. 그건 분명합니다. 저녁 식사 전에 옷을 갈아입는 동안 실제로 서류함을 열어봤고, 문제의 서신이 안에 있는 것을 두 눈으로 똑똑히 확인했으니까요. 그런데 오늘 아침에 서류가 없어진 겁니다. 서류함은 밤새도록 내 침실 화장대의 거울 옆에 놓여 있었지요. 나는 잠귀가 밝은 사람이고 그건 아내도 마찬가집니다. 우리 부부는 누구든 밤중에 방에 들어오지는 못했을 거라고 확신합니다. 그런데 서류가 감쪽같이 사라졌습니다."

"저녁 식사는 몇 시에 하셨습니까?"

“일곱시 반.”

“그리고 얼마 뒤에 침실로 돌아가셨습니까?”

“어제저녁 아내는 극장에 갔습니다. 나는 자지 않고 아내를 기다렸지요. 우리가 침실에 들어간 건 열한시 반이었습니다.”

“그럼 서류함은 네 시간 동안 무방비 상태로 놓여 있었던 겁니까?”

“그 방에 들어갈 수 있는 사람은 아침나절에는 청소하는 하녀, 낮에는 내 시종하고 아내의 시녀뿐입니다. 이들은 우리 집에서 일한 지 오래된, 믿을 만한 하인들이지요. 게다가 내 서류함에 평상시의 부처 문건보다 더 중요한 것이 들어 있다는 건 아무도 몰랐을 겁니다.”

“그 편지의 존재에 대해서 아는 사람이 누구였습니까?”

“집안에는 없습니다.”

“부인은 아셨겠지요?”

“아니요. 오늘 아침에 서신이 없어졌다는 사실을 알기 전까지는 아내에게 아무 말도 안 했습니다.”

수상은 만족스럽게 고개를 끄덕였다.

“호프 장관, 나는 공무에 대한 자네의 책임감을 오래전부터 높이 평가하고 있었네. 이런 일급 기밀은 아무리 가까운 가족이라도 그보다 우선하는 것이 분명하네.”

유럽 외교부 장관은 고개를 숙여 보였다.

“수상님은 저를 공정하게 봐주고 계십니다. 오늘 아침까지 저는 이 일에 대해 아내에게 단 한마디도 하지 않았습니다.”

"부인께서 짐작은 할 수 있었겠지요?"

"그렇지 않습니다, 홈즈 선생. 아내는 짐작하지 못했을 겁니다. 그
럴 리가 없지요."

"전에도 서류를 분실한 적이 있으십니까?"

"아니요."

"영국 내에서 이 편지의 존재를 아는 사람은 누굽니까?"

"내각의 각료들에게 사실을 통보한 것은 어제였지만, 각료 회의
의 참석자 모두에게 비밀 엄수의 서약을 받은 데다가 수상님의 엄
중한 경고의 말씀까지 계셨습니다. 그런데 이럴 수가, 몇 시간 지나
지도 않아서 내가 그걸 잃어버리다니!"

잘생긴 얼굴이 절망에 못 이겨 일그러지는 듯하더니 장관은 두
손으로 머리를 쥐어뜯었다. 우리는 순간적으로 충동적이고 열정적
이며 예민하기 짝이 없는 자연인의 모습을 엿보았다. 하지만 다음
순간, 귀족의 품위에 걸맞은 가면과 온화한 목소리가 다시 돌아왔다.

"각료들 외에 우리 부처의 관리들 중에서 그 서신에 대해 아는 사
람이 두셋쯤 될 겁니다. 하지만 홈즈 선생, 이 나라에 그것에 대해
아는 사람은 더 이상 없는 것이 분명합니다."

"그러면 외국에는?"

"나는 외국에도 서신을 쓴 당사자 외에는 그걸 본 사람이 없을 거
라고 믿습니다. 그 군주는 장관들한테 알리지 않고, 즉 적절한 공식
적인 경로를 통하지 않고 그걸 보낸 것이 분명합니다."

홈즈는 잠시 생각에 잠겼다.

"장관님, 그럼 이제 그 서신의 내용이 뭔지, 그리고 도난당한 서신 때문에 왜 그렇게 엄청난 결과가 초래된다는 것인지, 좀 더 자세하게 말씀해 주시기 바랍니다."

두 정치인은 재빨리 시선을 교환했고 수상은 더부룩하게 자란 눈썹을 찌푸렸다.

"홈즈 선생, 봉투는 연한 청색이고 길고 얄팍하오. 붉은 밀랍으로 봉했고 웅크린 사자 문양의 인장을 찍었소. 그리고 주소는 크고 대담한 필치로……."

홈즈가 입을 열었다.

"수상님, 그것도 참으로 흥미롭고 중요한 부분이지만 저는 그보다 더 핵심적인 것을 여쭙고 있습니다. 그 편지의 내용은 뭡니까?"

"그것은 국가의 일급 기밀이라 선생에게 말할 수도 없거니와 또 말할 필요도 없다고 생각하오. 사람들의 입에 오르내리는 선생의 능력을 발휘한다면 방금 설명한 그런 봉투를 찾을 수 있을 거요. 선생이 서신을 찾아준다면 나라에 큰 공헌을 하는 셈이 되니 우리는 최대로 보상하겠소."

셜록 홈즈는 빙긋이 웃으며 일어섰다.

"두 분은 우리 나라에서 가장 바쁘신 분들입니다. 그리고 변변치 않지만 저 또한 할 일이 많은 사람입니다. 이번 기회에 두 분을 도와드리지 못하게 되어 대단히 유감입니다. 저는 이런 대화를 계속하는 것이 시간 낭비라고 생각합니다."

수상은 벌떡 일어섰는데 깊숙이 들어간 눈에서 불꽃이 튀었다.

그것은 한 나라의 각료들을 벌벌 떨게 한 눈빛이었다.

"이런 대접은 처음이오."

수상은 입을 열었지만 곧 분노를 가라앉히고 다시 자리에 앉았다. 일이 분 정도 침묵이 흘렀다. 늙은 정치가는 어깨를 으쓱했다.

"홈즈 선생, 당신 조건을 받아들이지 않을 수 없구려. 당신 말이 옳소이다. 당신을 전적으로 신임하지 않으면서 행동해 주기를 바라는 것은 어불성설이오."

"저도 같은 생각입니다."

젊은 정치가가 말을 받았다.

"그럼 이제 당신과 동료 되는 왓슨 박사의 양식을 전폭적으로 신뢰하고 말하겠소. 두 분은 애국심을 발휘해 주기 바라오. 지금 하는 얘기가 새어 나간다면 이 나라에는 형언할 수 없이 불행한 사태가 초래될 거요."

"그 점에 대해서는 마음 놓으셔도 좋습니다."

"좋소. 그 서신은 최근 우리 나라 식민지의 발전상을 보고 심기가 불편해진 어느 외국의 군주가 보내온 것이오. 그것은 그분께서 독단으로 성급하게 써서 보낸 것이오. 알아본 결과, 그 나라의 장관들은 그 서신에 대해 아무것도 모른다는 사실이 드러났소. 그뿐만 아니라, 그것은 아주 적절치 못한 말투로 쓰였고 그중 일부 구절은 아주 자극적이어서 그것을 공표하면 온 나라가 위험할 만큼 들끓을 것이 분명하오. 그런 정도의 소요가 발생한다면, 이 나라는 일주일 안에 큰 전쟁에 휩쓸리게 될 거요."

홈즈는 종이 위에 이름을 하나 적어 수상에게 건넸다.

"옳소. 바로 그분이오. 그분이 10억의 비용과 10만의 인명을 앗아갈 수 있는 서한을 작성했고, 우리는 그것을 도무지 이해할 수 없는 방식으로 분실한 거요."

"편지를 보내신 분에게 사실을 통보하셨습니까?"

"그렇소. 암호 전문을 보냈소."

"그분이 편지의 공표를 원하는 모양입니다."

"그렇지 않소. 우리는 그분이 그렇게 무모하고 성급하게 행동한 것에 대해 진작부터 후회하고 있다는 확증을 잡았소. 서신이 공개되면 우리보다는 그분 자신과 그 나라가 더 치명상을 입을 거요.”

“그렇다면 그 편지가 공개되었을 때 이익을 보는 세력이 누굽니까? 대체 그걸 훔쳐내거나 공개하려는 이유가 뭐지요?”

“셜록 홈즈 선생, 그것은 국제 정치에 대한 깊은 이해가 필요한 부분이오. 하지만 유럽의 정세를 고려한다면 그 동기를 헤아리는 게 어렵지는 않을 거요. 유럽 전체는 거대한 병영이오. 유럽에는 양대 동맹이 있는데, 이 두 진영은 현재 군사력의 평형을 이루고 있소. 그리고 대영제국은 이러한 균형 상태의 열쇠를 쥐고 있소이다. 만약 영국이 한쪽 동맹과 전쟁을 벌이게 되면, 다른 쪽 동맹은 전쟁에 참가하든 말든 어부지리를 얻게 되는 셈이오. 내 말 이해하겠소?”

“잘 알겠습니다. 그렇다면 그 군주의 적대 세력은 두 나라 사이를 이간질하기 위해 편지를 공개하려고 하는 것이로군요?”

“그렇소이다.”

“만약 그 편지가 적의 손에 떨어졌다면 그건 누구한테 가게 될까요?”

“유럽의 수상이라면 누구라도 가능성이 있소. 그것은 지금 이 순간, 바람처럼 빠른 속도로 그곳을 향해 가고 있을 거요.”

트렐로니 호프 장관은 고개를 떨구고 큰 소리로 신음했다. 수상은 장관의 어깨에 부드럽게 손을 올려놓았다.

“여보게, 자네가 운이 없었네. 자네를 비난할 사람은 아무도 없을 걸세. 자네는 만반의 주의를 기울였네. 자, 홈즈 선생, 이게 전부요.

우리가 어떻게 했으면 좋겠소?”

홈즈는 우울하게 고개를 가로저었다.

“수상님, 그 문서를 되찾지 못하면 전쟁이 날 거라고 생각하십니까?”

“나는 그럴 가능성이 매우 높다고 생각하오.”

“그렇다면 전쟁에 대비하십시오.”

“홈즈 선생, 거 심한 말을 하시는구려.”

“수상님, 현실을 직시하십시오. 그 편지가 밤 열한시 반 이후에 없어졌을 리는 없습니다. 호프 장관과 부인께서는 그 시간 이후부터 도난 사실을 발견할 때까지 쭉 그 방에 계셨다고 하니까요. 그렇다면 편지가 없어진 것은 어제저녁 일곱시 반에서 열한시 반 사이인데, 아마 이른 시간이었을 겁니다. 왜냐하면 그걸 가져간 게 누구든, 편지가 거기 있다는 사실을 정확하게 알고 있었고, 그렇다면 당연히 될 수 있는 대로 이른 시간에 그걸 빼내려고 했을 겁니다. 수상님, 그렇게 중대한 문서가 그 시간에 빼돌려졌다면 지금 어디 있을까요? 범인이 그냥 갖고 있을 이유는 전혀 없습니다. 그건 재빨리 필요한 사람에게 전달되었을 겁니다. 그런데 지금 우리가 그걸 되찾거나 또는 행방을 추적할 수 있는 가능성이 있을까요? 그건 우리의 능력 밖의 일입니다.”

수상은 자리에서 일어섰다.

“홈즈 선생, 당신의 논리는 물샐틈없이 완벽하오. 사건은 정말 우리 손을 벗어났을지도 모르겠소.”

"일단 그 편지를 가져간 사람이 하녀나 시종이라 가정하고……."

"모두들 나이도 적지 않고 믿을 만한 하인들이오."

"장관님께서는 침실이 2층에 있는데 외부에서 드나들 수 있는 문은 없다고 하셨습니다. 또 집 안을 경유할 때 사람들 눈에 띄지 않고 올라갈 수 있는 방법도 없고 말입니다. 그렇다면 서신을 훔쳐낸 것은 내부인의 소행임에 틀림없습니다. 도둑은 서신을 누구한테 갖다줄까요? 그것은 저도 이름을 아는 몇몇 국제 간첩이나 비밀 요원 중의 하나가 분명합니다. 그런데 그쪽 분야에서 최고라고 할 만한 이들은 셋을 꼽을 수 있지요. 저는 이제 그 셋의 동정을 살피는 일부터 시작하겠습니다. 그중 하나가 자신의 위치를 이탈했다면, 특히 어젯밤부터 사라졌다면, 우리는 서류의 행방에 대해 웬만큼 추측할 수 있게 될 겁니다."

"무엇 때문에 서신을 갖고 사라지겠습니까?"

유럽부 장관이 질문했다.

"런던에 있는 어느 대사관으로 그걸 갖고 달려갈 게 뻔합니다."

"저는 그렇게 생각하지 않습니다. 첩보원들은 독자적으로 행동하기 때문에 자국 대사관과 관계가 나쁜 경우가 많습니다."

수상은 홈즈의 말에 동의한다는 듯 고개를 끄덕였다.

"홈즈 선생, 그 말이 옳소이다. 그자는 귀중한 전리품을 제 손으로 본부에 갖다 바치려고 할 거요. 나는 당신의 계획이 썩 훌륭하다고 생각하오. 그건 그렇고, 호프 장관, 이 불행한 사건 때문에 다른 의무까지 완전히 방기할 수는 없네. 앞으로 무슨 일이 있으면 당신에게 연락하겠소. 당신도 무슨 결과가 있거들랑 지체 없이 알려주시오.”

두 정치가는 가볍게 목례하고 무거운 걸음으로 방을 나갔다.

유명한 손님들이 떠나자 홈즈는 말없이 파이프를 붙여 물고 자리에 앉아 한참 동안 깊은 생각에 잠겼다. 나는 조간신문을 펼쳐 들고 간밤에 런던에서 발생한 충격적인 범죄에 관한 기사에 푹 빠져 있었다. 그런데 친구가 버럭 소리 지르며 벌떡 일어나더니 벽난로 선반 위에 파이프를 올려놓았다.

“그래, 그보다 더 나은 방법은 없어. 상황이 절망적이긴 하지만 전혀 희망이 없는 것은 아닐세. 아직까지는 그래. 셋 중에 누가 편지를 빼돌렸는지 확인할 수만 있다면 말이지. 아직은 그 편지가 범인의 수중에 있을지도 모르네. 결국 그런 친구들한테 문제가 되는 것은 돈이거든. 그런데 내 뒤에는 영국의 국고가 버티고 있네. 편지가 시장에 나오면 내가 사면 돼. 비록 그것 때문에 세금이 1페니 더 오르는 한이 있어도 말이야. 그자는 어느 쪽이 제일 높은 가격을 부르는지 알아보면서 편지를 잠시 보관하고 있을지도 모르네. 그렇게 대담한 판을 벌일 수 있는 자들은 오버스타인, 라 로티에르, 에두아르도 루카스, 이렇게 단 셋뿐일세. 이자들을 하나씩 접촉해야겠어.”

나는 조간신문을 흘끗 쳐다보았다.

“고돌핀가의 에두아르도 루카스 말인가?”

“그래.”

“그 사람은 못 만날 걸세.”

"왜?"

"간밤에 자택에서 살해당했네."

그동안 숱한 모험을 하는 동안 내 친구는 수시로 나를 놀래주었는데, 지금 그가 까무러칠 듯이 놀라는 걸 보니 나는 무척이나 기분이 좋았다. 그는 멍하니 나를 응시하다가 내가 들고 있던 신문을 낚아채 갔다. 그가 자리에서 일어서기 전에 내가 읽은 기사는 이런 것이었다.

웨스트민스터 살인 사건

지난밤 고돌핀가 16번지에서 동기를 알 수 없는 살인 사건이 일어났다. 사건이 일어난 곳은 템스 강과 웨스트민스터 대수도원 사이에 있는 고풍스러운 18세기 양식의 외진 주택가에 있는데, 그중에서도 국회 의사당의 높은 시계탑 그늘에 잠겨 있다시피 한 집이다. 수년 동안 이 작지만 고급스러운 주택에서 거주해 온 이는 에두아르도 루카스 씨인데, 그는 매력적인 성품뿐 아니라 최고의 아마추어 테너 가수로 평가받은 덕분에 사교계의 유명 인사가 되었다. 루카스 씨는 34세의 독신남으로 식솔로는 늙은 가정부 프링글 부인과 시종 미튼이 있다. 가정부는 여느 때와 마찬가지로 일찍 일을 끝내고 맨 위층의 방으로 자러 갔다. 시종은 해머스미스에 있는 친구 집을 방문하기 위해 저녁때 집을 비웠다. 루카스 씨는 열시부터 집에 혼자 있었다. 그동안 무슨 일이 있었는지는 아직 밝혀지지 않았지만 열한시 45분에 배럿 경관은 고돌핀가를 지나다 16번지의 현관문이 열려 있는 것을 보았다. 그는 문을 두드렸지만 응답이 없었다. 경관은 거실에서 불빛이 흘러나오는 걸 보고 집 안으로 들어가 복도에서 방문을 두드렸지만 여전히 대답이 없었다. 그래서 그는 방문을 열고 안으로 들어갔다. 방 안은 완전히 난장판이었는데, 가구란 가구는 죄다 한쪽으로 밀쳐져 있었고 의자 하나가 방 한가운데 누워 있었다. 이 의자 옆에는 그때까지도 의자 다리 하나를 붙든 채 불운한 집주인이 쓰러져 있었다. 주인은 심장을 찔린 상태였고 즉사한 것으로 보였다. 범행에 사용된 칼은 반월형 인도 단검인데 원래 벽을 장식하고 있던 동양 무기 수집품의 하나였다. 강도의 소행은 아니었던 듯 집 안의 값나가는 물건에는 전혀 손댄 흔적이 없었다. 에두아르도 루카스 씨는 유명한 인기인이므로, 수많은 지인들은 고인이 이렇게 의문의 죽임을 당한 데 대해 가슴 아픈 관심과 깊은 동정을 품을 것이다.

"흠, 왓슨, 자네는 이 사건을 어떻게 생각하나?"
한참 말이 없던 홈즈가 물었다.
"놀라운 우연의 일치일세."
"우연의 일치라! 하필이면 우리가 이 드라마의 배우로 거명했던 세 사람 가운데 하나가, 그 드라마가 한창 진행 중이던 바로 그 시간에 무참하게 살해당했네. 이 사건은 우연의 일치가 아닐 공산이 커. 그런 일은 도저히 있을 수가 없지. 왓슨, 이 두 사건은 서로 관련되어 있네. 틀림없어. 그 상관관계를 밝혀내는 것이 우리가 해야 할

일일세."

"하지만 지금 경찰은 모든 걸 다 알고 있을걸."

"천만에. 경찰이 알고 있는 건 고돌핀가에서 벌어진 사건뿐일세. 그들은 유럽 외교부 장관의 화이트홀 테라스 저택에 대해서는 아무 것도 모르고 그건 앞으로도 마찬가지일 거야. 두 사건을 다 알고 그 사이의 관련을 추적할 수 있는 건 우리뿐일세. 어찌 됐든, 나한테는 루카스에게 의혹의 눈초리를 보낼 만한 명백한 사유가 하나 있네. 웨스트민스터의 고돌핀가는 화이트홀 테라스까지 걸어서 몇 분 거리밖에 안 되지. 내가 말한 다른 간첩들은 모두 웨스트엔드의 끄트머리에 살고 있네. 그러니까 루카스는 다른 둘에 비해 유럽부 장관 댁 식솔과 일정한 관계를 맺고 메시지를 전달받기가 훨씬 쉬웠네. 그것은 사소한 것 같지만 네댓 시간 사이에 집중적으로 일이 터진 상황에서는 아주 중요한 조건이 될 수 있지. 어럽쇼! 이게 누구야?”

허드슨 부인이 어느 숙녀의 명함을 쟁반에 받쳐 들고 나타났다. 홈즈는 그것을 흘끗 쳐다보더니 눈이 휘둥그레져서 명함을 내게 건네주고는 말했다.

“힐다 트렐로니 호프 부인께 어서 올라와주십사고 전해 주십시오.”

아침에 이미 크나큰 영예를 누린 우리의 소박한 방은 잠시 후 런던에서 가장 사랑스러운 여성의 출현으로 더한 영광을 입었다. 나는 벨민스터 공작의 막내 따님의 미모에 대한 얘기를 심심찮게 들었다. 그 아름다움에 대해 아무리 설명을 듣고 무채색의 사진을 아무리 열심히 쳐다봐도, 그 섬세하고 미묘한 매력과 우아한 얼굴의 아름다운 색조는 놀랍기만 했다. 하지만 그 가을날 아침에 우리 두 사람의 시선을 맨 먼저 잡아끈 것은 그녀의 미모가 아니었다. 숙녀의 사랑스러운 뺨은 강렬한 감정 때문에 창백했고, 두 눈은 반짝거렸지만 열에 들떴으며, 자신을 억제하려는 노력으로 민감한 입술은 앙다문 채 일그러져 있었다. 미모의 손님이 방문을 열고 들어섰을 때 맨 먼저 눈에 띈 것은 아름다움이 아니라 두려움이었다.

“홈즈 선생, 내 남편이 여기 왔었지요?”

“그렇습니다, 마담. 여길 다녀가셨습니다.”

"홈즈 선생, 부탁이니 남편한테 내가 여기 왔다 갔다는 말은 하지 말아주세요."

홈즈는 싸늘하게 고개를 숙여 보이고 숙녀에게 의자를 가리켰다.

"부인께서는 저를 몹시 난처한 입장으로 몰아넣으시는군요. 부디 저기 앉아서 제게 원하는 게 뭔지 말씀해 주시기 바랍니다. 하지만 무조건 약속 드릴 수는 없을 것 같습니다만."

부인은 방을 가로질러 가서 창문을 등지고 앉았다. 한마디로 여왕 같은 자태였다. 키가 크고 우아하고 여성다운 매력이 물씬 풍겼다.

부인이 흰 장갑을 낀 손을 쥐었다 폈다 하며 말을 이었다.

"홈즈 선생, 나도 솔직하게 말씀드릴 테니 선생도 내게 솔직하게 말씀해 주셨으면 합니다. 우리 부부는 서로에게 비밀이라곤 없지만 예외가 하나 있습니다. 그것은 정치 문제입니다. 남편은 이 부분에 대해서는 입을 굳게 다물지요. 나한테 아무 말도 안 한답니다. 그런데 지난밤에 우리 집에서 중대한 사건이 생겼습니다. 나는 서류가 없어진 것으로 알고 있어요. 그게 정치적인 문제라서 남편은 내막을 전혀 말해 주지 않습니다. 하지만 일이 어떻게 된 건지 나는 정확하게 알 필요가 있습니다. 정말이에요. 그런데 정치가를 빼면 진실을 아는 사람은 오직 선생뿐입니다. 홈즈 선생, 부탁이니 도대체 일이 어떻게 된 건지, 그리고 앞으로 어떤 결과가 초래될 것인지 정확하게 말씀해 주세요. 모든 걸 다 말예요. 의뢰인을 위해서 침묵한다는 말씀은 마세요. 분명히 말씀드리지만, 나한테 진실을 솔직하게 알려주는 것이야말로 남편을 진정으로 위하는 길이니까요. 없어진 문서가 대체 어떤 거지요?”

“마담, 그것은 도저히 말씀드릴 수 없는 것입니다.”

부인은 신음 소리를 내며 두 손으로 얼굴을 감싸 쥐었다.

“마담, 이럴 수밖에 없다는 것을 아셔야 합니다. 부군께서 부인에게 이 문제를 알리지 않는 것이 옳다고 생각하시는데, 직업상의 기밀을 누설하지 않겠다고 맹세한 다음에야 얘기를 듣게 된 제가 부군께서 감추신 것을 부인에게 말씀드려야 할까요? 그것은 온당한 요청이 아닙니다. 그런 요청을 꼭 하셔야 한다면 부군에게 하십시오.”

“남편한테는 벌써 물어봤습니다. 나는 최후의 수단으로 여길 찾아온 거예요. 하지만 홈즈 선생, 구체적인 얘기를 비치지 않아도 한 가지 점에 대해서 분명히 밝혀주시면 정말 큰 도움이 될 것 같군요.”

“마담, 그게 뭐지요?”

“이 사건 때문에 남편의 정치적 입지가 타격을 받을까요?”

“그렇습니다, 마담. 문제가 해결되지 않는다면 대단히 불행한 결과가 초래될 것입니다.”

“아!”

부인은 의혹이 풀린 사람처럼 날카롭게 숨을 들이켰다.

“홈즈 선생, 한 가지만 더 묻겠습니다. 서류가 없어졌다는 걸 알고 충격을 받은 남편이 무심코 흘린 얘기를 듣고, 나는 그 사건이 사회에 엄청난 파장을 일으킬지 모른다고 짐작했습니다.”

“부군께서 그렇게 말씀하셨다면 제가 그 사실을 부정할 수는 없지요.”

"구체적으로 어떤 문제가 생기는 건가요?"

"안 됩니다, 마담. 또 제가 대답할 수 없는 걸 물으셨습니다."

"그럼 더 이상 선생의 시간을 빼앗지 않겠어요. 홈즈 선생, 나는 선생이 좀 더 허심탄회하게 얘기해 주지 않았다고 해서 선생을 원망하지는 않겠어요. 선생도 내가 남편의 뜻을 거스르기까지 하면서 남편의 근심을 함께하려고 했다고 나를 나쁘게 생각하진 않으리라 믿습니다. 다시 한번 부탁드리는데 내가 찾아왔다는 말씀은 하지 마세요."

부인은 문 앞에서 우리를 돌아보았는데, 넋이 나간 듯한 아름다운 얼굴과 놀란 눈, 찡그린 입술이 다시 한번 나의 시선을 잡아끌었다. 부인은 방을 나갔다.

"여보게, 여자라는 종족은 자네의 전문 분야일세."

점점 멀어지던 치맛자락 스치는 소리가 현관문이 쾅 닫히며 아예 들리지 않게 되자 홈즈가 빙긋이 웃으며 말했다.

"저 아름다운 숙녀의 속셈이 뭘까? 정말 원하는 게 뭐였을까?"

"그 점에 대해서는 부인이 분명하게 말했고, 또 부인이 걱정하는 것은 당연한 일일세."

"허! 왓슨, 부인의 얼굴 표정을 생각해 보게. 그 태도하며 흥분을 억누르던 것, 안절부절못하던 것, 집요하게 질문을 던지던 것 말일세. 그런데 부인은 자기 감정을 쉽게 드러내지 않는 계급 출신이거든."

"좀 동요하고 있던 건 사실이야."

"또 부인은 자기한테 사실을 다 말해 주는 게 진정으로 남편을 위하는 길이라고 이상할 정도로 열심히 우릴 설득하려고 했네. 그게 대체 무슨 뜻일까? 그리고 왓슨, 자네도 부인이 햇볕을 등지고 앉으려고 꾀를 부린 걸 봤지? 부인은 우리한테 표정을 보이고 싶지 않았

던 거야."

"그래, 부인은 창가의 의자를 골라서 앉았지."

"그런데 여자들의 속내는 정말 이해하기 힘들거든. 자네도 내가 똑같은 이유 때문에 의심했던 마게이트의 여자 기억할 걸세. 그 여자의 코에는 가루가 묻어 있지 않았는데 그 때문에 진실이 확인되었네. 자넨 어떻게 그런 흐르는 모래 위에 집을 지을 수 있나? 여자들의 아무렇지도 않은 행동이 아주 엄청난 것을 의미할 때가 있는가 하면, 때로 여자들은 머리핀이나 고데 때문에 아주 이상한 짓을 하기도 하거든. 왓슨, 잘 있게."

"어디 가려고?"

"응, 아침나절은 고돌핀가에서 정규 조직의 친구들과 같이 시간을 보낼 생각이네. 우리에게 주어진 문제의 해답은 에두아르도 루카스한테 있지만, 솔직히 말해서 그게 어떤 형태를 취할 것인가는 아직 잘 모르겠군. 사실을 손에 넣기 전에 가설부터 세우는 것은 중대한 실수라네. 여보게 친구, 자네는 집을 지키면서 다른 손님들이 오면 맞아주게. 가능하면 점심은 자네와 함께하도록 하겠네."

그날부터 그다음다음 날까지, 홈즈는 어떻게 보면 말이 없고 어떻게 보면 침울한 기색이었다. 그는 뛰어나갔다가 뛰어 들어왔고 줄담배를 피웠고 잠깐씩 바이올린을 연주했고 몽상에 빠졌고 때가 지난 뒤에 와서 허겁지겁 샌드위치를 먹어치웠고, 무슨 질문을 던져도 묵묵부답이었다. 조사 활동이 순조롭게 풀리지 않는 게 분명했다. 그가 사건에 대해 전혀 말하려 들지 않았으므로, 나는 신문을 보고 사건 심리의 진행 과정에 대해, 고인의 시종 존 미튼의 구속과 연이은 무죄 방면에 대해 알게 되었다. 검시 배심은 '고의적 살인'의 평결을 내렸지만, 범인의 윤곽은 여느 때와 마찬가지로 전혀 드러나지 않았다. 동기도 오리무중이었다. 방에는 귀중품이 가득했지만 없어진 것은 아무것도 없었다. 피살자의 문서도 그대로 남아 있었다. 문서를 주의 깊게 조사한 결과, 고인은 국제 정치에 해박했고 지칠 줄 모르고 뜬소문을 수집했으며 외국어에 능통했고 편지 쓰기를 대단히 좋아했다는 사실이 드러났다. 그는 몇몇 나라의 주요 정치인들과도 친분이 두터웠다. 하지만 서랍을 꽉 채운 문서 중에 사회적으로 물의를 일으킬 만한 것은 없었다. 여자들과의 관계를 보면 난잡했으나 피상적이었던 듯했다. 수많은 여자들과 사귀었지만 친구는 드물었고 더욱이 사랑했던 여자는 한 명도 없었다. 생활 습관은 규칙적이었고 행실은 나쁘지 않았다. 에두아르도 루카스의 죽음은 완전히 수수께끼였고 앞으로도 답을 찾기는 힘들 것 같았다.

시종 존 미튼의 체포는 아무것도 할 수 없는 상태에서 나온 궁여지책이었다. 그러나 공소유지가 불가능했다. 그는 그날 밤 해머스미스에 있는 친구 집을 찾아갔다. 알리바이는 완벽했다. 그가 친구 집을 나선 것이, 사건이 발견된 열한시 45분 전에 웨스트민스터에 도착하고도 남았을 시간이라는 것은 사실이지만, 본인은 걸어왔다고 설명했고, 사실 그날은 몹시 쾌적한 밤이었다는 점에 비추어 그럴 가능성이 높았다. 그는 자정에 집에 도착했는데 예기치 않은 비극에 대경실색한 듯했다. 주인과는 한결같이 좋은 관계를 유지했다.

고인 소유의 물건 중에서 몇 가지, 특히 작은 면도날 한 상자가 시종의 옷 상자에서 나왔지만, 그는 그것들이 고인한테 받은 선물이라고 해명했고, 가정부는 그 말이 사실이라고 증언했다. 미튼은 3년 동안 루카스의 집에서 일했다. 루카스가 유럽에 갈 때 미튼을 동반하지 않은 것은 주목할 만한 일이었다. 루카스는 가끔 파리에 가서 3개월씩 머물다 오곤 했지만 미튼은 그냥 고돌핀가를 지켰다. 가정부에 대해 말하자면, 사건이 일어난 날 밤에 아무 소리도 듣지 못했다. 손님이 왔다면 주인이 손수 맞이했을 것이다.

신문 보도에 따르면 사흘 동안 수사는 계속 안갯속을 헤매고 있었다. 홈즈가 더 많은 것을 알고 있는지는 모르지만, 그는 아무 말도 하지 않았다. 하지만 레스트레이드 경감이 자신에게 수사 진행 상황을 알려주고 있다고 했을 때, 나는 그가 상황 전반을 두루 꿰고 있다는 것을 알았다. 나흘째 되는 날, 파리에서 한 통의 긴 전문이 날아왔는데 그것이 모든 의문을 속 시원히 풀어준 듯했다. 《데일리 텔레그래프》에는 다음과 같은 기사가 실렸다.

파리 경찰은 지난 월요일 밤, 웨스트민스터 고돌핀가에서 무참하게 살해된 에두아르도 루카스 씨 사건의 수수께끼를 풀어줄 만한 사실을 최근 발견했다. 독자들은 루카스 씨가 자택에서 칼에 찔려 살해됐고, 시종이 혐의를 받았지만 알리바이가 증명되어 방면된 일을 기억할 것이다. 어제 파리, 오스테를리츠가의 작은 주택에 거주하는 앙리 푸르네이라는 숙녀가 정신병자로 관헌에 신고됐다. 신고한 사람은 그 집 하인들이었는데, 조사 결과 푸르네이 부인은 상당히 진행된 위험한 정신 질환을 앓고 있음이 판명되었다. 경찰은 앙리 푸르네이 부인이 런던에 갔다가 지난 화요일에 돌아왔다는 사실을 알아냈고, 이 여성이 웨스트민스터 사건과 관련되었다는 증거를 포착했다. 사진 대조 결과 앙리 푸르네이 씨와 에두아르도 루카스는 동일 인물임이 판명되었는데, 고인은 어떤 이유로 런던과 파리에서 이중생활을 해왔다. 남미 태생의 푸르네이 부인은 극단적인 다혈질의 여성으로 과거부터 광증에 가까운 질투심의 발작을 일으켜왔다. 이 여성이 런던을 떠들썩하게 만든 끔찍한 범행을 저지른 것은 이러한 질투심 때문으로 추정된다. 월요일 밤 푸르네이 부인의 행적은 아직 밝혀지지 않았지만, 인상착의가 동일한 한 여성이, 화요일 아침에 채링 크로스 역에서 미친 사람 같은 모습과 사나운 몸짓으로 수많은 사람들의 시선을 끈 것은 의심할 나위 없는 사실이다. 따라서 이 불행한 여인은 광증을 일으킨 상태에서 범행을 저질렀거나 아니면 끔찍한 일을 저지른 충격으로 정신이 나갔거나 했을 가능성이 높다. 현재 푸르네이 부인은 과거에 대해 횡설수설하고 있는데, 의사들은 그녀가 이성을 되찾을 가능성이 없다고 보고 있다. 또한 푸르네이 부인으로 추정되는 한 여성이 월요일 밤에 고돌핀가의 집을 몇 시간 동안 지켜보는 모습을 목격했다는 증인이 나왔다.

"홈즈, 자네 생각은 어떤가?"
나는 그가 아침 식사를 하는 동안, 큰 소리로 기사를 읽어준 다음

물었다.

홈즈는 식탁에서 물러나 방 안을 오락가락하며 말했다.

"여보게, 자네는 대단한 인내심을 발휘해 주었지만, 지난 사흘간 내가 아무 말도 안 한 것은 정말 할 말이 없기 때문이었네. 지금도 파리에서 날아온 이 소식은 별 도움이 안 돼."

"하지만 루카스의 죽음에 대해서는 해명이 됐잖나."

"살인 사건은 부수적인 사건일 뿐이야. 도난당한 서신을 되찾아 유럽을 파국에서 구해 내야 하는 우리의 진짜 과업에 비하면 사소한 에피소드에 지나지 않지. 지난 사흘간 중요한 사건은 단 하나뿐이었는데, 그것은 아무 일도 없었다는 것이라네. 거의 시간마다 정부에서 보고가 들어오고 있는데, 유럽 어디에도 분란의 징후가 없는 것이 분명해. 만일 그 서신이 공표됐다면, 아니야, 그랬을 리가 없지. 하지만 서신이 공표되지 않았다면, 지금 그건 어디에 있는 거지? 누가 그걸 갖고 있을까? 왜 그걸 손에 쥐고 있는 걸까? 내 머릿속에서는 이러한 의문이 망치질 소리처럼 쩡쩡 울려 퍼지고 있네. 그렇다면 문제의 서신이 사라진 날 밤에 루카스가 살해된 것은 정말 우연이었을까? 서신은 그의 손에 들어갔던 걸까? 만약 그랬다면, 그것이 루카스의 방에서 나오지 않은 이유는 무엇일까? 그의 미치광이 아내가 그걸 가지고 간 걸까? 만약 그렇다면 그것은 파리에 있는 그 집에 있을까? 프랑스 경찰의 의심을 사지 않고 서신을 되찾는 방법은 무엇일까? 여보게, 일이 이런 식으로 됐다면, 우리에게 법률은 범죄자만큼이나 위험한 것이 되네. 우리는 모두를 다 적으로 돌려야 해. 하지만 이것은 국가의 운명이 걸려 있는 중대한 사안일세. 이 사건을 원만히 해결할 수 있다면 분명코 나는 비할 바 없는 영예를 안게 될 거야. 아, 전선에서 따끈따끈한 소식이 왔구먼!"

그는 편지를 받아 들고 서둘러 읽어보았다.

"허! 레스트레이드가 뭔가 흥미로운 걸 발견한 모양일세. 왓슨, 모자 쓰게나. 웨스트민스터까지 같이 슬슬 걸어가자고."

내가 사건 현장에 간 것은 그때가 처음이었는데, 높직하고 폭이 좁고 시커멓게 때가 낀 집은, 그것이 지어진 18세기와 마찬가지로 단정하고 딱딱하고 견고했다. 레스트레이드는 불도그 같은 얼굴로 거실 창문 밖을 내다보고 있다가, 우리가 거구 순경의 안내를 받아 방으로 들어가자 따뜻하게 맞아주었다. 우리가 안내받아 들어간 방은 사건 현장이었는데, 지금은 카펫 위의 흉한 핏자국을 빼면 아무런 흔적도 남아 있지 않았다. 자그만 사각의 인도산 카펫이 방 한가운데 깔려 있고 바닥은 반짝반짝 윤을 낸 직사각형의 널을 간 아름다운 고풍의 마루였다. 벽난로 위에는 멋진 무기 수집품이 걸려 있는데, 그중 하나가 운명의 밤에 쓰인 것이다. 창가에는 호화로운 책상이 놓여 있고 방 안의 모든 가구, 그림, 융단, 장식품 들은 유약함조차 느껴질 만큼 화려한 취향을 드러내고 있었다.

"파리에서 날아온 소식 들으셨소?"

레스트레이드가 물었다.

홈즈는 고개를 끄덕였다.

"프랑스 친구들이 이번에는 제대로 짚은 모양이오. 분명히 그쪽 얘기가 맞을 거요. 남편이 그렇게 비밀스러운 이중생활을 했으니 여자가 갑자기 쳐들어왔겠지. 여자가 문을 두드리자 남자는 문을 열어주었소. 마누라를 길거리에 세워둘 수는 없었으니까. 여자는 이 집을 어떻게 찾았는지 말하면서 남편한테 화를 냈소. 둘은 옥신각신하게 되었는데, 손 닿는 곳에 단검이 걸려 있어서 종말이 쉽게 왔던 거요. 하지만 이 의자들이 모두 저쪽에 가서 넘어져 있었고 또 피살자가 상대를 막으려고 한 것처럼 의자 다리를 잡고 있던 걸 보면, 상황이 한순간에 종료된 것은 아니었소. 우린 직접 본 거나 다름없이 범행 당시의 상황을 명확하게 이해하고 있소이다."

홈즈는 눈썹을 치켜세웠다.

"그런데 나는 왜 불렀습니까?"

"아, 그건 좀 다른 문제요. 아주 사소한 것이긴 하지만 선생이 흥미를 가질 만한 거라서. 말하자면 묘한, 괴상하다고도 할 수 있는 일이오. 사건 자체와는 아무 상관도 없소. 상관이 있을 수가 없지, 겉으로 보기에는 말이오."

"그게 뭡니까?"

"에, 이런 사건의 경우에 우리는 현장 보존을 철저하게 해두오. 아무것도 옮겨놓지 않소. 담당 경관이 밤낮으로 여길 지킨다오. 오늘 아침에 죽은 사람은 땅에 묻혔고 이 방에 관한 한 수사는 끝났소. 우리는 방을 좀 정리해 줘야겠다고 생각했소. 그런데 이 카펫 말이오. 보시다시피 이건 고정되지 않고 그냥 바닥에 깔려 있소. 우린 우연히 이걸 들춰보게 됐소이다. 그런데 밑에서……"

“밑에서? 밑에서 뭐가…….”

홈즈의 얼굴은 불안으로 굳어졌다.

“에, 난 선생이 100년이 지나도 그 밑에서 뭐가 나왔는지 모를 거라고 생각하오. 저 카펫 위의 얼룩 보이시오? 에, 피가 많이 스며든 것 같지 않소?”

“그건 틀림없는 것 같군요.”

“에, 그런데 그 밑의 하얀 마루가 깨끗하다는 얘길 들으면 선생은 놀랄 거요.”

“깨끗하다고요! 그럴 리가…….”

“그렇소, 그럴 리가 없소. 하지만 저 밑은 깨끗하오.”

레스트레이드는 카펫 자락을 뒤집어서 자신의 말이 사실이라는 것을 보여주었다.

“하지만 카펫 바닥은 윗면과 똑같이 얼룩져 있소. 마루에도 자국이 남았을 것이 분명하오.”

레스트레이드는 유명한 전문가가 자신의 말을 듣고 당황하는 걸 보고 기분이 좋은지 혼자 쿡쿡 웃었다.

“자, 내가 어떻게 된 건지 보여주겠소. 마룻바닥에 얼룩진 곳이 있지만 그것은 카펫의 얼룩진 자리와 일치하지 않소. 자, 보시오.”

그는 카펫의 다른 쪽을 들췄는데, 그 밑의 고풍스러운 하얀 마루에는 진홍빛 얼룩이 크게 남아 있었다.

“홈즈 선생, 어떻게 생각하시오?”

“아, 그건 간단합니다. 두 개의 피 얼룩은 서로 일치합니다. 하지

만 카펫을 돌려놓았군요. 카펫이 사각형인 데다 고정시켜 놓지 않았기 때문에 그렇게 하는 것은 어렵지 않습니다."

"홈즈 선생, 경찰한테 카펫을 돌려놓았다는 해설을 들려줄 필요는 없소이다. 그것은 하나 마나 한 얘기요. 카펫을 이런 식으로 놓으면 두 개의 얼룩은 서로 겹치게 되니까 말이오. 하지만 내가 알고 싶은 건, 누가, 그리고 왜 카펫을 옮겨놓았느냐는 거요!"

나는 홈즈의 굳은 얼굴을 보고 그가 속으로 몹시 흥분했다는 걸

알 수 있었다.

"레스트레이드, 잠깐만. 복도의 그 경관이 그동안 이곳 경비를 담당한 사람입니까?"

"그렇소이다."

"그럼 내 충고대로 하십시오. 경관을 조심스럽게 심문해 보세요. 우리가 보는 앞에서는 말고요. 우린 여기서 기다리겠습니다. 그 사람을 뒷방으로 데리고 가세요. 단둘이 있는 편이 자백받기가 더 쉬울 겁니다. 어떻게 감히 외부인을 집 안에 끌어들이고 이 방에 혼자 놔뒀느냐고 추궁하십시오. 그런 행동을 한 적이 있느냐는 식으로 묻지는 마세요. 기정사실화하는 겁니다. 누군가 여기 다녀갔다는 걸 다 알고 있는 것처럼 말하세요. 막 다그치세요. 용서받으려면 솔직히 자백하는 수밖에 없다고 하십시오. 내가 말한 그대로 하십시오!"

"맹세코, 녀석이 알고 있는 걸 몽땅 끄집어내겠소!"

레스트레이드는 소리쳤다. 그리고 홀로 뛰어나갔는데, 잠시 후 뒷방에서 그가 을러대는 소리가 들려왔다.

"왓슨, 지금일세!"

홈즈는 미친 사람처럼 소리쳤다. 나른한 태도 뒤에 감춰져 있던 모든 악마 같은 힘이 활화산처럼 터져 나왔다. 그는 바닥에 깔려 있던 카펫을 밀쳐내더니 신들린 사람처럼 바닥에 엎드려서 네모난 마루청을 하나하나 잡아당기기 시작했다. 널판의 가장자리에 손톱을 밀어 넣자 그중 하나가 옆으로 돌아갔다. 마루 청은 경첩이 달린 상자 뚜껑처럼 뒤로 젖혀졌다. 그 밑으로 조그마한 검은 구멍이 입을 벌렸다. 홈즈는 지체 없이 그 속으로 손을 밀어 넣었지만 분노와 실망에 가득 찬 쓰디쓴 탄식을 뱉어내며 손을 빼냈다. 그것은 텅 비어 있었다.

"왓슨, 어서! 이걸 원상 복구해야 되네!"

마루 뚜껑을 도로 닫고 카펫을 원래대로 펴놓자 복도에서 레스트레이드의 목소리가 들려왔다. 경감이 방에 들어섰을 때, 홈즈는 터져 나오는 하품을 삼키며 나른하게 벽난로 선반에 몸을 기댄 채 체념한 태도로 끈기 있게 기다리고 있었다.

"홈즈 선생, 기다리게 해서 미안하오. 지금 여기 와 있는 게 무척이나 지루하신가 보구려. 물론 자백은 받아냈소. 맥퍼슨, 이리 들어오게. 자네의 그 용서받을 수 없는 행동에 대해 이 신사분들에게 솔직히 말씀드리게."

시뻘게진 얼굴로 깊이 참회하고 있는 거구의 경관이 조심스러운 걸음으로 방에 들어왔다.

"무슨 나쁜 뜻이 있었던 건 아닙니다, 선생님. 정말입니다. 어제 저녁때 젊은 여자가 왔습니다. 집을 잘못 찾았다고 했지요. 저는 그 아가씨와 이런저런 얘기를 했습니다. 여기서 하루 종일 근무를 서다 보면 아주 심심하니까요."

"흠, 그다음에 어떻게 됐소?"

"그 여자는 신문에서 봤다면서 사건 현장을 보고 싶다고 했습니다. 아주 교양 있고 말도 잘하는 젊은 여자였지요. 여자를 잠깐 집 안에 들여보낸다고 해서 큰 문제가 생길 것 같지는 않았습니다. 그런데 그 여자는 카펫 위의 핏자국을 보더니 픽 쓰러져서 죽은 듯이 누워 있었습니다. 저는 뒤로 달려가서 물을 가져왔지만 그것으로는 정신이 돌아오지 않았지요. 그래서 브랜디를 구하려고 길모퉁이를 돌아서 아이비 플랜트로 달려갔습니다. 그런데 브랜디를 갖고 돌아와보니 그 여자는 없었습니다. 정신을 차린 뒤에 제 얼굴을 보기가 부끄러워서 가버린 것 같았습니다.”

“카펫을 움직인 건 어떻게 된 일인가?”

“예, 제가 돌아와보니 카펫에 주름이 잡혀 있었습니다. 그 여자가 고정시키지도 않고 미끄러운 마루에 그냥 깔아놓은 카펫 위로 쓰러졌으니까요. 그래서 제가 카펫을 똑바로 펴놓았습니다.”

“맥퍼슨 순경, 이번 일을 교훈 삼아 앞으로 나를 속일 생각일랑 하지 말게.”

레스트레이드가 위엄 있게 말했다.

“자네는 근무 수칙을 위반하고도 들키지 않을 줄 알았겠지만, 카펫을 척 보기만 해도 외부인이 여기 들어왔다는 사실을 알 수 있었어. 자넨 운이 좋은 줄 알게. 없어진 물건이 없으니까 망정이지 그렇지 않았으면 큰코다쳤을 거야. 홈즈 선생, 이렇게 사소한 일 때문에 내려오시게 해서 정말 미안하오. 하지만 선생이 카펫과 마룻바닥의 핏자국이 일치하지 않는다는 사실에 대해 흥미를 가질 거라고 생각했소.”

“물론, 그것은 정말 흥미로웠습니다. 경관, 그 여자는 여기에 단 한 번 왔나?”

"예, 선생님. 한 번뿐입니다."

"어떤 여자던가?"

"이름은 모릅니다, 선생님. 타자수로 일하는데 구인 광고를 보고 왔다가 번지수를 잘못 찾았답니다. 아주 상냥하고 점잖은 젊은 여자였습니다, 선생님."

"키가 크던가? 미인이고?"

"예, 선생님. 키가 컸습니다. 얼굴은 미인이라고 할 수 있습니다. 굉장한 미인이라고 할 수도 있을 겁니다. '어머, 경관님, 잠깐만 보여주세요, 예!' 이런 식으로 말했지요. 아주 예쁘고 애교가 철철 넘쳤습니다. 그래서 저는 방을 잠깐 보여주는 건 문제가 안 될 거라고 생각했습니다."

"옷은 어떻게 입었던가?"

"수수하게 입었습니다, 선생님. 발목까지 내려오는 긴 망토를 둘렀지요."

"그게 몇 시였지?"

"어두워질 무렵이었습니다. 브랜디를 가지고 오는데 사람들이 막 가로등에 불을 켜고 있었으니까요."

"알겠네. 왓슨, 가세. 다른 데서 더 중요한 일이 우릴 기다리고 있을 것 같으니까 말이야."

레스트레이드는 거실에 남고 참회하는 경관이 따라 나와 현관문을 열어주었다. 홈즈는 계단을 내려가려다 말고 뭔가를 경관의 눈앞에 들이댔다. 경관은 그것을 뚫어지게 응시했다.

548

"오, 주여!"

그는 경악한 얼굴로 소리쳤다. 홈즈는 쉿 하며 손가락을 입술에 갖다 대고 손에 든 것을 호주머니에 도로 밀어 넣었다. 그리고 거리를 내려가는 동안 큰 소리로 웃음을 터뜨렸다.

"좋았어! 여보게 친구, 커튼이 올라가고 마지막 막이 시작되었네. 전쟁은 일어나지 않을 거고 트렐로니 호프 장관의 화려한 경력에는 흠집이 나지 않을 거고 경솔한 군주는 그 경솔함 때문에 화를 입지 않을 거고 수상 각하는 유럽 문제로 골치를 썩이지 않아도 되네. 우리가 조금만 재치 있게 행동한다면, 대단히 위험한 것이 되었을 이 사건 때문에 한 푼어치라도 피해를 보는 사람은 없을 걸세. 어때, 내 말을 들으니 마음이 놓이지?"

나는 이 비범한 인간에 대한 감탄이 마음속에서 부글부글 끓어올랐다.

"자네 문제를 풀었군!"

내가 외쳤다.

"왓슨, 그런 건 아닐세. 아직도 밝혀내지 못한 점이 몇 가지 있으니까. 하지만 이렇게 많은 것을 알고 있으면서 나머지를 캐내지 못한다면 그건 우리의 과실이 될 걸세. 어서 화이트홀 테라스로 가서 일을 결판 짓도록 하세나."

유럽부 장관의 저택에 도착해서 셜록 홈즈가 찾은 사람은 힐다 트렐로니 호프 부인이었다. 우리는 응접실로 안내받았다.

"홈즈 선생!"

숙녀의 얼굴은 노여움으로 발갛게 달아올랐다.

"이건 정말 부당하고 비열한 행동입니다. 먼저 말씀드린 것처럼 나는, 남편이 내가 공무에 개입한다고 생각할까 봐 선생한테 찾아갔던 일을 비밀로 해달라고 부탁했어요. 그런데 우리 사이에 무슨 거래가 있는 것처럼 여길 찾아와서 내 입장을 곤란하게 만드시는군요."

"마담, 유감스럽게도 다른 방법이 없었습니다. 저는 이 비할 바 없이 중요한 문서를 찾아달라는 의뢰를 받았으니까요. 마담, 그러니까 그걸 제 앞에 내놓으시기 바랍니다."

숙녀는 벌떡 일어섰다. 아름다운 얼굴에서는 순식간에 핏기가 싹 가셨고 두 눈은 빛을 잃었는데, 그녀가 비틀거리는 걸 보고 나는 기절하는 줄만 알았다. 그렇지만 숙녀는 안간힘을 다해 충격을 이겨냈다. 그녀의 얼굴에는 경악과 분노의 표정이 번갈아 나타났다.

"홈즈 선생, 당신……, 당신은 나를 모욕했어요."

"마담, 왜 이러십니까. 그래봤자 소용없습니다. 편지를 내놓으십시오."

숙녀는 종을 향해 재빨리 달려갔다.

"집사한테 당신들을 내보내라고 하겠어요."

"힐다 부인, 종을 누르지 마십시오. 그렇게 하시면 스캔들을 피하려는 나의 성실한 노력은 완전히 물거품이 되고 맙니다. 편지를 내놓으면 만사가 원만히 해결될 겁니다. 제게 협조해 주시면 다 알아서 수습하겠습니다. 하지만 계속 그렇게 나오신다면 나는 사실을 공표할 수밖에 없습니다."

그녀는 여왕 같은 자태로 오만하게 버티고 서 있었다. 그러면서 마치 홈즈의 영혼을 들여다보려는 것처럼 그의 두 눈을 뚫어지게 응시했다. 그녀는 손가락을 종 위에 올려놓고 있었지만, 그것을 누르는 것은 자제하고 있었다.

"당신은 나를 협박하고 있어요. 홈즈 선생, 여기 와서 여자를 위협하는 것은 과히 남자다운 행동이 못 됩니다. 선생은 뭔가 알고 있는 것처럼 말했지요? 어디 아는 게 있으면 말해 보세요!"

"마담, 부디 앉으십시오. 거기서 쓰러지면 다칩니다. 그렇게 계속서 계시면 말하지 않겠습니다. 감사합니다."

"홈즈 선생, 5분 드리겠습니다."

"힐다 부인, 1분이면 충분합니다. 나는 부인이 에두아르도 루카스를 찾아갔던 것, 그에게 문제의 서류를 넘겨준 것, 그리고 어젯밤에 교묘한 방법으로 그 방에 들어가서 카펫 아래의 비밀 장소에서 편지를 찾아온 걸 알고 있습니다."

숙녀는 창백한 얼굴로 그를 응시하며 한동안 말을 잃었다가 마침내 소리 질렀다.

"홈즈 선생, 당신 미쳤군요. 당신 미쳤어요!"

홈즈는 주머니에서 작은 사진 한 장을 꺼냈다. 그것은 어딘가에서 오려낸 그녀의 얼굴 사진이었다.

"난 이게 유용하게 쓰일 거라고 생각했기 때문에 이걸 가져갔습니다. 경찰관이 한눈에 알아보더군요."

그녀는 숨을 헐떡거리며 의자 등받이에 머리를 기댔다.

"자, 힐다 부인. 부인은 편지를 갖고 있습니다. 아직도 일을 수습할 수 있는 여유가 있습니다. 나는 부인을 곤란하게 만들고 싶지는 않습니다. 도난당한 편지를 부군에게 돌려드리면 내 의무는 끝나는 겁니다. 내 충고를 받아들이고 나를 솔직하게 대해 주십시오. 이것이 부인의 유일한 기회입니다."

숙녀의 용기는 감탄할 만했다. 아직도 그녀는 패배를 인정하려 들지 않았다.

"홈즈 선생, 다시 한번 말씀드리지만 당신은 뭔가 터무니없는 공상을 하고 있습니다."

홈즈는 자리에서 일어섰다.

"힐다 부인, 이거 유감이로군요. 나는 부인을 위해 최선을 다했습니다. 하지만 몽땅 헛수고가 되었습니다."

그는 종을 울렸다. 집사가 나타났다.

"장관님은 집에 계신가?"

"열두시 45분에 집에 도착하실 예정입니다, 선생님."

홈즈는 시계를 들여다보았다.

"아직도 15분 남았군. 좋아, 나는 기다리겠네."

집사가 문을 닫고 나가자 힐다 부인은 홈즈의 발아래 몸을 던지고 두 팔을 벌린 채 아름다운 얼굴을 치켜들었다. 두 눈이 눈물로 젖어 있었다.

"오, 용서하세요, 홈즈 선생님! 저를 용서하세요!"

그녀는 미친 듯이 애원했다.

"제발, 그이한테 말하지 마세요! 나는 그이를 너무나 사랑해요! 나는 그이의 인생에 한 점의 그늘도 드리우고 싶지 않아요. 그런데 이 일을 알게 되면 그 고귀한 사람은 한없이 비통해할 거예요."

홈즈는 숙녀를 일으켜 세웠다.

"마담, 마지막 순간에나마 이렇게 분별을 찾아주셨으니 정말 감사합니다! 시간이 없습니다. 편지는 어디 있습니까?"

그녀는 책상 앞으로 달려가 잠긴 서랍을 열고 기다란 푸른 봉투를 꺼냈다.

"홈즈 선생님, 여기 있어요. 나는 맹세코 이걸 열어보지 않았어요!"

"이걸 어떻게 돌려놓는다?"

홈즈가 중얼거렸다.

"시간이 없어! 뭔가 방법을 찾아야 하는데! 서류함은 어디 있습니까?"

"아직도 침실에 있어요."

"정말 다행이로군! 마담, 빨리 그걸 가져오십시오!"

잠시 후 그녀는 납작한 빨간 상자를 들고 나타났다.

"전에는 이걸 어떻게 열었습니까? 열쇠는 복제해 두셨겠지요? 아, 물론 가지고 계시군요. 열어주십시오!"

힐다 부인은 품속에서 자그마한 열쇠를 꺼냈다. 서류함 뚜껑이 활짝 열렸다. 안에는 서류가 가득했다. 홈즈는 푸른 봉투를 안쪽 깊숙이 다른 문서 사이에 끼워 넣었다. 그리고 뚜껑을 닫고 자물쇠를 채운 다음 침실에 도로 갖다 놓았다.

"자, 이제 장관을 맞이할 준비는 끝났군요."

홈즈는 말했다.

"아직 10분이 남았습니다. 힐다 부인, 저는 이제 최선을 다해 부인을 보호해 드리겠습니다. 대신 부인은 기다리는 동안 이 기묘한 사건의 내막에 대해 솔직히 말씀해 주셨으면 합니다."

"홈즈 선생님, 모든 걸 다 말씀드리겠어요."

부인은 외쳤다.

"오, 홈즈 선생님, 나는 그이에게 잠시라도 슬픔을 맛보게 하느니 차라리 내 오른손을 잘라버리고 말 거예요! 런던을 다 뒤져도 자기 남편을 나만큼 사랑하는 여자는 없을 겁니다. 하지만 내가 어떻게 행동했는지를 그이가 안다면 절대로 나를 용서하지 않을 거예요. 하지만 어쩔 수 없었답니다. 그이는 너무도 도덕적인 사람이라서 다른 사람의 잘못을 잊지도 용서하지도 못합니다. 홈즈 선생님, 날 도와주세요! 나의 행복, 그이의 행복, 우리의 인생이 걸려 있어요!"

"마담, 어서, 시간이 얼마 없습니다!"

"홈즈 선생님, 그건 내가 쓴 편지 때문이었어요. 결혼하기 전에 쓴 경솔한 편지, 사랑에 빠진 여자애가 충동적으로 쓴 바보 같은 편지 한 통 때문이었습니다. 그렇게 불순한 건 아니었지만 그이는 그걸 죄악이라고 생각했을 거예요. 그이가 그 편지를 읽었다면 나에 대한 믿음을 영영 잃어버리고 말았을 겁니다. 그 편지를 쓴 건 한참 전의 일이었어요. 나는 모든 게 다 지나간 일이라고 생각했습니다. 그런데 느닷없이 그 루카스라는 사람한테서 연락이 온 거예요. 자기가 그 편지를 갖고 있다며 남편한테 보여주겠다고 했지요. 나는 자비를 구걸했어요. 그는 남편의 서류함에서 자기가 말하는 어떤 문서를 갖다주면 그 편지를 돌려주겠다고 했습니다. 그가 남편의 사무실에 박아놓은 첩자가 그것에 대해 알려준 거예요. 그는 남편한테는 전혀 피해가 없을 거라며 나를 안심시켜 주었습니다. 홈즈 선생님, 입장을 바꿔놓고 생각해 보세요! 내가 어떻게 할 수 있었겠어요?"

"부군께 사실을 고백할 수 있었지요."

"아뇨, 홈즈 선생, 난 그럴 수 없었어요! 나는 파멸할 것 같았습니다. 남편의 편지를 훔친다는 게 끔찍하긴 했지만, 그것은 정치적 문제라서 앞으로 어떤 결과를 초래할 것인가를 알 수 없었어요. 하지만 부부간의 사랑과 믿음의 문제에서 그 결과는 너무도 자명했지요. 홈즈 선생님, 나는 그가 시키는 대로 했습니다! 서류함 열쇠의 본을 떴지요. 그 루카스라는 남자가 복제 열쇠를 만들어줬지요. 나는 서류함을 열고 편지를 꺼내가지고 고돌핀가로 갔어요.”

“마담, 거기서 무슨 일이 있었습니까?”

“나는 미리 정해 놓은 대로 문을 두드렸어요. 루카스가 나와서 문을 열어줬지요. 나는 남자와 단둘이 있는 게 무서웠기 때문에 현관문을 살짝 열어놓고 그를 따라 안으로 들어갔습니다. 내가 그 집에 들어갈 때 바깥에 어떤 여자가 서 있던 게 기억이 납니다. 거래는 금방 끝났지요. 그가 내 편지를 책상 위에 꺼내놓기에 나는 그에게 문서를 건네주었습니다. 그는 나한테 편지를 주었지요. 바로 그때 현관에서 무슨 소리가 났습니다. 그리고 복도에서 발소리가 들렸지요. 루카스는 재빨리 카펫을 뒤집더니 그 밑의 비밀 장소에 서류를 감춰놓고 카펫을 도로 덮어놓았습니다.

그다음에 있었던 일은 꼭 무슨 악몽 같습니다. 여자 목소리를 내는 시커먼 광란의 얼굴이 나타났지요. 그 얼굴이 프랑스 말로 외쳤습니다. ‘기다린 보람이 있구나. 이제야 네놈이 여자와 같이 있는 현장을 잡았다!’ 무지막지한 싸움이 벌어졌습니다. 루카스는 의자를 들어 올렸고 그 여자의 손에서는 칼날이 번득였습니다. 나는 그 끔찍한 현장에서 도망쳐 나왔지요. 그리고 다음 날 아침이 돼서야 비로소 신문을 보고 참사가 벌어졌다는 걸 알게 됐습니다. 그날 밤에 나는 행복했습니다. 편지를 손에 넣었고 앞으로 어떤 일이 생길지는 꿈에도 몰랐으니까요.

다음 날 아침, 나는 한 가지 걱정거리를 다른 걱정거리와 맞바꾼 것일 뿐이라는 사실을 알게 됐습니다. 편지를 잃어버리고 괴로워하는 남편을 보자 가슴이 찢어졌지요. 나는 당장 그이의 발아래 무릎 꿇고 내가 한 짓을 털어놓고 싶은 충동을 느꼈습니다. 하지만 그것은 또다시 과거를 고백한다는 걸 의미했지요. 나는 그날 아침에, 내가 얼마나 큰 죄를 지었는지 알아보기 위해 선생을 찾아갔습니다. 그걸 이해하게 된 그 순간부터 내 마음속엔 온통 남편의 서류를 되찾겠다는 한 가지 생각밖엔 없었습니다. 루카스는 그 무서운 여자가 방에 들어오기 전에 서류를 감췄기 때문에, 그건 아직도 거기 있을 게 분명했습니다. 만약 그 여자가 들이닥치지 않았다면 나는 그 비밀 장소가 어딘지 몰랐을 겁니다. 그 방에 어떻게 들어가야 할까? 나는 이틀 동안 그 집을 지켜보았지만 문은 항상 닫혀 있었습니다. 그래서 어젯밤에 최후의 수단을 쓰기로 했지요. 내가 어떻게 해서 성공하게 되었는지는 선생도 이미 알고 계십니다. 나는 문제의 서류를 찾아왔지만, 남편한테 내 행동을 고백하지 않고 그걸 돌려주는 방법을 몰랐기 때문에 없애버릴까도 했습니다. 오, 그이가 계단을 올라오는 소리가 들려요!"

유럽 외교부 장관이 흥분한 얼굴로 들이닥쳤다.

"홈즈 선생, 무슨 소식이라도?"

그가 외쳤다.

"희망이 보입니다."

"아, 이렇게 고마운 일이!"

그의 얼굴이 환하게 빛났다.

"수상께서 점심 식사를 같이하러 오셨습니다. 같이 희망을 나누는 게 좋겠지요? 그분은 무쇠 같은 신경을 갖고 계시지만 그래도 그 끔찍한 사건이 벌어진 다음에는 뜬눈으로 밤을 지새우다시피 하십니다. 제이콥, 가서 수상님을 모시고 와주겠나? 여보, 미안하지만 이 일은 정치 문제라오. 먼저 식당에 가 있구려. 곧 내려가겠소."

수상의 태도는 차분했지만 두 눈은 번쩍거리고 뼈마디가 불거진 손은 경련을 일으켰다. 수상은 젊은 장관 못지않게 흥분하고 있었다.

"홈즈 선생, 뭔가 보고할 만한 일이 있는 겁니까?"

"아직은 아닙니다."

친구는 대답했다.

"저는 그 편지가 가 있을 만한 곳을 다 찾아보았지만 위험의 징후는 전혀 없습니다."

"하지만 홈즈 선생, 그것만으로는 충분치 않습니다. 우린 언제까지나 이런 분화구 위에서 살 수는 없습니다. 뭔가 확실한 답이 있어야 합니다."

"저는 서신을 찾을 수 있을 거라고 생각합니다. 제가 여기 온 것은 그 때문이지요. 생각하면 할수록 편지가 이 집을 떠나지 않았을 거라는 심증이 굳어집니다."

"홈즈 선생!"

"만약 그렇지 않다면 그 편지는 지금쯤 공표되었을 겁니다."

"하지만 무엇 때문에 편지를 훔쳐내서 이 집에 그냥 놔두겠습니까?"

"저는 누가 편지를 훔쳐냈다고 생각하지 않습니다."

"그럼 어떻게 서류함에서 사라졌다는 겁니까?"

"저는 그게 서류함에서 사라졌다고 생각하지 않습니다."

"홈즈 선생, 지금은 그런 농담을 할 계제가 아닙니다. 분명히 말해 두지만 서신은 서류함에 없었습니다."

"화요일 아침 이후에 서류함을 살펴본 적이 있으십니까?"

"없습니다. 그럴 필요가 없었으니까."

"장관께서 그때 잘못 보셨을 수도 있습니다."

"다시 말하지만, 그건 있을 수 없는 일입니다."

"하지만 저는 그렇지 않다고 생각합니다. 저는 그런 일들을 몇 번 봐왔습니다. 아마 거기에는 다른 서류도 있겠지요. 그것은 그 속에 섞여 있었을지도 모릅니다."

"서신은 맨 위에 있었습니다."

"누군가 서류함을 들고 흔들어서 위치를 바꿔놓았는지도 모릅니다."

"아니요. 나는 모든 걸 다 꺼내봤습니다."

"호프, 그건 쉽게 알아볼 수 있는 일이네. 서류함을 가져오라고 하게."

수상이 말했다. 그러자 장관은 종을 울렸다.

“제이콥, 서류함을 갖다주게. 이건 우스꽝스러운 시간 낭비지만,
정 그렇게 생각하신다면 직접 보십시오. 제이콥, 고맙네. 여기 놓게.
나는 열쇠를 항상 시곗줄에 걸고 다닙니다. 보시다시피 여기 서류
가 있습니다. 메로 공의 서신, 찰스 하디 경의 보고서, 벨그라드에서
보내온 각서, 러시아-독일의 곡물세에 대한 기록, 마드리드에서 온
서신, 플라워스 공의 비망록……, 맙소사! 이게 뭐야? 수상님! 수상
님!”

수상은 그의 손에서 푸른 봉투를 낚아챘다.

"그래, 바로 이거야. 편지는 그대로 있군. 호프, 축하하네."

"고맙습니다! 고맙습니다! 이제야 속이 후련합니다. 하지만 어떻게 이런 일이, 이건 말도 안 됩니다. 홈즈 선생, 선생은 요술쟁이, 마법사로군요! 이게 여기 있다는 걸 어떻게 알았습니까?"

"다른 곳에는 없다는 걸 확인했으니까요."

"내 눈을 믿을 수가 없군!"

그는 방문을 향해 달려갔다.

"이 사람이 어디 있지? 나는 아내한테 일이 잘 해결됐다고 말해 줘야 합니다. 힐다! 힐다!"

계단에서 장관의 목소리가 들려왔다.

수상은 빛나는 눈으로 홈즈를 지그시 바라보았다.

"이보시오, 선생. 선생은 내막을 다 말하지 않았소. 도대체 어떻게 해서 서신이 서류함 속으로 다시 돌아가게 된 거요?"

홈즈는 빙그레 웃으며 자신을 날카롭게 관찰하는 경탄스러운 시선을 피했다.

"저희들한테도 외교적인 비밀이라는 게 있으니까요."

그는 모자를 집어 들고 문을 향해 돌아섰다.

옮긴이 | 백영미

서울대학교 간호학과를 졸업했으며, 현재 전문 번역가로 활동하고 있다. 옮긴책으로 『셜록 홈즈 마지막 날들』, 『황금 두루마리의 비밀』, 『죽음 너머의 세계는 존재하는가』, 『타이타닉의 수수께끼』, 『히말라야에서 만난 성자』, 『의식 혁명』 등이 있다.

셜록 홈즈 전집 7

셜록 홈즈의 귀환

1판 1쇄 펴냄 2002년 2월 5일
1판 51쇄 펴냄 2014년 12월 1일
2판 1쇄 펴냄 2015년 11월 6일
2판 14쇄 펴냄 2024년 10월 23일

지은이 | 아서 코난 도일
옮긴이 | 백영미
발행인 | 박근섭
편집인 | 김준혁
펴낸곳 | 황금가지

출판등록 | 2009. 10. 8 (제2009-000273호)
주소 | 06027 서울 강남구 도산대로 1길 62 강남출판문화센터 5층
전화 | 영업부 515-2000 편집부 3446-8774 팩시밀리 515-2007
홈페이지 | www.goldenbough.co.kr

도서 파본 등의 이유로 반송이 필요할 경우에는 구매처에서 교환하시고
출판사 교환이 필요할 경우에는 아래 주소로 반송 사유를 적어 도서와 함께 보내주세요.
06027 서울 강남구 도산대로 1길 62 강남출판문화센터 6층 민음인 마케팅부

한국어판 © 황금가지, 2002. Printed in Seoul, Korea
ISBN 978-89-8273-407-6 04840 (7권)
ISBN 978-89-8273-408-3 04840 (set)

㈜민음인은 민음사 출판 그룹의 자회사입니다.
황금가지는 ㈜민음인의 픽션 전문 출간 브랜드입니다.

셜록 홈즈 실크 하우스의 비밀

앤터니 호로비츠 | 이은선 옮김 | 400쪽

코난 도일 재단에서 공식 출간한 새로운 셜록 홈즈
100년 만에 처음으로 공개되는 홈즈의 미공개 사건

1890년 11월, 홈즈와 왓슨의 앞에 유복한 미술품 딜러 카스테어즈가 찾아온다. 미술품 매매 과정에서 미국 갱단에게 원한을 사게 된 카스테어즈는 최근 살아남은 단원이 복수를 위해 미국에서 이곳 런던까지 자신을 찾아왔다고 고백한다. 다음 날 카스테어즈의 집이 절도를 당하는 사건이 발생하고, 홈즈는 그 범인을 부랑아 특공대를 이용해서 찾아내지만, 그가 묵는 호텔로 가 보니 남자는 이미 단검에 찔려 죽어 있다. 한편 남자의 흔적을 찾아낸 아이 로스가 시체로 발견되고, 누나인 샐리 역시 사라진다. 샐리가 남긴 유일한 단서인 "실크 하우스"라는 말과, 자신에게 보내진 하얀 실크 리본의 단서를 쫓아 홈즈는 아편굴로 잠입하는데……

이건 두말할 나위 없이 완벽한 셜록 홈즈다. — 《가디언》
독자들이 코난 도일에게 기대하는 것을 잘 알고 있는 영리한 작가. — 《인디펜던트》
호로비츠는 홈즈 세상을 정확하게 집어냈다. — 《타임스》